Clássicos

GÓTICOS

EDITORA
NOVA
FRONTEIRA

A volta do parafuso

Henry James

TRADUÇÃO Olivia Krähenbühl • 2ª edição

Título original: *The Turn of the Screw*

Editora Nova Fronteira Participações S.A.
Rua Candelária, 60 – 7º andar – Centro – 20091-020
Rio de Janeiro – RJ – Brasil
Tel.: (21) 3882-8200 – Fax: (21) 3882-8212/8313

Ilustrações de capa e boxe: Stefano Marra

CIP-BRASIL. CATALOGAÇÃO NA PUBLICAÇÃO
SINDICATO NACIONAL DOS EDITORES DE LIVROS, RJ

J29v James, Henry, 1843-1916
2. ed. A volta do parafuso / Henry James; tradução Olivia Krähenbühl. - 2. ed. - Rio de Janeiro: Nova Fronteira, 2019.
(Box Clássicos Góticos)

160 p.
Tradução de: The Turn of the Screw
ISBN 978.85.209.4392-2

1. Ficção americana. I. Krähenbühl, Olivia. II. Título. III. Série.

19-55240 CDD: 813
CDU: 82-3(73)

Henry James e *A volta do parafuso*

O grande escritor Henry James nasceu norte-americano, em Nova York, e morreu inglês, em Londres. Simbolicamente, não se poderia ser mais americano de nascimento, nem mais britânico pela sepultura. A sua vida inteiramente dedicada às letras — 73 anos incompletos — passou-se quase toda na Europa: contando as viagens, os períodos juvenis de estudos feitos nesse mesmo continente que ele tanto admirava, e o longo período de fixação definitiva (interrompido por raras e breves visitas à pátria natal), bem cinquenta anos dela. Com justificadas razões, ambas as literaturas anglo-saxônicas o reclamam como figura ímpar, honra e glória de uma literatura. O seu caso é muito semelhante ao do poeta T.S. Eliot, também norte-americano de origem e hoje um dos maiores e mais respeitados vultos da Inglaterra. Igualmente, Eliot tem lugar proeminente em ambas as histórias literárias, e estas, com efeito, tal como sucede (ainda que menos) com Henry James, não podem, nenhuma delas, ser compreendidas sem a sua presença influente. Todavia, quer-nos parecer que, se originariamente personalidades como James ou Eliot só poderiam ter sido produzidas pelos Estados Unidos da América (pelo menos em certo período da sua história), a verdade é que essas mesmas peculiaridades nacionais que os expatriaram voluntariamente seriam, sem dúvida, a garantia de que eles, expatriando-se, viriam a ser não só "expatriados" (e é esta uma categoria muito frequente na cultura americana), mas "britânicos". A cultura inglesa tem tido este poder atrativo, e um dos maiores escritores da Inglaterra (e não apenas escrevendo em inglês) é o polonês Joseph Conrad, que se deixou seduzir por ela já na idade madura. Em contrapartida, a cultura norte-americana tem sido largamente "segregacionista", não só no fato de grandes figuras se oporem criticamente a ela, mas também no curioso fenômeno de muitos dos maiores escritores e homens de pensamento norte-americanos se terem sentido "exilados" no seu próprio país, ou se haverem exilado espiritualmente ou de fato. Isto não significa, de modo algum, que a literatura norte-americana não tenha lutado sempre por uma integração na problemática peculiar de um tão vasto e complexo país como o seu, ou que não tenha conseguido ser, em pouco mais de um século, uma das mais importantes e brilhantes do mundo, independentemente do prestígio que lhe advém de ser a literatura de uma das maiores potências político-econômicas dos nossos dias. É que isto resulta de toda a situação histórica que é típica do desenvolvimento desse país. Examinemo-la, enquadrando nela Henry James.

Quando o escritor nasceu, em 15 de abril de 1843, os Estados Unidos da América estavam em pleno processo de expansão territorial no continente, e, graças aos "pioneiros", a fronteira ocidental do país progredia rapidamente em direção ao Pacífico. Mas o expansionismo não era apenas essa aventura das pradarias e das montanhas e a resistência dos índios, exterminados impiedosamente. Em 1845-48, os Estados Unidos arrancavam ao México vastíssimos territórios, em consequência de uma guerra que colocava o país ao sul numa situação trágica de que só emergiu após décadas sangrentas de lutas civis. Em 1854, os Estados Unidos estavam presentes, ao lado das outras potências europeias, na abertura do Japão ao comércio ocidental; em 1893, ocupavam as ilhas do Havaí, que lhes deram o domínio do Pacífico setentrional; derrotando a Espanha, em 1898, dominavam as Caraíbas e, em 1902, instalavam-se nas Filipinas; e, desde 1840 que, também ao lado das potências europeias, lutavam por uma supremacia político-econômica no grande império Chinês, que, na revolução republicana de 1911, sucumbiria ao peso da sua corrupção centenária e das incomensuráveis exigências do "ocidente".

Na Europa, quando Henry James era uma criança, as Revoluções libertárias de 1848 haviam deparado com uma reação firme, consubstanciada nos impérios germânico e austríaco e, em 1852, no império francês de Napoleão III. E as potências europeias, ao mesmo tempo que se digladiavam em guerras mais ou menos localizadas (Crimeia, 1854;

franco-alemã, 1870-71; russo-turca, 1877; balcânicas, 1912-13) pela supremacia continental ou pelo equilíbrio de forças, lançavam-se numa corrida colonialista à frente da qual caminhava a Inglaterra da rainha Vitória, que subira ao trono em 1837. A Ásia, a África e a Oceania são palco de campanhas de conquista e de ocupação que culminam na consolidação de imensos impérios coloniais (novamente repartidos e ampliados na Primeira Guerra Mundial de 1914-18), de que a Segunda Guerra Mundial iniciaria o processo de liquidação. Os Estados Unidos, de 1861 a 1865, foram dilacerados pela terrível guerra civil oriunda da secessão dos estados do sul, da qual Henry James, isento por doença, não participou. E, em 1871, o levante da Comuna de Paris, subsequente à derrota do Segundo Império Francês ante o ímpeto prussiano, foi sangrentamente esmagado pela França republicana, liberal e colunista, com o apoio das próprias tropas alemãs.

O aspecto sórdido e sanguinário do mundo em que viveu Henry James foi este. Mas o aspecto luminoso foi muito outro. De 1871 a 1914, as aristocracias de sangue e de dinheiro constituem, no mundo ocidental, uma grande família, enriquecida pelo comércio e pela indústria, gozando de relativa estabilidade política, detentora do imenso conforto e do requinte que a Revolução Industrial pusera ao seu dispor. É a *Belle Époque*, elegante, educada, civilizada, das operetas vienenses, dos cabarés de Paris, da solidez do Banco de Inglaterra. Há lutas, há miséria, há guerras balcânicas e coloniais. Mas é possível viver-se dos rendimentos, ignorando tudo isso.

Henry James era irmão de William James (que seria um dos maiores, senão o maior, filósofo norte-americano, criador do “pragmatismo” que tamanha importância assumiria na mentalidade do país), filho de outro Henry James (filósofo também, e uma das mais curiosas personalidades do seu século) e neto de outro William James, que, da sua Irlanda natal, viera em 1793 fixar-se na cidade de Albany, Nova York, onde, dedicando-se ao comércio, fizera uma fortuna prodigiosa que dispensou ainda os seus netos de quaisquer preocupações financeiras. Henry James é um exemplar típico da alta sociedade da sua época; essa sociedade que, nos seus romances e contos, ele retratou e idealizou como ninguém. O pai (1811-1882), que foi pensador de mérito, professor e sequaz ardente do taumaturgo e místico sueco Swedenborg (1688-1772), desejou educar os filhos — e podia fazê-lo — para serem "cidadãos do mundo". Se o religiosismo ocultista de Swedenborg destruíra no velho William o calvinismo severo e ortodoxo do comerciante de Albany, que morrera fiel ao presbiterianismo da sua ascendência escocês-irlandesa, a educação viajeira e cosmopolita deu aos seus filhos uma independência de espírito que, no caso do sensível Henry, produziu um requintado apátrida, "cidadão do mundo" burguês e refinado daquela época. Henry James nada parece ter aceitado do misticismo de seu pai, salvo uma aguda percepção do misterioso e da delicadeza espiritual, um angelismo típico que se reflete na conduta e nas preocupações das suas personagens, uma visão rarefeita das relações humanas — o que a crítica jamesiana não tem posto em relevo. Aos 12 anos, Henry James parte com a família para a Europa, e os seus estudos — dispersos e ecléticos — são feitos, durante três anos, em Genebra, Londres, Paris e Bolonha, onde a família se fixa algum tempo. Após um regresso à América, logo em 1859 e em 1860 o adolescente Henry James está de novo na Suíça, e depois em Bona, na Alemanha. Nos fins desse ano, os James estabelecem-se em Newport, na América, de onde se mudam para Boston (1864) e para Cambridge (1866). Esta última cidade Henry James sempre considerou o seu *american home.* Em 1862, matricula-se na Faculdade de Direito da Universidade de Harvard, a mais antiga universidade americana (a sua origem data da época colonial — 1636). Os interesses do jovem oscilam, porém, entre a matemática e o desenho, por um lado, e a literatura, por outro. O fascínio de mestres como Charles Eliot Norton (1827-1908), crítico e professor, uma das mais poderosas influências educacionais da vida intelectual norte-americana pelo impulso que imprimiu aos estudos em Harvard, e como William Dean Howells (1837-1920), considerado o pai do realismo literário nos Estados Unidos, é decisivo na escolha de Henry James: dedicar-se-á à literatura. E assim foi desde 1865, quando críticas e contos seus começam a aparecer em revistas literárias, até 28 de fevereiro de 1916, quando se extinguiu em Londres. As viagens pela

Europa, as visitas aos Estados Unidos, o raro e seleto convívio com alguns intelectuais são, numa vida transformada em prosa magnífica, os únicos acidentes, além dos naturais desgostos da perda de pessoas de uma família que era muito unida, mesmo com o Atlântico de permeio. Henry James não casou nunca, não se lhe conhecem paixões ou aventuras e, ao contrário de todo mundo, não se sabe que tenha jamais escrito um verso. A sua sensibilidade poética, como a sua vida, concentrou-se por completo na criação de um mundo romanesco, de cujos problemas técnicos ele teve, como crítico, a mais lúcida compreensão.

Em 1865, a literatura norte-americana estava numa encruzilhada, após uma gloriosa floração que se seguira à transformação propiciada pela independência política da Federação. Às figuras do período colonial — uma Anne Bradstreet, um Philip Freneau, os políticos Benjamin Franklin e Tom Paine, dois dos maiores artífices da Independência — havia sucedido uma plêiade de escritores muito europeus pela cultura e pelo depurado ou complexo estilo, que ainda hoje contam entre os maiores da América e, alguns, do mundo, pela imensa influência que tiveram na evolução da literatura universal: Charles Brockden Brown, Washington Irving, Fenimore Cooper, Augustus Longstreet, o historiador Prescott, Longfellow, o filósofo Emerson, Thoreau, Hawthorne, e os gênios que foram Edgar Poe, Walt Whitman, Herman Melville. O americanismo de todos eles é mais de fatalidade das circunstâncias e de esforço nacionalizador da literatura — Whitman é, conscientemente, o cantor de uma democracia ideal e libertária que a formação dos *trusts* e do imperialismo econômico não tardaria a deturpar — que, propriamente, fruto e agente de uma integração num país em que, pelo crescimento portentoso, o abismo entre a alta cultura e a grande massa migratória (alheia a uma cultura de raiz puritana e anglo-saxônica) se iria cavar cada vez mais. Precisamente, a geração de Henry James — constituída, com ele, pelos maiores escritores da América, como o já citado Howell, o crítico Henry Adams, Mark Twain, Bret Harte, Sarah Orne Jewett, Ambrose Bierce — teve que escolher entre uma forma idealizada ou realística de, continuando na América, investigar a realidade norte-americana (e foi o que fizeram Twain e Harte) e o "exílio" real ou espiritual (atitude que é a de Adams e de James). A um americanismo idealizado de habitantes ricos e cultos da Nova Inglaterra, ignorantes ou desinteressados da expansão territorial do Sul e do Oeste, Henry James opôs o sonho de um europeísmo igualmente idealizado, e foi da oposição entre estas duas idealizações que ele teceu a maior parte da matéria dos seus livros. Mas, tecnicamente, as admirações que o marcam na juventude são amplas: os seus primeiros estudos, revelando admiração pela inglesa George Eliot, pelo francês Balzac e pelo americano Hawthorne, logo colocavam as suas ideias sobre ficção num contexto universal, em que a América se dilui e não é, positiva ou negativamente, uma influência decisiva.

Em 1869, James viaja para a Europa. Dois anos depois, *Um peregrino apaixonado* é a sua primeira obra pessoal em que, do espírito de Hawthorne, Henry James se traduz já para o mundo europeu, que, em britanização constante, será o seu. De 1870 a 1872, reside novamente em Cambridge (EUA) e, logo depois, passa dois anos na Europa, regressando em seguida aos Estados Unidos. À parte breves visitas à América, foi este o seu último regresso. A América já não era mais a da sua juventude, uma sociedade elegante e refinada que tinha dinheiro para comprar, por gosto e não por ostentação, o melhor da Europa. E é no Velho Mundo que Henry James, em 1875, decide fixar-se definitivamente. Hesita. Escolherá Paris, centro do mundo, onde pontificam dois amigos que tanto admira, Flaubert (1821-1880) e o russo Turguêniev (1818-1883), dois dos criadores do romance moderno, ao mesmo tempo realista e psicológico, que ele deseja fazer? James é demasiado inglês para tanto: será Londres, a Londres imperial, pomposa e solene, onde viverá os últimos quarenta anos da sua vida. Entre 1881 e 1883 faz duas visitas à América, para partilhar com os irmãos o desgosto da morte sucessiva de seus pais. É já o autor, admirado pelas elites, de *Roderick Hudson* (1876), *Daisy Miller* (1878), *Washington Square* (1881) *Retrato de uma senhora* (1881), que o classificam entre os recriadores da ficção que ele leva a uma perfeição artística e uma sutileza psicológica até então desconhecidas. Perambulações pela Europa, livros, amizades escolhidas e mais obras excepcionais (*The Princess Casamassima*, 1886; *Os papéis de Aspern*, 1888; *The Tragic Muse*, 1890) levam-no ao desgosto da morte, em 1892, de sua irmã Alice, que, após o falecimento dos pais, viera fazer-lhe companhia. Quando, nos anos 1890, o vitorianismo cultural entra em crise com os esteticistas e os "decadentes", James é já um mestre incontestado e respeitado que os novos se orgulham de ter a colaboração (1894-95) no famoso *Yellow Book*. *Os espólios de Poynton* e *Pelos olhos de Maisie*, duas obras-primas de pungente delicadeza, são publicadas em 1897. Nessa época, James tenta, sem êxito, o teatro, que o fascina. Em 1898, aparece o volume *The Two Magics* que contém *A volta do parafuso*, uma das suas mais extraordinárias novelas. Em 1904 volta à América, da qual, meses antes, dissera numa carta a um amigo: "A Europa deixou de ser romântica para mim, e o meu país tal se tornou; mas esta paixão senil também está, talvez, condenada a ficar platônica." Neste "platonismo" vai perdendo todos os laços com um mundo que não seja o das suas personagens hipersensíveis, hiperescrupulosas, filhas simbólicas de uma sociedade que está em vésperas de soçobrar. Em 1910 acompanha seu irmão, o filósofo, que regressava aos Estados Unidos de uma viagem pela Europa, e há então o desgosto terrível da morte de William James. Os dois irmãos haviam feito um pacto: o primeiro que morresse provaria ao outro a imortalidade da alma, ou pelo menos a sobrevivência relativa do espírito, aparecendo ao outro. Não consta que o filósofo tenha podido cumprir o pacto. Publicados já então os magnos romances que são *As asas da pomba* (1902), *Os embaixadores* (1903) e *A taça de ouro* (1904), a carreira de James está praticamente encerrada. Entre 1913 e 1914, dedica-se a recordar a sua infância e a rememorar, em páginas comoventes, o irmão querido. Era, então, doutor *honoris causa* por Harvard (1911) e por Oxford (1912). E a tal ponto a Inglaterra o considera inglês que uma grande manifestação de intelectuais, por ocasião dos seus setenta anos, solicita-lhe que se deixe retratar, para a National Portrait Gallery, onde se arquivam as efígies de todos os grandes ingleses, pelo eminente pintor Sargent. Quando, em agosto de 1914, rebenta a Primeira Guerra Mundial, Henry James treme indignadamente pelo seu mundo que a "barbárie" germânica ameaça. Em sinal de protesto por os Estados Unidos não correrem prontamente em socorro do "espírito europeu", sublimado na Entente Cordiale da França e da Inglaterra, requer a nacionalidade britânica (1915). E, condecorado com a mais alta distinção inglesa, a Ordem de Mérito, morre a 28 de fevereiro de 1916, enquanto aquele século XIX ideal e fictício, que fora mais que de ninguém o seu, se atolava em sangue e lama nas trincheiras da Flandres. A Academia Sueca, que teve 15 anos para galardoá-lo com o Prêmio Nobel, como tivera dez para galardoar Tolstói, também não se lembrou dele.

As obras supracitadas são apenas uma pequena parte seleta de uma atividade imensa: contos, novelas, romances, crônicas, peças de teatro, críticas, ensaios, viagens, memórias, correspondência, constituem dezenas de volumes compactos (35, na edição de 1921-23, que está longe de ser completa). Mais que nos Estados Unidos, em cuja literatura é uma ave rara e exótica ("o mais alto espírito de artista que a América jamais produziu", disse um crítico), Henry James significou um momento decisivo da ficção europeia. Se Balzac, Turguêniev, Flaubert e George Eliot atingem nele a máxima perfeição, ele é o antepassado direto de gênios renovadores como Marcel Proust e Virginia Woolf.

A volta do parafuso, que foi levada ao teatro com êxito imenso (*The Innocents*), como aliás sucedeu com outras novelas de James (por exemplo, *Washington Square*) e depois transformado numa ópera magnífica pelo compositor inglês moderno Benjamin Britten, é, na estreiteza das suas dimensões, um compêndio do melhor e mais característico de Henry James. As preocupações experimentais como a adaptação de um estilo muito sutil à narrativa feita por uma personagem e a construção da obra pela técnica da narrativa dentro de outra narrativa estão nessa novela presentes. Mas também o estão a fascinação do horror e da complexidade da alma humana, a reticência extrema que alude a tudo sem dizer nada, a criação de uma atmosfera peculiar que hipnotiza tanto o leitor como as personagens, os escrúpulos e inibições tão vitorianos destas (levados quase a um absurdo em que nada há de angustioso que não fique subtendido) e, tema fundamental de James, a destruição da pureza e da integridade pelas forças obscuras que as ameaçam a todo o momento, tal como aquele mundo romanesco que ele imaginara estava ameaçado de morte pelo nosso tempo menos hipócrita, menos discreto, irremediavelmente menos aristocrático. Depois de James e de *A volta do parafuso*, já nada pertence à História, mas à nossa experiência de todos os dias: uma experiência em que, dolorosamente, procuramos reconstituir, em novas e mais humanas bases, aquela cidadania do mundo, da qual Henry James foi, com nobreza e com dignidade, um exemplo superior, pois que raras vezes um homem terá sido, tão honestamente, mais fiel a si próprio e ao melhor do mundo em que viveu.

A volta do parafuso

(Os inocentes)

I

A narrativa nos manteve suspensos junto ao fogo; e não fosse a observação, demasiado evidente, de que era sinistra, tal como, em essência, deve ser toda história contada em noite de Natal numa casa velha, não me lembro de qualquer outro comentário até que aconteceu alguém dizer que aquele era o único exemplo do qual tivera notícia onde um tal castigo havia recaído na cabeça de uma criança. O caso em apreço, permitam-me dizê-lo, dizia respeito a uma aparição numa casa velha — uma aparição de medonha espécie, surgida diante de um menino que dormia no quarto com sua mãe e que a acordou, apavorado; que a acordou não para dissipar o terror do menino e pô-lo novamente a dormir, mas para defrontar, ela própria, a mesma visão que o sacudira.

Foi essa observação que suscitou — não de imediato, mas em hora mais avançada da noite — uma certa réplica de Douglas, que provocou a estranha consequência para a qual chamo a vossa atenção. Um dos presentes contava uma história banal, mas Douglas não prestava atenção. A esse indício, compreendi que tinha alguma coisa a dizer e que só nos restava ter paciência. E paciência tivemos, duas noites consecutivas; mas na terceira, antes de nos separarmos, ele afinal revelou o que o trazia preocupado.

— Quanto ao fantasma de Griffin, ou seja lá o que for, reconheço que o fato de ele ter primeiro aparecido a um garoto de tão tenra idade acrescenta à história um traço todo peculiar. Entretanto, não é a primeira vez, que eu saiba, que uma criança aparece num exemplo desse gênero fascinante. Ora: se uma única criança imprime à vossa emoção mais um passe de tarraxa... que direis de *duas*?

— Diremos, naturalmente — exclamou alguém —, que duas crianças imprimirão mais dois passes de tarraxa... e que queremos ouvir o resto!

Ainda estou a vê-lo: Douglas se havia posto em pé e, encostado à lareira, as mãos nos bolsos, baixava o olhar para o interlocutor.

— Sou, até hoje, o único a saber. A história é demasiado horrível.

Naturalmente, muitas vozes se elevaram para declarar que isso conferia à coisa um valor inestimável, e o nosso amigo, preparando o seu triunfo com uma arte tranquila, fitou o auditório e prosseguiu:

— Vai mais longe que qualquer outra coisa. Que eu saiba, nada se lhe aproxima.

— Como impressão de puro terror? — ocorreu-me perguntar.

Ele parecia querer dizer que não era assim tão simples; parecia na verdade perplexo ante a necessidade de a qualificar. Passou a mão sobre os olhos e contraiu o rosto numa careta:

— Como horror. Como horror; é pavorosa!

— Oh! Que delícia! — exclamou uma das mulheres.

Douglas não lhe deu atenção. Olhou para mim, mas como se visse em meu lugar aquilo a que aludia.

— Como um conjunto de fealdade, de dor e horror infernais!

— Está bem — disse-lhe eu. — Queira sentar-se e começar.

Ele voltou-se para o fogo, empurrou uma acha com o pé, contemplou-a um instante... Depois tornou a nos encarar:

— Não posso. Preciso mandar uma pessoa à cidade.

A essas palavras, ouviu-se uma geral lamentação e muita censura. Ele as deixou passar, depois explicou, sempre com seu ar preocupado:

— A história foi escrita. Está fechada à chave numa gaveta, donde não sai há muitos anos. Mas eu poderia escrever a meu criado e enviar-lhe a chave: ele me remeteria o pacote tal como está.

Era a mim em particular que ele parecia dirigir essa proposta; parecia quase implorar o meu auxílio para dar fim às suas hesitações. Quebrara a camada de gelo, de muitos invernos: tinha tido suas razões para tão longo silêncio. Os outros lamentavam a demora; eu, porém, estava encantado justamente por seus escrúpulos. Conjurei-o a escrever pelo primeiro correio e a combinar conosco uma pronta leitura. Perguntei-lhe se a experiência em questão fora dele próprio. Sua resposta não se fez esperar:

— Não, graças a Deus!

— E o relato é seu? Foi você que o escreveu?

— Apenas anotei a impressão que me deu. Inscrevi-a *aqui*. — E tocou no coração. — Nunca a perdi.

— E o manuscrito?

— A tinta envelheceu, desbotou... a letra é admirável...

Nova hesitação.

— Letra de mulher; de uma mulher morta faz vinte anos. À aproximação da morte, enviou-me as páginas em questão.

Agora todos escutávamos, e, naturalmente, houve alguém que tentou gracejar ou, pelo menos, tirar uma conclusão. Mas ele afastou a conclusão, sem sorrir ou zangar-se.

— Era uma criatura encantadora, dez anos mais velha do que eu. Governanta de minha irmã — disse docemente. — Nunca encontrei, em posição como essa, mulher mais amável. Era digna de ocupar qualquer outra. Faz muito tempo isso; e o episódio a que aludo ocorrera muito antes. Naquela época, eu estava em Trinity, e encontrei-a ao voltar para casa, nas férias de verão do segundo ano. De então em diante, voltei várias vezes. Foi um ano esplêndido. Lembro-me de nossos passeios no jardim, de nossas conversas em suas horas de folga; conversas em que ela se mostrava tão inteligente e tão amável! Oh, sim, não riam: eu gostava muito dela, e até hoje me apraz pensar que ela também gostava de mim. Se não gostasse, não teria me contado a história. Nunca a contara a ninguém. E não era apenas porque ela me dizia isso que eu acreditava... Eu tinha a certeza de que nunca dissera nada. Via-se que era assim. Compreenderão por quê, depois que me ouvirem.

— Por que o assunto a assustara além da conta?

Ele continuou a olhar-me fixamente.

— Ser-lhe-á fácil julgar... — E repetiu: — Será fácil...

Por minha vez, fitei-o com insistência.

— Percebo. Ela estava apaixonada.

Ele então riu pela primeira vez.

— Ah! Como você é perspicaz! Sim, estava apaixonada. Isto é, *tinha estado* apaixonada. Isso saltava à vista: era-lhe impossível contar a história sem que isso viesse à tona. Percebi-o, ela percebeu que eu percebera, mas nem eu nem ela aludimos ao caso. Lembro-me da hora e do lugar: um canto de relvado, à sombra das grandes faias, e a tarde longa e cálida de verão. O cenário não era para dar tremuras... e todavia...!

Ele se afastou do fogo, voltou a sentar-se.

— Receberá o pacote quinta de manhã? — perguntei.

— Não antes do segundo correio, provavelmente.

— Então, depois do jantar...

— Estarão todos aqui? — E circunvagou o olhar por todos nós. — Alguém vai partir?

Havia em sua voz um timbre quase esperançoso.

— Mas todo mundo quer ficar!

— *Eu* fico! *Eu* fico! — exclamaram as senhoras, cuja partida já havia sido anunciada. Mas a sra. Griffin declarou precisar de mais alguns esclarecimentos:

— Por quem a moça estava apaixonada?

— A história lho dirá — arrisquei-me a responder.

— Oh! Não posso esperar até lá!

— A história *não dirá* — tornou Douglas. — Pelo menos, não o dirá de um modo literal e vulgar.

— Tanto pior, então! Essa é a única maneira em que entendo as coisas!

— Mas *você*, Douglas, *você* não vai contar? — perguntou alguém.

Ele pôs-se bruscamente em pé.

— Sim, amanhã. Agora preciso ir para a cama. Boa noite.

E agarrando depressa o seu castiçal, afastou-se, deixando-nos levemente perplexos.

Da extremidade do grande salão de sombrios lambris onde estávamos reunidos, ouvimos seus passos na escada. A sra. Griffin falou:

— Muito bem! Se não sei por quem *ela* estava apaixonada, sei muito bem por quem *ele* estava apaixonado!

— Era dez anos mais velha do que ele — observou seu marido.

— *Raison de plus!* Naquela idade... Mas é verdadeiramente muito cavalheiresca a interminável discrição dele!

— Quarenta anos! — acrescentou Griffin.

— E, afinal, esta explosão!

— A explosão — disse eu — vai fazer da noite de quinta-feira uma coisa formidável!

Todos concordaram de tal modo comigo que, à luz desse fato, nada mais conseguiu interessar-nos. A história de Griffin, por mais incompleta que fosse — dir-se-ia o simples prólogo de uma série —, foi a última da noite. Trocamos cumprimentos de mãos e "cumprimentos de castiçais", como disse alguém, e recolhemo-nos.

No dia seguinte eu soube que uma carta, contendo uma chave, partira pelo primeiro correio ao endereço do seu apartamento em Londres. Mas a despeito — ou talvez precisamente por causa — da difusão subsequente dessa informação, deixamos Douglas na mais completa paz até depois do jantar, isto é, até a hora que melhor condizia com o gênero de emoção no qual puséramos nossas esperanças. Ele então se mostrou tão comunicativo quanto podíamos desejar, ao ponto de nos expor as boas razões que o assistiam para estar assim. Ouvimo-las em frente ao fogo do salão, lá mesmo onde nos despertaram os ingênuos espantos da véspera. A narrativa que ele nos prometera ler dir-se-ia exigir, para ser compreendida, algumas palavras de introdução. Seja-me lícito dizer aqui, de uma vez por todas, que esta narrativa, transcrição exata da que fiz muito mais tarde, é a que lerei daqui a pouco. Pobre Douglas! Quando sentiu que ia morrer, confiou-me o manuscrito que lhe chegara às mãos no terceiro daqueles dias e que, no mesmo lugar, com grande efeito, ele começara a ler na noite do quarto dia, diante do pequeno círculo mudo!

As senhoras que haviam declarado ficar naturalmente não ficaram, graças a Deus! Tangidas por compromissos anteriores, partiram inflamadas por uma curiosidade que se devia, assim disseram, pelos pormenores mercê dos quais ele já nos havia excitado. Isso porém apenas concorreu para tornar o pequeno auditório mais compacto e mais seleto, submetendo-o, em torno da lareira, à mesma vibrante expectativa.

O primeiro desses pormenores nos informava que a narrativa escrita começava depois que a história já estava em andamento. Para a compreender, era necessário saber que relação tinha com ele sua velha amiga, governanta de sua irmã. Filha mais nova dentre as várias filhas de um pobre pároco rural, acabara de ingressar como professora numa escola quando um belo dia decidiu precipitar-se para Londres, a fim de responder pessoalmente a um anúncio, por cuja causa já se havia posto em contato com o anunciante. A fim de se apresentar para exame a seu patrão em potencial, dirigiu-se a uma casa em Harley Street, que lhe pareceu vasta e imponente e onde a recebeu um perfeito *gentleman* — um celibatário na força da idade; enfim, um tipo de homem que, exceto em sonho ou romance de outrora, jamais teria podido conhecer uma moça tímida e nervosa, recém-saída de um presbitério de Hampshire. O tipo é de fácil descrição, sendo, felizmente, desses que nunca se acabam. Era belo, intrépido, sedutor, amável sem afetação, cheio de animação e bondade. Como não podia deixar de acontecer, fizeram-lhe impressão as suas maneiras de homem galante e aristocrata, mas o que mais a seduziu e lhe inspirou a coragem que ela mais tarde demonstrou foi a maneira pela qual lhe ofereceu o emprego: aceitando-o ela lhe conferiria uma graça, uma obrigação em que ele estava sinceramente disposto a incorrer... Acreditou-o rico, mas extremamente extravagante. Diante de seus olhos, ele lhe surgia aureolado pela última moda, por uma aparência sedutora, hábitos dispendiosos e *savoir-faire* com as mulheres. Residia numa vasta mansão cheia de despojos de viagem e troféus de caça; mas era para sua casa de campo — velha morada familiar no condado de Essex — que ele a queria ver partir imediatamente.

Era tutor de dois sobrinhos — um garoto e uma garota — cujos pais haviam falecido na Índia. O pai das crianças, seu irmão mais novo, tinha abraçado a carreira militar e fazia dois anos que falecera. Caindo-lhe nos braços por um estranho acaso, o sobrinho e a sobrinha constituíam um pesado fardo para um homem da sua posição — homem sozinho, sem experiência de lidar com crianças, destituído do menor resquício de paciência. Seguiu-se uma série de contrariedades, e indubitavelmente, de sua parte, uma série de erros. O tio, porém, tinha pena dos sobrinhozinhos órfãos e fizera por eles quanto pôde. Assim, enviara-os para a outra residência, de vez que era o campo o que mais lhes convinha, e confiara-os, desde o início, a pessoas habilitadas, chegando até a se privar de seus próprios criados em benefício do serviço deles e indo ele próprio, sempre que podia, verificar como marchavam as coisas.

A grande dificuldade era eles não possuírem outros parentes além dele, cujos negócios lhe tomavam quase todo o tempo disponível. Instalara-os em Bly, de salubridade e segurança indiscutíveis, e pôs à testa do serviço uma excelente mulher, a sra. Grose, outrora criada de quarto de sua mãe e que certamente haveria de agradar à jovem visitante. A sra. Grose era a encarregada e, na mesma ocasião, uma espécie de governanta da meninazinha, da qual, por felicidade, e porque não tinha filhos, gostava extremamente. O pessoal de serviço era numeroso, mas a jovem contratada como governanta seria ali a suprema autoridade. Também lhe incumbiria, durante as férias, cuidar do menino que frequentara durante três meses um colégio, conquanto demasiado novo para o internato — mas, que se poderia fazer? —, e o qual, como as férias se aproximavam, devia estar de volta mais dia menos dia.

Houve no princípio uma moça que tomara conta das crianças, mas que estas tiveram a infelicidade de perder. Era pessoa das mais idôneas e desempenhara o cargo admiravelmente até a morte, cuja súbita ocorrência, precisamente, não deixou outra alternativa senão o internato para o pequeno Miles. A partir desse momento, a sra. Grose fez o que pôde para incutir bons modos em Flora e não deixar faltar-lhe coisa alguma. Além da sra. Grose havia uma cozinheira, uma criada de quarto, uma encarregada da leiteria, um velho pônei, um velho lacaio e um velho jardineiro — todos igualmente idôneos.

Douglas estava nessa altura da narrativa quando alguém lhe perguntou:

— E de que morreu a primeira governanta? De excesso de... idoneidade?

A resposta não se fez esperar:

— Isso virá a seu tempo. Não quero antecipar.

— Perdão. Pensei que era isso mesmo que *você* estava fazendo...

— No lugar da sucessora — sugeri —, eu gostaria de saber se o cargo acarretava...

— Perigo de vida? — disse Douglas, completando meu pensamento. — Sim, ela quis saber e ela soube, com efeito, conforme amanhã lhes direi. Nesse intervalo, a perspectiva lhe pareceu um tanto sombria. Ela era jovem, inexperiente, nervosa, e via à sua frente graves deveres e escassa companhia. Na realidade, uma grande solidão. Hesitou dois dias, refletindo e se aconselhando. Mas o salário excedia de muito a sua modesta expectativa e numa segunda entrevista ela arrostou as consequências, assinando o compromisso.

Nesta altura Douglas fez uma pausa que, para benefício do auditório, aproveitei para lançar a seguinte observação:

— A moral de tudo isso é que o belo jovem exercia uma sedução irresistível, à qual a moça sucumbiu.

Ele ergueu-se e, como na véspera, aproximando-se do fogo, empurrou uma acha com o pé e permaneceu um instante de costas para nós.

— Ela só o viu duas vezes.

— Sim, mas é isso precisamente o que faz a beleza da sua paixão.

Ouvindo-me falar assim, Douglas, um pouco para minha surpresa, voltou-se na minha direção:

— Sim, *foi* a beleza daquela paixão. Outras houve — prosseguiu — que não sucumbiram. Ele expôs-lhes francamente as dificuldades que experimentara na procura; a muitas candidatas, as condições pareceram proibitivas; dir-se-ia que de algum modo ficavam assustadas, mormente quando vinham a saber da condição principal.

— A qual era...?

— Que nunca deviam incomodá-lo, fosse lá por que motivo fosse, nem apelar para ele, nem se queixar, nem lhe escrever, mas deviam elas mesmas resolver todas as dificuldades que se apresentassem, receber do seu procurador o dinheiro necessário, encarregar-se de tudo e deixá-lo tranquilo. A moça em apreço prometeu e me confessou que, ao segurar-lhe ele as mãos para agradecer-lhe, entre aliviado e encantado pelo seu sacrifício, ela já se sentira fartamente recompensada.

— Foi essa a sua única recompensa? — perguntou uma das senhoras.

— Ela nunca mais voltou a vê-lo.

— Oh! — exclamou a senhora. E tendo nosso amigo nos deixado logo em seguida, essa foi a última palavra significativa pronunciada sobre o assunto até a noite seguinte, quando, sentado na melhor poltrona, junto ao fogo, ele abriu a capa vermelho-desbotado de um pequeno álbum de corte dourado, à moda antiga.

A leitura prolongou-se por mais de uma noite, mas na primeira delas a mesma senhora fez outra pergunta:

— Qual o título que lhe deu?

— Nenhum.

— Muito bem, *eu* tenho um — disse eu.

Mas Douglas, sem prestar atenção, pusera-se a ler com uma articulação pura e límpida, como que tornando sensível ao ouvido a beleza da letra da autora.

II

Lembro-me de todo esse começo como de uma sucessão de altos e baixos, de um vaivém de emoções devidas e indevidas. Após o surto de energia que me levara, na cidade, a aceitar sua proposta, passei um par de dias bem ruins. Todas as minhas dúvidas despertaram e fiquei certa de que escolhera o pior partido. Foi nesse estado de espírito que passei as longas horas da viagem numa diligência sacolejante, que me transportava para o lugar designado, onde eu devia encontrar, à minha disposição, um veículo da casa para onde eu ia. Com efeito, disseram-me que essa comodidade fora encomendada, e lá pelo fim da tarde de junho me deparei com a confortável caleça que estava à minha espera. Atravessando, numa hora dessas e num dia radioso, uma região cuja risonha beleza parecia oferecer-me uma carinhosa acolhida, senti firmar-se a minha fortaleza; e ao entrarmos na avenida, toda a energia me voltou — reação que, provavelmente, não era senão uma prova de quão baixo ela caíra. Eu esperara, ou temera, qualquer coisa melancólica, de modo que a realidade acolhedora constituiu para mim uma grata surpresa. Lembro-me da excelente impressão que me causou a fachada larga e clara com todas as janelas abertas e duas criadas espiando para fora; lembro-me do relvado, das lindas flores, do ringir das rodas da caleça no pedregulho e das copas das árvores agrupadas, acima das quais as gralhas descreviam grandes círculos e grasnavam no céu dourado. A cena possuía uma grandeza que a fazia muito diferente da casa pobre onde eu vivera até ali. Uma pessoa cortês, trazendo uma menina pela mão, surgiu sem tardar na porta e me fez uma reverência tão cerimoniosa como se eu fosse a própria dona da casa ou hóspede de primeira categoria. Em Harley Street eu recebera uma impressão mais modesta do lugar, e essa impressão, quando dela me lembrei, me fez considerar o seu proprietário ainda mais fidalgo do que na realidade era, sugerindo que o que me estava reservado ia ainda além do que ele me deixara entrever.

Não tive nenhuma decepção até o dia seguinte, pois passei horas triunfantes a conhecer o mais jovem de meus alunos. A menina que acompanhava a sra. Grose me pareceu tão encantadora que considerei uma verdadeira felicidade ter de me ocupar com ela. Era a criança mais bonita que eu já vira, e mais tarde admirei-me de que o patrão não me tivesse dito nada a esse respeito.

Dormi pouco naquela primeira noite: estava excessivamente agitada, e isso também me espantou, lembro-me que me obsedou, acrescentado à impressão de liberalidade com que me tratavam. O amplo quarto imponente — um dos mais belos da casa —, o suntuoso leito (assim me parecia), as pesadas tapeçarias com ramagens, os altos espelhos onde, pela primeira vez, eu podia ver-me de corpo inteiro, assim como o encanto extraordinário da minha pequena aluna — tudo me impressionou à guisa de coisas dadas por acréscimo. Dadas também por acréscimo foram para mim, desde o primeiro instante, minhas relações com a sra. Grose, sobre as quais, ainda na caleça, eu refletira com não pequena apreensão. O único motivo que, à primeira vista, teria podido renovar essa apreensão foi a indisfarçável alegria que ela demonstrou à minha chegada. Desde a primeira meia hora, percebi que ela estava tão contente — mulher robusta, simples, feia, limpa e sadia que ela era! — a ponto de estar atenta para não o demonstrar demasiado. Naquele instante até fiquei um tanto espantada, ao perceber que ela preferia ocultá-lo; e isto, mercê de um pouco de reflexão e de suspeita, poderia, como era natural, causar-me inquietação.

Mas foi um descanso pensar que nenhuma inquietação poderia advir daquela visão beatífica que era a imagem radiosa da minha meninazinha — visão cuja angélica beleza constituía, provavelmente mais que qualquer outra, a causa daquela agitação que várias vezes me fez levantar e caminhar pelo quarto, ansiosa para absorver todo o quadro e a perspectiva; contemplar pela janela aberta a aurora nascente de um dia de verão; descobrir outras partes da casa que minha vista abrangia; e prestar atenção, no dilúculo moribundo, enquanto os primeiros passarinhos começavam a pipilar, à possível repetição de um som, talvez dois, menos naturais e não externos, mas internos, que se me afigurou ouvir. Houve um momento em que julguei reconhecer, fraco e distante, um grito de criança; em outro, estremeci quase inconscientemente como a um ligeiro tropel de passos em frente à minha porta. Mas estas fantasias não eram suficientemente acentuadas para que não as expulsasse, e não foi senão à luz — ou antes, à sombra — de acontecimentos ulteriores que elas retornaram à minha lembrança.

Vigiar, ensinar, "formar" a pequena Flora — eis aí, sem nenhuma dúvida, a obra de uma vida útil e feliz. Havíamos combinado, depois da ceia, que após a primeira noite ela dormiria no meu quarto, seu pequeno leito branco já tendo sido arranjado para esse fim. Eu devia encarregar-me totalmente dela, que permaneceria apenas uma última vez junto da sra. Grose, em deferência à minha inevitável estranheza e à sua natural timidez.

A despeito dessa timidez, sobre a qual a criança se mostrou singularmente franca e desassombrada, permitindo-nos, sem o menor indício de mal-estar — em verdade, com a doce serenidade de um anjo de Rafael —, que a discutíssemos, lha imputássemos e tomássemos decisões; a despeito dessa timidez, dizia eu, animava-me a certeza de que em breve ela haveria de gostar de mim. Uma parte da minha simpatia pela sra. Grose provinha do prazer que ela visivelmente experimentava ao ver a minha admiração e maravilhamento quando, diante de uma ceia de pão e leite, alumiada por quatro velas altas, eu contemplava a menina com seu avental, sentada à minha frente. Havia naturalmente muitas coisas que, em presença de Flora, não podíamos comentar, a não ser mediante uma troca de olhares satisfeitos e significativos ou alusões indiretas e obscuras.

— E o menino, se parece com ela? Também é assim extraordinário?

Conviemos em que nunca elogiaríamos em exagero uma criança.

— Oh! Senhorita, dos *mais* extraordinários. Se assim julga a esta...

E de pé, o prato na mão, ela contemplava com um radiante sorriso a meninazinha cujos doces olhos celestes pousavam ora em mim, ora na sra. Grose, sem que nada inibisse nossos gabos.

— Pois bem; se eu achar, com efeito, que...

— *Vai* ficar enlevada com o patrãozinho!

— Em verdade, parece que não estou aqui para outra coisa senão para ficar enlevada. Todavia receio — lembro-me que tive o impulso de acrescentar — que me deixo enlevar com grande facilidade. Em Londres já foi assim!

Ainda estou a ver o largo rosto da sra. Grose enquanto ela tentava penetrar o sentido de minhas palavras.

— Em Harley Street?

— Em Harley Street.

— Pois bem: a senhorita não foi a primeira nem será a última.

— Oh! Não tenho a pretensão — e pude rir — de ser a única. Em todo caso, meu outro aluno, ao que me foi dado compreender, chega amanhã?

— Amanhã não; sexta-feira. Vai chegar como a senhorita, pela diligência, sob a vigilância do condutor; ser-lhe-á enviada a mesma carruagem que trouxe a senhora até aqui.

Arrisquei perguntar se não seria conveniente, bem como agradável e cordial, eu e sua irmãzinha irmos esperá-lo à chegada da diligência — ideia com a qual a sra. Grose concordou com tamanho entusiasmo que me deu a impressão de que tomava, por assim dizer, o alentador compromisso — nunca desmentido, graças ao céu! — de que seríamos concordes em todas as questões. Como estava contente de eu estar ali!

O que senti no dia seguinte não se pode, em sã justiça, chamar de reação contra a alegria da minha chegada. Provavelmente era, no máximo, apenas uma ligeira opressão, devido a uma observação mais atenta das circunstâncias que me rodeavam quando as examinei, penetrei e defini os seus contornos. Tinham elas, por assim dizer, uma extensão e um volume para os quais eu não estava preparada e em presença dos quais me senti a princípio um pouco assustada, bem como um tanto orgulhosa. Em meio desta agitação, as lições não deixaram de sofrer algum atraso: pensava que o meu primeiro dever era criar uma intimidade entre a criança e eu, empregando para isso todas as sutis seduções de que dispunha. Passei toda a tarde fora em sua companhia, e, para sua grande satisfação, ficou combinado entre nós que seria ela — só ela e mais ninguém — quem me levaria a visitar a casa. Mostrou-ma, com efeito, passo a passo, de aposento a aposento, de segredo a segredo, entretendo-me todo o tempo com a sua divertida, deliciosa parolagem infantil, que teve como resultado, ao fim de uma meia hora, tornar-nos grandes amigas. Criança como era, todavia, impressionaram-me, durante o nosso passeio, a coragem e a segurança com que percorria os quartos vazios e os sombrios corredores, as escadas tortuosas que me obrigavam a fazer uma pausa e iam até o píncaro de uma velha torre apontada em ameias e que me deu tonturas... Com efeito, sua música matinal, sua disposição para dar, antes que pedir, explicações — tudo vibrava, e eu seguia-lhe no encalço. Nunca mais revi Bly depois que o abandonei e ouso dizer que a meus olhos mais velhos e experientes ele agora pareceria bastante diminuído. Mas enquanto a minha pequena condutora, com seus cabelos de ouro e seu vestido azul, dançava à minha frente, rodeando ângulos de velhos muros e saltitando ao longo de sombrios corredores, parecia-me estar vendo um castelo de romance, habitado por uma fada cor-de-rosa — um lugar que, para distração da ideia infantil, extraísse todo o seu colorido de um livro de histórias e de contos de fada. Pois não era aquilo um livro de histórias sobre o qual eu caíra toscanejando e sonhando? Não. Era uma casa enorme, feia, antiga, porém cômoda, corporificando alguns traços de um edifício ainda mais antigo, meio reformado, meio aproveitado, no qual se me afigurou estarmos quase tão perdidos como um punhado de passageiros em um grande navio indo à garra. E, estranha coincidência, era eu que ia ao leme!

III

Isso se provou quando, dois dias depois, fui com Flora ao encontro do "senhorzinho", como dizia a sra. Grose; ainda mais, mercê de um incidente que, na segunda noite, me transtornara profundamente. O primeiro dia, em seu conjunto, como eu já disse, fora tranquilizador, mas eu o vi terminar em dolorosa apreensão. O correio, naquela noite — que chegou tarde —, trouxe uma carta para mim. Escrita com a letra de meu patrão, só continha algumas poucas palavras e encerrava uma outra, endereçada a ele próprio, mas cujo selo estava intacto. "Acho que essa carta é do diretor do colégio, e o diretor do colégio é um horrível maçador. Leia o que ele diz, trate com ele, mas lembre-se: não quero saber de nada. Nem uma palavra! Estou de partida!"

Foi-me preciso um grande esforço para romper o selo — um esforço tão grande que custei a chegar à carta. Finalmente levei-a, ainda dobrada, para o quarto, e só a ataquei um pouco antes de ir para a cama. Devia tê-la deixado esperar até de manhã, pois me acarretou outra noite de insônia. Sem ninguém a quem pedir conselho, fiquei muito aflita até o dia seguinte, e finalmente tanto acresceu minha aflição que resolvi me abrir com a sra. Grose.

— Que significa isso? O menino foi expulso do colégio.

Reparei no olhar que ela me lançou naquele momento; depois, visivelmente, rapidamente afetando indiferença, tentou disfarçar:

— Mas os alunos não são todos...

— Enviados de volta para casa? Sim, mas só durante as férias. Miles nunca mais voltará para o colégio.

Sob o meu olhar atento, ela perdeu a segurança e corou:

— Não querem mais ficar com ele?

— Recusam-se, de modo absoluto.

A essas palavras, ela ergueu para mim seus olhos, que havia desviado: vi-os marejados de sinceras lágrimas.

— Que foi que ele fez?

Hesitei; depois achei melhor estender-lhe a carta, cujo efeito foi levá-la, muito simplesmente, a pôr as mãos atrás das costas, sem nenhum gesto para apanhar. Sacudiu a cabeça tristemente:

— Essas coisas não são para mim, senhorita...

Sra. Grose não sabia ler!

Tive um sobressalto de surpresa e, atenuando minha falta o melhor que pude, reabri a carta a fim de a ler para ela, mas, fraquejando no ato e tornando a dobrá-la, meti-a novamente no bolso.

— O garoto é mesmo *perverso*?

Os olhos de sra. Grose continuavam marejados.

— Esses senhores dizem isso?

— Não referem pormenores. Simplesmente dizem lamentar a impossibilidade de o conservar em sua companhia. Isso pode ter um único significado.

Sra. Grose escutava num silêncio comovido. Absteve-se de perguntar qual poderia ser esse significado, de modo que, para exprimir a coisa com mais coerência e, relatando-lha, torná-la mais presente a meu espírito, prossegui:

— Dizem que ele prejudicaria os outros.

A essas palavras, com um desses bruscos sobressaltos da gente simples, ela se inflamou de repente:

— Prejudicar!... Sr. Miles?!...

Havia em sua voz tal tom de boa-fé que, embora eu ainda não tivesse visto o menino, fui impelida, pelo próprio receio que sentia, a achar a ideia absurda. Assim, para melhor corroborar minha amiga, disse, com uma ênfase sarcástica:

— Prejudicar os seus pobres coleguinhas inocentes!

— É uma crueldade dizerem isso! — exclamou sra. Grose. — Ele ainda não tem dez anos!

— Com efeito, é incrível!

Percebi que ela me ficou reconhecida por essa declaração.

— Primeiro veja-o, senhorita; depois acredite... se puder!

Tornei a sentir uma grande impaciência em ver o menino. Nascia em mim uma curiosidade que, nas próximas horas, deveria aumentar ao ponto de torturar-me.

Sra. Grose estava ciente, percebi-o, da impressão que me causara e prosseguiu tranquilamente:

— Poderia crer a mesma coisa da menininha, valha-a Deus! — acrescentou em seguida. — *Olhe* para ela!

Voltei-me: Flora, que dez minutos antes eu instalara na sala de aulas com uma folha em branco, um lápis e um modelo de belos "'O's redondos", surgiu na porta aberta. Com suas maneiras infantis, mostrava um desprendimento extraordinário por tudo quanto a aborrecia. Mas seu olhar, cheio daquela radiante luminosidade da infância, parecia dar como explicação de sua conduta a afeição que concebera por mim e que a obrigara a seguir-me. Não precisei de mais nada para sentir toda a justeza da comparação da sra. Grose. Em consequência, apertei minha aluna nos braços e cobri-a de beijos, aos quais se mesclava um soluço de penitência.

Nem por isso deixei de vigiar minha colega no resto do dia, tanto mais que, à aproximação da noite, me pareceu que ela procurava evitar-me. Lembro-me de que a alcancei na escada, a qual descemos juntas; e, chegadas ao último degrau, detive-a, pousando minha mão no seu braço.

— Segundo o que me disse hoje à tarde, concluo que *a senhora* nunca soube que o comportamento dele fosse mau...

Ela jogou a cabeça para trás; havia claramente, naquela hora, resolvido adotar uma atitude.

— Que eu nunca soube... Oh, não pretendo *isso*!

Tornei a ficar extremamente perturbada.

— Então *soube*?...

— Claro que sim, senhorita; graças a Deus!

Após refletir, aceitei essa resposta.

— Quer dizer que um rapazinho que jamais...

— Não é o que *eu* considero um rapazinho!

Apertei-a.

— A senhora os quer danados? — E antecipando-lhe a resposta: — Eu também! — lancei sofregamente. — Mas não a ponto de contaminar...

— De contaminar?

A palavra comprida desnorteou-a. Expliquei-lhe:

— Corromper...

Arregalou os olhos quando compreendeu; e isso a fez soltar uma risada singular.

— Receia que ele venha a *lhe* corromper?

Fez essa pergunta com tão franco bom humor que, soltando uma risada, talvez um pouco tola para combinar com a dela, cedi, dessa vez, ao medo do ridículo.

Mas no dia seguinte, ao aproximar-se o momento em que devia tomar a carruagem, tentei colher maduras em outro lugar.

— Como era a moça que esteve aqui antes de mim?

— A governanta anterior? Também era jovem e bonita... quase tão bonita como a senhorita.

— Ah! Espero que a sua mocidade e a sua beleza lhe tenham servido para alguma coisa! — Lembro-me que lhe lancei. — Parece que ele nos prefere jovens e bonitas...

— Quanto a isso, *é* verdade — disse Mrs. Grose. — É o que ele procurava em toda gente!

Nem bem soltou essas palavras, tentou se corrigir:

— Quero dizer que o gosto *dele* é esse... O gosto do nosso patrão...

Fiquei transida.

— Mas a quem aludia anteriormente?

Seus olhos permaneceram inexpressivos, mas ela enrubesceu.

— A *ele*, ora!

— Nosso patrão?

— Quem mais?

Era de tal modo evidente que não podia ser outro que, um instante depois, esqueceu-me a impressão que me viera de que, acidentalmente, ela havia dito mais do que queria. Em consequência, apenas perguntei o que me interessava:

— E *ela* algum dia viu no menino...

— Alguma coisa que não fosse direita? Nunca disse.

Dominei um escrúpulo nascente para perguntar:

— E ela? Era atenciosa? Exigente?

A sra. Grose pareceu esforçar-se para dar uma resposta conscienciosa:

— Em alguns pontos, sim.

— Não todos?

Ela voltou a considerar.

— Ora, senhorita, ela já se foi e eu não sou faladeira.

— Compreendo perfeitamente os seus sentimentos — apressei-me a responder. Mas não achei contrária a esta concessão perguntar-lhe um instante depois: — Ela morreu aqui?

— Não. Foi-se embora.

Não sei por quê, o laconismo da sra. Grose deu-me a impressão de ambiguidade.

— Foi-se embora... para morrer?

A sra. Grose olhou pela janela em frente, mas eu senti, por definição, que tinha o direito de saber como eram tratadas em Bly as jovens governantas.

— Quer dizer que ela adoeceu e voltou para casa?

— Aparentemente, não adoeceu aqui. No fim do ano partiu para umas férias curtas, segundo disse. Ao que tinha pleno direito, visto o tempo que passara em Bly. Tínhamos conosco, na ocasião, uma jovem aia que, sob as ordens dela, cuidava das crianças; era uma boa moça, conhecedora do ofício, e *ela*, nesse intervalo, se encarregou de Flora e Miles. Mas a jovem governanta nunca mais voltou. No mesmo momento em que esperávamos o seu regresso, o patrão comunicou que ela morrera.

Fiquei cismando.

— Mas... de que morreu?

— Ele não disse. Mas, com licença, senhorita — disse a sra. Grose —, preciso voltar ao meu trabalho.

IV

Felizmente, apesar das preocupações que me atormentavam (e com justa razão), esse gesto impertinente não pôde interromper o progresso da nossa mútua estima. Depois que eu trouxe Miles para casa, reencontramo-nos mais intimamente do que nunca no terreno da minha estupefação e da emoção que me sacudia — tão monstruoso se me afigurava o interdito lançado sobre a criança com a qual eu vinha a travar conhecimento. Cheguei um pouco atrasada ao encontro e vi-o à porta da estalagem onde a diligência o depusera, procurando-me sofregamente com o olhar. Imediatamente senti que a mesma luminosa frescura, a mesma indisfarçável fragrância de pureza que, desde o primeiro instante, eu respirara junto de sua irmã de igual modo o envolviam e penetravam. Ele era incrivelmente belo e sra. Grose acertara em cheio: em sua presença, ficavam abolidos quaisquer outros sentimentos e só havia lugar para uma espécie de ternura apaixonada.

Mas o que, naquela hora e naquele lugar, se apoderou de meu coração foi qualquer coisa de divino que eu nunca antes encontrara, com a mesma intensidade, em qualquer outra criança: um arzinho indescritível de não conhecer nada deste mundo que não fosse o amor. Não era possível carregar tão triste reputação com uma graça mais inocente; e, quando cheguei com ele a Bly, sentia-me inteiramente desnorteada — isto para não dizer ofendida — à lembrança da insinuação contida na horrível carta que eu tinha debaixo de chave numa das gavetas de meu quarto.

Logo que pude trocar com a sra. Grose algumas palavras em particular, declarei-lhe que a coisa era grotesca.

Ela prontamente compreendeu.

— Refere-se àquela cruel acusação?

— É infundada. *Olhe* para ele, minha cara senhora!

Ela sorriu diante da minha pretensão de haver descoberto o encanto do garoto.

— Garanto-lhe, não faço outra coisa. E que vai dizer a senhorita? — imediatamente acrescentou.

— Em resposta à carta? — Eu já tomara o meu partido: — Nada, absolutamente.

— E ao tio dele?

Respondi secamente:

— Nada, absolutamente.

— E ao próprio garoto?

Fui maravilhosa:

— Nada, absolutamente:

Ela enxugou vivamente o rosto com o avental.

— Conte comigo, senhorita. Vamos até o fim.

— Vamos até o fim — repeti ardentemente, como um eco, e estendi-lhe a mão para selar nosso contrato. Ela a reteve um instante na sua; depois, com a outra mão, tornou a levar o avental ao rosto.

— A senhorita se incomodaria, se eu tomasse a liberdade...

— De beijar-me? Oh, não!

Tomei a boa mulher nos braços e, depois que nos beijamos como irmãs, senti-me ainda mais fortalecida e mais indignada.

Durante um certo tempo as coisas ficaram nesse pé. Mas foi um tempo tão cheio que, para distinguir, hoje, o que se passou, tenho de lançar mão de toda a minha arte. O que agora me enche de estupor é eu haver aceito tal situação. Empreendi, com a minha companheira, ir até o fim, e, aparentemente, um encanto me subjugava, dissimulando a extensão e as remotas e difíceis ligações dessa empresa. Sentia-me levantada por uma grande onda de paixão e pena. Em minha ignorância, em minha cegueira — e, um pouco talvez, em minha presunção —, achava muito simples assumir a direção de um menino cuja educação para o mundo apenas se iniciava. Até hoje sou incapaz de recordar o que tencionava fazer no fim das férias, visando o reinício de seus estudos. Em teoria, ficou estabelecido entre nós que eu lhe daria lições durante todo aquele belo verão; hoje, porém, percebo que, durante semanas e mais semanas, antes fui eu quem recebi lições... Aprendi, logo no início, uma coisa que a minha vida modesta e asfixiada não me havia ensinado: aprendi a divertir-me e a divertir, sem pensar no dia de amanhã. Foi, de certa maneira, a primeira vez que conheci o espaço, o ar, a liberdade, toda a música do verão e todo o mistério da natureza. Depois, havia a consideração de que me rodeavam; e era tão doce a consideração! Era, com efeito, uma armadilha — não premeditada, mas perigosa —, uma armadilha para a minha imaginação, para a minha delicadeza, talvez para a minha vaidade; enfim, para tudo quanto havia em mim de mais vulnerável. A melhor maneira de descrever a situação é dizer que eu estava desprevenida. Davam-me tão pouco trabalho, eram de uma doçura tão extraordinária! Costumava às vezes perguntar-me — mas até isso sem sair do meu vago devaneio — como o brutal futuro (pois todos os futuros são brutais) os iria tratar, talvez ferir... Eles tinham o viço da saúde e da felicidade; e, todavia, como se eu fosse a encarregada de zelar por um casal de pequenas altezas ou de príncipes de sangue, em torno dos quais, para estar em ordem, tudo devia estar fechado e defendido, a única forma de existência que a minha imaginação via os anos subsequentes lhes oferecerem era a de um prolongamento romântico, verdadeiramente principesco, daqueles jardins e daquele parque. Pode ser, antes de tudo, que o que aí irrompeu subitamente empreste a esse período anterior o encanto da tranquilidade — o encanto do silêncio no qual alguma coisa ameaça, rastejante... A alternativa foi semelhante ao salto de uma fera.

Nas primeiras semanas, os dias foram longos. Muitas vezes os mais belos me proporcionaram o que eu costumava chamar de "hora só minha", durante a qual, tendo meus alunos tomado chá e se recolhido, eu podia permitir-me um breve intervalo antes de me retirar para a noite. Por mais que amasse meus companheiros, era essa a hora de que eu mais gostava; e gostava, mais que tudo, à medida que a luz se extinguia ou, antes, à medida que o dia se dilatava e os últimos apelos dos derradeiros passarinhos se faziam ouvir nas velhas árvores sob o céu ruborizado, de dar uma volta pelos jardins e de gozar, com um sentimento de proprietária que me lisonjeava e divertia, a beleza e a majestade do lugar. Era um prazer, nesses momentos, sentir-me tranquila e justificada pela tarefa a cumprir; sem dúvida, era também um prazer a ideia de que a minha discrição, o meu simples bom senso e, de um modo geral, a correção do meu caráter davam prazer — se ela alguma vez pensava nisso! — à pessoa a cuja insistência eu havia correspondido. O que eu agora fazia era aquilo mesmo que essa pessoa tão ardentemente desejara, aquilo mesmo que ela me pedira desde o início; e que eu *fosse* capaz de fazê-lo se me provou uma alegria ainda maior do que jamais ousara esperar. Eu surgia diante de meus próprios olhos como uma moça notável, e a ideia de que, mais cedo ou mais tarde, isso publicamente se conheceria proporcionava-me um grande bem-estar. Claro: eu tinha de ser notável, dados os notáveis acontecimentos que estavam a pique de se desencadear.

Aconteceu abruptamente certa tarde, bem no meio da hora que era "minha": as crianças estavam deitadas, e eu saíra para dar minha volta. Um dos pensamentos que me acompanhavam nesses vagares, e o qual agora não me peja fazer notar, era de que seria encantador, tão encantador como uma história romântica, o meu encontro repentino com alguém...

Alguém que, no dobrar de uma aleia, súbito surgisse à minha frente e, com um sorriso, me desse a sua aprovação. Não pedia mais que isso: que ele *soubesse*; e a única maneira de eu ter a certeza de que ele sabia seria vê-lo expresso na luz acariciante de seu formoso rosto... Estava isso presente em meu espírito — quero dizer, o rosto — quando, numa dessas primeiras ocasiões, ao fim de um longo dia de junho, estaquei de repente, já à vista da casa, ao emergir dentre o arvoredo. O que me pregou no lugar — e com um choque muito maior do que me teria proporcionado qualquer visão — foi sentir que a minha imaginação, com a rapidez de um relâmpago, tomara corpo. Ele estava lá! Porém, muito alto, para além do relvado, no cimo da torre onde a pequena Flora me havia conduzido na primeira manhã!

Essa torre completava o par de torres — estruturas quadradas, encimadas de ameias, desproporcionais — distinguidas, por alguma razão, embora eu visse muito pouca diferença, como a torre nova e a torre velha. Elas flanqueavam as duas extremidades opostas do edifício e não eram provavelmente senão duas aberrações do arquiteto, em certa medida atenuadas por não estarem inteiramente isoladas nem serem de uma altura demasiado pretensiosa. Não só isso, mas a sua falsa antiguidade datava da época romântica, já confundida com um respeitável passado. Eu admirava-as, trabalhava-as na fantasia, pois todos, de certo modo, nos beneficiávamos, especialmente quando elas avultavam ao crepúsculo, com a majestade de suas ameias. Todavia, não era naquela altura insólita que a figura tantas vezes invocada por mim parecia estar no lugar que lhe era devido.

Lembro-me que, no crepúsculo claro, essa figura me produziu dois ofegos de emoção: distintamente, o choque da minha primeira e da minha segunda surpresa. O segundo foi a violenta percepção do engano do primeiro: o homem com quem me deparei não era a pessoa que eu acreditara precipitadamente dever estar ali. Experimentei tal perturbação da vista que, mesmo após decorridos tantos anos, não me sinto capaz de descrevê-la. Um homem desconhecido, em lugar solitário, constitui um objeto já autorizado a amedrontar uma moça criada no seio da família, e a figura que me encarava — bastaram alguns segundos para me certificar — era tão pouco parecida com qualquer pessoa do meu conhecimento quanto o era a da imagem que, na ocasião, estava em meu espírito. Não a vira em Harley Street; nunca a vira em parte nenhuma. Não só isso, mas o próprio lugar, da maneira mais estranha, se havia transformado, no mesmo instante e mercê da aparição, na mais completa solidão. Para mim, pelo menos, que tento recompor minhas impressões mediante uma reflexão nunca antes tão deliberada, retorna toda a sensação daquele dia. Era — enquanto eu absorvia avidamente tudo quanto os meus sentidos podiam captar — como se todo o resto da cena estivesse ferido de morte. Posso tornar a ouvir, enquanto escrevo, o intenso silêncio em que tombavam os rumores da tarde. As gralhas já não crocitavam no céu de ouro, e, durante um minuto indizível, a hora acariciante perdeu inteiramente a voz. Não havia entretanto outra mudança na natureza, a menos que fosse a minha sensação de enxergar com uma estranha nitidez. O ouro continuava no céu; a limpidez, no ar; e o homem que me fitava por cima das ameias era tão nítido como um retrato em sua moldura. Foi graças a isso que pensei, com uma rapidez extraordinária, em todas as pessoas que ele poderia ser e que não era. Confrontamo-nos, através do espaço, um tempo suficiente para eu me perguntar, veementemente, quem era ele e para sentir, ante a minha incapacidade para responder, um espanto que em poucos instantes se intensificou.

A grande questão — pelo menos uma das questões surgidas em relação a certos fatos — era, bem o sei, calcular o tempo que eles duraram. Pois bem! Quanto ao fato em apreço, ele durou — podeis pensar o que quiserdes — o tempo de uma dúzia de suposições (nenhuma melhor do que outra, na minha opinião) se apresentar a meu espírito para explicar a existência, naquela casa — e, sobretudo, desde quando? —, de uma pessoa que eu desconhecia. Durou o tempo de eu me sentir um tanto melindrada, ao imaginar que, na minha situação, tal desconhecimento, bem como tal presença, não eram absolutamente admissíveis. Durou, em todo caso, o tempo de esse visitante — estranho indício de familiaridade, lembro-me de que ele não trazia chapéu! — de esse visitante, do lugar onde estava, parecer fixar-me, dirigindo-me a mesma pergunta, o mesmo olhar perscrutador que a sua presença provocava. Achávamo-nos demasiado afastados um do outro para nos chamarmos, mas chegou um momento em que, a uma distância mais curta, uma apóstrofe qualquer, rompendo o silêncio, teria sido o resultado natural da maneira direta com que reciprocamente nos encarávamos. Estava ele em um dos ângulos — o mais afastado da casa —, muito ereto, conforme observei, e com ambas as mãos apoiadas no parapeito. Foi assim que o vi, como vejo as letras que traço nesta página. Depois, exatamente um minuto mais tarde, como que para acrescentar ao espetáculo, trocou lentamente de lugar e passou, olhando-me fixamente todo o tempo, para o ângulo oposto da plataforma. Sim: tive a impressão profunda de que, durante o trânsito, não tirou os olhos de mim e, nesta mesma hora, ainda vejo como, à medida que caminhava, ele ia passando a mão de uma ameia para a seguinte. Já no outro ângulo, parou, porém menos tempo; e, à medida que se afastava, não tirou os olhos de mim. Depois retirou-se de uma vez, e isso foi tudo.

V

Não que eu não tenha esperado por mais naquela hora, pois estava não apenas plantada no lugar, como também profundamente abalada. Haveria um segredo em Bly? Um mistério de Udolfo, algum parente alienado ou escandaloso, sequestrado num esconderijo nunca suspeitado? Não sei quanto tempo, dividida entre a curiosidade e o terror, permaneci no lugar onde o golpe me cravara. Apenas recordo que, ao reentrar em casa, a noite descera inteiramente. No intervalo, decerto fora presa de uma agitação que, malgrado meu, me dominara e me impelira a andar ao redor da casa, onde devia ter caminhado umas três milhas. Mais tarde, porém, eu teria de ficar de tal modo esmagada que este simples despontar de alarme não me causou mais que um calafrio de medo muito humano. Mas o que havia de mais singular na minha agitação — aliás, toda a aventura fora singular — me foi revelado quando me deparei com a sra. Grose no saguão. A imagem, a impressão que recebi ao regressar, me retorna no fluxo da lembrança: o amplo espaço apainelado de branco, brilhantemente iluminado, com seus retratos e seu tapete vermelho, e o bom olhar de surpresa de minha amiga, que imediatamente me disse ter sentido falta de mim. Ao seu contato, fiquei intimamente persuadida de que, na simplicidade do seu coração e na aflição amenizada pela minha volta, ela nada sabia em relação ao incidente que eu tinha para lhe contar. Não suspeitei, anteriormente, que o seu bondoso rosto me restituiria o equilíbrio e, de algum modo, pela hesitação em que me encontrava para mencioná-lo, media toda a importância do que eu vira. Em toda a história, nada há que me pareça tão singular como o fato de o verdadeiro medo que começava a me invadir ser inseparável, se assim posso dizer, do instinto de poupar a minha companheira.

Em consequência, ali mesmo, no saguão acolhedor e sob o olhar dela, sofri uma revolução interior, por uma razão que eu teria tido dificuldade em exprimir. Dei-lhe uma vaga desculpa pelo meu atraso e, invocando a beleza da noite, o abundante orvalho e meus pés molhados, dirigi-me o mais depressa possível para meu quarto.

Aí, o assunto foi muito diferente; e, por muitos dias, foi um assunto bastante insólito. Havia horas, dia após dia — ou pelo menos havia momentos roubados em detrimento dos meus deveres mais elementares —, em que eu tinha de me fechar no quarto para refletir. Não que o meu estado nervoso já excedesse a minha força de resistência; mas eu sentia um grande medo de chegar até aí, pois a verdade, que eu agora tinha de contemplar em todas as suas facetas, era, simplesmente, claramente, eu não poder, de modo algum, identificar o visitante com o qual eu entrara em relações de uma maneira tão inexplicável e, todavia, ao que se me afigurava, tão íntima. Em pouco tempo percebi que poderia sondar, sem nenhum formulário de inquérito e sem despertar suspeitas, qualquer intriga doméstica que ali houvesse. O choque que eu sofrera devia ter aguçado todas as minhas faculdades: ao fim de três dias, depois de haver simplesmente observado as coisas mais de perto, fiquei convencida de que os criados não me haviam enganado, nem me tomado como alvo de uma brincadeira. O que eu sabia — fosse lá o que fosse — não era conhecido de mais ninguém à minha volta. Uma única conclusão razoável se impunha: alguém tinha tomado, em Bly, uma liberdade quase brutal. Foi isso o que, repetidamente, mergulhei no meu quarto e tranquei a porta para dizer a mim mesma. Todos, coletivamente, havíamos sofrido a invasão de um intruso. Algum viajante sem escrúpulos, interessado em casas velhas, ali penetrara despercebido, gozara o panorama do melhor ponto de vista e tornara a partir como viera. Se me encarara com tal audácia e cinismo, isso fazia parte de sua má educação. No final das contas, a coisa boa em toda a história era que nunca mais voltaríamos a vê-lo.

Não era entretanto uma coisa tão boa a ponto de me impedir de reconhecer que, essencialmente, o que punha na sombra todo o resto era simplesmente a minha sedutora tarefa. Pois a minha sedutora tarefa era viver com Miles e Flora, e nada me faria amá-la mais do que saber que, em caso de dificuldade, eu podia dar-me inteiramente a ela. A sedução de meus pequenos alunos era uma alegria ininterrupta e suscitava em mim um novo espanto cada vez que eu lembrava os meus vãos temores iniciais, o desgosto que comecei por sentir pela minha situação provavelmente monótona e prosaica. Mas não houve nem prosa monótona nem mó a fazer rodar. Como não seria encantador um trabalho que se apresentava como uma obra de beleza quotidiana? Era todo o romantismo da infância e a poesia da sala de aula. Com isso não quero dizer que só estudávamos ficção e versos: quero apenas dizer que não existem outros termos para expressar o gênero de interesse que meus companheiros me inspiravam. Como descrevê-lo senão dizendo que, em vez de cair, junto deles, na mortal monotonia do hábito — e que prodígio para uma governanta! Apelo para o testemunho de toda a confraria! —, eu fazia constantes descobertas. Evidentemente, havia uma direção onde tais descobertas se detinham: uma profunda obscuridade continuava a encobrir a região da conduta do menino no colégio. Foi-me concedida a graça, desde o início, de encarar o mistério sem angústia. Talvez até esteja mais próximo da verdade se eu disser que, tacitamente, sem dizer palavra, a própria criança mo esclarecera. Tornara absurda toda a acusação, e minhas conclusões aí viçaram com o verdadeiro e róseo rubor da sua inocência: ele era apenas demasiado delicado, demasiado sincero para o pequeno mundo impuro e repelente dos colégios — e pagou caro por isso. Fiz a amarga reflexão de que dar a impressão de uma individualidade diferente das outras e mostrar-se de qualidade superior sempre acaba por provocar uma vingança da maioria — o que pode até incluir diretores de colégio, se estes são estúpidos e interesseiros.

Ambas as crianças eram dotadas de uma doçura tão grande — era o seu único defeito — que as tornava (como direi?) quase impessoais e, indubitavelmente, impossíveis de castigar. Eram — moralmente ao menos — como esses querubins da anedota, nos quais nada havia a espancar. Lembro-me de haver sentido, especialmente em relação a Miles, que ele não tinha história. Esperamos de uma criança que ela a tenha, ainda que pequena; mas, neste menino, havia qualquer coisa extraordinariamente sensível, todavia extraordinariamente feliz, que me dava a sensação — mais do que qualquer outra criança da sua idade que eu até ali conhecera — de que ele nascia de novo todas as manhãs. Não, ele jamais sofrera um segundo sequer. Era essa uma prova positiva que eu tinha a opor à ideia de que um dia se lhe infligira um castigo verdadeiro. Se tivesse tido mau comportamento, tê-lo-ia "levado", e eu também o "levaria" em ricochete, ou pelo menos teria encontrado indícios... Não achei coisa alguma, e, consequentemente, ele era um anjo. Nunca aludiu à escola, nunca mencionou um colega ou professor. De minha parte, o meu desgosto pelo assunto era demasiado grande para que eu lhe fizesse qualquer alusão.

Evidentemente, eu estava enfeitiçada, e o maravilhoso da história era que eu sabia perfeitamente, mesmo naquela altura, que o estava. Todavia me entregava: era um antídoto à mágoa, e eu tinha mais de uma. As notícias de casa eram inquietadoras, as coisas lá não iam bem. Mas, em companhia das crianças, que me importava o resto do mundo? Era essa a pergunta que eu me fazia nos meus retiros descontínuos. Estava fascinada pela sua beleza.

Certo domingo — é mister continuar, seja como for —, choveu tanto e durante tantas horas que não pudemos, como era de hábito, marchar em procissão até a igreja. Assim, enquanto o dia declinava, combinei com a sra. Grose que, se o tempo melhorasse, iríamos juntas assistir ao culto da noite. A chuva felizmente cessou, e eu me preparei para o passeio que, através do parque e da boa estrada que levava à aldeia, era questão de uns vinte minutos. Quando eu descia para me reunir à minha companheira no saguão, lembrei-me de um par de luvas que tinham precisado de alguns pontos e que os receberam — com uma publicidade pouco edificante, talvez — enquanto eu estava à mesa do chá com as crianças. Eram elas servidas aos domingos, excepcionalmente, nesse templo escarolado e frio, de cobre e de acaju, que era a sala de jantar dos "grandes". Foi ali que eu deixara cair as luvas e para ali foi que voltei para apanhá-las.

O dia já estava bastante escuro, mas a luz da tarde ainda se arrastava e permitiu-me, ao cruzar a soleira, não apenas reconhecer, sobre uma cadeira perto da grande janela então fechada, o objeto que eu buscava, mas também perceber, do lado de fora, uma pessoa que olhava diretamente para dentro da sala. Bastou-me um passo: a visão foi instantânea, tudo estava lá. A pessoa que olhava para dentro era a mesma que já me havia aparecido.

Apareceu-me, desta vez, não direi com maior nitidez — era impossível —, mas com uma proximidade que denotava um progresso em nossas relações. A esse encontro, perdi a respiração, senti-me enregelar da cabeça aos pés. Era o mesmo; era o mesmo, e visto, desta vez, como nunca antes, da cintura para cima, pois a janela, embora a sala de jantar fosse térrea, não descia até o terraço onde ele se encontrava. O rosto encostado na vidraça, o efeito desta segunda visão serviu, estranhamente, para me mostrar como a primeira tinha sido intensa. Ele ali se demorou não mais que alguns segundos, o suficiente para me convencer de que, também ele, me havia visto e reconhecido; mas para mim foi como se eu tivesse passado anos a fitá-lo e sempre o tivesse conhecido.

Qualquer coisa, porém, aconteceu que não acontecera da outra vez: o olhar que me fixava o rosto através da vidraça e da outra extremidade da sala era duro e penetrante como antes, mas desviou-se um momento, durante o qual pude segui-lo e vê-lo pousar consecutivamente sobre vários objetos. Imediatamente se me acrescentou o choque de uma certeza: não era por mim que ele estava lá; viera ali por outra pessoa.

Essa convicção — que me atravessou como um relâmpago (era bem uma convicção em meio ao terror) — produziu em mim o efeito mais extraordinário, dando início a uma súbita vibração de coragem e de dever a cumprir. Digo "coragem" pois, sem nenhuma dúvida, eu já não era dona de mim. Precipitei-me da sala de jantar para fora, ganhei a porta da entrada e num minuto achei-me na aleia. Contornando o terraço o mais depressa que pude, virei um ângulo e descortinei inteiramente... coisa nenhuma, pois meu visitante havia desaparecido. Estaquei; e, ao alívio que senti, quase caí no chão. Mas abrangendo a cena em sua totalidade, dei-lhe tempo para reaparecer. Digo "tempo", mas quanto durou? Hoje não posso verdadeiramente precisar a duração desses acontecimentos. Essa noção de medida devia com certeza haver-me abandonado: os acontecimentos não podem ter durado como então me pareceram realmente durar. O terraço e o edifício, o relvado e o jardim, tudo quanto me era possível avistar do parque, tudo estava vazio de um imenso vazio. Havia arbustos e árvores altas; lembro-me porém da nítida certeza de que nada o escondia. Ou ele estava ali, ou não estava: se eu não o via, é que não estava. Agarrei-me a essa ideia; depois, instintivamente, em vez de voltar por onde viera, dirigi-me para a janela. Vagamente se me afigurava que eu devia colocar-me no mesmo lugar onde ele estivera. Assim fiz. Encostei o rosto na vidraça e olhei, como ele olhara, para dentro da sala. Justamente nesse instante, como para me mostrar qual tinha sido o alcance do seu olhar, sra. Grose, tal como eu, entrou na sala, provindo do saguão. Tive assim a perfeita repetição da primeira cena. Ela viu-me, assim como eu vira o visitante; parou de repente, como eu o fizera. Produzi-lhe quase o mesmo choque que eu recebera. Ela ficou pálida, o que me levou a perguntar-me se eu também empalidecera tanto. Em suma: encarou-me, depois se retirou, exatamente como *eu*. Percebi que saíra da casa para procurar-me e que eu iria vê-la. Permaneci onde estava, e, enquanto esperava, muitos pensamentos me passaram pelo espírito. Mas há apenas um que aproveito o espaço para mencionar: admirou-me ver que *ela* também ficara transtornada.

VI

Oh! Ela mo fez saber logo que, avultando à minha vista, dobrou um ângulo da casa:

— Em nome do céu, que aconteceu?

Estava vermelha e ofegava.

Calada, esperei que ela chegasse mais perto.

— Comigo?

A expressão do meu rosto devia ser estupenda.

— Vê-se no rosto?

— Está branca como um lençol... Horrível...

Refleti: eu podia, sem escrúpulo, com um tal pretexto, afrontar a inocência mais intacta. Minha necessidade de respeitar o viço da inocência da sra. Grose escorregara-me dos ombros sem o menor atrito, e, se hesitei um instante, isso não foi devido à ideia de ocultar o que sabia.

Estendi-lhe a mão e ela a segurou; abracei-a com alguma força, gostando de a sentir bem próxima de mim. Era-me uma espécie de apoio o tímido arfar da sua surpresa.

— Veio buscar-me para ir à igreja, naturalmente... mas não posso ir.

— Aconteceu alguma coisa?

— Sim. Agora é preciso que a senhora saiba. Eu tinha um ar muito esquisito?

— Por detrás da vidraça? Oh, estava medonha!

— É que levei um susto — disse eu.

Os olhos da sra. Grose exprimiam claramente que ela não tinha vontade alguma de levar outro, mas que, não obstante isso, conhecia muito bem as suas obrigações para se furtar a partilhar comigo qualquer aborrecimento que acaso sobreviesse. Oh, já estava estabelecido que ela *devia* partilhá-lo!

— O que a senhora viu há pouco da sala de jantar foi o efeito disso. O que *eu* vi, um pouco antes, foi muito pior.

Sua mão apertou a minha com mais força.

— Que foi?

— Um homem extraordinário, que olhava para dentro.

— Que homem extraordinário?

— Não tenho a menor ideia.

Debalde a sra. Grose circunvagou o olhar em derredor.

— E depois, para onde foi?

— Sei ainda menos.

— Já o viu antes?

— Sim... uma vez... na torre velha.

Ela me olhou ainda mais fixamente.

— Quer dizer que é um desconhecido?

— Completamente!

— Entretanto, não me disse nada...

— Tinha razão para não dizer. Mas agora que a senhora adivinhou...

Os olhos redondos da sra. Grose apararam esta afirmação sem pestanejar.

— Ah! Não foi que adivinhasse — disse muito simplesmente. — Como poderia, se a *senhorita* mesma não imagina?

— Não. Absolutamente não posso imaginar.

— Nunca o viu em parte alguma, exceto na torre?

— E neste lugar, agora mesmo.

A sra. Grose tornou a olhar em torno.

— Que fazia ele na torre?

— Só estava lá e olhava-me.

Ela refletiu um instante.

— Era um *gentleman*?

Parece que não me foi preciso refletir.

— Oh, não!

Ela me fitou com um espanto crescente.

— Não era — confirmei.

— Não era ninguém daqui? Ninguém da aldeia?

— Ninguém, ninguém. Não lhe disse nada, mas tratei de me certificar.

Ela respirou, vagamente aliviada. Coisa singular, seria melhor assim? Mas não foi muito longe:

— Se não é um *gentleman*...

— Um *gentleman*? Uma abominação!

— Uma abominação?

— Ele é... e Deus me perdoe se sei o *que* ele é!

A sra. Grose tornou a olhar em torno: fixou os olhos nos longes que já escureciam; depois, voltando a si, virou-se para mim com uma brusca inconsequência:

— Já é hora de estarmos na igreja!

— Oh, não estou em estado de ir à igreja!

— Não lhe fará bem?

— A *eles* é que não fará bem... — E meneei a cabeça em direção à casa.

— Às crianças?

— Não posso deixá-las sozinhas.

— Está com medo?

Respondi ousadamente:

— Tenho medo *dele*...

No largo rosto da sra. Grose transpareceu, pela primeira vez, o tênue brilho longínquo de uma consciência mais penetrante; surgiu, diante de mim, como o dealbar tardio de uma ideia que não fui eu que lhe dei e que, além disso, ainda me era completamente obscura.

Lembro-me de ter pensado imediatamente que havia ali qualquer coisa da qual eu poderia tirar partido — qualquer coisa que senti ligada ao desejo que ela tinha de saber mais.

— Quando foi aquilo... na torre?

— Aproximadamente nos meados do mês. A esta mesma hora.

— Quase ao escurecer? — perguntou a sra. Grose.

— Oh, não! Nada disso. Eu o vi como estou vendo a senhora.

— E, então, como foi que ele pôde entrar?

Pus-me a rir.

— E como pôde sair? Não tive ocasião de perguntar. Esta noite, como vê, não pôde entrar.

— Ele apenas olha?

— Espero que se limite a isso!

Ela soltara minha mão, afastara-se um pouco. Esperei um instante, depois falei:

— Vá à igreja. Adeus. Fico vigiando.

Ela voltou-se lentamente para mim.

— Receia por eles?

Trocamos novamente um longo olhar.

— E a *senhora*, não receia?

Em vez de responder-me, ela se aproximou da janela e encostou o rosto na vidraça.

— Vê como ele enxergava? — continuei.

Ela não se mexeu.

— Quanto tempo ficou aqui?

— Até quando saí. Saí ao encontro dele.

A sra. Grose finalmente se voltou, e seu rosto exprimia uma infinidade de coisas.

— *Eu* não teria podido sair ao seu encontro...

— Nem eu! — exclamei, tornando a rir. — Mas saí. Era minha obrigação.

— Minha também — retrucou ela, acrescentando em seguida: — Com quem se parecia?

— Morro de vontade de lhe dizer; mas como, se ele não se parece com ninguém?

— Com ninguém? — repetiu ela como um eco.

— Estava sem chapéu.

E vendo, pelo seu rosto, que já nisto ela reconhecia, com emoção crescente, um sinal característico, acrescentei rapidamente, pincelada a pincelada:

— Tem cabelos vermelhos, muito vermelhos, e bem crespos; rosto pálido, de forma alongada, com feições regulares e corretas; e pequenas suíças, um tanto singulares, tão vermelhas como os cabelos. As sobrancelhas, um pouco mais escuras, são particularmente arqueadas e se diriam muito móveis. Os olhos são penetrantes, estranhos, horrivelmente estranhos. Mas tudo quanto posso afirmar é que estão mais para pequenos do que para grandes, e fixos. Tem boca grande e lábios finos e, com exceção das suíças, tem todo o rosto bem barbeado. Deu-me a impressão de ator.

— Ator!

Era em todo caso impossível a sra. Grose parecer-se menos com um deles naquele momento.

— Nunca vi um ator, mas imagino como é. O homem era alto, ágil, ereto... mas *gentleman*, isso nunca!

O rosto de minha companheira, enquanto eu falava, tinha empalidecido. Estava boquiaberta e os olhos se lhe arredondaram de susto.

— A senhora conhece-o?

Era visível que ela tentava dominar-se.

— *Era* bonito? — perguntou.

Percebi que devia animá-la.

— Notavelmente!

— E vestido...

— Com roupa alheia. Elegante, mas não era dele.

Ela rompeu num gemido sufocado de afirmação:

— São do patrão!

Apanhei a deixa:

— Então a senhora o *conhecia*?

Ela fraquejou, apenas um segundo.

— Quint! — exclamou.

— Quint?

— Peter Quint. Empregado dele, seu criado de quarto, quando ele estava aqui.

— Quando nosso patrão estava aqui?

Ainda ofegante, mas desejosa de me satisfazer, ela acumulava pormenores.

— Ele nunca usava chapéu, mas usava... isto é, desapareceram vários coletes. Ambos estiveram aqui no ano passado. O patrão foi-se embora e Quint ficou sozinho.

Eu seguia-a, um pouco anelante.

— Sozinho?

— Sozinho *conosco*.

E, como de uma maior profundidade, extraiu as seguintes palavras:

— Em serviço.

— E que aconteceu com ele?

Ela fez uma pausa tão longa que fiquei ainda mais confusa.

— Também se foi — acabou por dizer.

— Para onde?

A essas palavras, a sua expressão se tornou extraordinária.

— Deus sabe para onde! Morreu!

— Morreu?! — quase gritei.

Ela pareceu francamente solidificar-se na sua resolução, plantar-se firmemente nos pés para melhor exprimir o fato assombroso:

— Sim. O sr. Quint morreu.

VII

Naturalmente, foi-nos necessário mais de um episódio desses para colocar a ambas ao mesmo tempo em presença daquilo com que teríamos de viver daí por diante como bem pudéssemos: a minha terrível receptividade a visões do gênero, da qual foram dados exemplos tão impressionantes, e o conhecimento agora adquirido pela minha companheira — conhecimento que era metade consternação, metade compaixão — dessa receptividade.

Naquela noite, depois da revelação que me prostrara por mais de uma hora, não houve, para nenhuma de nós, nenhum culto de igreja, mas sim um pequeno culto de lágrimas e votos, de preces e promessas — apogeu de uma série de compromissos e juramentos recíprocos consecutivos à nossa retirada para a sala de estudos, onde nos trancamos para nos explicarmos a fundo. O resultado dessa explicação foi simplesmente reduzir a situação ao extremo rigor de seus elementos. Ela própria não tinha visto nada, nem a sombra de uma sombra, e ninguém na casa, exceto a governanta, estava na crítica situação. Entretanto ela aceitava, sem impugnar diretamente a minha sanidade mental, a verdade que eu lhe apresentava, e terminou por me testemunhar, nessa circunstância, uma ternura mesclada de temor e uma deferência em face do meu duvidoso privilégio das quais o próprio sopro perdura em minha memória como a carícia da mais doce das caridades humanas.

Naquela noite, ficou definitivamente assente entre nós a opinião de que julgávamos poder suportar, juntas, o que o futuro nos reservava; e eu não estava convencida de que, a despeito da sua isenção do dom fatal, fosse ela quem tivesse de suportar a melhor parte do fardo. Creio que sabia naquela hora, bem como o soube mais tarde, o que eu era capaz de enfrentar visando à proteção dos meus pupilos; mas levei algum tempo para adquirir a mais absoluta certeza da capacidade da minha aliada para cumprir os termos de um contrato tão arriscado. Eu era para ela uma estranha companhia, tão estranha quanto a companhia que eu própria desfrutava; e, voltando ao passado, vejo o quanto de terreno comum deveríamos ter achado na única ideia que, por sorte, nos *podia* dar firmeza. Refiro-me à ideia, ao segundo movimento, que, por assim dizer, me tirou da câmara secreta do meu terror. Era-me dado tomar ar no pátio e aí encontrar a sra. Grose. Lembro-me perfeitamente do modo peculiar como recuperei um pouco de força, antes de nos separarmos para a noite.

Havíamos repassado e tornado a repassar todos os aspectos da aventura.

— Disse que ele procurava alguém; alguém que não era a senhora?

— Procurava o pequeno Miles. — Eu me achava possuída de uma portentosa lucidez. — Era a *ele* que o homem procurava!

— Mas como o sabe?

— Eu sei, eu sei, eu sei! — Minha exaltação crescia. — E a *senhora* também sabe, minha cara!

Ela não negou, mas mesmo essa certeza me era indispensável.

Depois de uma pausa, a sra. Grose prosseguiu:

— E se *ele* o visse?

— O pequeno Miles? Não quer outra coisa!

Ela tornou a parecer imensamente assustada.

— O menino?

— Deus nos livre! O homem. Ele quer aparecer-*lhes*...

Que pudesse fazê-lo era uma concepção horripilante, e, entretanto, de certo modo, eu podia mantê-lo afastado; consegui praticamente prová-lo enquanto ali permanecíamos. Eu tinha a certeza absoluta de que voltaria a ver o que já vira, mas algo em mim dizia que, oferecendo-me corajosamente como único objeto dessa experiência — aceitando, provocando e superando tudo quanto tinha de acontecer —, eu iria servir de vítima expiatória, preservando a tranquilidade de todos os membros da família. Pelas crianças, em particular, apararia os golpes e as salvaria de todo mal. Lembro-me de uma das últimas coisas que naquela noite disse a sra. Grose:

— Surpreende-me que meus pupilos nunca tenham aludido a...

Ela olhou-me fixamente enquanto eu prosseguia, pensativa:

— ...a ele e ao tempo que passaram em sua companhia?

— Nem ao tempo que ele passou com eles, nem ao seu nome, nem à sua presença, nem à sua história... a nada, absolutamente!

— Oh! A menina não pode se lembrar! Nunca viu nada nem soube de nada...

— Das circunstâncias em que ele morreu? — Refleti com uma certa intensidade. — Talvez não. Miles porém devia se lembrar, devia saber...

— Ah! Não lhe pergunte nada — deixou escapar sra. Grose.

Retribuí o olhar que ela me lançou.

— Não tenha receio. — E continuei a refletir: — Isso *é* esquisito...

— Miles não ter jamais falado dele?

— Nem feito a menor alusão... A senhora diz que eram grandes amigos?

— Oh, *ele* não! — protestou a sra. Grose, enfaticamente. — Era um capricho de Quint. Brincava com ele; quero dizer, estragava-o.

Fez uma pausa, depois acrescentou:

— Quint tomava muitas liberdades.

A essas palavras, evocando repentinamente uma visão do rosto dele — e *que* rosto! —, experimentei uma súbita sensação de náusea.

— Tomava liberdades com o *meu* menino!

— Tomava liberdades com todo mundo!

Renunciei, naquele instante, a analisar tal declaração, simplesmente refletindo que ela podia se aplicar a várias pessoas ali residentes, à meia dúzia de criados e criadas que compunham a nossa pequena colônia. Havia entretanto um motivo para nos tornar apreensivas no próprio fato de que nenhuma história constrangedora, nenhuma perturbação do elemento servil tivesse, desde tempos imemoriais, se ligado à velha e amável mansão. Não tinha má fama nem reputação escandalosa, e era evidente que a sra. Grose apenas desejava agarrar-se a mim e estremecer calada. Cheguei, por último, a fazer um teste com ela. Era meia-noite. Ela pôs a mão na maçaneta da porta da sala de aula, para se retirar.

— Então a senhora me afirmou, e isso tem grande importância, que, definitivamente, confessadamente, ele era um mau sujeito?

— Oh! Confessadamente, não. *Eu* sabia... mas não nosso patrão.

— E a senhora nunca lhe contou?

— Ele não gostava de mexericos... detestava reclamações. Estava longe de tudo isso, e se as pessoas procediam corretamente para com *ele*...

— Pouco se amolava com o resto?

Isso quadrava exatamente à impressão que ele me havia dado: não era com efeito um homem que gostasse de amolações, tampouco era demasiado exigente no que dizia respeito a algumas pessoas que o cercavam. Apesar disso, insisti com a minha interlocutora:

— Digo-lhe que *eu* teria contado!

Ela percebeu a discriminação.

— Não digo que não estivesse errada. Mas tinha medo...

— Medo de quê?

— Das coisas que esse homem podia fazer. Quint era tão inteligente, tão perspicaz!

Essas palavras me impressionaram, provavelmente mais do que deixei transparecer.

— Não tinha medo de outra coisa? Do seu efeito?

— Seu efeito? — repetiu ela numa expressão de angústia e expectativa enquanto eu gaguejava.

— Do seu efeito nessas pequenas vidas preciosas. Estavam a cargo da senhora!

— Não, não estavam! — respondeu ela francamente, dolorosamente. — Nosso patrão confiava nele e instalou-o aqui. Dizia-se que estava doente e que o ar do campo lhe seria salutar. Ele dava opinião sobre todos os assuntos. Sim — confessou ela —, até naquilo que *lhes* dizia respeito!

— Às crianças? Aquela criatura? — Tive de abafar uma espécie de gemido. — E a senhora pôde tolerá-lo?

— Não, não pude. Não posso, mesmo agora...

E a pobre mulher rompeu a chorar.

A partir do dia seguinte, segundo eu disse, uma rigorosa vigilância devia segui-los por toda parte; entretempo, quantas vezes, durante aquela semana, não retornamos apaixonadamente ao assunto! Por mais que houvéssemos discutido naquela noite de domingo, perseguia-me, sobretudo nas primeiras horas da noite — pode-se imaginar se pude dormir... —, perseguia-me a suspeita de que ela não me havia dito tudo. Eu por mim não dissimulara coisa alguma, mas havia algo que sra. Grose guardava para si. Pela manhã, entretanto, percebi que ela o fazia não por falta de franqueza, mas porque havia perigos por todos os lados.

Parece-me, em retrospecto, que à hora em que o sol ia alto no céu, eu já havia, na minha agitação, tirado dos fatos que enfrentávamos quase todo o sentido que, mais tarde, circunstâncias mais cruéis poriam em evidência. O que eu via, antes de tudo, era a figura sinistra do homem então vivo — o morto podia esperar — e os meses que ele passara em Bly, que, adicionados, representavam uma formidável extensão.

Esse triste período só se encerrou quando, na madrugada de um dia de inverno, na estrada que saía da aldeia, Peter Quint, frio como pedra, foi encontrado por um lavrador que se dirigia para o trabalho. A catástrofe foi explicada, superficialmente pelo menos, por um ferimento visível na cabeça; um ferimento que podia ter sido produzido — e que, segundo testemunha, com efeito *fora* — por um fatal escorregão no escuro ao sair ele da taverna, na íngreme encosta coberta de gelo — ao fim e ao cabo, um caminho errado —, ao pé da qual ele jazia.

A encosta gelada e o rumo errado mercê do escuro e da bebida explicaram muita coisa; praticamente explicaram tudo, depois do inquérito e intermináveis falatórios. Mas havia em sua vida uma porção de coisas — estranhas passagens e perigos, secretas desordens, convívios mais que suspeitos — que podiam ter explicado muito mais.

Mal posso traduzir em palavras a minha história para apresentar uma imagem crível do meu estado de ânimo; mas, naquela época, eu era literalmente capaz de encontrar alegria no extraordinário surto de heroísmo que a ocasião exigia de mim. Agora vejo que um serviço difícil e admirável me fora exigido, e que haveria alguma grandeza em mostrar — a quem de direito, naturalmente! — que eu seria bem-sucedida lá onde outros haviam falhado. Foi para mim um auxílio imenso — confesso que me aplaudo quando lanço um olhar retrospectivo — ter encarado com tamanha força e simplicidade o serviço que me incumbia. Eu estava lá para proteger e defender as criaturinhas mais desamparadas e mais comoventes do mundo, cuja fraqueza clamava por ajuda de um modo que se tornara demasiado explícito e que permanecia em meu coração rendido como uma dor contínua e penetrante. Em conjunto, estávamos isolados do mundo, todavia unidos pelo mesmo perigo. Eles não tinham senão eu; e eu... bem, eu tinha a *eles*. Em uma palavra, a ocasião era magnífica. Essa ocasião se me apresentava sob uma imagem extraordinariamente concreta. Eu era um biombo: tinha de ficar à sua frente. Quanto mais eu visse, tanto menos eles veriam. Pus-me a observá-los com uma atenção contida, por assim dizer, com uma tensão dissimulada que bem poderia, se longamente continuada, conduzir-me à loucura. O que me salvou, agora vejo, foi o rumo diferente que as coisas tomaram. A tensão não durou: foi ultrapassada por horríveis provas. Provas, digo eu, que tais foram os acontecimentos a partir do instante em que percebi completamente a situação.

Esse instante datou de uma certa hora da tarde que passei sozinha no jardim com minha aluna. Havíamos deixado Miles em casa, na almofada vermelha de um assento de janela de ângulo; ele queria acabar de ler um livro, e eu fiquei satisfeita de animar propósito tão louvável em um rapazinho cujo único defeito era um excesso ocasional de irreprimível mobilidade. Sua irmã, ao contrário, apressara-se em acompanhar-me, e vagueei com ela uma meia hora procurando sombra, pois o sol ainda ia alto e o dia estava excepcionalmente caloroso. Notei, mais uma vez, à medida que andávamos, como ela conseguia, bem como o irmão — e era em ambos uma qualidade fascinante —, deixar-me só sem contudo parecer que me abandonava e acompanhar-me sem todavia me causar o menor constrangimento. Nunca importunos e, igualmente, nunca desatentos. Toda a minha vigilância se limitava a vê-los divertirem-se enormemente sem o meu concurso. Dir-se-ia que preparavam entusiasticamente um espetáculo no qual eu me empenhava como admiradora militante. Eu vivia num mundo de sua invenção: nunca sentiam necessidade de recorrer ao meu. Não me requisitavam, exceto para representar alguém ou alguma coisa notável no jogo do momento, e, graças à minha situação superior e respeitada, isso não passava de uma simples sinecura muito agradável e extremamente distinta. Esqueço-me do papel que representava na ocasião. Só me lembro que era o de uma personagem muito importante e muito tranquila, e que Flora contracenava com todas as veras. Estávamos à beira do lago; e, como recentemente houvéssemos começado o estudo de geografia, o lago era o mar de Azov.

De repente, entre esses diversos elementos, veio-me a consciência de que um espectador interessado nos observava da outra margem do mar de Azov. A maneira como essa concepção se formou em mim foi a coisa mais estranha do mundo — isto é, seria a mais estranha, se não fosse a concepção ainda mais estranha com a qual ela rapidamente se fundiu. Eu estava sentada com um bordado no colo — pois era uma personagem que podia sentar-se — no antigo banco de pedra, sobranceiro ao lago; e nessa posição comecei a perceber, sem ilusão possível — entretanto, sem ver diretamente —, a presença, a certa distância, de uma terceira pessoa.

As velhas árvores e o espesso arvoredo davam uma sombra profunda e deliciosa, mas tudo se banhava no esplendor da hora cálida e tranquila. Nada de ambíguo no que quer que fosse; em todo caso, nada de ambíguo na convicção que em mim se formara, instantaneamente, sobre o que eu veria diretamente à minha frente e na outra margem do lago se levantasse os olhos. Nesta conjuntura estavam ambos baixados para o bordado, e ainda posso sentir o espasmo do meu esforço em não movê-los até que me sentisse suficientemente calma para resolver como reagir. Havia à vista um objeto forasteiro — uma figura à qual, imediatamente, apaixonadamente, eu contestava o direito de estar ali. Lembro-me de ter enumerado todos os casos possíveis, chamando a minha própria atenção para o fato de que nada era mais natural, por exemplo, do que a presença naquele lugar de um dos empregados da propriedade ou mesmo de um mensageiro, um carteiro ou um moço de armazém da aldeia. Mas essa observação não conseguiu impressionar a convicção que eu tinha — a certeza, sem precisar levantar os olhos —, tampouco o caráter e a atitude do nosso visitante. Nada mais natural que essas coisas serem justamente aquilo que não eram absolutamente...

Para me certificar da identidade da aparição, seria preciso que a hora da ação tivesse soado no relógio da minha coragem; enquanto isso, com um esforço que já me custava demasiado, transferi meu olhar para a pequena Flora, que naquele momento brincava a dez metros de mim. Por um instante meu coração cessou de bater, tais o meu terror e aflição, enquanto eu me perguntava se também ela teria visto alguma coisa; e contive a respiração, esperando aquilo que um grito, um sinal repentino e espontâneo, de susto ou surpresa, me iriam revelar. Esperei, mas nada aconteceu; depois — e há nisso, sinto-o, qualquer coisa mais sinistra do que em todo o resto — invadiu-me, em primeiro lugar, a sensação de que, fazia um minuto, ela caíra num silêncio absoluto; observei, em seguida, que fazia igualmente um minuto que havia ela, na sua brincadeira, voltado as costas para o lago. Era essa a sua atitude quando afinal a olhei — e a olhei com a convicção inabalável de que continuávamos, ambas, sob uma observação pessoal direta. Ela havia apanhado um pedaço achatado de madeira com um furo no meio, o que evidentemente lhe sugeriu enfiar nesse furo uma varinha à guisa de mastro e transformar o conjunto num bote. Esse segundo fragmento, enquanto eu a observava, ela experimentava, com um cuidado e atenção incríveis, inserir no lugar do furo. Quando compreendi o que fazia, senti-me aliviada, ao ponto de, alguns segundos mais tarde, estar pronta para mais. Depois, mais uma vez, meus olhos mudaram de direção — e afrontei o que não podia deixar de afrontar.

VIII

Assim que pude agarrei a sra. Grose, e não me foi possível relatar-lhe, de maneira inteligível, como lutei, no intervalo, para chegar a uma conclusão. Entretanto, ainda escuto que gritei, atirando-me impetuosamente nos seus braços:

— Eles *sabem*! É por demais monstruoso! Eles sabem! Eles sabem!

— Pelo amor de Deus, que é que eles sabem?

Senti-lhe a incredulidade enquanto ela me estreitava nos braços.

— Sabem tudo o que *nós* sabemos, e sabe Deus que mais!

Depois relaxou o abraço, e eu dei início à explicação. Talvez só então eu explicasse as coisas a mim própria, com inteira coerência.

— Faz duas horas, no jardim... — Mal pude articular. — Flora *viu*!

A sra. Grose recebeu a comunicação como quem recebe um golpe em pleno estômago.

— Ela lhe contou? — murmurou, arquejando.

— Nem uma palavra! E isso é que é horrível. Guardou para si mesma. Uma criança de oito anos, *essa* criança!

Impossível exprimir a minha estupefação.

A sra. Grose, naturalmente, só podia abrir mais a boca.

— E como é que a senhora sabe?

— Eu estava lá, eu vi com meus próprios olhos. Vi que ela percebeu perfeitamente...

— Refere-se à presença *dele*?

— Não: à *dela*!

Tinha consciência, enquanto falava, que a minha expressão revelava prodígios, pois que eu os via lentamente refletidos no rosto da minha companheira.

— Desta vez era outra pessoa... mas igualmente uma figura irremediavelmente votada ao mal e ao horror... uma mulher de preto, pálida, horrorosa, e com tal expressão, tal cara... na outra margem do lago. Eu estava lá com a pequena, muito sossegada, quando ela chegou.

— Chegou? Como? Chegou de onde?

— De onde *eles* costumam vir! Ela simplesmente apareceu e permaneceu de pé, mas não muito próximo...

— E não se aproximou?

— Oh! Pela sensação e o efeito que produziu, era como se estivesse tão perto como a senhora.

Cedendo a um singular impulso, minha amiga recuou um passo.

— A senhora já a viu alguma vez?

— Não, jamais. Mas a pequena a conhece. A senhora também. — E para lhe provar que eu refletira e chegara a uma conclusão: — É a minha predecessora; a que morreu.

— A srta. Jessel?

— A srta. Jessel. Não acredita em mim? — insisti.

Em sua aflição, ela se virava para a direita e para a esquerda.

— Como pode ter certeza?

No estado em que estavam meus nervos, essa pergunta provocou em mim um acesso de impaciência.

— Está bem! Pergunte a Flora: a certeza, *ela* a tem! — Mas nem bem pronunciara essas palavras, me contive. — Mas não, pelo amor de Deus, *não* faça isso! Ela dirá que não tem, dirá uma mentira!

Sra. Grose não estava tão confusa que instintivamente não protestasse:

— Oh! Como *ousa* a senhora?

— Porque sou franca. Flora não quer que eu saiba.

— Faz isso só para a poupar.

— Não, não... aí há abismos, abismos! Quanto mais penso, mais percebo; e quanto mais percebo, mais temo. Não há o que eu *não* perceba, o que eu *não* tema...

Sra. Grose tentou seguir-me.

— Quer dizer que tem medo de tornar a vê-la?

— Oh, não! Isso, agora, a meus olhos, não é *nada*! — E expliquei: — Não, é a ideia de não voltar a vê-la que me dá medo.

Mas a minha companheira continuava perplexa.

— Não compreendo a senhorita.

— O que temo é que a menina seja capaz de guardar isso para si. Na certa, é o que *fará*... sem que eu saiba.

Diante de tal perspectiva, a sra. Grose pareceu um instante vencida; logo, porém, recuperou-se, como impelida pela força positiva da ideia de que, se cedêssemos sequer uma polegada, isso realmente importaria num recuo.

— Calma, calma! Não podemos perder a cabeça! No final das contas, tanto faz... — Chegou a tentar uma piada sinistra: — Quem sabe se ela até gosta...

— Um toquinho de gente, gostar de coisas *desse* jaez?

— Mas não é exatamente uma prova de sua bendita inocência? — perguntou bravamente minha amiga.

Naquele instante, quase me convenceu.

— Oh, agarremo-nos a *isso*! É preciso agarrarmo-nos a isso! Se não é uma prova daquilo que a senhora diz, então é uma prova... Deus sabe do quê! Pois essa mulher é o pior dos horrores!

A sra. Grose ficou um momento com os olhos pregados no chão; afinal levantou-os:

— Diga-me, como o sabe?

— Então a senhora admite que é ela mesma? — exclamei.

— Diga-me, como o sabe? — repetiu simplesmente minha amiga.

— Como sei? Basta vê-la! O seu modo de olhar...

— O seu modo de *a* olhar, quer dizer... tão perversamente...

— Palavra que não! Isso eu teria podido suportar. Ela nem me olhou. Só fitou a criança.

A sra. Grose tentou visualizar a cena.

— Fitou-a?

— E com que olhos! Medonhos!

Ela me encarou, como se os meus se lhe pudessem assemelhar.

— Quer dizer que exprimiam aversão?

— Prouvera Deus! Muito pior!

— Pior que aversão?

Ela já não compreendia mais nada.

— Com olhos de uma determinação implacável, indescritível, que exprimiam uma espécie de intenção furiosa...

Isto a fez empalidecer.

— Intenção?

— Intenção de se apoderar da menina.

Os olhos da sra. Grose pousaram um instante nos meus; depois ela estremeceu e encaminhou-se para a janela. Enquanto ela ali permanecia, olhando para fora, completei a sentença:

— É *isso* o que Flora sabe!

Dentro em pouco minha amiga voltou:

— Essa pessoa estava de preto, conforme diz?

— Estava de luto. Um luto bastante pobre, quase em farrapos. Mas... não havia dúvida... era de uma beleza extraordinária.

Compreendia agora onde, passo a passo, havia conduzido a vítima da minha confidência, pois era visível que ela ponderava as minhas últimas palavras.

— Sim, bela... muito bela — insisti. — Maravilhosamente bela. Mas infame.

A sra. Grose se aproximou lentamente de mim.

— A srta. Jessel... era uma infame.

Tornou a segurar minha mão entre as suas e a apertou com força, como para me fortalecer contra o acréscimo de pavor que tal revelação me pudesse causar.

— Eram ambos infames — disse afinal.

Por um breve instante, tornamos a olhar a verdade de frente, e foi-me realmente um consolo contemplá-la à sua verdadeira luz.

— Aprecio devidamente — disse eu — o grande decoro que, até aqui, a impediu de falar. Mas chegou a hora de me revelar toda a verdade.

Ela pareceu aquiescer às minhas palavras, mas permaneceu calada. Vendo isso, prossegui:

— Agora é preciso que me diga: de que morreu ela? Vamos. Havia alguma coisa entre eles.

— Havia muita coisa... havia tudo...

— A despeito da diferença...?

— De classe, sim, de condição. — E terminou magoadamente: — *Ela* era uma *lady*.

Refleti, voltei a compreender:

— Sim, ela era uma *lady*.

— E ele estava tão abaixo dela! — disse sra. Grose.

Senti que não devia insistir demasiado, em semelhante companhia, sobre o lugar que ocupa uma criada na escala social; mas nada me impedia de aceitar o padrão com o qual ela media a decadência da minha predecessora. Havia um jeito, e eu o empreguei, com tanto mais facilidade quanto agora tinha diante dos olhos — demasiado real — a imagem do criado particular que estivera ao serviço de nosso patrão. Inteligente, sim; belo moço; mas também imprudente, arrogante, mimado, depravado...

— Esse indivíduo era um sabujo.

A sra. Grose refletiu, como se se tratasse de estabelecer uma nuança.

— Nunca vi ninguém como ele. Fazia o que queria.

— Com *ela*?

— Com todos.

Agora era como se a própria srta. Jessel tivesse aparecido aos olhos de minha amiga. A mim também, ela me pareceu um instante tão distinta como eu a vira junto ao lago, e declarei com grande decisão:

— Decerto é porque *ela* também queria...

O rosto da sra. Grose pareceu exprimir aquiescência à minha ideia, mas ela acrescentou:

— Pobre mulher! Pagou caro!

— Então a senhora sabe do que foi que ela morreu? — perguntei.

— Não, não sei de nada. Não procurei saber. E foi bom. Agradeci a Deus por ela ter saído daqui!

— Mas na ocasião a senhora já devia saber...

— A razão por que ela saiu daqui? Quanto a isso, sim! Ela não podia ficar. Pense só: uma governanta, e aqui mesmo! Mais tarde imaginei... ainda imagino, e o que imagino é horrível!

— Não tão horrível como o que *eu* imagino! — respondi.

E assim dizendo, lhe devo ter mostrado uma expressão fisionômica — verdadeira porém demasiado consciente — da mais amarga derrota. Isto tornou a suscitar toda a sua compaixão por mim, e a essa nova demonstração de bondade a minha força de resistência se quebrou: rompi, assim como a fizera romper anteriormente, em lágrimas. Ela me apertou ao seio e meus lamentos transbordaram.

— Não consigo! — solucei desesperadamente. — Não os salvo nem protejo! É pior do que eu imaginava: ambos estão perdidos!

IX

Era verdade o que eu dissera a sra. Grose: no assunto que eu lhe expusera havia abismos, possibilidades que eu carecia de coragem para sondar; de modo que, quando tornamos a nos encontrar no estupor que a aventura nos inspirava, reconhecemos, de comum acordo, que era nosso dever resistir às extravagantes fantasias da imaginação. Era preciso, ao menos, conservar o sangue-frio, mesmo que tudo mais nos escapasse — embora isso fosse difícil em face daquilo que, em nossa prodigiosa experiência, parecia menos discutível.

Tarde da noite, enquanto a casa dormia, tivemos outra conversa no meu quarto; e ela chegou a reconhecer, sem dúvida, que eu vira — realmente vira — aquilo que lhe contara.

Para mais a apertar, só me restava perguntar-lhe como, se eu tinha inventado a história, me teria sido possível fazer de cada pessoa que me apareceu um retrato que revelava, nos mínimos pormenores, seus sinais particulares, mediante os quais ela as havia instantaneamente reconhecido e nomeado. Ela desejava, naturalmente — e não se podia censurá-la —, abafar toda a história, e eu me apressei em afirmar-lhe que o meu interesse na mesma agora se transformara, violentamente, na procura de um meio para escapar-lhe.

Adotei a sua opinião de que com a repetição — que considerávamos natural — eu me acostumaria ao perigo e declarei abertamente que o risco em que eu incorria de repente se tornara a menor das minhas preocupações. A última suspeita é que era insuportável, e, entretanto, até a esta complicação as horas mais tardias da noite trouxeram algum alívio.

Deixando-a logo após o meu primeiro acesso de desespero, voltei naturalmente a meus pupilos, associando o remédio próprio para curar o meu transtorno àquela impressão de encanto que eles irradiavam — impressão que eu já sabia dever positivamente cultivar e que ainda não me havia falhado. Por outras palavras, tornara simplesmente a mergulhar na especial companhia de Flora, voltando a perceber — era quase um luxo! — que ela podia conscientemente pousar a mão no lugar dolorido. Ela me olhou com um doce olhar perscrutador e em seguida acusou-me de ter chorado. Pensei que havia apagado os feios indícios; mas pude, ao pé da letra, rejubilar-me, a essa infinita caridade, pelo fato de tais indícios ainda não haverem inteiramente desaparecido. Contemplar o azul profundo dos olhos da menina e dizer que a sua beleza era a armadilha de uma astúcia precoce seria tornar-me culpada de um cinismo ao qual, naturalmente, eu preferia sacrificar meu julgamento e, na medida do possível, a minha inquietação. Não se pode sacrificar um julgamento simplesmente porque se quer sacrificá-lo, mas poder-se-ia dizer — assim como muitas e muitas vezes repeti até o raiar da aurora — que, com a voz dos meus pupilos soando no ar, seus corpinhos apertados de encontro ao meu coração e seus rostos perfumados de encontro à minha face, tudo no universo se desvanecia, exceto a sua infância e a sua beleza. Era uma pena — disse-o de uma vez por todas — ter de fazer entrar em linha de conta os gestos sutis que, naquela tarde, junto ao lago, transformara em milagre o meu autodomínio. Era uma pena ver-me constrangida a tornar a analisar a realidade daquele momento e repetir que eu me sentira invadida pela revelação de que aquela comunhão inconcebível, surpresa para mim, devia ser, para ambos, uma coisa costumeira. Era uma pena eu ter de balbuciar mais uma vez as razões que não me fizeram hesitar um instante sequer em crer que a menininha via a nossa visitante com a mesma nitidez com que na realidade eu via a própria sra. Grose, e que ela desejava, pelo fato de ter visto, fazer-me supor que não vira e, ao mesmo tempo, sem se trair, adivinhar se eu tinha visto alguma coisa! Era uma pena que me fosse preciso recapitular as inquietadoras pequenas manobras com as quais ela procurara distrair-me a atenção: o muito perceptível recrudescimento da sua atividade, a maior intensidade do seu jogo, sua cançãozinha, sua infantil tagarelice e o seu convite para brincar.

Entretanto, se não me tivesse entregado a esse exame — no desígnio de provar a mim mesma que não havia nada —, eu teria deixado escapar os dois ou três vagos motivos de reconforto que me restavam. Por exemplo, não estaria habilitada a asseverar à minha amiga que eu tinha certeza de não me haver traído — o que já era uma vantagem. Eu não teria, pela força da necessidade, pela desesperação mental (nem sei como chamar-lhe!), invocado um ulterior recurso à minha inteligência, tal como o que poderia advir pelo fato de eu encostar francamente minha amiga à parede. Pouco a pouco, instada por mim, ela já me dissera bastante. Restava todavia um escuso cantinho tenebroso cuja sombra ainda vinha, por momentos, roçar-me a fronte como uma asa de morcego.

Lembro-me como, naquela ocasião — pois a casa adormecida e a conjunção do nosso risco e da nossa vigília pareciam ajudar —, percebi toda a importância que era dar uma derradeira sacudidela à cortina que vedava o mistério.

— Não acredito numa coisa tão horrível — lembro-me de haver dito. — Vamos aclarar isso definitivamente, minha cara: não acredito. Mas, se acreditasse, a senhora sabe, há qualquer coisa que, nesta altura, eu exigiria da senhora, sem nenhuma intenção de a poupar nem um pouquinho — oh! nem uma migalha, vamos! — Em que pensava quando, comovida à leitura da carta, antes de Miles chegar do colégio, a senhora respondeu, cedendo à minha insistência, que não podia literalmente jurar que ele *nunca* tivesse se comportado "mal"? Literalmente, pois "nunca" se comportou mal nessas semanas em que eu com ele convivi e de tão perto o observei; foi, ao contrário, um imperturbável prodigiozinho de adorável sedução e bom comportamento. Em consequência, a senhora poderia ter tomado a sua defesa, se já não lhe tivesse feito uma restrição, como aconteceu. Que restrição, ou exceção, era essa e a que circunstância da sua experiência pessoal a senhora aludia?

Era essa uma pergunta terrivelmente séria, mas a leviandade nos era alheia no momento. Fosse como fosse, antes que a madrugada cor de cinza nos advertisse que era tempo de nos separarmos, obtive a resposta que procurava.

O que a minha companheira pensara quadrava estranhamente ao resto da aventura. Era nem mais nem menos do que o fato de Quint e o menino, durante um período de muitos meses, terem estado perpetuamente juntos. Ela se arriscara a criticar a conveniência, a assinalar a incongruência de uma aliança tão estreita, e chegou ao ponto de falar francamente com a srta. Jessel sobre o assunto. Esta, porém, assumiu uma atitude muito estranha, rogando-lhe que não se metesse com a vida alheia, e a boa mulher, à vista disso, dirigiu-se diretamente a Miles. O que ela lhe disse — quando insisti em saber — foi que *ela* gostava de ver um jovem *gentleman* não esquecer a classe a que pertencia.

A isso, tornei a insistir, naturalmente:

— Lembrou a Miles que Quint era um vil mercenário?

— A senhora o disse! E a resposta dele, em primeiro lugar, não foi boa...

— E em segundo? — Fiz uma pausa. — Ele repetiu suas palavras a Quint?

— Não, isso não. É exatamente o que *não* faria!

Ela ainda tentava impressionar-me.

— Eu tinha certeza, fosse lá como fosse — acrescentou —, de que não as repetiria. Mas negou certas circunstâncias.

— Que circunstâncias?

— Aquelas em que eles se comportavam como se Quint fosse seu preceptor, e um preceptor de grande classe, e como se a srta. Jessel não fosse encarregada senão da menininha. Quero dizer, quando ele saía com esse indivíduo e passava horas inteiras com ele.

— E ele tergiversou? Disse que não?

Seu assentimento foi bastante claro para me permitir acrescentar pouco depois:

— Estou vendo: ele mentiu.

— Oh! — murmurou a sra. Grose.

Esse murmúrio sugeria que a coisa tinha pouca importância, e ela o corroborou com a seguinte observação:

— Veja a senhora: no final das contas, era indiferente a srta. Jessel. Ela não lhe proibia.

Refleti.

— Ele disse-lhe como justificação?

A isso, ela deixou cair:

— Não. Ele nunca falou a esse respeito.

— Ele nunca falou dela, relacionando-a a Quint?

Percebendo onde eu queria chegar, a sra. Grose enrubesceu visivelmente.

— Ele nunca demonstrou saber qualquer coisa a esse respeito. Negou — repetiu a sra. Grose —, negou.

Senhor, como eu continuava a insistir!

— De modo que a senhora percebeu que ele sabia o que se passava entre esses dois miseráveis?

— Não sei, não sei... — gemeu a pobre mulher.

— Sim, a senhora sabe, minha pobre amiga — respondi. — Só que não tem a minha terrível audácia de imaginação e esconde por timidez, por pudor e por delicadeza até essa impressão que, outrora, quando sozinha suspeitava e tateava em silêncio, a fazia mais infeliz do que todos as outras. Mas acabarei por arrancá-la. O menino tinha qualquer coisa — prossegui — que fazia a senhora acreditar que ele encobria e dissimulava as suas relações?

— Oh! Não podia impedir...

— Que a senhora soubesse a verdade? Bem imagino! Mas santo Deus! — E meu pensamento me arrebatou violentamente. — Como isso mostra o que eles teriam podido fazer dele!

— Ah! Nada que *agora* não esteja bem! — alegou lugubremente a sra. Grose.

— Não me admira o seu ar estranho — continuei — quando falei à senhora sobre a carta que o colégio mandou!

— Duvido que o meu ar fosse tão estranho como o seu! — retrucou ela com uma ênfase ingênua. — Pois se então ele era tão mau quanto a senhora quer dizer, como se faz que agora é um anjo?

— É verdade... se era um demônio no colégio... Como, como pode ser? Pois bem — disse eu do fundo do meu tormento —, é preciso que a senhora volte a perguntar-me, embora tenha de passar algum tempo antes que eu lhe dê resposta. Mas volte a perguntar! — gritei-lhe de um modo tal, que ela me fitou, estupefata.

— Há direções que não devo trilhar neste momento.

Em seguida retornei ao primeiro exemplo citado por ela, aquele que ela mencionara anteriormente: a feliz disposição de Miles para um deslize ocasional.

— Se Quint, à repreensão que a senhora lhe fez na época a que aludiu, era um vil mercenário, uma das coisas que Miles lhe teria respondido, adivinho, é que a senhora era outra!

Ainda aí foi tal o seu assentimento que continuei:

— A senhora perdoou-lhe?

— E a *senhorita*, não lhe perdoaria?

— Oh, sim!

E trocamos, na paz noturna, uma risada de singular hilaridade. Prossegui:

— Em todo caso, enquanto ele estava com o homem...

Respondeu-me com uma piada:

— Srta. Flora estava com a mulher, e isso convinha a todo mundo.

Também me convinha, pensei, querendo dizer que também convinha à mortal suspeita que eu estava justamente querendo sufocar. Consegui, entretanto, conter tão bem a expressão do meu pensamento que aqui não lançarei outra luz sobre o mesmo além da que se possa oferecer mediante a citação do meu final reparo a sra. Grose:

— Confesso que a mentira dele e sua insolência são sintomas menos sedutores do que eu esperava da erupção, nele, do homenzinho natural. Apesar disso — ponderei —, devem ser levados em conta, pois fazem-me sentir mais que nunca que é mister vigiar.

Fez-me corar, logo em seguida, o fato de ver, na expressão facial de minha amiga, quão irrestritamente ela lhe havia perdoado — muito mais do que a sua piada poderia levar minha própria ternura a fazê-lo. Isso veio à tona quando, à porta da sala de estudos, ela me deixou:

— A senhora decerto não *o* acusa...

— De manter relações que me dissimulam? Ah! Lembre-se de que, até prova em contrário, não acuso ninguém.

Depois, antes de ela fechar a porta que se dirigia, por outra passagem, para o seu próprio domicílio, eu disse, à guisa de conclusão:

— Só resta esperar.

X

E esperei. E, esperando, os dias, no seu decurso, levaram qualquer coisa da minha consternação. Com efeito, bastou um pequeno número desses dias — que decorreram sem incidentes e durante os quais não perdi de vista meus pupilos — para eu passar como que uma esponja sobre as amargas cismas e mesmo sobre as recordações odiosas. Já me referi à minha rendição à sua extraordinária graça infantil, como de um sentimento que eu podia diligentemente cultivar, e pode-se imaginar se eu agora negligenciava dirigir-me a esse manancial em busca do que ele me pudesse conceder. Meu esforço na luta contra a luz que se fazia no meu cérebro era mais estranho do que posso descrever; mas a tensão teria sido ainda maior não fosse esse esforço frequentemente recompensado. Seguidamente perguntava-me como podiam os meus pupilos deixar de adivinhar as coisas singulares que eu pensava a seu respeito; e o fato de que essas coisas singulares os tornavam ainda mais interessantes não me ajudava a conservá-los na ignorância. Eu tremia à ideia de que eles percebessem quão imensamente mais interessantes eles *eram*. Em todo caso, mesmo na pior das hipóteses — como eu sempre pensava nas minhas meditações —, qualquer sombra lançada sobre a sua inocência — pobres criaturinhas predestinadas! — não constituía senão uma razão a mais para eu me expor aos perigos.

Havia momentos em que, impelida por um impulso irresistível, eu não podia me impedir de os agarrar e apertar nos meus braços. Nem bem o fazia, dizia com meus botões:

"Que vão pensar disso? Será que não me traí?"

Teria sido fácil meter-me em tristes e loucas complicações se quisesse discutir até que ponto eu podia me trair. Sentia, porém, que a verdadeira razão das horas tranquilas que eu ainda desfrutava era o imediato encanto pessoal dos meus amiguinhos constituir um feitiço, ainda eficaz, muito embora o roçasse a leve possibilidade de ser premeditado. Pois se não me escapava que as breves explosões da minha ternura podiam despertar suas suspeitas, lembro-me também de me haver perguntado se não haveria qualquer coisa de singular no aumento perceptível de suas próprias demonstrações.

Foram para comigo, naquela época, de uma ternura extravagante, fora do comum; o que não era, no final das contas, mais do que a natural reação de crianças habituadas tanto à atenção quanto ao carinho. Essa homenagem, da qual eram pródigos, exerceu sobre meus nervos um efeito tão bom como se nunca antes eu tivesse, por assim dizer, percebido que era intencional. Nunca antes haviam demonstrado tal desejo de fazer qualquer coisa pela sua pobre governanta; isto é, bem que se aplicassem cada vez mais nas lições, o que, naturalmente, era para ela o mais grato dos prazeres, nunca haviam demonstrado o desejo de diverti-la, distraí-la ou fazer-lhe surpresas. Agora liam para ela, contavam-lhe histórias, encenavam-lhe charadas, apareciam-lhe de repente sob diversos disfarces — animais ou personagens históricos —, acima de tudo surpreendendo-a com trechos secretamente decorados, que podiam repetir interminavelmente. Nunca chegarei ao fim — mesmo que agora o quisesse — dos prodigiosos comentários reservados, todos sob retificações ainda mais reservadas, mediante os quais, naquela época, eu marcava a plenitude daquelas horas. Desde o início haviam revelado uma facilidade para tudo — uma faculdade geral que, sob novo impulso, realizava voos notáveis. Perfaziam suas pequenas tarefas como se as amassem e divertiam-se, pelo prazer de exercer seu dom, com miúdos milagres de memória que nunca lhes impus. Não eram apenas tigres ou romanos que surgiam diante de mim, mas personagens de Shakespeare, astrônomos, navegadores... O caso era de tal modo singular que contribuiu, presumivelmente em grande parte, para o fato que até hoje não posso explicar de outra maneira: refiro-me à calma anormal com que voltei a encarar a questão de um novo colégio para Miles. Tudo de que me lembro é que, na época, eu me contentava em não tocar no assunto e que esse contentamento devia ter nascido da impressão em mim produzida pelas provas constantes da sua grande inteligência. Era por demais bem dotado, demasiadamente inteligente para que uma pobre governanta, uma modesta filha de pastor, pudesse estragá-lo; e o mais estranho, senão o mais brilhante, dos fios da tapeçaria mental a que venho de aludir era a sensação de que, tivesse eu ousado analisá-la, ter-se-ia formulado com a maior nitidez: ele estava sujeito a uma influência que operava em sua jovem vida intelectual como um prodigioso incitamento.

Se era, entretanto, fácil refletir que tal menino podia retardar sua entrada no colégio, era pelo menos tão evidente que, para tal rapaz, ser "expulso" da escola por um diretor constituía igualmente um mistério inexplicável. Deixem-me acrescentar que, em sua companhia — e eu tinha o cuidado de quase nunca dispensá-la —, não me era dado seguir muito tempo nenhuma pista. Vivíamos num turbilhão de música, de ternura, de realizações e representações teatrais. O senso musical de ambas as crianças era dos mais notáveis, mas a mais velha possuía especialmente o dom maravilhoso de lembrar e repetir o que tinha ouvido. O piano da sala de estudos ressoava nas mais fantásticas improvisações, e, à falta de música, eram conciliábulos pelos cantos — e depois um deles desaparecia para "regressar" sob um novo aspecto. Eu própria tive irmãos, e não era uma revelação para mim a idolatria submissa que as meninas podiam conceber para com os meninos. O mais surpreendente era haver no mundo um menino que usava de consideração para com uma idade, um sexo e uma inteligência considerados inferiores. Eram ambos extraordinariamente unidos, e dizer que nunca se queixaram um do outro ou que nunca brigaram equivale a um grosseiro elogio em face da íntima ternura que os unia. Às vezes, porém, quando eu descambava para a vulgaridade, descobria neles indícios de pequenas combinações, graças às quais um me distraía a atenção enquanto o outro escapulia. Há um *lado* ingênuo, acredito, em toda diplomacia; mas se os meus pupilos a punham em prática para comigo, isso faziam, certamente, com um mínimo de maldade. Foi em outro setor que, após um período de calma, essa maldade se manifestou.

Vejo que estou hesitando; tenho, entretanto, de dar o mergulho. Prosseguindo no relatório do que era odioso em Bly, não apenas lanço um repto à confiança mais generosa — o que pouco me importa; mas — e isto já é outro assunto — renovo o que sofri, torno a palmilhar até o fim a mesma estrada. Chegou de súbito uma hora após a qual, olhando para trás, tudo me parece haver sido puro sofrimento; mas eis-me no coração do drama, e a melhor saída consiste indubitavelmente em avançar.

Uma noite — sem nenhuma advertência ou preparação — senti roçar-me o sopro gelado da primeira noite em que ali cheguei. A sensação, na primeira vez, foi muito leve e sem dúvida não teria deixado a mínima lembrança não fosse a perturbação dos dias subsequentes. Eu não me deitara; alumiada por um par de velas, sentei-me e comecei a ler. Havia em Bly um quarto atopetado de velhos livros, entre os quais se encontravam alguns romances do século anterior. Demasiado célebres para que se pudesse pôr em dúvida a sua má reputação, não o eram entretanto suficientemente para penetrar, ainda que sob a forma de um exemplar extraviado, naquela casa afastada e para atrair a curiosidade não declarada da minha juventude. Lembro-me que se tratava do romance *Amélia*, de Fielding, e que eu estava inteiramente desperta. Lembro-me, também, de ter tido a vaga ideia de que era horrivelmente tarde e de que não quis consultar meu relógio. Ainda vejo o cortinado branco envolvendo, segundo a moda do tempo, a cabeceira do leito da pequena Flora e protegendo, tal como muito antes eu já averiguara, a perfeita tranquilidade do seu sono infantil. Em uma palavra, lembro-me de que, a despeito do meu vivo interesse pela leitura, ao virar uma página perdi subitamente o fio da história e, levantando os olhos do livro, fixei-os na porta do meu quarto. Fiquei um momento escutando; e aquela vaga sensação, experimentada na primeira noite, de que qualquer coisa indefinível se movia pela casa retornou-me ao espírito. A leve aragem da janela aberta agitava docemente o estore descido até a metade. Então, com todos os sintomas de um sangue-frio magnífico de ver-se (se alguém ali estivesse para admirá-lo), depus o livro, levantei-me e, apanhando uma vela, saí resolutamente do quarto e, já no corredor, onde a luz da vela pouca impressão fazia, puxei silenciosamente a porta e a fechei a chave.

Hoje não poderei dizer a que motivo eu obedecia ou que fim eu perseguia, mas avancei direto pelo corredor, mantendo alta a vela, até chegar à vista da alta janela que dominava o amplo cotovelo da escada. E aí, repentinamente, percebi três coisas; foram praticamente simultâneas; vieram-me, entretanto, em relâmpagos sucessivos. A vela, em seguida a um brusco movimento, se apagou, e percebi, pela janela sem cortinas, que a noite ia no fim e que o dia nascente a tornava desnecessária. Sem ela, um instante depois, percebi que havia um vulto na escada. Falo em ideias sucessivas, mas não foram precisos muitos segundos para eu me enrijar para um terceiro encontro com Quint. A aparição atingira o patamar do meio da escada; estava, em consequência, no lugar mais próximo da janela quando, ao ver-me, estacou repentinamente. Não havia dúvida possível: era Quint. Ele me encarou, exatamente do mesmo modo com que me encarara do alto da torre e através da vidraça do andar térreo. Reconheceu-me, assim como eu também o reconheci, e assim ficamos, um em frente ao outro — na fria madrugada cor de cinza, enquanto uma claridade brilhava no alto vitral e outra embaixo, no encerado da escada de carvalho —, fitando-nos reciprocamente com a mesma intensidade. Nesse momento, ele era, no sentido mais absoluto, uma presença viva, detestável; uma perigosa presença. Mas a maravilha das maravilhas não foi essa. Essa distinção, eu a reservo para uma diferente circunstância: a de que o medo me havia indiscutivelmente abandonado, e que em mim coisa alguma se recusava a afrontá-lo e a se medir com ele.

Depois desse momento extraordinário fiquei bastante angustiada, mas, louvado seja Deus, já não tinha terror. E ele sabia que eu não tinha: bastou um breve instante para eu adquirir a magnífica certeza. Senti, com uma feroz confiança, que pelo menos algum tempo eu deixaria de temê-lo, e com efeito, durante esse minuto, a coisa era, consequentemente, tão viva, tão atroz como um encontro real. Atroz justamente porque era natural, tão natural como podia ser, nessas horas menores, numa casa mergulhada no sono, o encontro com um inimigo, um aventureiro, um criminoso. Bastava o silêncio mortal do longo olhar, tão próximo, com que nos fixávamos para emprestar a todo aquele horror, por mais monstruoso que fosse, a sua única nota sobrenatural. Naquela hora e naquele lugar, tivesse eu encontrado um assassino, pelo menos nos teríamos falado. Qualquer coisa viva se teria passado entre nós. Ou, se nada se passasse, um dentre nós se teria mexido.

O momento foi tão prolongado que pouco faltou para me fazer duvidar até de estar viva. Não posso descrever o que se seguiu, exceto se disser que o próprio silêncio — que de certa maneira era o atestado da minha força — se transformou no elemento onde vi o vulto desaparecer. Vi-o voltar as costas — como teria podido vê-lo fazer ao receber uma ordem — e, com os olhos pregados nas costas ignóbeis do miserável, que nenhuma gibosidade podia tornar mais disformes, vi-o descer a escada e se fundir na sombra onde o lance imediato mergulhava.

XI

Permaneci algum tempo no alto da escada, mas apenas para me dar conta de que o visitante se fora, de fato. Em seguida voltei para meu quarto. A primeira coisa que me chamou a atenção, à luz da vela que deixara acesa, foi ver que o leito de Flora estava vazio. Isso me cortou a respiração e produziu em mim todo o terror que ainda há cinco minutos eu conseguira dominar. Precipitei-me para o lugar onde a deixara deitada e sobre o qual (a pequena colcha e os lençóis de seda estavam em desordem) o cortinado branco fora maliciosamente corrido. Ao rumor de meus passos — que alívio inexprimível! — outro rumor respondeu. Notei que o estore da janela se mexia, e a menina, curvada para passar por baixo, emergiu, do outro lado, toda cor-de-rosa. E ali ficou, em sua camisolinha de noite e sua grande candura, com os róseos pezinhos nus e o dourado de seus cabelos reluzindo. Tinha um ar profundamente grave, e nunca senti, de tal maneira, a impressão de perder uma vantagem recentemente adquirida — uma vantagem cuja sensação de vitória fora de tal modo prodigiosa! — como quando compreendi que ela me dirigia uma censura:

— Mazinha que a senhora é: onde *esteve*?

Assim, em vez de censurar a sua indisciplina, era eu que estava sendo acusada e dando explicações! Quanto a ela, explicou-se com a mais encantadora, a mais pressurosa simplicidade. Súbito percebera minha ausência e saltara do leito para averiguar o que me acontecera. À alegria do seu reaparecimento, deixei-me cair numa cadeira, sentindo pela primeira vez — e só essa vez — um pouco de fraqueza. Ela correu diretamente para mim e atirou-se no meu regaço para que eu a abraçasse, expondo à plena luz da vela o seu maravilhoso rostinho estremunhado de sono. Lembro-me de que fechei um instante os olhos, entregando-me, conscientemente, ao excesso de qualquer coisa muito linda que brilhava em suas pupilas azuis.

— Procurava-me fora da janela? — perguntei. — Pensou que eu estivesse no jardim?

— Isto é, a senhora sabe... pensei que alguém estivesse lá... — disse-me sem empalidecer, toda sorridente.

Ah, como a olhei!

— E viu alguém?

— Ah, *não*! — respondeu. Privilégio da inconsciência infantil, parecia um tanto ressentida, embora houvesse uma doçura prolongada na maneira com que arrastou a negativa.

Nesse momento, e no meu nervosismo, estava certa de que ela mentia; e se tornei a cerrar os olhos, isso fiz ofuscada pelas três ou quatro soluções que me surgiram no espírito.

Uma delas me tentou um breve instante, com uma força tão singular que, para resistir, apertei a menina contra mim num furioso abraço, que ela suportou sem qualquer grito ou manifestação de medo. Por que não me explicar com ela e acabar com toda a história? Por que não lhe atirar tudo em pleno rosto — naquele sedutor e luminoso rostinho?

"Está vendo... está vendo... não pode negar, uma vez que está vendo... Já suspeita que eu sei... Por que, então, não confessar francamente, para podermos carregá-lo juntas? E, quem sabe, na estranheza do nosso destino, descobrirmos onde estamos e o que significa isso?"

Mas, ai! Essa solicitação murchou, assim como viera. Se eu tivesse imediatamente sucumbido, ter-me-ia poupado o que ides ver. Mas em vez de sucumbir, fiquei subitamente em pé, olhei para sua cama e optei — que remédio? — pela moderação.

— Por que correu o cortinado, para me fazer crer que ainda estava ali?

Flora refletiu lucidamente, depois disse, com o seu divino sorriso:

— Porque não quis assustar a senhora.

— Mas se eu tivesse saído, segundo você pensava...

Ela se recusou absolutamente a se deixar confundir: fitava a chama da vela como se a pergunta fosse tão irrelevante ou, de qualquer forma, tão impessoal como a sra. Marcet* ou nove vezes nove.

* Jane Marcet (1769-1858), escritora de populares livros introdutórios à ciência. (N. E.)

— Oh! — respondeu com uma lógica inatacável. — A senhora bem sabia que podia voltar de uma hora para outra... e foi isso o que *fez*!

E pouco depois, quando ela se deitou, precisei, para dar-lhe a prova do apropositado que foi meu regresso, ficar muito tempo sentada quase em cima dela, segurando-lhe a mão.

Podeis imaginar o que foram minhas noites a partir desse dia. Frequentemente ficava de vigília até não sei que hora, aproveitava os momentos em que a criança indiscutivelmente dormia para me esgueirar para fora do quarto e percorrer silenciosamente os corredores. Às vezes chegava mesmo a ir até o lugar onde encontrara Quint pela última vez. Nunca, porém, tornei a vê-lo ali e posso dizer que nunca mais o vi no interior da casa. Por outro lado, deixei de encontrar na escada uma outra aventura. Olhando do patamar para baixo, percebi certa vez a presença de uma mulher, sentada nos últimos degraus; estava de costas para mim; e seu corpo, curvado em dois, e a cabeça nas mãos davam a impressão de que era presa de um grande sofrimento. Ali fiquei apenas um momento quando ela desapareceu, sem me olhar. Não obstante isso, eu sabia exatamente o rosto horrível que ela teria podido mostrar e ponderei que, se eu estivesse embaixo, em vez de estar em cima, teria ido a seu encontro com o mesmo sangue-frio que ainda recentemente mostrara a Quint. Ah! Não faltavam ocasiões para demonstração de sangue-frio! Na décima primeira noite depois do meu encontro com aquele senhor — agora eu as contava —, tive um alarme que perigosamente roçou por ele e que, por inesperado, quase se me provou o maior choque de todos. Era justamente a primeira noite desse período quando, exausta pelas reiteradas vigílias, pensei que podia recolher-me às mesmas horas de antes, sem ser tachada de negligente.

Imediatamente adormeci e, como depois soube, dormi até uma hora da manhã, mais ou menos. Quando acordei, foi para pôr-me ereta e tão desperta como se alguém me houvesse sacudido. Deixara acesa uma luz, agora apagada, e eu tive a súbita certeza de que Flora a apagara. Isso me fez saltar da cama e, no escuro, dirigir-me diretamente à dela: estava vazia. Um olhar para a janela me esclareceu e o riscar de um fósforo completou o quadro.

A criança tornara a levantar-se, desta vez apagando a luz, e, ou fosse para olhar alguma coisa, ou fosse para responder a alguém, encolhera-se debaixo do estore e espiava a noite. Que estava prestes a ver alguma coisa — o que, segundo eu averiguara, não aconteceu na última vez — me foi provado pelo fato de nada a incomodar: nem a luz que eu voltara a acender, nem os movimentos precipitados com os quais eu calçava as pantufas e me envolvia no roupão. Oculta, protegida, atenta, ela se apoiava, evidentemente, no peitoril da janela, que se abria para fora, e estava inteiramente absorvida. Ajudava-a uma enorme lua tranquila — razão a mais para eu precipitar a minha decisão. Estava ela face a face com a aparição que encontráramos no lago e agora podia comunicar-se com ela como não pudera fazê-lo naquela ocasião. Quanto a mim, era-me preciso atingir pelo corredor, sem incomodar a criança, uma outra janela com a mesma perspectiva. Ganhei a porta sem ser pressentida, saí, fechei-a e, já do outro lado, pus-me à escuta de algum rumor.

Enquanto eu estava no corredor, minha vista caiu na porta do seu irmão, que ficava a dez passos e que, de um modo inexprimível, tornou a suscitar em mim aquele estranho impulso que chamei de "minha tentação". Que aconteceria se eu entrasse diretamente ali e me debruçasse da *sua* janela? Se acaso, arriscando desvendar o motivo do meu procedimento diante da sua estupefação de menino, eu atirasse o laço da minha audácia no resto do mistério?

Esta ideia me possuiu, a ponto de eu me dirigir para o seu limiar, onde fiz nova pausa. Com o ouvido atento até o último limite de minhas forças, eu imaginava coisas prodigiosas; perguntava-me se o seu leito também estaria vazio, e ele, secretamente, à espreita. Isso durou um minuto de profundo silêncio, e, quando o mesmo expirou, o impulso me havia abandonado. Ele estava tranquilo. Podia estar inocente e o risco era monstruoso; voltei. Mas... havia um vulto no meio do jardim; um vulto que rondava para ser visto, um visitante ao qual Flora respondia. Mas esse visitante nada tinha a ver com o meu menino. Novamente hesitei — mas por outras razões — e somente durante alguns segundos; tinha tomado a minha decisão.

Havia em Bly muitos quartos vazios, e apenas se tratava de escolher o que convinha. Este repentinamente se me afigurou ser o de baixo — conquanto bastante alto em face do jardim — situado naquele ângulo maciço da casa que já designei com o nome de torre velha. Era um grande quarto quadrado, pomposamente mobiliado como quarto de dormir, cujas extravagantes dimensões o tornavam tão incômodo que, fazia muitos anos, ninguém o utilizava. A sra. Grose, entretanto, conservava-o na ordem mais exemplar. Eu o havia frequentemente admirado e conhecia a sua disposição. Após haver dominado a pequena angústia que me causara a primeira lufada de ar frio, atravessei o quarto abandonado para ir, sem o menor rumor, desaferrolhar uma das folhas da janela. Feito isso, levantei o estore da vidraça e, aplicando o rosto contra o vidro, não me foi difícil — dado que a obscuridade lá fora era bem menos profunda que a do quarto — averiguar que o lugar fora bem escolhido. Vi então qualquer coisa mais.

A lua tornava a noite extraordinariamente devassável e permitiu-me ver, sobre o relvado, um vulto diminuído pela distância, postado imóvel e como que fascinado, olhando para o lugar onde eu aparecera — isto é, não tanto olhando para mim como para alguma coisa que, aparentemente, estava acima de mim. Era evidente que olhava para a torre velha. Mas a presença no relvado não era absolutamente aquela que eu esperava ver e ao encontro da qual eu me precipitava. Aquela presença no relvado — senti-me desfalecer ao averiguá-lo — era o próprio Miles!

XII

Só muito tarde no dia seguinte foi que falei à sra. Grose, pois o rigor com que eu não perdia de vista meus pupilos muitas vezes dificultava conversarmos em particular, tanto mais que igualmente evitávamos provocar, da parte dos criados, tão bem como das crianças, qualquer suspeita de secreta agitação ou de caça a algum mistério. Bastava o seu aspecto tranquilo para me transmitir uma grande segurança nesse domínio. Seu rosto repousado nada revelava das minhas horríveis confidências. Tenho a certeza de que acreditava inteiramente em mim. Se não acreditasse, não sei o que me teria acontecido, pois não teria podido, sozinha, suportar tal prova. Ela, porém, prestava uma magnífica homenagem a essa bênção que consiste na ausência de imaginação, e, como não lhe era dado ver nos meus pupilos outra coisa além do seu encanto e da sua beleza, seu aspecto feliz e sua inteligência, as causas das minhas preocupações não a afetavam diretamente. Se se apresentassem visivelmente murchos ou maltratados, a perturbação dela teria sem dúvida igualado a deles, sabendo que a origem era malsã. Mas no atual estado de coisas, eu sentia — enquanto ela os vigiava, os gordos braços brancos cruzados e o hábito da serenidade espalhado por toda a sua pessoa — que ela agradecia à divina misericórdia pela íntima convicção de que, fossem os seus tesouros despedaçados, ainda assim os cacos haveriam de servir... Nela, as labaredas da fantasia se transformavam num tranquilo fogo de lareira, e eu começava a perceber que, à medida que o tempo decorria sem novo acidente, crescia a sua convicção de que as crianças podiam cuidar de si mesmas, enquanto ela devia dirigir a sua maior solicitude para o triste caso da jovem governanta. Quanto a mim, isso me foi uma bem-vinda simplificação. Eu podia me comprometer a nada revelar pelo meu aspecto, mas ser-me-ia, nas condições em que nos encontrávamos, um enorme acréscimo de preocupação eu ter de preocupar-me com o dela.

Na hora à qual aludo, cedendo às minhas instâncias, ela fora se reunir comigo no terraço, onde, no declínio da estação, o sol da tarde era muito agradável. Sentamo-nos ali, enquanto à nossa frente, a uma certa distância (mas ao alcance da voz, se o quiséssemos), as crianças iam e vinham com um humor dos mais dóceis. Caminhavam devagar, ambas em uníssono, no relvado que se estendia a nossos pés; ele, lendo em voz alta um livro de contos, um braço passado em torno da irmã, como para a ter bem perto. Sra. Grose contemplava-os com uma sincera placidez; e só depois foi que captei o ranger intelectual contido com o qual ela se inclinava para mim a fim de obter uma vista do avesso da tapeçaria... Eu fizera dela um receptáculo de coisas tenebrosas, mas o seu singular conhecimento da minha superioridade — meus talentos e meu cargo — se revelava na paciência que ela manifestava diante da minha dor. Indefesa, expunha o seu espírito às minhas confidências como se, tendo-lhe eu proposto fazer uma caldeirada de bruxaria, ela me apresentasse como recipiente uma enorme caçarola bem lavada... Era essa a sua atitude integral, até que, no meu relato daquela noite, cheguei ao que Miles me contara depois que o vi, em hora tão intempestiva, quase no mesmo lugar onde acontecia ele estar agora e onde então desci para o apanhar; eu optara, ainda na janela, pela execução desse plano menos ruidoso, pois acima de tudo encarecia a necessidade de não alarmar ninguém na habitação. Eu já lhe havia dado a entender a escassa esperança que me animava — a despeito da sua indisfarçável simpatia — de fazer uma descrição bem-sucedida do esplendor da magnífica inspiração mediante a qual, logo que entramos em casa, o rapazinho acolheu-me o repto, já então perfeitamente articulado. Assim que, à claridade da lua, surgi no terraço, ele dirigiu-se para mim sem a menor hesitação. Tomei-lhe a mão e nada disse, e conduzi-o, através da escuridão, ao longo daquela escada onde Quint rondara, faminto pela sua presença, e ao longo do corredor onde, tremendo, eu ficara à escuta, e, daí, até seu quarto deserto.

Durante o trajeto não trocamos nem uma sílaba, e eu me perguntava — oh, *como* me perguntava! — se ele não estaria tateando o seu cerebrozinho em busca de uma resposta plausível, que não fosse demasiado grotesca. Decerto isso era uma sobrecarga para a sua faculdade inventiva, mas senti, desta vez, em face do seu embaraço não fingido, um curioso estremecimento de triunfo. O laço estava armado para o inescrutável! Já não lhe era possível passar por inocente, e como diacho sairia dessa? Palpitava em mim, com o mesmo latejar apaixonado dessa pergunta, a mesma tácita interrogação de como diacho *eu* também sairia dessa... Defrontava enfim, como nunca antes, todo o risco incluso na sondagem da minha observação apressada. Lembro-me, com efeito, que ao nos precipitarmos para dentro do seu quarto, onde a cama estava intacta e a janela, aberta à lua, tudo clareava ao ponto de não ser preciso riscar um fósforo — lembro-me como, subitamente, desfaleci e me deixei cair à beira do leito, vencida pela ideia de que agora ele devia saber que me "apanhara". Que fizesse o que quisesse com toda a inteligência de que era dotado, contanto que eu continuasse aferrada à velha tradição da criminalidade dos curadores da infância, servidores do medo e das superstições. Sim, podia-se dizer que ele me encurralara: pois quem jamais me absolveria, quem me salvaria da forca se, pela mais sutil alusão, eu era a primeira a introduzir um elemento tão atroz em nossas relações tão perfeitas? Não, não... Era inútil tentar transmitir à sra. Grose, tanto quanto tentar transmiti-lo aqui, a admiração que ele suscitou em mim durante o nosso rápido duelo no escuro. Fui, naturalmente, de todo carinhosa e compassiva. Nunca, nunca antes pousara, nos seus frágeis ombros, mãos tão ternas como aquelas com as quais, sentada à beira do leito, eu o mantinha sob o fogo. Não tinha outra alternativa senão, pelo menos formalmente, perguntar-lhe:

— Agora tem de me contar... a verdade toda. Por que saiu? Que fazia lá fora?

Ainda vejo o seu maravilhoso sorriso, o branco de seus olhos magníficos e de seus dentinhos descobertos brilharem no lusco-fusco.

— Se eu contar, será que a senhora me compreende?

A isso, meu coração subiu à boca. Ele *iria* contar? Faltou-me a voz para insistir e apenas sei que respondi com um vago trejeito e um reiterado aceno de cabeça. Ele era a doçura personificada, e enquanto eu permanecia acenando à sua frente, ele pareceu-me, mais que nunca, um jovem príncipe de contos de fada. Sim, foi a sua animação que me proporcionou uma folga. Seria tão grande a ponto de realmente induzi-lo a me contar?

— Bem — disse ele afinal —; de propósito, só para que a senhora me faça isto...

— Faça o quê?

— Para variar, que pense *mal* de mim!

Nunca esquecerei a doçura e a jovialidade com que pronunciou essas palavras, nem como, corando, inclinou-se e me beijou. E isso foi o fim. Retribuí-lhe o beijo e, enquanto o apertava nos braços, tive de fazer um esforço prodigioso para não chorar. Ele me prestou contas de sua conduta da maneira que menos me ensejou entrar em pormenores, e eu não fiz mais que confirmar a minha aquiescência às suas palavras quando, lançando um olhar em torno, perguntei-lhe:

— Então, você não se despiu?

Ele simplesmente cintilava na penumbra.

— Absolutamente. Levantei-me e comecei a ler.

— E quando desceu?

— À meia-noite. Ah! Quando quero ser mau, *sou* mau mesmo!

— Percebo, percebo. É encantador. Mas como podia ter certeza de que eu viria a saber?

— Ora, combinei tudo com Flora.

Com que presteza respondia!

— Cabia-lhe levantar e olhar pela janela.

— E foi o que fez.

Fui eu que caí no laço!

— Foi ela que perturbou a senhora; e para ver o que ela estava olhando, a senhora também olhou... também olhou e viu.

— Enquanto você — respondi — apanhava uma doença mortal no ar noturno.

De tal modo ele florescia pela proeza praticada que permitiu-se concordar radiosamente:

— Sem isso — perguntou —, estaria eu sendo tão mau como desejava?

Depois, em seguida a um novo abraço, o incidente e nossa entrevista se encerraram com o reconhecimento, de minha parte, de todas as reservas de argúcia que ele tinha à sua disposição para se permitir semelhante brincadeira.

XIII

Minha impressão particular, repito-o, me pareceu, à luz do dia, difícil de apresentar com bom êxito a sra. Grose, conquanto eu a reforçasse com mais uma observação que ele fizera antes de nos separarmos.

— Tudo reside em meia dúzia de palavras — disse-lhe —; meia dúzia de palavras que em verdade resolvem a questão. "Pense um pouco no que eu *poderia* fazer!" Lançou-me isso para mostrar como ele é bom. Sabe perfeitamente o que *poderia* fazer. Foi isso que *lhes* deu a provar no colégio!

— Oh, Senhor! Como a senhora mudou! — exclamou minha amiga.

— Absolutamente, não mudei. Apenas explico. Os quatro, pode estar certa, frequentemente se encontram. Se a senhora tivesse estado uma dessas noites com qualquer uma das crianças, teria facilmente compreendido. Quanto mais observo, quanto mais vigio, tanto mais sinto que, à falta de outra prova, o silêncio sistemático de ambos seria suficiente. *Nunca*, nem por um lapso da língua, eles aludiram a qualquer um dos seus antigos amigos; não mais do que Miles aludiu à sua própria expulsão do colégio. Oh, sim! Sentemo-nos aqui e olhemo-los, e eles se nos exibam a contento; pois mesmo quando fingem estar absorvidos nos seus contos de fada, estão é mergulhados na visão dos mortos redivivos. Pensa que ele está lendo para ela? Estão é conversando a respeito *deles*... falam horrores! Bem sei que pareço louca: é um milagre que não o esteja. Em meu lugar, se a *senhora* visse o que vi, já teria perdido o juízo. Mas isso só me tornou mais lúcida e me levou a compreender uma infinidade de coisas.

Minha lucidez devia parecer-lhe aterradora; mas as sedutoras criaturas, suas vítimas, passando e repassando à nossa frente graciosamente enlaçadas, emprestavam à incredulidade da minha companheira um forte apoio. Senti como se lhe agarrava, imperturbável, sob o vento da minha paixão, ao mesmo tempo que os devorava com os olhos.

— Que outras coisas compreendeu?

— Ora, todas aquelas que me encantaram, que me fascinaram e que, hoje percebo estranhamente, no fundo me mistificaram e transtornaram. Sua beleza mais que humana, sua bondade absolutamente fora do comum... Tudo não passa de um jogo — prossegui. — É uma política e uma fraude!

— Da parte dos anjinhos...?

— Que não passam de uns encantadores bebês? Claro! Por mais insensato que isto venha a parecer!

O próprio fato de eu me externar ajudou-me a analisar minhas impressões, a remontar às fontes e reconstituir toda a história.

— Não é que sejam bons; apenas estão ausentes. Se tem sido fácil conviver com eles, isso é porque vivem uma existência à parte da nossa. Não são meus... nossos... São dele... e dela!

— De Quint e daquela mulher?

— De Quint e daquela mulher. Querem juntar-se às crianças.

Ah! Como a sra. Grose fitou as duas!

— Mas... por quê?

— Por causa de todo o mal que naqueles dias terríveis o casal lhes inoculou. Para continuarem a exercer neles esse mesmo mal e prosseguirem na sua obra demoníaca: é isso o que os traz de volta!

— Deus! — disse baixinho minha amiga.

A exclamação era ordinária, mas revelava uma verdadeira aquiescência àquela nova prova de que, nos maus tempos — pois houve tempos piores do que estes —, ali devia ter-se desenrolado um drama. Nada mais apto a me convencer do que esse simples assentimento, concedido pela sua experiência à depravação — por mais profunda que eu a suspeitasse — da nossa parelha de patifes. Ainda submissa à memória foi que deixou escapar:

— *Foram* mesmo uns patifes! Mas que poderão fazer agora? — perguntou.

— Fazer? — repeti como um eco, mas em voz tão alta que Miles e Flora, passando ao longe, pararam um instante e nos fitaram. — Não acha que já fazem bastante? — perguntei-lhe em voz mais baixa, enquanto as crianças, depois de nos sorrirem e acenarem com a mão, recomeçaram a simular.

Um momento, isso nos fascinou. Depois respondi:

— Podem destruí-los!

Desta vez, minha companheira se voltou para mim, mas a pergunta que lançou foi silenciosa, tendo como efeito tornar-me mais explícita:

— Ainda não sabem como fazê-lo, mas tentam-no com todas as forças. Até agora só se deixaram ver atrás ou além de uma coisa ou outra e em lugares altos e inesperados: em cima das torres, no telhado das casas, no exterior das janelas, na outra margem dos lagos. Mas de ambos os lados há um profundo desígnio de encurtar a distância e transpor o obstáculo. O triunfo dos tentadores é apenas questão de tempo. Só precisam não esmorecer em suas perigosas sugestões!

— E as crianças irão ter com eles?

— E perecerão na empresa!

A sra. Grose ergueu-se lentamente e eu acrescentei, tomada de escrúpulos:

— A menos, naturalmente, que o impeçamos.

De pé diante de mim, que continuava sentada, era visível que ela analisava a situação.

— É o tio delas que deve impedir que isso aconteça. Deve retirá-las daqui.

— E quem o convencerá?

Ela pareceu-me perscrutar o horizonte, depois inclinou para mim um rosto um tanto atoleimado:

— A senhorita.

— Escrevendo-lhe que sua casa está envenenada e que seu sobrinho e sua sobrinha estão loucos?

— E se *estiverem*, senhorita?

— Se eu estiver, quer dizer? Deliciosas notícias a mandar-lhe, da parte de uma pessoa que goza da sua confiança e cuja primeira razão de ser consiste em evitar-lhe qualquer aborrecimento!

Seguindo as crianças com a vista, a sra. Grose ponderou:

— Sim, ele detesta que o aborreçam... Foi a principal razão...

— Por que esses traidores o enganaram tanto tempo? Sem dúvida. Apesar de que também lhe foi preciso uma terrível indiferença. Como não sou traidora, não o enganarei.

Um instante depois, por toda resposta, minha companheira tornou a sentar-se e agarrou-me o braço:

— Em todo caso, chame-o a senhorita; que ele venha até você!

Fitei-a atônita:

— Que ele venha até *mim*? — Tive um súbito temor do que ela pudesse fazer. — Ele?

— Devia *estar* aqui, devia ajudar-nos...

Levantei-me de um salto e creio lhe haver mostrado um rosto mais estranho do que nunca.

— A senhora me vê convidando-o a me fazer uma visita?

Não; os olhos nos olhos, era evidente que a sra. Grose não via. Em vez disso — como mulher que sabe ler outra mulher —, viu aquilo que eu mesma via: sua irrisão, seu riso divertido, seu desprezo pela minha falta de aptidão para a vida solitária e o belo maquinismo que eu pusera em movimento para atrair sua atenção para os meus atrativos negligenciados. A sra. Grose não sabia — ninguém sabia — o meu orgulho em servi-lo e em ater-me fielmente às condições do contrato; mas nem por isso deixou de compreender, na devida proporção, a advertência que eu lhe fazia:

— Mas se a senhora perder a cabeça, a ponto de recorrer ao patrão em meu favor...

Ela ficou verdadeiramente assustada:

— E então, senhorita?

— Imediatamente deixarei a senhora e ele.

XIV

Estava muito bem reunir-me a Flora e Miles, mas falar-lhes se me revelou, como sempre, uma dificuldade além de minhas forças e que, vista de perto, era tão insuperável como antes. Essa situação durou um mês, cheia de novos agravantes e traços peculiares, dentre os quais o mais incisivo era a ironia consciente de meus pupilos. Não se tratava unicamente — hoje estou tão certa como outrora — da minha imaginação infernal: era fácil discernir que eles estavam ao corrente dos meus apuros e que essa estranha relação de certo modo transformou a atmosfera na qual vivíamos e perdurou por muito tempo. Não que demonstrassem malícia ou fizessem qualquer coisa vulgar — quanto a isso, nada havia a temer. O que quero dizer é que o elemento sem nome e intocado crescia entre nós a expensas de todo o resto e que, para evitá-lo com tanto êxito, era mister, de parte a parte, um sólido consentimento implícito. Era como se, por momentos, estivéssemos constantemente chegando à vista de objetos diante dos quais, subitamente, tínhamos de parar; abandonando de repente becos sem saída; fechando portas indiscretamente abertas, com uma pancada que nos levava a olhar uns para os outros, pois, como todas as pancadas, estas também eram sempre mais altas do que pretendíamos. Todos os caminhos levam a Roma; e, em certos momentos, todos os ramos de estudo e assuntos de conversação pareciam margear o terreno proibido. Terreno proibido era, em geral, a volta dos mortos, especialmente daquilo que pudesse acaso sobreviver, na memória das crianças, dos amigos que tivessem perdido. Havia dias em que eu teria jurado que um deles aplicava ao outro uma cotovelada invisível e dizia: "Ela acredita que desta vez conseguiu, mas *não conseguirá*!", devendo o "conseguiu" referir-se, por exemplo, ao menos uma vez, à moça que os preparara para a minha disciplina.

Tinham ambos um apetite insaciável e encantador por certos trechos de minha vida, com os quais frequentemente eu os regalava. Sabiam quase tudo do que me acontecera; conheciam, nos mínimos pormenores, a história das minhas mais insignificantes aventuras, bem como a de meus irmãos, minhas irmãs, o cão e o gato de casa, as singulares manias de meu pai e minha mãe, o mobiliário, a disposição da nossa morada e a conversa das velhas de minha aldeia. Tudo contado, havia muitas coisas sobre as quais podíamos palrar, contanto que falássemos depressa, não insistíssemos e soubéssemos instintivamente o que contornar e quando contornar. Possuíam ambos uma arte especial para me puxar os cordões da imaginação ou da memória; e nada como a recordação desta circunstância para me confirmar a suspeita de que eu era vigiada às escondidas. Em todo caso, só quando se tratava da *minha* vida, do *meu* passado e dos *meus* amigos é que nos sentíamos à vontade; estado de coisas que às vezes os levava, sem a menor necessidade, a evocar lembranças de pura sociabilidade. Convidavam-me — sem nenhum nexo perceptível — a repetir a *anedota* do Gansinho Bonzinho ou a confirmar as minúcias, já relatadas, sobre a inteligência do pônei do presbitério. Tanto nesses momentos quanto em outros, de todo diferentes, era que o meu "apuro" se tornava mais sensível. O fato de que os dias se escoavam sem outro encontro deveria, assim me parece, trazer algum alívio a meus nervos excitados. Desde que, na segunda noite, rocei por uma mulher no patamar, nada mais vi, dentro ou fora de casa, que melhor fora não ver. Havia muitas esquinas que, dobradas, me podiam fazer tombar sobre Quint, e muitas situações, de atmosfera sinistra, me pareciam apropriadas a uma aparição da srta. Jessel. O verão chegara, o verão partira; o outono se abatera sobre Bly, reduzindo a luz pela metade. A paisagem, com seu céu grisalho e festões murchos, seus espaços desertos e folhas mortas esparsas, era como um teatro após o espetáculo — todo juncado de programas. Eu tornava a encontrar exatamente o estado da atmosfera, as nuanças de sonoridade e de silêncio, a indizível, a inefável impressão do momento *ritual* que me trazia de volta, bastante prolongada para que eu a pudesse captar, a sensação do ambiente no qual, naquela noite de junho ao relento, eu vira Quint pela primeira vez e também no qual, em outros instantes, depois de o ver através dos vidros, saí a procurá-lo no bosque circundante. Reconheci os signos e os presságios; reconheci o tempo e o lugar. Tudo porém permanecia solitário e vazio, enquanto eu continuava indene — se é que se pode chamar de indene uma mulher cuja sensibilidade havia, do modo mais extraordinário, não declinado, porém se aprofundado.

Na minha conversa com a sra. Grose a propósito daquela horrível cena de Flora junto ao lago, eu a deixara perplexa dizendo que, agora, sentiria muito mais perder o meu poder do que conservá-lo. Expliquei-lhe longamente a ideia que me dominava: que as crianças vissem ou não vissem os espectros (pois ainda não estava definitivamente provado que os vissem), eu preferia, para a sua salvaguarda, correr o risco sozinha. Estava pronta para o pior. O que então relanceei de feio foi a ideia de que meus olhos pudessem estar selados, enquanto os deles estavam bem abertos. Pois bem: os meus olhos *pareciam-me* selados no presente — resultado pelo qual se me afigurava blasfemo não agradecer a Deus. Mas, ai! Havia aí uma dificuldade: eu lhe teria agradecido de toda minha alma não fosse a convicção — igual àquele reconhecimento — de que meus pupilos eram donos de um segredo.

Como posso hoje tornar a delinear as estranhas fases da minha obsessão? Em certos momentos, quando estávamos juntos, eu podia jurar que, literalmente — em minha presença, mas sem que eu tivesse a sensação direta —, ambos recebiam visitantes conhecidos e aos quais acolhiam cordialmente. Nesses momentos, se não me contivesse o medo de que o remédio fosse pior do que o mal que desejava combater, a minha exaltação teria transbordado:

"Eles estão aí, eles estão aí, crianças desgraçadas!", teria eu gritado. "Agora não podem negar!"

Mas as infelizes crianças tudo negavam com a força acrescentada da sua ternura e sociabilidade, de cujos abismos cristalinos — tal o lampejo cor de prata de um peixe na torrente — espiava ironicamente a vantagem que tinham sobre mim. Em verdade, o choque fora mais fundo do que pensei naquela noite em que, procurando sob as estrelas Peter Quint ou a srta. Jessel, descobrira a criança cujo sono me incumbia velar e que reentrou comigo, sempre com aquele olhar tão doce, que, naquele instante e no próprio lugar, pousou diretamente em mim — doce olhar erguido para o céu e com o qual, das ameias que nos dominavam, a sinistra aparição de Quint se comprazia em brincar. Se fosse questão de medo, a minha descoberta, nessa ocasião, me fez mais medo que qualquer outra, e foi no estado de nervos por ela produzido que tirei as minhas verdadeiras conclusões. Ficava às vezes tão atormentada que me fechava no quarto para ensaiar em voz alta — era a um tempo um alívio inexplicável e um desespero renovado — a cena que me permitiria chegar ao fundo da questão. Eu a abordava ora de um lado, ora de outro, andando agitada pelo quarto, mas a coragem invariavelmente me abandonava ante a necessidade monstruosa de citar nomes. Como estes sempre morriam nos meus lábios, eu me dizia que talvez ajudasse as crianças a formar uma imagem infame se, pronunciando esses nomes horrorosos, eu violasse a delicadeza instintiva e sem dúvida a mais rara que jamais testemunhou uma sala de aula. Quando me dizia: "*Eles* têm bastante educação para calar, e você, apesar da confiança de que desfruta, tem a vilania de falar!", eu me sentia enrubescer e cobria o rosto com as mãos.

Depois dessas cenas secretas, eu tagarelava mais que nunca, cheia de volubilidade, até o momento em que sobrevinha um dos nossos silêncios prodigiosos e tangíveis (não os posso classificar de outra maneira); a estranha, estonteante sensação de ficar suspensa ou flutuando (procuro o termo exato) em meio de um silêncio; de uma interrupção de toda vida que nada tinha a ver com o rumor maior ou menor que fazíamos no momento, e que eu podia ouvir através de qualquer explosão de jovialidade, de qualquer leitura mais rápida ou de qualquer acorde mais ruidoso do piano. É que os outros, os intrusos, estavam ali... Embora não fossem anjos, eles "passavam", como se diz na França, fazendo-me tremer de medo de que endereçassem às suas jovens vítimas alguma mensagem ainda mais infernal ou uma imagem mais viva do que aquela que julgaram suficientemente boa para mim.

O que me era mais difícil de afastar era a cruel ideia de que, tivesse eu visto o que quer que fosse, Miles e Flora ainda tinham visto *mais*... Coisas terríveis, impossíveis de adivinhar e que surgiam dos horríveis momentos de sua vida comum de outrora. Tais coisas, naturalmente, deixavam na atmosfera, por algum tempo, como que uma frialdade que ruidosamente negávamos sentir; e mercê da repetição, havíamos, os três, adquirido tal prática, que, para indicar o fim do incidente, cada vez e automaticamente, executávamos os mesmos movimentos. Em todo caso, era impressionante virem as crianças beijar-me regularmente com um ímpeto despropositado e nunca deixarem — nem uma, nem outra — de fazer a pergunta que tanto nos ajudara em mais de um perigo:

— Quando pensa que ele *virá*? Não acha que *devemos* escrever-lhe?

Nada como essa pergunta — soubemo-lo por experiência — para afugentar qualquer embaraço. "Ele", naturalmente, era o tio de Harley Street, e nós vivíamos em muita discussão teórica de que ele viria, a qualquer momento, misturar-se a nosso círculo. Era impossível dar menos incentivo a uma ficção do que ele dera a essa; mas se não tivéssemos o apoio dessa ficção, ter-nos-íamos privado, uns e outros, das nossas mais belas mistificações. Ele nunca lhes escrevia — talvez por egoísmo —, mas isto fazia parte da lisonjeira confiança que ele em mim depositava; pois a maneira pela qual um homem rende a sua mais alta homenagem a uma mulher é passível de não ser senão a mostra mais festiva de uma das leis sagradas do seu conforto pessoal. Assim me persuadi, e permaneci fiel à minha promessa de jamais o perturbar, dando a entender a Flora e Miles que as cartas que escreviam não passavam de amáveis exercícios literários, demasiado belas para serem postadas... Conservei-as comigo e ainda hoje as tenho. Essa regra que me impus não servia senão para aumentar o efeito satírico da suposição que ambos faziam — de que ele podia aparecer a qualquer hora em nosso meio. Era como se meus pupilos soubessem até que ponto uma tal visita me seria, mais que tudo, embaraçosa. Parece-me, entretanto, extraordinário, ao olhar para trás, que em tudo isso, apesar do meu nervosismo e seu triunfo, eu nunca tivesse perdido a paciência com eles.

Deviam com efeito ser adoráveis para que eu não os odiasse! Todavia, se o alívio fosse adiado por mais tempo, a exasperação não me haveria traído? Pouco importa, pois o alívio chegou. Digo "alívio" conquanto esse alívio fosse apenas a ruptura de uma corda demasiado tensa ou a explosão de uma tormenta em dia abafado. Era, enfim, uma mudança; e veio de chofre.

XV

Dirigia-me para a igreja, certo domingo de manhã, em companhia de Miles; sua irmã, bem à vista, ia adiante com a sra. Grose. Era um dia claro e seco, o primeiro desse gênero na temporada. A noite trouxera um pouco de neve, e o ar de outono, límpido e vibrante, fazia quase alegre o badalar dos sinos. Por um singular encadeamento de ideias, aconteceu, nesse momento, que me senti particular e gratamente impressionada com a obediência de meus pupilos. Por que nunca se revoltavam contra a minha inexorável, perpétua companhia? Qualquer coisa me fez ciente de que eu trazia o menino amarrado ao cós da saia e que, pela maneira com que ambos marchavam à minha frente, podia parecer que eu me precavia contra algum perigo de rebelião. Eu era uma carcereira, de olho vigilante para as possíveis surpresas e evasões. Tudo isso, porém, fazia parte — aludo à sua magnífica condescendência — do aparato especial de fatos que eram nada menos que abissais. Vestido para o domingo pelo alfaiate de seu tio (que tivera carta branca, mais a noção da beleza de um jaleco e do arzinho senhorial de Miles), trazia ele estampados de tal modo em si o seu título de independência e os direitos do seu sexo e posição que, tivesse ele tentado libertar-se, eu não teria nada a dizer. Pela mais estranha das coincidências, eu estava justamente ponderando como poderia resistir-lhe quando, sem engano possível, a revolução ocorreu. Digo "revolução" pois agora vejo de que modo, às palavras que ele proferiu, o pano se levantou sobre o último ato do meu terrível drama e a catástrofe precipitou-se.

— Diga-me, querida — começou ele docemente —, quando voltarei para o colégio?

Assim como vai transcrita, a frase parece inofensiva, ainda mais porque foi proferida com o claro timbre, a graça acariciante, mercê das quais as suas inflexões semelhavam outras tantas rosas negligentemente atiradas ao interlocutor — sobretudo quando esse interlocutor não era outro senão a sua eterna governanta. Entretanto havia nela qualquer coisa a "captar", e naquele instante eu a captei com tamanha eficácia que estagnei de repente, como se uma das árvores do parque tivesse caído atravessada na estrada. Surgiu imediatamente algo novo entre nós dois, e ele estava perfeitamente cônscio de que eu o percebera, conquanto, para me habilitar a fazê-lo, não lhe fora preciso mostrar-se menos inocente e sedutor que de costume. Quando primeiro descobri que nada tinha a responder, pude sentir que ele já havia descoberto a vantagem ganha. Demorei tanto para perceber qualquer coisa que, decorrido um minuto, ele teve tempo suficiente para prosseguir, com o seu sorriso sugestivo, mas pouco concludente:

— A senhora sabe, minha querida: um rapaz estar *sempre* com uma mulher...

Trazia constantemente nos lábios esse "minha querida" quando se dirigia a mim, e coisa alguma, mais do que essa frase de terna familiaridade, podia exprimir com maior exatidão o tom do sentimento que eu desejava inspirar a meus alunos. Era tão respeitosamente espontânea!

Mas, ai! Como senti que agora precisava pesar minhas palavras! Lembro-me que, para ganhar tempo, tentei rir e julguei ver, no lindo rosto que me observava, o feio e extravagante reflexo do meu rosto!

— E sempre com a mesma mulher? — repliquei.

Ele não empalideceu, nem sequer piscou. Tudo estava virtualmente claro entre nós.

— Ah, naturalmente! Ela é uma pessoa encantadora, uma verdadeira *lady*. Mas, como vê, sou um rapaz que... que está crescendo!

Fiz uma pausa, considerando-o com grande ternura:

— Sim, você está crescendo...

Mas como me senti desamparada! Até hoje penso, com dor no coração, que ele sabia disso, e no entanto brincava!

— E a senhora não pode dizer que não tenho sido terrivelmente bom, pode?

Pousei a mão em sua espádua, pois, embora sentisse que era preferível recomeçarmos a andar, não era todavia capaz de fazê-lo.

— Não, não posso, Miles.

— Aquela noite, a senhora sabe...

— Aquela única noite?

Mas o meu olhar não era tão direto como o dele.

— Sim, quando desci, quando saí de casa...

— Ah, sim! Mas já me esqueci por que razão você o fez.

— Já se esqueceu? — Ele falava com a terna exuberância de uma queixa de criança. — Mas foi justamente para mostrar à senhora que eu era capaz de fazê-lo!

— Oh! Sim, você era bem capaz de fazê-lo!

— E posso voltar a fazê-lo!

Senti que, no final das contas, eu não perderia a cabeça.

— Claro, mas não o fará!

— Não; *aquilo* não. Não era nada.

— Não era nada — repeti. — Mas agora caminhemos.

Ele reencetou a marcha ao meu lado, passando o braço sob o meu.

— E então? *Quando* voltarei ao colégio?

Assumindo um ar preocupado, pus-me a refletir sobre a pergunta.

— Você estava satisfeito no colégio?

Ele pensou um instante.

— Oh, fico satisfeito em qualquer lugar!

— Então — falei com voz trêmula —, se também está satisfeito aqui...

— Ah! Mas isso não é tudo. A *senhorita*, naturalmente, sabe muito...

— Quer sugerir que sabe tanto quanto eu? — arrisquei durante o intervalo.

— Nem a metade do que pretendo! — confessou Miles com franqueza. — Mas não se trata só disso...

— Então, que é?

— Ora, eu quero conhecer a vida.

— Percebo, percebo...

Havíamos chegado à vista da igreja e de várias pessoas, inclusive de muitos moradores de Bly que se aglomeravam junto à porta para nos ver entrar. Acelerei o passo; queria chegar antes que o nosso diálogo avançasse mais. Refleti que, uma vez lá dentro, ele teria de guardar uma hora de silêncio. Pensei com avidez na relativa penumbra do nosso banco reservado e no auxílio quase espiritual do coxim, onde eu dobraria os joelhos para orar. Literalmente, se me afigurava estar apostando corrida com algum desespero ao qual ele queria reduzir-me... Ele, porém, chegou primeiro; ao entrarmos no cemitério que precedia a igreja, lançou-me estas palavras:

— Quero conhecer meus iguais!

Dei um salto para a frente.

— Não há muitos iguais a você, Miles! — respondi rindo. — Exceto, talvez, a nossa querida Flora.

— A senhora realmente me compara a uma criança, a uma menina?

Senti-me estranhamente desarmada.

— Então você não *gosta* da nossa pequena Flora?

— Se não gostasse... e a senhora também. Se não gostasse... — repetiu como que recuando para saltar, deixando todavia o seu pensamento de tal modo inconcluso que, depois que chegamos ao portão, outra parada, que ele me impôs mediante a pressão do seu braço no meu, se tornou inevitável. A sra. Grose e Flora tinham entrado na igreja, outros fiéis se lhes seguiram, e por um instante ficamos a sós entre os velhos túmulos rústicos. Havíamos parado na aleia que vinha do portão, junto a um túmulo baixo, oblongo como uma mesa.

— E então? Se você não gostasse de nós?

Ele fitou os túmulos enquanto eu esperava pela resposta.

— Bem, a senhora sabe... o que...

E sem se mexer, lançou-me qualquer coisa que me fez sentar bruscamente sobre a laje tumular, como presa de uma súbita necessidade de repouso.

— Meu tio pensa a mesma coisa que a *senhorita*?

Fiz uma pausa enfática.

— Como sabe o que penso?

— Está claro que não sei. Pois agora percebo que a senhora nunca o disse. Mas pergunto: *ele* sabe?

— Sabe o quê, Miles?

— Ora! O que faço!

Rapidamente compreendi que não podia dar a essa pergunta nenhuma resposta que, de certo modo, não importasse no sacrifício do meu patrão. Todavia pareceu-me que em Bly todos estávamos sendo bastante sacrificados para que essa falta fosse mais que venial.

— Não creio que seu tio se importe muito.

A essas palavras, Miles fitou-me longamente.

— E não acha que poderia levá-lo a se importar?

— De que maneira?

— Se ele viesse aqui!

— E quem o fará vir aqui?

— *Eu* farei, eu! — disse a criança, com um brilho e uma ênfase extraordinários. Ainda me lançou um olhar carregado dessa mesma expressão e entrou sozinho na igreja.

XVI

O assunto praticamente se encerrou, uma vez que não lhe dei prosseguimento. Isso equivalia a uma deplorável rendição ao nervosismo; todavia, nem a plena consciência dessa rendição servia para restituir-me à calma. Não me restava senão permanecer sentada no meu túmulo e tentar adivinhar todo o sentido das palavras proferidas por meu amiguinho. Quando consegui abarcar todo o seu conteúdo, já havia decidido fornecer como pretexto da minha ausência no culto a confusão em que fiquei por dar tal exemplo de atraso a meus alunos e ao resto da assembleia. Mas o que, acima de tudo, eu me dizia e tornava a dizer era que Miles me arrancara uma vantagem, cuja prova era exatamente essa desastrada ausência. Fizera-me confessar que tinha grande medo de certa coisa e provavelmente se aproveitaria desse medo para conseguir mais liberdade. O medo que eu sentia era o de precisar tratar da sua expulsão do colégio, pois essa questão intolerável não era, no fundo, mais que a dos horrores a que estaria ligada. Que seu tio viesse tratar desse assunto comigo era com efeito uma solução que por si mesma eu deveria desejar; mas era-me de tal modo impossível enfrentar o asco e a dor do acontecimento que procrastinava, sem pensar no futuro. Para minha grande confusão, o menino estava no seu direito e em situação de dizer-me: "Ou a senhorita tira a limpo com o meu tutor essa misteriosa interrupção de meus estudos, ou deixa de esperar que eu continue levando a seu lado uma vida tão anormal para um menino." Mas o que era tão anormal para o menino em causa era essa súbita revelação de uma consciência e de um plano.

Foi isso que verdadeiramente me transtornou, impedindo-me de entrar na igreja. Circundei-a hesitante, como quem ronda. Refletia que, aos olhos dele, eu já estava irremediavelmente descoberta. Já não me era possível reparar coisa alguma, e constituía um esforço muito penoso ir sentar-me ao seu lado no banco, acotovelando-nos um ao outro. Mais do que nunca, era certo ele passar o braço sob o meu e manter-me ali sentada, durante uma hora inteira, em estreito contato silencioso com o seu íntimo comentário sobre a nossa conversação. Pela primeira vez desde a sua chegada, desejei afastar-me dele. Eu havia parado sob a alta janela leste e escutava os rumores do culto. Apoderou-se então de mim um impulso que, sentia-o, iria dominar-me inteiramente, por pouco que eu o encorajasse: eu podia facilmente pôr fim à minha provação fugindo... A oportunidade chegara: ninguém ali me impediria. Eu podia largar tudo, virar as costas e retirar-me. Era apenas questão de correr para casa — agora vazia, por assim dizer, graças à presença na igreja da maior parte dos criados — e fazer os preparativos para a partida. Em suma, ninguém podia censurar-me se eu fugisse, impelida pelo desespero. Que adiantava separar-me deles agora, se os devia reencontrar na hora do jantar? Isto se daria dentro de duas horas, no fim das quais — previa-o com agudeza — os meus jovens alunos representariam a comédia de um inocente espanto pela minha ausência em sua comitiva.

"Que *foi* fazer, sua mazinha? Foi para nos atormentar — e nos distrair a ideia — que nos abandonou justamente à porta da igreja?" Essas perguntas, eu não as poderia enfrentar, nem os falsos olhinhos com que as fariam; entretanto, era tão certo eu precisar enfrentar tudo isso que, diante da imagem demasiado nítida que se me apresentava ao espírito, cedi enfim ao meu desejo: parti.

Parti, no que dizia respeito ao tempo presente. Saí do cemitério e, refletindo profundamente, enveredei pelo parque, seguindo o mesmo caminho da vinda. Quando cheguei em casa, pareceu-me estar resolvida a pôr em execução o meu cínico projeto de partir. A calma dominical, tanto no interior da casa como nas vizinhanças, onde não encontrei ninguém, animava-me com um senso de oportunidade. Se naquele momento eu partisse rapidamente, desapareceria sem uma palavra, sem uma cena. Mas era-me preciso desenvolver uma rapidez maravilhosa; não só isso, mas ainda havia a questão do veículo, de mais difícil solução. No saguão, aflita e atormentada pelos obstáculos e dificuldades, deixei-me cair, exausta, no primeiro degrau da escada; depois, com uma violenta reação, lembrei-me de que fora ali — exatamente ali, havia mais de um mês, nas trevas da noite, e dobrada, igualmente, sob o peso de maus pensamentos — que eu vira o espectro da mais horrorosa das mulheres. A essa lembrança levantei-me, galguei o resto da escada e, na minha confusão, dirigi-me para a sala de estudos, onde estavam alguns objetos que eu desejava apanhar. Abri a porta e, num ápice, os olhos se me abriram. Diante do espetáculo que me acolheu, cambaleei, para logo refazer-me.

Sentada à minha mesa, à clara luz do meio-dia, vi uma pessoa que, sem a minha experiência anterior, eu teria tomado no primeiro instante por uma criada que ficara guardando a casa e que teria aproveitado a ausência, tão rara, de vigilância e a presença de papel e pena na sala de estudos para se aplicar à tarefa de escrever uma carta a seu amado. Percebia-se-lhe o esforço na maneira como suas mãos, com um evidente cansaço, suportavam sua cabeça inclinada, enquanto seus braços se apoiavam em cima da mesa. Mas, ao fazer essa observação, já havia percebido o fato singular de que a minha entrada na sala em nada modificou sua atitude. Um instante depois ela mudou de posição e foi então, nesse mesmo movimento, que irrompeu, como uma flama, a sua identidade. Ela levantou-se, como se não me tivesse ouvido, mas com uma grande, indescritível melancolia, mescla de indiferença e desprendimento, e, a uma dúzia de passos de mim, ergueu-se, ereta, a minha predecessora — a infame srta. Jessel! Trágica e desonrada, estava inteira à minha frente. Mas como eu a fixasse, querendo retê-la na memória, o horrível vulto desapareceu. Negra como a meia-noite em seu vestido negro, na sua beleza intratável e sua mágoa inexprimível, fitou-me suficientemente para parecer que me dizia que o seu direito de sentar-se à minha mesa era tão legítimo quanto o meu de sentar-me à dela. Com efeito, tive nesse instante a extraordinária sensação de que a intrusa era eu... E foi num protesto apaixonado que me dirigi diretamente a ela:

— Ó mulher terrível e infeliz! — ouvi que gritava, e o som de minhas palavras, pela porta aberta, retumbou ao longo dos corredores e da casa vazia.

Ela me olhou, mas eu já recuperara a calma, e a atmosfera clareava em torno de mim. Um minuto depois, só havia na sala os raios do sol — e a minha convicção de que devia ficar.

XVII

De tal modo eu esperava que o regresso de meus pupilos desse ensejo a um pedido de explicação que fiquei novamente transtornada ao verificar o mutismo de ambos com respeito à minha ausência. Em vez de acusações e carícias, não fizeram a menor alusão ao fato de eu os haver desertado, e no momento — percebendo que também ela se calava — não pude senão entregar-me ao estudo da fisionomia da sra. Grose.

O resultado me trouxe a convicção de que, fosse como fosse, eles a haviam persuadido a manter silêncio — silêncio que resolvi romper já em nossa primeira conversa a sós.

A ocasião se apresentou nas proximidades da hora do chá. Tratei de a prender por cinco minutos na sala que lhe era reservada e onde, no crepúsculo, em meio ao cheiro de pão recentemente assado e à maior ordem e asseio, encontrei-a sentada em frente ao fogo, plácida, apesar de melancólica. É assim que ainda a vejo, é assim que a vejo melhor: ereta na cadeira a olhar as chamas que aclaravam a sala metade escura e bem encerada — grande imagem nítida de coisas postas a guardar, de armários fechados a chave, de repouso irremediável.

— Sim, pediram-me para não dizer nada; e para os comprazer, enquanto estavam lá, naturalmente prometi. Mas o que aconteceu com a senhorita?

— Só pude acompanhá-los no passeio — respondi. — Precisei voltar para encontrar-me com um amigo.

Ela mostrou-se surpreendida.

— A *senhorita*? Um amigo?

— Oh, sim, tenho alguns! — E pus-me a rir. — Mas as crianças apresentaram-lhe alguma razão?

— Para não aludirem à sua ausência? Sim. Disseram-me que a senhorita preferiria assim. Preferia mesmo?

A expressão da minha fisionomia a afligiu.

— Não, preferia que fosse ainda pior! — Mas após um instante acrescentei: — Disseram-lhe por que eu preferia que não aludissem à minha ausência?

— Não. Miles disse apenas: "Não devemos fazer senão o que for de seu agrado."

— Oxalá o fizesse! E Flora, que disse Flora?

— Srta. Flora? Ela foi muito boazinha. Disse: "Naturalmente, naturalmente", e eu repeti a mesma coisa.

Refleti um instante.

— A senhora também foi muito boazinha. Estou a ouvir os três. Mas agora tudo ficou dito entre nós: entre mim e Miles.

— Tudo? — perguntou, espantada, a minha companheira. — Tudo o quê, senhorita?

— Absolutamente tudo. Não importa o quê. Está resolvido. Voltei para casa, minha cara — prossegui —, para uma conversa com a srta. Jessel!

Nessa altura, eu já adotara o hábito de ter a sra. Grose bem segura antes de introduzir esse nome na conversa, de modo que, mesmo agora, enquanto ela piscava valentemente os olhos ao sinal dado por minhas palavras, pude não obstante mantê-la relativamente calma.

— Uma conversa?! Quer dizer que ela se manifestou?

— Foi como se o fizesse. Ao meu regresso, encontrei-a na sala de estudos.

— E que disse ela?

Ainda estou a ouvir a boa mulher, o acento da sua ingênua estupefação.

— Que sofre todos os tormentos...!

A esse pormenor, ela completou o quadro e abriu a boca:

— Quer dizer, todos os tormentos das... das almas perdidas?

— Das almas perdidas. Dos condenados. E é para os partilhar, sim, é por isso que...

Desta vez, só de horror, faltou-me a voz. Minha companheira, dotada de menos imaginação, deu-me coragem:

— Para os partilhar?

— Sim, por isso quer Flora.

A essas palavras, a sra. Grose me teria escapado, não estivesse eu preparada. Ainda a segurei ali, para mostrar que estava.

— Conforme já lhe disse, isso tem pouca importância.

— Porque a senhora já tomou partido? Qual é?

— Estou pronta para tudo.

— Que quer dizer com esse "tudo"?

— Ora, fazer com que o tio venha aqui!

— Ah! Senhorita, faça-o, por piedade! — exclamou minha amiga.

— Eu o farei; sim, eu o farei. Vejo que é o único caminho. Já há pouco lhe disse que tudo foi dito entre mim e Miles. Pois bem: depois da conversa que nós dois tivemos, se Miles pensa que receio fazer seu tio vir até aqui e tem ideias sobre o que vai ganhar com isso, vai ver que se engana. Sim, sim: seu tio ouvirá de minha boca, aqui mesmo, diante de Miles, se for necessário, que, se há uma censura a me fazer porque não me esforcei em arranjar-lhe um novo colégio...

— Sim, senhorita... e depois? — insistiu minha companheira.

— Pois bem: foi por causa desse horrível motivo!

Agora, porém, já eram tantos esses horríveis motivos que minha colega tinha desculpa por estar confusa.

— Mas qual?

— Ora, aquela carta do seu antigo colégio!

— Vai mostrá-la ao patrão?

— Já devia tê-la mostrado, no mesmo instante!

— Oh, não! — disse a sra. Grose com decisão.

— Vou mostrar-lhe — continuei inexoravelmente — que me é impossível ocupar-me dessa questão quando se trata de uma criança que foi expulsa...

— ...por motivos que não sabemos! — afirmou a sra. Grose.

— Por má conduta. Se não por isso, por que mais? Uma vez que ele é tão inteligente, tão belo e tão perfeito? Por estupidez? Por desordem?

Por enfermo? Por mau gênio? Porque é sedutor! Só pode ser por *isso*! E isso põe tudo a descoberto. No final das contas, a culpa é do tio. Se ele acha bom deixar aqui uma gente como aquela!...

— Para falar a verdade, não os conhecia absolutamente. A culpa é minha. — A sra. Grose empalidecera.

— Bom, a senhora nada sofrerá — respondi.

— As crianças nada sofrerão! — ela retorquiu enfaticamente.

Fiquei um instante calada e olhamo-nos.

— Então, que devo dizer a ele? — perguntei.

— Nada. Deixe que eu lhe diga.

Ponderei o valor dessa resposta.

— Quer dizer que lhe escreverá?

Depois, lembrando-me da sua ignorância, prossegui:

— De que maneira?

— Pedirei ao meirinho. *Ele* sabe escrever.

— E a senhora gostaria de o fazer sabedor da nossa história?

Havia na pergunta um sarcasmo maior do que eu pretendia e que a fez chorar, inconsequente, um momento depois. Tinha os olhos marejados de lágrimas.

— Ah, escreva a *senhorita*!

— Está bem, hoje à noite — respondi afinal; e em seguida separamo-nos.

XVIII

Naquela noite cheguei a ponto de principiar a escrever. O tempo mudara, soprava um forte vento, e, sob a lâmpada, no interior do meu quarto, Flora tranquilamente adormecida perto de mim, permaneci muito tempo sentada diante da página branca, escutando o látego da chuva e as pancadas do vento. Finalmente saí, levando uma vela. Atravessei o corredor e escutei um instante à porta de Miles. O que a minha inesgotável obsessão me impelia a escutar era algum sinal de que ele não estava dormindo, e de repente surgiu um, mas não sob a forma que eu esperava. Sua voz vibrou:

— Ei, você aí: entre!

Era a alegria no meio da tristeza.

Entrei levando a vela e o encontrei no leito, inteiramente acordado, mas perfeitamente à vontade.

— Então, que *lhe* acontece? — perguntou-me ele com a sua graça familiar, que me levou de súbito a pensar que a sra. Grose teria dificuldade a ver aí uma prova de que tudo fora dito entre nós.

Eu estava de pé à sua frente, a vela na mão.

— Como soube que eu estava ali?

— Naturalmente, ouvi-a vir. Pensa que não fez barulho nenhum? Parecia uma tropa de cavalaria! — disse, rindo-se lindamente.

— Não estava dormindo?

— Não; estava acordado e pensava.

Eu colocara a vela, de propósito, a curta distância e, enquanto ele me estendia cordialmente a mão, sentara-me à beira da cama.

— Em que pensava? — perguntei.

— Em que mais, senão na *senhorita*?

— Mas o orgulho que me causa o seu galanteio não exige isso, absolutamente. Preferia mil vezes saber que dormia!

— Pois bem: pensava igualmente nesse nosso caso, tão engraçado...

Reparei na frialdade da sua enérgica mãozinha.

— Que caso, Miles?

— Ora, a educação que a senhora me dá... e todo o resto!

Perdi momentaneamente o fôlego; entretanto a luz trêmula da vela era suficiente para mostrar que ele sorria, a cabeça afundada no travesseiro.

— Que quer dizer com esse "todo o resto"?

— Oh! A senhora sabe, a senhora sabe!

Fiquei um minuto interdita, embora sentisse — enquanto lhe segurava a mão e nossos olhos se encontravam — que o meu silêncio parecia assentir na sua acusação e que nada no mundo real era tão fabuloso como as relações existentes entre nós dois.

— Sem dúvida você voltará para o colégio — disse eu —, se é isso o que o atormenta. Mas não ao antigo: é preciso arranjar outro... um colégio melhor. Como podia eu adivinhar que esse assunto o atormentava, uma vez que nunca disse nada, nunca aludiu a ele?

Seu claro rosto atento, emoldurado de brancura imaculada, tornava-o, naquele momento, tão comovente como um pensativo doentezinho de algum hospital de crianças; e quando essa semelhança me veio ao espírito, pensei que daria de bom grado tudo quanto possuía no mundo para ser, a vida inteira, a enfermeira ou a irmã de caridade que o ajudasse a ficar bom. E, quem sabe? Talvez me fosse possível ajudá-lo...

— Você sabe que nunca me disse uma palavra a respeito do colégio? Refiro-me ao antigo. Que jamais, sob nenhum pretexto, aludiu a ele?

Miles pareceu espantado, mas continuou sorrindo encantadoramente. Era evidente que ganhava tempo. Aguardava, pedia ajuda...

— Nunca disse? Verdade mesmo?

Não; não era a *mim* que competia ajudá-lo — mas ao "outro" que encontráramos...

Qualquer coisa no seu tom e na expressão de seu rosto, enquanto eu o escutava, trespassou-me o coração com uma dor nunca antes experimentada — tão indizivelmente doloroso era ver o seu pequeno cérebro confuso e os seus mínimos recursos postos em jogo, a fim de representarem, no feitiço que o envolvia, um papel de consistente inocência.

— Não, nunca. Desde a hora em que chegou, nunca sequer proferiu o nome de um professor ou de um colega; nem aludiu à menor coisa que lhe pudesse ter acontecido no colégio. Nunca, pequeno Miles; nunca você forneceu a menor indicação sobre esse assunto. Pode em consequência imaginar a ignorância em que vivo. Antes da nossa confidência desta manhã, nunca lhe ouvi a menor alusão a qualquer acontecimento anterior à sua chegada aqui. Parecia aceitar tão perfeitamente o tempo presente.

Era extraordinário como a absoluta convicção que eu tinha da sua secreta precocidade (qualquer coisa como o veneno de uma influência que mal me atrevo a nomear) fazia-o parecer, a despeito de um quase imperceptível bafejo do seu mal interior, tão acessível como um adulto, impondo-o quase como um igual pelo intelecto.

— Pensei que você quisesse continuar como antes.

Pareceu-me que ele corou ligeiramente. Em todo caso, a modo de um convalescente fatigado, sacudiu languidamente a cabeça.

— Não, não... Tenho vontade de partir.

— Está cansado de Bly?

— Oh! Não, gosto de Bly.

— E então?

— Oh! A *senhorita* sabe o que deseja um menino.

Senti que não sabia tão bem quanto ele e acolhi-me a um refúgio provisório:

— Quer ir para junto de seu tio?

A essas palavras — o terno rosto sempre irônico —, ele moveu a cabeça no travesseiro.

— Ah! Não é assim que a senhora "sai" dessa!

Permaneci calada e agora fui eu, acredito, que mudei de cor.

— Não estou pensando em "sair", meu bem!

— E não pode, nem que o quisesse. Não pode, não pode!

Jazia no leito, lindamente perplexo.

— Meu tio precisa vir, e a senhorita que arranje tudo com ele.

— Se fizermos isso — repliquei com certa animação —, fique certo de que o resultado será afastá-lo daqui.

— Pois bem! A senhorita não compreende que é para isso mesmo que eu trabalho? Exatamente para isso? A senhorita terá de lhe contar como foi que soube de tudo; terá de lhe contar um colosso de coisas!

Era tal o tom de triunfo que acompanhava essas palavras que me senti impelida a acrescentar:

— E você, Miles? Que colosso de coisas também terá para lhe contar? Pois há perguntas que ele certamente lhe fará!

Miles refletiu.

— É provável. Mas que coisas serão essas?

— As coisas que você nunca me contou. Para que ele saiba o que deve fazer com você. Não poderá mandá-lo de volta para...

— Não tenho vontade de voltar — atalhou ele. — Quero um novo campo.

Falava com uma serenidade perfeita, uma jovialidade sincera e inatacável. E isso, para mim, evocou da maneira mais pungente a tragédia infantil e fora do natural que seria o seu regresso provável no fim de três meses, com toda essa arrogância e, ainda mais, com toda essa desonra. Senti-me esmagada, a ponto de não mais me conter. Atirei-me sobre ele e o enlacei com toda a ternura de uma imensa piedade:

— Meu querido, meu querido Miles!

Meu rosto tocava o seu, e ele me consentiu beijá-lo, tomando a coisa com simplicidade, com um indulgente bom humor.

— E então, velhinha?

— Não há nada, nada no mundo, que você queira me dizer?

Ele voltou-se um pouco para a parede e levantou a mão para a olhá-la, como fazem as crianças enfermas.

— Já disse, já disse hoje de manhã...

Que pena eu tinha dele!

— ...que você só deseja que eu não o amole?

Ele me olhou como alguém que afinal se sente compreendido; depois, com a maior ternura do mundo, respondeu:

— ...que a senhora me deixe em paz.

Havia nele um toque de estranha dignidade, qualquer coisa que me constrangeu a levantar-me; todavia, quando me pus em pé, continuei junto dele. Deus sabe que nunca tencionei atormentá-lo, porém senti que virar-lhe as costas depois daquela pequena frase equivalia a abandoná-lo ou, mais exatamente, a perdê-lo.

— Comecei uma carta para seu tio — disse eu.

— Está bem, agora acabe-a.

Esperei um minuto.

— Que aconteceu antes?

Ele ergueu o olhar para mim.

— Antes do quê?

— Antes do seu regresso para aqui. E antes da sua partida para lá.

Ficou um momento calado, mas não despregou os olhos de mim.

— O que aconteceu?

A tal ponto me comoveu a entonação dessas palavras, nas quais, pela primeira vez, julguei reconhecer o débil tremor de uma consciência renascente — a tal ponto me comoveu, dizia, que caí de joelhos junto ao leito, arriscando a derradeira oportunidade que me restava de apossar-me dele:

— Querido Miles, querido Miles; se *soubesse* o desejo que tenho de ajudá-lo! Só isso, só isso; pois preferia morrer a causar-lhe qualquer dano ou mágoa; preferia morrer a tocar, sem o seu consentimento, um só cabelo da sua cabeça! Querido Miles — disse num arrojo, embora *tivesse* de ultrapassar os limites —, só quero que você me ajude a salvá-lo!

Percebi, entretanto, que fora muito longe. Recebi imediatamente uma resposta a meu apelo, mas ela veio sob a forma de um sopro formidável, de uma baforada de ar gelado e de um estremecimento de todo o quarto, como se, cedendo a um ímpeto selvagem do vento, o caixilho da janela tivesse rebentado.

O menino soltou um grito alto e estridente que, perdido no resto da ruidosa explosão, podia parecer, indistintamente, embora eu estivesse bem perto dele, uma exclamação de júbilo ou terror. De um salto pus-me em pé e achei-me na escuridão. Assim permanecemos um momento, enquanto eu olhava perplexa em derredor, via as cortinas corridas e imóveis, e a janela hermeticamente fechada.

— Foi a vela que se apagou — exclamei.

— Fui eu que a soprei, querida! — contestou Miles.

XIX

No dia seguinte, após as lições, a sra. Grose aproveitou um instante para me dizer tranquilamente:

— Já escreveu, senhorita?

— Sim, já escrevi.

Mas no momento deixei de acrescentar que a minha carta, sobrescritada e fechada, continuava no meu bolso. Havia tempo de sobra antes que o mensageiro viesse apanhar o correio. Além disso, meus alunos nunca foram tão bem-comportados ou mais aplicados do que naquela manhã. Era exatamente como se ambos estivessem animados da intenção de apagar os vestígios de um atrito recente. Realizavam as mais estonteantes proezas aritméticas, elevando-se muito acima do *meu* modesto nível, e perpetravam, com um humor mais jovial do que nunca, suas farsas históricas e geográficas. Era Miles, em especial, que parecia querer mostrar-me quanto lhe era fácil abater-me. Nas minhas lembranças, essa criança vive realmente em uma atmosfera de beleza e desventura que nenhuma palavra logra descrever; havia uma distinção só dele em cada uma de suas iniciativas. Jamais uma criaturinha humana — ao parecer toda franqueza e liberdade a olhos inexperientes — foi, como Miles, um tão extraordinário e tão engenhoso homem de sociedade. Era-me preciso estar sempre alerta contra o maravilhamento da contemplação para a qual me arrastava o meu olhar iniciado; reter o olhar distraído e o suspiro desanimado com os quais, constante e sucessivamente, eu atacava e abandonava o enigma que consistia em saber o que teria feito um cavalheirinho tão perfeito para assim merecer tal punição. Eu podia dizer-me que, mercê do sombrio prodígio do qual eu possuía o segredo, a imaginação maléfica lhe *fora* revelada; mas no meu interior a justiça sofria, ansiando pela prova de que tal imaginação nunca tivesse desabrochado em um ato positivo.

Em todo caso, nunca fora mais cavalheiro do que na horrível noite em que, acabado o jantar, ele se aproximou de mim e perguntou se eu gostaria de ouvi-lo tocar. Davi, tocando harpa em presença de Saul, não teria demonstrado um maior senso de oportunidade. Era com efeito uma encantadora demonstração de tato, de magnanimidade, uma exata equivalência do seguinte discurso, que ele bem poderia ter proferido: "Os verdadeiros cavaleiros, cujas histórias gostamos de ler, não levam muito longe sua vantagem. Agora sei o que a senhora quer dizer: que para a sua própria tranquilidade, e para não se atormentar, deixará de me perseguir e espionar, não mais me prendendo constantemente a seu lado, mas deixando-me ir e vir. Venho, pois, como a senhora vê, mas não vou. Haverá um tempo para isso. Sinto em verdade um grande prazer em sua companhia, e apenas desejava que soubesse que eu lutava por princípio."

Pode-se imaginar se resisti a esse apelo ou se deixei de acompanhá-lo, a sua mão na minha, para a sala de estudos. Ele sentou-se ao velho piano e tocou como nunca antes; e se algumas pessoas pensam que melhor seria ele ter ido dar pontapés numa bola, só posso dizer que estou inteiramente de acordo. Pois no fim de um certo tempo, do qual não posso calcular a duração, tendo eu perdido, sob a sua sutil influência, toda a noção de medida, tive um sobressalto ante a sensação de que literalmente dormira no meu posto. Isto aconteceu depois do almoço, junto à lareira da sala de estudos, e todavia eu não dormira no verdadeiro sentido da palavra: fiz coisa muito pior, isto é, esquecera-me completamente. Onde estava Flora durante todo esse tempo?

Quando fiz essa pergunta a Miles, ele continuou a tocar, depois disse apenas:

— Mas, querida, como posso saber? — para em seguida irromper numa risada toda feliz, que imediatamente emendou com uma canção improvisada e incoerente.

Fui diretamente para meu quarto, e Flora não estava ali. Antes de descer, entrei debalde em vários outros aposentos. Uma vez que Flora não se achava em nenhum deles, devia estar com a sra. Grose.

Consolada por essa teoria, consequentemente prossegui na busca. Encontrei-a onde a havia encontrado na tarde da véspera; ela, porém, não apresentou à minha indagação mais do que uma ignorância total e estupefata. Pensava a sra. Grose que eu saíra com as duas crianças após a refeição, no que tinha inteira razão, pois era a primeira vez que eu permitira à menina afastar-se da minha vista sem motivo urgente. Ela podia ter ido reunir-se às criadas de quarto; logo, a primeira coisa a fazer era pormo-nos à sua procura, sem nos mostrarmos inquietas. Rapidamente concordamos nesse ponto. Quando, porém, dez minutos mais tarde, segundo havíamos combinado, nos encontramos no saguão, só pudemos relatar uma à outra que não havíamos descoberto o menor traço dela. Ali, durante um breve minuto e sem que ninguém nos observasse, confrontamos em silêncio os nossos sustos recíprocos, e minha amiga então me devolveu, com altos juros, todos os sustos que desde o princípio eu lhe pregara:

— Estará lá em cima — disse, após uma pausa — num daqueles quartos que a senhora não percorreu.

— Não, está longe. — Agora compreendia. — Deve ter saído.

A sra. Grose não podia acreditar.

— Sem chapéu?

O olhar que lhe atirei foi eloquente.

— Pois aquela mulher também não está sempre sem chapéu?

— E Flora está com aquela mulher?

— Está — declarei. — Precisamos descobri-las.

Eu tinha a mão pousada no braço de minha amiga, mas, confrontada com esse novo aspecto do caso, ela deixou de corresponder à minha pressão. Ao contrário, só partilhava da sua própria inquietação.

— E onde está o sr. Miles?

— Oh! Sr. Miles? *Está* com Quint! Na sala de estudos, provavelmente!

— Deus do céu, senhorita!

Minha opinião — estava eu ciente —, e, em consequência, suponho que também o tom com que falei, nunca antes haviam atingido uma tal segurança.

— A farsa foi bem representada — prossegui —; seu plano foi bem-sucedido. Ele descobriu o jeitinho mais divino de me engambelar enquanto ela fugia...

— Divino? — ecoou a sra. Grose, transtornada.

— Infernal, se prefere! — respondi quase alegremente. — Ele também fugiu. Venha.

Ela lançou um olhar desesperado para o andar superior:

— E a senhora o deixou...

— ...tanto tempo com Quint? Sim. Agora tanto faz.

Em momentos desses, ela sempre acabava por tomar-me a mão, e assim foi que, ainda desta vez, conseguiu reter-me a seu lado.

Muda de assombro perante a minha súbita resignação, foi só um momento mais tarde que pôde, com voz sôfrega, perguntar-me:

— Foi por que a senhora lhe escreveu?

Em resposta, apalpei rapidamente o bolso, tirei daí a carta e lha mostrei; depois, largando-lhe o braço, fui depositá-la na grande mesa do saguão.

— Lucas a levará — disse eu, voltando.

Encaminhei-me para a porta da entrada; abri-a; já estava com o pé no primeiro degrau. Minha companheira ficara para trás; a tormenta da noite e das primeiras horas da manhã tinha cessado, mas a tarde estava úmida e sombria. Eu já chegara à avenida, enquanto ela continuava de pé na entrada.

— Não leva agasalho?

— Que importa isso, se a pequena também não tem nenhum? Não posso perder tempo com vestuário — gritei —; e se a senhora vai fazer isso, deixo-a. Pode ter o que fazer lá em cima...

— Com *eles*?

A essas palavras, a pobre mulher correu ao meu encalço.

XX

Encaminhamo-nos diretamente para o lago, assim como, a justo título, se dizia em Bly, embora aquele lençol de água pudesse, em suma, ter sido menos notável do que então parecia a meus olhos pouco viajados.

Minha experiência era quase nenhuma no que dizia respeito a lençóis de água, e o tanque de Bly, nas raras ocasiões que consenti, sob a proteção de meus pupilos, em afrontar a sua superfície num velho bote de fundo chato ali amarrado para nosso uso, deu-me a impressão de ser extenso e agitado. O embarcadouro habitual ficava a meia milha da casa, mas eu tinha a íntima convicção de que, onde quer que Flora estivesse, não estaria absolutamente perto de casa. Não me dera o bolo por causa de qualquer aventura menor, e desde o dia da grande, que eu com ela partilhara junto ao lago, percebi, em nossos passeios, o rumo pelo qual ela tinha maior predileção. Razão por que dirigi os passos da sra. Grose numa direção tão precisa — direção à qual, quando ela percebeu, opôs uma resistência que mais uma vez me provou que ela nada compreendia do ponto onde eu queria chegar.

— Vai na direção do tanque, senhorita? Acha que ela está *dentro*...

— Pode ser que sim, embora a profundidade não seja muito grande em ponto algum. Mas julgo mais provável ela estar no lugar de onde nós duas, outro dia, vimos o que lhe contei.

— Quando ela fingiu não ver?

— E com que espantoso domínio de si! Fiquei convencida de que ela gostaria de voltar ali sozinha. E o irmão arranjou as coisas para que isso acontecesse.

A sra. Grose permanecia no lugar onde estacara.

— A senhorita acha que eles conversam?

Respondi a isso com inteira segurança.

— Conversam sobre coisas que, se pudéssemos ouvi-las, nos fariam simplesmente estremecer de horror!

— E se Flora estiver lá?

— Sim?

— Quer dizer que a srta. Jessel também está?

— Sem nenhuma dúvida; a senhora verá.

— Oh, muito obrigada! — exclamou minha amiga, de tal modo pregada no chão que, renunciando a sacudi-la, continuei a caminhar sem ela.

Quando, porém, cheguei ao tanque, vi-a logo atrás de mim e compreendi que, malgrado a apreensão que a invadia pelo perigo em que eu podia incorrer, o risco ao qual ela se expunha, seguindo-me de tão perto, era todavia um perigo menor. Soltou enfim um suspiro de alívio quando, abrangendo com a vista a maior parte do tanque, não percebemos em parte alguma a criança que buscávamos. Nenhum traço de Flora no lado mais próximo à margem, onde ela me havia dado ensejo para as mais espantosas observações, e nenhum na margem oposta, onde, salvo por uma faixa de umas vinte jardas, um mato espesso descia ao encontro da água. O tanque, de forma oblonga, tinha uma largura tão pequena comparada ao comprimento que, com as suas extremidades invisíveis, podia ser tomado por um rio. Fitávamos a amplidão deserta, e então senti que uma sugestão me vinha dos olhos de minha amiga. Compreendi, mas sacudi a cabeça:

— Não, não, espere! Ela tomou o bote.

Minha companheira lançou um olhar estupefato para o lugar — com efeito vazio — onde a velha barca costumava estar amarrada. Depois, estendeu-o para o lago.

— Onde estará o bote?

— A prova mais positiva de que ela o tomou é que não o vemos. Tomou-o para fazer a travessia, e depois escondeu-o.

— Aquela criança?... Ela sozinha?...

— Não está sozinha, e nesses instantes já não é criança: é uma mulher velha, muito velha.

Esquadrinhei toda a margem agora visível, enquanto a sra. Grose tornou a dar, no singular elemento que eu lhe oferecia, um de seus mergulhos de submissão; depois observei que o bote podia perfeitamente estar num dos pequenos refúgios formados pelas reentrâncias do tanque — numa das amolgadelas mascaradas, de ambos os lados, por uma projeção do barranco ou por um grupo de árvores junto da água.

— Mas se o bote está lá, onde estará *ela*? — perguntou, aflita, minha companheira.

— É exatamente isso que temos de descobrir!

E dei uns passos para a frente.

— Vai fazer a volta ao lago?

— Claro, por mais demorado que isso seja. Seja como for, não leva mais de dez minutos. Deve entretanto ter parecido muito longe para a pequena, que em consequência preferiu não andar tanto: fez a travessia em linha reta.

— Deus! — tornou a exclamar minha amiga; a implacável cadeia da minha lógica lhe parecia demasiado difícil.

Entretanto — prisioneira dócil —, continuei a arrastá-la atrás de mim e, quando estávamos a meio caminho do fim (a empresa era fatigante, não podíamos caminhar direito no terreno desigual, numa vereda afogada em mato), fiz uma pausa para deixá-la respirar. Emprestei-lhe o apoio de um braço reconhecido, dizendo que ela me seria uma grande ajuda... Isso nos ajudou a reencetar a caminhada, e tão bem a fizemos que, ao fim de poucos minutos, atingimos um ponto donde descortinamos o bote, no mesmo lugar onde supus que devia estar. Fora arrastado, intencionalmente, tão longe da vista quanto possível e estava amarrado aos paus de uma cerca que ali descia até a margem e que servia para facilitar o desembarque. Apreciei o prodigioso esforço desenvolvido pela menina quando observei o par de remos, grossos e curtos, que ela havia eficazmente levantado. Mas nessa hora, e desde muito, eu vivera coisas prodigiosas, e meu coração palpitara a um compasso demasiado vivaz. Havia na cerca uma cancela pela qual passamos e a qual nos conduziu, após curto intervalo, a um lugar mais descampado. Então...

— Lá está ela! — ambas exclamamos ao mesmo tempo.

A curta distância à nossa frente estava Flora, de pé na relva e sorrindo, como se agora a sua empresa estivesse terminada. A primeira coisa que fez foi baixar-se e colher — como se não tivesse vindo ali por outra coisa — um grande e feio ramo de avenca murcha. Imediatamente compreendi que ela acabava de sair do cerrado. Ficou à nossa espera, sem dar um passo, e eu me dei conta da estranha solenidade com a qual nos aproximávamos dela. Flora sorria sempre; aproximamo-nos... O silêncio era francamente trágico. A sra. Grose foi a primeira a quebrar o encanto: caiu de joelhos e, puxando a menina para si, enlaçou num longo abraço o frágil corpinho obediente. Enquanto durou essa muda convulsão, outra coisa não fiz senão observar, e observar com maior intensidade quando vi o rostinho de Flora voltado para mim, por cima do ombro da minha companheira: era um rostinho sério, donde o sorriso se ausentara, o que fez ainda mais amarga a angústia com a qual, nesse momento, eu invejava a simplicidade de alma que a sra. Grose punha em *suas* relações com a menina. Nada mais aconteceu, exceto que Flora deixou cair no chão aquele fútil ramo de avenca. O que eu e ela virtualmente nos dissemos uma à outra era que, agora, todos os pretextos seriam inúteis. Quando a sra. Grose afinal se levantou, conservou na sua a mão de Flora, de modo que ambas continuavam à minha frente; e a singular reticência da nossa reunião ainda mais se acentuou mediante o olhar que ela me dirigiu: "Que me enforquem", esse olhar dizia, "se *eu falar*!"

Foi Flora que, fitando-me da cabeça aos pés com uma cândida expressão de espanto, falou primeiro. Impressionara-a o fato de estarmos sem chapéu.

— Onde estão suas coisas?

— No mesmo lugar onde estão as suas — prontamente respondi.

Ela já havia recuperado a jovialidade e pareceu achar satisfatória essa resposta.

— Onde está Miles? — prosseguiu perguntando.

Havia nessa infantil energia qualquer coisa que me arrasou. Essas três palavras ditas por ela eram como o lampejo de uma espada desembainhada, o empurrão na taça que minha mão, semanas e semanas, trazia erguida e cheia até as bordas e que agora, mesmo antes de falar, eu via transbordar como um dilúvio.

— Digo-lhe, se você me disser... — ouvi-me proferir essas palavras para sentir em seguida o tremor no qual as mesmas se desfizeram.

— E então, que é?

A angústia da sra. Grose inutilmente me lançou seus raios. Era tarde demais, e eu soltei belamente a pergunta:

— Onde, meu amor, onde está a srta. Jessel?

XXI

Exatamente como aconteceu a mim e a Miles no cemitério da igreja, agora éramos eu e Flora que estávamos encostadas à parede. Embora eu esperasse o efeito que não podia deixar de produzir a enunciação das sílabas do nome execrável, jamais proferido entre nós, a súbita expressão dorida do rosto da criança levou-me a comparar a interrupção do silêncio ao estardalhaço produzido quando se quebra uma vidraça. Isso veio acrescentar-se ao grito que a sra. Grose, aterrada com a minha violência, lançou como que para se interpor entre nós e atenuar o golpe que eu desferia. Era o grito de uma criatura apavorada, ou melhor, ferida, e que em breve eu própria completei com um surdo gemido. Agarrei o braço da minha colega:

— Ela está ali! Ela está ali!

A srta. Jessel estava de pé na margem oposta, exatamente como da outra vez, e... coisa singular! Lembro-me que o primeiro sentimento que a sua vista me despertou foi um estremecimento de alegria por haver enfim obtido uma prova irrefutável. Ela estava ali: logo, as minhas acusações eram justificadas; ela estava ali: em consequência, eu não era nem louca nem cruel. Ela estava ali, não tanto pela assustada sra. Grose, mas principalmente por Flora; e nenhum instante desse monstruoso período de minha vida foi tão extraordinário como aquele em que lhe dirigi (sem possibilidade de engano e com a convicção de que, apesar do pálido e insaciável demônio que era, ela receberia e compreenderia) uma mensagem inarticulada de gratidão. Ela se erguia toda ereta no mesmo lugar que eu e minha amiga acabávamos de deixar, e, durante todo o percurso do seu desejo, nem um átomo da sua malignidade deixou de atingir o alvo. Essa primeira intensidade visual e emotiva durou apenas alguns segundos, durante os quais interpretei a expressão dos olhos esgazeados da sra. Grose como um indício irretorquível de que ela também vira. Volvi precipitadamente o olhar para Flora.

A revelação da maneira como Flora ficou afetada pelo que via surpreendeu-me, em verdade, muito mais do que surpreenderia se ela se mostrasse simplesmente agitada, pois uma demonstração direta de terror evidentemente não entrava nos meus cálculos. Preparada e posta na defensiva mercê da nossa perseguição, ela reprimiria toda emoção capaz de a trair. Fiquei, por isso, muito abalada com o primeiro indício de uma atitude para mim inesperada. Nem ao menos fingiu que olhava na direção do prodígio que eu denunciava, mas, em vez disso, voltou-se para *mim* com uma expressão de gravidade calma e severa, uma expressão absolutamente nova e sem precedente, que parecia me ler, acusar e julgar, sem que um só músculo se movesse no seu rostinho cor-de-rosa — tudo isso, de certa forma, convertia a meninazinha na própria presença que me podia levar a estremecer.

E estremeci, certa de que ela agora via como nunca antes; e, impelida pela necessidade imediata de defender-me, apelei apaixonadamente para o seu testemunho:

— Ela está ali, infeliz criatura! Ali, ali, *ali*, e você sabe tão bem como eu!

Eu dissera pouco tempo antes à sra. Grose que, nesses momentos, Flora já não era uma criança, mas uma mulher velha, muito velha, e nada para confirmar de maneira mais evidente essa declaração do que o modo pelo qual, em resposta, ela simplesmente me apresentou, sem a menor concessão ou admissão, uma atitude de censura cada vez mais acentuada que, de súbito, se fixou inteiramente.

Nessa altura eu estava — se é que posso reunir os traços esparsos dessa cena — ainda mais horrorizada por aquilo que posso chamar com justeza de "seu jogo" do que por todo o resto, se bem que, simultaneamente, eu tivesse percebido que agora a sra. Grose estava indisfarçavelmente contra mim. Em todo caso, no momento seguinte tudo se dissipou para só me deixar sensível ao rosto congestionado e ao ruidoso protesto da minha velha companheira, no qual explodia a sua violenta desaprovação:

— É possível ação mais horrorosa? Onde diacho a senhorita está vendo a mínima coisa?

Só pude agarrá-la bruscamente, pois, enquanto ela falava, a odiosa e vil presença estava lá, clara como o dia, indomável... Já durava um minuto e continuava durando enquanto eu mantinha segura minha companheira, empurrando-a para ela, apresentando-a a ela e insistindo com o dedo em riste:

— Não a vê? Não a vê como nós a vemos? Diz que não? E *agora*: ainda não a vê? Mas se é visível como um fogo ardente! Olhe, mulher; *olhe*!

Ela olhou, assim como eu fazia, e deu-me, com um profundo gemido de negação, repulsa e compaixão, de mistura com o seu dó por mim e o grande alívio por sua própria isenção, uma sensação, já então comovente, de que me teria respaldado se pudesse. Bem que eu precisava de apoio, pois com a amarga verificação de que ela trazia os olhos irremediavelmente fechados, senti a minha situação desmoronar-se. Senti — vi — a minha lívida antecessora, de sua posição inexpugnável, precipitar minha derrota e, mais que tudo, percebi com o que teria de me haver, graças à aterradora atitude de Flora. E eis que a sra. Grose, violentamente e inteiramente, adotava essa mesma atitude, irrompendo, ofegante, mesmo enquanto a minha sensação de ruína era varada por um prodigioso triunfo particular, numa torrente de palavras tranquilizadoras...

— Ela não está lá, querida; não há ninguém lá, e a mocinha não está vendo nada. Como pode a pobre srta. Jessel... pois que está morta e enterrada! Bem sabemos que não; não é verdade, meu bem? — E balbuciante suplicava à criança: — Tudo isso é um simples engano, um tormento e um gracejo; e nós vamos voltar para casa o mais depressa possível!

Nossa companheirinha concordou com uma estranha secura de boa educação, e outra vez ambas se reuniram no que me pareceu uma dolorosa oposição a mim. Flora continuou a fitar-me com a sua miúda máscara de reprovação, e naquele mesmo instante pedi perdão a Deus por parecer-me ver, enquanto ela se agarrava ao vestido da minha companheira, que a sua incomparável beleza infantil havia subitamente desaparecido. Já o disse: suas feições se endureceram, e ela se tornara vulgar, quase feia.

— Não sei o que a senhorita quer dizer. Não vejo ninguém, não vejo ninguém, nunca *vi* ninguém. A senhorita é cruel. Não gosto da senhorita!

E depois desse desabafo, que podia ter sido o de uma impertinente e vulgar menina das ruas, ela abraçou a sra. Grose com mais força e ocultou o rostinho assustado em suas saias.

— Leve-me, leve-me! Leve-me para longe *dela*!

— Para longe de *mim*? — perguntei, ofegante.

— Sim, longe da senhorita, da senhorita! — gritou ela.

A própria sra. Grose ficou desconcertada; e quanto a mim, não me restava mais que reatar minhas comunicações com a figura que, na margem oposta — sem um movimento, rigidamente atenta, como se as nossas vozes vencessem o intervalo que nos separava —, se erguia vividamente não para servir-me, mas para derrotar-me. A infeliz criança falara exatamente como se tivesse extraído, de um manancial externo, cada uma das suas palavras aceradas, e eu apenas pude, no desespero do que eu tinha de sofrer sem replicar, sacudir tristemente a cabeça para ela. "Se algum dia duvidei, hoje a dúvida desapareceu. Vivi longo tempo com a verdade amarga — e agora ela fecha o cerco ao meu redor. Você está perdida para mim. Intrometi-me, e você viu... sob a direção dela", tornei a encarar, na outra margem do lago, a infernal testemunha, "o modo fácil e perfeito de afrontá-la. Fiz o que pude, mas você ficou perdida para mim. Adeus."

Dirigi a sra. Grose um imperativo, quase frenético: "Vá-se embora! Vá-se embora!", ao qual ela se submeteu com um ar de profunda mágoa e, apossando-se da menina, silenciosa e iniludivelmente convencida, a despeito da sua cegueira, de que qualquer coisa horrível acabava de acontecer e que algum cataclismo nos engolfava, afastou-se o mais depressa que pôde pelo mesmo caminho por onde viéramos.

Não tenho lembrança do que primeiro aconteceu depois que fiquei só. Suponho apenas que, ao fim de um quarto de hora, uma sensação de umidade áspera e odorífera, esfriando e penetrando minha dor, me fez compreender que eu devia ter-me atirado com o rosto em terra, abandonando-me perdidamente à minha mágoa. Devo ter ficado muito tempo prostrada, pois quando levantei a cabeça o sol já havia quase desaparecido. Levantei-me; olhei, através do crepúsculo, o lago cor de cinza e sua sombria margem assombrada; depois retomei, de volta à casa, a minha triste e penosa caminhada. Ao chegar na cancela de cerca, o bote, para minha surpresa, havia desaparecido, de modo que voltei a fazer uma nova reflexão sobre o domínio extraordinário que Flora exercia sobre a situação. Por uma combinação das mais tácitas, e eu acrescentaria (não fosse a palavra uma falsa nota grotesca) das mais felizes, ela passou a noite com a sra. Grose. Ao meu regresso, não vi nenhuma delas, mas, por outro lado, como que por uma compensação ambígua, vi abundantemente o pequeno Miles. Vi-o em tal "quantidade" — não posso empregar outro termo — como nunca antes o vira. Das minhas noites em Bly, nenhuma se revestiu da portentosa qualidade daquela; a despeito do que — e também a despeito dos abismos de consternação que se abriram sob meus pés — havia literalmente, no refluxo da hora, uma tristeza extraordinariamente doce. Chegando em casa, nem ao menos procurei o menino. Fui diretamente para meu quarto, só fiz trocar de roupa, mas, num relance, captei muitos testemunhos materiais do meu rompimento com Flora. Todos os seus pequenos pertences haviam sido retirados. Quando, um pouco mais tarde, junto à lareira da sala de estudos, o chá me foi servido pela criada de sempre, não fiz a menor pergunta referente a meu outro aluno. Agora ele estava livre: podia usar da sua liberdade até onde quisesse.

Com efeito, ele a conquistara. E ela serviu — ao menos em parte — para ele se me apresentar nas proximidades das oito horas e vir sentar-se silenciosamente a meu lado. Depois que retiraram a bandeja do chá, soprei as velas e arrastei minha cadeira para mais perto da lareira. Sentia um frio mortal e parecia-me que nunca mais recuperaria o calor. Assim, pois, quando ele apareceu, eu me encontrava junto da lareira, em companhia dos meus pensamentos. Ele fez uma pausa no limiar;

depois, como que para compartilhá-los, dirigiu-se para o outro lado do fogo e se deixou cair numa cadeira. Ali ficamos, no silêncio mais absoluto. Eu porém sabia que ele desejava ficar perto de mim.

XXII

Antes que um novo dia irrompesse plenamente no meu quarto, os olhos se me abriram para ver a sra. Grose, que me trazia, até o leito, as piores notícias. Flora estava tão febril que isto podia ser um mau presságio. Passara a noite extremamente inquieta, agitada não pela antiga, mas por sua atual preceptora. Protestava não contra o possível regresso de srta. Jessel à cena, mas, notória e apaixonadamente, contra o meu. Naturalmente, logo levantei-me, com uma porção de perguntas na ponta da língua; tanto mais que minha amiga havia perceptivelmente cingido os lombos para a refrega... Senti isto nem bem lhe perguntara o que ela achava da sinceridade da menina, em contraposição à minha:

— Ela persiste em sustentar que não viu, que nunca viu ninguém?

Evidentemente, era grande a perturbação da minha visitante.

— Oh! Senhorita, é esse um assunto no qual não a posso forçar. Devo entretanto dizer que não seria preciso grande coisa... Esse caso fez dela uma velha, da cabeça aos pés.

— Oh! Daqui a vejo perfeitamente. Ficou ofendida, como qualquer pessoinha de alta classe, pela suspeita lançada sobre a sua sinceridade, em suma, sobre a sua respeitabilidade. "Srta. Jessel, com efeito! E junto comigo!" Que tal, a "respeitável" fedelha? A impressão que ela ontem me deu, garanto-lhe, foi a mais singular de todas: tudo ultrapassa. Nunca mais voltará a falar comigo.

Odioso e obscuro como era, o assunto manteve a sra. Grose calada por alguns minutos. Depois ela fez concessões, com uma franqueza que, verifiquei, devia trazer gato escondido:

— Acho que nunca mais, senhorita. Leva o caso com tal altivez!

— Altivez, altivez — rematei —; é isso justamente o que agora a atormenta.

Oh! Essa altivez! Li-a na cara da minha boa visitante, e mais uma infinidade de coisas.

— De três em três minutos me pergunta se a senhorita vai aparecer.

— Percebo, percebo.

De minha parte, eu também havia mais que adivinhado.

— Disse-lhe ela, desde ontem, a não ser para repudiar as suas relações com uma tal vilania, sequer uma palavra referente à srta. Jessel?

— Não. E naturalmente — acrescentou a sra. Grose — a senhorita sabe que acreditei no que ela me disse junto ao lago: que naquele lugar e naquele momento não *havia* ali ninguém.

— Como assim? Naturalmente, a senhora se atém ao que ela diz...

— Não a contradigo. Que posso fazer, a não ser isso?

— Nada, absolutamente. Está em presença da pessoinha mais esperta que já existiu. *Eles*, refiro-me a seus amigos, fizeram-nos ainda mais espertos do que os fizera a natureza. O terreno era maravilhosamente fértil. Agora, Flora tem do que se queixar... e vai agir até o fim.

— Sim, senhorita, mas com *que* intuito?

— Ora, o de falar de mim ao tio! Vai apresentar-me como a mais infame das criaturas...

Encolhi-me toda só de ver a cena, por assim dizer, pintada no rosto da sra. Grose. Por um minuto pareceu que ela os tinha ali mesmo, à sua frente...

— E ele, que a tem em tão alta conta!

— Tem uma maneira muito esquisita de prová-lo! — Pus-me a rir. — Mas isso não é nada. O que Flora quer é livrar-se de mim.

Minha companheira concordou.

— Nunca mais quer pôr-lhe a vista em cima!

— Então é por isso que a senhora veio procurar-me? — perguntei. — Para apressar minha partida? — Contive-a, porém, antes que ela tivesse tempo de me responder. — Tenho uma ideia melhor... resultado de minhas reflexões. Minha partida *parece* indicada, e no domingo estive a pique de a levar a cabo. Mas isso não adianta. A *senhora* é quem partirá, levando Flora em sua companhia...

A essas palavras, minha visitante ponderou:

— Mas em que lugar do mundo...

— Longe daqui. Longe *deles*. E, sobretudo agora, longe de mim! Diretamente para o tio...

— Só para que ela vá dizer-lhe coisas da senhorita?

— Só para isso, não. Mas para me deixar a sós com o meu remédio.

Ela permanecia no vago:

— Que remédio?

— Para começar, a sua lealdade. Depois, a lealdade de Miles...

Ela me olhou fixamente:

— A senhorita pensa que...

— ...que ele não se voltará contra mim se houver ocasião? Sim, ainda alimento esperanças. Em todo caso, tenho vontade de experimentar. A senhora parta com a irmã assim que puder, e deixe-me sozinha com ele.

Eu própria me espantei com o ânimo que ainda tinha em reserva, razão por que fiquei um tanto desconcertada ante a hesitação que ela demonstrou, a despeito do meu brilhante exemplo.

— Há, naturalmente, uma condição indispensável — prossegui. — Não devem ver-se nem três minutos, antes da partida dela.

Veio-me entretanto ao espírito a ideia de que, malgrado o provável sequestro de Flora após o seu regresso do lago, talvez já fosse demasiado tarde.

— Quer dizer — perguntei ansiosamente — que eles já se encontraram?

A essas palavras, ela ficou toda vermelha.

— Ah! Senhorita, não sou tão idiota assim! Se precisei deixá-la três ou quatro vezes, sempre a deixei acompanhada por uma das criadas; e se neste instante ficou sozinha, é como se estivesse trancada num cofre... Mas... mas...

Ela ainda tinha muito o que dizer.

— Mas... o quê?

— A senhora tem tanta confiança no patrãozinho?

— Só tenho confiança na *senhora*. Mas desde ontem à noite, alimento uma nova esperança. Acho que ele só espera a ocasião. Creio que o coitadinho tem vontade de falar. Ontem à noite junto ao fogo e no silêncio, ficou duas horas comigo, como se a ocasião estivesse a pique de se apresentar.

Através da janela, a sra. Grose olhou firme para a claridade cor de cinza do dia nascente.

— E a ocasião se apresentou?

— Não. Conquanto eu esperasse até cansar, confesso que não se apresentou. Afinal trocamos o beijo de boa-noite sem ter rompido o silêncio nem ter feito a menor alusão ao estado de sua irmã e à sua ausência. Mesmo assim — continuei —, se o tio quiser vê-la, não posso consentir que ele veja o irmão dela, antes que... e as coisas chegaram a tal ponto!... antes que eu dê ao menino mais um pouco de tempo para se recuperar.

Minha amiga opunha a essa ideia uma repugnância que eu não podia compreender.

— Que quer dizer com esse "mais um pouco de tempo"?

— Ora, um dia ou dois... o tempo de o levar a confessar... pois então ficará do *meu* lado, e a senhora percebe a importância que isso teria. Se eu nada obtiver, terei apenas falhado, e, na pior das hipóteses, fazendo na cidade tudo quanto lhe for possível, a senhora me ajudaria...

Foi assim que lhe apresentei o caso, mas ela continuou por alguns segundos inexplicavelmente tão confusa que corri em seu socorro.

— A menos — rematei — que a senhora *não* queira ir.

Então vi que o seu rosto se iluminava. Ela estendeu-me a mão, como para selar um compromisso.

— Vou partir; vou partir esta manhã mesmo.

Eu, porém, quis mostrar-lhe uma imparcialidade absoluta.

— Se *quiser* ficar mais um pouco, prometo-lhe que ela não me verá.

— Não, não, o lugar é o que importa. Ela tem de sair daqui.

Fitou-me um instante com um olhar impregnado de inquietação, depois lançou:

— Sua ideia é boa, senhorita; pois acontece que também eu...

— Sim?

— Não posso ficar aqui.

O olhar com que disse essas palavras me arrastou a conclusões precipitadas.

— Quer dizer que, desde ontem, a senhora *tem* visto...

Ela abanou a cabeça com dignidade:

— Tenho *ouvido*...

— Ouvido?

— Horrores... da boca dessa criança! Isso mesmo, senhorita. — E soltou um suspiro trágico. — Por minha honra, ela diz coisas!

E a essa evocação, a sra. Grose interrompeu-se e, deixando-se cair com um repentino soluço no meu sofá, deu largas à angústia que a sufocava.

Fiz o mesmo, mas de outra maneira:

— Louvado seja Deus! — exclamei.

A isso ela tornou a saltar, enxugando as lágrimas com um gemido.

— Louvado seja Deus?

— É a minha justificação!

— É mesmo!

Eu não podia desejar um tom mais enfático, e, entretanto, ainda esperava qualquer coisa...

— Ela é assim tão horrível?

Percebi que minha colega mal podia formular seu pensamento.

— Simplesmente chocante!

— E quando fala em mim?

— Quando fala da senhorita... vou dizer, pois a senhorita me pergunta. Vai além de tudo, tratando-se de uma mocinha. Não sei onde teria aprendido...

— A pavorosa linguagem com que se refere à minha pessoa? Pois eu sei!

E a minha explosão de riso foi bastante significativa, mas só conseguiu deixar a minha amiga ainda mais perplexa.

— Eu também deveria sabê-lo; pois outrora já a ouvi, e não poucas vezes. Todavia, não posso suportá-la — continuou a pobre mulher, ao mesmo tempo que lançava um olhar para o meu relógio, na mesa de toalete. — Preciso ir-me.

Eu porém a retive:

— Ah! E se a senhora não pode suportá-la...

— Como posso continuar na sua companhia? Justamente *por* essa razão é preciso tirá-la daqui... levá-la para longe... — prosseguiu a sra. Grose — levá-la para bem longe *deles*...

— Ela pode mudar? Pode libertar-se? — insisti, quase com alegria. — A despeito da tarde de ontem, a senhora *acredita*...

— *Nessas* coisas?

Essa simples palavra, alumiada pela expressão do seu rosto, não pedia outra explicação, e ela se me entregou inteira, como nunca antes:

— Acredito.

Sim, foi uma alegria, e ainda permanecíamos ombro a ombro. Se me fosse dado prosseguir na minha obra, pouco me importava o que viesse depois. O meu apoio na desgraça seria o mesmo das minhas primeiras horas de isolamento, quando precisei de uma confidente; e uma vez que ela respondia pela minha sinceridade, eu responderia por todo o resto. Não obstante, ao despedir-me dela, senti-me um tanto embaraçada.

— Há uma coisa... agora me lembra... que não devemos esquecer: minha carta, aquela onde eu dava o alarme, deve tê-la precedido em Harley Street.

Percebia agora, mais que nunca, que o esforço de procurar a exaurira.

— Sua carta não chegou lá. Não foi postada.

— Como? Que aconteceu com ela?

— Só Deus sabe! O sr. Miles...

— Quer dizer que *ele* a apanhou? — arquejei.

Primeiro ela hesitou; depois, dominando sua repugnância, respondeu:

— Quero dizer que ontem, quando regressei com Flora, a carta não estava onde a senhora a pôs. Mais tarde, tive ocasião de interrogar Lucas e ele respondeu que não a vira nem a tocara.

Não pudemos senão trocar um olhar bastante significativo, e foi a sra. Grose a primeira a tirar do fato uma conclusão, emitindo uma apóstrofe quase satisfeita:

— Está vendo!

— Sim. Se Miles a apanhou, provavelmente a leu e destruiu.

— E não vê mais nada?

Fitei-a, sorrindo tristemente.

— Parece-me que os seus olhos são agora tão clarividentes como os meus. Talvez mais.

Eram-no, com efeito, mas ela quase enrubescia ao confessá-lo.

— Agora adivinho o que ele teria feito no colégio. — E sacudiu a cabeça, com um movimento quase cômico de desilusão, onde se revelava toda a perspicácia da sua simplicidade. — Ele roubava!

Isto me levou a refletir. Respondi, com a intenção de parecer mais judiciosa:

— Bem... talvez...

Era evidente que a minha calma inesperada a deixava atônita.

— Ele roubava *cartas*!

A sra. Grose desconhecia as razões dessa calma, no final das contas bastante superficial. Procurei, pois, apresentá-las do modo mais favorável possível.

— Espero que as roubasse visando um resultado mais interessante que o de hoje! Em todo caso — prossegui —, o bilhete que ontem deixei em cima da mesa deve lhe ter proporcionado uma vantagem tão insignificante, pois era apenas um lacônico pedido de entrevista, que a estas horas ele já estará envergonhado de ter ido tão longe por tão pouco. O que ele devia ter em mente na noite de ontem devia ser precisamente a necessidade de confessar esse roubo.

Por um instante pareceu-me que eu dominara a situação e a abrangia em sua totalidade.

— Deixe-nos! Deixe-nos! — disse-lhe junto à porta, empurrando-a para fora. — Vou fazê-lo desembuchar. Ele cederá, confessará... Se confessar, está salvo. E se estiver salvo...

— A *senhorita* também o estará?

A isso a boa mulher beijou-me e saiu.

— Salvarei a senhorita sem que ele se meta! — exclamou ela, à medida em que se afastava.

XIII

Foi após sua partida — a falta que senti dela foi imediata — que verdadeiramente a tarraxa me arrochou até a última espiral... Logo percebi que ficar a sós com Miles me proporcionaria ao menos um ponto de comparação. Em verdade, hora nenhuma da minha estada em Bly foi tão carregada de apreensão como aquela em que, tendo descido, percebi que a carruagem que levava a sra. Grose e a menina já havia transposto as grades. "Agora", disse comigo mesma, "eis-me face a face com os elementos", e durante grande parte desse dia, em luta contra a fraqueza, a mim mesma confessava que fora extremamente temerária. O cerco se apertava em torno de mim e a situação me parecia tanto mais ameaçadora quanto, pela primeira vez, me era dado ver nos outros um confuso reflexo da crise. O que acontecera, naturalmente, lhes causava um espanto muito grande: sobre a repentina decisão da minha companheira só pudemos explicar-lhes muito pouco, malgrado os esforços que despendemos para isso. Criados e criadas pareciam estupefatos, e meu nervosismo se agravou outro tanto até o momento em que compreendi a necessidade de tirar daí um auxílio positivo. Precisamente, eu só evitaria o total naufrágio agarrando-me ao leme. E naquela manhã, para aguentar o repuxo, fiz-me muito altiva e muito seca. Alimentava com alegria o sentimento das minhas múltiplas responsabilidades e dei a perceber que, deixada a mim mesma, eu iria demonstrar uma notável firmeza. Durante as primeiras horas que se seguiram, fui e vim nessa atitude por toda Bly, dando a perceber que estava pronta para qualquer assalto. Assim, pois, para benefício de todos quantos isso pudesse concernir, fiz alarde de coragem, o coração transbordando de inquietação.

A pessoa a quem isso parecia menos concernir foi, até o jantar, o próprio Miles. Minhas idas e vindas não me facultaram nem o menor relance de sua presença, tendo, porém, contribuído para tornar mais perceptível a mudança que sobreviera em nossas relações — consequência da maneira pela qual, no dia anterior, ele me retivera, no interesse de Flora, iludida e enfeitiçada junto ao piano. O selo da publicidade foi naturalmente dado pelo confinamento da menina e sua partida, enquanto a mudança em nossas relações se revelava pela não observância do costume regular das aulas. Ele já havia desaparecido quando, descendo para o andar térreo, abri a porta de seu quarto — e me informaram, embaixo, que já tinha almoçado na presença de duas criadas, com a sra. Grose e a irmã. Depois saiu para dar uma volta, disse; e nada podia exprimir com maior clareza, segundo me parecia, a franca opinião que ele professava sobre a brusca transformação do meu papel. O que ele iria, de então em diante, permitir que fosse esse papel era uma questão a resolver. Estranho alívio, com efeito — falo por mim —, na renúncia de uma pretensão. Muitas coisas das camadas mais profundas haviam assomado à superfície; mas não será demasiado dizer que, surgindo e dominando todas as outras, estava o absurdo que consistia em prolongar a ficção de que eu tivesse qualquer coisa a lhe ensinar.

Impossível negar que, por certos ardis não explícitos, ele se mostrava ainda mais zeloso do que eu pela minha própria dignidade, levando-me a apelar para ele a fim de que me dispensasse da tensão de enfrentá-lo no terreno da sua verdadeira personalidade. Em todo caso, agora ele gozava de uma liberdade que nunca mais eu deveria tocar. Havia-o amplamente provado na noite anterior, quando ele se me foi reunir na sala de estudos e eu não fiz a menor alusão nem pergunta nenhuma sobre o que se passara naquela tarde; pois a partir desse momento, eu estava entregue a outras ideias. Entretanto, quando ele afinal chegou, a dificuldade de as aplicar surgiu diante de meus olhos — tal a fascinação da presença sobre a qual os acontecimentos não haviam, até ali, deixado sombra nem mancha.

Para acentuar, diante dos criados, a pompa que eu estava disposta a fazer reinar, decretei que as refeições que eu fazia com o menino deviam ser servidas "no andar inferior", como dizíamos. Por isso me instalei, a fim de o esperar, na solenidade augusta daquela sala, de cuja janela eu recebera da sra. Grose, naquele primeiro domingo conturbado, o lampejo de qualquer coisa que impropriamente se poderia qualificar de luz. Ali, presentemente, tornei a sentir — e quantas vezes já sentira! — que o meu equilíbrio dependia da vitória da minha imperturbável vontade; da minha vontade de cerrar os olhos, o mais completamente possível, diante dessa verdade: de que o caso que eu teria de tratar era revoltante e contra a natureza. Não podia de modo algum prosseguir exceto apelando, por assim dizer, para o socorro da natureza e nela confiando. Dizia comigo mesma que a monstruosa provação me impelia numa direção anormal — não apenas anormal como também desagradável, e que exigia, para que eu lhe opusesse uma frente serena, apenas um passe de tarraxa suplementar à humana virtude de todos os dias. Entretanto nenhuma empresa requeria maior tato do que essa, a fim de alguém suprir sozinho *toda* a natureza. E como eu poderia introduzir um só átomo dessa natureza, se era mister interditar qualquer alusão ao que acontecera? De outro lado, qualquer alusão não me levaria a um novo mergulho no obscuro abismo abominável? Pois bem: após algum tempo, fez-se ouvir uma espécie de resposta, cuja confirmação descobri na percepção aguçada do que havia de excepcional no meu companheirinho. Com efeito, parecia que ele descobrira, naquele mesmo instante (como tantas vezes fizera em suas horas de estudo), uma maneira nova e delicada de facilitar as nossas relações. Esse fato, que se manifestou em nossa solidão a dois com um brilho especioso jamais alcançado, não era porventura luz suficiente? Esse fato de que seria absurdo — pois a ocasião, a preciosa ocasião se apresentara! — menosprezar, junto de uma criança tão bem dotada, o auxílio que se poderia extrair da sua poderosa inteligência? Por que lhe fora concedida tal inteligência, se não para a sua própria salvação? Não seria lícito, para atingir o seu espírito, arriscar um golpe ousado sobre o seu caráter? Frente a frente na sala de jantar, era, literalmente, como se ele próprio me mostrasse o caminho. O assado de carneiro estava sobre a mesa, e eu dispensara os servidores. Miles, antes de sentar-se, ficou um instante de pé, as mãos nos bolsos, contemplando o assado, a propósito do qual parecia disposto a fazer algum gracejo. Mas o que disse foi o seguinte:

— Diga-me, querida, é verdade que ela está doente?

— A pequena Flora? Não tão doente que dentro em pouco não possa se sentir muito melhor. Londres lhe fará bem. Bly não lhe convinha. Vamos, coma o seu assado.

Ele obedeceu-me vivamente, pôs o prato à sua frente e, depois que se instalou, prosseguiu:

— Foi de repente que Bly ficou assim tão ruim?

— Não tão de repente como possa parecer. Já fazia algum tempo que a coisa ameaçava...

— Então, por que a senhorita não a fez sair antes daqui?

— Antes do quê?

— Antes que ela ficasse demasiado doente para viajar.

Respondi prontamente:

— Mas ela *não* ficou demasiado doente para viajar. Ficaria, permanecendo aqui. Foi o momento justo de partir. A viagem dissipará a má influência — oh, topete era o que não me faltava! — e apagará tudo.

— Estou vendo, estou vendo...

E por falar em topete, Miles também o exibiu, e magistral. Começou a refeição com aquele seu modo fascinante de "estar à mesa", que desde o primeiro dia em que cheguei me dispensou de qualquer admoestação vulgar sobre o assunto. Fosse qual fosse o motivo da sua expulsão do colégio, isso não se devia a que comesse mal. Hoje, como sempre, foi impecável, mas, indubitavelmente, mais afetado. Era evidente que tentava tomar como naturais mais coisas do que lhe era possível admitir sem explicação, e mergulhou num silêncio tranquilo, enquanto apalpava a situação. A refeição foi das mais breves. De minha parte, não passou de um simulacro. Fiz com que tirassem rapidamente a mesa. Durante esse tempo, Miles tornou a ficar de pé, as mãos nos bolsos, as costas voltadas para mim, a olhar pela janela através da qual, naquele dia pressago, eu percebera aquilo que devia fazer de mim uma mulher diferente. Permanecemos calados enquanto os criados estavam presentes — tão calados, pensei com ironia, como um jovem casal em viagem de núpcias, intimidado pela presença de um garçom. Miles só se voltou depois que o garçom saiu da sala.

— Muito bem... Enfim, sós!

XXIV

— Oh! Mais ou menos!

Imagino que o meu sorriso tenha sido um tanto pálido.

— Absolutamente — continuei. — Não gostaríamos disso.

— Não, não gostaríamos. Há os outros, naturalmente.

— Sim, há os outros; com efeito, ainda há os outros — assenti.

— E, embora os haja — tornou ele, ainda com as mãos nos bolsos e postado a minha frente —, não contam para nada, não é?

Fiz o melhor que pude, mas sentia-me exaurir.

— Isso depende daquilo que você quer dizer com esse "para nada".

— Sim...

E a seguir, num tom de extrema conciliação:

— Tudo depende disso...

Tornou a voltar-se para a janela, da qual se aproximou com um passo indeciso, nervoso, perturbado. Permaneceu algum tempo ali, a cabeça encostada na vidraça, na contemplação das moitas imbecis que eu conhecia e de todas as coisas melancólicas do mês de novembro. Eu tinha sempre à mão a hipocrisia do meu "trabalho", sob cuja proteção ganhei o sofá. Aí me instalei, procurando acalmar-me, como já o fizera seguidamente nos momentos de angústia que já descrevi — momentos nos quais eu sabia que as crianças se entregavam a qualquer coisa donde eu era excluída; e pus-me, docilmente como sempre, a aguardar o pior. Mas enquanto não despregava o olhar do menino, obstinadamente encostado à vidraça, uma impressão extraordinária se desprendeu daquelas costas voltadas: nada menos que a impressão de que eu cessara de ser excluída — impressão que em alguns segundos cresceu até alcançar uma grande intensidade e que se duplicou mercê da percepção de que, positivamente, agora era *ele* que estava excluído. O caixilho, os quadrados da grande janela, eram-lhe uma espécie de imagem de uma espécie de fracasso... Em todo caso, senti-o parado diante de uma porta aferrolhada: porta de entrada ou porta de saída? Ele estava admirável, mas não à vontade; percebi-o com um estremecimento de esperança...

Não estaria ele procurando, através da vidraça assombrada, qualquer coisa que não lograva enxergar? E em toda essa história, não era aquela a primeira vez que essa visão lhe faltava? Era a primeira, a primeiríssima — esplêndido presságio! Isso emprestava ansiedade à sua atitude, conquanto ele se vigiasse. Estivera melhor no decorrer da tarde, e mesmo à mesa, a despeito das suas graciosas maneiras habituais, fora-lhe preciso todo o seu estranho gênio infantil para mascará-la com um certo verniz... Quando afinal ele se voltou para me enfrentar, dir-se-ia que o gênio estava quase sucumbido.

— Muito bem, estou contente porque Bly *me* convém!

— Parece que nestas últimas 24 horas você viu em Bly muito mais coisas do que antes. Espero — continuei bravamente — que tenha se divertido!

— Oh! Sim, estive até bem longe... a léguas e léguas daqui... Nunca fui tão livre.

Realmente, tinha uma atitude toda sua, e eu só pude esforçar-me para me emparelhar com ele.

— E, que tal? Gosta disso?

Ele sorriu e pôs em três palavras uma profundeza maior do que seria possível conter-se em frase tão lacônica:

— E a *senhorita*?

Antes que eu tivesse tempo de aparar o ataque, continuou como se sentisse ter cometido uma impertinência que devia ser reparada:

— Nada pode ser mais amável do que a maneira pela qual a senhorita encara as coisas; pois naturalmente, na nossa solidão de agora, é a senhorita que está mais só. Mas espero — acrescentou — que isso pouco lhe importe.

— Como não hei de me importar, querido? — perguntei. — Embora eu tenha renunciado a exigir a sua companhia, de tal modo você está além de mim, dela desfruto infinitamente. Por que outra razão eu continuaria aqui?

Ele fitou-me mais diretamente, e a expressão de seu rosto, agora mais grave, impressionou-me como a mais bela que eu vira até o momento.

— Então só continua por essa razão?

— Certamente. Fico aqui como sua amiga e pelo grande interesse que lhe tenho, até que possa fazer alguma coisa que valha a pena. Não precisa ficar surpreso.

Minha voz tremia a ponto de me ser impossível dissimular o tremor.

— Não se lembra que eu lhe disse, quando fui sentar-me à beira de sua cama naquela noite de tempestade, que não havia nada no mundo que eu não fizesse por você?

— Sim, sim!

Cada vez mais nervoso, era-lhe mister dominar a voz. Todavia, mais hábil do que eu, podia rir-se a despeito da seriedade, fingindo que apenas gracejávamos.

— Sim... Só que eu pensava que a senhorita dizia aquilo para me levar a fazer alguma coisa que a *senhorita* queria...

— Era, em parte, para o levar a fazer uma coisa — assenti —, mas você bem sabe que não fez nada...

— Ah, sim! — exclamou ele com um ardor tão vivo quanto artificial. — A senhorita queria que eu lhe dissesse alguma coisa...

— Isso mesmo. Que me dissesse francamente, sem tergiversações, o que tinha na cabeça...

— Ah! Então foi por isso que ficou?

Ele falava com uma alegria através da qual eu ainda podia captar um sutil tremor de ressentimento. Não posso, porém, explicar o efeito de uma rendição implícita, por mais fraco que fosse. Era como se o que eu tanto desejara afinal chegasse apenas para me deixar atônita.

— Pois bem, agora tanto faz que eu limpe a alma. Foi precisamente por isso.

Ele ficou tanto tempo calado que supus que procurava a melhor maneira de destruir a esperança sobre a qual eu alicerçara a minha conduta. Mas o que disse foi simplesmente isto:

— Quer que eu lhe diga agora e aqui?

— Não pode haver nada melhor, nem como hora, nem como lugar.

Ele olhou em torno com um certo mal-estar, e eu tive a rara — e bem curiosa — impressão de que aparecia nele o primeiro sintoma da aproximação de um certo temor. Pareceu que, repentinamente, teve medo de mim, e esse era talvez o melhor sentimento que eu lhe podia inspirar. Entretanto, na própria angústia do meu esforço, foi debalde que tentei mostrar-me inflexível; pois logo em seguida ouvi-me dizer-lhe, com uma doçura que raiava pelo grotesco:

— Deseja tanto tornar a partir?

— Horrivelmente!

E ele me sorriu heroicamente, sua comovente coragem de criança acentuada pelo súbito rubor que era a revelação do seu sofrimento. Apanhara o chapéu, que trouxera ao chegar, e torcia-o de uma maneira que, no momento de eu tocar o porto, me encheu de um horror perverso pela minha ação. Praticá-la — fosse como fosse — era um ato de violência, pois não era violência inocular uma ideia grosseira e pecaminosa numa criaturinha indefesa que me revelara as possibilidades mais puras nas relações afetivas? Não era baixeza criar naquele ser tão raro um mal-estar absolutamente estranho a sua natureza? Creio agora ver, naquela situação, uma clareza que, na época, ela não possuía, pois me parece perceber os nossos pobres olhos já então iluminados por uma centelha de previsão da angústia porvindoura. Rodávamos num círculo, sobrecarregados de terrores e de escrúpulos, quais lutadores sem coragem de ir-se às mãos. Mas era pelo outro que cada um de nós dois temia! E isso nos fez permanecer mais algum tempo à espera e sem arranhaduras.

— Dir-lhe-ei tudo — disse Miles —; isto é, tudo quanto a senhora quiser. Fique comigo e tudo irá bem, e eu lhe direi... sim, lhe *direi* tudo. Mas não agora.

— Por que não agora?

Minha insistência afastou-o, levando-o mais uma vez para junto da janela. O silêncio entre nós era tão grande que se poderia ouvir a queda de um alfinete. Depois, ele veio de novo para mim, com o ar de alguém esperado lá fora por uma pessoa com quem era necessário contar.

— Preciso ver Lucas.

Nunca antes eu o havia constrangido a proferir uma mentira tão baixa, e por isso me senti invadida por uma confusão proporcional. Entretanto, por mais horríveis que fossem, essas mentiras concorriam para fazer brilhar a verdade. Pensativa, dei mais alguns pontos no meu tricô.

— Está bem: vá procurar Lucas, e eu fico à espera do que me prometeu. Mas, em compensação, satisfaça, antes de sair, um meu pedido bastante modesto.

Ele fitou-me, como se o sentimento do seu bom êxito ainda lhe permitisse regatear:

— Bastante modesto?

— Sim, uma simples fração do todo. Diga-me... — O trabalho preocupava-me e eu larguei de supetão. — Diga-me se ontem à tarde, da mesa do saguão, foi você que tirou... a carta que escrevi.

XXV

Minha percepção do efeito produzido por esta pergunta sofreu, no espaço de um segundo, o que só posso descrever como uma violenta ruptura da minha atenção, como um golpe que, primeiro, enquanto eu me punha em pé de um salto, me reduziu ao puro movimento cego de agarrá-lo, puxá-lo para mim e, procurando ao acaso um apoio sobre o primeiro móvel, mantê-lo instintivamente de costas voltadas para a janela. A aparição voltava a manifestar-se irremediavelmente. Peter Quint estava lá fora, qual uma sentinela diante de uma prisão. A segunda coisa que vi foi ele aproximar-se da janela do lado externo e, colando na vidraça o seu pálido rosto de condenado, dardejar para dentro da sala o seu olhar insano. Dizer que bastou um segundo para eu tomar uma resolução equivale a descrever grosseiramente o que então se passou dentro de mim; entretanto, creio que jamais mulher alguma naquele estado recobrou em tão pouco tempo o domínio de seus *atos*. No horror daquela presença próxima, veio-me ao espírito que, vendo e afrontando o que eu via e afrontava, a coisa indicada era impedir que Miles a percebesse.

A inspiração — não lhe posso dar outro nome — insuflou-me uma vontade transcendente. Era como se eu tivesse de dar combate a um demônio para salvar uma alma; e após pensá-lo, vi essa alma — que eu mantinha na extremidade de meus braços estendidos e trêmulos —, essa alma que era uma linda fronte de criança, orvalhada de suor. O rosto juvenil, encostado ao meu, estava tão pálido como o rosto colado na vidraça. Em seguida ouvi uma vozinha, de entonação não abafada nem fraca, mas como que provindo de longínquas regiões, que proferia as seguintes palavras, que hauri como um sopro embalsamado:

— Sim, eu a apanhei.

Então, com um gemido de felicidade, enlacei-o, abracei-o perdidamente, e, enquanto o mantinha junto ao seio, que sentia bater, na súbita febre do pequenino corpo, a formidável pulsação do seu pequenino coração, os meus olhos não se desviavam daquela coisa na janela, e a viam mudar, trocar de posição. Comparei-a a uma sentinela, mas o seu lento vaivém lembrava antes o rondar de uma fera frustrada. Minha coragem excitadíssima era tal que, para não me deixar arrastar, me foi mister, por assim dizer, ocultar minha chama. De novo o olhar sinistro lampejou na janela; decidido a espiar e a esperar, o miserável fitava-nos... Mas agora, segura de mim se o tivesse de afrontar, ao mesmo tempo positivamente convencida da inocência da criança, dei andamento ao interrogatório:

— Por que fez isso?

— Para ver o que a senhora dizia de mim.

— Abriu a carta?

— Sim, abri.

Eu afrouxara o abraço, e os meus olhos esquadrinhavam o rosto de Miles, onde, desaparecida a ironia, podia-se perceber até que ponto o mal-estar o devastava. Era prodigioso sentir, graças a minha vitória, os seus sentidos selados e a comunicação interrompida. Ele sabia que estava diante de alguma presença sem contudo saber qual fosse, e sabia ainda menos que eu também estava e que eu sabia. Mas que importava a sua perturbação, uma vez que, volvendo os olhos para a janela, não vi ali senão o ar transparente, pois graças ao meu triunfo pessoal, a má influência fora vencida! Não havia mais nada, e eu senti que a causa estava ganha e que agora a minha conquista seria *total*.

— E não achou nada! — exclamei num assomo de exultação.

Ele fez com a cabeça o aceno mais melancólico e pensativo de todos:

— Nada.

— Nada! Nada! — exclamei extasiada, quase gritando.

— Nada! Nada! — repetiu ele, tristemente.

Beijei-lhe tristemente a fronte empapada de suor.

— E que fez com a carta?

— Queimei-a.

— Queimou-a? — Vamos... ou é agora ou nunca! — Era isso o que você fazia no colégio?

Ah, a consequência dessas palavras!

— No colégio?

— Sim. Você apanhava cartas... ou outras coisas?

— Outras coisas?

Tinha o ar de quem pensava em qualquer coisa muito remota, que só o alcançava através do peso da sua ansiedade, mas que enfim o alcançou:

— Quer saber se eu *roubei*?

Senti-me enrubescer até a raiz dos cabelos, ao mesmo tempo que me perguntava o que seria mais estranho: se fazer tal pergunta a um *gentleman* ou ver que ele a acolhia com uma serenidade que dava a medida da sua decadência.

— Era por isso que você não podia voltar para o colégio?

Ele pareceu experimentar uma espécie de surpresa dolorosa.

— A senhora sabia que eu não podia voltar para lá?

— Sei tudo.

Ele me lançou um longo olhar, cheio de estranheza.

— Tudo?

— Tudo. Logo, você...?

Mas não pude repetir a palavra acusadora. Foi Miles quem o fez, com a maior simplicidade:

— Não, não roubei.

Pela minha expressão, ele deve ter compreendido que eu acreditava inteiramente no que dizia. Mas as minhas mãos, de pura ternura, o sacudiam como para lhe perguntar por quê, se não havia nada, ele me tinha condenado a todos esses meses de tortura.

— Então, que foi que fez?

Ele olhou a toda volta de si, do assoalho ao forro, com uma espécie de vago sofrimento; depois respirou, com esforço, duas ou três vezes seguidas. Dir-se-ia que estava no fundo do mar, tentando enxergar através do crepúsculo glauco...

— Bem, eu disse coisas...

— Foi tudo?

— Acharam que bastava.

— Para expulsá-lo?

Com efeito, nenhuma vítima de expulsão jamais se mostrara menos pródiga de explicações do que esse singular rapazinho! Ele pareceu pesar minha pergunta, mas de um modo desprendido, como que irresponsável.

— Bom, acho que não devia tê-las dito...

— Mas a quem as disse?

Ele experimentou recordar, mas renunciou; perdera a lembrança do acontecido.

— Não sei!

Chegou quase a sorrir-me no desolado sentimento da sua derrota, nesse instante praticamente tão completa, que eu devia ter parado ali. Eu, porém, me envaidecia, cega pela vitória, cuja consequência, longe de o aproximar de mim, só fazia acentuar a nossa separação.

— E dizia-as a todo mundo? — perguntei.

— Não. Somente a... — E abanou a cabeça com um ar cansado. — Não me lembro dos nomes.

— Eram então muitos?

— Não, eram poucos. Só aqueles de quem eu gostava.

Aqueles de quem ele gostava? Pareceu-me flutuar, não na claridade, mas numa treva mais obscura e, de repente, da minha própria piedade pelo rapazinho, surgiu-me a ideia horrível de que ele bem podia ser inocente. O enigma era confuso e insondável, pois se ele era inocente, meu Deus, que era *eu* então? Paralisada a esse pensamento, afrouxei o abraço e deixei-o ir. Com um profundo suspiro, ele se afastou de mim. Fitou a janela vazia — o que consenti sem protestar, sabendo que, daquele lado, nada mais havia a recear.

— E eles repetiram o que você lhes disse? — insisti, após um silêncio.

Ele já se achava a certa distância, respirando com dificuldade, e tinha voltado a assumir — mas desta vez sem cólera — aquele ar de alguém sequestrado contra a vontade. Uma vez mais — eu já o vira fazer isso —, contemplava a luz desmaiada, como se nada mais o sustentasse, exceto uma indizível ansiedade.

— Oh, sim! — não obstante isso, respondeu. — Devem tê-las repetido. Àqueles de quem *eles* gostavam — acrescentou.

Isso era menos do que eu esperava; mas voltei a insistir:

— E essas coisas chegaram aos ouvidos...

— Dos professores? Oh, sim! — respondeu ele simplesmente. — Mas eu não sabia que iriam contar...

— Os professores? Eles não... eles nunca contaram. É por isso que pergunto.

Ele voltou para mim o seu pequenino rosto febril.

— Sim, foi muito feio...

— Muito feio?

— Sim, aquilo que imagino ter dito algumas vezes. Muito feio para se dizer em Bly.

Não posso descrever o tom patético de contradição emprestado a tal discurso por tal interlocutor. Só sei que, imediatamente depois, declarei com uma ingênua ênfase:

— Asneiras e tolices!

Mas logo readquiri um tom austero para perguntar:

— E que coisas eram essas?

Minha severidade dirigia-se, toda ela, a seus juízes, seus algozes. O resultado, entretanto, foi ele tornar a rechaçar-me. A isso, dei um pulo e, soltando um grito irreprimível, saltei sobre ele. Pois lá estava outra vez, de encontro ao vidro, como que para esterilizar-lhe a confissão e atalhar a resposta, o rosto pálido da maldição. Perante essa negação de minha vitória, esse reinício de batalha, senti uma vertigem de náusea, de modo que a ferocidade do meu assalto só serviu para me trair completamente. Em pleno ato, vi que ele não compreendia, exceto por adivinhação, aquilo que me perturbava; e convencida de que, naquela mesma hora, ele estava reduzido a adivinhar a cena (pois a seus olhos a janela continuava livre), deixei o impulso arder como uma chama a fim de converter o apogeu do seu terror na própria prova da sua libertação.

— Nunca mais, nunca mais, nunca mais! — gritei para a aparição, ao mesmo tempo que me esforçava para estreitar o garoto nos braços.

— Ela está *ali*?

Miles ofegava, enquanto, com os olhos selados, seguia a direção das minhas palavras. Depois, tendo o estranho pronome "ela" me transtornado ao ponto de eu o repetir, fora de mim, como um eco, Miles, presa de um súbito furor, me respondeu:

— Srta. Jessel! Srta. Jessel!

Estupefata, de repente compreendi o que ele queria dizer: supunha uma reedição da conduta que tivéramos com Flora. Isso não concorreu senão para aumentar em mim o desejo de mostrar-lhe que era ainda melhor.

— Não é a srta. Jessel! Mas ele está ali, na janela, bem a nossa frente. Está *ali*, o covarde, pela última vez!

A essas palavras — após uma pausa momentânea, em que a sua cabeça imitou o movimento do cão logrado que perde a pista —, toda a sua pessoa foi sacudida por um estremecimento frenético, como que para obter a todo custo um pouco de ar e de luz. Depois, num surdo acesso de raiva, atirou-se a mim, desesperado, lançando debalde por todos os lados olhares esgazeados, sem contudo encontrar em parte alguma (embora, para mim, ele enchesse a sala com o seu veneno) a enorme presença dominadora.

— É *ele*?

Eu estava agora tão resolvida a obter a prova inteira que me transformei numa estátua de gelo para o desafiar.

— A quem se refere?

— A Peter Quint! Ah! Demônio!

Seu rosto dirigia a toda a sala a súplica convulsa:

— *Onde* está?

Ainda ouço ressoar em meus ouvidos a suprema repetição do nome fatal e a homenagem rendida a minha dedicação.

— Que importa isso agora, meu tesouro? Que importa de hoje em diante? Você é meu, e ele acaba de perdê-lo para sempre — lancei em direção ao imundo animal. Depois, para completar a demonstração da minha obra, gritei para Miles: — Ali! *Ali!*

Ele porém se sacudira de meus braços e, com os olhos esgazeados, via apenas o dia tranquilo. Sob o golpe daquela ruptura, que tanto me orgulhava, lançou um grito de criatura atirada a um abismo, e a força com que o agarrei teria indubitavelmente podido ampará-lo na queda. Agarrei-o, tinha-o bem seguro — podeis imaginar com que paixão. Mas ao cabo de um minuto, comecei a perceber o que realmente eu tinha nas mãos.

Estávamos sós na serenidade do dia, e aquele pequeno coração, enfim liberto, cessara de bater.

Direção editorial
Daniele Cajueiro

Editora responsável
Ana Carla Sousa

Produção editorial
Adriana Torres
Carolina Rodrigues

Revisão
Luana Luz de Freitas
Luisa Suassuna

Capa
Thiago Lacaz
Leonardo de Vasconcelos

Diagramação
Filigrana

Este livro foi impresso em 2019
para a Nova Fronteira.

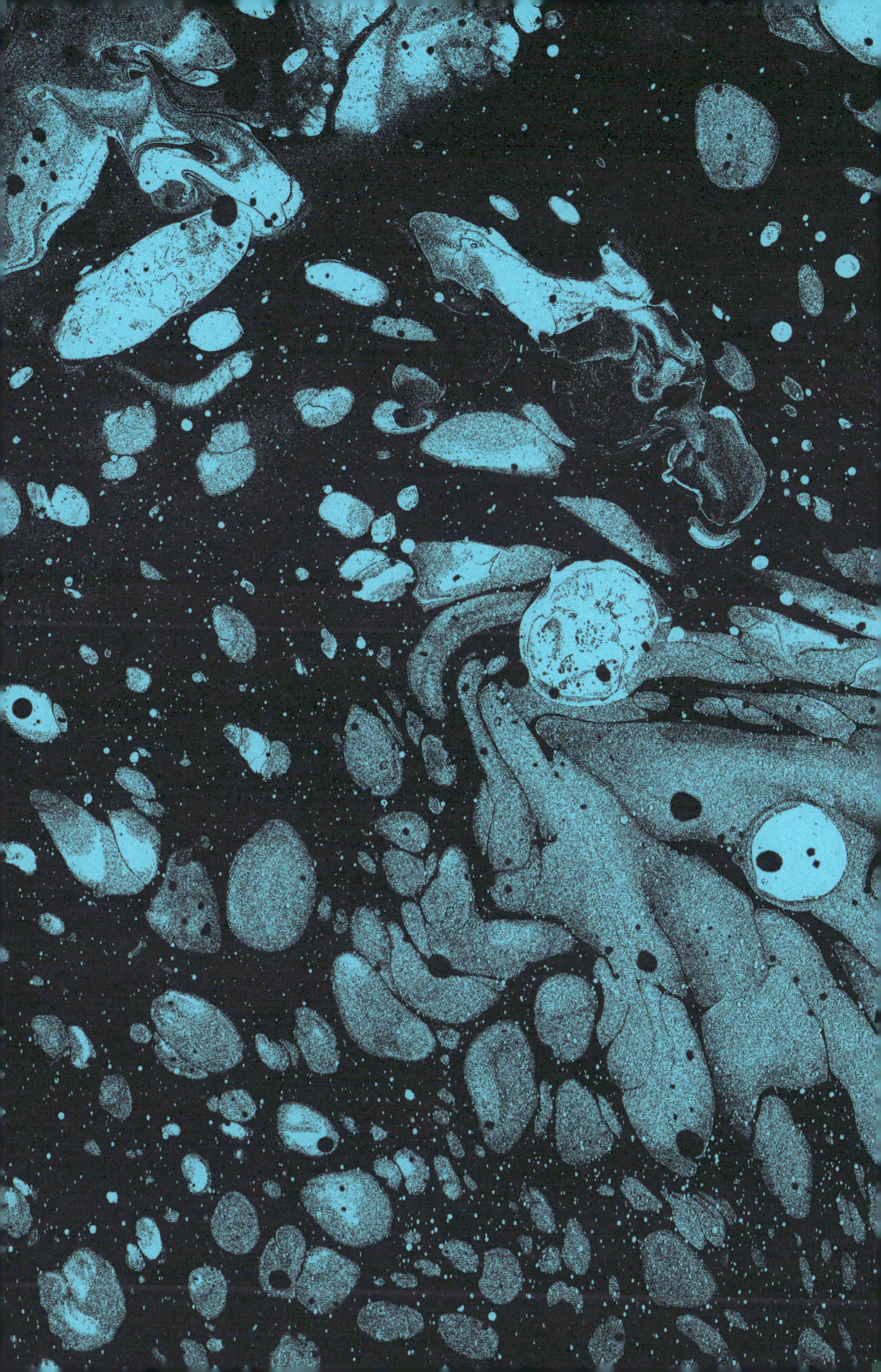

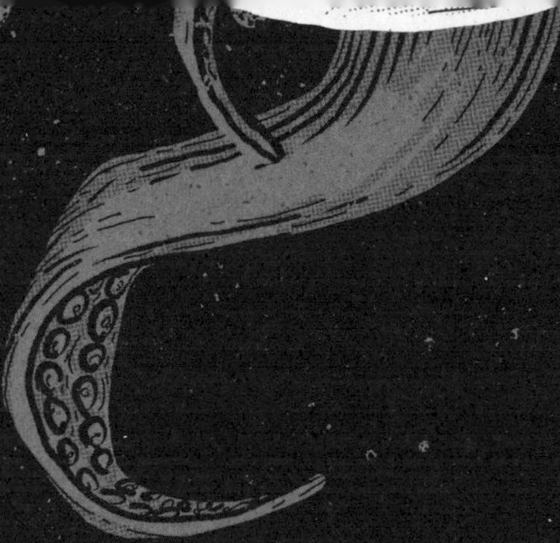

H.P. LOVECRAFT

OS MITOS DE CTHULHU

VOLUME 2

Tradução

Regiane Winarski e Bruno Gambarotto

EDITORA NOVA FRONTEIRA

Editora Nova Fronteira Participações S.A.
Rua Candelária, 60 – 7° andar – Centro – 20091-020
Rio de Janeiro – RJ – Brasil
Tel.: (21) 3882-8200 – Fax: (21) 3882-8212/8313

CIP-BRASIL. CATALOGAÇÃO NA PUBLICAÇÃO
SINDICATO NACIONAL DOS EDITORES DE LIVROS, RJ

L947m

Lovecraft, H. P.

Os mitos de Cthulhu: volume 2 / H. P. Lovecraft; tradução Regiane Winarski, Bruno Gambarotto. - 1. ed. - Rio de Janeiro: Nova Fronteira, 2019.

408 p.; 23 cm.

ISBN 978-85-209-4437-0

1. Contos americanos. I. Winarski, Regiane. II. Gambarotto, Bruno. III. Título.

19-60087 CDD: 813
CDU: 82-34(73)

Vanessa Mafra Xavier Salgado – Bibliotecária – CRB-7/6644

SUMÁRIO

Nas montanhas da loucura 7
A sombra de Innsmouth 137
Os sonhos na Casa da Bruxa 217
A coisa na soleira da porta 263
A sombra além do tempo 297
O habitante da escuridão 377

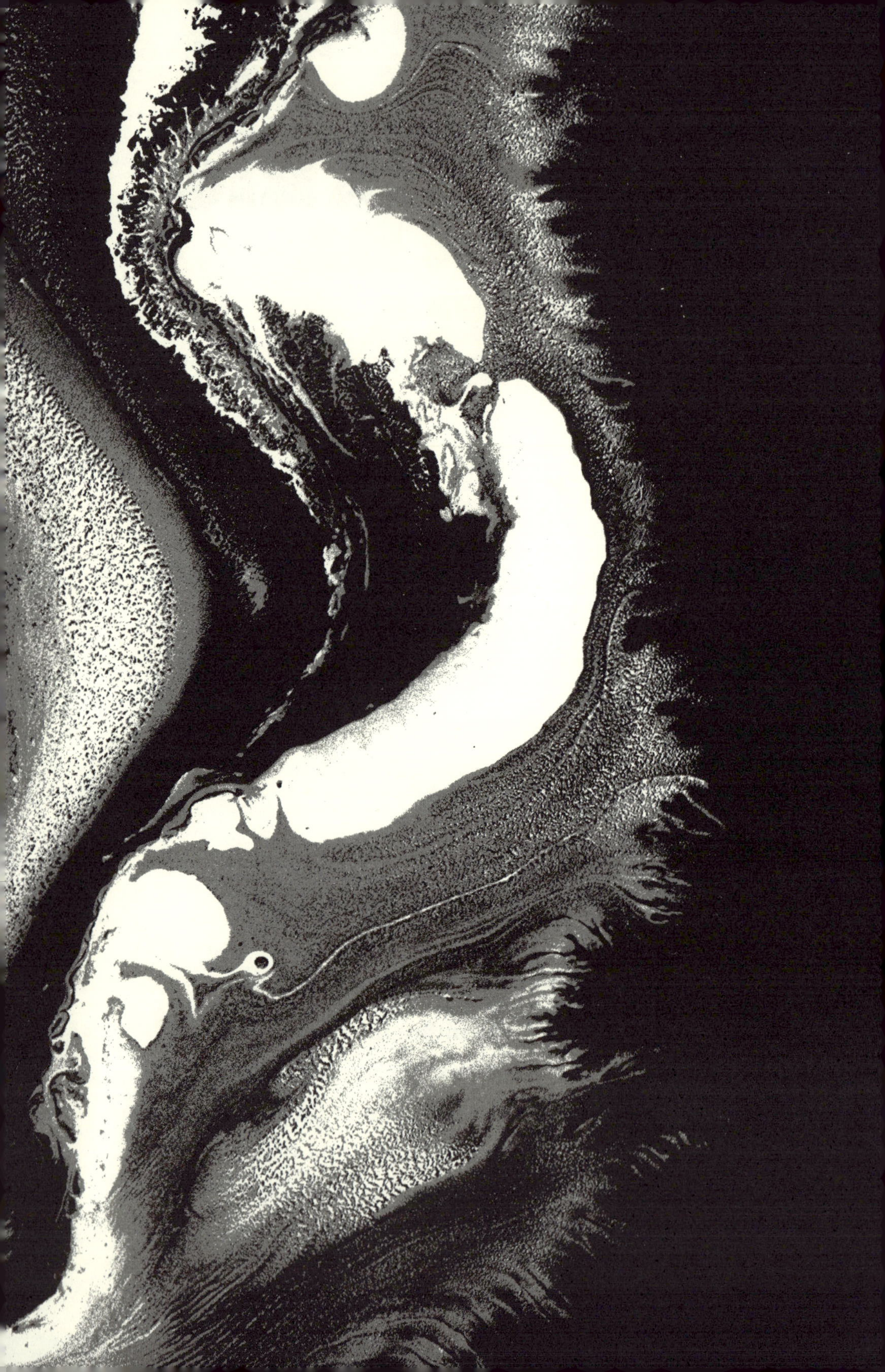

NAS MONTANHAS DA LOUCURA

I.

Sou forçado a falar porque homens da ciência se recusaram a seguir meu conselho sem saber o porquê. É totalmente contra a minha vontade que conto as razões para me opor a essa possível invasão da Antártida – com sua ampla caça a fósseis, a perfuração indiscriminada e o derretimento da ancestral calota polar – e reluto ainda mais porque meu aviso pode ser em vão. Será inevitável que duvidem dos fatos que preciso revelar, mas, se eu escondesse o que vai parecer extravagante e inacreditável, não sobraria nada. As fotografias até então mantidas em segredo, tanto as comuns quanto as aéreas, vão contar a meu favor, pois são incrivelmente vívidas e explícitas. Ainda assim, duvidarão delas porque a falsificação de qualidade pode ir longe. Os desenhos a tinta, claro, serão motivo de deboche, considerados falsificações óbvias; a despeito de uma estranheza técnica em que os especialistas em arte repararão e ficarão intrigados.

No fim das contas, preciso contar com a avaliação e posição dos poucos líderes científicos que têm, por um lado, independência suficiente de pensamento para avaliar meus dados por seus próprios méritos convincentes hediondos ou na luz de certos ciclos mitológicos primordiais e simplesmente impressionantes; e, por outro lado, influência suficiente para desencorajar o mundo explorador em geral de qualquer programa precipitado e ambicioso demais na região daquelas montanhas da loucura. É um fato infeliz que homens de reputação obscura como eu e meus colegas, ligados apenas a uma pequena universidade, tenham pouca chance de causar impressão no que diz respeito a questões de natureza absurdamente bizarra ou muito controversa.

Também depõe contra nós o fato de não sermos, no sentido mais estrito, especialistas nos campos que passaram a ter envolvimento primário. Como geólogo, meu objetivo como líder da Expedição da Universidade Miskatonic era apenas coletar espécimes em níveis profundos de rochas e solo de partes variadas do continente antártico, ajudado pelo incrível equipamento de perfuração elaborado pelo prof. Frank H. Pabodie, do nosso departamento de engenharia. Eu não desejava ser pioneiro em nenhum outro campo além desse, mas esperava que o uso desse novo dispositivo mecânico em pontos diferentes ao longo de caminhos previamente explorados trouxesse à tona materiais de um tipo até então inalcançado pelos métodos comuns de coleta. O aparato de perfuração de Pabodie, como o público já conhece a partir de nossos relatos, era único e radical em sua leveza, portabilidade e capacidade de combinar o princípio da broca para poço artesiano comum com o princípio do pequeno perfurador circular de rochas, de forma a lidar rapidamente com estratos de dureza variada. Cabeça de aço, hastes articuladas, motor a gasolina, grua desmontável de madeira, parafernália para dinamitar, cordas, sonda de remoção de detritos e tubulação seccional para perfurações de treze centímetros de largura e até trezentos metros de profundidade formavam, junto com os acessórios necessários, uma carga suficiente para três trenós de sete cachorros carregarem; isso foi possível pela escolha inteligente de usar liga de alumínio para fabricar boa parte dos itens de metal. Quatro aviões Dornier grandes, desenvolvidos especialmente para a tremenda altitude necessária no platô antártico e com aquecimento de combustível e dispositivos de ignição rápida manipulados por Pabodie, puderam transportar nossa expedição inteira de uma base na extremidade da grande barreira de gelo para vários pontos adequados; desses pontos, uma certa quantidade de cachorros nos seria suficiente.

Planejávamos cobrir a maior área possível que uma estação do ano antártica – ou mais, se absolutamente necessário – permitisse, operando nas cadeias montanhosas e no platô ao sul do mar de Ross; regiões exploradas em graus variados por Shackleton, Amundsen, Scott e Byrd. Com mudanças frequentes de acampamento, feitas de avião e envolvendo distâncias grandes o bastante para serem de significância geológica, esperávamos reunir uma quantidade inédita de material, sobretudo nos estratos pré-cambrianos dos quais tão poucos espécimes antárticos tinham sido obtidos previamente. Nós também desejávamos obter a maior variedade possível de rochas fossilíferas superiores, pois o histórico de vida primitiva desse ermo reino de gelo e morte é de suma importância para nosso conhecimento do passado da

Terra. O fato de o continente antártico já ter sido temperado e até tropical, com uma flora e uma fauna vibrantes das quais os liquens, a vida marinha, os aracnídeos e os pinguins do extremo norte são os únicos sobreviventes, é de conhecimento comum; nós esperávamos expandir essas informações em variedade, precisão e detalhes. Quando uma simples perfuração revelasse sinais fossilíferos, poderíamos alargar a abertura com explosões para obter espécimes de tamanho e condição adequados.

Nossas perfurações, de profundidade variada de acordo com a promessa oferecida pelo solo ou rocha superior, ficariam confinadas a terras expostas ou quase expostas – sendo inevitavelmente encostas e cristas por causa da espessura de um quilômetro e meio a três quilômetros de gelo sólido cobrindo os níveis mais baixos. Não podíamos desperdiçar profundidade de perfuração em qualquer quantidade considerável de mera glaciação, embora Pabodie tivesse elaborado um plano para inserir eletrodos de cobre em amontoados densos de perfuração e derreter áreas limitadas de gelo com a corrente de um dínamo movido a gasolina. É esse plano – que não poderíamos botar em ação exceto de forma experimental em uma expedição como a nossa – que a futura Expedição Starkweather-Moore se propõe a seguir, apesar dos avisos que dei desde nosso retorno da Antártida.

O público conhece a Expedição Miskatonic por meio de nossos frequentes relatos telegráficos para o *Arkham Advertiser* e a Associated Press e dos artigos mais recentes meus e de Pabodie. Nós éramos quatro homens da universidade – Pabodie, Lake, do departamento de biologia, Atwood, do departamento de física (que também é meteorologista), e eu, representando a geologia e oficialmente no comando –, além de dezesseis assistentes, sendo sete alunos de mestrado da Miskatonic e nove mecânicos habilidosos. Dos dezesseis, doze eram pilotos de avião qualificados e só dois não eram operadores competentes de telégrafo. Oito entendiam sobre navegação com bússola e sextante, assim como Pabodie,

Atwood e eu. Além disso, claro, nossos dois navios – antigos baleeiros de madeira, reforçados para o gelo e com vapor auxiliar – eram totalmente tripulados. A Fundação Nathaniel Derby Pickman, auxiliada por algumas contribuições especiais, financiou a expedição; por isso, os preparativos foram muito detalhados, apesar da ausência de grande publicidade. Os cachorros, trenós, máquinas, materiais de acampamento e as partes desmontadas dos nossos cinco aviões foram entregues em Boston, onde nossos navios foram carregados. Estávamos maravilhosamente bem equipados para nossos objetivos específicos e em todas as questões relacionadas a suprimentos, alimentação, transporte e construção de acampamento tivemos o benefício do excelente exemplo de nossos muitos predecessores recentes, todos excepcionalmente brilhantes. Foi a quantidade incomum e a fama desses predecessores que tornou a expedição, por mais ampla que fosse, tão pouco evidente para o mundo em geral.

Como os jornais relataram, nós zarpamos do porto de Boston no dia 2 de setembro de 1930, fizemos uma rota agradável pela costa e pelo Canal do Panamá e paramos em Samoa e Hobart, na Tasmânia, onde obtivemos os suprimentos finais. Ninguém do grupo de exploração tinha estado nas regiões polares anteriormente, por isso todos contávamos com os capitães dos navios – J.B. Douglas, comandante do brigue *Arkham* e atuando como comandante do grupo marítimo, e Georg Thorfinnssen, comandante da barca *Miskatonic* –, ambos baleeiros veteranos nas águas antárticas. Quando deixamos o mundo habitado para trás, o sol foi descendo mais e mais ao norte e ficando mais tempo acima do horizonte a cada dia. Por volta da latitude sul de 62° nós vimos os primeiros icebergs – objetos que pareciam mesas com laterais verticais – e pouco antes de chegar ao Círculo Polar Antártico, que atravessamos no dia 20 de outubro com cerimônias singulares adequadas, fomos consideravelmente perturbados por campos de gelo. A temperatura cada vez mais baixa me incomodou bastante depois da nossa longa viagem pelos trópicos, mas tentei me preparar para os rigores piores do futuro. Em muitas ocasiões, os efeitos atmosféricos curiosos me encantaram; nisso estão incluídos uma miragem incrivelmente vívida – a primeira que vi na vida – na qual icebergs distantes se tornaram muralhas de castelos cósmicos inimagináveis.

Abrindo caminho pelo gelo, que felizmente não era nem extenso nem denso, voltamos a mar aberto na latitude sul de 67°, longitude leste de 175°. Na manhã do dia 26 de outubro, um forte "brilho de gelo" apareceu no sul, e antes do meio-dia nos animamos ao ver uma cadeia montanhosa ampla, alta e coberta de neve que se espalhava e encobria toda a vista à frente. Enfim tínhamos encontrado um posto avançado do grande continente desconhecido e seu mundo críptico de morte congelada. Aqueles picos eram obviamente a cadeia Admiralty, descoberta por Ross, e agora seria nossa tarefa contornar o cabo Adare e velejar pela costa leste da Terra de Vitória até nossa base às margens do estreito de McMurdo, no pé do vulcão Érebo na latitude sul de 77° 9'.

O último trecho da viagem foi intenso e digno de fantasias: grandes picos estéreis de mistério se projetavam constantemente a oeste enquanto o sol baixo do norte do meio-dia ou o sol do sul da meia-noite, ainda mais baixo, tocando o horizonte, despejava os raios avermelhados e indistintos na neve branca, no gelo e nos canais azulados e nos pedaços pretos de encosta de granito exposto. Pelos cumes desolados sopravam rajadas intermitentes e furiosas do terrível vento antártico, cuja cadência às vezes carregava a vaga sugestão de um silvo musical parcialmente senciente, com tons se espalhando por uma cadeia ampla e que, por algum motivo mnemônico subconsciente, me parecia inquietante e até um pouco terrível. Alguma coisa na cena me lembrava as pinturas asiáticas estranhas e inquietantes de Nicholas Roerich e as descrições ainda mais estranhas e perturbadoras do famoso e sinistro platô de Leng contidas no temido *Necronomicon* do árabe louco Abdul Alhazred.

Lamentei mais tarde ter olhado o livro monstruoso na biblioteca da faculdade.

No dia 7 de novembro, perdemos temporariamente a vista da cadeia ao oeste e passamos pela ilha Franklin; no dia seguinte, avistamos os picos dos montes Érebo e Terror na ilha de Ross à frente, com a longa fileira das montanhas Parry atrás. A leste se prolongava a linha baixa e branca da grande barreira de gelo, que subia perpendicularmente a uma altura de sessenta metros, como os penhascos rochosos de Quebec, e marcava o fim da navegação para o sul. À tarde, entramos no estreito de McMurdo e ficamos perto da costa, a sotavento do fumegante monte Érebo. O pico de escória vulcânica chegava a uns 3.900 metros contra o céu oriental, como uma gravura japonesa do sagrado monte Fuji; enquanto atrás dele subia o corpo branco e fantasmagórico do monte Terror, um vulcão agora extinto com 3.300 metros de altitude. Saíam tufos intermitentes de fumaça do Érebo, e um dos assistentes – um jovem brilhante chamado Danforth – observou o que parecia ser lava na encosta coberta de neve, comentando que aquela montanha, descoberta em 1840, sem dúvida foi a fonte da imagem de Poe quando ele escreveu sete anos depois sobre

– as lavas que rolam inquietas
Em correntes sulfurosas pelo Yaanek
Nos climas extremos do polo –
Que gemem ao rolar pelo monte Yaanek
Nos reinos do polo boreal.

Danforth era leitor dedicado de material bizarro e falava muito sobre Poe. Eu mesmo fiquei interessado por causa da cena antártica da única história longa de Poe – a perturbadora e enigmática *A narrativa de Arthur Gordon Pym*. Na margem estéril e na elevada barreira de gelo ao fundo, miríades de pinguins grotescos grasnavam e batiam as nadadeiras, enquanto muitas focas gordas eram visíveis na água, nadando ou deitadas em grandes pedaços de gelo boiando no mar.

Usando barcos pequenos, conseguimos fazer o trajeto difícil até a ilha de Ross pouco depois da meia-noite na madrugada do dia 9, carregando um cabo de cada um dos navios e nos preparando para descarregar suprimentos por meio de um sistema de cabos e boias. Nossas sensações ao pisar pela primeira vez em solo antártico foram tensas e complexas, embora, nesse ponto específico, as expedições de Scott e Shackleton tivessem nos precedido. Nosso acampamento na área congelada abaixo da encosta do vulcão era provisório; o quartel-general ficou a bordo do *Arkham*. Levamos todos os nossos aparatos de perfuração, cachorros, trenós, barracas, provisões, tanques de gasolina, equipamentos experimentais de derretimento de gelo, câmeras comuns e aéreas, peças de avião e outros acessórios, inclusive três pequenos equipamentos de telegrafia portátil (fora os dos aviões) capazes de manter contato com o grande equipamento do *Arkham* de qualquer parte do continente antártico que pudéssemos visitar. O equipamento do navio, capaz de se comunicar com o mundo externo, transmitiria boletins à poderosa estação de telégrafos do *Arkham Advertiser*, em Kingsport Head, Massachusetts. Nós esperávamos completar nosso trabalho durante um único verão antártico, mas, se isso se mostrasse impossível, passaríamos o inverno no *Arkham* e enviaríamos o *Miskatonic* para o norte antes do congelamento das águas para buscar suprimentos para outro verão.

Não preciso repetir o que os jornais já publicaram sobre nosso trabalho inicial: a escalada do monte Érebo; as perfurações minerais bem-sucedidas em vários pontos da ilha de Ross e a velocidade singular com que o aparato de Pabodie as executava, mesmo através de camadas de rocha sólida; o teste preliminar com o pequeno equipamento de derretimento de gelo; a perigosa subida na grande barreira com trenós e suprimentos; e a montagem de cinco aviões enormes no acampamento no alto da barreira. A saúde do nosso grupo terrestre – vinte homens e 55 cães de trenó do Alasca – foi incrível, embora, claro, até então não tivéssemos encontrado temperaturas realmente devastadoras, nem vendavais. Na maior parte do tempo, o termômetro variou entre dezessete graus negativos e três graus negativos, e nossa experiência com os invernos da Nova Inglaterra nos acostumou a rigores desse tipo. O acampamento na barreira era semipermanente e destinado a ser um depósito para gasolina, provisões, dinamite e outros suprimentos. Só quatro dos nossos aviões eram necessários para transportar o material de exploração, e o quinto, tripulado por um piloto e dois homens dos navios, ficava no depósito como meio de nos alcançar do *Arkham* caso todos os nossos aviões de exploração se perdessem. Mais tarde, quando não estivéssemos usando todos os outros aviões para deslocar equipamentos, usaríamos um ou dois para transportar a equipe entre aquele local e outra base permanente no grande platô de mil a 1.100 quilômetros para o sul, depois da geleira Beardmore. Apesar dos relatos quase unânimes de ventos impressionantes e tempestades que despencam do platô, decidimos dispensar as bases intermediárias; preferimos correr o risco em prol da economia e da provável eficiência.

Relatos telegráficos avisaram do voo impressionante e direto de quatro horas do nosso esquadrão no dia 21 de novembro por cima do bloco elevado de gelo, com picos altos subindo a oeste e os silêncios insondáveis ecoando o som dos motores. O vento nos incomodou moderadamente, e nossas orientações radiogoniométricas nos ajudaram a atravessar a neblina densa que encontramos. Quando a elevação ampla surgiu à frente, entre as latitudes 83° e 84°, nós soubemos que tínhamos chegado à geleira Beardmore, a maior geleira de vale do mundo, e que o mar congelado agora tinha dado lugar a uma costa fechada e montanhosa. Finalmente estávamos entrando de verdade no mundo branco e morto do sul extremo, e enquanto nos dávamos conta disso, vimos o pico do monte Nansen ao longe, a leste, chegando à altura de quase 4.500 metros.

O estabelecimento bem-sucedido da base sul acima da geleira, na latitude de 86° 7' e longitude leste de 174° 23', e as perfurações e explosões fenomenalmente rápidas e eficientes feitas em vários pontos por meio de viagens de trenó e voos curtos de avião entraram para a história; assim como a subida árdua e triunfante do monte Nansen feita por Pabodie e dois alunos do mestrado – Gedney e Carroll – nos dias 13 a 15 de dezembro. Estávamos cerca de 2.500 metros acima do nível do mar, e quando as perfurações experimentais revelaram chão sólido apenas 3,5 metros abaixo da neve e do gelo em certos pontos, fizemos uso considerável dos pequenos aparatos de derretimento, abrimos buracos e enterramos dinamite em muitos lugares onde nenhum explorador tinha pensado anteriormente em colher espécimes minerais. Os granitos pré-cambrianos e arenitos beacon obtidos dessa forma confirmaram nossa crença de que o platô era semelhante à grande massa do continente a oeste, mas um pouco diferente das partes a leste abaixo da América do Sul – que, na época, achávamos que formavam um continente separado e menor, afastado do maior por uma junção congelada dos mares de Ross e Weddell, embora Byrd já tenha, desde então, contrariado a hipótese.

Em certos arenitos, dinamitados e raspados depois que a perfuração revelou sua natureza, encontramos marcas e fragmentos fósseis muito interessantes – particularmente samambaias, algas marinhas, trilobitas, crinoides e moluscos como lingulas e gastrópodes; todos pareciam ter importância real na história primordial da região. Havia também uma marca estranha, triangular e estriada, com uns trinta centímetros de diâmetro, que Lake montou com três fragmentos de ardósia obtidos por uma abertura de explosão profunda. Os fragmentos vieram de um ponto a oeste, perto da cordilheira da Rainha Alexandra; e Lake, sendo biólogo, pareceu achar a marca curiosa especialmente intrigante e provocativa, embora, para meu olhar geológico, não fossem muito diferentes de alguns efeitos de ondulação razoavelmente comuns nas rochas sedimentares. Como a ardósia não passa de uma formação metamórfica em que um estrato sedimentar é prensado e como a pressão em si produz efeitos estranhos de distorção em qualquer marca que possa existir, não vi motivo para espanto na depressão estriada.

No dia 6 de janeiro de 1931, Lake, Pabodie, Daniels, seis mestrandos, quatro mecânicos e eu voamos diretamente por cima do polo sul em dois dos grandes aviões, sendo obrigados a pousar uma vez por um vento forte repentino que por sorte não se transformou em uma tempestade típica. Como os jornais declararam, foi um dos vários voos de observação nos quais tentávamos discernir novas características topográficas em áreas que não tinham sido alcançada por exploradores anteriores. Nossos primeiros voos foram decepcionantes nesse aspecto, mas nos forneceram exemplos magníficos das miragens ricas, fantásticas e enganadoras das regiões polares, das quais nossa viagem marítima tinha nos dado breves amostras. Montanhas distantes flutuavam no céu como cidades encantadas, e muitas vezes todo aquele mundo branco se dissolvia em uma terra dourada, prateada e escarlate de sonhos dunsanianos e expectativa de aventura sob a magia do sol baixo da meia-noite. Nos dias nublados, nós tínhamos dificuldade considerável para voar, por causa da tendência da terra coberta de neve e do céu se mesclarem em um vácuo místico opalescente sem horizonte visível para marcar a junção entre os dois.

Acabamos resolvendo pôr em prática nosso plano original de voar oitocentos quilômetros para o leste com os quatro aviões de exploração e estabelecer uma nova sub-base em um ponto que provavelmente ficava na divisão continental menor, como víamos erroneamente. Os espécimes geológicos obtidos lá seriam desejáveis para fins de comparação. Nossa saúde até então permanecia excelente; a limonada compensava a dieta regular de comida enlatada e salgada, e as temperaturas acima dos dezessete graus negativos nos permitiam ficar sem peles grossas demais. Estávamos em pleno verão, e com pressa e cuidado talvez conseguíssemos concluir o trabalho até março e evitar um inverno tedioso pela longa noite antártica. Várias ventanias violentas nos atingiram vindas do oeste, mas evitamos maiores danos com a habilidade de Atwood em desenvolver abrigos rudimentares para os aviões e quebra-ventos feitos de blocos pesados de gelo, além de reforçar as construções principais do acampamento com neve. Nossa boa sorte e eficiência foram mesmo quase inquietantes.

O mundo externo sabia, claro, sobre nosso programa, e também foi informado sobre a insistência estranha e obstinada de Lake em fazer uma viagem de sondagem para oeste, ou melhor, para noroeste, antes da nossa mudança radical para a nova base. Parecia que ele tinha ponderado muito e com ousadia radical alarmante sobre a marca triangular estriada na ardósia; leu ali certas contradições na natureza e no período geológico que apuraram sua curiosidade ao máximo e o deixaram ávido para fazer mais perfurações e explosões na formação para oeste à qual os fragmentos exumados evidentemente pertenciam. Ele estava convencido de que a marca era a pegada de um organismo volumoso, desconhecido e radicalmente inclassificável de estágio evolutivo avançado, embora estivesse numa pedra tão antiga – cambriana, isso se não fosse pré-cambriana – a ponto de impossibilitar a existência não só de vida altamente evoluída, mas de qualquer forma de vida além do estágio unicelular ou no máximo trilobita. Esses fragmentos, com suas marcas estranhas, deviam ter de quinhentos milhões a um bilhão de anos.

II.

A imaginação popular, creio eu, reagiu ativamente a nossos boletins telegrafados sobre o avanço de Lake para noroeste, rumo a regiões nunca alcançadas por pés humanos, nem penetradas pela imaginação humana; apesar de não mencionarmos as esperanças loucas dele de revolucionar toda a ciência da biologia e da geologia. Sua incursão preliminar de trenó para perfuração de 11 a 18 de janeiro com Pabodie e cinco outros – maculada pela perda de dois cachorros em uma queda ao atravessar um dos grandes montes de neve no gelo – encontrou mais e mais da ardósia arcaica; até eu me interessei pela profusão singular das marcas evidentes do fóssil naquele estrato inacreditavelmente antigo. No entanto, essas marcas eram de formas de vida muito primitivas que não envolviam nenhum paradoxo maior do que qualquer forma de vida que deveria aparecer em pedras tão definitivamente pré-cambrianas, como parecia ser o caso; por isso, eu continuava sem ver bom senso na exigência de Lake de que fizéssemos um interlúdio no nosso programa – um interlúdio que requeria o uso dos quatro aviões, muitos homens e todo o aparato mecânico da expedição. No fim, não vetei o plano, mas decidi não acompanhar o grupo que viajaria para noroeste, apesar da súplica de Lake pelo meu conselho geológico. Enquanto eles estivessem fora, eu permaneceria na base com Pabodie e cinco homens e elaboraria nossos planos finais para a mudança em direçao ao leste. Em preparação para essa transferência, um dos aviões tinha começado a levar um bom suprimento de gasolina do estreito de McMurdo, mas isso podia esperar por um tempo. Fiquei com um dos trenós e nove cachorros, pois não é bom ficar sem nenum meio de transporte num mundo totalmente inabitado de morte eterna.

A subexpedição de Lake rumo ao desconhecido, como todos lembrarão, enviou relatórios a partir dos transmissores de ondas curtas dos aviões; esses relatórios eram simultaneamente captados pelo nosso aparato na base sul e pelo *Arkham* no estreito de McMurdo, de onde repassavam para o mundo exterior em comprimentos de ondas de até cinquenta metros. O começo aconteceu em 22 de janeiro às quatro da manhã; e a primeira mensagem telegráfica que recebemos veio apenas duas horas depois, quando Lake falou sobre descer e começar um derretimento de gelo em pequena escala e uma perfuração a uns quinhentos quilômetros de nós. Seis horas depois, uma segunda mensagem, muito animada, contou sobre o trabalho frenético – digno de um castor – em que um poço fora cavado e dinamitado; isso culminou na descoberta de fragmentos de ardósia com várias marcas parecidas com a que causou a perplexidade original.

Três horas depois, um breve boletim anunciou a retomada do voo nas garras de um vendaval intenso e cruel; quando enviei uma mensagem de protesto contra novos perigos, Lake respondeu brevemente que seus novos espécimes faziam qualquer perigo valer a pena. Vi que a empolgação dele tinha chegado ao ponto do motim e que eu não poderia fazer nada para restringir o risco precipitado do sucesso da expedição inteira; contudo era espantoso pensar nele mergulhando mais e mais fundo naquela imensidão branca traiçoeira e incrível de tempestades e mistérios inimagináveis que se prolongava por 2.500 quilômetros até a costa meio desconhecida e meio imaginada das terras da Rainha Mary e de Knox.

Uma hora e meia depois chegou aquela mensagem duplamente animada do avião em movimento de Lake, que quase reverteu meus sentimentos e me fez desejar ter acompanhado o grupo.

22h05. No ar. Depois da nevasca, vimos a cadeia de montanhas à frente, maior do que qualquer outra vista. Pode se igualar ao Himalaia, considerando a altura do planalto. Latitude provável de 76° 15', longitude de 113° 10' leste. Vai até onde o olho alcança para os dois lados. Desconfiança de dois cones fumegantes. Todos os picos são pretos e desprovidos de neve. A ventania que vem deles impede a navegação.

Depois disso, Pabodie, os homens e eu ficamos sem fôlego em volta do aparelho. A imagem daquela montanha titânica a 1.100 quilômetros de distância inflamou nosso mais profundo sentimento de aventura; e nos regozijamos de que nossa expedição, ainda que não nós pessoalmente, tivesse feito aquela descoberta. Em meia hora, Lake voltou a fazer contato.

O avião de Moulton foi obrigado a pousar em planalto no contraforte, mas ninguém se machucou e talvez dê para consertar. Vamos transferir o essencial para os outros três para retorno ou mais movimentos se necessário, mas não há necessidade de viagem pesada de avião agora. As montanhas ultrapassam qualquer coisa na imaginação. Vou subir para explorar no avião de Carroll, sem todo o peso. Vocês não podem imaginar nada assim. Os picos mais altos devem chegar a mais de 10.500 metros. O Everest nem chega perto. Atwood vai calcular a altura com o teodolito enquanto Carroll e eu subimos. Devo estar enganado sobre os cones, pois as formações parecem estratificadas. Possivelmente ardósia pré-cambriana com outros estratos misturados. Efeito estranho na linha do céu – seções de cubos regulares nos picos mais altos. A coisa toda é maravilhosa na luz vermelho-dourada do sol baixo. Como uma terra de mistérios em um sonho ou um portal para um mundo proibido de maravilhas inexploradas. Queria que vocês estivessem aqui para estudar.

Embora fosse tecnicamente hora de dormir, nenhum de nós pensou por um momento em ir para a cama. O mesmo devia estar acontecendo no estreito de McMurdo, onde o abrigo com os suprimentos do *Arkham* também estava recebendo as mensagens, pois o capitão Douglas fez um chamado parabenizando todo mundo sobre a descoberta importante, e Sherman, o operador, declarou sentimentos semelhantes. Lamentamos, claro, o avião danificado, mas esperávamos que pudesse ser consertado com facilidade. Às onze da noite chegou outro chamado de Lake.

Subi com Carroll no contraforte mais alto. Não ouso tentar os picos mais elevados no tempo atual, mas farei depois. É um trabalho horrível o de subida, muito difícil nessa altitude, mas vale a pena. A grande cadeia é bem sólida e não dá para ver nada além. Os cumes principais excedem os do Himalaia e são muito estranhos. A cadeia parece de ardósia pré-cambriana, com visão aberta de muitos outros estratos. Estava enganado sobre o vulcanismo. Vai mais longe em ambas as direções do que dá para enxergar. Sem neve acima de uns 6.400 metros. Formações estranhas nas encostas das montanhas mais altas. Blocos quadrados baixos e grandes com lados perfeitamente verticais e linhas retangulares de muralhas baixas verticais, como os antigos castelos asiáticos nas montanhas íngremes dos quadros de Roerich. Impressionantes de longe. Voei perto de alguns, e Carroll achou que eram formados de peças independentes menores, mas deve ser ação das intempéries. A maioria das beiradas está corroída e arredondada, como se expostas a tempestades e mudanças de clima por milhões de anos. Algumas partes, sobretudo as superiores, parecem ser de rocha de cor mais clara do que qualquer estrato visível nas encostas em si, portanto de origem evidentemente cristalina. Um voo mais próximo revela muitas cavernas, algumas extraordinariamente regulares em contorno, quadradas ou semicirculares. Vocês precisam vir investigar. Acho que vi um baluarte quadrado no alto de um pico. A altura parece ser de nove mil a 10.500 metros. Estou em 6.500 metros, no frio diabolicamente gelado. O vento assobia e chia pelas passagens e pelas cavernas, mas não ofereceu perigo até agora.

Depois disso, por mais meia hora Lake continuou enviando comentários incessantes e expressou sua intenção de subir em alguns dos picos a pé. Respondi que me juntaria a ele assim que ele pudesse enviar um avião, e que Pabodie e eu elaboraríamos o melhor plano para economizar a gasolina – onde e como concentrar nosso suprimento, levando em consideração a alteração da expedição. Obviamente, as operações de perfuração de Lake, assim como as atividades dele com os aviões, precisariam de uma boa quantidade enviada para a nova base que ele estabeleceria no pé das montanhas; e era possível que o voo para leste não pudesse ser feito ainda naquela estação. Por causa dessa questão, liguei para o capitão Douglas e pedi que ele tirasse o máximo possível dos navios e levasse para a barreira com a única equipe de cachorros que tínhamos deixado lá. Uma rota direta pela região desconhecida entre Lake e o estreito de McMurdo era o que tínhamos que estabelecer.

Lake fez contato mais tarde para dizer que tinha decidido deixar o acampamento onde o avião de Moulton tinha sido obrigado a descer, cujos consertos já tinham progredido. O manto de gelo era muito fino, com chão escuro visível aqui e ali, e ele faria algumas perfurações e explosões naquele ponto antes de fazer qualquer trajeto de trenó ou uma expedição de escalada. Ele falou da inefável majestade da cena toda e do estado estranho das sensações dele por estar à beira de cumes altos e silenciosos que subiam como um muro na direção do céu na beira do mundo. As observações de Atwood com o teodolito classificaram a altura dos cinco picos mais altos de nove mil a dez mil metros. A natureza maltratada pelo vento do terreno perturbava Lake, pois era sinal da existência ocasional de vendavais extraordinários mais violentos do que tínhamos encontrado até então. O acampamento dele ficava a pouco mais de oito quilômetros da subida abrupta dos contrafortes mais altos. Eu quase conseguia identificar um toque de alarme subconsciente nas palavras dele – transmitidos por um vazio glacial de 1.100 quilômetros – enquanto pedia que nos apressássemos com a questão e abandonássemos a nova região o mais rápido possível. Ele ia descansar depois de um dia de trabalho contínuo de velocidade, esforço e resultados quase ímpares.

Pela manhã, tive uma conversa com Lake e o capitão Douglas, em suas bases tão separadas; ficou concordado que um dos aviões de Lake viria até a minha base para buscar Pabodie, os cinco homens e eu, assim como todo o combustível que fosse possível carregar. O resto da questão do combustível, dependendo da nossa decisão sobre uma viagem para o leste, podia esperar alguns dias, pois Lake tinha o suficiente para aquecimento no acampamento e para perfurações imediatas. A velha base do sul acabaria tendo que receber um novo estoque; no entanto, se adiássemos a viagem para o leste, não usaríamos até o verão seguinte, e nesse ínterim Lake tinha que enviar um avião para explorar uma rota direta entre suas novas montanhas e o estreito de McMurdo.

Pabodie e eu nos preparamos para fechar a base por um período curto ou longo, pois ambos os casos eram possíveis. Se passássemos o inverno na Antártida, era provável que voássemos direto da base de Lake para o *Arkham* sem voltar para aquele local. Algumas das nossas barracas cônicas já tinham sido reforçadas por bloco de neve compactada, e agora decidimos completar a tarefa de fazer uma vila esquimó permanente. Por conta de um suprimento de barracas bem generoso, Lake tinha com ele tudo de que a base precisaria mesmo depois da nossa chegada. Enviei uma mensagem informando que Pabodie e eu estaríamos prontos para a mudança para noroeste depois de um dia de trabalho e uma noite de descanso.

Nossos trabalhos, entretanto, não renderam muito depois das quatro da tarde; por volta desse horário, Lake começou a enviar mensagens extraordinárias e empolgadas. O dia de trabalho tinha começado de forma pouco propícia; um reconhecimento aéreo das superfícies quase expostas de pedra revelou total ausência dos estratos arcaicos e primordiais que ele estava esperando e que formavam uma parte tão grande dos picos colossais que subiam a uma distância impressionante do acampamento. A maioria das rochas avistadas aparentemente eram arenitos jurássicos e comanchianos e xistos permianos e triássicos, com um afloramento ou outro preto brilhoso sugerindo carvão duro semelhante a ardósia. Isso desencorajou Lake, cujos planos se baseavam em descobrir espécimes com mais de quinhentos milhões de anos de idade. Estava claro para ele que, para recuperar o veio de ardósia arcaico no qual tinha encontrado a estranha marca, ele teria que fazer uma longa viagem de trenó dos contrafortes até as encostas íngremes das montanhas gigantescas.

Ainda assim, Lake tinha decidido fazer perfurações locais como parte do programa geral da expedição; por isso, montaria o equipamento e deixaria cinco homens trabalhando com isso enquanto o restante acabaria de montar o acampamento e de consertar o avião danificado. A rocha mais macia visível – um arenito a uns quatrocentos metros do acampamento – tinha sido escolhida para a primeira amostra, e a perfuratriz fez excelente progresso sem muitas explosões suplementares. Umas três horas depois, após as primeiras explosões realmente pesadas da operação, a gritaria da equipe de perfuração foi ouvida; o jovem Gedney, responsável por aquela operação, correu para o acampamento com novidades surpreendentes.

Eles tinham encontrado uma caverna. No começo da perfuração, o arenito deu lugar a um veio de calcário comanchiano cheio de minúsculos fósseis de cefalópodes, corais, echini e spirifera, com sugestões ocasionais de esponjas silicosas e ossos de vertebrados marinhos – sendo esses últimos provavelmente de teleósteos, tubarões e ganoides. Isso por si só já era uma descoberta bem importante, por oferecer os primeiros fósseis vertebrados da expedição, mas, quando pouco depois a perfuratriz atravessou o estrato em um ponto aparentemente oco, uma onda nova e mais intensa de empolgação se espalhou entre os escavadores. Um estouro de bom tamanho expôs o segredo subterrâneo; agora, por uma rachadura irregular de mais ou menos um metro e meio de largura e noventa centímetros de espessura, abria-se para os ávidos exploradores um vão oco no calcário feito mais de cinquenta milhões de anos antes pelo gotejamento de águas subterrâneas de um extinto mundo tropical.

A camada oca não tinha mais do que dois ou três metros de profundidade, mas se prolongava indefinidamente em todas as direções e tinha uma ligeira corrente de ar, o que sugeria que pertencia a um sistema subterrâneo extenso. O teto e o chão estavam abundantemente tomados por grandes estalactites e estalagmites, sendo que algumas se encontravam e formavam colunas, mas o mais importante de tudo era o amplo depósito de conchas e ossos que em alguns lugares quase bloqueava a passagem. Carregados das desconhecidas selvas de samambaias e fungos do Mesozoico e das florestas de cicadófitas, palmeiras e angiospermas primitivas do Terciário, essa mistura óssea continha representantes de mais espécies do Cretáceo, do Eoceno e de outras eras do que o maior paleontólogo seria capaz de contar ou classificar em um ano. Moluscos, conchas de crustáceos, peixes, anfíbios, répteis, aves e mamíferos primitivos – grandes e pequenos, conhecidos e desconhecidos. Não era surpresa Gedney ter corrido para o acampamento gritando, nem todo mundo ter largado o trabalho e corrido a toda pelo frio cortante até onde a grua alta marcava o recém-encontrado portal para os segredos do interior da terra e de passados desaparecidos.

Quando Lake conseguiu saciar a curiosidade inicial, ele rascunhou uma mensagem no caderno e mandou o jovem Moulton voltar correndo para o acampamento para transmiti-la por telégrafo. Foi quando eu soube da descoberta, e falava da identificação das primeiras conchas, ossos de ganoides e placodermos, resíduos de labirintodontes e tecodontes, fragmentos grandes de crânios de mosassauros, vértebras e cascos de dinossauros, dentes e ossos de asas de pterodátilos, restos de archaeopteryx, dentes de tubarão do Mioceno, crânios de aves primitivas e crânios, vértebras e outros ossos de mamíferos arcaicos como palaoterídeos, xifodontídeos, dinoceras, eohippi, oreodontes e titanotérios. Não havia nada recente como um mastodonte, um elefante, um camelo, um cervo ou algum bovino; por isso, Lake concluiu que os últimos depósitos ocorreram durante o Oligoceno e que o estrato oco ficou no estado atual – seco, morto e inacessível – por pelo menos trinta milhões de anos.

Por outro lado, a prevalência de formas de vida muito primitivas era singular em altíssimo grau. Embora a formação de calcário fosse, com base na presença de fósseis típicos como ventriculites, positiva e inconfundivelmente comanchiana e de forma alguma de períodos anteriores, os fragmentos livres no espaço oco incluíam uma proporção surpreendente de organismos até então característicos de períodos bem posteriores – até peixes rudimentares, moluscos e corais tão remotos quanto do Siluriano ou do Ordoviciano. A inferência inevitável foi que, naquela parte do mundo, houve um grau impressionante e único de continuidade entre a vida de mais de trezentos milhões de anos atrás e a de apenas trinta milhões de anos atrás. O quanto essa continuidade se estendia além do Oligoceno quando a caverna estava fechada não estava sob especulação. De qualquer modo, a chegada do temeroso gelo no Pleistoceno uns quinhentos mil anos atrás – como se fosse ontem em comparação à idade da cavidade – devia ter posto um fim a qualquer forma primitiva que tivesse conseguido viver localmente além dos termos comuns.

Lake não ficou satisfeito em deixar a primeira mensagem no ar e escreveu outro boletim, que despachou pela neve até o acampamento antes que Moulton pudesse voltar. Depois disso, Moulton ficou no telégrafo em um dos aviões, transmitindo para mim – e para o *Arkham*, para que repassasse para o mundo exterior – os frequentes pós-escritos que Lake enviou para ele por uma sucessão de mensageiros. Os que acompanharam os jornais devem se lembrar da animação gerada entre os homens da ciência pelos relatos daquela tarde – relatos que enfim levaram, depois de todos esses anos, à organização da Expedição Starkweather-Moore que tanto quero dissuadir de seus propósitos. É melhor repassar as mensagens literalmente como Lake as mandava e nosso operador McTighe traduzia da taquigrafia a lápis.

Fowler faz descoberta de grande importância nos fragmentos de arenito e calcário das explosões. Várias marcas triangulares estriadas distintas como a da ardósia antiga, provando que a fonte sobreviveu de mais de seiscentos milhões de anos atrás até os tempos comanchianos sem mais do que mudanças morfológicas moderadas e diminuição no tamanho médio. As marcas comanchianas aparentam ser mais primitivas ou degeneradas, se é possível, do que as mais antigas. Enfatizar a importância da descoberta na imprensa. Vai significar para a biologia o que Einstein significa para a matemática e a física. Une-se a meu trabalho anterior e amplifica as conclusões. Parece indicar, como desconfiei, que a Terra viu um ciclo ou mais ciclos inteiros de vida orgânica antes do conhecido, que começa com as células arqueozoicas. Evoluiu e se especializou não mais do que um bilhão de anos atrás, quando o planeta ainda era jovem e inabitável para qualquer forma de vida ou estrutura protoplásmica normal. Surgem questões de quando, onde e como o desenvolvimento aconteceu.

Mais tarde. Examinando certos fragmentos de esqueleto de grandes sáurios terrestres e marinhos e mamíferos primitivos, encontro ferimentos ou machucados locais singulares na estrutura óssea que não podem ser atribuídos a nenhum predador ou animal carnívoro de qualquer período. São de dois tipos: perfurações retas e profundas e cortes aparentemente causados por golpes. Um ou dois casos de ossos arrancados. Não muitos espécimes afetados. Estou pedindo lanternas elétricas do acampamento. Vou aumentar a área de busca subterrânea com o corte de estalactites.

Mais tarde ainda. Encontrei um fragmento peculiar de esteatita com uns quinze centímetros de largura por quatro de espessura, totalmente diferente de todas as formações locais visíveis. Esverdeado, mas sem evidências que identifiquem o período. É liso e regular de forma curiosa. Tem a forma de uma estrela de cinco pontas com as pontas quebradas e sinais de outra rachadura em ângulos internos e no centro da superfície. Uma depressão pequena e lisa no centro da superfície inteira. Desperta muita curiosidade sobre a origem e o desgaste. Provavelmente aberração resultante da ação da água. Carroll, com uma lupa, acha que consegue identificar marcas adicionais de importância geológica. Grupos de pontinhos em padrões regulares. Cachorros ficam inquietos conforme trabalhamos e parecem odiar essa esteatita. Preciso ver se tem odor peculiar. Voltarei a enviar um relatório quando Mills retornar com as lanternas e explorarmos a área subterrânea."

22h15. Descoberta importante. Orrendorf e Watkins, trabalhando no subterrâneo às 21h45 com luzes, encontraram fóssil monstruoso em forma de barril de natureza totalmente desconhecida; provavelmente um vegetal, ou então um espécime enorme de radiata marinha desconhecida. Tecido evidentemente preservado por sais minerais. Duro como couro, mas uma flexibilidade impressionante restante em alguns pontos. Marcas de partes quebradas nas pontas e nas laterais. Um metro e oitenta de uma ponta a outra, um metro de diâmetro central, afunilando para trinta centímetros em cada ponta. Como um barril com cinco espinhaços volumosos no lugar de ripas de madeira. Quebras laterais, como talos mais finos, circundam o fóssil no meio, perpendicular aos espinhaços. Nos vãos entre os espinhaços há formações curiosas. Cristas ou asas que se dobram e se abrem como leques. Todos muito danificados, exceto um, que tem envergadura de mais de dois metros. A disposição me lembra a de certos monstros de mitos primitivos, principalmente os famosos Antigos do Necronomicon. *Essas asas parecem ser feitas de membranas, esticadas numa estrutura de tubulação glandular. Há orifícios mínimos aparentes nessa estrutura, nas pontas das asas. As extremidades do corpo são murchas, não deixam pista do interior e nem do que foi quebrado ali. Será preciso dissecar quando voltarmos ao acampamento. Não consigo decidir se é vegetal ou animal. Muitas características de primitividade quase incrível. Botei todos para cortarem estalactites e procurarem outros espécimes. Outros ossos marcados foram encontrados, mas terão que esperar. Tendo problema com os cachorros. Eles não suportam o novo espécime e provavelmente o partiriam em pedaços se não os mantivéssemos afastados.*

23h30. Atenção, Dyer, Pabodie, Douglas. Questão de altíssima, eu diria transcendental, importância. Arkham *precisa se comunicar com a estação de Kingsport imediatamente. O estranho organismo em forma de barril é a coisa arcaica que deixou as marcas nas pedras. Mills, Boudreau e Fowler encontraram um amontoado de outros treze no ponto subterrâneo a doze metros da abertura da caverna. Misturados com fragmentos de esteatita curiosamente arredondados e menores do que o que foi encontrado antes – em forma de estrela, mas sem marcas de quebra exceto em alguns pontos. De espécimes orgânicos, oito aparentemente perfeitos, com todos os apêndices. Levamos todos para a superfície, deixando os cachorros longe. Eles não suportam essas coisas. Deem atenção especial à descrição e repitam para evitar qualquer mal-entendido. Os jornais precisam acertar.*

Os objetos têm dois metros e meio de ponta a ponta. Um tronco de quase dois metros com cinco espinhaços em forma de barril com um metro de diâmetro central, trinta centímetros de diâmetro nas extremidades. Cinza-escuros, flexíveis e infinitamente duros. Asas membranosas de mais de dois metros da mesma cor, encontradas encolhidas, estendem-se a partir dos sulcos entre os espinhaços. A estrutura da asa é tubular ou glandular, um tom cinza mais claro, com orifícios nas pontas. Elas têm beirada serrilhada. No meio, num eixo central em cada um dos cinco espinhaços verticais parecidos com ripas de madeira, há cinco sistemas de braços ou tentáculos flexíveis cinza-claros encontrados bem dobrados no tronco, mas expansíveis a um comprimento máximo de mais ou menos um metro. Como os braços de um crinoide primitivo. Hastes únicas de oito centímetros de diâmetro se abrem depois de quinze centímetros em cinco sub-hastes, cada uma se abrindo depois de vinte centímetros em cinco tentáculos ou tendões pequenos afunilados, fazendo cada haste ter um total de 25 tentáculos.

No alto do tronco um pescoço bulboso rudimentar cinza mais claro com sugestões de algo parecido com brânquias sustenta uma aparente cabeça amarelada com cinco pontas no formato de estrela-do-mar coberta com cílios duros de oito centímetros de várias cores prismáticas. A cabeça é grossa e inchada, com uns sessenta centímetros de uma ponta a outra e tubos flexíveis amarelados de oito centímetros se projetando de cada ponta. Há uma fenda no centro exato da abertura, provavelmente uma cavidade respiratória. Na ponta de cada tubo há uma expansão esférica onde uma membrana amarelada se move ao ser manuseada e revela um globo vidrado de íris vermelha, evidentemente um olho. Cinco tubos avermelhados um pouco mais compridos saem de ângulos interiores da cabeça em formato de estrela-do-mar e terminam em uma tumescência assemelhada a um saco da mesma cor e que, sob pressão, se abre em orifícios em formato de sino com um diâmetro máximo de cinco centímetros rodeados de projeções afiadas semelhantes a dentes. Provavelmente, bocas. Todos esses tubos, cílios e pontas da cabeça de estrela-do-mar estavam bem encolhidos; os tubos e as pontas presos no pescoço e no tronco bulboso. A flexibilidade é surpreendente apesar de ser tão rígido.

Na parte inferior do tronco há contrapartidas da cabeça de função dissimilar. Um pseudopescoço bulboso cinza-claro, sem indicação de brânquias, sustenta estruturas esverdeadas de estrelas-do-mar de cinco pontas. Braços duros e musculosos com um metro e vinte de comprimento se afunilam de dezoito centímetros de diâmetro na base a seis na ponta. Em cada ponta há um triângulo esverdeado e membranoso de cinco veios com vinte centímetros de comprimento e quinze de largura. É a nadadeira, barbatana ou pseudopé que fez as marcas nas rochas de um bilhão a cinquenta ou sessenta milhões de anos de idade. Dos ângulos internos da estrutura em forma de estrela-do-mar se projetam tubos avermelhados de sessenta centímetros que se afunilam de oito centímetros de diâmetro na base até 2,5 na ponta. Há orifícios nessas extremidades. Todas essas partes são infinitamente rígidas e encouraçadas, mas muito flexíveis. Braços de um metro e vinte com nadadeiras sem dúvida usadas para algum tipo de locomoção, marinha ou não. Quando movidos, dão sinais de musculatura exagerada. Da forma como foram encontradas, todas essas projeções bem encolhidas em cima do pseudopescoço e do fim do tronco correspondem às projeções na outra extremidade.

Ainda não posso atribuir em definitivo ao reino animal ou vegetal, mas os sinais agora sugerem que seja animal. É provável que represente uma evolução incrivelmente avançada de radiata sem perda de certas características primitivas. As semelhanças com equinodermos são inconfundíveis, apesar das evidências contraditórias locais. A estrutura das asas é intrigante em vista do provável habitat marinho, mas pode ter seu uso na navegação pela água. A simetria é curiosamente vegetal, sugerindo uma estrutura essencialmente de simetria radial, como dos vegetais, e não bilateral, como dos animais. Data de evolução fabulosamente primitiva, precedendo até o mais simples protozoário arcaico conhecido até agora, confunde todas as conjecturas sobre origem.

Os espécimes completos têm uma semelhança tão inquietante com mitos primitivos que a suposição de existência antiga fora da Antártida se torna inevitável. Dyer e Pabodie leram Necronomicon *e viram as pinturas de pesadelo de Clark Ashton Smith com base no texto e vão entender quando falo dos Antigos supostamente terem criado toda a vida na Terra como galhofa ou engano. Os estudantes sempre acharam que a concepção era formada de tratamento imaginativo mórbido de radiata tropical muito antiga. Também se parecem com coisas folclóricas pré-históricas das quais Wilmarth falou – ramificações do culto de Cthulhu etc.*

Um amplo campo de estudo se abriu. Os depósitos provavelmente são do final do Cretáceo ou começo do Eoceno, a julgar pelos espécimes associados. Estalagmites gigantescas acima. Foi trabalhoso escavá-lo, mas a rigidez impede danos. O estado de preservação é milagroso, evidentemente graças à ação do calcário. Mais nenhum foi encontrado, mas voltaremos a procurar mais tarde. O trabalho agora é levar os catorze espécimes para o acampamento sem os cachorros, que latem furiosamente e não podem ser deixados perto deles. Com nove homens – três cuidando dos cachorros – devemos conseguir puxar três trenós, apesar de o vento estar ruim. Temos que estabelecer a comunicação por avião com o estreito de McMurdo e começar a enviar o material. Preciso dissecar uma dessas coisas antes de descansarmos. Queria ter um laboratório de verdade aqui. Dyer deve estar se roendo por ter tentado impedir minha viagem para oeste. Primeiro as maiores montanhas do mundo, e agora isso. Se isso não é o ponto alto da expedição, não sei o que é. Estamos feitos cientificamente. Parabéns, Pabodie, pela perfuratriz que abriu a caverna. Agora o Arkham *pode fazer o favor de repetir a descrição?*

As minhas sensações e as de Pabodie ao recebermos esse relato foram quase indescritíveis e nossos companheiros não ficaram muito atrás no entusiasmo. McTighe, que tinha traduzido apressadamente alguns pontos altos conforme chegavam pelo radiorreceptor barulhento, escreveu a mensagem inteira a partir da versão taquigrafada assim que o operador de Lake se desconectou. Todos apreciamos a importância fenomenal da descoberta, e mandei parabéns para Lake assim que o operador do *Arkham* terminou de repetir as partes descritivas, como requisitado; meu exemplo foi seguido por Sherman, da estação dele no abrigo de suprimentos do estreito de McMurdo, assim como pelo capitão Douglas, no *Arkham*. Mais tarde, como chefe da expedição, acrescentei alguns comentários a serem transmitidos pelo *Arkham* para o mundo externo. Claro, descansar era um pensamento absurdo no meio da empolgação; e meu único desejo era ir para o acampamento de Lake o mais rapidamente possível. Fiquei decepcionado quando ele mandou uma mensagem dizendo que um vendaval da montanha tinha tornado a viagem aérea impossível.

Em uma hora e meia, o interesse cresceu de novo e baniu a decepção. Lake enviou mais mensagens e contou sobre o transporte bem-sucedido dos catorze espécimes grandes até o acampamento. Não foi tarefa fácil, pois os fósseis eram surpreendentemente pesados, mas nove homens conseguiram realizar o feito. Agora, uma parte do grupo estava construindo apressadamente um curral de neve a uma distância segura do acampamento, onde os cachorros poderiam ser alimentados com maior conveniência. Os espécimes estavam sobre a neve compacta perto do acampamento, exceto por um, que Lake estava tentando dissecar de forma rudimentar.

A dissecação mostrou-se uma tarefa mais complicada do que o esperado, pois, apesar do calor do forno a gasolina na barraca de laboratório recém-erguida, os tecidos flexíveis enganosos do espécime escolhido – um grande e intacto – não perderam nada da rigidez mais do que coriácea. Lake ficou intrigado sobre como poderia fazer as incisões necessárias sem violência destrutiva suficiente para afetar todas as sutilezas estruturais que estava procurando. É verdade que ele tinha mais sete espécimes perfeitos, mas era uma quantidade pequena demais para usar com descuido, a não ser que a caverna acabasse oferecendo um suprimento ilimitado. Assim, ele retirou o espécime do local e levou outro que, embora tendo restos dos arranjos em forma de estrela-do-mar nas duas extremidades, estava bem esmagado e parcialmente destruído ao longo de um dos sulcos do tronco.

Os resultados, logo relatados pelo telégrafo, foram mesmo desconcertantes e provocativos. Não se poderia esperar delicadeza ou precisão com instrumentos que mal eram capazes de cortar o tecido anômalo, mas o pouco que foi conseguido nos deixou assombrados e desnorteados. A biologia existente teria que ser totalmente revisada, pois aquela coisa não era produto de nenhum crescimento celular que a ciência conheça. Quase não houve substituição mineral, e apesar da idade de talvez quarenta milhões de anos, os órgãos internos estavam intactos. A característica encouraçada, sem deterioração e quase indestrutível, era um atributo inerente da forma de organização do espécime; e pertencia a um ciclo paleogênico de evolução invertebrada além dos nossos poderes de especulação. No começo, tudo que Lake encontrou estava seco, mas quando a tenda aquecida começou a exercer um efeito de degelo, uma umidade orgânica de odor pungente e agressivo foi encontrada perto do lado intacto da coisa. Não era sangue, mas um fluido denso verde-escuro que aparentemente tinha a mesma função. Quando Lake chegou a esse estágio, os 37 cachorros tinham sido levados para o curral ainda incompleto perto do acampamento; mesmo a distância começaram a latir enlouquecidamente e a demonstrar inquietação com o odor acre e difusivo.

Longe de ajudar a localizar a estranha entidade, essa dissecação provisória só aumentou o mistério. Todos os palpites sobre os membros externos estavam corretos e, com essas provas, não dava para hesitar em classificar o espécime como um animal; contudo a inspeção interna encontrou tantas evidências vegetais que Lake ficou totalmente perdido. Tinha digestão e circulação e eliminava resíduos pelos tubos avermelhados na base em forma de estrela-do-mar. Superficialmente, poderia-se dizer que o aparelho respiratório utilizava oxigênio e não dióxido de carbono; e havia estranhas evidências de câmaras de armazenamento de ar e métodos de mudança de respiração do orifício externo para pelo menos dois outros sistemas respiratórios desenvolvidos por completo: brânquias e poros. Era visivelmente anfíbio e provavelmente adaptado a longos períodos de hibernação sem ar. Os órgãos vocais pareciam presentes em conexão ao sistema respiratório principal, mas apresentavam anomalias além de qualquer solução imediata. A fala articulada, no sentido de emissões de sílabas, era quase inconcebível, mas notas musicais assobiadas cobrindo um espectro amplo eram altamente prováveis. O sistema muscular tinha um desenvolvimento quase sobrenatural.

O sistema nervoso era tão complexo e altamente desenvolvido a ponto de deixar Lake estupefato. Embora fosse primitiva e arcaica demais em alguns aspectos, a criatura tinha um conjunto de centros ganglionares e conectivos que contrariava os extremos do desenvolvimento especializado. O cérebro com cinco lobos era surpreendentemente avançado; e havia sinais de um sistema sensorial, que utilizava em parte os cílios duros da cabeça, envolvendo fatores alienígenas para qualquer outro organismo terrestre. Provavelmente, tinha mais do que cinco sentidos, e seus hábitos não podiam ser previstos por nenhuma analogia existente. Lake pensou que devia ser uma criatura de sensibilidade apurada e funções delicadamente diferenciadas em seu mundo primitivo; bem parecida com as formigas e abelhas de hoje. Reproduzia-se como as criptógamas vegetais, sobretudo as pteridófitas; tinha depósitos de esporos nas pontas das asas que evidentemente se desenvolviam de um talo ou protalo.

Dar um nome àquela altura era loucura. Parecia um radiado, mas visivelmente ia além disso. Era em parte vegetal, mas tinha três quartos das essências da estrutura animal. Que era de origem marinha, seu contorno simétrico e outros atributos indicavam claramente, mas não se podia ser preciso quanto ao limite das adaptações posteriores. As asas, afinal, forneciam uma sugestão persistente de aéreo. Como poderia ter passado pela evolução tremendamente complexa em uma Terra recém-nascida a tempo de deixar marcas em rochas arcaicas era tão além da concepção a ponto de fazer Lake relembrar excentricamente os mitos primitivos dos Grandes Antigos que desceram das estrelas e criaram a vida na Terra como piada ou engano; e as histórias loucas dos seres cósmicos vindos de Fora, contadas por um colega folclorista no departamento de inglês da Miskatonic.

Naturalmente, ele considerou a possibilidade de as marcas pré-cambrianas terem sido feitas por um ancestral menos evoluído dos espécimes presentes, mas logo rejeitou essa teoria muito simplista ao considerar as qualidades estruturais avançadas dos fósseis mais antigos. No mínimo, os contornos mais recentes exibiam decadência e não evolução maior. O tamanho dos pseudopés tinha diminuído e a morfologia toda parecia mais grosseira e simplificada. Além disso, os nervos e órgãos examinados apresentavam sugestões singulares de regressão de formas ainda mais complexas. Partes atrofiadas e vestigiais eram surpreendentemente predominantes. No geral, pouco podia ser classificado como solucionado; e Lake recorreu à mitologia em busca de um nome provisório – denominando jocosamente seu achado de "Os Mais Antigos".

Por volta das 2h30 da madrugada, depois de decidir adiar qualquer trabalho adicional e descansar um pouco, ele cobriu o organismo dissecado com uma lona, saiu da barraca de laboratório e estudou os espécimes intactos com interesse renovado. O sol antártico incessante tinha começado a deixar os tecidos mais flexíveis e os tubos de dois ou três davam sinal de se desdobrarem, mas Lake não acreditava que houvesse perigo de decomposição imediata no ar gelado. Mesmo assim, puxou todos os espécimes não dissecados uns para perto dos outros e jogou uma barraca extra sobre eles para afastar os raios solares diretos. Isso também ajudaria a manter o possível odor longe dos cachorros, cuja inquietação hostil estava se tornando um problema mesmo na grande distância e por trás dos muros cada vez mais altos de neve que uma quantidade cada vez maior de homens estava se apressando para erguer em volta do curral. Ele teve que botar pesos nas pontas do pano da barraca feitos com blocos pesados de neve para que não saísse do lugar na ventania crescente, pois as montanhas titãs pareciam prestes a soltar sopros severos. As primeiras apreensões por causa dos ventos antárticos repentinos foram revividas e, sob a supervisão de Atwood, precauções foram tomadas para proteger as barracas, o novo curral dos cachorros e os abrigos simples dos aviões com neve no lado voltado para as montanhas. Esses últimos abrigos, iniciados com blocos compactos de neve durante momentos livres, não eram tão altos quanto deveriam ser; Lake enfim liberou toda a mão de obra de outras tarefas para trabalharem nele.

Passava das quatro quando Lake finalmente se preparou para se recolher e nos aconselhou a compartilhar do período de descanso que sua equipe teria quando os muros do abrigo estivessem um pouco mais altos. Ele teve uma conversa agradável com Pabodie pelo rádio, repetiu seu elogio às maravilhosas perfuratrizes que o ajudaram a fazer a descoberta. Atwood também enviou cumprimentos e elogios. Dei a Lake um parabéns caloroso, admitindo que ele estava certo sobre a viagem para oeste. Nós todos concordamos em manter contato pelo telégrafo às dez da manhã. Se a ventania tivesse terminado, Lake enviaria um avião para o grupo na minha base. Pouco antes de me recolher, enviei uma mensagem final ao *Arkham* com instruções sobre como suavizar o tom das notícias do dia para o mundo externo, considerando que os detalhes completos pareciam radicais o suficiente para gerar uma onda de incredulidade até que tudo pudesse ser substanciado.

III.

Nenhum de nós, imagino, dormiu um sono pesado ou contínuo naquela madrugada, pois tanto a excitação da descoberta de Lake quanto a fúria crescente do vento trabalhavam contra isso. O vendaval foi tão selvagem, mesmo onde estávamos, que não pudemos deixar de questionar o quanto estava pior no acampamento de Lake, diretamente sob os picos enormes e desconhecidos que o criou e despejou. McTighe estava acordado às dez da manhã e tentou falar com Lake pelo rádio, como combinado, mas uma condição elétrica no ar agitado a oeste pareceu impedir a comunicação. Falamos com o *Arkham*, e Douglas contou que também estava tentando falar com Lake, em vão. Ele não sabia sobre o vento, pois bem pouco soprava no estreito de McMurdo apesar da intensidade persistente onde estávamos.

Ao longo do dia, ouvimos com ansiedade e tentamos falar com Lake em intervalos, porém sem resultados. Por volta do meio-dia, um vendaval enlouquecido, veio do oeste e nos fez temer pela segurança do nosso acampamento; mas acabou morrendo, só com uma recaída moderada às duas da tarde. Depois das três, tudo ficou silencioso, e redobramos nossos esforços para falar com Lake. Ao refletir que ele tinha quatro aviões, cada um com um excelente equipamento de ondas curtas, nós não conseguíamos imaginar nenhum acidente comum capaz de destruir todos os rádios ao mesmo tempo. Ainda assim, o silêncio pétreo prosseguiu; e, quando pensamos na força delirante que o vento devia ter tido no acampamento dele, não pudemos deixar de fazer as piores conjecturas.

Às seis da tarde, nossos medos tinham se tornado intensos e definitivos, e depois de uma consulta por rádio com Douglas e Thorfinnssen decidi tomar as providências para fazer uma investigação. O quinto avião, que tínhamos deixado no depósito do estreito de McMurdo com Sherman e dois marinheiros, estava em boas condições e pronto para uso; e parecia que a emergência para a qual tinha sido guardado tinha chegado. Chamei Sherman pelo rádio e mandei que ele se juntasse a mim no avião com os dois marinheiros na base sul o mais rápido possível; as condições climáticas pareciam estar altamente favoráveis. Nós então conversamos sobre a equipe do grupo de investigação; decidimos que incluiríamos todas as pessoas, junto com o trenó e os cachorros que eu tinha mantido comigo. Mesmo um carregamento tão grande não seria demais para um dos enormes aviões construídos especialmente para nós para transporte de máquinas pesadas. Em intervalos, continuei tentando falar com Lake pelo rádio, sem resultado.

Sherman, com os marinheiros Gunnarsson e Larsen, levantou voo às sete e meia e relatou um voo tranquilo de vários pontos do trajeto. Chegaram na nossa base à meia-noite, e todo mundo discutiu o próximo passo. Era um risco voar sobre a Antártida com um único avião sem nenhuma linha de bases, mas ninguém recuou do que parecia ser a necessidade mais premente. Nós nos recolhemos às duas da madrugada para um breve descanso depois de um carregamento preliminar do avião, mas nos levantamos de novo em quatro horas para terminar o restante do carregamento e empacotamento.

Às 7h15 do dia 25 de janeiro, começamos a voar para o noroeste, sob comando de McTighe, com dez homens, sete cachorros, um trenó, um carregamento de combustível e comida, entre outros itens, incluindo o rádio do avião. O céu estava limpo, e o dia relativamente tranquilo e de temperatura agradável; antecipamos pouquíssima dificuldade para chegar às coordenadas designadas por Lake para a localização do acampamento. Nossas apreensões eram causadas pelo que poderíamos encontrar, ou deixar de encontrar, ao fim da viagem; todas as tentativas de contato com o acampamento continuavam a ser respondidas por puro silêncio.

Todos os incidentes daquele voo de quatro horas e meia estão gravados na minha lembrança por causa de sua posição crucial na minha vida. Marcou minha perda, aos 54 anos, de toda paz e equilíbrio que a mente normal tem graças à nossa maneira habitual de conceber a Natureza externa e as leis da Natureza. Daí em diante, dez de nós – mas o estudante Danforth e eu acima de todos – enfrentaríamos o mundo horrivelmente amplificado de horrores à espreita que nada pode apagar das nossas emoções e que evitaríamos compartilhar com a humanidade em geral se pudéssemos. Os jornais publicaram os boletins que enviamos do avião em movimento, contando da rota direta, das duas batalhas com traiçoeiras ventanias no ar, do vislumbre da superfície quebrada onde Lake tinha feito a perfuração três dias antes e da visão de um grupo daqueles estranhos e macios cilindros de neve descritos por Amundsen e Byrd enquanto avançávamos em meio ao vento pelas léguas infinitas de planalto congelado. Chegou um ponto, entretanto, em que nossas sensações não podiam ser transmitidas em palavras que a imprensa entenderia; e um ponto além em que tivemos que adotar uma regra de censura rigorosa.

O marinheiro Larsen foi o primeiro a ver a linha irregular de cones e pináculos parecendo chapéus de bruxa e seus gritos levaram todos às janelas do avião de cabine ampla. Apesar da nossa velocidade, eles ganharam proeminência lentamente; assim, soubemos que deviam estar muito distantes e visíveis só por causa da altura espantosa. Aos poucos, foram surgindo sombriamente no céu ocidental, permitindo-nos distinguir vários cumes nus, inóspitos, escurecidos, e ter a curiosa sensação de fantasia que eles inspiravam quando vistos na luz avermelhada da Antártida contra o fundo provocativo de nuvens iridescentes de cristais de gelo. No espetáculo todo havia um toque persistente e penetrante de segredo estupendo e revelação potencial; como se os cumes rígidos saídos de um pesadelo marcassem os pilares de um portal apavorante para esferas proibidas de sonho e golfos complexos de tempo, espaço e ultradimensionalidade remotos. Não pude deixar de sentir que eram coisas malévolas – montanhas da loucura cujas encostas mais distantes davam vista para um abismo abominável final. O horizonte de nuvens fervilhantes e luminosas mais dava a inefável sugestão de um *além* vago e etéreo do que de espaço terrestre; e dava lembretes temíveis de total distanciamento, separação, desolação e morte eterna desse mundo austral inexplorado e insondável.

Foi o jovem Danforth que chamou nossa atenção para as curiosas regularidades do contorno montanhoso mais elevado – regularidades como fragmentos fixos de cubos perfeitos, que Lake tinha mencionado nas mensagens, e que de fato justificavam a comparação dele com a sugestão fantasiosa de ruínas de templos primordiais nos topos nublados de montanhas da Ásia e estranhamente pintados por Roerich. Havia mesmo algo assombroso meio roerichiano naquele continente sobrenatural de mistério montanhoso. Eu tinha sentido em outubro, quando tivemos a primeira visão da Terra de Vitória, e senti novamente agora. Também senti outra onda de consciência inquieta de semelhanças míticas arcaicas; de como aquele reino correspondia de forma perturbadora ao famoso e temível platô de Leng nos escritos primitivos. Mitologistas situaram Leng na Ásia Central, mas a memória genética do homem – ou de seus predecessores – é longa, e é bem possível que certas histórias tenham vindo de terras, montanhas e templos de horror anteriores à Ásia e a qualquer mundo humano que conhecemos. Alguns místicos ousados indicaram uma origem pré-Pleistoceno para os fragmentados Manuscritos Pnakóticos e sugeriram que os devotos de Tsathoggua eram tão distantes da humanidade quanto o próprio Tsathoggua.

Leng, onde quer que pudesse estar no espaço ou no tempo, não era uma região em que eu gostaria de estar, nem mesmo próximo; eu também não gostava da proximidade de um mundo que já tivesse gerado monstruosidades tão ambíguas e arcaicas quanto as que Lake tinha mencionado. No momento, estava arrependido de já ter lido o abominável *Necronomicon* ou conversado tanto com Wilmarth, aquele folclorista desagradavelmente erudito na universidade.

Esse estado de espírito sem dúvida serviu para agravar minha reação à miragem bizarra que surgiu na nossa frente do zênite cada vez mais opalescente conforme nos aproximávamos das montanhas e começávamos a identificar as ondulações cumulativas dos contrafortes. Eu tinha visto dezenas de miragens polares durante as semanas anteriores, algumas tão misteriosas e fantasticamente vívidas quanto a ilusão à minha frente, mas aquela tinha uma qualidade nova e obscura de simbolismo ameaçador, e tremi com o labirinto de muros, torres e minaretes fabulosos se erguendo acima das nossas cabeças, saindo dos vapores gelados agitados.

O efeito era de uma cidade ciclópica de arquitetura desconhecida do homem ou até mesmo da imaginação humana, com amplas agregações de alvenaria negra incorporando perversões monstruosas das leis da geometria e obtendo os mais grotescos extremos de bizarrice sinistra. Havia cones truncados, às vezes adjacentes, às vezes estrados, encimados por eixos altos cilíndricos aqui e ali bulbosamente alargados e muitas vezes cobertos por camadas de discos finos e recortados; e construções estranhas, salientes, parecidas com mesas, que se assemelhavam a pilhas de placas retangulares multitudinárias, tábuas circulares ou estrelas de cinco pontas, com cada uma se sobrepondo à de baixo. Havia vários cones e pirâmides, sozinhos ou sobre cilindros, cubos ou cones e pirâmides truncados achatados, e ocasionais pináculos como agulhas em curiosos grupos de cinco. Todas essas estruturas caóticas pareciam unidas por pontes tubulares em várias alturas vertiginosas, e a escala implícita do todo era apavorante e opressiva pelo mero gigantismo. O tipo geral de miragem não era diferente de algumas das formas mais irreais observadas e desenhadas pelo baleeiro ártico Scoresby em 1820; entretanto, naquele tempo e lugar, com os picos escuros e desconhecidos de montanhas subindo de forma tão estupenda, aquela descoberta anômala do mundo antigo nas nossas mentes e a mortalha do provável desastre envolvendo a maior parte da nossa expedição, nós todos parecemos encontrar nela um toque de malignidade latente e um mau presságio infinito.

Fiquei feliz quando a miragem começou a ruir, embora no processo os vários torreões e cones assumissem formas temporariamente distorcidas de horror ainda maior. Quando a ilusão toda se dissolveu em uma opalescência cintilante, começamos a olhar para baixo de novo e vimos que o fim da nossa viagem não estava distante. As montanhas desconhecidas à frente subiam vertiginosamente como uma muralha temível de gigantes, as regularidades curiosas aparecendo com clareza impressionante mesmo sem o auxílio da luneta. Estávamos acima dos contrafortes mais baixos agora e víamos entre a neve, o gelo e as áreas nuas do platô principal alguns pontos mais escuros que supomos serem o acampamento e a perfuração de Lake. Os contrafortes mais altos estavam a oito ou dez quilômetros de distância, formando uma cadeia quase distinta da linha apavorante de picos maiores que os do Himalaia atrás deles. Em um determinado momento, Ropes – o estudante que tinha tomado o lugar de McTighe nos controles – começou a descer na direção do ponto escuro mais à esquerda, cujo tamanho o marcava como o acampamento. Ao fazer isso, McTighe enviou a última mensagem não censurada que o mundo receberia da nossa expedição.

Todos, claro, leram os boletins breves e insatisfatórios do resto da nossa viagem antártica. Algumas horas depois do pouso, enviamos um cauteloso relatório da tragédia que encontramos e anunciamos relutantemente o extermínio do grupo todo de Lake, promovido pela ventania horrível do dia anterior ou da noite anterior a isso. Onze mortos confirmados, e o jovem Gedney desaparecido.

As pessoas perdoaram nossa falta de detalhes e precisão ao perceberem o choque que o evento triste devia ter nos causado, e acreditaram em nós quando explicamos que a ação destruidora do vento deixou os onze corpos impossíveis de serem transportados. De fato, tenho a satisfação de dizer que, mesmo no meio do nosso pesar, da total estupefação e do horror absoluto, nós não fomos muito além da verdade em nenhuma questão específica. A tremenda importância está no que não ousamos contar – o que eu não contaria agora se não fosse a necessidade de avisar a outros para que fiquem longe dos terrores obscuros.

É fato que o vento tinha provocado uma destruição horrenda. Há considerável dúvida quanto às chances de todos terem sobrevivido a ele, mesmo ignorando os outros fatores. A tempestade, com sua fúria de partículas de gelo lançadas no ar, devia ter sido além de qualquer coisa que nossa expedição já tivesse encontrado. Um abrigo de avião – todos, ao que parecia, tinham ficado em estado frágil e inadequado – estava quase pulverizado; e a grua na perfuração distante estava em pedaços. O metal exposto dos aviões pousados e do maquinário de perfuração estava tão maltratado que parecia polido e duas das barracas pequenas estavam achatadas apesar dos bancos de neve. As superfícies de madeira deixadas ao relento estavam esburacadas e com a tinta arrancada, e todos os sinais de pistas na neve foram completamente obliterados. Também é verdade que não encontramos nenhum dos objetos biológicos arcaicos em condição de transporte. Pegamos alguns minerais em uma pilha enorme derrubada, inclusive vários fragmentos esverdeados de esteatita cujos arredondamentos estranhos com cinco pontas e padrões suaves de pontos agrupados provocaram tantas comparações duvidosas; e alguns ossos de fósseis, entre os quais estavam os mais típicos dos espécimes curiosamente afetados.

Nenhum dos cachorros sobreviveu, pois o cercado de neve construído às pressas perto do acampamento foi quase totalmente destruído. O vento podia ter feito aquilo, embora a maior brecha no lado próximo ao acampamento, que não era o do vento, sugerisse um salto ou destruição de dentro para fora feito pelos animais desesperados. Os três trenós sumiram, e tentamos explicar que o vento podia tê-los soprado para o desconhecido. A perfuratriz e o maquinário de derretimento de gelo na área da perfuração estavam danificados demais para serem recuperados, então os usamos para fechar aquele portal sutilmente perturbador para o passado que Luke tinha aberto. Deixamos também no acampamento os dois aviões mais danificados, pois nosso grupo sobrevivente só tinha quatro pilotos – Sherman, Danforth, McTighe e Ropes –, sendo que Danforth estava abalado demais para pilotar. Levamos de volta todos os livros, equipamentos científicos e outras coisas que encontramos, embora a maior parte tivesse sido jogada para longe e impossível de encontrar. As barracas extras e as peles tinham desaparecido ou estavam em péssimas condições.

Eram aproximadamente quatro da tarde, depois que uma ampla busca aérea nos obrigou a considerar Gedney desaparecido, quando nós enviamos nossa mensagem cautelosa para o *Arkham* retransmitir. Acho que fizemos bem de mantê-la tão calma e evasiva quanto conseguimos. O máximo que dissemos sobre problemas dizia respeito aos nossos cachorros, cuja inquietação frenética perto dos espécimes biológicos era esperada, de acordo com os relatos do pobre Lake. Acho que não mencionamos como eles demonstraram a mesma inquietação ao farejarem em volta das esteatitas estranhas esverdeadas e certos objetos na região abalada; objetos que incluíam instrumentos científicos, aviões e maquinários tanto no acampamento quanto na região da perfuração, cujas partes tinham sido afrouxadas, deslocadas ou afetadas por ventos que deviam ter gerado curiosidade e investigação singulares.

Sobre os catorze espécimes biológicos, fomos compreensivelmente vagos. Dissemos que os únicos que descobrimos estavam danificados, mas que havia sobrado o suficiente deles para provar que a descrição de Lake foi detalhada e impressionantemente precisa. Foi trabalho árduo deixar nossas emoções pessoais fora dessa questão – e não mencionamos números, nem dissemos exatamente como encontramos os que encontramos. Já tínhamos, àquela altura, combinado de não transmitir nada sugerindo loucura da parte dos homens de Lake, mas parecia mesmo loucura encontrar seis monstruosidades cuidadosamente enterradas de pé em túmulos de neve de quase três metros debaixo de montes de cinco pontas perfurados com grupos de pontos em padrões idênticos aos das esteatitas esverdeadas retiradas das eras Mesozoica e Terciária. Os oito espécimes perfeitos mencionados por Lake pareciam ter sumido completamente.

Também tomamos cuidado em relação à tranquilidade do público em geral; por isso, Danforth e eu falamos pouco sobre aquela viagem horrível sobre as montanhas no dia seguinte. Foi o fato de que só um avião radicalmente leve poderia atravessar uma cordilheira de tamanha altura que, por sorte, limitou o voo a dois de nós. No nosso retorno, à uma da manhã, Danforth estava próximo da histeria, mas manteve uma postura admirável. Não precisei nem persuadi-lo a prometer não mostrar nossos desenhos e outras coisas que levamos nos bolsos, não mencionar mais nada para os outros do que tínhamos concordado em transmitir para o mundo exterior, e esconder os filmes das câmeras para que fossem revelados de forma particular mais tarde; assim, essa parte da minha história vai ser tão nova para Pabodie, McTighe, Ropes, Sherman e o resto quanto para o mundo em geral. De fato, Danforth é mais calado do que eu, pois ele viu – ou acha que viu – uma coisa que não conta nem para mim.

Como todos sabem, nosso relatório incluía uma história de difícil subida; uma confirmação da opinião de Lake de que os grandes picos são de ardósia arcaica e outros estratos muito primitivos e desmoronados sem alterações desde pelo menos meados da era comanchiana; um comentário enfadonho sobre a regularidade das formações cúbicas e das muralhas; uma decisão de que a boca das cavernas indicava veios calcários dissolvidos; uma conjectura de que certas encostas e passagens permitiriam escalada e travessia da cordilheira inteira por alpinistas experientes; e um comentário de que no misterioso outro lado há um superplanalto grandioso e imenso tão antigo e imutável quanto as montanhas em si – seis mil metros de elevação, com formações rochosas grotescas se projetando por uma camada glacial fina e com contrafortes baixos graduais entre a superfície geral do planalto e os precipícios íngremes dos picos mais altos.

Essa série de dados é em todos os aspectos verdadeira e satisfez completamente os homens do acampamento. Atribuímos nossa ausência de dezesseis horas – bem mais tempo do que o programa de voo, pouso, reconhecimento e coleta de rochas exigia – a um período mítico longo de condições adversas do vento; e falei a verdade sobre nosso pouso nos contrafortes mais distantes. Felizmente, nossa história pareceu realista e prosaica o suficiente para ninguém ficar tentado a emular nosso voo. Se alguém tentasse fazer isso, eu teria usado toda a minha persuasão para impedir – e não sei o que Danforth teria feito. Enquanto estávamos fora, Pabodie, Sherman, Ropes, McTighe e Williamson trabalharam sem parar nos dois melhores aviões de Lake, preparando-os novamente para uso, apesar dos danos incontáveis no mecanismo de operação.

Decidimos carregar todos os aviões na manhã seguinte e começar a voltar para nossa antiga base o mais rápido possível. Apesar de indireto, era o caminho mais seguro na direção do estreito de McMurdo, pois um voo em linha reta por regiões totalmente desconhecidas do continente morto envolveria muitos perigos. Qualquer exploração adicional era inviável, considerando a dizimação trágica da equipe de Lake e a ruína do maquinário de perfuração; e as dúvidas e horrores ao nosso redor – que não revelamos – nos faziam desejar só fugir daquele mundo austral de desolação e loucura sombria o mais rapidamente possível.

Como o público sabe, nosso retorno para o mundo ocorreu sem mais desastres. Todos os aviões chegaram à antiga base na noite do dia seguinte – 27 de fevereiro – depois de um rápido voo sem paradas; e no dia 28 nós chegamos ao estreito de McMurdo em duas etapas, sendo a pausa muito breve e ocasionada por um leme defeituoso no vento furioso sobre a plataforma de gelo depois que tínhamos saído de cima do grande platô. Em mais cinco dias o *Arkham* e o *Miskatonic*, com todas as mãos e equipamentos a bordo, estavam saindo do cada vez mais denso campo de gelo flutuante e subindo pelo Mar de Ross com as debochadas montanhas da Terra de Vitória ao ocidente na frente de um céu antártico agitado, transformando os silvos do vento em uma cantoria musical ampla que gelou minha alma. Menos de quinze dias depois, deixamos o último sinal de terra polar para trás e agradecemos aos céus por estarmos longe de um reino assombrado e amaldiçoado onde a vida e a morte, o espaço e o tempo fizeram alianças sombrias e blasfemas nas épocas desconhecidas desde que a matéria se moveu e nadou pela primeira vez na crosta recém-esfriada do planeta.

Desde nosso retorno, trabalhamos constantemente para desencorajar a exploração antártica e guardamos certas dúvidas e palpites só para nós com união e fidelidade esplêndidas. Até o jovem Danforth, em meio ao colapso nervoso, não hesitou nem deu com a língua nos dentes para os médicos – de fato, como falei, tem uma coisa que ele acha que só ele viu e que não quer contar nem para mim, apesar de eu achar que ajudaria o estado psicológico dele se aceitasse falar. Talvez explicasse e aliviasse muito, embora talvez a coisa não passasse de uma consequência ilusória de um choque anterior. Essa é a impressão que tenho depois dos raros momentos irresponsáveis em que ele sussurra coisas desconexas para mim – coisas que ele repudia com veemência assim que se recompõe.

Vai ser trabalhoso impedir os outros de irem para o grande sul branco, e alguns dos nossos esforços podem prejudicar diretamente nossa causa ao atrair atenção curiosa. Nós talvez soubéssemos de primeira que a curiosidade humana é incessante e que os resultados que anunciamos seriam suficientes para impulsionar outros na mesma busca histórica ao desconhecido. Os relatos de Lake sobre as criaturas monstruosas agitaram os naturalistas e paleontólogos sobremaneira, mesmo considerando que tivemos a sensatez de não mostrar os pedaços cortados que pegamos dos espécimes enterrados, nem nossas fotos desses espécimes como foram encontrados. Também não mostramos os intrigantes ossos marcados e as esteatitas esverdeadas; e Danforth e eu escondemos as fotos que tiramos e os desenhos que fizemos da superplanície da cordilheira e as coisas amassadas que desamassamos, observamos em terror e levamos nos bolsos. Agora a equipe de Starkweather-Moore está se organizando, com uma meticulosidade bem maior do que a do nosso grupo. Se não forem dissuadidos, vão chegar ao núcleo antártico mais distante e derreter e perfurar até recuperar aquilo que pode dizimar o mundo que conhecemos. Portanto, enfim vou quebrar o meu silêncio – mesmo sobre aquela derradeira coisa sem nome além das montanhas da loucura.

IV.

É tomado de hesitação e repugnância que permito que minha mente volte para o acampamento de Lake e o que nós de fato encontramos lá – e para aquela outra coisa atrás da temível muralha montanhosa. Fico constantemente tentado a pular os detalhes e a deixar apenas insinuações no lugar dos fatos e das deduções inelutáveis. Espero já ter dito o suficiente para que eu possa passar brevemente pelo resto; o resto do horror do acampamento. Contei sobre o terreno devastado pelo vento, os abrigos danificados, o maquinário desmontado, a inquietação dos cachorros, os trenós e outros itens desaparecidos, as mortes dos homens e cachorros, a ausência de Gedney e os seis espécimes biológicos insanamente enterrados, de textura estranhamente firme considerando todos os danos estruturais, de um mundo morto havia quarenta milhões de anos. Não lembro se mencionei que, ao verificar os corpos caninos, vimos que um cachorro tinha desaparecido. Nós só demos atenção para isso depois – na verdade, só Danforth e eu pensamos nisso.

As coisas principais que não contei dizem respeito aos corpos e a certos pontos sutis que podem ou não ter dado uma espécie de lógica incrível ao aparente caos. Na ocasião, tentei afastar o pensamento dos homens desses pontos, pois era bem mais simples – bem mais normal – atribuir tudo a uma explosão de loucura da parte de alguém do grupo de Lake. Pela aparência das coisas, o vento demoníaco da montanha devia ter sido suficiente para levar qualquer homem à loucura no meio daquele centro de todo mistério e desolação terrena.

A anormalidade principal, claro, era a condição dos corpos – dos homens e dos cachorros. Todos passaram por algum tipo terrível de conflito e estavam mutilados e maltratados de jeitos demoníacos e totalmente inexplicáveis. A morte, até onde podíamos julgar, tinha em cada caso sido causada por estrangulação ou laceração. Os cachorros tinham evidentemente iniciado a confusão, pois o estado do curral mal construído era testemunha do rompimento forçado de dentro. Tinha sido colocado a uma certa distância do acampamento por causa do ódio dos animais pelos organismos arcaicos infernais, mas a precaução pareceu ter sido tomada em vão. Quando deixados sozinhos naquele vento monstruoso atrás de muros frágeis de altura insuficiente, eles deviam ter se desesperado – se por causa do vento ou de algum odor sutil e crescente emitido pelos espécimes de pesadelo, não saberia dizer. Esses espécimes, claro, tinham sido cobertos com uma lona de barraca; mas o sol baixo da Antártida iluminou ininterruptamente a lona e Lake tinha mencionado que o calor solar tendia a fazer os tecidos estranhamente firmes e duros das coisas relaxarem e se expandirem. Talvez o vento tivesse arrancado a lona e os arrastado de uma forma que seu odor mais pungente tinha começado a se manifestar apesar da antiguidade inacreditável deles.

O que quer que tenha acontecido, era definitivamente horrível e revoltante. Talvez seja melhor eu deixar o pudor de lado e contar o pior de uma vez – embora com uma declaração categórica de opinião, com base nas observações de primeira mão e deduções mais rígidas minhas e de Danforth, de que o desaparecido Gedney não foi o responsável pelos horrores absurdos que encontramos. Falei que os corpos estavam terrivelmente lacerados. Agora, preciso acrescentar que alguns sofreram incisões e subtrações da forma mais curiosa e desumana, feitas a sangue-frio. Foi o mesmo com os cachorros e com os homens. Todos os corpos mais saudáveis e gordos, quadrúpedes ou bípedes, tinham perdido as massas mais sólidas de tecido por corte e remoção, como se por um açougueiro cuidadoso; e em volta deles havia um polvilhado estranho de sal – tirado dos baús de provisões revirados nos aviões – que conjurava as mais horríveis associações. A coisa aconteceu em um dos abrigos de aviões improvisados do qual o avião tinha sido retirado e os ventos subsequentes apagaram todos os rastros que poderiam ter oferecido uma teoria plausível. Os pedaços de roupas espalhados, cortados grosseiramente dos corpos humanos que sofreram as incisões, não ofereciam pistas. É inútil comentar sobre a impressão parcial de certas marcas leves na neve em um canto protegido do abrigo destruído – porque essa impressão não oferecia marcas humanas, mas estava claramente misturada com toda a falação das marcas fósseis que Lake tinha feito nas semanas anteriores. Era preciso ter cuidado com a imaginação perto daquelas enormes montanhas da loucura.

Como indiquei, Gedney e um cachorro tinham desaparecido. Quando chegamos naquele terrível abrigo, tínhamos perdido dois cachorros e dois homens, mas a tenda de dissecação relativamente ilesa, na qual entramos depois de investigarmos os túmulos monstruosos, tinha algo a revelar. Não estava como Lake a tinha deixado, pois as partes cobertas da monstruosidade primitiva tinham sido removidas da mesa improvisada. Realmente, nós já tínhamos percebido que uma das seis coisas imperfeitas e insanamente enterradas que encontramos – a que exalava um odor desagradável peculiar – devia representar as seções reunidas da entidade que Lake tinha tentado analisar. Em cima e em volta daquela mesa de laboratório havia outra coisas espalhadas, e não demoramos para concluir que aquelas coisas eram as partes cuidadosa e estranhamente dissecadas de forma inexperiente de um homem e um cachorro. Para preservar os sentimentos dos sobreviventes, omitirei a identidade do homem. Os instrumentos anatômicos de Lake tinham sumido, mas havia outros indícios de que tinham sido limpos. O forno a gasolina também tinha sumido, mas encontramos um amontoado curioso de fósforos na barraca. Enterramos as partes humanas ao lado dos outros dez homens e as partes caninas com os outros 35 cachorros. Em relação às manchas bizarras na mesa do laboratório e no amontoado de livros ilustrados manuseados com descuido espalhados ali perto, ficamos atordoados demais para especular.

Isso foi o pior do horror do acampamento, mas outras coisas foram igualmente desconcertantes. O desaparecimento de Gedney, do cachorro, dos oito espécimes intactos, dos três trenós e de certos instrumentos, livros técnicos e científicos ilustrados, materiais de escrita, lanternas elétricas e baterias, comida e combustível, aparatos de aquecimento, barracas extras, roupas de pele e similares ia além de qualquer conjectura sã; assim como as manchas de tinta em certos pedaços de papel e as evidências de atividades e experimentações curiosas e desconhecidas em volta dos aviões e de todos os outros dispositivos mecânicos, tanto no acampamento quanto no local da perfuração. Os cachorros pareciam abominar esse maquinário estranhamente desordenado. Havia também a bagunça na despensa, o desaparecimento de certos alimentos e a pilha assustadoramente cômica de latas abertas dos jeitos mais improváveis e nos lugares mais improváveis. A profusão de fósforos espalhados, intactos, quebrados ou usados era outro pequeno enigma; assim como as duas ou três lonas de barraca e roupas de pele que encontramos caídas com cortes peculiares e nada ortodoxos supostamente devido a esforços desajeitados de adaptações inimagináveis. O tratamento cruel dado aos corpos humanos e caninos e o enterro transtornado dos espécimes arcaicos danificados eram parte da loucura aparentemente destruidora. Em vista de um acontecimento como aquele, fotografamos com cuidado todas as evidências principais de desordem insana no acampamento e usamos todas as imagens para apoiar nossas súplicas contra a partida da Expedição Starkweather-Moore.

Nossa primeira providência depois de encontrarmos os corpos no abrigo foi fotografar e abrir a fileira de túmulos insanos com os montes de neve de cinco pontas. Nós não pudemos deixar de reparar na semelhança daqueles montes monstruosos, com seus amontoados de pontos agrupados, com as descrições do pobre Lake das esteatitas esverdeadas estranhas; e, quando encontramos algumas dessas esteatitas na grande pilha mineral, percebemos o tamanho dessa semelhança. A formação geral inteira, é preciso que fique claro, lembrava abominavelmente a cabeça de estrela-do-mar das entidades arcaicas, e concordamos que a sugestão devia ter agido de forma potente nas mentes sensíveis do grupo extenuado de Lake. Nossa primeira visão das entidades enterradas gerou um momento horrível e levou a minha imaginação e a de Pabodie até mitos primitivos chocantes sobre os quais lemos e ouvimos. Nós todos concordamos que a mera visão e a presença contínua das criaturas deviam ter agido em conjunção com a solidão polar opressora e o vento demoníaco da montanha para enlouquecer o grupo de Lake.

Pois a loucura – centrada em Gedney como o único agente sobrevivente – foi a explicação adotada espontaneamente por todos os que pronunciaram; contudo não vou ser ingênuo a ponto de negar que cada um de nós pode ter elaborado palpites loucos que a sanidade nos impedia de formular completamente. À tarde, Sherman, Pabodie e McTighe fizeram um voo exaustivo de avião por cima de todo o território ao redor, observando o horizonte com binóculos em busca de Gedney e das várias coisas desaparecidas, mas nada foi encontrado. O grupo relatou que a gigantesca cordilheira se prolongava extensivamente para ambos os lados, sem diminuição nenhuma em altura e nem estrutura essencial. Em alguns picos, entretanto, as formações regulares de cubos e baluartes eram mais destacadas e simples, tendo duplamente semelhanças fantásticas com as ruínas asiáticas pintadas por Roerich. A distribuição das bocas de cavernas enigmáticas nos cumes pretos desprovidos de neve pareciam relativamente regulares até onde dava para acompanhar a cordilheira.

Apesar de todos os horrores prevalecentes, nos restaram zelo científico e puro sentimento de aventura para questionarmos sobre o reino desconhecido atrás das misteriosas montanhas. Como nossas mensagens cautelosas declaravam, nós descansamos à meia-noite após nosso dia de terror e perplexidade, mas não sem um plano hesitante de um ou mais voos de altitude para atravessar os picos em um avião leve com câmera aérea e equipamento geológico, começando na manhã seguinte. Foi decidido que Danforth e eu tentaríamos primeiro, e nós acordamos às sete da manhã, com a intenção de fazer um voo cedo, porém ventos fortes – mencionados em nosso breve boletim para o mundo externo – atrasaram a decolagem quase até as nove horas.

Já repeti a história não comprometedora que contamos para os homens do acampamento – e transmitimos para o mundo exterior – quando voltamos, dezesseis horas depois. Agora, é meu dever terrível amplificar esse relato preenchendo as misericordiosas lacunas com dicas do que realmente vimos naquele mundo transmontano escondido – dicas de revelações que acabaram levando Danforth a um colapso nervoso. Eu gostaria que ele acrescentasse uma palavra franca sobre a coisa que ele acha que só ele viu – apesar de provavelmente ter sido uma ilusão nervosa – e que talvez tenha sido a gota d'água para deixá-lo como está, mas ele está firme contra isso. Só posso repetir os sussurros desconexos posteriores dele sobre o que o fez começar a gritar quando o avião voltava pela passagem da montanha torturada pelo vento depois do choque real e tangível que também sofri. Este é meu último apelo. Se os simples indícios de horrores antigos sobreviventes que aqui revelo não forem suficientes para impedir que outros se envolvam na exploração da Antártida – ou pelo menos que investiguem muito profundamente abaixo da superfície daquele refugo verdadeiro de segredos proibidos e desolação desumana e amaldiçoada –, a responsabilidade de males inomináveis e talvez imensuráveis não vai ser minha.

Danforth e eu, depois de estudarmos as anotações feitas por Pabodie no voo vespertino e verificarmos com um sextante, calculamos que a passagem mais baixa disponível na cordilheira ficava um pouco à direita, visível do acampamento, cerca de sete mil metros acima do nível do mar. Foi a esse ponto que seguimos no avião leve quando partimos no voo de exploração. O acampamento em si, em contrafortes que surgiam de um platô continental alto, tinha uns 3.500 metros de altitude; por isso, o aumento verdadeiro de altitude necessário não era tão grande quanto podia parecer. Ainda assim, ficamos muito cientes do ar rarefeito e do frio crescente conforme subimos, pois, por conta de questões de visibilidade, tivemos que deixar as janelas da cabine abertas. Estávamos vestidos, claro, com nossas peles mais grossas.

Quando nos aproximamos dos picos medonhos, escuros e sinistros acima da linha de neve dilacerada por fendas e geleiras intersticiais, reparamos com cada vez mais curiosidade nas formações regulares na encosta; e pensamos de novo nas estranhas pinturas asiáticas de Nicholas Roerich. O estrato rochoso antigo e maltratado pelo vento confirmava todos os boletins de Lake e provava que os pináculos se projetavam da mesma forma desde uma época surpreendentemente antiga da história da Terra – talvez mais de cinquenta milhões de anos antes. Era inútil tentar adivinhar o quanto já tinham sido mais altos, mas tudo naquela estranha região apontava para influências atmosféricas obscuras desfavoráveis a mudança e calculadas para retardar os processos climáticos habituais de erosão.

Foram os cubos regulares, baluartes e bocas de caverna emaranhados nas encostas das montanhas que mais nos fascinaram e perturbaram. Observei-os com um binóculo e tirei fotografias aéreas enquanto Danforth pilotava; às vezes eu o substituía nos controles – embora meu conhecimento de aviação fosse puramente amador – para que ele usasse o binóculo. Podíamos ver facilmente que boa parte do material das coisas era um quartzito arcaico meio claro, diferente de qualquer formação visível nas áreas mais amplas da superfície ao redor, e que sua regularidade era extrema e estranha a um ponto que o pobre Lake mal tinha indicado.

Como ele dissera, as beiradas estavam desintegradas e arredondadas por causa da ação ininterrupta das intempéries, mas a solidez sobrenatural e o material firme os salvaram da obliteração. Muitas partes, principalmente as mais próximas das encostas íngremes, pareciam idênticas em substância à superfície rochosa ao redor. A estrutura toda lembrava as ruínas de Machu Picchu nos Andes ou as fundações primitivas dos muros de Kish escavados pela Expedição conjunta do Museu Field e da Universidade de Oxford em 1929; e Danforth e eu tivemos a impressão ocasional de *blocos ciclópicos separados* que Lake atribuiu a seu companheiro de voo, Carroll. Como explicar esse tipo de coisa naquele lugar era impossível para mim e me senti estranhamente humilhado como geólogo. Formações ígneas costumam ter regularidades estranhas – como a famosa Calçada dos Gigantes, na Irlanda –, mas aquela cordilheira estupenda, apesar da desconfiança original de Lake de cones fumegantes, acima de tudo, não era vulcânica na estrutura evidente.

As curiosas bocas de cavernas, perto das quais as formações estranhas pareciam mais abundantes, apresentavam outro enigma, ainda que menor, por causa da regularidade dos contornos. Como o boletim de Lake dissera, eram muitas vezes quadradas ou semicirculares, como se os orifícios naturais tivessem sido formatados em simetria maior por uma mão mágica. A quantidade e distribuição ampla eram impressionantes e sugeriam que a região toda era interligada por túneis de estrato de calcário corroído. Os vislumbres que tivemos não chegavam muito ao interior das cavernas, mas vimos que eram aparentemente livres de estalactites e estalagmites. Do lado de fora, as partes das encostas das montanhas adjacentes às aberturas pareciam invariavelmente lisas e regulares; e Danforth achou que as pequenas rachaduras e sulcos de desgaste formavam padrões incomuns. Da forma como estava abalado pelos horrores e estranhezas descobertos no acampamento, ele deu a entender que os sulcos lembravam vagamente os impressionantes grupos de pontos espalhados nas esteatitas esverdeadas primitivas, tão horrivelmente duplicados nos montes de neve loucamente concebidos acima das seis monstruosidades enterradas.

Ganhamos altitude ao voar acima dos contrafortes mais altos e na direção da passagem relativamente baixa que tínhamos selecionado. Conforme avançamos, olhávamos de vez em quando para a neve e para o gelo no caminho abaixo, imaginando se poderíamos ter tentado o trajeto com os equipamentos mais simples de épocas anteriores. Para certa surpresa nossa, vimos que o terreno não era tão difícil, e que, apesar das fendas e outros pontos ruins, era improvável que impedisse a passagem dos trenós de um Scott, um Shackleton ou um Amundsen. Algumas das geleiras pareciam levar a passagens com proteção do vento com continuidade incomum e, ao chegar na passagem escolhida, vimos que não era exceção.

Nossas sensações de expectativa tensa quando estávamos nos preparando para contornar o cume e espiar um mundo inexplorado não podem ser descritas no papel, apesar de não termos motivo para pensar nas regiões além da cordilheira como essencialmente diferentes das que já tínhamos visto e percorrido. O toque de mistério maligno naquelas montanhas enormes e no atraente mar de céu opalescente vislumbrado por entre seus cumes era uma questão demasiadamente sutil e atenuada para ser descrita em palavras. Era mais um caso de simbolismo psicológico vago e associação estética – uma mistura de poesia e pinturas exóticas e mitos arcaicos escondidos em volumes banidos e proibidos. Até o peso do vento tinha um traço peculiar de malignidade consciente; e por um segundo pareceu que os sons múltiplos incluíam um sopro ou assobio musical bizarro de amplo espectro quando o vento entrava e saía das onipresentes e ressonantes bocas de caverna. Havia um tom de repulsa indistinta reminiscente nesse som, tão complexo e não identificável quanto qualquer outra impressão sombria.

Estávamos agora, depois de uma descida lenta, à altura de 7.180 metros de acordo com o aneroide; e tínhamos deixado a região de neve pesada abaixo. Lá em cima só havia encostas escuras de rocha nua e o começo de geleiras de bordas irregulares – mas com os cubos, baluartes e bocas de caverna provocantes aumentando a maravilha do sobrenatural, do fantástico e do sonho. Ao olhar pela linha de picos altos, pensei ver o que o pobre Lake havia mencionado, com um baluarte exatamente no alto. Parecia estar meio perdido em uma neblina antártica estranha; uma neblina do tipo, talvez, que tivesse sido responsável pela ideia inicial de Lake de vulcanismo. A passagem estava diretamente à nossa frente, lisa e atormentada pelo vento entre os pórticos irregulares e com aparência maligna. Atrás dela, o céu estava tomado de vapores rodopiantes e iluminado pelo baixo sol polar – o céu do reino distante e misterioso jamais observado por olhos humanos.

Mais alguns metros de altitude e veríamos aquele domínio. Danforth e eu, incapazes de falar além de gritos em meio ao vento uivante e sibilante que percorria a passagem e se somava ao barulho dos motores, trocamos olhares eloquentes. Depois de percorrer os metros que faltavam, nós olhamos do outro lado da divisória e espiamos os segredos intactos de uma terra antiga e totalmente alienígena.

V.

Acho que nós dois soltamos ao mesmo tempo uma exclamação que foi uma mistura de assombro, surpresa, terror e descrença em nossos próprios sentidos quando finalmente atravessamos a passagem e vimos o que havia depois. Claro que devíamos ter uma teoria natural no fundo da mente para controlar nossas faculdades mentais no momento. Provavelmente, pensamos em coisas como as rochas grotescamente esculpidas pelas intempéries do Jardim dos Deuses, no Colorado, ou as rochas simétricas fantásticas entalhadas pelo vento no deserto do Arizona. Talvez até tenhamos pensado um pouco que a visão era uma miragem como a que vimos na manhã anterior, ao nos aproximarmos pela primeira vez daquelas montanhas da loucura. Nós devíamos ter alguma noção normal em que nos apoiar quando nossos olhos percorreram aquele platô interminável e maltratado por tempestade e visualizamos o quase infinito labirinto de massas rochosas colossais, regulares e geometricamente harmoniosas que viravam os picos desintegrados e esburacados acima de um manto de gelo com no máximo doze a quinze metros de espessura nas partes mais grossas, com outras áreas obviamente mais finas.

O efeito dessa visão monstruosa foi indescritível, pois alguma violação demoníaca da lei natural parecia certa desde o começo. Ali, em um planalto absurdamente antigo a seis mil metros de altura e com um clima mortal para qualquer habitação desde uma era pré-humana não menos do que quinhentos mil anos antes, prolongava-se quase até o limite da visão um emaranhado de pedras ordenadas que só o desespero da legítima defesa mental poderia atribuir a qualquer coisa além de um objetivo consciente e artificial. Nós já tínhamos descartado, no que dizia respeito a pensamentos sérios, qualquer teoria de que os cubos e baluartes das encostas fossem de origem que não fosse natural. Como poderiam ser diferentes se o próprio homem mal poderia ser diferenciado dos grandes símios na época em que aquela região sucumbiu ao presente reinado ininterrupto de morte glacial?

Mas agora a razão parecia irrefutavelmente abalada, pois esse labirinto ciclópico de blocos quadrados, curvos e angulosos tinha características que rompiam toda a possibilidade de refúgio. Era muito claramente a cidade blasfema da miragem em realidade clara, objetiva e inelutável. Aquele maldito presságio tinha tido base material, afinal – houve estrato horizontal de poeira de gelo no ar superior e essa sobrevivência chocante de rochas tinha projetado sua imagem pelas montanhas de acordo com as simples leis do reflexo. Claro que o fantasma foi distorcido e exagerado e continha coisas que a fonte real não continha, mas agora, quando nos deparamos com a fonte real, nós a achamos ainda mais hedionda e ameaçadora do que seu reflexo distante.

Só o volume incrível e inumano dessas amplas torres e dos baluartes de pedra tinham poupado a coisa hedionda da total aniquilação nas centenas de milhares – talvez milhões – de anos em que ficou lá, no meio das rajadas de vento de um planalto ermo. "Corona Mundi... Teto do Mundo..." Todos os tipos de expressões fantásticas surgiram nos nossos lábios enquanto olhávamos, tontos, para o espetáculo inacreditável. Pensei de novo nos mitos primitivos sobrenaturais que tão persistentemente me assombraram, desde minha primeira visão daquele mundo antártico morto – no platô demoníaco de Leng, nos mi-go, nos abomináveis homens das neves do Himalaia, nos Manuscritos Pnakóticos com suas implicações pré-humanas, no culto a Cthulhu, no *Necronomicon* e nas lendas hiperbóreas do amorfo Tsathoggua e nos filhotes estelares ainda piores, associados com essa semientidade.

Por quilômetros sem fim em todas as direções a coisa se estendia com pouca variação de espessura; de fato, conforme nossos olhos a seguiam para a direita e para a esquerda pela base dos contrafortes baixos e graduais que a separavam do limite da montanha, nós concluímos que não conseguíamos ver diminuição nenhuma, exceto por uma interrupção à esquerda da passagem pela qual tínhamos seguido. Nós apenas encontramos por acaso uma parte limitada de algo de extensão incalculável. Os contrafortes eram mais esparsamente pontilhados de estruturas rochosas grotescas, unindo a terrível cidade aos já familiares cubos e baluartes que evidentemente formavam seus postos nas montanhas. Esses últimos, assim como as estranhas bocas de cavernas, eram tão densos na parte interna quanto nas partes externas das montanhas.

O labirinto inominável de pedra consistia, em grande parte, de muros de três a 45 metros de altura límpida de gelo e de uma espessura variando de um metro e meio a três metros. Era composto em sua maior parte de prodigiosos blocos de ardósia primordial escura, xisto e arenito – blocos medindo em muitos casos até 1,2 × 1,8 × 2 metros –, embora, em vários lugares, parecesse entalhado de um leito rochoso sólido e irregular de ardósia pré-cambriana. As construções estavam longe de terem tamanhos parecidos; havia inumeráveis arranjos de túneis de extensão enorme assim como estruturas separadas menores. A forma geral dessas coisas costumava ser cônica, piramidal ou com superfícies planas; embora houvesse muitos cilindros perfeitos, cubos perfeitos, amontoados de cubos e outras formas retangulares e um conjunto peculiar de edifícios angulosos cuja estrutura de cinco pontas sugeria de leve uma fortificação moderna. Os construtores fizeram uso constante e especializado do princípio do arco, e deviam existir domos no apogeu da cidade.

O conjunto todo estava monstruosamente desgastado e a superfície glacial de onde as torres se projetavam estava cheia de blocos caídos e detritos imemoriais. Onde a glaciação era transparente, víamos as partes inferiores das pilhas gigantescas e reparamos nas pontes de pedra preservadas pelo gelo que conectavam as diferentes torres em distâncias variáveis acima do solo. Nas paredes expostas detectávamos outros locais em que existiram outras pontes, mais altas, mas do mesmo tipo. Uma inspeção mais atenta revelou várias janelas grandes; algumas fechadas com um material petrificado que devia ser originalmente madeira, embora a maioria estivesse aberta de forma sinistra e ameaçadora. Muitas das ruínas, claro, estavam sem telhado, e com beiradas irregulares, apesar de arredondadas pelo vento, enquanto outras, de modelos mais cônicos ou piramidais ou protegidas por estruturas maiores ao redor, preservavam contornos intactos apesar do desmoronamento e dos buracos onipresentes. Com o binóculo, mal conseguimos discernir o que pareciam ser decorações esculturais nas faixas horizontais – decorações que incluíam os grupos curiosos de pontos cuja presença nas esteatitas antigas agora assumia um significado bem maior.

Em muitos lugares, os prédios estavam destruídos por completo, e o manto de gelo profundamente degradado por vários processos geológicos. Em outros lugares, o trabalho na pedra estava gasto ao nível da glaciação. Uma faixa larga, indo do interior do platô até uma fenda no contraforte um quilômetro e meio à esquerda da passagem que atravessamos, era totalmente desprovida de construções; devia representar, concluímos, o curso de um grande rio que, no Terciário – milhões de anos antes –, atravessava a cidade e caía em algum abismo subterrâneo prodigioso da grande cordilheira. Certamente, aquilo tudo ficava acima de uma região de cavernas, golfos e segredos subterrâneos além da compreensão humana.

Ao relembrar nossas sensações e repassar nosso atordoamento de vermos essa remanescência monstruosa de uma eternidade que tínhamos achado ser pré-humana, só posso imaginar como preservamos qualquer resquício de equilíbrio. Claro que sabíamos que alguma coisa – a cronologia, a teoria científica ou nossa própria consciência – estava muito errada, mas mantivemos postura suficiente para guiar o avião, observar muitas coisas com atenção e tirar uma série de fotografias que ainda podem servir a nós e ao mundo. No meu caso, o hábito científico entranhado pode ter ajudado, pois acima de toda a minha surpresa e sensação de ameaça havia uma curiosidade dominante de saber mais sobre aquele segredo antiquíssimo – de saber que tipo de seres construíram e moraram naquele lugar gigantesco incalculável e que relação com o mundo geral de sua época ou de outras épocas uma concentração de vida tão única poderia ter tido.

Pois aquele lugar não podia ser uma cidade comum. Devia ter formado o núcleo primário e o centro de um capítulo arcaico e inacreditável da história da Terra cujas ramificações externas, relembradas indistintamente nos mitos mais obscuros e distorcidos, sumiram por completo em meio ao caos das convulsões terrenas bem antes de qualquer espécie humana que conhecemos evoluir a partir dos símios. Aqui havia uma megalópole paleogênica que, em comparação, faz as míticas Atlântida e Lemúria, Commoriom e Uzuldaroum e Olathoë, na terra de Lomar, parecerem coisas recentes pertencentes ao hoje – nem mesmo ao ontem; uma megalópole à altura de tais blasfêmias sussurradas pré-humanas como Valúsia, R'lyeh, Ib da terra de Mnar e a Cidade sem Nome dos Desertos da Arábia. Enquanto voávamos por cima do emaranhado de torres titânicas, minha imaginação às vezes escapava de todas as limitações e vagava sem destino nos reinos das associações fantásticas – tecendo até ligações entre aquele mundo perdido e alguns dos meus sonhos mais loucos relacionados ao horror louco do acampamento.

O tanque de combustível do avião tinha sido enchido apenas parcialmente a fim de mantê-lo o mais leve possível; por isso, agora precisávamos ter cautela nas nossas explorações. Mesmo assim, cobrimos uma extensão enorme de terra – ou melhor, de ar – depois de descer a um nível em que o vento se tornava quase insignificante. Parecia não haver limite na cordilheira e nem à área da temerosa cidade de pedra que chegava aos seus contrafortes. Oitenta quilômetros de voo em cada direção não revelou nenhuma grande mudança no labirinto de pedra e alvenaria que se espalhava como um cadáver pelo gelo eterno. Havia, no entanto, algumas diversificações muito interessantes, como os entalhes no cânion onde o rio largo já tinha perfurado os contrafortes e corrido em direção à foz na grande cordilheira. Os promontórios no começo do riacho foram entalhados com ousadia em pilares ciclópicos; e algo nos desenhos estriados em forma de barril despertaram lembranças parciais, vagas, odiosas e confusas tanto em Danforth quanto em mim.

Também encontramos vários espaços abertos em forma de estrela, evidentes praças públicas, e reparamos em várias ondulações no terreno. As colinas íngremes, em geral, se transformavam em uma espécie de edifício de pedra desconexo, mas havia pelo menos duas exceções. Delas, uma estava destruída demais para revelar o que havia na elevação, enquanto a outra ainda exibia um monumento cônico fantástico entalhado na rocha sólida um pouco similar ao encontrado na conhecida Tumba da Serpente, no antigo vale de Petra.

Ao voar para longe das montanhas, descobrimos que a cidade não era de largura infinita, embora seu comprimento ao longo dos contrafortes parecesse infinito. Depois de uns cinquenta quilômetros, as construções grotescas de pedra começaram a rarear e em quinze quilômetros chegamos a um deserto ininterrupto sem sinais de artifício senciente. O curso do rio depois da cidade parecia marcado por uma linha larga; enquanto a terra assumia uma espécie de rugosidade maior, parecendo subir um pouco enquanto se afastava para o oeste nebuloso.

Não tínhamos feito nenhum pouso, embora sair do platô sem tentar entrar em alguma das estruturas monstruosas pudesse parecer inconcebível. Decidimos encontrar um local plano nos contrafortes perto da nossa passagem, pousamos o avião lá e nos preparamos para uma exploração a pé. Embora aquelas encostas graduais estivessem parcialmente cobertas de detritos de ruínas, o voo baixo logo revelou um número amplo de possíveis locais de pouso. Escolhemos o mais próximo da passagem, pois nosso voo seguinte seria para atravessar a grande cordilheira e voltar ao acampamento, e conseguimos descer por volta de meio-dia e meia em um campo de neve lisa e compacta sem obstáculo nenhum e bem adaptado para uma decolagem rápida e favorável mais tarde.

Não pareceu necessário proteger o avião com um banco de neve por um período tão curto e numa ausência tão confortável de rajadas de vento àquela altura; por isso, nós só tomamos o cuidado de guardar em segurança os esquis de pouso e de proteger as partes vitais do mecanismo contra o frio. Para nosso trajeto a pé, descartamos as peles de voo mais pesadas e levamos conosco um pequeno equipamento consistindo de bússola de bolso, câmera manual, provisões leves, volumosos cadernos e papéis, martelo e cinzel de geólogo, bolsas para espécimes, um rolo de corda de escalada e lanternas poderosas com pilhas extras; esse equipamento tinha sido colocado no avião para o caso de podermos fazer um pouso, tirar fotos de solo, fazer desenhos e esquemas topográficos e obter espécimes de pedra de alguma encosta exposta, formação rochosa ou caverna. Felizmente, tínhamos um estoque de papel a mais para cortar, colocar em uma das bolsas de espécime e usar como na história de João e Maria, para marcar nosso trajeto no interior de qualquer labirinto em que pudéssemos entrar. Tinha sido levado para o caso de encontrarmos algum sistema de cavernas com ar parado o suficiente para permitir um método rápido e fácil assim no lugar do método tradicional do entalhe em pedras para marcação de trilha.

Ao descermos cuidadosamente pela neve na direção do estupendo labirinto de pedra que assomava no oeste opalescente à nossa frente, tivemos quase o mesmo sentimento apurado das maravilhas iminentes que tivemos quando nos aproximamos da insondável passagem da montanha quatro horas antes. Era verdade que tínhamos ficado visualmente familiarizados com o incrível segredo escondido pelos seus picos, mas a perspectiva de penetrar nos muros primordiais erguidos por seres conscientes talvez milhões de anos atrás – antes de qualquer espécie humana conhecida poder existir – não era menos incrível e potencialmente terrível em suas implicações de anormalidade cósmica. Embora o ar rarefeito naquela altitude prodigiosa tornasse o esforço um pouco mais difícil do que o habitual, Danforth e eu aguentamos muito bem e nos sentimos como quando fazíamos qualquer tarefa que pudesse nos caber. Só levamos alguns passos para chegarmos a uma ruína amorfa na altura da neve, e cinquenta a setenta metros à frente havia um baluarte enorme sem teto ainda completo em seu contorno gigante de cinco pontas, subindo a uma altura irregular de cerca de três metros. Fomos para lá e, quando finalmente conseguimos tocar nos blocos ciclópicos desgastados, sentimos que tínhamos estabelecido uma ligação sem precedentes e quase blasfema com épocas esquecidas normalmente inacessíveis à nossa espécie.

Esse baluarte, em formato de estrela e com uns noventa metros de ponta a ponta, foi construído com blocos de arenito jurássico de tamanho irregular, com média de 1,8 × 2,5 metros de superfície. Havia uma fileira de buracos ou janelas em arco de 1,2 metro de largura e 1,5 metro de altura, espaçados simetricamente ao longo das pontas da estrela e nos ângulos internos e com bases a 1,2 metro da superfície glacial. Ao olhar por elas, vimos que a alvenaria tinha 1,5 metro de espessura, que não restavam partições dentro e que havia rastros de entalhes anelados ou baixo-relevo nas paredes internas; fatos que tínhamos suposto antes, quando estávamos voando baixo sobre aquele baluarte e outros semelhantes. Embora as partes baixas devessem existir originalmente, todos os sinais desse tipo de coisa estavam totalmente escondidos pela camada funda de gelo e neve naquele ponto.

Pulamos uma das janelas e tentamos em vão decifrar os desenhos quase apagados do mural, mas não ousamos mexer no piso gelado. Nossos voos de orientação tinham indicado que muitas construções da cidade em si estavam menos cobertas de gelo e que talvez encontrássemos interiores inteiros vazios que levassem ao verdadeiro térreo se entrássemos nas estruturas ainda com um teto. Antes de sairmos do local, tiramos fotografias e estudamos a alvenaria ciclópica sem argamassa com total espanto. Desejamos que Pabodie estivesse presente, pois seu conhecimento de engenharia poderia ter nos ajudado a supor como blocos tão titânicos podiam ter sido manuseados naquela era incrivelmente remota, quando a cidade e seus arredores foram construídos.

A caminhada de oitocentos metros colina abaixo até a cidade, com o vento superior gritando em vão de forma selvagem pelos picos altos ao fundo, foi uma experiência cujos menores detalhes sempre estarão gravados na minha mente. Só em pesadelos fantásticos qualquer ser humano que não fosse Danforth e nem eu poderia conceber tais efeitos ópticos. Entre nós e os vapores do oeste havia aquele emaranhado monstruoso de torres de rochas escuras; as formas exageradas e incríveis nos impressionavam mais a cada novo ângulo. Era uma miragem em rocha sólida e, se não fossem as fotografias, eu ainda duvidaria que uma coisa assim podia existir. O tipo geral de alvenaria era idêntico ao do baluarte que examinamos primeiro, mas as formas extravagantes que aquela alvenaria assumia nas manifestações urbanas iam além de qualquer descrição.

Mesmo as fotografias só ilustram uma ou duas fases da bizarrice infinita, da variedade eterna, do gigantismo sobrenatural e do exotismo totalmente alienígena. Havia formas geométricas para as quais Euclides nem conseguiria encontrar nome – cones com todos os graus de irregularidade e truncamento; terraços de todos os tipos de desproporção provocativa; mastros com estranhos alargamentos bulbosos; colunas partidas em grupos curiosos; e arranjos de cinco pontas ou cinco espinhaços de loucura grotesca. Quando chegamos mais perto, vimos embaixo de certas partes transparentes do manto de gelo e detectamos algumas das pontes de pedra tubulares que conectavam as estruturas espalhadas em vários níveis. Não parecia haver nenhuma rua ordenada, só a faixa aberta um quilômetro e meio à esquerda, onde o antigo rio sem dúvida correra pela cidade até as montanhas.

Nossos binóculos mostraram que as faixas horizontais externas de esculturas quase apagadas e grupos de pontos eram muito frequentes, e podíamos imaginar um pouco como a cidade já devia ter sido – embora a maioria dos telhados e topos de torres tivessem necessariamente perecido. Como um todo, tinha sido um emaranhado complexo de vias e vielas retorcidas; todas cânions profundos e algumas um pouco melhores do que túneis, por causa da alvenaria acima ou das pontes em arco. Agora, espalhada abaixo de nós, parecia uma fantasia de sonho contra uma neblina ocidental por cuja ponta setentrional o sol baixo e avermelhado da Antártida do começo da tarde lutava para brilhar; quando, por um momento, aquele sol encontrou uma obstrução mais densa e mergulhou a cena em sombra temporária, o efeito foi sutilmente ameaçador de uma forma que não consigo nem pensar em delinear. Até o uivo baixo e os silvos do vento distante nas passagens das grandes montanhas atrás de nós ganharam uma nota maior de malignidade determinada. O último estágio da nossa decida para a cidade foi surpreendentemente íngreme e abrupto, e um maciço rochoso na beirada de onde a inclinação mudava nos levou a pensar que já tinha havido um terraço artificial ali. Debaixo da glaciação, acreditamos, devia haver um lance de escadas ou algo equivalente.

Quando finalmente mergulhamos na cidade labiríntica em si, passando por alvenaria caída e encolhidos pela proximidade opressiva e altura esmagadora das onipresentes paredes esburacadas e em ruínas, nossas sensações se apuraram de tal forma que fico maravilhado com nosso autocontrole. Danforth estava claramente tenso e começou a fazer especulações ofensivamente irrelevantes sobre o horror no acampamento – das quais me ressenti ainda mais porque não pude deixar de compartilhar certas conclusões forçadas a nós por muitas características daquela sobrevivência mórbida da antiguidade de pesadelos. As especulações também afetaram a imaginação dele, pois em um lugar – onde uma viela cheia de detritos fazia uma curva íngreme – ele insistiu que tinha visto rastros leves de marcas no solo das quais não tinha gostado. Ao mesmo tempo, em todos os lugares ele parava para ouvir um som imaginário sutil vindo de um ponto indefinido – um silvo musical abafado, ele disse, não muito distante do que o vento fazia nas cavernas das montanhas, mas também assustadoramente diferente. As *cinco pontas* incessantes em toda a arquitetura ao redor e nos poucos arabescos de mural distinguíveis eram sinistramente sugestivas, de forma que não conseguíamos escapar; e nos deram um toque da certeza subconsciente terrível em relação às entidades primitivas que criaram e moraram naquele lugar profano.

Porém, nossas almas científicas e aventureiras não estavam de todo mortas, e seguimos mecanicamente em nosso plano de tirar lascas de todos os tipos diferentes de rochas representados na alvenaria. Desejamos um conjunto completo para chegarmos a uma conclusão melhor em relação à idade do local. Nada nos muros externos parecia vir de depois dos períodos jurássicos e comanchianos, e nenhum pedaço de rocha do local todo era mais antigo do que a era do Plioceno. Com certeza absoluta, estávamos vagando por uma morte que tinha reinado por pelo menos quinhentos mil anos, talvez bem mais.

Enquanto seguíamos por esse labirinto de crepúsculo de sombras de rochas, paramos em todas as aberturas disponíveis para observar interiores e investigar possibilidades de entrada. Algumas estavam fora do nosso alcance, enquanto outras levavam só a ruínas cobertas de gelo, tão destelhadas e vazias quanto o baluarte na colina. Uma, embora espaçosa e convidativa, se abria em um abismo aparentemente sem fundo e sem meios visíveis de descida. De vez em quando tivemos uma chance de estudar a madeira petrificada de uma janela sobrevivente e ficamos impressionados com a antiguidade fabulosa indicada na fibra ainda discernível. Aquelas coisas vieram de gimnospermas e coníferas do Mesozoico – principalmente cicadófitas do Cretáceo – e de palmeiras e outras angiospermas primitivas datadas do Terciário. Nada depois do Plioceno foi encontrado. No posicionamento dessas janelas – cujas beiradas exibiam a presença anterior de dobradiças estranhas e havia muito desaparecidas –, o uso parecia variado; algumas estavam do lado externo e outras do lado interno dos parapeitos fundos. Pareciam incrustadas na rocha e por isso sobreviveram à desintegração dos antigos acessórios e fixadores, provavelmente de metal.

Depois de um tempo, encontramos uma fileira de janelas – nas protuberâncias de um cone colossal com cinco espinhaços e cume sem danos – que levava a um aposento amplo e bem preservado com piso de pedra, mas eram altas demais no aposento para permitir a descida sem uso de corda. Tínhamos corda, mas não queríamos ter o trabalho da descida de seis metros a não ser que fosse necessário – sobretudo naquele ar rarefeito do platô, onde grandes exigências estavam sendo feitas ao mecanismo do nosso coração.

Esse aposento enorme devia ser um salão ou pátio, e nossas lanternas mostraram esculturas ousadas, distintas e potencialmente surpreendentes embutidas nas paredes em faixas largas e horizontais separadas por faixas igualmente largas de arabescos convencionais. Prestamos uma atenção especial naquele local, planejando entrar por ali se não encontrássemos um local mais fácil.

Por fim, encontramos a abertura exata que desejávamos: um arco com um metro e oitenta de largura e três de altura, marcando a entrada de uma ponte elevada que levava a um caminho cerca de um metro e meio acima do nível atual de glaciação. Esses arcos, claro, ficavam no nível dos pisos mais altos; e naquele caso um dos pisos ainda existia. O prédio que se acessava por ali era uma série de terraços retangulares à nossa esquerda, virados para o oeste. Do outro lado do caminho, onde havia o outro arco, havia um cilindro decrépito e sem janelas, com uma protuberância curiosa uns três metros acima da abertura. Estava totalmente escuro dentro e o arco parecia se abrir em um poço muito profundo.

Detritos empilhados tornaram a entrada no grande prédio da esquerda duplamente fácil, mas hesitamos por um momento antes de aproveitar a chance tão desejada. Pois, embora tivéssemos penetrado naquele emaranhado de mistério arcaico, era necessária uma nova determinação para nos levar para dentro de um prédio completo e sobrevivente de um mundo fabuloso e antigo cuja natureza estava ficando mais e mais horrivelmente clara para nós. No final, decidimos ir; e subimos nos detritos até a abertura. O piso que vinha depois era de grandes placas de ardósia e parecia formar a saída de um corredor longo e alto com paredes esculpidas.

Ao observar os muitos arcos internos que partiam dali e ao perceber a provável complexidade do ninho de aposentos lá dentro, decidimos que devíamos começar nosso sistema de marcar o caminho como João e Maria. Até ali, nossas bússolas, junto com olhares frequentes para a enorme cadeia de montanhas entre as torres atrás de nós, tinha sido suficiente para evitar que nos perdêssemos; no entanto, dali em diante, o substituto artificial seria necessário. Cortamos nosso papel em tiras de tamanho adequado e as colocamos no saco, para que Danforth o carregasse e estivesse preparado para usá-las da forma mais econômica que a segurança permitisse. Esse método provavelmente nos impediria de perambular, pois não parecia haver nenhuma corrente de ar forte dentro da alvenaria primitiva. Se acontecesse algo assim ou se nosso suprimento de papel acabasse, nós podíamos, claro, prosseguir com o mais seguro e mais tedioso e lento método de entalhes nas pedras.

Era difícil saber a extensão do território que exploraríamos sem tentar. A conexão próxima e frequente com as diferentes construções tornava provável que atravessássemos de um ponte a outra debaixo de gelo, exceto onde impedidos por desabamentos locais e fendas geológicas, pois bem pouca glaciação parecia ter penetrado nas construções enormes. Quase todas as áreas de gelo transparente tinham revelado as janelas submersas muito bem fechadas, como se a cidade tivesse sido deixada naquele estado uniforme até o manto glacial chegar e cristalizar a parte inferior por todo o tempo que viria depois. De fato, a impressão curiosa era de que aquele lugar tinha sido deliberadamente fechado e abandonado em uma era antiga e distante, e não tomado por uma calamidade repentina e nem por degradação gradual. A chegada do gelo tinha sido prevista, e uma população sem nome partiu em massa para procurar um local menos condenado? As condições fisiográficas precisas observadas na formação do manto de gelo naquele ponto teriam que esperar uma solução posterior. Não foi uma movimentação destruidora. Talvez a pressão das neves acumuladas tivesse sido responsável; e talvez uma inundação do rio ou a destruição de alguma represa glacial antiga na grande cordilheira tivesse ajudado a criar o estado especial observável agora. A imaginação era capaz de conceber qualquer coisa em ligação àquele lugar.

VI.

Seria incômodo dar um relato detalhado e consecutivo das nossas caminhadas dentro daquela colmeia cavernosa e morta de alvenaria primitiva; aquela toca monstruosa de segredos antigos que agora ecoava pela primeira vez, depois de incontáveis épocas, com os passos de pés humanos. Isso é especialmente verdade porque tanto do drama horrível e da revelação vieram de um mero estudo de murais entalhados onipresentes. Nossas fotografias dos entalhes tiradas com a luz das lanternas vão ajudar muito a provar a verdade do que estamos agora revelando e é lamentável que não tivéssemos mais filmes conosco. Acabamos fazendo desenhos simples de certas características específicas num caderno depois que os filmes acabaram.

A construção na qual entramos era de grande tamanho e elaboração e nos deu uma noção impressionante da arquitetura daquele passado geológico sem nome. As divisões internas eram menos gigantescas do que as paredes externas, mas nos níveis mais baixos estavam excelentemente preservadas. Uma complexidade labiríntica, envolvendo diferenças curiosamente irregulares nos níveis do piso, caracterizava o arranjo todo; e com certeza teríamos nos perdido logo depois da partida se não fosse a trilha de papel picado deixada para trás. Decidimos explorar as partes superiores, mais decrépitas, antes de tudo, e por isso subimos no labirinto por uma distância de uns trinta metros, até onde a camada mais alta de câmeras se abria num bocejo cheio de neve e destruição para o céu polar. A subida foi efetuada pelas rampas íngremes com nervuras transversais ou planos inclinados que em toda parte fazia o papel de escada. Os aposentos que encontramos eram de todas as formas e proporções imagináveis, indo de estrelas de cinco pontas a triângulos e cubos perfeitos. Talvez seja seguro dizer que a média geral era de oitenta metros quadrados de piso e seis metros de altura, mas havia muitos outros aposentos maiores. Depois de examinarmos minuciosamente as áreas superiores e o nível glacial, descemos andar por andar até a parte submersa, onde de fato vimos em pouco tempo que estávamos em um labirinto contínuo de câmaras e passagens conectadas que deviam levar a áreas ilimitadas fora daquele prédio específico. A enormidade ciclópica e o gigantismo de tudo ao nosso redor foram ficando curiosamente opressivos; e havia algo vago, mas profundamente inumano em todos os contornos, dimensões, proporções, decorações e nuances de construção na cantaria arcaica blasfema. Logo percebemos pelo que os entalhes revelavam que aquela cidade monstruosa tinha muitos milhões de anos.

Ainda não somos capazes de explicar os princípios de engenharia usados no equilíbrio e ajuste anômalos das peças enormes de rocha, embora a função do arco fosse a esperada. Os aposentos que visitamos estavam desprovidos de itens menores, uma circunstância que sustentou nossa crença no abandono deliberado da cidade. A característica decorativa principal era o sistema quase universal de escultura no mural, que tendia a seguir em faixas horizontais contínuas de noventa centímetros de largura e seguia do chão ao teto em alternância com faixas de largura semelhante ocupadas por arabescos geométricos. Não havia exceção para essa regra de organização, mas a preponderância era sufocante. Muitas vezes, entretanto, uma série de cartelas lisas contendo grupos estranhamente padronizados de pontos aparecia no meio de uma das faixas de arabescos.

A técnica, logo vimos, era madura, de qualidade, e esteticamente evoluída ao mais alto nível de domínio civilizado; embora totalmente estrangeira em cada detalhe em relação a qualquer tradição artística conhecida da espécie humana. Na delicadeza de execução, nenhuma escultura que eu tivesse visto conseguia chegar aos pés. Os menores detalhes de vegetação elaborada ou de vida animal eram representados com vividez impressionante apesar da escala ousada dos entalhes; enquanto os desenhos convencionais eram maravilhas de complexidade habilidosa. Os arabescos exibiam um uso profundo de princípios matemáticos e eram feitos de curvas e ângulos obscuramente simétricos baseados no número cinco. As faixas pictóricas seguiam uma tradição altamente formalizada e envolviam um tratamento peculiar de perspectiva, porém tinham uma força artística que nos emocionou profundamente apesar do abismo de amplos períodos geológicos. O método de desenho se articulava por uma justaposição singular do corte transversal com a silhueta bidimensional e incorporava uma psicologia analítica além da de qualquer espécie da antiguidade. É inútil tentar comparar essa arte com qualquer uma representada nos nossos museus. Os que virem nossas fotografias provavelmente vão achar a analogia mais próxima em certos conceitos grotescos dos mais ousados futuristas.

Os traços dos arabescos consistiam de linhas fundas cuja profundeza nas paredes intactas variava de 2,5 a cinco centímetros. Quando cartelas com grupos de pontos apareciam – evidentemente como inscrições em uma língua e um alfabeto desconhecidos e primordiais –, a depressão na superfície lisa era de talvez quatro centímetros e dos pontos de talvez um centímetro mais do que isso. As faixas pictóricas eram em baixo-relevo escareado, o fundo uns cinco centímetros abaixo da superfície original da parede. Em alguns espécimes, marcas de uma coloração anterior puderam ser detectadas, embora na maior parte o tempo indefinido tivesse desintegrado e destruído qualquer pigmento que pudesse ter sido aplicado. Quanto mais estudávamos a maravilhosa técnica, mais admirávamos as coisas. Por baixo da padronização rigorosa, dava para perceber a observação detalhada e precisa e a capacidade gráfica dos artistas; de fato, as próprias convenções em si serviam para simbolizar e acentuar a verdadeira essência ou a vital diferenciação de cada objeto delineado. Também sentimos que, apesar dessas excelências reconhecíveis, havia outras se esgueirando além do alcance da nossa percepção. Certos toques aqui e ali davam vagas indicações de símbolos e estímulos latentes que outro conhecimento mental e emocional e um equipamento sensorial mais completo ou diferente poderiam ter apresentado com significância mais profunda e pungente para nós.

O tema das esculturas obviamente vinha da vida da época acabada em que foram criadas e continha uma grande quantidade de história evidente. Foi essa mentalidade histórica anormal da espécie primitiva – uma circunstância fortuita funcionando milagrosamente a nosso favor – que tornou os entalhes tão incrivelmente informativos para nós e que nos fez privilegiar a fotografia e transcrição deles acima de todas as outras considerações. Em certos aposentos, o arranjo dominante variava de acordo com a presença de mapas, cartas astronômicas e outros desenhos científicos em escala aumentada – essas coisas dando uma corroboração ingênua e terrível para o que entendemos das frisas e dados pictóricos. Ao indicar o que o todo revelou, só posso esperar que meu relato não desperte uma curiosidade maior do que a cautela sensata de parte dos que acreditarem em mim. Seria trágico se alguém fosse atraído para aquele reino de morte e horror pelo aviso elaborado para desencorajá-los.

Interrompendo as paredes esculpidas havia janelas altas e portais enormes de 3,5 metros; alguns com as tábuas de madeira petrificada – elaboradamente entalhadas e polidas – das janelas e portas originais. Todos os acessórios de metal tinham sumido havia muito tempo, mas algumas das portas permaneciam no lugar e tiveram que ser forçadas para o lado quando seguimos de aposento em aposento. Molduras de janelas, com placas estranhamente transparentes – a maioria elíptica –, sobreviveram aqui e ali, embora não em grande quantidade. Também havia frequentes nichos de grande magnitude, vazios em geral, mas de vez em quando contendo algum objeto bizarro entalhado de arenito verde, quebrado ou considerado inferior demais para que fosse removido. Outras aberturas eram indubitavelmente conectadas com instalações mecânicas antigas – aquecimento, iluminação e afins – de um tipo sugerido em muitos dos entalhes. Os tetos costumavam ser lisos, mas às vezes eram decorados com arenito verde ou outros ladrilhos, a maioria já caída. Os pisos eram revestidos com os mesmos ladrilhos, embora o trabalho liso em pedra predominasse.

Como falei, todos os móveis e outras coisas removíveis estavam ausentes, porém as esculturas davam uma ideia clara dos dispositivos estranhos que já tinham ocupado aqueles aposentos semelhantes a tumbas. Acima do manto glacial, o chão estava coberto de detritos, lixo e restos, mas mais para baixo essa condição diminuía. Em alguns dos aposentos e corredores inferiores havia pouco mais do que poeira ou crostas antigas, enquanto áreas ocasionais tinham um ar estranho de limpeza recente. Claro, onde tinham ocorrido rachaduras ou desabamentos, os níveis inferiores estavam tão sujos quanto os superiores. Uma área central – como tínhamos visto de cima em outras estruturas – impedia que as regiões mais internas ficassem no escuro total, de forma que poucas vezes precisamos usar nossas lanternas nos aposentos superiores, exceto quando estudávamos os detalhes esculpidos. Mas, abaixo da cobertura de gelo, a penumbra aumentava; e muitas partes do nível térreo confuso chegavam próximas à escuridão total.

Para formar uma ideia mesmo que rudimentar dos nossos pensamentos e sentimentos conforme penetrávamos naquele labirinto silencioso de alvenaria inumana, é preciso correlacionar um caos irremediavelmente confuso de humores, lembranças e impressões perdidas. A mera antiguidade impressionante e desolação letal do lugar eram suficientes para sufocar quase qualquer pessoa sensível, mas, somados a esses elementos, havia o horror recente e inexplicável do acampamento e as revelações ainda mais recentes das terríveis esculturas nos murais em volta de nós. Assim que encontramos uma seção perfeita do entalhe, onde não podia haver ambiguidade de interpretação, apenas um breve estudo nos revelou a horrível verdade – uma verdade da qual seria ingenuidade alegar que Danforth e eu não tínhamos desconfiado individualmente antes, embora tivéssemos tomado o cuidado de sequer sugeri-la um para o outro. Agora, não podia haver dúvida misericordiosa sobre a natureza dos seres que tinham construído e habitado aquela cidade monstruosa e morta milhões de anos antes, quando os ancestrais do homem eram mamíferos arcaicos primitivos e enormes dinossauros vagavam pelas estepes tropicais da Europa e da Ásia.

Anteriormente, tínhamos nos agarrado a uma alternativa desesperada e insistimos – cada um para si mesmo – que a onipresença do tema de cinco pontas só significava uma exaltação cultural ou religiosa ao objeto natural antigo que sempre incorporou a qualidade das cinco pontas; assim como os temas decorativos da Creta de Minos exaltavam o touro sagrado, os do Egito, o escaravelho, os de Roma, o lobo e a águia, e os de vários povos indígenas a imagem de algum animal totem. Mas aquele refúgio agora foi tirado de nós, e fomos forçados a encarar de vez a percepção abaladora da razão que o leitor destas páginas sem dúvida já previu páginas atrás. Mal aguento escrever em preto no branco mesmo agora, mas talvez não seja necessário.

As coisas que construíram e viveram naquelas construções temerosas na era dos dinossauros não eram dinossauros, mas algo bem pior. Os meros dinossauros eram objetos novos e quase sem cérebro – mas os construtores da cidade eram sábios e velhos e deixaram certos rastros em rochas mesmo então montadas quase um bilhão de anos antes... rochas montadas antes da verdadeira vida na Terra ter avançado além de grupos de células... rochas montadas antes da verdadeira vida na Terra existir. Eles eram os criadores e escravizadores daquela vida, e acima de todas as dúvidas os originais dos mitos antigos demoníacos que coisas como os Manuscritos Pnakóticos e o *Necronomicon* horrivelmente sugerem. Eram os Grandes Antigos que desceram das estrelas quando a Terra era jovem – os seres cuja substância uma evolução alienígena formatou e cujos poderes eram tais que este planeta nunca gerou. E pensar que no dia anterior Danforth e eu vimos fragmentos da substância fossilizada milenar deles... e que o pobre Lake e sua equipe viram o corpo inteiro...

Claro que é impossível para mim relatar na ordem adequada os estágios nos quais percebemos o que sabemos daquele capítulo monstruoso da vida pré-humana. Depois do primeiro choque da revelação certeira, precisamos fazer uma pausa para nos recuperarmos, e eram três da tarde quando começamos nosso passeio real de busca sistemática. As esculturas no prédio em que entramos eram de data relativamente tardia – talvez de dois milhões de anos antes –, verificada pelas características geológicas, biológicas e astronômicas; e incorporavam uma arte que seria chamada de decadente em comparação com a dos espécimes que encontramos nos prédios mais antigos depois de cruzarmos as pontes debaixo do manto glacial. Um edifício feito de rocha sólida parecia ser de quarenta ou talvez cinquenta milhões de anos antes – no início do Eoceno ou final do Cretáceo – e continha baixos-relevos de uma arte que superava todo o resto, com uma exceção tremenda que encontramos. Nós viemos a concordar depois que aquela era a estrutura doméstica mais antiga que atravessamos.

Se não fosse o auxílio das imagens que logo se tornarão públicas, eu me absteria de contar o que descobri e inferi, para não ser classificado como louco. Claro, as partes infinitamente iniciais da história em retalhos – representando a vida pré-terrestre dos seres de cabeça estrelada em outros planetas, em outras galáxias e em outros universos – podem ser facilmente interpretadas como a fantástica mitologia desses seres; contudo essas partes às vezes envolviam desenhos e diagramas tão estranhamente parecidos com as últimas descobertas da matemática e da astrofísica que nem sei bem o que pensar. Que outros julguem quando virem as fotografias que publicarei.

Naturalmente, nenhum conjunto de entalhes que encontramos me contou mais do que uma fração de qualquer história conectada; e nós nem encontramos os vários estágios daquela história na ordem correta. Alguns dos vastos aposentos eram unidades independentes no que dizia respeito aos desenhos, enquanto em outros casos uma crônica contínua era contada por uma série de aposentos e corredores. Os melhores dos mapas e diagramas estavam nas paredes de um temível abismo abaixo até do antigo térreo – uma caverna de talvez dezoito metros quadrados e dezoito metros de altura, que era quase certo que tivesse sido um centro educacional de algum tipo. Havia muitas repetições provocativas do mesmo material em diferentes aposentos e prédios, pois certos capítulos de experiência e certos resumos ou fases da história da espécie tinham evidentemente sido preferidos por diferentes decoradores ou habitantes. Às vezes, entretanto, versões variantes do mesmo tema se mostravam úteis em acertar pontos controversos e preencher lacunas.

Ainda me questiono por termos deduzido tanto no curto tempo à nossa disposição. Claro que mesmo agora só temos uma ideia rudimentar; e muito disso foi obtido mais tarde de um estudo das fotografias e desenhos que fizemos. Pode ser efeito imediato desse último estudo – as lembranças revividas e as vagas impressões agindo em conjunção com a sensibilidade geral dele e com aquele suposto vislumbre de horror final cuja essência ele não quer revelar nem para mim – a causa do colapso atual de Danforth. Mas tinha que acontecer, pois não podíamos dar nosso aviso de forma inteligente sem o máximo possível de informações, e a divulgação deste aviso é uma necessidade básica. Certas influências duradouras naquele mundo antártico desconhecido de tempo desordenado e lei natural estrangeira tornam imperativo que qualquer exploração adicional seja desencorajada.

VII.

A história completa, até onde deciframos, vai ser publicada em um boletim oficial da Universidade Miskatonic. Aqui, vou delinear só os pontos altos e salientes de um jeito amorfo e desconexo. Mito ou não, as esculturas contavam sobre a chegada das coisas de cabeça estrelada na Terra nascente e sem vida vindas do espaço cósmico – a chegada delas e a de muitas outras entidades alienígenas que em certas épocas embarcam na exploração espacial pioneira. Elas pareciam capazes de atravessar o éter interestelar usando as amplas asas membranosas – portanto, confirmando estranhamente um folclore curioso contado para mim muito tempo antes por um colega antiquário. Elas viveram debaixo do mar por muito tempo, construindo cidades fantásticas e lutando batalhas terríveis com adversários sem nome por meio de dispositivos intrincados, empregando princípios desconhecidos de energia. Evidentemente, seu conhecimento científico e mecânico superava e muito o do homem atual, embora elas só fizessem uso das formas mais amplas e elaboradas quando necessário. Algumas das esculturas sugeriam que tinham passado por um estágio de vida mecanizada em outros planetas, mas recuaram ao descobrir que os efeitos eram emocionalmente insatisfatórios. A habilidade sobrenatural de organização e a simplicidade de necessidades naturais as tornavam peculiarmente capazes de viverem em grandes altitudes sem os frutos mais especializados de manufatura artificial e mesmo sem trajes, exceto pela proteção ocasional contra as intempéries.

Foi debaixo do mar, primeiro por comida e depois com outros propósitos, que eles criaram as primeiras formas de vida da Terra – usando substâncias disponíveis de acordo com métodos antigos conhecidos. Os experimentos mais elaborados vieram depois da aniquilação de vários inimigos cósmicos. Eles tinham feito a mesma coisa em outros planetas; manufaturaram não só os alimentos necessários, mas certas massas multicelulares protoplasmáticas capazes de modelar os tecidos em todos os tipos de órgãos temporários sob influência hipnótica, portanto formando os escravos ideais para executarem o trabalho pesado da comunidade. Essas massas viscosas eram sem dúvida as citadas nos sussurros de Abdul Alhazred como sendo os "shoggoths" em seu terrível *Necronomicon*, embora nem aquele árabe maluco tivesse indicado que algum tinha existido na Terra exceto nos sonhos de quem tinha mastigado uma certa erva alcaloide. Quando os Antigos de cabeça estrelada neste planeta sintetizaram suas formas de alimento simples e criaram um bom suprimento de shoggoths, eles permitiram que outros grupos de células se desenvolvessem em outras formas de vida animal e vegetal com propósitos variados, extirpando qualquer um cuja presença se tornasse incômoda.

Com a ajuda dos shoggoths, cujas expansões podiam erguer pesos prodigiosos, as cidades pequenas e baixas debaixo do mar cresceram em labirintos de pedra vastos e imponentes não muito diferentes dos que depois foram erguidos em terra. De fato, os altamente adaptáveis Antigos viveram muito em terra em outras partes do universo e devem ter conservado muitas tradições de construção terrestre. Enquanto estudávamos a arquitetura de todas aquelas cidades paleogênicas esculpidas, inclusive aquela cujos corredores mortos estávamos atravessando naquele momento, ficamos impressionados com uma coincidência curiosa que ainda não tentamos explicar nem para nós mesmos. Os topos dos prédios, que na cidade ao nosso redor tinham obviamente sido desgastado em ruínas disformes séculos antes, não exibiam nada de baixo relevo; e exibiam grandes amontoados de pináculos como agulhas, cumes finos e delicados em certos topos de cones e pirâmides e camadas de discos finos horizontais sobrepostos cobrindo varas cilíndricas. Isso era exatamente o que tínhamos visto naquela miragem monstruosa e portentosa, gerada por uma cidade morta da qual as características de contorno tinham ficado ausentes por milhares e dezenas de milhares de anos, que surgiram para nossos olhos ignorantes pelas insondáveis montanhas da loucura quando nos aproximamos pela primeira vez do malfadado acampamento do pobre Lake.

Da vida dos Antigos, tanto no fundo do mar quanto depois que uma parte deles migrou para a terra, volumes poderiam ser escritos.

Os que viviam em águas rasas continuaram o uso total dos olhos nas pontas dos cinco tentáculos da cabeça principal e praticaram as artes da escultura e escrita da forma comum – a escrita feita com uma espécie de lápis em superfícies enceradas à prova d'água. Os que viviam nas profundezas do mar, embora usassem um organismo fosforescente curioso para fornecer luz, incrementavam a visão com sentidos especiais obscuros operando pelos cílios prismáticos na cabeça – sentidos que deixavam todos os Antigos parcialmente independentes de luz nas emergências. Suas formas de escultura e escrita mudavam curiosamente conforme a profundidade, incorporando certos processos químicos de cobertura – provavelmente para manter a fosforescência – que o baixo-relevo não conseguia deixar claro para nós. Os seres se moviam no mar em parte nadando – usando os braços crinoides laterais –, em parte balançando a parte inferior dos tentáculos contendo os pseudopés. Ocasionalmente, faziam movimentos longos com o uso auxiliar de dois ou mais conjuntos das asas dobráveis que pareciam leques. Em terra, usavam os pseudopés nas redondezas, mas de vez em quando voavam em grandes alturas ou longas distâncias com as asas. Os muitos tentáculos finos em que os braços crinoides se abriam eram infinitamente delicados, flexíveis, fortes e precisos em coordenação muscular-nervosa; garantindo o máximo de habilidade e destreza em todas as operações artísticas e manuais.

A rigidez das coisas era quase incrível. Nem as terríveis pressões do fundo do mar pareciam afetá-las. Poucos pareciam morrer, exceto por violência, e seus locais de enterro eram bem limitados. O fato de que eles cobriam a cabeça verticalmente sepultada com montes de cinco pontas com inscrições geraram pensamentos em Danforth e em mim que exigiram uma pausa e um tempo para nos recuperarmos depois que as esculturas foram reveladas. Os seres se multiplicavam por meio de esporos – como pteridófitos vegetais, como Lake tinha desconfiado –, mas, por causa da rigidez e da longevidade prodigiosas, e da consequente falta de necessidade de substituição, eles não encorajavam desenvolvimento de novos protalos em larga escala, exceto quando precisavam colonizar novas regiões. Os jovens amadureciam rápido e recebiam uma educação evidentemente além de qualquer padrão que podemos imaginar. A vida intelectual e estética predominante era altamente evoluída e produzia um conjunto de costumes e instituições tenazmente duradouro, que vou descrever em mais detalhes na minha futura monografia. Isso variava ligeiramente de acordo com residência no mar ou em terra, mas tinham as mesmas bases e essências.

Embora capazes, como os vegetais, de retirar nutrientes de substâncias inorgânicas, eles preferiam as orgânicas, sobretudo alimento animal. Ingeriam vida marinha crua debaixo do mar, mas cozinhavam as carnes em terra. Caçavam e criavam gado para corte – matando com armas afiadas cujas estranhas marcas em certos ossos fósseis nossa expedição tinha observado. Resistiam a todas as temperaturas comuns maravilhosamente; e em seu estado natural eram capazes de viver em água congelante. Mas, quando o frio intenso do Pleistoceno chegou – quase um milhão de anos atrás –, os habitantes da terra tiveram que recorrer a medidas especiais, inclusive aquecimento artificial; até que, por fim, o frio mortal pareceu tê-los levado de volta para o mar. Pelos voos pré-históricos pelo espaço cósmico, dizia a lenda, eles absorveram certas substâncias químicas e se tornaram quase independentes de comer, respirar e de condições de aquecimento, mas na época da onda de frio tinham perdido noção do método. De qualquer modo, eles não tinham como prolongar o estado artificial indefinidamente sem danos.

Sendo assexuados e semivegetais em estrutura, os Antigos não tinham base biológica para a fase familiar da vida mamífera, porém pareciam organizar grandes lares pelos princípios de utilidade confortável do espaço e – como deduzimos pelas ocupações desenhadas e pela variedade de moradores em conjunto – associação mental conveniente. Ao mobiliar seus lares, mantinham tudo no centro dos aposentos enormes, deixando as paredes livres para decoração. A iluminação, no caso dos habitantes terrestres, era obtida através de um dispositivo provavelmente de natureza eletroquímica. Tanto em terra quanto no fundo do mar, eles usavam curiosas mesas, cadeiras e sofás como molduras cilíndricas – pois descansavam e dormiam de pé, com os tentáculos encolhidos – e estantes para os conjuntos dobráveis de superfícies pontilhadas que eram seus livros.

O governo era evidentemente complexo e provavelmente socialista, embora nenhuma certeza em relação a isso possa ter sido deduzida nas esculturas que vimos. Havia comércio extensivo, tanto local quanto entre diferentes cidades; certas fichas pequenas e chatas com cinco pontas e inscrições serviam como dinheiro. Provavelmente, as menores das várias pedras de arenito esverdeadas encontradas pela nossa expedição eram peças dessa moeda. Embora a cultura fosse essencialmente urbana, um pouco de agricultura e muita criação de gado existiam. Mineração e uma quantidade limitada de manufatura também eram praticadas. Viagens eram frequentes, mas a migração permanente parecia relativamente rara, exceto pelos grandes movimentos de colonização pelos quais a espécie se expandiu. Como locomoção pessoal, nenhuma ajuda externa era usada; nos movimentos em terra, ar e água os Antigos pareciam possuir capacidades amplas de velocidade. As cargas eram puxadas por animais de carga – shoggoths debaixo do mar e uma variedade curiosa de vertebrados primitivos nos anos finais de existência terrestre.

Esses vertebrados, assim como uma infinidade de outras formas de vida – animal e vegetal, marinha, terrestre e aérea –, eram produto da evolução não guiada agindo nas células vivas feitas pelos Antigos, mas escapavam do raio de atenção deles. Eles puderam se desenvolver à vontade porque não entraram em conflito com os seres dominantes. Formas incômodas, claro, eram mecanicamente exterminadas. Interessou-nos ver em algumas das últimas e mais detalhadas esculturas um mamífero primitivo lento, usado às vezes como alimento e às vezes como bufão divertido pelos moradores terrestres, cujos prenúncios vagamente símios e humanos eram inconfundíveis. Na construção das cidades terrestres, os enormes blocos de pedra das torres altas eram erguidos por pterodátilos de asas enormes de uma espécie até então desconhecida da paleontologia.

A persistência com a qual os Antigos sobreviveram por várias mudanças geológicas e convulsões da crosta terrestre era praticamente milagrosa. Embora pouca ou nenhuma das primeiras cidades pareça ter resistido além da era arcaica, não houve interrupção na civilização deles nem na transmissão dos registros. O local original de advento no planeta era o oceano Antártico, e é provável que eles tenham chegado não muito tempo depois que a matéria que forma a lua foi arrancada do vizinho Pacífico Sul. De acordo com um dos mapas esculpidos, o globo inteiro estava submerso, com cidades de pedra espalhadas cada vez mais longe da Antártida com o passar das eras. Outro mapa mostra um volume grande de terra seca em volta do polo sul, onde fica evidente que alguns dos seres fizeram colônias experimentais, embora seus centros principais tivessem sido transferidos para o fundo do mar. Mapas posteriores, que exibem essa área de terra como rachada e vagando e enviando algumas partes soltas para o norte, sustentam de forma impressionante as teorias de deriva continental mais tarde desenvolvida por Taylor, Wegener e Joly.

Com o surgimento de terras novas no Pacífico Sul, tremendos eventos começaram. Algumas das cidades marinhas foram irreversivelmente destruídas, mas esse não foi o pior infortúnio. Outra espécie – uma espécie terrestre de seres com formato de polvos e provavelmente correspondente à fabulosa prole pré-humana de Cthulhu – logo começou a chegar do infinito cósmico e precipitou uma guerra monstruosa que por um tempo fez os

Antigos voltarem completamente para o mar – um golpe colossal em vista das crescentes colônias em terra. Mais tarde, houve paz, e novas terras foram dadas à prole de Cthulhu enquanto os Antigos ficaram com o mar e as terras mais antigas. Novas cidades terrestres foram fundadas – a maior delas na Antártida, pois a região da primeira chegada era sagrada. Dali em diante, como antes, a Antártida permaneceu sendo o centro da civilização dos Antigos e todas as cidades descobertas construídas lá pela prole de Cthulhu foram obliteradas. De repente, as terras do Pacífico afundaram de novo, levando junto a temerosa cidade de pedra de R'lyeh e todos os polvos cósmicos, de forma que os Antigos voltaram a ser supremos no planeta, exceto por um medo sombrio sobre o qual eles não falavam. Em uma era bem posterior, as cidades deles cobriram todas as áreas de terra e água do globo – por isso a recomendação na minha futura monografia de que algum arqueólogo faça perfurações sistemáticas com o tipo de aparato de Pabodie em certas regiões bem afastadas.

O caminho regular ao longo das eras foi da água para a terra; um movimento encorajado pela ascensão de novas áreas terrestres, embora o oceano nunca tivesse sido completamente abandonado. Outro motivo para o movimento para terra foi a nova dificuldade em criar e cuidar dos shoggoths, dos quais a vida marinha bem-sucedida dependia. Com o passar do tempo, as esculturas confessaram com tristeza, a arte de criar vida a partir de matéria inorgânica se perdeu; de forma que os Antigos tiveram que depender do modelo das formas já existentes. Em terra, os grandes répteis se mostraram bastante dóceis, mas os shoggoths do mar, reproduzidos por fissão e adquirindo um grau perigoso de inteligência com o passar dos anos, representaram por um tempo um problema complicado.

Eles sempre foram controlados pela sugestão hipnótica dos Antigos e modelaram a plasticidade rígida em vários membros e órgãos temporários úteis, mas agora seus poderes de automodelação eram às vezes exercitados de forma independente, e em várias formas imitadoras implantadas pela sugestão passada. Ao que parece, eles desenvolveram um cérebro semiestável cuja vontade separada e ocasionalmente teimosa ecoava a vontade dos Antigos sem obedecer sempre. Imagens esculpidas desses shoggoths encheram a mim e Danforth de horror e repulsa. Costumavam ser entidades disformes compostas de uma geleia viscosa que parecia uma aglutinação de bolhas; e cada um tinha média de 4,5 metros de diâmetro quando em formato de esfera. Mas eles tinham forma e volume mutáveis, gerando apêndices temporários ou formando órgãos aparentes de visão, audição e fala como o de seus mestres, de maneira espontânea ou de acordo com sugestão hipnótica.

Eles parecem ter ficado peculiarmente intratáveis perto do meio do Permiano, talvez 150 milhões de anos atrás, quando uma verdadeira guerra de re-subjugação foi declarada contra eles pelos Antigos marinhos. Imagens dessa guerra e da forma decapitada coberta de gosma na qual os shoggoths costumavam deixar suas vítimas mortas tinham uma qualidade maravilhosamente temível, apesar da intervenção do abismo das eras desconhecidas. Os Antigos usaram armas curiosas de alteração molecular contra as entidades rebeldes e, no fim, conquistaram vitória completa. Depois disso, as esculturas exibiram um período no qual os shoggoths foram domados e controlados por Antigos armados da mesma forma que os cavalos selvagens do oeste americano foram domados por caubóis. Apesar de durante a rebelião os shoggoths terem exibido capacidade de viver fora da água, essa transição não foi encorajada; a utilidade deles em terra não compensaria considerando o problema de controlá-los.

Durante a era Jurássica, os Antigos encontraram nova adversidade na forma de uma nova invasão do espaço sideral – desta vez por criaturas meio fungos e meio crustáceos de um planeta identificável como o remoto e recentemente descoberto Plutão; criaturas sem dúvida iguais às que aparecem em certas lendas sussurradas

das colinas do norte e lembradas no Himalaia como os mi-go, ou abomináveis homens das neves. Para lutar contra esses seres, os Antigos tentaram, pela primeira vez desde seu advento terrestre, voltar para o éter planetário, mas, apesar de todos os preparativos tradicionais, viram que não era mais possível sair da atmosfera da Terra. Fosse qual fosse o antigo segredo da viagem interestelar, ele estava agora definitivamente perdido para a espécie. No final, os mi-go expulsaram os Antigos de todas as terras setentrionais, apesar de serem impotentes contra os que estavam no mar. Pouco a pouco, a lenta retirada da espécie antiga para o habitat original antártico estava começando.

Foi curioso notar pelas batalhas desenhadas que tanto a prole de Cthulhu quando os mi-go pareceram ser compostos de matéria bem mais distante do que conhecemos do que a substância dos Antigos. Eles puderam passar por transformações e reintegrações impossíveis para os adversários e parecem portanto terem vindo originalmente de golfos ainda mais remotos do espaço cósmico. Os Antigos, exceto pela rigidez anormal e pelas propriedades vitais peculiares, eram estritamente materiais e deviam ter a origem absoluta dentro do contínuo espaço-tempo conhecido; enquanto as primeiras fontes dos outros seres só podem ser imaginadas. Tudo isso, claro, supondo que as ligações não terrestres e as anomalias atribuídas aos inimigos invasores não sejam pura mitologia. É concebível que os Antigos tenham inventado uma estrutura cósmica para explicar suas ocasionais derrotas, pois o interesse histórico e o orgulho obviamente formavam seu elemento psicológico principal. É significativo que os anais deles tenham deixado de mencionar muitas raças avançadas e potentes de seres cujas culturas poderosas e cidades enormes aparecem persistentemente em certas lendas obscuras.

O estado em mudança do mundo pelas longas eras geológicas apareceu com vividez surpreendente em muitos dos mapas e cenas esculpidos. Em certos casos, a ciência existente precisará de visão, enquanto em outros casos suas deduções ousadas são magnificamente confirmadas. Como falei, a hipótese de Taylor, Wegener e Joly de que todos os continentes são fragmentos de uma massa terrestre antártica original que rachou pela força centrífuga e se separou por uma superfície baixa tecnicamente viscosa – uma hipótese sugerida por coisas como os contornos complementares da África e da América do Sul e a forma como as grandes cadeiras montanhosas parecem empurradas para cima – recebe apoio impressionante dessa fonte estranha.

Os mapas que mostravam claramente o mundo no Carbonífero de um bilhão ou mais de anos atrás exibiam significativas rachaduras e vãos destinados mais tarde a separarem a África dos antes contínuos territórios da Europa (a Valúsia da lenda primitiva infernal), da Ásia, das Américas e do continente antártico. Outros gráficos – e mais significativamente um em conexão com a fundação cinquenta milhões de anos atrás da enorme cidade morta ao nosso redor – mostravam todos os continentes atuais bem diferenciados. No último espécime descoberto – com data talvez do Plioceno –, o mundo aproximado de hoje aparecia claramente, apesar da ligação do Alasca com a Sibéria, da América do Norte com a Europa pela Groenlândia e da América do Sul com o continente antártico pela Terra de Graham. No mapa do Carbonífero do globo todo – tanto o fundo do mar quanto a massa de terra fissurada – havia símbolos das amplas cidades de pedra dos Antigos, mas nos mapas mais recentes a recessão gradual na direção da Antártida ficou bem clara. O último espécime do Plioceno não mostrava nenhuma cidade terrestre exceto no continente antártico e na pontinha da América do Sul, nem nenhuma cidade oceânica ao norte do quinquagésimo paralelo de Latitude Sul. O conhecimento e o interesse no mundo setentrional, exceto por um estudo dos litorais provavelmente feito durante longos voos de exploração com aquelas asas membranosas que pareciam leques, tinham evidentemente se reduzido a zero entre os Antigos.

A destruição das cidades pelo surgimento das montanhas, a separação centrífuga dos continentes, as convulsões sísmicas da terra ou do fundo do mar e outras causas naturais foram questão de registro comum; e era curioso observar como menos e menos substituições eram feitas com o passar das eras. A megalópole morta enorme que existia ao nosso redor parecia ser o último centro geral da espécie; construída no começo do Cretáceo depois que um titânico tremor obliterou uma predecessora enorme não muito distante. Parecia que aquela região geral era o local mais sagrado de todos, onde supostamente os primeiros Antigos tinham se fixado em um fundo do mar primitivo. Na nova cidade – cujas muitas características podíamos reconhecer nas esculturas, mas que seguia por 160 quilômetros pela cadeia montanhosa em ambas as direções além dos limites da nossa observação aérea – dizia-se haver a preservação de certas pedras sagradas que formavam parte da primeira cidade do fundo do mar, que surgiram na superfície depois de longas épocas durante o desmoronamento geral do estrato.

VIII.

Naturalmente, Danforth e eu estudamos com interesse especial e um sentido pessoal peculiar de assombro tudo relacionado ao distrito imediato em que estávamos. Desse material local havia, é claro, abundância enorme; e no confuso térreo da cidade tivemos a sorte de encontrar uma casa de data muito antiga cujas paredes, embora um tanto danificadas por uma fenda vizinha, continha esculturas de habilidade apurada com a história da região bem depois do período do mapa do Plioceno do qual tiramos nosso último vislumbre geral do mundo pré-humano. Aquele foi o último lugar que examinamos em detalhe, pois o que encontramos lá nos deu um objetivo imediato novo.

Sem dúvida, estávamos em um dos cantos mais estranhos, bizarros e terríveis do globo terrestre. De todas as terras existentes, era infinitamente a mais antiga; e a convicção cresceu em nós de que aquele planalto hediondo devia mesmo ser o lendário platô de pesadelo de Leng, que até o autor louco do *Necronomicon* relutou em discutir. A grande cordilheira era tremendamente longa – começando como uma cadeia baixa na Costa de Luitpold, no litoral do Mar de Weddell, e atravessando o continente inteiro. A parte realmente alta fazia um enorme arco por volta da latitude 82° leste, longitude 60° à latitude 70° leste, longitude 115°, com o lado côncavo na direção do nosso acampamento e a ponta em direção ao mar na região daquela costa longa coberta de gelo cujas colinas foram vislumbradas por Wilkes e Mawson no Círculo Antártico.

Ainda mais exageros da Natureza pareciam imensamente próximos. Eu disse que aqueles picos são mais altos do que o Himalaia, mas as esculturas me proíbem de dizer que são os mais altos da Terra. Essa honra sombria é sem dúvida nenhuma reservada para uma coisa que metade das esculturas hesitava em registrar, enquanto outras abordavam com repugnância óbvia e trepidação. Parece que havia uma parte da terra antiga – a primeira parte que subiu das águas depois que a Terra descartou a Lua e os Antigos desceram das estrelas – que passou a ser evitada como sendo vaga e obscuramente má. Cidades construídas lá desmoronaram antes do tempo e ficaram desertas de repente. Quando a primeira grande fissura de terra atingiu a região na era comanchiana, uma linha temerosa de picos surgiu de repente no meio de um estrondo e um caos impressionantes – e a Terra recebeu suas mais altas e mais terríveis montanhas.

Se a escala dos entalhes estava correta, essas coisas abomináveis deviam ter bem mais de doze mil metros de altura – radicalmente maiores do que até as chocantes montanhas da loucura que tínhamos atravessado. Ao que parecia, se prolongavam da latitude 77° leste, longitude 70° à latitude 70° leste, longitude 100° – a menos de quinhentos quilômetros da cidade morta, de forma que teríamos visto os temidos cumes ao longe no oeste indistinto se não fosse aquela neblina opalescente vaga. A ponta setentrional deveria ser vista também da longa costa do Círculo Antártico, na Terra da Rainha Mary.

Alguns dos Antigos, nos dias decadentes, fizeram estranhas orações para aquelas montanhas, mas nenhum nunca chegou perto nem ousou adivinhar o que havia depois. Nenhum olho humano as viu e, enquanto eu estudava as emoções transmitidas pelos entalhes, rezei para que nenhum visse, nunca. Há colinas protetoras na costa além delas – as Terras da Rainha Mary e de Guilherme II –, e agradeço aos céus de ninguém ter conseguido pousar e subir naquelas colinas. Não sou tão cético sobre histórias e medos antigos como era e não rio agora da noção do escultor pré-humano de que os relâmpagos faziam pausas significativas de vez em quando em cada crista alta e que um brilho inexplicado saía de um daqueles pináculos terríveis pela longa noite polar. Pode haver um significado bem real e bem monstruoso nos velhos sussurros Pnakóticos sobre Kadath no Deserto Frio.

O terreno ali próximo não era menos estranho, ainda que menos anonimamente amaldiçoado. Pouco depois da fundação da cidade, a grande cordilheira se tornou local dos principais templos, e muitos entalhes mostravam as torres grotescas e fantásticas que tinham perfurado o céu onde agora nós só víamos os curiosos cubos e baluartes. Ao longo do tempo, as cavernas apareceram e foram acrescentadas aos templos. Com o avanço de épocas ainda posteriores, todos os veios de calcário da região foram esvaziados pelas águas, e as montanhas, os contrafortes e as planícies abaixo eram uma verdadeira rede de cavernas e galerias conectadas. Muitas esculturas gráficas contavam sobre as explorações subterrâneas e sobre a descoberta final do mar estigiano sem sol que se esgueirava pelas entranhas da terra.

Esse vasto golfo mergulhado na noite tinha sem dúvida sido cavado pelo grande rio que corria das montanhas sem nome e horríveis a oeste e que antes virava na base da cadeia dos Antigos e corria ao lado dessa cadeia até o oceano Índico entre as Terras de Budd e de Totten na costa de Wilkes. Pouco a pouco, foi corroendo a base da colina de calcário na curva até que a correnteza chegou às cavernas das águas subterrâneas e se juntou a elas para cavar um abismo mais fundo. Finalmente, o volume todo desaguou nas colinas ocas e deixou o leito anterior na direção do oceano secar. Boa parte da cidade posterior que encontramos agora tinha sido construída acima daquele antigo leito. Os Antigos, ao entenderem o que tinha acontecido e exercitando o sentido artístico sempre apurado, entalharam pilares decorados nos promontórios dos contrafortes onde o grande rio começava sua descida para a escuridão eterna.

Esse rio, antes atravessado por dezenas de nobres pontes de pedra, era simplesmente o mesmo cujo caminho extinto tínhamos visto na nossa observação do avião. A posição dele nos diferentes entalhes da cidade nos ajudou a nos orientar em relação à cena em vários estágios da história longa e morta da região; de forma que pudemos desenhar um mapa apressado e cuidadoso das características salientes – praças, prédios importantes e afins – para orientação em futuras explorações. Logo poderíamos reconstruir em detalhes a coisa estupenda inteira como era um milhão ou dez milhões ou cinquenta milhões de anos antes, pois as esculturas nos contaram exatamente como eram os prédios e montanhas e praças e subúrbios e paisagens e vegetação verdejante do Terciário. Devia ter tido uma beleza maravilhosa e mística, e enquanto pensava naquilo quase esqueci o sentimento pegajoso de opressão sinistra com o qual a idade inumana, a enormidade, a morte, a distância e o crepúsculo glacial tinham sufocado e massacrado meu ânimo. Mas, de acordo com certos entalhes, os habitantes daquela cidade conheciam a sensação do terror opressivo, pois havia um tipo de cena sombrio e recorrente na qual os Antigos eram mostrados no ato de se afastar com medo de algum objeto – que nunca era exibido no desenho – encontrado no grande rio e indicado como tendo sido levado pelas florestas sinuosas de cicadófitas das horríveis montanhas do oeste.

Só na casa construída posteriormente com os entalhes decadentes que obtivemos alguma indicação da calamidade final que levou à deserção da cidade. Sem dúvida, devia ter havido muitas esculturas da mesma época em outro lugar, até admitindo as energias drenadas e as aspirações de um período estressante e inseguro; de fato, evidências certas da existência de outras chegaram a nós pouco depois. No entanto, aquele foi o primeiro e único conjunto que encontramos diretamente. Queríamos olhar mais depois, porém, como falei, as condições imediatas ditaram outro objetivo no momento. Mas devia ter havido um limite – pois depois que a esperança de uma longa ocupação futura do local tinha perecido entre os Antigos, só pode ter havido a cessão total da decoração dos murais. O golpe final, claro, foi a chegada do frio que escravizou boa parte da Terra e que nunca abandonou os malfadados polos – o grande frio que, na outra extremidade do mundo, pôs fim às terras lendárias de Lomar e Hiperbórea.

Quando essa tendência começou na Antártida seria difícil dizer em termos exatos. Atualmente, marcamos o início dos períodos glaciais a uma distância de uns quinhentos mil anos do presente, mas nos polos esse terrível flagelo devia ter começado bem mais cedo. Todas as estimativas quantitativas são em parte palpite, mas é bem provável que as esculturas decadentes tenham sido feitas consideravelmente menos do que um milhão de anos atrás e que o abandono real da cidade tenha se completado bem antes da abertura convencional do Pleistoceno – quinhentos mil anos atrás –, como visto em termos da superfície total da Terra.

Nas esculturas decadentes havia sinais de vegetação menos densa para todos os lados e de uma vida menor nos campos da parte dos Antigos. Dispositivos de aquecimento eram exibidos nas casas, e os viajantes de inverno foram representados envoltos em tecidos protetores. Vimos também uma série de cartelas (o arranjo de faixa contínua sendo interrompido com frequência nesses últimos entalhes) exibindo uma migração crescente para os refúgios mais próximos com mais calor – alguns fugindo para cidades debaixo do mar na costa distante, outros percorrendo as redes de cavernas de calcário nas colinas ocas para o abismo escuro vizinho de águas subterrâneas.

No final, parece ter sido o abismo vizinho que recebeu a maior colonização. Isso aconteceu em parte, sem dúvida, por essa região especial ser considerada tradicionalmente sagrada, mas pode ter sido mais conclusivamente determinado pelas oportunidades que dava para a continuidade do uso dos grandes templos das colmeias nas montanhas e por reter a grande cidade terrestre como local de residência de verão e base de comunicação com várias minas. A ligação das moradas antiga e nova foi feita de forma mais eficiente por meio de vários nivelamentos e melhorias ao longo das rotas de ligação, inclusive o entalhe de numerosos túneis diretos da antiga metrópole até o abismo escuro – túneis íngremes virados para baixo cujas bocas desenhamos com o maior cuidado, de acordo com nossas estimativas mais ponderadas, no mapa guia que estávamos criando. Ficou óbvio que pelo menos dois desses túneis ficavam a uma distância razoável de exploração de onde estávamos; os dois na extremidade da cidade junto à montanha, um a menos de quatrocentos metros na direção do antigo curso do rio e o outro talvez com o dobro dessa distância na direção oposta.

O abismo, ao que parecia, tinha encostas íngremes de terra seca em certos lugares, mas os Antigos construíram a cidade nova debaixo da água – sem dúvida por causa da certeza maior de calor uniforme. A profundeza do mar subterrâneo parece ter sido enorme e o calor interno da Terra podia garantir sua habitabilidade por um período indefinido. Os seres pareciam não ter dificuldade de se adaptarem a residência parcial – e, de vez em quando, claro, integral – debaixo da água, pois nunca permitiram que o sistema de brânquias atrofiasse. Muitas esculturas mostravam que eles visitavam com frequência os semelhantes submarinos em outros lugares e que se banhavam por hábito nas profundezas do grande rio. A escuridão do interior da Terra também não poderia ser impedimento para uma espécie acostumada às longas noites antárticas.

Por mais decadente que seu estilo fosse, esses últimos entalhes tinham uma qualidade verdadeiramente épica em que contavam sobre a construção da nova cidade no mar das cavernas. Os Antigos trataram disso cientificamente; destruíram rochas insolúveis do coração das montanhas em colmeia e empregaram trabalhadores especializados da cidade submarina mais próxima para executar a construção de acordo com os melhores métodos. Esses trabalhadores levaram com eles tudo necessário para estabelecer a nova empreitada – tecido shoggoth do qual criar carregadores de pedras e animais de carga subsequentes para a cidade na caverna e outras matérias protoplásmicas para serem moldadas em organismos fosforescentes com fins de iluminação.

Finalmente, uma majestosa metrópole surgiu no fundo do mar estigiano; a arquitetura bem parecida com a da cidade acima e o acabamento exibindo relativa pouca decadência por causa dos precisos elementos matemáticos inerentes em operações de construção. Os shoggoths recém-criados ficaram enormes com inteligência singular e foram representados recebendo e executando ordens com rapidez maravilhosa. Eles pareciam conversar com os Antigos imitando as vozes deles – uma espécie de silvo musical de espectro amplo, se a dissecção do pobre Lake tinha indicado corretamente – e trabalhar mais por ordens faladas do que por sugestões hipnóticas, como na época anterior, mas eram mantidos em controle admirável. Os organismos fosforescentes forneciam luz com grande eficiência e sem dúvida compensavam a perda das auroras polares familiares da noite no mundo externo.

A arte e a decoração vieram em seguida, mas, claro, com uma certa decadência. Os Antigos pareceram perceber esse distanciamento deles mesmos; e em muitos casos previram a política de Constantino, o Grande, ao transplantar blocos especialmente refinados de entalhes antigos da cidade terrestre, assim como o imperador, em uma era semelhante de declínio, tirou a melhor arte da Grécia e da Ásia para dar à sua nova capital bizantina um esplendor maior do que o povo poderia criar. O fato de a transferência de blocos esculpidos não ter sido mais extensiva foi sem dúvida devido à cidade terrestre não ter sido, a princípio, totalmente abandonada. Quando o abandono total ocorreu – e deve ter ocorrido antes do Pleistoceno polar estar bem avançado –, os Antigos talvez tivessem ficado satisfeitos com a arte decadente – ou parado de reconhecer o mérito superior dos entalhes mais antigos. De qualquer modo, as ruínas silenciosas ao nosso redor não tinham passado por um desnude escultural total; embora todas as melhores estátuas independentes, como outros bens móveis, tivessem sido levados.

As cartelas decadentes e os dados contando essa história foram, como falei, os últimos que conseguimos encontrar em nossa busca limitada. Deixaram-nos com uma imagem dos Antigos indo da cidade terrestre no verão para a cidade no mar no inverno e às vezes trocando com cidades do fundo do mar na costa antártica. Àquela altura, o destino final da cidade terrestre deveria ter sido percebido, pois as esculturas mostravam muitos sinais da invasão maligna do frio. A vegetação estava sumindo e as neves terríveis do inverno não derretiam mais completamente, nem no auge do verão. O gado sáurio estava quase todo morto e os mamíferos não estavam sobrevivendo ao clima. Para manter o trabalho do mundo superior, tinha se tornado necessário adaptar alguns shoggoths amorfos e curiosamente resistentes ao frio à vida terrestre; uma coisa que os Antigos relutavam em fazer antes. O grande rio estava agora sem vida e o mar superior tinha perdido a maioria dos habitantes, exceto por focas e baleias. Todas as aves tinham ido embora, exceto os grandes e grotescos pinguins.

O que aconteceu depois só podemos tentar adivinhar. Quanto tempo a cidade na caverna submarina sobreviveu? Ainda estava lá embaixo, um cadáver pétreo na escuridão eterna? As águas subterrâneas tinham congelado, finalmente? A que destino as cidades do fundo do mar do mundo externo tinham sido entregues? Algum dos Antigos tinha ido para o norte antes da crescente calota polar? A geologia existente não mostra sinais da presença deles. Os temerosos mi-go ainda eram ameaça nas terras do norte? Era possível ter certeza do que podia ou não existir até hoje nos abismos escuros e inexplorados das profundezas do mar? Aquelas coisas pareceram capazes de aguentar qualquer quantidade de pressão – e os homens do mar já pescaram objetos curiosos em algumas ocasiões. A teoria das orcas explicava mesmo as cicatrizes selvagens e misteriosas nas focas antárticas descobertas uma geração atrás por Borchgrevingk?

Os espécimes encontrados pelo pobre Lake não entraram nesses palpites, pois o ambiente geológico deles mostrou que viveram no que devia ter sido uma data muito antiga na história da cidade terrestre. Eles tinham, de acordo com a localização, não menos do que 30 milhões de anos de idade; e concluímos que, na época deles, a cidade na caverna submarina e até mesmo a caverna em si nem existiam. Eles teriam se lembrado de uma cena mais antiga, com vegetação rica do Terciário para todo lado, uma cidade terrestre mais jovem de artes prósperas ao redor e um rio enorme seguindo para o norte na base das enormes montanhas na direção de um oceano tropical distante.

Não pudemos deixar de pensar nesses espécimes, sobretudo nos oito perfeitos que tinham sumido do acampamento horrivelmente destruído de Lake. Havia algo de anormal naquela história: as ocorrências estranhas que tentamos tanto atribuir à loucura de alguém... os túmulos horrendos... a quantidade e *natureza* do material desaparecido... Gedney... a rigidez sobrenatural daquelas monstruosidades arcaicas e as extravagâncias vitais que as esculturas agora mostravam que a espécie tinha... Danforth e eu tínhamos visto muitas coisas nas horas anteriores e estávamos preparados para acreditar e ficar em silêncio sobre muitos segredos impressionantes e incríveis da Natureza primitiva.

IX.

Eu falei que o estudo das esculturas decadentes levou a uma mudança no nosso objetivo imediato. Isso teve a ver com as passagens entalhadas para o mundo interior escuro, cuja existência desconhecíamos antes, mas que agora estávamos ansiosos para encontrar e estudar. Pela escala evidente dos entalhes, deduzimos que uma caminhada íngreme em declive de um quilômetro e meio por um dos dois túneis vizinhos nos levaria até a beirada dos penhascos vertiginosos e escuros acima do grande abismo; a descida pelos caminhos adequados, melhorados pelos Antigos, levaria à margem rochosa do oceano subterrâneo de noite eterna. Ver esse golfo fabuloso com nossos próprios olhos era uma atração que parecia impossível de resistir depois que soubemos de sua existência, mas percebemos que tínhamos que começar a missão imediatamente se queríamos incluí-la em nosso voo atual.

Eram oito da noite e não tínhamos baterias suficientes para que nossas lanternas ficassem acesas por muito tempo. Tínhamos feito boa parte do nosso estudo e das nossas cópias sob nível glacial e nosso suprimento de bateria tinha pelo menos cinco horas de uso quase contínuo; e apesar de a fórmula especial de célula seca garantir mais umas quatro, ainda que mantendo uma lanterna apagada, exceto para lugares especialmente interessantes ou difíceis, talvez conseguíssemos prolongar uma margem segura além disso. Não seria bom ficar sem luz naquelas catacumbas ciclópicas, então, para fazer a viagem ao abismo, teríamos que abrir mão de qualquer estudo adicional dos murais. Claro que pretendíamos revisitar o lugar por dias e talvez semanas de estudo intensivo e através de fotografias – a curiosidade já tinha havia tempo superado o horror –, mas agora precisávamos nos apressar. Nosso suprimento de papel picado para a trilha estava longe de ser ilimitado e estávamos relutantes em sacrificar os cadernos e os papéis de desenho para aumentá-lo, mas decidimos usar um dos cadernos grandes. Se o pior acontecesse, poderíamos recorrer ao entalhe na pedra – e claro que seria possível, mesmo que estivéssemos realmente perdidos, trabalhar até a luz do dia por algum canal se tivéssemos tempo suficiente para tentativa e erro. Então, enfim partimos com ansiedade na direção indicada do túnel mais próximo.

De acordo com os entalhes pelos quais fizemos nosso mapa, a desejada boca de túnel não podia ficar a mais de quatrocentos metros de onde estávamos; o espaço até lá exibia construções de aparência sólida provavelmente ainda penetrável em nível subglacial. A abertura em si ficaria no porão – no ângulo mais próximo dos contrafortes – de uma ampla estrutura de cinco pontas de natureza evidentemente pública e talvez cerimonial, que tentamos identificar da nossa observação aérea das ruínas. Nenhuma estrutura assim veio à mente enquanto relembrávamos o voo, por isso concluímos que a parte superior tinha sofrido grande dano ou que fora destruída por completo em uma fissura de gelo em que reparamos. Se fosse esse o caso, o túnel provavelmente estaria bloqueado, e teríamos que tentar o outro mais próximo – o que ficava a menos de um quilômetro e meio ao norte. O curso do rio impedia que tentássemos qualquer um dos túneis mais ao sul naquele momento; e, de fato, se os dois túneis mais próximos estivessem bloqueados, era improvável que nossas baterias garantissem uma tentativa para o seguinte ainda mais ao norte – cerca de um quilômetro e meio depois da nossa segunda opção.

Enquanto seguíamos pelo labirinto com ajuda do mapa e de uma bússola – atravessando aposentos e corredores em todos os estágios de ruína e preservação, subindo rampas, atravessando pisos superiores e pontes e descendo de novo, encontrando portas bloqueadas e pilhas de detritos, nos apressando aqui e ali por partes preservadas e estranhamente imaculadas, seguindo por caminhos falsos, recuando (nesses casos, removendo a trilha de papel que deixamos) e, de vez em quando, chegando ao fundo de uma fenda aberta pela qual a luz do dia entrava generosamente ou só se refletia de leve – ficamos todo o tempo atormentados pelas paredes esculpidas pelo caminho. Muitas deviam contar histórias de imensa importância histórica e só a perspectiva de visitas posteriores nos fez aceitar a necessidade de passarmos direto. Acabamos só reduzindo a velocidade de vez em quando e acendendo a segunda lanterna. Se tivéssemos mais filmes, com certeza teríamos parado brevemente para fotografar certos baixos-relevos, mas a cópia à mão, que consumiria muito tempo, estava claramente fora de questão.

Chego agora em outra parte em que a tentação de hesitar ou de só insinuar em vez de declarar é muito forte. Mas é necessário revelar o resto para justificar minha postura de desencorajar mais explorações. Nós tínhamos chegado bem perto do local registrado da boca do túnel – depois de atravessarmos uma ponte de segundo andar para o que parecia a ponta de um muro pontudo e descermos até um corredor em ruínas cheio de esculturas elaboradas e aparentemente ritualísticas de trabalho mais recente – quando, por volta das oito e meia da noite, as narinas jovens e apuradas de Danforth nos deram o primeiro sinal de algo incomum. Se tivéssemos um cachorro conosco, acho que teríamos sido avisados antes. Primeiro, não conseguimos identificar precisamente o que havia de errado com o ar que antes era puro, mas depois de alguns segundos nossas memórias reagiram com certeza demais. Vou tentar declarar sem fazer careta. Havia um odor – e esse odor era vaga, súbita e inconfundivelmente parecido com o que nos nauseou quando abrimos o túmulo insano do horror que o pobre Lake tinha dissecado.

Claro que a revelação não ficou tão nítida na ocasião quanto parece agora. Houve várias explicações concebíveis e trocamos muitos sussurros indecisos. O mais importante de tudo foi que não recuamos sem investigar mais, pois, tendo chegado tão longe, estávamos relutantes em nos deixarmos frustrar por algo que não fosse desastre certo. O que devíamos ter desconfiado era louco demais para acreditar. Coisas assim não acontecem em nenhum mundo normal. Devia ter sido o mero instinto irracional que fez com que apagássemos nossa única lanterna – não mais tentados pelas esculturas decadentes e sinistras que espiavam de forma ameaçadora das paredes opressivas – e diminuíssemos a velocidade do progresso a cautelosos passos pé ante pé e engatinhássemos no chão cada vez mais cheio de detritos e pilhas de destroços.

Os olhos de Danforth, assim como o nariz, se mostraram melhores do que os meus, porque também foi ele que reparou primeiro no aspecto estranho dos detritos depois de passarmos por muitos arcos semiobstruídos que levavam a câmaras e corredores no térreo. Não estava como devia estar depois de incontáveis milhares de anos de abandono, e quando acendemos cautelosamente a lanterna, vimos um tipo de faixa que parecia uma marca recente. A natureza irregular dos destroços impedia qualquer marca definitiva, mas nas superfícies mais livres havia indicação de objetos pesados terem sido arrastados. Uma vez, achamos que havia sinal de marcas paralelas, como um trilho. Foi isso que nos fez parar de novo.

Foi durante essa pausa que percebemos – juntos desta vez – um outro odor à frente. Paradoxalmente, foi ao mesmo tempo um odor mais e menos assustador – menos assustador intrinsecamente, mas infinitamente espantoso naquele lugar, nas circunstâncias conhecidas... a não ser, claro, que Gedney... Pois o odor era nada mais que o cheiro familiar de gasolina – a gasolina comum do dia a dia.

Nossa motivação depois disso é algo que deixo para os psicólogos explicarem. Nós sabíamos agora que alguma extensão terrível dos horrores do acampamento devia ter entrado naquele local escuro de enterro dos séculos e por isso não podíamos mais duvidar da existência de incontáveis condições – presentes ou ao menos recentes – à frente. No final, deixamos a pura curiosidade – ou ansiedade, auto-hipnotismo, vagos pensamentos de responsabilidade em relação a Gedney, não sei bem o quê – nos motivar. Danforth sussurrou de novo sobre a marca que achou que tinha visto na curva das vielas das ruínas acima; e sobre o leve silvo musical – potencialmente de significância tremenda à luz do relatório de dissecação de Lake, apesar da grande semelhança com os ecos das bocas de cavernas dos picos com vento – que ele pensou ter ouvido pouco depois das profundezas desconhecidas abaixo. Eu, por minha vez, sussurrei sobre como o acampamento ficou, sobre o que tinha desaparecido e que a loucura de um único sobrevivente poderia ter concebido o inconcebível – uma viagem louca pelas montanhas monstruosas e uma descida pela alvenaria primitiva desconhecida...

Não conseguimos convencer um ao outro, nem mesmo a nós mesmos, de nada definitivo. Tínhamos apagado as lanternas e ficamos parados; mal reparamos que um raio de luz do dia muito filtrado impedia que a escuridão fosse absoluta. Depois de começarmos automaticamente a nos deslocar à frente, nos guiamos por acendimentos ocasionais da lanterna. Os detritos mexidos formavam uma impressão da qual não conseguíamos nos livrar e o cheiro de gasolina foi ficando mais forte. Mais e mais ruínas apareceram perante nossos olhos e debaixo de nossos pés, até que logo vimos que a passagem estava prestes a acabar. Estávamos corretos demais no nosso palpite pessimista sobre aquela fenda vista do ar. Nossa missão pelo túnel era cega e nem conseguiríamos chegar ao porão no qual a abertura na direção do abismo ficava.

A lanterna, iluminando as paredes grotescamente entalhadas do corredor bloqueado em que estávamos, exibiu várias portas em vários estágios de obstrução; e de uma delas o odor de gasolina – sufocando quase por completo o outro odor – veio de forma distinta. Quando olhamos melhor, vimos que sem dúvida alguma tinha havido uma leve e recente retirada de detritos daquela abertura em particular. Fosse qual fosse o horror à espreita, acreditamos que a passagem direta para ele estava agora plenamente clara. Acho que ninguém vai se surpreender ao saber que esperamos um tempo considerável antes de nos movermos.

Contudo, quando nos aventuramos pelo arco preto, nossa primeira impressão foi de anticlímax. Pois no meio da área cheia de detritos da cripta esculpida – um cubo perfeito com lados de cerca de seis metros – não havia nenhum objeto recente de tamanho imediatamente identificável; por isso, procuramos instintivamente, ainda que em vão, uma porta mais distante. Mas, em outro momento, a visão apurada de Danforth encontrou um lugar em que os detritos no chão tinham sido removidos; e apontamos as duas lanternas na potência máxima. Embora o que vimos na luz fosse bem simples e banal, não fico menos relutante de contar por causa do que implicava. Era um nivelamento improvisado dos detritos, no qual vários pequenos objetos estavam espalhados com descuido, e em um canto uma quantidade considerável de gasolina devia ter sido derramada recentemente, o bastante para deixar um odor intenso mesmo na altitude extrema do platô. Em outras palavras, só podia ser uma espécie de acampamento – um acampamento feito por seres curiosos que, como nós, tinham recuado por causa da passagem inesperadamente bloqueada para o abismo.

Serei claro. Os objetos espalhados eram, no que dizia respeito à origem, todos do acampamento de Lake; e consistiam de latas tão mal abertas quanto as que tínhamos visto no local destruído, muitos fósforos usados, três livros ilustrados mais ou menos curiosamente manchados, um frasco de tinta vazio com as instruções em texto e imagem, uma caneta-tinteiro quebrada, uns fragmentos estranhos de pele e lona de barraca, uma bateria elétrica usada com circular de direções, um folheto que acompanhava o aquecedor das nossas barracas e um montinho de papéis amassados. Tudo já era bem ruim, mas quando esticamos os papéis e vimos o que havia neles, sentimos que tínhamos encontrado o pior. Encontramos certos papéis inexplicavelmente manchados no acampamento que deviam ter nos preparado, mas o efeito de vê-los ali, nas profundezas pré-humanas de uma cidade de pesadelos, foi quase mais do que dava para suportar.

Um Gedney louco devia ter feito os grupos de pontos imitando os encontrados nas pedras de arenito esverdeado, assim como os pontos nos montes dos túmulos insanos de cinco pontas; e talvez tivesse preparado desenhos rudimentares e apressados – variando em precisão ou falta dela – que delineavam as partes vizinhas da cidade e marcava o caminho de um local representado circularmente fora da nossa rota anterior – um lugar que identificamos como uma grande torre cilíndrica nos entalhes e um golfo circular amplo visualizado na observação aérea – até a estrutura atual de cinco pontas e a boca do túnel ali dentro. Repito, ele talvez tivesse preparado os desenhos, pois os que estavam à nossa frente foram obviamente compilados da mesma forma que o nosso, das esculturas mais recentes no meio do labirinto glacial, embora não pelas que vimos e usamos. Mas o que aquele rabisco desajeitado jamais poderia ter feito era executar aqueles desenhos em uma técnica estranha e confiante talvez superior, apesar da pressa e do descuido, a qualquer um dos entalhes decadentes dos quais tinham sido copiados – a técnica característica e inconfundível dos próprios Antigos no passado da cidade morta.

Há quem dirá que Danforth e eu estávamos loucos de não fugirmos desesperados depois disso; como nossas conclusões agora estavam – apesar do absurdo – completamente fixas e de uma natureza que nem preciso mencionar para quem leu meu relato até aqui. Talvez estivéssemos loucos – pois não falei que aqueles picos horríveis eram as montanhas da loucura? Mas acho que consigo detectar algo do mesmo espírito – embora de forma menos extrema – nos homens que perseguem animais selvagens mortais pelas selvas africanas para fotografá-los ou estudar seus hábitos. Apesar de parcialmente paralisados de pavor, ardia dentro de nós uma chama ardente de assombro e curiosidade que triunfou no final.

Claro que não pretendíamos enfrentar aquele – ou aqueles – que sabíamos que tinham estado ali, mas achávamos que já tinham ido embora. Eles já teriam encontrado a outra entrada vizinha para o abismo e teriam passado para os fragmentos escuros como a noite do passado que os esperava no golfo final – o golfo final que eles nunca tinham visto. Ou se aquela entrada também estivesse bloqueada, teriam ido para o norte procurar outras. Lembramos que eles eram parcialmente independentes da luz.

Ao recordar esse momento, mal consigo lembrar que forma precisa nossas novas emoções assumiram – que troca de objetivo imediato foi a que apurou tanto nossa sensação de expectativa. Não pretendíamos enfrentar o que temíamos, mas não vou negar que podemos ter tido um desejo presente e inconsciente de espiar certas coisas de um lugar a salvo e escondido. É provável que não tivéssemos abandonado nosso entusiasmo de vislumbrar o abismo em si, embora houvesse um novo objetivo acrescentado na forma daquele grande lugar circular exibido nos desenhos amassados que encontramos. Na mesma hora o reconhecemos como a torre cilíndrica monstruosa que aparecia nos entalhes mais antigos, mas aparecendo só como uma prodigiosa abertura redonda de cima. Algo na grandiosidade da representação, mesmo naqueles desenhos apressados, nos fez pensar que seus níveis subglaciais ainda deviam ter uma característica de importância peculiar. Talvez representasse maravilhas arquitetônicas ainda não descobertas por nós. Era de idade incrível, de acordo com as esculturas em que aparecia – estando entre as primeiras construções da cidade. Seus entalhes, se preservados, só podiam ser de grande importância. Além do mais, talvez formasse uma boa ligação atual com o mundo superior – um caminho mais curto do que o que estávamos trilhando com tanto cuidado e provavelmente o que aqueles outros usaram para descer.

De qualquer modo, o que fizemos foi estudar os terríveis desenhos – que confirmavam perfeitamente os nossos – e voltar pelo caminho indicado até o local circular; o caminho que nossos predecessores sem nome deviam ter feito duas vezes antes de nós. O outro portal vizinho para o abismo ficaria depois daquilo. Não preciso falar da nossa jornada – durante a qual continuamos deixando uma trilha econômica de papel –, pois foi precisamente do mesmo tipo da que fizemos até chegar ao ponto sem saída; só que ficava mais no nível do chão e descia até a corredores subterrâneos. De vez em quando, conseguíamos identificar certas marcas perturbadoras nos detritos, no lixo ou nos destroços no chão; e depois que saímos do alcance do cheiro de gasolina ficamos de novo levemente cientes – espasmodicamente – daquele odor mais hediondo e persistente. Depois que a passagem se afastou do nosso caminho antigo, nós às vezes passávamos furtivamente a única lanterna pelas paredes, reparando em quase todos os casos nas esculturas bem próximas e onipresentes, que de fato pareciam ter formado um escape estético importante para os Antigos.

Por volta das nove e meia da noite, enquanto atravessamos um corredor abobadado cujo piso cada vez mais congelado parecia estar abaixo do térreo e cujo telhado foi ficando mais baixo conforme avançávamos, nós começamos a ver luz do dia forte à frente e pudemos desligar a lanterna. Parecia que estávamos chegando ao espaço circular amplo, logo nossa distância da superfície não era grande. O corredor terminou em um arco surpreendentemente baixo para aquelas ruínas megalíticas, mas conseguimos ver muita coisa através dele antes mesmo de sairmos. Depois do arco havia um espaço redondo extraordinário – com sessenta metros de diâmetro – coberto de detritos e contendo muitos arcos bloqueados correspondentes ao que estávamos prestes a atravessar. As paredes eram – nos espaços disponíveis – entalhadas com ousadia em uma faixa espiral de proporções heroicas; e exibiam, apesar do desgaste destrutivo provocado pelo fato de o local ser aberto, um esplendor artístico bem além de qualquer coisa que tínhamos encontrado antes. O chão sujo estava coberto de gelo, e achamos que o verdadeiro fundo ficava a uma profundidade considerável.

O objeto de destaque do lugar era a rampa titânica de pedra que, afastada dos arcos por uma curva acentuada para fora na direção da superfície, subia em espiral pela parede cilíndrica estupenda como uma contraparte interna das que subiam por fora das monstruosas torres ou zigurates da antiga Babilônia. Só a rapidez do nosso voo e a perspectiva, que confundiu a rampa com a parede interna da torre, tinha nos impedido de reparar nessa característica ainda no ar e nos fez procurar outro caminho para o nível subglacial. Pabodie talvez pudesse dizer que tipo de engenharia a mantinha de pé, mas Danforth e eu só pudemos admirar e nos maravilhar. Nós víamos as enormes mísulas e pilares de pedra aqui e ali, mas o que víamos parecia inadequado para a função executada. A coisa estava excelentemente preservada até o topo atual da torre – uma circunstância impressionante considerando a exposição – e o abrigo tinha protegido bem as esculturas cósmicas bizarras e perturbadoras nas paredes.

Quando entramos na luz tênue daquele monstruoso fundo de cilindro – com cinquenta milhões de anos, sem dúvida a estrutura mais antiga em que já tínhamos botado os olhos –, vimos que as laterais com rampas seguiam vertiginosamente para uma altura de dezoito metros. Lembramo-nos, da nossa vistoria aérea, que isso significava uma glaciação externa de uns doze metros, pois o golfo aberto que vimos do avião estava no alto de um monte de aproximadamente seis metros de alvenaria desmoronada, um tanto protegido por três quartos da circunferência pelas paredes curvas enormes de uma linha de ruínas mais altas. De acordo com as esculturas, a torre original ficava no centro de uma praça circular imensa; e tinha talvez 150 ou 180 metros de altura, com camadas de discos horizontais perto do topo e uma fileira de pináculos finos como agulhas na beirada superior. A maior parte da alvenaria tinha caído para fora e não para dentro – um acontecimento feliz, pois de outra forma a rampa poderia ter sido destruída e o interior todo bloqueado. Mas a rampa só estava meio maltratada; e o bloqueio era tal que todos os arcos no fundo pareciam ter sido meio liberados recentemente.

Só levamos um momento para concluir que aquele era mesmo o caminho pelo qual os outros tinham descido e que seria o caminho lógico para nossa subida, apesar da longa trilha de papel que deixamos para trás. A entrada da torre não ficava mais distante dos contrafortes e do nosso avião do que o prédio grande por onde tínhamos entrado, e qualquer exploração subglacial adicional que pudéssemos fazer naquela viagem ficava naquela região. Estranhamente, ainda estávamos pensando em possíveis viagens posteriores – mesmo depois de tudo que vimos e supomos. Quando seguimos com cautela pelos detritos do grande piso central, tivemos uma visão que, no momento, se sobrepôs a todas as outras questões.

Foi o amontoado de três trenós naquele ângulo mais distante da parte inferior da rampa que tinha ficado escondido de nós. Lá estavam eles: os três trenós que tinham sumido do acampamento de Lake, danificados pelo uso rigoroso que devia ter incluído puxões com força pelas grandes áreas de alvenaria sem neve e detritos, assim como transporte por outros locais totalmente intransitáveis. A bagagem tinha sido afivelada com cuidado e inteligência, tudo bem preso, contendo coisas bem familiares – o fogão a gasolina, latas de combustível, caixas de instrumentos, latas de alimentos, lonas repletas de livros e algumas repletas de conteúdos menos óbvios –, tudo retirado do equipamento de Lake. Depois do que tínhamos encontrado no outro salão, estávamos um tanto preparados para aquele encontro. O grande choque veio quando nos aproximamos e puxamos uma das lonas, cujos contornos nos inquietaram de forma peculiar. Parecia que outros além de Lake tinham se interessado em coletar espécimes típicas, pois havia dois ali, ambos congelados, perfeitamente preservados, com curativos adesivos onde tinham ocorrido alguns ferimentos no pescoço e embrulhados com cuidado para que não sofressem mais nenhum dano. Eram os corpos do jovem Gedney e do cachorro.

X.

Muitas pessoas provavelmente vão nos julgar insensíveis e loucos por pensarmos no túnel para o norte e no abismo tão pouco tempo depois da nossa descoberta sombria, e não estou preparado para dizer que teríamos reavivado de imediato esses pensamentos se não fosse uma circunstância específica que surgiu e nos levou a um caminho novo de especulações. Tínhamos coberto o pobre Gedney de volta com a lona e estávamos em uma espécie de desorientação muda quando os sons finalmente chegaram à nossa consciência – os primeiros sons que ouvíamos desde que tínhamos descido da área aberta, onde o vento da montanha gemia de leve das alturas celestiais. Por mais conhecidos e mundanos que fossem, a presença deles naquele mundo remoto de morte foi mais inesperada e enervante do que qualquer tom grotesco ou fabuloso poderia ter sido, pois provocaram uma nova perturbação em todas as nossas noções de harmonia cósmica.

Se fosse algum vestígio daquele silvo musical bizarro por cima de uma cadeia ampla que o relatório de dissecação de Lake nos levou a esperar nos outros – e que, de fato, nossas fantasias tensas tinham procurado em todo uivo do vento que ouvimos desde que chegamos ao horror do acampamento –, teria uma espécie de congruência infernal com a região morta ao nosso redor. Uma voz de outras épocas pertence a um cemitério de outras épocas. Mas o ruído abalou todos os nossos ajustes profundamente arrumados – toda nossa aceitação tácita do interior da Antártida como um deserto tão total e irrevogavelmente desprovido de cada vestígio de vida normal quanto o disco estéril da lua. O que ouvimos não foi a nota fabulosa de uma blasfêmia enterrada da Terra antiga de cuja rigidez sobrenatural um sol polar nada envelhecido tinha evocado uma resposta monstruosa. Era uma coisa tão debochadamente normal e tão infalivelmente familiar dos nossos dias no mar perto da Terra de Vitória e dos nossos dias de acampamento no estreito de McMurdo que trememos de pensar naquilo ali, onde aquelas coisas não deviam estar. Para ser breve – foi o simples grasnado barulhento de um pinguim.

O som abafado veio de cantos subglaciais quase em frente ao corredor por onde tínhamos chegado ali – regiões na direção daquele outro túnel até o amplo abismo. A presença de uma ave marinha viva naquela direção – em um mundo cuja superfície era de esterilidade antiga e uniforme – podia levar a apenas uma conclusão; por isso, nosso primeiro pensamento foi de verificar a realidade objetiva do som. De fato, se repetiu; e parecia às vezes vir de mais de uma garganta. Ao procurar a fonte, passamos por um arco do qual muitos detritos tinham sido retirados; voltamos a marcar nosso caminho – com um suprimento adicional de papel tirado com repugnância curiosa de um dos montinhos debaixo das lonas nos trenós – e deixamos a luz do dia para trás.

Quando o chão congelado foi dando lugar a um piso coberto de detritos, discernimos com clareza marcas curiosas arrastadas; e uma vez Danforth encontrou uma marca distinta de um tipo cuja descrição seria supérflua demais. O caminho indicado pelos gritos dos pinguins era exatamente o que nosso mapa e nossa bússola informavam como uma aproximação à boca do túnel mais ao norte e ficamos felizes de descobrir que um caminho sem pontes nos níveis térreo e subterrâneo parecia aberto. O túnel, de acordo com o desenho, devia começar no porão de uma estrutura piramidal grande que parecíamos lembrar vagamente da nossa observação aérea como incrivelmente bem preservada. No nosso caminho, a única lanterna mostrou uma profusão costumeira de entalhes, mas não paramos para examinar nenhum deles.

De repente, uma forma branca volumosa surgiu na nossa frente e acendemos a segunda lanterna. É estranho como essa nova missão tinha afastado nossa mente por completo dos medos anteriores do que poderia estar se esgueirando por perto. Os outros, depois de deixarem os suprimentos no grande local circular, deviam ter planejado voltar após a excursão de avaliação na direção do abismo; contudo agora tínhamos descartado toda a cautela em relação a eles de forma tão completa quanto se nunca tivessem existido. Essa coisa branca e oscilante tinha um metro e oitenta, mas parecemos perceber na mesma hora que não era um daqueles outros. Eles eram maiores e escuros, e de acordo com as esculturas o movimento deles por superfícies terrestres era rápido e firme apesar da estranheza do equipamento de tentáculos nascido no mar. Dizer que a coisa branca não nos assustou profundamente seria mentira. Fomos mesmo tomados por um instante por um medo primitivo quase mais intenso do que o pior dos nossos medos racionais em relação aos outros. Mas houve um momento de anticlímax quando a forma branca passou por um arco lateral à nossa esquerda para se juntar a dois outros do mesmo tipo que o tinham convocado em tons agitados. Pois era só um pinguim – embora de uma espécie enorme e desconhecida, maior do que o maior dos reis pinguins conhecidos e monstruoso na combinação de albinismo e cegueira.

Quando seguimos a coisa até o arco e apontamos as duas lanternas para o grupo indiferente e distraído de três, vimos que eram todos albinos sem olhos da mesma espécie desconhecida e gigantesca. O tamanho nos lembrava alguns dos pinguins arcaicos representados nas esculturas dos Antigos e não demoramos para concluir que eram descendentes da mesma espécie – sem dúvida sobreviventes por terem se escondido em uma região mais quente cuja escuridão total destruiu sua pigmentação e atrofiou seus olhos até virarem meras fendas inúteis. O fato de o habitat atual deles ser o amplo abismo que procurávamos não foi questão de dúvida; e essa prova do calor e habitabilidade contínuos do golfo nos encheu das fantasias mais curiosas e sutilmente perturbadoras.

Também nos perguntamos o que tinha feito as três aves se aventurarem para fora do seu domínio habitual. O estado e o silêncio da grande cidade morta deixava claro que não tinha hora nenhuma sido local costumeiro de visitas, enquanto a manifesta indiferença do trio à nossa presença fazia parecer estranho que qualquer grupo dos outros passando pudesse tê-los sobressaltado. Era possível que os outros tivessem tido alguma reação agressiva ou tentado aumentar seu suprimento de carne? Nós duvidávamos que o odor pungente que os cachorros odiavam pudesse causar semelhante antipatia naqueles pinguins, pois seus ancestrais tinham obviamente vivido em excelentes termos com os Antigos – um relacionamento amigável que devia ter sobrevivido no abismo abaixo pelo tempo que qualquer Antigo ainda existisse. Lamentando – em um momento de ressurgimento do velho espírito da pura ciência – não podermos fotografar aquelas criaturas anômalas, nós logo as deixamos grasnando e seguimos na direção do abismo cuja abertura estava tão positivamente provada para nós e cuja direção exata as marcas ocasionais dos pinguins deixavam clara.

Pouco depois, uma descida íngreme em um corredor longo, baixo, sem portas e peculiarmente sem esculturas nos fez acreditar que enfim estávamos nos aproximando da boca do túnel. Tínhamos passado por mais dois pinguins e ouvimos outros imediatamente à frente. O corredor terminou em um grandioso espaço aberto que nos fez ofegar de forma involuntária – um hemisfério perfeitamente invertido, obviamente no subterrâneo profundo; com trinta metros de diâmetro e quinze de altura e arcos baixos se abrindo em todas as partes da circunferência menos uma, e aquela com uma boca cavernosa com uma abertura em arco preto que quebrava a simetria da câmara numa altura de quase cinco metros. Era a entrada do grande abismo.

Naquele amplo hemisfério, cujo teto côncavo era entalhado de forma impressionante e decadente de forma a parecer o domo celestial primordial, alguns pinguins albinos vagavam – alienígenas ali, mas indiferente e cegos. O túnel preto se abria indefinidamente depois de uma inclinação íngreme, a abertura adornada com batentes e lintéis grotescamente entalhados. Daquela boca críptica pensamos sentir uma corrente de ar um pouco mais quente e talvez até uma desconfiança de vapor, e nos perguntamos que entidades vivas além dos pinguins o vazio sem limites abaixo e a colmeia contígua da terra e das montanhas titânicas podia esconder. Também nos perguntamos se o rastro de fumaça vulcânica que foi a desconfiança inicial do pobre Lake, assim como a neblina estranha que nós mesmos tínhamos identificado em volta do pico coroado de baluartes, não podia ser causado pela tortuosa subida por canais de um vapor das regiões insondáveis do centro da Terra.

Ao entrar no túnel, vimos que seu contorno tinha – ao menos no começo – uns cinco metros para cada lado; laterais, piso e teto em arco compostos da habitual alvenaria megalítica. As laterais eram decoradas com cartelas esparsas de desenhos convencionais de um estilo mais recente e decadente; e toda a construção e os entalhes estavam maravilhosamente bem preservados. O piso estava limpo, exceto por um pouco de detritos com marcas dos pinguins saindo e dos outros entrando. Quanto mais avançamos, mais quente foi ficando; e logo estávamos desabotoando nossos trajes pesados. Imaginamos se havia mesmo alguma manifestação incandescente abaixo e se as águas do mar sem sol eram quentes. Depois de uma distância curta, a alvenaria abriu espaço para rocha sólida, embora o túnel mantivesse as mesmas proporções e apresentasse o mesmo aspecto de regularidade de entalhes. Ocasionalmente, a inclinação variada ficava tão íngreme que havia sulcos no chão. Várias vezes reparamos nas aberturas de galerias laterais menores não registradas em nossos diagramas; nenhuma delas a ponto de complicar o problema da nossa volta e todas bem-vindas como possíveis refúgios no caso de encontrarmos entidades indesejadas voltando do abismo. O odor obscuro daquelas coisas era bem distinto. Sem dúvida era uma tolice suicida nos aventurarmos naquele túnel nas condições conhecidas, mas a atração do inexplorado é mais forte em algumas pessoas do que a maioria desconfia – de fato, foi uma fascinação daquelas que nos levou àquele deserto polar desde o começo. Vimos vários pinguins quando passamos e especulamos sobre a distância que teríamos que atravessar. Os entalhes nos levaram a esperar uma caminhada íngreme em declive de cerca de um quilômetro e meio até o abismo, mas nossas caminhadas anteriores nos mostraram que não dava para confiar nas questões de escala.

Depois de uns quatrocentos metros, o odor obscuro ficou muito acentuado e fomos observando com atenção as várias aberturas laterais pelas quais passávamos. Não havia vapor visível como na entrada, mas sem dúvida era por causa da falta de ar mais frio. A temperatura estava subindo rápido, e não ficamos surpresos de encontrar uma pilha descuidada de materiais horrivelmente familiares para nós. Era composta de peles e lonas de barracas tiradas do acampamento de Lake, e não paramos para observar as formas bizarras dos cortes nos tecidos. Um pouco depois desse ponto, reparamos em uma diminuição radical de tamanho e número das galerias laterais e concluímos que devíamos ter chegado à região densa de colmeia embaixo dos contrafortes mais altos. O odor obscuro estava agora curiosamente misturado com outro odor, não menos ofensivo, de que natureza não tínhamos como adivinhar, embora pensássemos em organismos em decomposição e talvez fungos subterrâneos desconhecidos. Veio em seguida uma surpreendente expansão do túnel para a qual os entalhes não tinham nos preparado: um alargamento e aclive em uma caverna grandiosa, naturalmente elíptica com piso plano; com uns vinte metros de comprimento e quinze de largura e com muitas passagens laterais imensas levando para a escuridão misteriosa.

Embora essa caverna tivesse aparência natural, uma inspeção com as duas lanternas sugeriu que tinha sido formada pela destruição artificial de várias paredes entre túneis adjacentes da colmeia. As paredes eram ásperas e o teto alto e abobadado estava carregado de estalactites, mas o piso de rocha maciça tinha sido polido e estava livre de destroços, detritos e até poeira de uma forma anormal. Exceto pelo caminho pelo qual tínhamos chegado, os detritos estavam presentes em todos os pisos de todas as galerias a que ele levava; e a singularidade da condição foi tanta que nos deixou intrigados. O novo fedor curioso que tinha se acrescentado ao odor obscuro estava excessivamente pungente ali; tanto que destruía qualquer sinal do outro. Algo naquele lugar, com o piso polido e quase brilhando, nos pareceu mais vagamente surpreendente e horrível do que qualquer uma das coisas monstruosas que encontramos antes.

A regularidade da passagem logo à frente, assim como a proporção maior de fezes de pinguim ali, impediram toda a confusão quanto ao caminho certo em meio àquela pletora de bocas de caverna igualmente grandiosas. Ainda assim, decidimos voltar a usar a trilha de papel caso alguma complexidade se desenvolvesse à frente, pois não podíamos mais esperar encontrar marcas na sujeira. Ao retomar nosso progresso direto, voltamos a lanterna para as paredes do túnel – e paramos na mesma hora com surpresa pela mudança radical que tinha acontecido nos entalhes naquela parte da passagem. Percebemos, claro, a grande decadência das esculturas dos Antigos na época dos túneis; e também reparamos no trabalho inferior dos arabescos nas partes atrás de nós. Mas agora, naquela seção mais profunda depois da caverna, havia uma diferença repentina que transcendia explicações – uma diferença na natureza básica assim como na mera qualidade, envolvendo de forma tão profunda e calamitosa uma degradação de habilidade que nada na taxa de declínio observada até então podia nos levar a esperar aquilo.

Esse novo trabalho degenerado era rudimentar, ousado e não tinha nenhuma delicadeza de detalhes. Foi escareado com profundeza exagerada em faixas seguindo a mesma linha geral das esparsas cartelas das seções anteriores, mas a altura do relevo não chegava ao nível da superfície geral. Danforth teve a impressão de que era um segundo entalhe – uma espécie de palimpsesto formado depois da obliteração de um desenho anterior. Em natureza, era decorativo e convencional; e consistia de espirais e ângulos grosseiros seguindo de forma rudimentar a tradição matemática de cinco dos Antigos, mas parecendo mais uma paródia do que a perpetuação daquela tradição. Nós não conseguimos tirar da mente que um elemento externo sutil e profundo tinha sido acrescentado ao sentimento estético por trás da técnica – um elemento estranho, Danforth achava, que era responsável pela substituição manifestamente laboriosa. Era parecido do que tínhamos passado a reconhecer como arte dos Antigos, mas diferente o suficiente para nos preocupar; e fui persistentemente lembrado de coisas híbridas como as deselegantes esculturas palmirenas elaboradas no estilo romano. O fato de outros terem reparado naqueles mesmos entalhes foi indicado pela presença de uma bateria de lanterna usada no chão na frente de um dos desenhos mais característicos.

Como não podíamos passar mais nenhum tempo considerável no estudo, demos continuidade ao nosso avanço depois de uma olhada rápida, mas apontávamos com frequência o feixe da lanterna para as paredes para vermos se alguma outra mudança decorativa tinha ocorrido. Não identificamos nada do tipo, embora os entalhes estivessem em lugares meio esparsos por causa das numerosas bocas dos túneis laterais de piso liso. Vimos e ouvimos menos pinguins, mas pensamos ter percebido uma vaga desconfiança de um coro infinitamente distante dos pássaros em algum lugar nas profundezas da Terra. O novo e inexplicável odor estava abominavelmente forte e mal conseguimos detectar sinal do outro odor obscuro. Nuvens de vapor visível à frente sinalizava contrastes maiores na temperatura e a relativa proximidade dos penhascos escuros do grande abismo. De repente, de forma inesperada, vimos certas obstruções no chão polido à frente – obstruções que não eram pinguins – e acendemos a segunda lanterna depois de termos certeza de que os objetos continuavam imóveis.

XI.

Mais uma vez chego a um ponto em que é muito difícil prosseguir. Eu já deveria estar calejado a essa altura, mas há algumas experiências e insinuações que marcam fundo demais para permitir cicatrização e deixam só uma sensibilidade adicional que faz a memória despertar todo o horror original. Nós vimos, como mencionei, certas obstruções no piso polido à frente; e devo acrescentar que nossas narinas foram agredidas quase ao mesmo tempo por uma intensificação muito curiosa do fedor estranho prevalecente, agora claramente misturado com o fedor obscuro dos outros que passaram na nossa frente. A luz da segunda lanterna não deixou dúvida do que eram as obstruções, e só ousamos nos aproximar porque pudemos ver, mesmo de longe, que já tinham passado da capacidade de fazer mal como os seis espécimes semelhantes tirados dos túmulos gigantescos em forma de estrela do acampamento do pobre Lake.

Estavam incompletos, como a maioria dos que tínhamos desenterrado – embora ficasse claro pela poça densa verde-escura em volta deles que esse estado incompleto era infinitamente mais recente. Só parecia haver quatro, enquanto os boletins de Lake sugeriam não menos do que oito como formando o grupo que nos precedeu. Encontrá-los naquele estado foi totalmente inesperado e nos perguntamos que tipo de luta monstruosa tinha ocorrido ali, na escuridão.

Pinguins, quando atacados em grupo, retaliam com selvageria com os bicos; e nossos ouvidos agora tiveram certeza da existência de uma agitação mais à frente. Teriam os outros incomodado um lugar assim e despertado uma perseguição assassina? As obstruções não sugeriam isso, pois bicos de pinguim no tecido rígido que Lake dissecou não gerariam os danos terríveis que nosso olhar cada vez mais próximo estava começando a identificar. Além do mais, as aves cegas enormes que tínhamos visto pareciam singularmente pacíficas.

Houve então uma luta entre esses outros, e os quatro ausentes eram responsáveis? Se sim, onde estavam? Estariam próximos e com chance de serem uma ameaça imediata a nós? Olhamos com ansiedade para algumas das passagens laterais de piso liso enquanto continuamos nossa aproximação lenta e francamente relutante. Fosse qual fosse o conflito, ficou claro que foi ele que assustou os pinguins e os fez saírem andando de forma incomum. Devia então ter acontecido perto daquela balbúrdia distante no golfo incalculável à frente, pois não havia sinal de aves terem vivido normalmente ali. Talvez, refletimos, tivesse havido uma briga horrenda e a parte mais fraca procurou voltar para os trenós guardados quando os perseguidores acabaram com eles. Dava para imaginar o confronto demoníaco entre entidades monstruosas obscuras saindo do abismo escuro com grandes grupos de pinguins frenéticos grasnando e correndo à frente.

Admito que nos aproximamos das obstruções caídas e incompletas de forma lenta e relutante. Quem me dera que nunca tivéssemos nos aproximado delas, mas tivéssemos voltado correndo a toda velocidade para fora daquele túnel blasfemo com o piso liso e escorregadio e os murais degenerados imitando e debochando das coisas que tinham suplantado – corrido antes de vermos o que vimos e antes de nossas mentes serem marcadas por uma coisa que nunca vai nos deixar respirar em paz de novo!

Nossas duas lanternas estavam viradas para os objetos prostrados e logo percebemos o fator dominante da incompletude deles. Atacados, comprimidos, retorcidos e cortados como estavam, seu ferimento em comum era a decapitação total. De cada um, a cabeça de estrela-do-mar com tentáculos tinha sido removida; e quando chegamos mais perto vimos que a forma de remoção parecia mais uma dilaceração ou sucção infernal do que qualquer forma comum de corte. O icor fétido verde-escuro formava uma poça grande e cada vez maior, mas o fedor era parcialmente encoberto por aquele fedor mais novo e estranho, aqui mais pungente do que em qualquer outro ponto da nossa rota. Só quando chegamos bem perto das obstruções caídas foi que atribuímos o segundo fedor inexplicável a uma fonte imediata – e, assim que fizemos isso, Danforth, lembrando-se de certas esculturas bem vívidas da história dos Antigos no Permiano, 150 milhões de anos atrás, soltou um grito torturado pelos nervos que ecoou histericamente pela passagem arcaica abobadada com os entalhes palimpsestos malignos.

Cheguei perto de ecoar o grito dele, pois eu também tinha visto as esculturas primitivas e admirei com tremor a forma como o artista anônimo deu a indicação daquela hedionda cobertura de gosma encontrada em certos Antigos incompletos e prostrados – os que os temerosos shoggoths tinham caracteristicamente matado e sugado em uma medonha decapitação na grande guerra de ressubjugação. Eram esculturas famigeradas de pesadelo até mesmo quando contavam de coisas antigas e passadas, pois os shoggoths e seu trabalho não deveriam ser vistos por seres humanos e nem retratados por nenhum ser. O autor louco do *Necronomicon* tentou nervosamente jurar que nenhum foi criado neste planeta e que só sonhadores drogados os conceberam. Protoplasma amorfo capaz de imitar e refletir todas as formas e órgãos e processos... aglutinações viscosas de células efervescentes... esferoides emborrachados de 4,5 metros infinitamente plásticos e maleáveis... escravos da sugestão, construtores de cidades... mais e mais intratáveis, mais e mais inteligentes, mais e mais anfíbios, mais e mais imitadores... por Deus! Que loucura fez até os blasfemos Antigos estarem dispostos a usar e entalhar coisas como aquelas?

Agora, quando Danforth e eu vimos a gosma preta brilhante e reflexivamente iridescente grudada naqueles corpos decapitados que fediam de forma obscena com aquele novo odor desconhecido cuja causa só uma imaginação doentia poderia criar – grudada naqueles corpos e cintilando com menos volume em uma parte lisa da amaldiçoada parede reesculpida *em uma série de pontos agrupados* –, nós entendemos a qualidade do medo cósmico em suas maiores profundezas. Não foi medo dos quatro que faltavam – pois tínhamos motivos para crer que eles não causariam mais mal nenhum. Pobres diabos! Afinal, eles não eram malvados por natureza. Eram os homens de outra era e de outra ordem de existência. A natureza pregou uma peça infernal neles – como faz com qualquer outro que a loucura humana, a insensibilidade ou a crueldade pode futuramente encontrar naquele deserto polar hediondamente morto ou adormecido –, e esse era o retorno trágico.

Eles nem eram selvagens – pois o que tinham feito de fato? Aquele horrendo despertar no frio de uma época desconhecida – talvez um ataque pelos quadrúpedes peludos latindo freneticamente e uma deferência atordoada por eles e pelos também frenéticos símios brancos com adereços e parafernálias estranhas... pobre Lake, pobre Gedney... e pobres Antigos! Cientistas até o fim – o que eles fizeram que não teríamos feito no lugar deles? Deus, que inteligência e persistência! Que enfrentamento do incrível, assim como os parentes entalhados e antepassados tinham enfrentado coisas só um pouco menos críveis! Radiados, vegetais, monstruosidades, cria das estrelas – o que quer que fossem, eles eram homens!

Tinham atravessado os picos gelados em cujas encostas haviam idolatrado e vagado entre a vegetação. Encontraram sua cidade morta silenciosa sob sua maldição e leram sobre os dias finais nos entalhes, como fizemos. Tentaram chegar aos outros indivíduos vivos nas míticas profundezas de escuridão que eles nunca tinham visto – e o que encontraram? Tudo isso passou ao mesmo tempo pelos meus pensamentos e os de Danforth enquanto olhávamos das formas decapitadas cobertas de gosma para as horrendas esculturas palimpsestas e para os diabólicos grupos de pontos de gosma fresca na parede ao lado – olhamos e entendemos o que devia ter triunfado e vivido lá embaixo, na ciclópica cidade aquática naquele abismo mergulhado na noite e rodeado de pinguins, ao mesmo tempo que uma neblina sinistra e sinuosa começou a surgir palidamente como se em resposta ao grito histérico de Danforth.

O choque de reconhecer a gosma monstruosa e a decapitação nos deixou paralisados como estátuas mudas e imóveis, e só em conversas posteriores que descobrimos a identidade total dos nossos pensamentos no momento. Parecia que ficamos séculos parados lá, mas na verdade não poderiam ter sido mais de dez ou quinze segundos. Aquela neblina odiosa e pálida veio se aproximando como se verdadeiramente conduzida por uma massa mais remota – e então houve um som que abalou boa parte do que tínhamos acabado de decidir, quebrando o feitiço e nos permitindo correr como loucos pelos pinguins confusos grasnando pela trilha anterior até a cidade, por corredores megalíticos cobertos de gelo até o círculo aberto e subindo aquela rampa arcaica em espiral em uma procura automática e frenética pela superfície e pela luz do dia.

O novo som, como insinuei, abalou boa parte da nossa decisão; porque foi o que a dissecação do pobre Lake nos levou a atribuir aos que tínhamos acabado de julgar como mortos. Danforth me disse depois que foi precisamente o que ele identificou em forma infinitamente abafada naquele ponto depois da esquina da viela acima do nível glacial; e tinha uma semelhança chocante com os silvos metálicos que ouvimos perto das cavernas nas montanhas. Sob risco de parecer pueril, vou acrescentar mais uma coisa; no mínimo por causa da forma surpreendente como a impressão de Danforth ressoava com a minha. Claro que leituras em comum prepararam nós dois para fazermos essa interpretação, embora Danforth tenha feito alusões sobre fontes insuspeitas e proibidas a que Poe pode ter tido acesso ao escrever seu *A narrativa de Arthur Gordon Pym* um século antes. Deve ser lembrança coletiva que, naquela história fantástica, há uma palavra de significância desconhecida, mas terrível e extraordinária ligada à Antártida, gritada eternamente pelas aves gigantescas e espectrais da neve no centro daquela região maligna. "*Tekeli-li! Tekeli-li!*" Posso admitir que foi exatamente isso que pensamos ouvir transmitido por aquele som repentino por trás da neblina que avançava – aqueles silvos musicais pérfidos de alcance singularmente amplo.

Estávamos fugindo a toda velocidade antes de três notas ou sílabas serem emitidas, embora soubéssemos que a rapidez dos Antigos permitiria que qualquer sobrevivente da matança despertado pelo grito fosse nos ultrapassar em um momento se realmente desejasse. Mas tínhamos uma vaga esperança de que uma conduta não agressiva e a exibição de raciocínio semelhante pudessem fazer um desses seres nos poupar em caso de captura; ao menos por curiosidade científica. Afinal, se uma criatura daquelas não tivesse nada a temer por si, não teria motivo para nos fazer mal. Sendo inútil nos escondermos naquelas conjunturas, usamos nossas lanternas para dar uma olhada para trás e percebemos que a neblina estava se dissipando. Nós finalmente veríamos um espécime completo e vivo daqueles outros? Mais uma vez veio o silvo musical pérfido: "*Tekeli-li! Tekeli-li!*"

Ao reparar que estávamos indo mais rápido que nosso perseguidor, nos ocorreu que a entidade podia estar ferida. Mas não podíamos correr riscos, pois era óbvio que estava se aproximando em resposta ao grito de Danforth e não em fuga de outra entidade. O tempo era apertado demais para dúvida. Do paradeiro do pesadelo menos concebível e menos mencionável – a montanha fétida e não vislumbrada de protoplasma cuspidor de gosma cuja espécie tinha conquistado o abismo e enviado pioneiros para a superfície para reentalharem e se espremerem pelas tocas nas colinas – não tínhamos como palpitar; e sofremos genuinamente por deixar aquele Antigo provavelmente ferido – talvez sobrevivente solitário – correndo perigo de recaptura e de um destino indescritível.

Graças aos céus não diminuímos o ritmo da corrida. A neblina serpenteante tinha adensado novamente e estava se aproximando com velocidade cada vez maior; enquanto os pinguins perdidos atrás de nós estavam grasnando e gritando e exibindo sinais de um pânico surpreendente considerando a relativa confusão menor de quando passamos por eles. Mais uma vez soou o silvo sinistro e amplo: "*Tekeli-li! Tekeli-li!*"

Estávamos errados. A coisa não estava ferida, só tinha parado ao encontrar os corpos dos companheiros mortos e a inscrição infernal acima deles. Nós nunca teríamos como saber qual era a mensagem demoníaca – mas aqueles enterros no acampamento de Lake mostraram quanta importância os seres davam aos seus mortos. Nossa lanterna usada com descuido revelou agora à nossa frente a grande caverna aberta onde vários caminhos convergiam e ficamos felizes de estarmos deixando para trás as esculturas palimpsestas mórbidas – quase sentidas mesmo quando quase não vistas.

Outro pensamento que a aparição da caverna inspirou foi a possibilidade de perdermos nosso perseguidor naquele foco surpreendente de grandes galerias. Havia vários dos pinguins albinos no espaço aberto e pareceu claro que o medo deles da entidade que se aproximava era extremo, a ponto de ser impossível de avaliar. Se naquele momento diminuíssemos a intensidade da lanterna até o mínimo da nossa necessidade para prosseguir, mantendo-a estritamente voltada para a frente, os movimentos e grasnidos assustados das aves enormes na neblina poderiam abafar nossos passos, esconder nosso verdadeiro rumo e, de alguma forma, gerar uma pista falsa. No meio da neblina borbulhante e espiralada, o piso sujo e cheio de lixo do túnel principal além daquele ponto, diferente dos outros caminhos morbidamente polidos, não formava uma característica distinta; pelo que podíamos conjecturar, nem para os indicados sentidos especiais que tornavam os Antigos em parte, embora imperfeitamente, independentes de luz nas emergências. Na verdade, estávamos um pouco apreensivos de nos perdermos na nossa pressa. Pois é claro que tínhamos decidido seguir reto na direção da cidade morta; afinal, as consequências de nos perdermos naquelas colmeias desconhecidas nos contrafortes seriam impensáveis.

O fato de que sobrevivemos e voltamos é prova suficiente de que a coisa pegou uma galeria errada enquanto pegávamos providencialmente a correta. Só os pinguins não tinham como nos salvar, mas em conjunção com a neblina, pareciam que tinham feito exatamente isso. Só um destino benigno manteve os vapores densos o suficiente no momento certo, pois eles estavam em constante mudança e ameaçando sumir. De fato, dissiparam-se por um segundo, pouco antes de sairmos do túnel hediondamente reesculpido na caverna; e por isso tivemos um único e parcial vislumbre da entidade que se aproximava ao lançarmos um último e desesperado olhar temeroso para trás antes de diminuirmos a luz da lanterna e nos misturarmos com os pinguins na esperança de escapar da perseguição. Se o destino que nos protegeu foi benigno, o que nos deu o vislumbre parcial era infinitamente o oposto, pois àquele relance momentâneo pode ser atribuído metade do horror que nos assombra desde então.

Nosso exato motivo para olhar novamente talvez tenha sido só o instinto imemorial de avaliar a natureza e o rumo do perseguidor; ou talvez tenha sido uma tentativa automática de responder a uma pergunta subconsciente levantada por um dos nossos sentidos. No meio da nossa corrida, com todas as nossas faculdades voltadas para a fuga, não estávamos em condição de observar e analisar detalhes, mas até nossos latentes neurônios deviam ter questionado as mensagens levadas a eles pelas nossas narinas. Depois percebemos o que foi – que nossa fuga da cobertura gosmenta e fétida naquelas obstruções decapitadas, e a coincidente aproximação da entidade que nos perseguia, não nos proporcionou a troca de fedores com a lógica que deveria. Na vizinhança das coisas caídas, aquele fedor novo e inexplicável era dominante; contudo, àquela altura, devia ter dado lugar ao fedor obscuro associado aos outros. Isso não aconteceu – o que houve foi que o novo e menos suportável odor estava agora virtualmente não diluído, ficando mais e mais venenoso e insistente a cada segundo.

Por isso, nós olhamos para trás – ao mesmo tempo, ao que parece; embora sem dúvida a movimentação incipiente de um tenha gerado a imitação do outro. Quando fizemos isso, viramos as duas lanternas com a luz no máximo para a neblina momentaneamente mais dissipada; ou pela mera ansiedade primitiva de ver tudo que pudéssemos ou em um esforço menos primitivo, mas igualmente inconsciente, de atordoar a entidade antes de diminuirmos as luzes e nos misturarmos aos pinguins do centro do labirinto à frente. Que ato infeliz! Nem o próprio Orfeu, nem a esposa de Ló, pagaram tanto por um olhar para trás. Mais uma vez soou aquele silvo chocante e amplo: "*Tekeli-li! Tekeli-li!*"

É melhor eu ser franco – ainda que não suporte ser muito direto – ao declarar o que vimos; embora na hora sentíssemos que não poderia ser admitido nem um para o outro. As palavras alcançando o leitor não podem nem chegar perto do horror da visão em si. Afetou nossa consciência de forma tão completa que me questiono como tivemos o bom senso residual de diminuir a luz das lanternas como planejávamos e de pegar o túnel certo na direção da cidade morta. Só o instinto pode nos ter feito seguir em frente – talvez melhor do que a razão poderia ter feito; embora, se foi isso que nos salvou, tenhamos pagado um preço alto. De razão temos certeza de que havia sobrado pouco. Danforth estava totalmente descontrolado, e a primeira coisa de que me lembro do resto do trajeto foi de ouvi-lo cantar como um tonto uma fórmula histérica na qual só eu na humanidade inteira poderia ter encontrado qualquer coisa que não fosse irrelevância insana. Reverberava em falsete em ecos entre os grasnidos dos pinguins; reverberava pelas abóbadas acima e – graças a Deus – pelas abóbadas agora vazias atrás de nós. Ele não pode ter começado imediatamente – senão não estaríamos vivos, correndo cegamente. Tremo de pensar que tipo de diferença as reações nervosas dele poderiam ter gerado.

– Estação South Station... estação Washington... estação Park Street... Kendall... Central... Harvard...

O pobre sujeito estava citando as estações familiares do metrô Boston-Cambridge, que atravessava nosso subsolo nativo pacífico na Nova Inglaterra, a milhares de quilômetros dali, mas para mim o ritual não tinha irrelevância, nem me dava sensação de lar. Só trazia horror, porque eu entendia sem dúvida nenhuma a analogia monstruosa e nefanda que sugeria. Nós esperávamos, ao olharmos para trás, ver uma entidade terrível e incrível em movimento se as neblinas estivessem dissipadas o suficiente, mas dessa entidade já tínhamos formado uma ideia clara. O que vimos – pois a neblina estava de fato maligna e fina demais – foi uma coisa completamente diferente e imensamente mais hedionda e detestável. Era a incorporação total e objetiva da "coisa que não deveria existir" do novelista fantástico; e seu análogo compreensível mais próximo é um trem de metrô enorme em disparada como se vê de uma plataforma – a grande frente preta surgindo colossalmente de distância subterrânea infinita, cercada de luzes de cores estranhas e ocupando o túnel prodigioso enquanto um pistão preenche um cilindro.

Mas não estávamos na plataforma da estação. Estávamos nos trilhos à frente enquanto a coluna plástica de pesadelo feita de iridescência preta fétida escorria firmemente para a frente pela fístula de quase cinco metros; ganhando velocidade irreal e empurrando à sua frente uma nuvem grossa em espiral do pálido vapor do abismo. Era uma coisa terrível e indescritível maior do que qualquer trem de metrô – um conglomerado amorfo de bolhas protoplásmicas, levemente luminoso e com miríades de olhos temporários se formando e sumindo como pústulas de luz esverdeada por todo o túnel, vindo na nossa direção, esmagando os frenéticos pinguins e deslizando pelo piso brilhante que ele e sua espécie tinham livrado tão malignamente de todo o lixo. Aquele grito sobrenatural e debochado continuava soando: "*Tekeli-li! Tekeli-li!*"

Enfim lembramos que os demoníacos shoggoths – que receberam a vida, o pensamento e um padrão de órgãos plásticos dos Antigos, sem linguagem própria exceto o que os grupos de pontos expressavam – *também não tinham voz, exceto os ruídos imitando a fala dos extintos mestres.*

XII.

Danforth e eu temos lembranças de surgirmos no grande hemisfério esculpido e de voltarmos pelas grandes salas ciclópicas e corredores da cidade morta; contudo são apenas fragmentos de sonhos que não envolvem lembrança de vontade, de detalhes e nem de esforço físico. Era como se tivéssemos flutuado em um mundo ou dimensão nebulosa sem tempo, propósito ou orientação. A luz cinzenta do dia do amplo espaço circular nos deixou um pouco mais sóbrios, mas não chegamos perto dos trenós agrupados nem olhamos de novo o pobre Gedney e o cachorro. Eles têm um mausoléu estranho e titânico e espero que o fim do planeta os encontre do mesmo jeito que estavam.

Foi ao subir com dificuldade a rampa colossal em espiral que sentimos pela primeira vez a terrível fadiga e dificuldade de respiração que nossa corrida pelo ar rarefeito do platô tinha produzido; entretanto nem o medo de uma queda nos fez parar antes de chegarmos ao ambiente externo normal de sol e céu. Havia algo vagamente apropriado na nossa partida daquelas épocas enterradas, pois, conforme subimos ofegantes o cilindro de dezoito metros de alvenaria antiga, vislumbramos ao nosso lado uma processão contínua de esculturas heroicas na técnica antiga e primorosa da espécie morta – um adeus dos Antigos, escrito cinquenta milhões de anos antes.

Quando finalmente chegamos ao topo, nos vimos em uma pilha enorme de blocos caídos; com paredes curvas de pedra maiores ao oeste e os picos enormes das grandes montanhas aparecendo além das estruturas mais destruídas do leste. O sol baixo da Antártida à meia-noite espiava do horizonte austral pelas fendas nas ruínas irregulares, e a terrível idade e morte da cidade de pesadelo pareciam ainda mais sombrios em contraste com as coisas relativamente conhecidas e costumeiras, como as características da paisagem polar. O céu acima era uma massa agitada e opalescente de vapores tênues do gelo, e o frio grudou nas nossas forças vitais. Retirando com cansaço as mochilas de equipamentos às quais nos agarramos por instinto na nossa fuga desesperada, abotoamos os trajes pesados para a descida do monte e a caminhada pelo labirinto de pedra antiquíssimo até o contraforte onde nosso avião aguardava. Sobre o que nos fez correr desesperados pela escuridão do segredo da terra e dos golfos arcaicos, não dissemos nada.

Em menos de quinze minutos tínhamos encontrado a encosta íngreme até o contraforte – provavelmente um antigo terraço – pela qual tínhamos descido e vimos o volume escuro do nosso grande avião no meio das esparsas ruínas na encosta em aclive à frente. Na metade da subida até nosso objetivo, paramos para recuperar o fôlego por um momento e nos viramos para olhar novamente para o fantástico emaranhado paleogênico de incríveis formas de pedra abaixo de nós – mais uma vez delineado misticamente contra um oeste desconhecido. Quando fizemos isso, vimos que o céu tinha perdido a névoa matinal; os vapores de gelo tinham se movido zênite acima, onde os contornos debochados pareciam a ponto de gerar um padrão bizarro que temiam tornar definitivo ou conclusivo.

Agora estava revelado no horizonte branco atrás da cidade grotesca uma linha fraca e delicada de um violeta comprido cujos picos em forma de agulha se projetavam de forma sonhadora na frente da cor rosada atraente do céu ocidental. Na direção dessa margem cintilante havia o antigo planalto, o rumo afundado do antigo rio o atravessando como uma fita irregular de sombra. Por um segundo, olhamos sem fôlego com admiração pela beleza cósmica etérea da cena, mas um vago horror começou a surgir nas nossas almas. Pois aquela linha violeta distante só podia ser sinal das terríveis montanhas da terra proibida: os mais altos picos da Terra e o foco do mal da Terra; hospedeiros de horrores obscuros e segredos arcaicos; evitadas e desejadas pelos que temiam entalhar seu significado; intocada por qualquer coisa viva da Terra, mas visitada pelas luzes sinistras e enviando raios sinistros pelas planícies na noite polar – sem dúvida o arquétipo desconhecido daquele temido Kadath no Deserto Gelado além da abominável Leng, sobre a qual lendas primitivas insinuam evasivamente. Éramos os primeiros seres humanos a vê-las... e espero em nome de Deus que tenhamos sido os últimos.

Se os mapas e figuras esculpidas daquela cidade pré-humana estivessem corretos, aquelas montanhas violeta crípticas não podiam estar a muito mais de quinhentos quilômetros de distância, mas a projeção da essência suave e fina não era menos apurada acima da borda remota e coberta de neve, como a beirada serrada de um planeta alienígena monstruoso prestes a subir aos céus desconhecidos. Sua altura, então, devia ser tremenda, além de qualquer comparação conhecida – levando-as até as camadas atmosféricas tênues habitadas por espectros gasosos aos quais voadores imprudentes mal sobreviveram para relatar em sussurros depois de eventos inexplicáveis. Ao olhar para elas, pensei nervosamente em certas dicas esculpidas do que o grande rio desviado tinha levado para a cidade das encostas malditas – e me perguntei quanto sentido e quanta loucura havia nos medos dos Antigos que as entalharam tão recentemente. Relembrei que o lado norte devia chegar perto da costa da Terra da Rainha Mary, onde sem dúvida a expedição de Sir Douglas Mawson estava trabalhando a menos de 1.500 quilômetros; e torci para que nenhum acaso ruim desse a Sir Douglas e seus homens um vislumbre do que podia haver além da cadeia montanhosa costeira protetora. Esses pensamentos davam uma medida da minha condição de esgotamento na ocasião – e Danforth parecia estar ainda pior.

Mas, bem antes de termos passado pela grande ruína em forma de estrela e chegado ao avião, nossos medos tinham se transferido para a menor, mas ainda assim enorme, cadeia cuja travessia nos aguardava de novo. Daquele contraforte, as encostas pretas cobertas de ruínas subiam com rigidez e horror no leste, mais uma vez nos lembrando as estranhas pinturas asiáticas de Nicholas Roerich; e quando pensamos nas malditas colmeias dentro delas e nas temerosas entidades amorfas que deviam ter aberto caminho fétido se contorcendo até os pináculos ocos mais altos, não conseguimos encarar sem pânico a perspectiva de novamente passar pelas sugestivas bocas de caverna onde o vento fazia sons como um silvo musical do mal por toda a cadeia montanhosa. Para piorar, vimos traços distintos de neblina local em volta de vários cumes – como o pobre Lake devia ter visto quando cometeu aquele erro sobre vulcanismo no começo – e pensamos com tremor naquela neblina semelhante da qual tínhamos acabado de escapar; nisso e no abismo blasfemo carregado de horrores de onde os vapores vinham.

Tudo estava bem com o avião e vestimos desajeitados as peles pesadas de voo. Danforth ligou o motor sem dificuldades e fizemos uma decolagem tranquila por cima da cidade de pesadelo. Abaixo de nós, a alvenaria ciclópica primitiva se espalhava como quando a vimos pela primeira vez – tão curta, mas tão infinitamente longa, um tempo atrás – e começamos a subir e virar para testar o vento para nossa travessia pela passagem. Em um nível bem alto, devia ter havido uma grande perturbação, pois as nuvens de pó de gelo do zênite estavam fazendo todo tipo de coisas fantásticas, porém a mais de sete mil metros, a altura que precisávamos para a passagem, achamos a navegação bem praticável. Quando fomos chegando perto dos picos altos, o silvo estranho do vento se tornou novamente um manifesto, e vi as mãos de Danforth tremendo nos controles. Apesar de amador, pensei naquele momento que eu talvez fosse melhor navegador do que ele para efetuar a perigosa travessia entre pináculos; e quando fiz sinal para trocarmos de assento e eu assumir a função de piloto, ele não protestou. Tentei manter toda minha habilidade e autocontrole e olhei para o setor de céu vermelho mais distante entre as paredes da passagem – me recusando com determinação a prestar atenção às nuvens de vapor do topo da montanha e desejando ter orelhas tapadas com cera como os homens de Ulisses na costa das sereias para impedir que aquele silvo perturbador chegasse à minha consciência.

Mas Danforth, liberado da pilotagem e tenso em um limite perigoso, não conseguiu ficar quieto. Senti-o se virando e se contorcendo enquanto olhava para a terrível cidade que ia ficando para trás, para os picos cheios de cavernas e cubos nas encostas à frente, para o mar gelado de contrafortes cheios de neve e baluartes espalhados e para o céu com nuvens grotescas acima. Foi nessa hora, quando eu estava tentando passar em segurança pela passagem, que o grito louco dele nos levou tão perto do desastre, quebrando minha concentração e me fazendo mexer desesperado nos controles por um momento. Um segundo depois, minha determinação triunfou e fizemos a travessia em segurança – mas temo que Danforth nunca mais seja o mesmo.

Eu já disse que Danforth se recusou a me contar que horror final o fez gritar de forma tão insana – um horror que, tenho uma certeza triste, é o principal responsável por seu colapso atual. Tivemos uma conversa aos gritos, entrecortada em meio ao silvo do vento e ao zumbido do motor, quando chegamos ao lado seguro da cadeia montanhosa e descemos lentamente na direção do acampamento, mas foram mais juras de segredo que fizemos enquanto nos preparávamos para abandonar a cidade de pesadelo. Certas coisas, concordamos, não eram para as pessoas saberem e discutirem levianamente – e eu não falaria delas agora se não fosse a necessidade de cancelar a Expedição Starkweather-Moore, e outras semelhantes, a qualquer custo. É absolutamente necessário, pela paz e segurança da humanidade, que alguns cantos escuros e mortos e algumas profundezas inexploradas da Terra sejam deixados em paz; para que as anormalidades adormecidas não acordem em uma vida ressurgente e os pesadelos blasfemos sobreviventes não se contorçam e saiam se debatendo das tocas pretas para conquistas mais novas e amplas.

A única coisa que Danforth deu a entender é que o horror final foi uma miragem. Ele declara que não foi nada relacionado aos cubos e cavernas de vapores ecoantes que percorriam as montanhas da loucura que atravessamos, mas um único vislumbre fantástico e demoníaco entre as nuvens agitadas do zênite, do que havia naquelas outras montanhas violetas a oeste que os Antigos evitavam e temiam. É bem provável que a coisa tenha sido uma mera ilusão originada do estresse anterior que passamos e da miragem real, ainda que não reconhecida, da cidade morta atrás da montanha vivenciada perto do acampamento de Lake no dia anterior – mas foi tão real para Danforth que ele ainda sofre por ela.

Em raras ocasiões, ele sussurrou coisas desconjuntadas e irresponsáveis sobre "o poço negro", "as paredes entalhadas", os "proto-shoggoths", "os sólidos sem janelas com cinco dimensões", "o cilindro obscuro", "o farol antigo", "Yog-Sothoth", "a geleia branca primitiva", "a cor do espaço", "as asas", "os olhos na escuridão", "a escada da lua", "os originais, os eternos, os imortais" e outras concepções bizarras. No entanto, quando está totalmente dono de si ele repudia isso tudo e atribui às suas leituras curiosas e macabras dos anos anteriores. Danforth, de fato, é conhecido como um dos poucos que já ousaram ler por inteiro o exemplar comido de traças do *Necronomicon* guardado a sete chaves na biblioteca da faculdade.

O horizonte, quando atravessamos a cordilheira, estava bem vaporoso e agitado; e, apesar de eu não ter visto o zênite, posso muito bem imaginar que as espirais de pó de gelo podem ter assumido formas estranhas. A imaginação, sabendo a forma vívida com que cenas distantes podem às vezes serem refletidas, refratadas e ampliadas por camadas de nuvens agitadas, pode facilmente ter fornecido o resto – e claro que Danforth não indicou nenhum desses horrores específicos até bem depois que sua memória tivesse tido chance de relembrar a leitura antiga. Ele nunca poderia ter visto tanto em um olhar momentâneo.

Na ocasião, os gritos dele foram confinados à repetição de uma única palavra louca de fonte óbvia demais:

"*Tekeli-li! Tekeli-li!*"

A SOMBRA DE INNSMOUTH

I.

Durante o inverno de 1927-1928, representantes do governo federal fizeram uma investigação estranha e secreta a respeito de certas condições no antigo porto de Innsmouth, em Massachusetts. O público soube pela primeira vez sobre isso em fevereiro, quando uma série de invasões e prisões ocorreram, seguidas da queima e explosão com dinamite – tomadas as precauções adequadas – de um número enorme de casas desmoronando, cheias de cupins e supostamente vazias ao longo do litoral abandonado. As almas pouco curiosas deixaram essa ocorrência passar como um dos maiores conflitos em uma guerra espasmódica contra o álcool.

No entanto, os mais atentos questionaram o número prodigioso de prisões, a força anormalmente grande de homens empregados para efetuá-las e o segredo envolvendo o destino dos prisioneiros. Nenhum julgamento e nenhuma acusação definitiva foram relatados; e nenhum dos prisioneiros foi visto depois nas prisões regulares da nação. Houve vagas declarações sobre doenças e campos de concentração, e mais tarde sobre dispersão em várias prisões navais e militares, mas nada foi confirmado. A cidade de Innsmouth ficou quase desabitada, e só agora começa a dar sinais de uma existência lentamente revivida.

As reclamações das muitas organizações liberais foram recebidas com longas discussões confidenciais, e representantes foram levados em viagens a certos campos e prisões. Como resultado, essas sociedades se tornaram surpreendentemente passivas e reticentes. Os jornalistas foram mais difíceis de manobrar, mas pareceram colaborar amplamente com o governo no fim. Só um jornal – um tabloide que sempre era desconsiderado por sua política descabida – mencionou o submarino de grandes profundidades que disparou torpedos contra o abismo marinho abaixo do Recife do Diabo. Esse item, descoberto por acaso em um antro de marinheiros, pareceu mesmo improvável, pois o recife baixo e escuro fica a dois quilômetros do porto de Innsmouth.

As pessoas de todo o país e das cidades próximas fofocaram muito entre si, mas disseram bem pouco para o mundo externo. Elas falaram sobre a moribunda e parcialmente deserta Innsmouth por quase um século, e nada novo poderia ser mais louco nem mais horrendo do que o que eles sussurraram e deram a entender nos anos anteriores. A experiência lhes ensinara a manter segredo, e agora não havia necessidade de exercer pressão sobre elas. Além do mais, elas realmente sabiam bem pouco; os amplos pântanos salgados, desolados e desertos mantêm os vizinhos longe de Innsmouth.

Finalmente vou desafiar a proibição de falar sobre isso. Tenho certeza de que os resultados são tão detalhados que nenhum mal público, exceto um choque de repulsa, poderia resultar da indicação do que foi visto pelos invasores horrorizados de Innsmouth. Além do mais, o que foi encontrado pode ter mais de uma explicação. Não sei quanto da história inteira me contaram, e tenho muitos motivos para não querer mergulhar mais fundo. Pois meu contato com essa história foi mais próximo do que o de qualquer outro leigo e me trouxe impressões que ainda me levarão a medidas drásticas.

Fui eu que fugi freneticamente de Innsmouth na madrugada do dia 16 de julho de 1927, e foram os meus apelos assustados por uma investigação do governo e alguma ação que geraram todo o episódio relatado. Eu estava disposto a ficar calado enquanto o caso era recente e incerto, mas, agora que virou história antiga, sem o interesse público e a curiosidade anteriores, sinto um desejo estranho de sussurrar sobre aquelas poucas horas assustadoras naquele porto mal falado e coberto por uma sombra maligna de morte e anormalidade blasfema. O mero relato me ajuda a restaurar a confiança nas minhas próprias faculdades, me reassegura de que não fui simplesmente o primeiro a sucumbir a uma alucinação contagiosa de pesadelo. Ajuda-me também a tomar uma decisão em relação a um passo terrível que me aguarda logo à frente.

Eu nunca tinha ouvido falar de Innsmouth até a véspera do dia em que vi a cidade pela primeira e, até agora, última vez. Estava comemorando minha maioridade com uma viagem pela Nova Inglaterra – para visitar paisagens, antiquários e conhecer melhor a minha genealogia – e tinha planejado ir diretamente da antiga

Newburyport para Arkham, de onde vinha a família da minha mãe. Eu não tinha carro, mas estava viajando de trem, bonde e ônibus, sempre em busca da rota mais barata. Em Newburyport, me disseram que o trem a vapor era o melhor transporte para Arkham, e foi só na bilheteria da estação, quando questionei a tarifa alta, que soube sobre Innsmouth. O atendente robusto de expressão arguta, cuja fala deixava claro que não era um local, pareceu solidário aos meus esforços para economizar e deu uma sugestão que nenhum outro informante oferecera.

– Você *poderia* pegar o ônibus antigo, acho – disse com certa hesitação –, mas o pessoal daqui não gosta muito. Passa por Innsmouth, você talvez tenha ouvido falar, e por isso as pessoas não gostam. É de um sujeito de Innsmouth, Joe Sargent, mas ele nunca pega clientes aqui nem em Arkham, eu acredito. Nem sei como continua funcionando. Acho que é bem barato, mas nunca vejo mais de duas ou três pessoas lá dentro, só os moradores de Innsmouth. Sai da praça, na frente da farmácia Hammond, às dez da manhã e às sete da noite, a não ser que tenha mudado o itinerário recentemente. Parece uma lata velha horrível, mas nunca andei nele.

Foi a primeira vez que ouvi falar da obscura Innsmouth. Qualquer referência a uma cidade que não aparecia nos mapas comuns nem era listada nos guias recentes me interessaria, e o jeito estranho e alusivo do bilheteiro despertou uma curiosidade real. Uma cidade que inspira tanta repulsa nos vizinhos, pensei, deve ser um tanto incomum e digna de atenção turística. Se fosse antes de Arkham, eu pararia lá – e por isso pedi ao bilheteiro para me contar um pouco sobre Innsmouth. Ele foi cauteloso e falou com ar de quem se sentia um pouco superior ao que estava contando.

– Innsmouth? Bom, é uma aldeiazinha estranha na boca do Manuxet. Era quase uma cidade, um porto e tanto antes da guerra de 1812, mas ficou em ruínas nos últimos cem anos. Não tem ferrovia agora. A B. & M. nunca passou por lá, e a linha de Rowley foi abandonada anos atrás.

"Tem mais casas vazias do que gente, acho, e nenhuma atividade exceto a pesca de peixes e lagostas. Todo mundo faz comércio aqui ou em Arkham ou em Ipswich. Já houve algumas fábricas, mas não sobrou nada agora, exceto uma refinaria de ouro funcionando bem poucas horas.

"Mas essa refinaria foi importante, e o Velho Marsh, que é o dono, deve estar mais rico do que Creso. Ele é um burro velho e não sai de perto de casa. Dizem que desenvolveu uma doença de pele ou alguma deformidade no fim da vida que o faz ficar longe da vista das pessoas. Neto do capitão Obed Marsh, que fundou o negócio. A mãe dele parece que foi estrangeira, dizem que de uma ilha do Mar do Sul, e todo mundo criou caso quando ele se casou com uma garota de Ipswich cinquenta anos atrás. Sempre fazem isso com as pessoas de Innsmouth, e o pessoal daqui e das redondezas tenta esconder qualquer sangue de Innsmouth que possa ter. Mas os filhos e netos de Marsh são bem comuns até onde eu sei. Já me mostraram aqui quem eles são... se bem que, pensando bem, os mais velhos não têm vindo ultimamente. Nunca vi o pai.

"E por que todo mundo fala tão mal de Innsmouth? Bom, meu jovem, você não deve levar tão a sério o que as pessoas daqui dizem. É difícil fazê-las começarem a falar, mas, quando começam, não param. Elas falam coisas sobre Innsmouth, ou melhor, fofocam, há uns cem anos, eu acho, e concluo que é mais por medo do que qualquer outra coisa. Algumas das histórias o fariam rir, sobre o velho capitão Marsh negociando com o diabo e tirando demônios do inferno para morarem em Innsmouth, ou sobre algum tipo de adoração ao diabo e sacrifícios horríveis que as pessoas encontraram por acaso em um lugar perto dos cais por volta de 1845... mas sou de Panton, Vermont, e esse tipo de história não me afeta.

"Mas você precisa saber o que alguns moradores antigos falam sobre o recife negro perto da costa... Recife do Diabo, é assim que chamam. Fica acima da água na maior parte do tempo, nunca muito fundo, mas não daria para chamar de ilha. A história é que uma legião inteira de diabos é vista às vezes no recife: deitados ou correndo para dentro ou para fora de umas cavernas perto do topo. É uma coisa acidentada e irregular, a mais de um quilômetro e meio da costa, e perto do fim dos dias de navegação os marinheiros faziam grandes desvios para evitá-lo.

"Quer dizer, marinheiros que não fossem de Innsmouth. Uma das coisas que tinham contra o velho capitão Marsh era que havia o boato de que ele atracava lá às vezes à noite, quando a maré estava boa. Talvez ele fizesse isso mesmo, pois a formação rochosa era interessante, e é possível que estivesse procurando um tesouro pirata e talvez tenha encontrado, mas falavam que ele negociava com demônios lá. O fato é que, no geral, foi o capitão que deu a reputação ruim do recife.

"Isso foi antes da grande epidemia de 1846, quando mais de metade da população de Innsmouth foi dizimada. Nunca chegaram a descobrir qual foi o problema, mas provavelmente uma doença estrangeira trazida da China ou de outro lugar por navio. Foi bem ruim; houve protestos por causa disso e um monte de coisas horríveis que acho que não saíram da cidade e deixou o lugar em péssimo estado. Nunca se recuperou; não deve haver mais de trezentas ou quatrocentas pessoas morando lá agora.

"Mas a verdadeira questão por trás do que as pessoas sentem é simplesmente preconceito racial... e não estou dizendo que culpo quem se sente assim. Odeio aquelas pessoas de Innsmouth e não quero ir à cidade delas. Acho que você sabe, apesar de eu ver que é do oeste pelo seu sotaque, o quanto nossos navios da Nova Inglaterra negociavam com portos estranhos na África, na Ásia, nos Mares do Sul e em todo canto, e o tipo de pessoas estranhas que às vezes traziam com eles. Você deve ter ouvido falar do homem de Salem que voltou para casa com uma esposa chinesa e talvez saiba que ainda tem um grupo de gente das ilhas Fiji em algum lugar de Cape Cod.

"Bom, deve ter alguma coisa assim nessa gente de Innsmouth. O lugar sempre foi bem separado do resto do país por pântanos e enseadas, e não temos certeza dos detalhes da questão, mas está bem claro que o velho capitão Marsh deve ter levado para casa alguns espécimes estranhos quando seus três navios trabalhavam, nos anos 1820 e 1830. O pessoal de Innsmouth atualmente tem uma aparência meio estranha... não sei explicar, mas é de deixar a gente arrepiado. Você vai reparar um pouco no Sargent se pegar o ônibus dele. Alguns têm cabeças estreitas estranhas com narizes achatados e olhos saltados e vidrados que nunca parecem se fechar, e a pele não é muito normal. É áspera e cheia de feridas, e as laterais dos pescoços são murchas ou enrugadas. E eles ficam carecas muito cedo. Os mais velhos são os piores; o fato é que acho que nunca vi um sujeito muito velho daquele jeito. Acho que eles devem morrer ao se olharem no espelho! Os animais os odeiam; eles tiveram muitos problemas com cavalos antes de os carros serem inventados.

"Ninguém daqui, nem de Arkham ou Ipswich, quer se envolver com eles, e eles mesmos agem com distanciamento quando vêm à cidade ou quando alguém tenta pescar naquela região. É estranho como os peixes abundam no porto de Innsmouth quando não tem nenhum por perto... mas vai tentar pescar lá para ver como o pessoal vai expulsá-lo! Aquelas pessoas vinham para cá de trem, andavam e pegavam o trem em Rowley depois que a linha foi abandonada, mas agora só usam aquele ônibus.

"Sim, tem um hotel em Innsmouth chamado Casa Gilman, mas acho que não deve ser grande coisa. Eu não o aconselharia a tentar. Melhor ficar aqui e amanhã pegar o ônibus das dez; assim você pode pegar um ônibus noturno de lá para Arkham às oito horas. Havia um inspetor de fábrica que parava no Gilman uns dois anos atrás e tinha muitas coisas desagradáveis a dizer sobre o lugar. Parece que as pessoas lá são meio estranhas, pois esse sujeito ouvia vozes nos outros quartos, embora a maioria estivesse vazia, e ele ficava com medo. Era uma língua estrangeira, ele achava, mas disse que o ruim era o tipo de voz que às vezes falava. Não parecia natural, era exaltada, ele dizia, e ele não ousava se despir e dormir. Só esperava acordado e saía logo cedo. A conversa acontecia quase a noite inteira.

"Esse sujeito, Casey, tinha muito a dizer sobre como o pessoal de Innsmouth o observava e parecia na defensiva. Ele achava a refinaria Marsh um lugar estranho; fica em um moinho antigo na parte inferior das quedas do Manuxet. O que ele disse correspondia ao que eu tinha ouvido. Os livros em mau estado, nenhuma contabilidade clara dos negócios. Sempre foi um mistério onde os Marshes conseguem o ouro que refinam. Eles nunca pareceram fazer compras nessa linha, mas anos atrás vendiam uma quantidade enorme de lingotes.

"Falavam de um tipo estrangeiro esquisito de joia que os marinheiros e homens da refinaria às vezes vendiam escondido ou que foi visto uma ou duas vezes em algumas mulheres Marsh. As pessoas achavam que talvez o velho capitão Obed tivesse trocado aquilo em algum porto, principalmente porque ele estava sempre comprando pilhas de contas de vidro e outras bugigangas que os viajantes dos mares levavam para escambo com nativos. Outros achavam, e ainda acham, que ele encontrou um velho tesouro pirata no Recife do Diabo. Mas tem uma coisa engraçada. O velho capitão está morto há sessenta anos e não saiu nenhum navio grande de lá desde a Guerra de Secessão; mesmo assim, os Marshes continuam comprando algumas dessas coisas para escambo com nativos, principalmente bugigangas de vidro e de borracha, eles dizem. Talvez o pessoal de Innsmouth use para olhar para si mesmos... só Deus sabe que eles devem ser loucos como canibais dos Mares do Sul e selvagens de Guiné.

"Aquela peste de 1846 deve ter levado o melhor sangue de lá. O grupo que sobrou agora é bem estranho, e os Marshes e outras pessoas ricas são tão ruins quanto o resto. Como falei, não deve ter mais de quatrocentas pessoas na cidade, apesar de todas as ruas que dizem ter lá. Acho que eles são o que chamam de 'ralé' no sul: bárbaros e malandros, cheios de atividades secretas. Eles conseguem muitos peixes e lagostas e exportam por caminhão. É estranho como os peixes vão todos para lá e para nenhum outro lugar.

"Ninguém consegue manter registro daquela gente, os oficiais do governo e o pessoal do censo têm uma dificuldade danada. Pode apostar que estranhos curiosos não são bem-vindos em Innsmouth. Já tive notícias mais de uma vez de algum empresário ou de gente do governo que sumiu lá, e falam também de uma pessoa que ficou maluca e está em Danvers agora. Devem ter dado um bom susto no sujeito.

"É por isso que eu não iria à noite se fosse você. Nunca fui lá e não tenho vontade de ir, mas acho que uma viagem diurna não faria mal... apesar de as pessoas daqui aconselharem a não ir. Se você só está visitando e procurando coisas antigas, Innsmouth vai ser um lugar e tanto para você."

Assim, passei parte daquela noite na Biblioteca Pública de Newburyport, pesquisando sobre Innsmouth. Quando tentei questionar os nativos nas lojas, no restaurante, nas oficinas e no quartel dos bombeiros, descobri que era mais difícil fazê-los falar do que o bilheteiro tinha previsto, e percebi que não podia perder tempo tentando superar as primeiras reticências instintivas deles. Eles tinham uma espécie de desconfiança obscura, como se houvesse algo errado com qualquer pessoa interessada demais em Innsmouth. Na A.C.M., onde me hospedei, o funcionário limitou-se a desencorajar minha ida a um lugar tão sombrio e decadente; e as pessoas da biblioteca tiveram a mesma reação. Claramente, aos olhos dos estudados, Innsmouth era apenas um caso exagerado de degeneração cívica.

As histórias do condado de Essex nas prateleiras da biblioteca tinham pouco a dizer, exceto que a cidade foi fundada em 1643, era famosa pela construção de navios antes da Revolução, era local de grande prosperidade marinha no começo do século XIX e depois virou um um pequeno polo industrial usando o Manuxet como energia. A epidemia e as manifestações de 1846 foram tratadas superficialmente, como se formassem um descrédito ao país.

Referências ao declínio eram poucas, embora a importância do registro final fosse inconfundível. Depois da Guerra de Secessão, toda vida industrial se restringiu à Companhia de Refinaria Marsh, e o comércio dos lingotes de ouro se tornou o único resquício de um grande comércio, com exceção da eterna pescaria. A pescaria foi pagando cada vez menos, conforme o preço do produto caía e as corporações de larga escala ofereciam concorrência, mas nunca houve escassez de peixes perto do porto de Innsmouth. Estrangeiros poucas vezes se fixavam lá, e havia uma evidência discretamente velada de que alguns poloneses e portugueses que tentaram foram dispersados de forma peculiar e drástica.

O mais interessante de tudo foi uma referência passageira às estranhas joias vagamente associadas a Innsmouth. Tinha impressionado o campo todo mais do que um pouco, pois houve menção a espécimes no museu da Universidade Miskatonic em Arkham e na sala de exposição da Sociedade Histórica de Newburyport. As descrições incompletas dessas coisas eram insignificantes e prosaicas, mas indicaram para mim uma ideia de estranheza persistente. Algo nelas parecia tão esquisito e provocativo que não consegui tirar aquilo da cabeça, e apesar da hora relativamente tardia, decidi ver a amostra local – famosa por ser uma coisa grande de proporções estranhas, evidentemente idealizada como tiara – se é que isso poderia ser providenciado.

O bibliotecário me deu um bilhete de apresentação para a curadora da Sociedade, uma srta. Anna Tilton, que morava ali perto. Depois de uma breve explicação, a senhora teve a gentileza de me guiar até o prédio fechado, uma vez que ainda não estava tão tarde. A coleção era de fato notável, mas, na ocasião, meu humor só me permitia ter olhos para o objeto bizarro que cintilava em um mostruário no canto, debaixo de luzes elétricas.

Não foi preciso uma sensibilidade excessiva para a beleza para me fazer ofegar com o esplendor estranho e sobrenatural da fantasia exótica e opulenta que estava apoiada em uma almofada de veludo roxo. Mesmo agora, mal consigo descrever o que vi, embora fosse sem dúvida uma espécie de tiara, como a descrição dizia. Era alta na frente e com uma lateral muito grande, curiosamente irregular, como se feita para uma cabeça de contorno elíptico quase bizarro. O material parecia ser quase todo ouro, ainda que um brilho mais claro inesperado indicasse uma liga estranha com um metal igualmente belo e nada identificável. Estava em condições quase perfeitas, e dava para passar horas estudando os desenhos impressionantes e intrigantes – alguns apenas geométricos e outros claramente marinhos – entalhados ou moldados em alto relevo na superfície com uma habilidade de incrível talento e graça.

Quanto mais eu olhava, mais a coisa me fascinava; nessa fascinação, havia um elemento curiosamente perturbador, difícil de classificar ou identificar. Primeiro decidi que era a qualidade bizarra e sobrenatural da arte que me deixava inquieto. Todos os outros objetos de arte que eu já tinha visto pertenciam a alguma corrente racial ou nacional, ou eram desafios conscientemente modernistas de todas as correntes reconhecidas. Aquela tiara não era nada disso. Pertencia claramente a alguma técnica de infinita maturidade e perfeição, mas essa técnica era muito distante de qualquer outra – oriental ou ocidental, antiga ou moderna – da qual eu já tivesse ouvido falar ou visto exemplificada. Era como se o acabamento fosse de outro planeta.

No entanto, logo vi que minha inquietação tinha uma segunda e talvez igualmente potente fonte, que residia nas sugestões pictóricas e matemáticas dos estranhos desenhos. Os padrões indicavam segredos remotos e abismos inimagináveis no tempo e no espaço, e a natureza monotonamente aquática do relevo se tornava quase sinistra. Entre esses relevos havia monstros fabulosos de um grotesco abominável e maligno – de sugestão meio ictíica e meio batráquia – que não dava para desassociar de um sentido assombroso e incômodo de pseudomemória, como se invocassem alguma imagem nas células e tecidos profundos cujas funções de retenção são totalmente primitivas e incrivelmente ancestrais. Às vezes, eu imaginava que cada contorno daqueles blasfemos peixes-sapos estava transbordando com a quintessência máxima do mal desconhecido e inumano.

Em contraste inesperado com o aspecto da tiara, ouvi a breve e prosaica história contada pela srta. Tilton. Foi penhorada por uma soma ridícula em uma loja da rua State em 1873, por um homem bêbado de Innsmouth morto em seguida em uma briga. A Sociedade a adquiriu diretamente do penhorista e colocou numa exposição digna de sua qualidade. Foi rotulada como de proveniência provável do leste da Índia ou indochinesa, embora a atribuição tivesse sido aleatória.

A srta. Tilton, ao comparar todas as hipóteses possíveis em relação à origem e sua presença na Nova Inglaterra, estava inclinada a acreditar que fazia parte de um tesouro pirata exótico descoberto pelo velho capitão Obed Marsh. Essa ideia não era enfraquecida pelas insistentes ofertas de compra por preços altos que os Marshes começaram a fazer assim que souberam de sua existência, e que repetiam até o momento, apesar da determinação firme da Sociedade de não vender a tiara.

Quando a boa senhora me acompanhou até a saída do prédio, deixou claro que a teoria pirata da fortuna Marsh era popular entre as pessoas inteligentes da região. A atitude dela em relação à sombria Innsmouth – que ela nunca tinha visto – era de desprezo por uma comunidade em posição baixa da escala cultural, e ela me garantiu que os boatos de adoração do diabo eram em parte justificados por um culto secreto peculiar que ganhou força lá e envolvia todas as igrejas ortodoxas.

Era chamado, disse ela, de "Ordem Esotérica de Dagon", e era indubitavelmente uma coisa depravada e quase pagã importada do leste um século antes, em uma época em que a pesca de Innsmouth parecia estar rareando. Sua persistência entre um povo simples era natural em vista do retorno repentino e permanente dos bons peixes para pesca, e logo se tornou a maior influência da cidade, substituindo a Maçonaria e assumindo como quartel-general o velho Salão Maçônico no Parque da Nova Igreja.

Tudo isso, para a religiosa srta. Tilton, era um motivo excelente para evitar a antiga cidade de decadência e desolação, mas, para mim, foi só um novo incentivo. Às minhas expectativas arquitetônicas e culturais foi acrescentado um zelo antropológico agudo, e nem consegui dormir direto no meu quartinho na A.C.M. naquela noite.

II.

Na manhã seguinte, pouco antes das dez, parei com uma valise pequena na frente da farmácia Hammond, na antiga Praça do Mercado, a fim de esperar o ônibus de Innsmouth. Quando a hora da chegada foi se aproximando, observei uma movimentação geral das pessoas para outros pontos da rua ou para o Almoço Ideal, do outro lado da praça. Evidentemente, o bilheteiro não tinha exagerado no desprezo que a população local sentia por Innsmouth e seus habitantes. Pouco depois, um pequeno ônibus de extrema decrepitude e cor cinzenta suja veio sacolejando pela rua State, fez uma curva e parou junto ao meio-fio ao meu lado. Soube imediatamente que era o certo; um palpite que a placa meio ilegível no para-brisa – "*Arkham-Innsmouth-Newb'port*" – logo confirmou.

Só havia três passageiros – homens sombrios e maltrapilhos de expressão fechada e aparência um tanto jovem –, e quando o veículo parou eles saíram desajeitados e seguiram andando pela rua

State de forma silenciosa e quase furtiva. O motorista também desceu, e o vi entrar na farmácia e fazer alguma compra. Aquele, refleti, devia ser o tal Joe Sargent mencionado pelo bilheteiro; mesmo antes de reparar em qualquer detalhe, uma onda de aversão espontânea que não podia ser verificada nem explicada cresceu em mim. De repente, me pareceu bem natural que a população local não quisesse andar num ônibus que pertencia e era dirigido por aquele homem, assim como visitar mais do que o estritamente necessário o local de moradia de um homem assim e seus companheiros.

Quando o motorista saiu da loja, olhei para ele com mais cuidado e tentei determinar a fonte da minha aversão. Ele era um homem magro de ombros curvados com pouco menos de um metro e oitenta de altura, usava roupas civis azuis velhas e um boné de golfe cinza desfiando. Devia ter cerca de 35 anos, talvez, mas as rugas estranhas e fundas nas laterais de seu pescoço o faziam parecer mais velho quando não se observava o rosto estúpido e vago. Ele tinha cabeça estreita, olhos azuis úmidos saltados que não pareciam piscar, nariz achatado, testa alta e queixo longo e orelhas singularmente pouco desenvolvidas. O lábio longo e grosso e as bochechas cinzentas e ásperas pareciam quase imberbes, exceto por alguns pelos amarelos esparsos que se projetavam e se encaracolavam em aglomerados irregulares, e em alguns lugares a superfície parecia estranhamente irregular, como se descascando por causa de alguma doença cutânea. As mãos eram grandes e cheias de veias e tinham um tom cinza-azulado incomum. Os dedos eram surpreendentemente curtos em proporção ao resto da estrutura e pareciam ter a tendência de ficarem fechados junto à palma. Quando ele andou na direção do ônibus, reparei no gingado trôpego peculiar e vi que os pés eram imensos. Quanto mais eu os observava, mais questionava como ele conseguia comprar sapatos que coubessem.

Uma certa oleosidade no sujeito só aumentou minha antipatia. Era evidente que ele costumava trabalhar ou ficar perto das docas de pesca e carregava consigo boa parte do cheiro característico. Qual sangue estrangeiro havia nele eu não tinha como adivinhar. Suas estranhezas não pareciam asiáticas, polinésias, levantinas nem negroides, mas eu entendia por que as pessoas o achavam estrangeiro. Eu mesmo teria pensado em degeneração biológica, e não em estrangeirismo.

Lamentei ao ver que não haveria outros passageiros no ônibus. Não estava gostando da ideia de seguir sozinho com aquele motorista. Mas, quando foi chegando a hora da partida, reuni coragem e segui o homem a bordo, entreguei para ele uma nota de um dólar e murmurei uma única palavra, "Innsmouth". Ele olhou para mim com curiosidade por um segundo e devolveu o troco de quarenta centavos sem falar nada. Sentei-me bem longe dele, mas do mesmo lado do ônibus, pois queria observar o mar durante a viagem.

Depois de um tempo, o veículo decrépito foi ligado com um sacolejo e seguiu barulhento pelos prédios velhos de tijolos da rua State em meio a uma nuvem de vapor do escapamento. Ao observar as pessoas nas calçadas, pensei detectar nelas um desejo curioso de evitar olhar para o ônibus – ou pelo menos um desejo de evitar parecer olhar. Nós viramos à esquerda na rua High, onde o progresso foi mais suave; passamos por mansões antigas enormes do começo da república e por fazendas coloniais mais antigas ainda, passamos pelo Lower Green e pelo rio Parker e finalmente saímos em uma estrada longa e monótona de paisagem litorânea aberta.

O dia estava quente e ensolarado, mas a paisagem de areia, junças e arbustos atrofiados foi ficando cada vez mais desolada conforme progredíamos. Pela janela, eu via água azul e a faixa de areia da ilha Plum, e chegamos bem perto da praia quando nossa estrada estreita desviou da rodovia principal para Rowley e Ipswich. Não havia casas visíveis, e percebi pelo estado da estrada que o trânsito era leve nas redondezas. Os postes telefônicos pequenos e desgastados pelo tempo só carregavam dois fios. De vez em quando, atravessávamos pontes de madeira rudimentares por cima de riachos que serpenteavam para o interior e promoviam o isolamento geral da região.

De vez em quando, eu reparava em cotocos mortos e paredes desmoronadas acima da areia e lembrei a antiga tradição citada em uma das histórias que tinha lido, de que ali já fora uma área de campo fértil e densamente ocupada. A mudança, dizia, aconteceu na mesmo época da epidemia de 1846 em Innsmouth e, para as pessoas mais simples, tinha uma conexão sombria com forças secretas do mal. Na verdade, foi uma consequência do desmatamento imprudente das florestas perto do mar, que tirou do solo sua melhor proteção e abriu caminho para as ondas e para a areia soprada pelo vento.

Finalmente perdemos a ilha Plum de vista e vimos a área ampla do Atlântico à esquerda. Nosso trajeto estreito começou a se inclinar para cima, e tive uma sensação singular de inquietação ao olhar para a crista solitária à frente, onde a estrada esburacada encontrava o céu. Era como se o ônibus fosse continuar subindo, deixando a sanidade da Terra para trás e se mesclando ao mistério desconhecido do ar e do céu enigmático. O cheiro do mar assumiu implicações sinistras, e as costas curvadas e rígidas e a cabeça estreita do motorista silencioso se tornaram mais e mais odiosas. Quando olhei para ele, vi que a parte de trás da cabeça era quase tão careca quando o rosto, com apenas alguns fios amarelos por cima da superfície cinzenta e escabrosa.

Chegamos ao topo e vimos o vale mais adiante, onde o Manuxet se junta ao mar ao norte da longa linha de penhascos que culmina em Kingsport Head e desvia na direção de Cape Ann. No horizonte distante e nebuloso eu só conseguia ver o perfil indistinto de Head, com a casa antiga e estranha no alto, sobre a qual muitas lendas são contadas, mas, no momento, toda a minha atenção foi capturada por um panorama mais próximo, logo abaixo de mim. Percebi que estava cara a cara com a famosa e sombria Innsmouth.

Era uma cidade de grande extensão e construção densa, mas com escassez severa de vida visível. Do emaranhado de chaminés, nem um fio de fumaça saía, e os três campanários altos se projetavam rígidos e sem pintura diante do horizonte do mar. Um deles estava desmoronando no alto, e nele e em outro havia buracos pretos onde deveria haver relógios. O grande amontoado de telhados de gambrel e frontões passava com clareza ofensiva a ideia de decadência corroída, e quando nos aproximamos pela estrada agora em declive, vi que muitos tetos tinham afundado. Havia algumas casas georgianas grandes e quadradas, com telhados regulares, cúpulas e miradouros cercados. Essas ficavam bem longe do mar, e uma ou duas pareciam estar em condição moderadamente boa. Indo mais para longe do mar entre elas, vi o trilho enferrujado e coberto de grama da ferrovia abandonada, com postes telegráficos tortos agora desprovidos de fios e as linhas obscurecidas das antigas estradas de carruagens para Rowley e Ipswich.

A decadência era pior perto do mar, embora, bem no meio, desse para ver a torre branca de uma estrutura de tijolos bem preservada que parecia uma pequena fábrica. O porto, coberto de areia, era cercado de um quebra-mar de pedras antigo; nele consegui começar a discernir as minúsculas formas de alguns pescadores sentados, e na ponta havia o que parecia a base de um antigo farol. Uma língua de areia se formara dentro da barreira, e nela vi alguns chalés decrépitos, barquinhos amarrados e armadilhas de lagosta espalhadas. A única água profunda parecia ser onde o rio desaguava, depois da estrutura com a torre e virando para o sul para se juntar ao mar no fim do quebra-mar.

Aqui e ali, as ruínas das docas surgiam da margem e terminavam em podridão indeterminada, as mais para o sul parecendo mais deterioradas. E no mar, apesar da maré alta, vislumbrei uma linha comprida e preta subindo de leve acima da água, com a sugestão de malignidade latente. Eu sabia que devia ser o Recife do Diabo. Quando olhei, um sentimento sutil e curioso de atração pareceu se misturar à repulsa sombria, e, estranhamente, achei isso mais perturbador do que a primeira impressão.

Não encontramos ninguém na estrada, mas começamos a passar por fazendas desertas em estados variados de ruína. Reparei em algumas casas inabitadas com panos enfiados em janelas quebradas e conchas e peixes mortos caídos nos jardins sujos. Uma ou duas vezes, vi pessoas com aparência apática trabalhando em jardins áridos ou procurando mariscos na praia fedida a peixe logo abaixo, e grupos de crianças sujas com rostos símios brincando perto de portas cheias de ervas daninhas. Por algum motivo, aquelas pessoas eram mais inquietantes do que as construções sinistras, pois quase todas tinham certas peculiaridades no rosto e nos movimentos das quais desgostei instintivamente sem conseguir definir ou compreender o porquê. Por um segundo, achei que o físico típico indicava alguma imagem que eu tinha visto, talvez em um livro, em circunstâncias específicas de horror ou melancolia, mas essa pseudolembrança passou depressa.

Quando o ônibus chegou a um nível mais baixo, comecei a ouvir o tom regular de uma cascata no silêncio nada natural. As casas inclinadas e sem pintura foram ficando mais densas, ocupando os dois lados da estrada, e exibiam mais tendências urbanas do que as deixadas para trás. O panorama à frente tinha se reduzido a uma cena de rua, e em alguns locais eu via onde um calçamento de paralelepípedos e trechos de calçada de tijolos já tinham existido. Todas as casas pareciam desertas, e havia vãos ocasionais onde chaminés caídas e paredes de porão revelavam construções desabadas. Impregnado em tudo estava o odor de peixe mais nauseante imaginável.

Em pouco tempo, ruas transversais e cruzamentos começaram a aparecer; as da esquerda levavam ao ambiente de litoral sem pavimentação, de miséria e degradação, enquanto as da direita exibiam vistas da grandiosidade passada. Até o momento, eu não tinha visto pessoas na cidade, mas agora surgiam sinais de habitação esparsa – janelas com cortinas aqui e ali, um carro velho ocasional no meio-fio. O asfalto e as calçadas foram ficando cada vez mais definidos, e embora a maioria das casas fosse bem velha – estruturas de madeira e tijolos do começo do século XIX –, eram mantidas em condições de habitação. Como antiquário amador, quase perdi minha repugnância olfativa e meu sentimento de ameaça e repulsa no meio daquela sobrevivência rica e inalterada do passado.

Mas eu não chegaria ao meu destino sem uma impressão muito forte de qualidade incisivamente desagradável. O ônibus chegara a uma espécie de área aberta ou ponto radial com igrejas dos dois lados e os restos imundos de um parque circular no centro, e eu estava olhando para uma construção alta com pilares no cruzamento à direita, mais à frente. A antiga tinta branca da estrutura estava agora cinza e descascando, e o sinal preto e dourado no frontão estava tão apagado que só consegui com dificuldade identificar as palavras "Ordem Esotérica de Dagon". Ali então era o antigo Salão Maçônico, agora entregue a um culto degradado. Enquanto tentava decifrar a inscrição, minha atenção foi atraída pelos tons ruidosos de um sino rachado do outro lado da rua, e me virei depressa para olhar pela janela do meu lado do ônibus.

O som vinha de uma igreja de pedra baixa de data claramente posterior à maioria das casas, construída num estilo gótico desajeitado e com um porão desproporcionalmente alto com janelas fechadas. Embora os ponteiros dos relógios tivessem sumido no lado que eu olhava, eu sabia que as batidas roucas estavam marcando onze horas. De repente, todos os pensamentos de tempo foram bloqueados por uma imagem repentina de intensidade aguda e horror indescritível que tomou conta de mim antes de eu saber o que era realidade. A porta do porão da igreja se abriu e revelou um retângulo de escuridão dentro. E, enquanto eu olhava, certo objeto cruzou ou pareceu cruzar o retângulo escuro, marcando no meu cérebro uma concepção momentânea de pesadelo que foi ainda mais enlouquecedora porque a análise não encontrou nenhuma qualidade de pesadelo nela.

Era um ser vivo – o primeiro, com exceção do motorista, que eu via desde que entrara na parte compacta da cidade – e, se meu humor estivesse mais tranquilo, não teria visto nenhum terror nele. Claramente, como me dei conta um momento depois, era o pastor, usando alguma vestimenta peculiar sem dúvida introduzida desde que a Ordem de Dagon modificara o ritual das igrejas locais. A coisa que devia ter chamado atenção do meu olhar subconsciente e oferecido um toque tão bizarro de horror foi a tiara alta que ele usava: uma duplicata quase exata da que a srta. Tilton me mostrou na noite anterior. Isso, agindo na minha imaginação, ofereceu qualidades sinistras infinitas ao rosto indeterminado e ao corpo oscilante sob a veste. Logo concluí que não havia motivo para sentir aquele truque trêmulo de pseudomemória maligna. Não era natural que um culto misterioso local adotasse entre seus representantes um tipo único de enfeite de cabeça que se tornara familiar para a comunidade de alguma maneira estranha – talvez advindo de um baú do tesouro?

Uma pequena quantidade de pessoas um tanto jovens e de aparência desagradável agora estava visível nas calçadas – indivíduos solitários e grupos pequenos de dois ou três. Os pisos inferiores das casas em ruínas às vezes abrigavam pequenas lojas com placas sujas, e reparei em um caminhão ou dois estacionados quando passamos. O som de cascatas foi ficando mais e mais distinto, e vi então um desfiladeiro de rio bem profundo à frente, coberto por uma ponte larga com amurada de ferro atrás da qual uma praça ampla se abria. Quando passamos pela ponte, olhei para os dois lados e observei algumas fábricas na beirada da ribanceira gramada ou um pouco mais distantes. A água abaixo era abundante, e vi dois conjuntos de quedas d'água vigorosas rio acima à direita e pelo menos um rio abaixo, à esquerda. Naquele ponto, o ruído era ensurdecedor. Nós entramos na praça semicircular do outro lado do rio e paramos do lado direito em frente a um prédio alto com cúpula no telhado e restos de tinta amarela. Uma placa meio apagada declarava que era o hotel Casa Gilman.

Fiquei feliz de sair daquele ônibus e na mesma hora fui guardar a valise no saguão roto do hotel. Só havia uma pessoa por perto – um homem idoso sem aquilo que eu tinha começado a chamar de "aparência de Innsmouth" – e decidi não fazer a ele nenhuma das perguntas que me incomodavam; lembrei que coisas estranhas tinham sido notadas naquele hotel. Então fui para a praça, da qual o ônibus já partira, e observei a cena com atenção e cuidado.

De um lado do espaço aberto de paralelepípedos ficava a linha reta do rio; do outro, havia um semicírculo de prédios de tijolos com telhados inclinados do período dos anos 1800, de onde várias ruas irradiavam para sudeste, sul e sudoeste. As lâmpadas eram depressivamente poucas e pequenas – todas incandescentes de pouca potência –, e fiquei feliz porque meus planos envolviam partir antes de escurecer, apesar de eu saber que a lua cheia iluminaria a noite naquele dia. Os prédios estavam todos em boas condições e incluíam talvez umas dez ou doze lojas em funcionamento; uma delas era um mercado da cadeia First National, outras eram um restaurante escuro, uma farmácia e uma peixaria em atacado, e havia outra ainda, na extremidade leste da praça, perto do rio, que era o escritório da única indústria da cidade – A Companhia de Refinaria Marsh. Havia talvez dez pessoas visíveis e quatro ou cinco automóveis e caminhões espalhados. Eu não precisava que me dissessem que ali era o centro cívico de Innsmouth. A leste, tive vislumbres azuis do porto, diante do qual havia os restos decadentes de três campanários georgianos que já tinham sido lindos. E perto da margem oposta do rio vi a torre branca erguendo-se sobre o que supus ser a refinaria Marsh.

Por algum motivo, preferi fazer minhas primeiras perguntas no supermercado, cujos funcionários tinham menos probabilidade de serem nativos de Innsmouth. Encontrei um garoto solitário de cerca de dezessete anos trabalhando ali, e fiquei feliz de reparar na inteligência e afabilidade que prometiam informações generosas. Ele pareceu excepcionalmente ansioso para falar, e logo soube que não gostava do lugar, do cheiro de peixe, do povo furtivo. Conversar com qualquer forasteiro era um alívio para ele. Vinha de Arkham, dormia com uma família que era de Ipswich e voltava para casa sempre que tinha uma folga. Sua família não gostava que ele trabalhasse em Innsmouth, mas a rede de mercados o transferira para lá e ele não queria abandonar o emprego.

Ele disse que não havia biblioteca pública nem câmara do comércio em Innsmouth, mas que eu provavelmente conseguiria andar por aí sozinho. A rua pela qual eu tinha chegado lá era a Federal. A oeste dela ficavam as ruas residenciais boas – Broad, Washington, Lafayette e Adams – e a leste ficavam as favelas perto do mar. Era nessas favelas – ao longo da rua Principal – que eu encontraria as antigas igrejas georgianas, mas estavam todas abandonadas. Seria bom não chamar atenção demais nessas regiões – principalmente ao norte do rio – porque as pessoas eram rabugentas e hostis. Alguns estranhos tinham até desaparecido.

Certos locais eram quase território proibido, como ele aprendeu pagando um preço considerável. Não se devia, por exemplo, ficar muito perto da refinaria Marsh, nem perto de nenhuma das igrejas ainda usadas, nem perto do Salão da Ordem de Dagon no Parque da Nova Igreja. Aquelas igrejas eram muito estranhas – todas violentamente rejeitadas por suas respectivas denominações em outros lugares e aparentemente usando os tipos mais estranhos de cerimoniais e vestimentas clericais. Seu credo era heterodoxo e misterioso e envolvia toques de certas transformações maravilhosas que levavam à imortalidade corporal – ou algo semelhante – nesta Terra. Seu próprio pastor – o dr. Wallace da Igreja Metodista Episcopal de Arkham – pediu seriamente que ele não frequentasse nenhuma igreja em Innsmouth.

Quanto ao povo de Innsmouth – o jovem nem sabia direito o que dizer deles. Eram furtivos e difíceis de avistar como animais que moram em tocas, e não dava para imaginar como passavam o tempo além da inconstante pescaria. Talvez – a julgar pelas quantidades de bebida alcoólica caseira que consumiam – ficassem deitados por boa parte do dia, em estupor alcoólico. Pareciam reunidos taciturnamente em uma espécie de irmandade e compreensão – desprezando o mundo como se tivessem acesso a outras preferíveis esferas de identidade. Sua aparência – sobretudo os olhos arregalados que nunca piscavam nem fechavam – era bem chocante, e as vozes eram nojentas. Era horrível ouvi-los cantarolar na igreja à noite, especialmente durante os festivais ou festejos principais, que aconteciam duas vezes por ano, em 30 de abril e 31 de outubro.

Eles gostavam da água e nadavam muito, tanto no rio quanto no porto. Competições de natação até o Recife do Diabo eram muito comuns, e todos na região pareciam capazes de participar desse esporte árduo. Quando se pensava bem, geralmente as pessoas vistas em público eram jovens, e entre essas as mais velhas eram as que tinham aparência mais marcada. Quando ocorriam exceções, eram pessoas sem traços de aberração, como o velho empregado do hotel. Restava a dúvida sobre o que teria acontecido com a maior parte das pessoas mais velhas, e se a "aparência de Innsmouth" não era um fenômeno-doença pérfido que ficava pior com o avanço dos anos.

Só uma desgraça bem rara, claro, poderia gerar mudanças anatômicas tão amplas e radicais em um único indivíduo depois da maturidade – mudanças envolvendo fatores ósseos tão básicos como o formato do crânio –, mas nem esse aspecto era mais surpreendente e inédito do que as características visíveis da doença como um todo. Seria difícil, insinuou o jovem, tirar uma conclusão real sobre tal assunto, pois ninguém passava a conhecer os moradores nativos pessoalmente, por mais tempo que passasse em Innsmouth.

O jovem tinha certeza de que muitos espécimes até piores do que os piores visíveis ficavam trancados atrás de portas em alguns lugares. As pessoas às vezes ouviam sons muito estranhos. Os casebres instáveis à beira da água ao norte do rio tinham fama de serem interligados por túneis escondidos, tornando-se assim uma verdadeira toca de anormalidades não vistas. Que tipo de sangue estrangeiro – se era isso mesmo – aqueles seres tinham, era impossível dizer. Eles às vezes mantinham certos indivíduos particularmente repulsivos escondidos quando agentes do governo e outras pessoas do mundo externo iam à cidade.

Não adiantaria, disse meu informante, perguntar nada aos nativos sobre o lugar. O único que falaria era um homem idoso, mas de aparência normal, que morava no abrigo na extremidade norte da cidade e passava o tempo vagando por aí ou passando tempo no quartel dos bombeiros. Esse personagem grisalho, Zadok Allen, com 96 anos, tinha algum problema na cabeça, além de ser o bêbado da cidade. Ele era uma figura estranha e furtiva que olhava constantemente para trás como se estivesse com medo de alguma coisa, e quando sóbrio não podia ser persuadido a falar com estranhos. Mas era incapaz de resistir a qualquer oferta de seu veneno favorito, e depois de bêbado ofereceria os fragmentos mais impressionantes de lembranças sussurradas.

Contudo, no fim das contas, poucos dados úteis podiam ser obtidos com ele; as histórias eram todas insanas, sugestões incompletas de maravilhas e horrores impossíveis que não poderiam ter qualquer fonte fora da fantasia desordenada dele. Ninguém nunca acreditava nele, mas os nativos não gostavam que ele bebesse e falasse com estranhos, e nem sempre era seguro ser visto interrogando-o. Devia ter sido a partir dele que alguns dos boatos populares e ilusões mais loucas se originaram.

Vários residentes não nativos relataram vislumbres monstruosos de tempos em tempos, mas, entre as histórias do velho Zadok e os habitantes com má formação, não era surpresa que esse tipo de ilusão fosse comum. Nenhum dos não nativos ficava na rua à noite, pois havia uma impressão generalizada de que não era uma boa ideia fazer isso. Além do mais, as ruas ficavam horrivelmente escuras.

Quanto ao comércio – a abundância de peixes era certamente quase inquietante, mas os nativos estavam tirando menos e menos vantagem disso. Além do mais, os preços estavam caindo, e a competição, aumentando. Claro que a verdadeira atividade econômica da cidade era a refinaria, cujo escritório comercial ficava na praça poucas portas a leste de onde estávamos. O Velho Marsh nunca era visto, mas às vezes ia trabalhar em um carro fechado e com cortinas.

Havia vários boatos sobre como Marsh era fisicamente. Ele já tinha sido muito vaidoso, e as pessoas diziam que ainda usava os trajes elegantes da era eduardiana, curiosamente adaptados a certas deformidades. Antes seus filhos tinham conduzido o escritório na praça, mas ultimamente ficavam longe por muito tempo e deixavam o trabalho nas mãos da geração mais jovem. Os filhos e suas irmãs eram bem estranhos, sobretudo os mais velhos, e diziam por aí que a saúde deles estava ruim.

Uma das filhas de Marsh era uma mulher repugnante de aparência reptiliana que usava um excesso de joias estranhas da mesma tradição exótica à qual a estranha tiara pertencia. Meu informante tinha reparado naquilo muitas vezes e ouviu falar que vinha de um tesouro secreto, de piratas ou de demônios. Os clérigos – ou padres, ou como quer que fossem chamados – também usavam esse tipo de ornamento na cabeça, mas eles raramente eram vistos. Outros exemplos o jovem não tinha visto, embora houvesse boatos de muitos em Innsmouth.

Os Marshes, junto com três outras famílias de origem nobre na cidade – os Waites, os Gilmans e os Eliots – eram todos muito reservados. Moravam em casas imensas na rua Washington, e vários tinham fama de esconder certos parentes cuja aparência pessoal impedia a visibilidade pública e cujas mortes foram relatadas e registradas.

Avisando-me de que muitas das placas de rua tinham caído, o jovem desenhou para mim um mapa rudimentar, mas amplo e complicado, das características salientes da cidade. Depois de observar um momento, tive certeza de que seria de grande ajuda e o guardei com muitos agradecimentos. Por não gostar da sujeira do único restaurante que vi, comprei um bom suprimento de crackers de queijo e wafers de gengibre para servirem de almoço mais tarde. Decidi que meu programa seria andar pelas ruas principais, conversar com qualquer não nativo que eu pudesse encontrar e pegar o ônibus das oito horas para Arkham. A cidade, eu percebia, oferecia um exemplo significativo e exagerado de decadência comunitária, mas, não sendo sociólogo, eu limitaria minhas observações sérias ao campo da arquitetura.

Assim, comecei meu passeio sistemático e meio impressionado pelos caminhos estreitos e sombrios de Innsmouth. Atravessei a ponte e virei na direção do ruído das cascatas mais baixas, passando perto da refinaria Marsh, que pareceu estranhamente desprovida de qualquer barulho industrial. A construção ficava na falésia íngreme do rio, perto de uma ponte e de uma confluência aberta de ruas que imaginei ser o antigo centro cívico, deslocado depois da Revolução pela atual Praça da Cidade.

Ao atravessar novamente o desfiladeiro na ponte da rua Principal, cheguei a uma região deserta que me fez tremer. Telhados de gambrel desmoronados formavam um contorno irregular e fantástico, acima do qual ficava a torre fantasmagórica e decapitada de uma antiga igreja. Algumas casas da rua Principal estavam ocupadas, mas a maioria havia sido fechada com tábuas. Por ruas laterais não pavimentadas eu vi as janelas pretas e abertas de casebres desertos, muitos inclinados em ângulos perigosos e incríveis pela parte afundada da base. As janelas observavam de forma tão espectral que era preciso coragem para se virar para o leste, na direção da água. Certamente, o terror de uma casa deserta cresce em progressão geométrica, e não aritmética, quando as casas se multiplicam para formar uma cidade de total desolação. A visão daquelas avenidas infinitas de vazio com olhos de peixe e morte e a ideia de infinidades conectadas de compartimentos pretos e agonizantes entregues a teias de aranha e lembranças e aos insetos conquistadores gera medos residuais e aversões que nem a mais robusta filosofia consegue dispersar.

A rua Fish estava tão deserta quanto a Principal, embora fosse diferente por ter muitos armazéns de tijolo e pedra ainda em excelente estado. A rua Water era quase uma duplicata dela, exceto por haver vazios grandes onde antes ficava o cais. Não vi uma alma viva, exceto pelos pescadores espalhados no quebra-mar distante, e não ouvi som algum, exceto o das ondas da maré e o rugido das cascatas do Manuxet. A cidade estava dando mais e mais nos meus nervos, e olhei para trás furtivamente enquanto seguia pela oscilante ponte da rua Water. A ponte da rua Fish, de acordo com o desenho, estava em ruínas.

Ao norte do rio havia sinais de vida esquálida – casas de armazenamento de peixes em atividade na rua Water, chaminés com fumaça e telhados remendados aqui e ali, sons ocasionais de fontes indeterminadas e formas trôpegas pouco frequentes nas ruas escuras e nas vielas não pavimentadas –, mas acabei achando isso ainda mais opressivo do que o vazio na parte sul. Primeiro, porque as pessoas eram mais horrendas e anormais do que as que estavam perto do centro da cidade; e várias vezes lembrei-me malignamente de algo totalmente fantástico que não consegui identificar. Sem dúvida o traço alienígena no povo de Innsmouth era mais forte aqui do que mais longe do mar – a não ser que de fato a "aparência de Innsmouth" fosse uma doença e não um traço sanguíneo, e nesse caso aquele bairro poderia ser considerado o que abrigava os casos mais avançados.

Um detalhe que me irritou foi a *distribuição* dos poucos sons baixos que ouvi. Deviam ter vindo todos das casas visivelmente ocupadas, mas na realidade costumavam vir com mais força de dentro das fachadas com cobertura mais rígida de tábuas. Havia estalos, movimentos e sons roucos duvidosos, e pensei com desconforto nos túneis escondidos sugeridos pelo garoto do mercado. De repente, me vi questionando como seria a voz dos moradores. Eu não tinha ouvido fala ainda naquela região e estava ansiosíssimo para não ouvir.

Depois de uma pausa longa apenas o suficiente para olhar duas igrejas bonitas em ruínas nas ruas Principal e Church, eu me apressei para sair da favela à beira do rio. Meu próximo objetivo lógico era o Parque da Nova Igreja, mas por algum motivo eu não consegui suportar passar outra vez pela igreja em cujo porão vislumbrei a forma inexplicavelmente assustadora daquele padre ou pastor com o diadema estranho. Além do mais, o jovem do mercado tinha me dito que as igrejas, assim como o Salão da Ordem de Dagon, não eram regiões aconselháveis para estranhos.

Por isso, continuei indo para o norte pela rua Principal até a Martin e segui para longe do mar, atravessando a rua Federal em segurança ao norte do parque e entrando no bairro decadente e aristocrático das ruas Broad, Washington, Lafayette e Adams. Embora essas majestosas avenidas antigas tivessem superfície irregular e malcuidada, sua dignidade à sombra dos olmos não tinha sumido completamente. Mansão após mansão atraía meu olhar, a maioria decrépita e fechada com tábuas no meio de um terreno negligenciado, mas uma ou duas em cada rua exibindo sinal de ocupação. Na rua Washington havia uma fileira de quatro ou cinco em excelente estado e com gramados e jardins bem cuidados. Supus que a mais suntuosa – com parterres amplos que iam até a rua Lafayette – fosse a casa do Velho Marsh, o dono doente da refinaria.

Em nenhuma dessas ruas havia vivalma visível, e me surpreendi com a total ausência de gatos e cachorros em Innsmouth. Outra coisa que me intrigou e perturbou: mesmo em algumas das mansões mais bem conservadas havia a condição clara de janelas bem fechadas no terceiro andar e no sótão. A furtividade e o segredo pareciam universais naquela cidade silenciosa de alienação e morte, e não consegui fugir da sensação de estar sendo observado de pontos escondidos em todos os lados por olhos astutos e fixos que nunca piscavam.

Estremeci quando o toque das três horas soou em um campanário à minha esquerda. Eu me lembrava muito bem da igreja baixa da qual o som vinha. Segui a rua Washington na direção do rio e dei de cara com uma nova zona de antiga indústria e comércio; reparei nas ruínas de uma fábrica à frente e vi outras, e mais à frente os sinais de uma antiga estação ferroviária e uma ponte ferroviária coberta depois, no desfiladeiro à minha direita.

A ponte insegura agora à minha frente tinha uma placa de aviso, mas assumi o risco e a atravessei novamente para a margem sul, onde os rastros de vida reapareceram. Criaturas furtivas e trôpegas olharam sem compreender na minha direção, e rostos mais normais me encararam com frieza e curiosidade. Innsmouth estava se tornando intolerável bem depressa, e desci pela rua Paine na direção da praça na esperança de conseguir um veículo que me levasse até Arkham antes da hora ainda distante da partida do ônibus sinistro.

Foi nesse momento que vi as ruínas do quartel de bombeiros à minha esquerda e reparei no velho de rosto vermelho, barba profusa e olhos úmidos usando trapos comuns sentado em um banco na frente, conversando com dois bombeiros maltrapilhos, mas de aparência anormal. Aquele, claro, devia ser Zadok Allen, o nonagenário meio doido e bêbado cujas histórias sobre a antiga Innsmouth e sua sombra eram tão hediondas e incríveis.

III.

Devia ter sido um impulso perverso – ou uma atração sardônica por fontes sombrias e escondidas – que me fez mudar meus planos. Eu já estava determinado a limitar minhas observações somente à arquitetura, e naquele momento ia depressa na direção da praça em um esforço de obter transporte rápido para sair daquela cidade podre de morte e decomposição, mas a visão do velho Zadok Allen gerou novas correntes na minha mente e me fez desacelerar o passo com incerteza.

Tinham me garantido que o velho não podia fazer nada além de insinuar lendas loucas, desconjuntadas e incríveis, e fui avisado que a presença dos nativos tornava inseguro ser visto falando com ele; contudo a ideia daquela testemunha idosa da decadência da cidade, com lembranças que remontavam aos primeiros dias de navios e fábricas, era uma atração à qual nenhum tipo de argumento racional podia me fazer resistir. Afinal, os mitos mais estranhos e loucos costumam ser apenas símbolos ou alegorias baseados na verdade – e o velho Zadok devia ter visto tudo que acontecera em Innsmouth nos noventa anos anteriores. A curiosidade ardeu mais intensa do que o bom senso e a cautela, e no meu egoísmo jovem imaginei que eu poderia ser capaz de obter um núcleo de história real do relato confuso e extravagante que provavelmente extrairia com a ajuda de uísque.

Eu sabia que não podia abordá-lo ali, naquele momento, pois os bombeiros reparariam e protestariam. Então, refleti, eu me prepararia comprando bebida de fabricação local em um lugar onde o rapaz do mercado tinha me dito que havia em abundância. Em seguida, passaria perto do quartel dos bombeiros fingindo casualidade e me aproximaria do velho Zadok quando ele começasse uma de suas frequentes falações. O jovem disse que ele era inquieto e raramente ficava mais de uma hora ou duas sentado na porta dos bombeiros.

Comprei uma garrafa de uísque com facilidade, embora não tenha sido barata, nos fundos de uma loja de variedades escura e velha na praça da rua Eliot. O sujeito de aspecto sujo que me atendeu tinha um toque da "aparência de Innsmouth", mas foi cortês no atendimento; talvez estivesse acostumado a atender estranhos simpáticos – caminhoneiros, compradores de ouro e similares – como ocasionalmente havia na cidade.

Ao voltar para a praça, vi que a sorte estava do meu lado, pois, saindo da rua Paine, na esquina do hotel Casa Gilman, vi nada menos do que a forma alta, magra e abatida do velho Zadok Allen em pessoa. De acordo com meu plano, atraí a atenção dele exibindo minha garrafa recém-comprada; logo percebi que ele tinha começado a andar com ansiedade atrás de mim quando entrei na rua Waite, a caminho da região mais deserta em que consegui pensar.

Eu estava me guiando pelo mapa que o garoto do mercado tinha desenhado e seguia para a região abandonada do litoral sul que eu tinha visitado previamente. As únicas pessoas à vista lá eram os pescadores no distante quebra-mar; indo alguns quarteirões para o sul, cheguei além do alcance deles e encontrei bancos num cais abandonado, livre para interrogar o velho Zadok sem ser observado, por tempo indefinido. Antes que eu chegasse à rua Principal, ouvi um leve e ofegante "Ei, moço!" atrás de mim e permiti que o velho me alcançasse e tomasse goles fartos da garrafa.

Comecei a sondar o sujeito enquanto andávamos até a rua Water e seguíamos para o sul em meio à desolação onipresente e às ruínas loucamente inclinadas, mas descobri que a língua idosa não se soltava tão rápido quanto eu esperava. Acabei vendo uma região gramada na direção do mar, entre paredes de tijolos em ruínas, com o comprimento de um cais de terra e alvenaria se projetando além. Pilhas de pedras cobertas de musgo perto da água prometiam ser assentos toleráveis, e a cena estava abrigada de qualquer visão por um armazém em ruínas ao norte. Ali, pensei, era o lugar ideal para um longo e secreto colóquio; assim, guiei meu companheiro pelo caminho e escolhi um lugar para nos sentarmos nas pedras cheias de musgo. O ar de morte e abandono era sinistro, e o cheiro de peixe era quase intolerável, mas eu estava determinado a não deixar que nada me atrapalhasse.

Restavam cerca de quatro horas para a conversa se eu quisesse pegar o ônibus das oito horas para Arkham, e comecei a dar mais bebida para o bêbado velho; enquanto isso, comi meu almoço frugal. Na minha doação, tomei o cuidado de não exagerar, pois não queria que a tagarelice ébria de Zadok passasse ao estupor. Depois de uma hora, a reticência furtiva exibiu sinais de desaparecer, mas, para minha decepção, ele continuou desviando das minhas perguntas sobre Innsmouth e seu passado assombrado. Falava sobre assuntos atuais e revelava um conhecimento amplo dos jornais e uma grande tendência a filosofar de forma cheia de moralismo de cidade pequena.

Perto do fim da segunda hora, temi que minha garrafa de uísque não fosse suficiente para obter resultados e estava pensando se era melhor deixar o velho Zadok e ir comprar mais. Mas, naquele momento, a sorte deu a abertura que minhas perguntas não conseguiram gerar, e a falação chiada do velho deu uma guinada que me fez me inclinar para a frente e ouvir com atenção. Minhas costas estavam viradas para o mar com cheiro de peixe, mas ele estava de frente, e uma coisa qualquer fez seu olhar errante se fixar na linha baixa e distante do Recife do Diabo, que aparecia claramente naquela ocasião, de forma quase fascinante acima das ondas. A visão pareceu desagradá-lo, pois ele começou uma série de palavrões fracos que terminaram em um sussurro confidencial e um olhar de conhecimento. Ele se inclinou na minha direção, segurou a lapela do meu casaco e sussurrou algumas palavras que não tinham como ser confundidas.

– Foi lá que tudo começou, naquele lugar amaldiçoado de toda maldade, onde a água profunda começa. Portão do inferno, uma queda enorme até um abismo onde nenhuma linha de pesca firme alcança. O velho capitão Obed fez isso, ele descobriu mais do que deveria nas ilhas dos Mares do Sul.

"Todo mundo estava mal naquela época. O comércio andava mal, as fábricas perdendo negócios, até as novas, e os melhores dos nossos homens foram mortos em combate na Guerra de 1812 ou se perderam no brigue *Eliza* ou na barcaça *Ranger* – que eram empreendimentos Gilman. Obed Marsh tinha três barcos no mar: o bergantim *Columbia*, o brigue *Hetty* e a barca *Rainha de Sumatra*. Ele era o único que seguia com o comércio no leste da Índia e no Pacífico, embora o bergantim *Orgulho Malaio*, de Ezra Martin, tenha continuado navegando até 1828.

"Nunca houve ninguém como o capitão Obed, o braço direito de Satanás! Haha! Lembro quando ele contou sobre peças estrangeiras, e quando disse que todo mundo era burro por ir a missas cristãs e carregar seus fardos com docilidade e humildade. Ele dizia que deviam arrumar deuses melhores como os do pessoal da Índia, deuses que trouxessem boa pesca em troca de sacrifícios e atendessem as orações das pessoas de verdade.

"Matt Eliot, seu imediato, também falava muito, só que ele era contra as pessoas fazerem coisas pagãs. Falou sobre uma ilha ao leste de Otaheité, onde havia muitas ruínas de pedra mais velhas do que as pessoas imaginavam, tipo as de Ponape, nas Carolinas, mas com entalhes de rostos que pareciam as enormes estátuas na Ilha de Páscoa. Tinha uma ilhazinha vulcânica lá perto também, com outras ruínas com entalhes diferentes – ruínas todas gastas, como se já tivessem ficado embaixo do mar, com imagens de monstros horríveis.

"Bom, senhor, Matt diz que os nativos de lá tinham todos os peixes que conseguiam pescar e exibiam pulseiras e braceletes e diademas feitos de um tipo estranho de ouro, cobertos de imagens de monstros como os entalhados nas ruínas na ilhazinha – uns sapos meio peixes ou uns peixes meio sapos desenhados em todos os tipos de posição, como se fossem seres humanos. Ninguém conseguia arrancar deles onde eles arranjavam todas aquelas coisas, e todos os outros nativos queriam saber como eles encontravam abundância de peixes quando a ilha ao lado tinha pouca pesca. Matt também ficou curioso, assim como o capitão

Obed. Obed também reparou que cada vez mais jovens bonitos sumiam ano após ano, e não havia muita gente velha no local. Ele também achava que algumas pessoas tinham aparência bem esquisita, mesmo para canacos.

"Não foi fácil Obed arrancar a verdade daqueles pagãos. Não sei como ele conseguiu, mas começou fazendo trocas para obter as coisas parecidas com ouro que usavam. Perguntou de onde vinham e se eles conseguiam mais e finalmente arrancou a história do velho chefe... Walakea era como o chamavam. Ninguém além de Obed teria acreditado no velho diabo amarelo, mas o capitão conseguia ler pessoas como se fossem livros. Haha! Ninguém acredita em mim quando eu conto, e acho que você não vai acreditar, meu jovem... se bem que, agora que estou olhando, você tem os olhos afiados de leitura que Obed tinha."

O sussurro do homem ficou mais fraco, e estremeci pela portentosidade terrível e sincera da entonação dele, apesar de saber que aquilo só podia ser fantasia embriagada.

– Bom, senhor, Obed descobriu que tem coisas nessa terra das quais a maioria das pessoas nunca ouviu falar... e não acreditaria se ouvisse. Parece que aqueles canacos estavam sacrificando montes de jovens e donzelas para algum tipo de ser divino que morava no mar e recebiam vários favores em troca. Eles encontravam as coisas na ilhota com as ruínas estranhas, e parece que as imagens horríveis de monstros sapos-peixe eram imagens dessas criaturas. Talvez fossem o tipo de criatura que gerou as histórias de sereias e outras semelhantes. Eles tinham umas cidades no fundo do mar e a ilha tinha vindo de lá. Parece que havia coisas vivas nas construções de pedra quando a ilha subiu de repente à superfície. Foi assim que os canacos souberam que eles estavam lá embaixo. Conversaram por sinais assim que superaram o medo e fizeram um acordo em pouco tempo.

"Aquelas coisas gostavam de sacrifícios humanos. Recebiam isso séculos antes, mas se distanciaram do mundo superior depois de um tempo. O que eles faziam com as vítimas eu não tenho como dizer e acho que Obed não fez questão de perguntar. Mas os pagãos não se importavam, porque estavam com dificuldades e desesperados. Davam um certo número dos seus jovens para as criaturas do mar duas vezes por ano, na Noite de Santa Valburga e no Halloween. Davam também alguns badulaques esculpidos que faziam. O que as criaturas aceitaram dar em troca eram muitos peixes, que vinham de todo o mar, e algumas coisas douradas de vez em quando.

"Bom, como falei, os nativos se encontravam com as coisas na ilhota vulcânica, indo para lá de canoa com os sacrifícios e tudo o mais e trazendo de volta joias da coisa parecida com ouro que recebiam. No começo, as criaturas nem iam até a ilha principal, mas depois de um tempo passaram a querer ir. Parece que queriam se misturar com as pessoas e fazer cerimônias mistas nos dias importantes, a Noite de Santa Valburga e o Halloween. É que eles conseguiam viver dentro ou fora da água, o que chamam de anfíbios, eu acho. Os canacos diziam que as pessoas das outras ilhas podiam querer acabar com eles quando soubessem que estavam lá, mas eles diziam que não se importavam porque podiam exterminar todos os humanos se quisessem; quer dizer, todos que não tinham certos sinais como os usados no passado pelos Perdidos, fossem quem fossem. Mas, sem querer incomodar, ficavam escondidos quando alguém visitava a ilha.

"Quando chegou a hora de acasalar com os peixes que pareciam sapos, os canacos hesitaram, mas acabaram descobrindo uma coisa que deu um novo aspecto à questão. Parece que os humanos têm uma espécie de relacionamento com essas bestas do mar, que tudo vivo já veio da água e só precisa de uma pequena mudança para voltar. As coisas disseram para os canacos que, se eles misturassem o sangue, haveria crianças que pareceriam humanas no começo, mas depois ficariam mais e mais parecidas com as criaturas, até que finalmente iriam para a água e se juntariam à população morando lá no fundo. E essa é a parte importante, meu jovem: os que virassem coisas-peixe e fossem para a água *não morreriam*. Aquelas coisas não morriam se não fosse por meio de violência.

"Bom, senhor, parece que quando Obed conheceu esses habitantes das ilhas, eles estavam cheios de sangue de peixe daquelas coisas do fundo do mar. Quando ficavam velhos e começava a ser evidente, eles eram mantidos escondidos até terem vontade de ir para a água e abandonar o local. Alguns eram mais afetados do que outros, e alguns nunca mudavam o suficiente para irem para a água, mas a maioria ficou como as coisas disseram que ficariam. Os que nasciam mais parecidos com as coisas mudavam cedo, mas os que eram quase humanos às vezes ficavam na ilha até mais de setenta anos, apesar de costumarem fazer viagens de experiência lá para baixo antes disso. As pessoas que iam para a água costumavam voltar para visitar, então era possível um homem conversar com seu tataravô, que tinha abandonado a terra uns cem anos antes.

"Todo mundo se acostumou com a ideia de não morrer... exceto em guerras de canoas com habitantes de outras ilhas, ou como sacrifício para os deuses do mar abaixo, ou de picada de cobra, ou peste, ou doenças de desenvolvimento rápido, ou de alguma coisa antes que pudessem ir viver na água. Simplesmente ansiavam por uma mudança que não era mais horrível depois de um tempo. Eles achavam que o que obtiveram valia o que tinham que entregar, e acho que Obed passou a achar o mesmo depois de refletir um pouco sobre a história do velho Walakea. Mas Walakea era um dos poucos sem sangue de peixe, por ser de uma linhagem real e por isso só se casar com linhagens reais de outras ilhas.

"Walakea mostrou a Obed muitos ritos e encantamentos que tinham a ver com as coisas do mar e deixou que ele visse algumas pessoas do vilarejo que tinham mudado muito da forma humana. Mas nunca deixava que ele visse uma das coisas que saíram da água. No fim, deu a ele uma bugiganga engraçada feita de chumbo ou algo parecido que disse que atrairia as coisas-peixe de qualquer lugar no mar onde houvesse um ninho delas. A ideia era jogar na água com o tipo certo de oração e tudo. Walakea disse que as coisas estavam espalhadas pelo mundo todo e qualquer um que procurasse poderia encontrar um ninho se quisesse.

"Matt não gostou de nada disso e queria que Obed ficasse longe da ilha, mas o capitão queria benefícios e achou que poderia obter aqueles objetos parecidos com ouro tão barato que compensaria fazer deles uma especialidade. As coisas ficaram assim por anos e Obed conseguiu o suficiente do material semelhante ao ouro para poder abrir a refinaria no antigo moinho Waite. Ele não ousava vender as peças da forma que eram, pois as pessoas começariam a fazer perguntas. Mesmo assim, a tripulação obtinha peças e as vendia de vez em quando, apesar do juramento de guardar segredo; e ele deixava suas mulheres usarem algumas das peças que eram mais parecidas com coisas humanas.

"Bom, por volta de 1838, quando eu tinha sete anos, Obed encontrou as pessoas da ilha dizimadas entre duas viagens. Parecia que gente de outras ilhas soube o que estava acontecendo e cuidou da questão com as próprias mãos. Acho que deviam ter aqueles sinais mágicos que as coisas do mar diziam que eram as únicas coisas das quais tinham medo. Não dá para saber o que os canacos vão encontrar quando o fundo do mar cuspir alguma ilha com ruína mais velhas do que o dilúvio. Uns teimosos, é o que eles eram. Não deixaram nada de pé nem na ilha principal nem na ilhota vulcânica além das partes das ruínas grandes demais para derrubar. Em alguns lugares, havia pequenas pedras espalhadas, como amuletos, com uma coisa nelas que vocês chamam de suástica hoje em dia. Devia ser o sinal dos Antigos. O povo foi exterminado, não havia sinal das coisas parecidas com ouro e nenhum dos canacos próximos falou sobre a questão. Não admitiam nem que houve gente na ilha.

"Isso abalou muito Obed, pois os negócios dele estavam indo mal. Também abalou toda Innsmouth, porque nos dias de viagens marítimas, o que gerava riqueza para o capitão de um navio costumava também gerar riqueza para a tripulação. A maioria das pessoas na cidade aceitou as dificuldades como ovelhas e se resignou, mas eles estavam indo mal porque a pescaria rareava e as fábricas não iam bem.

"Foi nessa época que Obed começou a xingar as pessoas por serem ovelhas mansas e rezarem por um céu cristão que não as ajudava. Ele disse que sabia de pessoas que oravam para deuses que davam coisas de que elas realmente precisavam e disse que, se uma boa quantidade de homens ficasse ao seu lado, ele talvez conseguisse obter certos poderes que atrairiam muitos peixes e uma boa quantidade de ouro. Claro que os que serviram no *Rainha de Sumatra* e tinham visto a ilha sabiam o que ele queria dizer e não estavam ansiosos para chegar perto das coisas do mar de que tinham ouvido falar, mas os que não sabiam o que era ficaram balançados pelo que Obed tinha a dizer e começaram a perguntar o que ele podia fazer para botá-los no caminho da fé que lhes daria resultados."

Aqui, o velho hesitou, resmungou e caiu em um silêncio mal-humorado e apreensivo; começou a olhar nervosamente por cima do ombro e a se virar para olhar com fascinação para o recife preto distante. Quando falei com ele, Zadok não respondeu, então eu soube que teria que o deixar terminar a garrafa. A história louca que eu estava ouvindo me interessava profundamente, pois eu imaginava que havia por trás dela uma espécie de alegoria rudimentar baseada na estranheza de Innsmouth e elaborada por uma imaginação antes criativa e cheia de traços de lendas exóticas. Nem por um momento acreditei que a história tinha fundação substancial; mesmo assim, ela carregava uma dose de terror genuíno, no mínimo porque fazia referências a estranhas joias parecidas com a tiara maligna que vi em Newburyport. Talvez os ornamentos tivessem mesmo vindo de uma ilha estranha, e possivelmente as histórias loucas eram mentiras do falecido Obed e não do bêbado velho.

Entreguei a garrafa a Zadok e ele tomou tudo, até a última gota. Era curioso como ele aguentava tanto uísque, pois não havia nem sinal de rouquidão na voz aguda e ofegante. Ele lambeu o gargalo da garrafa e a enfiou no bolso e começou a assentir e a sussurrar baixinho. Inclinei-me mais para perto a fim de ouvir qualquer palavra articulada que ele pudesse proferir e pensei ver um sorriso sardônico embaixo do bigode peludo e manchado. Sim, ele estava realmente formando palavras, e consegui captar uma boa quantidade delas.

– Pobre Matt, ele sempre foi contra. Tentou trazer as pessoas para o seu lado e teve longas conversas com os pastores, mas não adiantou. Expulsaram o pastor congregacional da cidade e o metodista foi embora, nunca mais vi Resolved Babcock, o pastor batista, Fúria de Jeová. Eu era criança na época, mas ouvi o que ouvi e vi o que vi, Dagon e Astarte... Belial e Belzebu... Bezerro de Ouro e os ídolos de Canaã e dos filisteus... abominações babilônicas... *Mene, mene, tekel, upharsin...*

Ele parou de novo, e pela expressão nos olhos úmidos, temi que estivesse perto do estupor. Mas quando sacudi de leve seu ombro, ele se virou para mim com atenção impressionante e soltou algumas outras frases obscuras.

– Não acredita em mim, é? Hahaha, então me conte, meu jovem, por que o capitão Obed e uns vinte homens remavam até o Recife do Diabo na calada da noite, cantarolando coisas tão alto que dava para ouvir da cidade toda quando o vento estava para o lado certo? Conte-me, hein? E me conte por que Obed sempre jogava coisas pesadas na água profunda do outro lado do recife, onde o mar despenca em um abismo mais fundo do que dá para medir? Conte-me o que ele fazia com o badulaque de formato engraçado que Walakea deu para ele? Hein? E o que ele gritava na Noite de Santa Valburga e no Halloween? E por que os novos pastores da igreja, sujeitos que eram marinheiros, usam aquelas vestes estranhas e se cobrem com as coisas douradas que Obed trouxe? Hein?

Os olhos azuis úmidos estavam quase selvagens e maníacos agora, e a barba branca suja se eriçava de forma elétrica. O velho Zadok deve ter visto eu me encolher, pois começou a gargalhar de forma maléfica.

– Hahahaha! Está começando a ver, é? Talvez você gostasse de ser eu naquela época, quando eu via coisas à noite indo para o mar da cúpula no alto da minha casa. Ah, posso dizer que pequenas pessoas têm ouvidos bons, e nada do que era dito sobre o capitão Obed e os homens dele no recife passava despercebido! Hahaha! Que tal a noite em que levei a luneta do meu pai para o telhado e vi o recife cheio de formas que mergulharam assim que a lua subiu? Obed e os outros homens estavam em um barquinho, mas as formas mergulharam do outro lado na água profunda e não voltaram... Que tal ser uma criança sozinha na cúpula de casa vendo formas *que não eram humanas*?... Hein?... Hahahaha...

O velho estava ficando histérico, e fui atravessado por um arrepio de alarme obscuro. Ele pousou a mão retorcida no meu ombro e me pareceu que seu tremor não era de euforia.

– E se uma noite você visse uma coisa pesada saindo do barquinho de Obed depois do recife e soubesse no dia seguinte que um jovem tinha sumido de casa? Hein? Alguém viu sinal de Hiram Gilman novamente? Viu? E de Nick Pierce, e de Luelly Waite, e de Adoniram Southwick, e de Henry Garrison? Hein? Hahahaha... Formas falando em linguagem de sinal com as mãos... os que tinham mãos...

"Bem, senhor, foi nessa época que Obed começou a prosperar. As pessoas viram suas três filhas usando coisas douradas que ninguém tinha visto antes e começou a sair fumaça da chaminé da refinaria. Outras pessoas também começaram a prosperar; os peixes voltaram para o porto, bons para a pesca, e só os céus sabem o tamanho da carga que começou a ser transportada para Newburyport, Arkham e Boston. Foi nessa época que Obed fez o velho braço da ferrovia chegar até aqui. Alguns pescadores de

Kingsport souberam dos peixes e vieram em corvetas, mas todos se perderam. Ninguém os viu mais. Nessa época, nosso povo organizou a Ordem Esotérica de Dagon e comprou o Salão Maçônico do Comando da Cavalaria para isso... hahaha! Matt Eliot era maçom e foi contra a venda, mas também desapareceu.

"Lembre, não estou dizendo que Obed estava determinado a ter coisas como era na ilha. Acho que ele não pretendia no começo mistura alguma, nem criar os jovens para irem para a água e virarem peixes com vida eterna. Ele queria as coisas douradas e estava disposto a pagar caro, e acho que os outros ficaram satisfeitos por um tempo...

"Em 1846, a cidade começou a observar e pensar por si própria. Gente demais desaparecida, pregação louca demais nas reuniões de domingo, muita falação sobre o recife. Acho que colaborei um pouco ao contar para o conselheiro Mowry o que vi do telhado. Houve um grupo uma noite que seguiu o grupo de Obed até o recife e ouvi tiros entre os barcos. No dia seguinte, Obed e outros 32 estavam na cadeia, com todo mundo querendo saber o que estava acontecendo e qual acusação contra eles poderia ter sido feita. Deus, se alguém tivesse olhado à frente... duas semanas depois, quando nada foi jogado no mar por muito tempo..."

Zadok estava exibindo sinais de medo e exaustão, e deixei que ele ficasse em silêncio por um tempo, embora olhando com apreensão para o relógio. A maré tinha virado e estava subindo agora, o som das ondas pareceu despertá-lo. Fiquei feliz pela maré, pois na maré alta o cheiro de peixe talvez não ficasse tão ruim. Mais uma vez, me esforcei para ouvir os sussurros.

– Naquela noite horrível... eu os vi... Eu estava no telhado, na cúpula... hordas deles... muitos... em todo o recife e nadando pelo porto até o Manuxet. Deus, o que aconteceu nas ruas de Innsmouth naquela noite... Bateram na nossa porta, mas meu pai não quis abrir... Ele saiu pela janela da cozinha com o mosquete para procurar o conselheiro Mowry e ver o que ele poderia fazer... Montes de mortos e moribundos... gritos e tiros... gritaria na Antiga Praça e na Praça da Cidade e no Parque da Nova Igreja... A cadeia aberta... proclamação... traição... Chamaram de peste quando as pessoas chegaram e viram que metade do povo de Innsmouth tinha sumido... Ninguém foi embora, exceto os que se juntariam a Obed e aquelas coisas ou tinham que ficar em silêncio... Nunca mais tive notícias do meu pai...

O velho estava ofegante e suando profusamente. A mão dele apertou ainda mais o meu ombro.

– Tudo foi limpo de manhã, mas havia *rastros*... Obed assumiu o comando e disse que as coisas iam mudar... *Outros* adorariam conosco nas reuniões e certas casas teriam que receber *convidados*... *Eles* queriam se misturar como fizeram com os canacos... E ele não se sentia inclinado a impedi-los. Obed estava louco... como qualquer homem louco falando do assunto. Ele disse que eles nos davam peixes e tesouros e que deviam ter o que desejavam...

"Nada seria diferente nas aparências, mas tínhamos que manter os estranhos longe, para o nosso bem. Nós todos tínhamos que fazer o Juramento de Dagon, e mais tarde houve um Segundo e Terceiro Juramentos que alguns de nós fizemos. Os que ajudassem mais ganhariam recompensas especiais, como ouro. Não adiantava recusar, havia milhões deles lá embaixo. Preferiam não subir e dizimar a humanidade, mas, se fossem revelados e obrigados, poderiam fazer muito nesse sentido. Nós não tínhamos os amuletos antigos para afastá-los como o pessoal dos Mares do Sul, e aqueles canacos nunca revelariam seus segredos.

"Se oferecêssemos sacrifícios, badulaques e abrigo na cidade quando quisessem, eles nos deixariam em paz. Não incomodariam nenhum estranho que pudesse levar nossa história para o mundo... isso se não começassem a xeretar. Todos do grupo dos fiéis... Ordem de Dagon... e as crianças nunca morreriam, mas voltariam para a Mãe Hidra e para o Pai Dagon, dos quais tínhamos vindo... *Iä! Iä! Cthulhu fhtagn! Ph'nglui mglw'nafh Cthulhu R'lyeh wgah-nagl fhtagn...*"

O velho Zadok estava caindo em delírio e prendi o ar. Pobre alma velha – a que profundezas horrendas de alucinação a bebida, junto com o ódio do apodrecimento, a alienação e a doença ao redor dele levaram seu cérebro fértil e criativo! Ele começou a gemer agora, e lágrimas desciam pelas bochechas marcadas até o meio da barba.

– Deus, o que vi desde que tinha quinze anos... *Mene, mene, tekel, upharsin*... o pessoal que estava sumido e os que se mataram... os que contaram coisas em Arkham ou Ipswich ou outros lugares eram chamados de loucos, como você está me chamando agora... Mas, Deus, o que eu vi... Teriam me matado muito tempo atrás pelo que eu sei, só que fiz o primeiro e o segundo Juramentos de Dagon para Obed, e estou protegido a não ser que um júri deles prove que falei coisas com conhecimento e deliberação... mas eu me recusei a fazer o terceiro Juramento... Preferia morrer a fazê-lo...

"Ficou pior na época da Guerra de Secessão, *quando as crianças nascidas a partir de 1846 começaram a crescer*... algumas, pelo menos. Eu sentia medo, nunca xeretei nada depois daquela noite horrível e nunca vi um... deles... de perto durante toda a minha vida. Quer dizer, nunca um de sangue puro. Fui para a guerra, e se tivesse coragem ou bom senso, não teria voltado, teria feito a vida longe daqui. Mas as pessoas escreveram que as coisas não estavam tão ruins. Acho que era porque os recrutadores do governo vieram à cidade depois de 1863. Depois da guerra, voltou a ficar ruim. A população começou a diminuir... as fábricas e lojas fecharam... os envios pararam e o porto ficou lotado... a ferrovia parou de passar aqui... mas *eles*... eles nunca pararam de nadar pelo rio a partir daquele recife amaldiçoado de Satanás... e mais e mais janelas de sótãos foram fechadas por tábuas, e mais e mais ruídos eram ouvidos em casas em que teoricamente não havia ninguém...

"As pessoas de fora da cidade têm suas histórias sobre nós. Acho que você ouviu muitas, considerando as perguntas que fez. São histórias sobre as coisas que veem às vezes e sobre aquelas joias estranhas que ainda vêm de algum lugar e não foram todas derretida... mas nada é certo. Ninguém acredita em nada. Chamam essas coisas douradas de tesouro de pirata e alegam que o povo de Innsmouth tem sangue estrangeiro ou é destemperado, algo assim. Além do mais, os que moram aqui espantam o máximo de estrangeiros que podem e encorajam o resto a não ficar curioso demais, principalmente à noite. Os animais empacam com as criaturas, os cavalos mais do que as mulas, mas quando chegaram os automóveis, ficou tudo bem.

"Em 1846, o capitão Obed se casou pela segunda vez, com uma mulher que *ninguém na cidade nunca viu*. Alguns dizem que ele não queria, mas foi obrigado pelas criaturas. Teve três filhos com ela, dois que desapareceram jovens, mas uma garota era igual a todo mundo e foi estudar na Europa. Obed finalmente a casou com um sujeito de Arkham que não desconfiou de nada. Mas ninguém de fora quer se envolver com gente de Innsmouth agora. Barnabas Marsh, que cuida da refinaria, é neto de Obed da primeira esposa, filho de Onesíforo, seu filho mais velho, *mas a mãe era outra daqueles que nunca eram vistos do lado de fora*.

"Agora, Barnabas está mudando. Não consegue mais fechar os olhos e está com a forma estranha. Dizem que ainda usa roupas, mas vai ter que ir para a água em breve. Talvez já tenha tentado; eles às vezes descem por períodos curtos antes de irem de vez. Não é visto em público há quase dez anos. Não sei como a pobre esposa aguenta... ela veio de Ipswich e quase lincharam Barnabas quando ele a cortejou uns cinquenta e tantos anos atrás. Obed morreu em 1878, e toda a geração seguinte se foi agora. Os filhos da primeira esposa estão mortos e o resto... só Deus sabe..."

O som da maré subindo estava agora muito insistente, e aos poucos pareceu mudar o humor do homem, das lágrimas sentimentais ao medo alerta. Ele parava de vez em quando para dar novos olhares nervosos para trás ou na direção do recife, e apesar do absurdo louco da história, não pude deixar de começar a sentir a apreensão vaga dele. Zadok então começou a falar com voz mais estridente e pareceu estar tentando reunir coragem com a fala mais alta.

– Ei, ei, por que você não diz alguma coisa? O que acharia de morar numa cidade assim, com tudo podre e morrendo e monstros trancados se esgueirando e balindo e latindo e pulando por porões e sótãos escuros em cada direção que você vai? Hein? O que acharia de ouvir o uivo noite após noite das igrejas e do Salão da Ordem de Dagon *e saber o que está emitindo parte do uivo*? O que acharia de ouvir o que vem daquele recife horrendo todas as Noites de Santa Valburga e Dia de Todos os Santos? Pensa que sou maluco, é? Senhor, *devo declarar que isso não é o pior!*

Zadok estava gritando agora, e o frenesi louco na voz dele me perturbou mais do que gosto de admitir.

– Maldito, não fique aí me olhando com esses olhos. Digo que Obed Marsh está no inferno e tem que ficar lá! Haha... no inferno, eu digo! Não pode me pegar... Eu não fiz nada nem contei nada para ninguém...

"Ah, você, meu jovem? Bom, mesmo que eu não tenha contado nada para ninguém ainda, vou contar agora! Fique sentado aí e me escute, garoto, isto é o que nunca contei a ninguém... Eu digo que não xeretei nada depois daquela noite... *mas descobri coisas mesmo assim*!

"Quer saber qual é o verdadeiro horror? Bom, é isto: não é o que aqueles demônios-peixe *fizeram, mas o que vão fazer*! Eles estão trazendo as coisas de onde são para a cidade. Estão fazendo isso há anos, indo mais devagar ultimamente. As casas ao norte do rio entre as ruas Water e Principal estão cheias deles, dos demônios *e do que eles trouxeram*, e quando eles estiverem prontos... Estou dizendo, *quando eles estiverem prontos...* Você já ouviu falar de um *shoggoth*?

"Ei, está me ouvindo? Estou dizendo que *sei o que aquelas coisas são, eu as vi uma noite quando...* EH... AHHHH... AH! E'YAAHHHH..."

O grito horrendo e repentino e cheio de medo inumano quase me fez desmaiar. Seus olhos, observando algo atrás de mim, na direção do mar malcheiroso, estavam saltando da cabeça, enquanto seu rosto era uma máscara de medo digna de tragédia grega. A mão ossuda afundou monstruosamente no meu ombro e ele não se moveu quando virei a cabeça para olhar o que ele tinha visto.

Não havia nada que eu pudesse ver. Só a maré subindo, com talvez um grupo de ondulações mais próximas do que a linha distante do recife. Mas agora Zadok estava me sacudindo, e me virei para ver o derretimento daquele rosto paralisado de medo em um caos de pálpebras tremendo e gengivas murmurando. A voz dele voltou... ainda que como um sussurro trêmulo.

– *Saia daqui!* Saia daqui! *Eles nos viram...* vá embora para salvar sua vida! Não espere nada, *eles sabem agora...* Vá, rápido, *saia desta cidade...*

Outra onda pesada bateu na alvenaria frouxa de um cais em ruínas e mudou o sussurro do idoso louco para outro grito inumano e apavorante.

– E-YAAHHHH!... YHAAAAAAA!...

Antes que eu pudesse me recuperar do susto, ele relaxou o aperto no meu ombro e correu como louco na direção da rua, seguindo para o norte junto à parede do armazém em ruínas.

Olhei novamente para o mar, mas não havia nada lá. E, quando cheguei à rua Water e me virei outra vez, não havia mais sinal de Zadok Allen.

IV.

Mal consigo descrever o humor em que fiquei depois desse episódio angustiante – um episódio ao mesmo tempo louco e deplorável, grotesco e apavorante. O garoto do mercado tinha me preparado para aquilo, mas a realidade me deixou muito atordoado e perturbado mesmo assim. Por mais pueril que a história fosse, a sinceridade e o horror insanos do velho Zadok me passaram uma inquietação crescente que se juntou ao meu sentimento anterior de repulsa pela cidade e sua mancha de sombra intangível.

Mais tarde talvez eu pudesse relembrar a história e extrair algum núcleo de alegoria histórica; agora, só desejava tirá-la da cabeça. Estava perigosamente tarde – meu relógio marcava 19h15, e o ônibus para Arkham saía da Praça da Cidade às oito – por isso, tentei dar o tom mais neutro e prático possível aos meus pensamentos enquanto andava depressa pelas ruas desertas de telhados quebrados e casas inclinadas na direção do hotel onde eu tinha guardado a valise e encontraria o ônibus.

Embora a luz dourada do fim de tarde desse aos telhados antigos e chaminés decrépitas um ar de encanto místico e paz, não pude deixar de olhar para trás de vez em quando. Eu ficaria feliz de sair da malcheirosa e temerosa Innsmouth e desejei que houvesse outro veículo além do ônibus dirigido pelo tal Sargent de aparência sinistra. Mas não andei com precipitação demais, pois havia detalhes arquitetônicos que valiam a observação em cada esquina silenciosa; e calculei que poderia facilmente cobrir a distância necessária em meia hora.

Observando o mapa do jovem do mercado e procurando uma rota que eu ainda não tinha percorrido, escolhi a rua Marsh em vez da State para minha aproximação da Praça da Cidade. Perto da esquina com a rua Fall, comecei a ver grupos espalhados de pessoas furtivas sussurrando, e quando finalmente cheguei à Praça vi que quase todas as pessoas estavam reunidas em volta da porta do hotel Casa Gilman. Pareceu que muitos olhos saltados, aquosos e arregalados ficaram me olhando estranhamente enquanto eu pegava minha valise no saguão, e torci para que nenhuma daquelas criaturas desagradáveis fosse me acompanhar como passageira no ônibus.

O ônibus, um pouco adiantado, chegou com três passageiros um pouco antes das oito, e um sujeito de aparência maligna na calçada murmurou algumas palavras indistinguíveis para o motorista. Sargent pegou uma bolsa de correspondência e um rolo de jornais e entrou no hotel, enquanto os passageiros, os mesmos homens que eu tinha visto chegando em Newburyport naquela manhã, foram até a calçada e trocaram palavras baixas e guturais com um sujeito, palavras que eu podia jurar que não eram do nosso idioma. Subi no ônibus vazio e me sentei no mesmo lugar de antes, mas mal tinha me acomodado quando Sargent reapareceu e começou a murmurar com uma voz rouca de repulsa peculiar.

Ao que parecia, eu estava com azar. Havia algo de errado com o motor, apesar do excelente tempo de viagem feito de Newburyport, e o ônibus não poderia completar a viagem até Arkham. Não, não seria possível consertá-lo naquela noite, e não havia outro jeito de conseguir transporte para fora de Innsmouth, nem para Arkham, nem para nenhum outro lugar. Sargent lamentava, mas eu teria que passar a noite no Gilman. Era provável que o recepcionista fizesse um bom preço para mim, mas não havia mais nada a fazer. Quase atordoado por esse obstáculo repentino e temendo violentamente a queda da noite naquela cidade decadente e mal iluminada, saí do ônibus e entrei no saguão do hotel; lá, o recepcionista taciturno e de aparência estranha me disse que eu poderia ficar no quarto 428, no penúltimo andar, que era grande, mas sem água corrente, por um dólar.

Apesar do que ouvira falar do hotel em Newburyport, assinei o registro, paguei um dólar, deixei o funcionário pegar minha valise e segui o recepcionista azedo e solitário por três lances barulhentos de escadas, passando por corredores poeirentos que pareciam desprovidos de vida. Meu quarto, um aposento escuro de fundos com duas janelas e mobília barata sem decoração, dava vista para um pátio sujo envolto por blocos de tijolos baixos e vazios e para os telhados decrépitos do lado oeste com uma paisagem de pântano depois. No fim do corredor havia um banheiro – uma relíquia desanimadora com uma pia antiga de mármore, uma banheira de metal, luz elétrica fraca e painéis mofados de madeira em volta do encanamento.

Como ainda havia luz do dia, desci até a praça e procurei algum lugar para jantar – e reparei, ao fazer isso, nos olhares estranhos que recebi das pessoas de aparência doentia. Como o mercado estava fechado, fui obrigado a prestigiar o restaurante que tinha descartado antes; um homem corcunda de cabeça estreita com olhos arregalados que não piscavam e uma mulher de nariz achatado com mãos inacreditavelmente grandes e desastradas me atenderam. O serviço era do tipo que cada um se servia na bancada, e fiquei aliviado de ver que quase tudo era servido de latas e pacotes. Uma tigela de sopa de legumes com crackers foi suficiente para mim, e logo voltei para meu quarto sombrio no Gilman, depois de pegar um jornal vespertino e uma revista suja com o recepcionista de expressão maligna no suporte bambo ao lado da recepção.

Conforme o crepúsculo se espalhava, acendi a lâmpada fraca acima da cama barata de metal e me esforcei para continuar a leitura que eu tinha começado. Achei aconselhável manter a cabeça totalmente ocupada, pois não adiantaria ficar pensando nas anormalidades daquela cidade antiga e sombria enquanto ainda estivesse nela. A história insana que ouvi do bêbado velho não prometia sonhos muito agradáveis, e achei que devia manter a imagem dos olhos loucos e úmidos o mais distante possível da minha mente.

Além disso, eu não deveria ficar pensando no que aquele inspetor de fábrica tinha contado ao bilheteiro de Newburyport sobre o hotel Casa Gilman e as vozes dos hóspedes noturnos – nem nisso e nem no rosto sob a tiara na porta preta da igreja; o rosto cujo horror minha consciência não conseguia registrar. Talvez fosse mais fácil manter meus pensamentos longe de assuntos perturbadores se o quarto não estivesse tão horrendamente mofado. Mas o mofo letal se misturava de forma horrenda com o odor geral de peixe da cidade e fazia retornar com persistência a fantasia de morte e decomposição.

Outra coisa que me perturbou foi a ausência de ferrolho na porta do quarto. Já houvera um, como as marcas exibiam, mas havia sinais de ter sido removido recentemente. Sem dúvida tinha quebrado, como tantas outras coisas naquela construção decrépita. Em meu nervosismo, olhei ao redor e encontrei um ferrolho no armário que parecia ser do mesmo tamanho, a julgar pelas marcas, do que antes havia na porta. Para ter um alívio parcial da tensão geral, eu me ocupei com a transferência do objeto para o lugar vazio com a ajuda de um dispositivo útil, três em um, que incluía uma chave de fenda e que ficava no meu chaveiro. O ferrolho cabia perfeitamente, e fiquei um pouco aliviado quando soube que poderia fechá-lo com firmeza ao me deitar. Não que eu tivesse alguma apreensão real que gerasse sua necessidade, mas qualquer símbolo de segurança era bem-vindo em um ambiente daquele tipo. Havia ferrolhos adequados nas duas portas laterais dos quartos interligados, e logo fechei os dois.

Não me despi, mas decidi ler até estar com sono e me deitar tendo tirado só o casaco, o colarinho e os sapatos. Tirei uma lanterna portátil da valise e a coloquei na calça, para poder olhar meu relógio se acordasse mais tarde, no escuro. Mas a sonolência não veio, e quando parei para analisar meus pensamentos descobri, para minha inquietação, que eu estava inconscientemente prestando atenção para ouvir alguma coisa... ouvir a coisa que temia, mas não tinha como nomear. A história do inspetor devia ter abalado minha imaginação mais profundamente do que eu desconfiava. Mais uma vez, tentei ler, mas não consegui fazer progresso algum.

Depois de um tempo, achei ter ouvido a escada e os corredores estalarem em intervalos, pareciam passos, e me perguntei se os outros quartos estavam ocupados. Mas não havia vozes, e comecei a achar que havia algo de sutilmente furtivo nos estalos. Não gostei e achei que era melhor tentar dormir. Aquela cidade tinha gente estranha, e sem dúvida tinha havido vários desaparecimentos. Aquele era um dos hotéis em que viajantes eram mortos por dinheiro? Eu não tinha aparência de prosperidade excessiva. Ou o povo da cidade tinha mesmo tanto ressentimento de visitantes curiosos? Minha visita óbvia para ver a paisagem, com as frequentes consultas ao mapa, despertara uma atenção desfavorável? Passou pela minha cabeça que eu devia estar em um estado altamente nervoso para deixar alguns estalos aleatórios me fazerem especular desse jeito... mas mesmo assim lamentei estar desarmado.

Com o tempo, sentindo o cansaço que não tinha nada de sonolência junto, fechei o novo ferrolho da porta, apaguei a luz e me deitei na cama dura e irregular – de casaco, colarinho, sapatos e tudo. Na escuridão, todo ruído baixo da noite parecia amplificado, e uma maré de pensamentos duplamente desagradáveis tomou conta de mim. Lamentei ter apagado a luz, mas estava cansado demais para me levantar e acendê-la de novo. Depois de um longo e lúgubre intervalo precedido de um novo estalo na escada e no corredor, ouvi aquele som suave e malditamente inconfundível que parecia uma realização maligna de todas as minhas apreensões. Sem a menor sombra de dúvida, a maçaneta da minha porta estava sendo explorada, de forma cautelosa, furtiva, hesitante, com uma chave.

Minhas sensações quando reconheci esse sinal de perigo real foram talvez menos tumultuosas por causa dos meus medos vagos prévios. Embora sem motivo definitivo, eu estava instintivamente em alerta – e isso foi uma vantagem naquela crise nova e real, fosse qual fosse. Ainda assim, a mudança no perigo de uma vaga premonição para uma realidade imediata foi um choque profundo e me atingiu com a força de um golpe genuíno. Nunca passou pela minha cabeça que a tentativa de abrir a porta poderia ser um mero erro. Eu só conseguia pensar em propósito maligno, e fiquei mortalmente calado, esperando para ver qual seria o próximo gesto do invasor.

Depois de um tempo, a tentativa cautelosa parou e ouvi entrarem no quarto à direita do meu com uma chave-mestra. A fechadura da porta de ligação com o meu quarto foi levemente forçada. O ferrolho segurou, claro, e ouvi o piso ranger quando a pessoa saiu. Depois de um momento, houve outro ruído baixo, e eu sabia que o quarto à esquerda estava sendo ocupado. Mais uma vez, uma tentativa furtiva de abrir a porta de ligação fechada pelo ferrolho, e novamente o ruído de estalos cada vez mais distantes. Dessa vez, os estalos seguiram pelo corredor e desceram a escada, e eu soube que a pessoa tinha entendido a condição das minhas portas, fechadas por ferrolhos, e estava desistindo da tentativa por algum tempo, só o futuro mostraria se muito ou pouco.

A prontidão com que comecei a pensar em um plano de ação prova que eu devia estar subconscientemente temendo alguma ameaça e considerando possíveis rotas de fuga havia horas. Desde o começo, senti que a pessoa misteriosa oferecia um perigo que não devia ser enfrentado, mas do qual eu devia fugir o mais depressa possível. A única coisa a fazer era sair daquele hotel vivo o mais rápido que eu pudesse, e por algum outro caminho que não fosse a escada da frente e o saguão.

Levantei-me devagar e apontei a lanterna para o interruptor, a fim de acender a lâmpada acima da minha cabeça para escolher e enfiar no bolso alguns pertences e fazer uma fuga rápida sem levar a valise. Mas nada aconteceu, e vi que a energia tinha sido cortada. Claramente, um movimento enigmático e maligno estava em desenvolvimento em larga escala – eu só não sabia dizer o quê. Enquanto ficava ponderando com a mão no interruptor agora inútil, ouvi um estalo abafado no andar de baixo e achei que conseguia distinguir vozes conversando. Um momento depois, tive menos certeza de que os sons mais graves eram vozes, pois os aparentes latidos roucos e grunhidos de sílabas frouxas tinham muito pouca semelhança com a fala humana reconhecível. Pensei com força renovada no que o inspetor da fábrica tinha ouvido naquele prédio podre e pestilento.

Depois de encher os bolsos com a ajuda da lanterna, botei meu chapéu e fui na ponta dos pés até as janelas para avaliar a chance de descer. Apesar das regulamentações de segurança do estado, não havia saída de incêndio daquele lado do hotel, e vi que minhas janelas só ofereciam uma queda de três andares no pátio de paralelepípedos. Mas, à direita e à esquerda, havia construções comerciais antigas de pedra contíguas ao hotel; os telhados inclinados estavam a uma distância razoável para pular do quarto andar, onde eu estava. Para chegar a qualquer uma dessas linhas de prédios, eu teria que estar em um quarto a duas portas do meu – para a direita ou a esquerda – e minha mente começou na mesma hora a calcular as chances que eu tinha de fazer a transferência.

Decidi que não podia arriscar emergir no corredor; lá, meus passos seriam ouvidos e as dificuldades de entrar no quarto desejado seriam insuperáveis. Meu progresso, se pudesse ser feito, teria que ser pelas portas menos sólidas interligando os quartos; eu teria que forçar suas trancas e ferrolhos com violência, usando o ombro como aríete sempre que não estivessem abertas para mim. Achei que isso seria possível devido à natureza velha e bamba da casa e seus acessórios, mas percebi que não poderia fazer isso sem ruído. Teria que contar apenas com a velocidade, e com a chance de chegar a uma janela antes que qualquer força hostil se coordenasse o suficiente para abrir a porta certa de onde eu estaria com uma chave-mestra. Reforcei a porta que levava ao corredor colocando a cômoda na frente – aos poucos, para fazer o mínimo de som.

Percebi que minhas chances eram bem poucas e estava totalmente preparado para qualquer calamidade. Chegar a outro telhado nem resolveria o problema, pois ainda haveria a tarefa de descer ao chão e fugir da cidade. A meu favor, eu tinha o estado deserto e em ruínas dos prédios adjacentes e o número de claraboias negras abertas em cada um.

Concluindo pelo mapa do rapaz do mercado que a melhor rota para sair da cidade era pelo sul, olhei primeiro para a porta de ligação à esquerda. Tinha sido feita para abrir na minha direção, motivo pelo qual percebi nesse momento – depois de puxar o ferrolho e encontrar outros fechos – que não era favorável a ser arrombada. Por isso, abandonei-a como rota e movi com cautela a armação da cama contra ela para impedir qualquer ataque que pudesse ser feito a ela mais tarde, pelo outro quarto. A porta à direita tinha sido feita para abrir para dentro do outro quarto, e essa – embora um teste tenha provado que estava trancada ou fechada com ferrolho pelo outro lado – teria que ser minha rota. Se eu conseguisse chegar aos telhados dos prédios na rua Paine e descer com sucesso para o chão, talvez corresse pelo pátio e pelo prédio adjacente ou em frente até a Washington ou a Bates – ou sair na Paine e seguir para o sul na Washington. De qualquer modo, eu tentaria chegar na Washington de alguma forma e sair depressa da região da Praça da Cidade. Minha preferência seria evitar a Paine, pois o quartel de bombeiros lá talvez ficasse aberto a noite toda.

Enquanto pensava essas coisas, olhei para o mar esquálido de telhados em ruínas abaixo de mim, agora iluminados por uma lua quase cheia. À direita, a fenda preta do desfiladeiro do rio cortava a paisagem; fábricas abandonadas e uma estação de trem se agarravam como cracas nas laterais. Depois disso, a ferrovia enferrujada e a estrada Rowley percorriam um terreno plano e pantanoso pontilhado de ilhotas de terra mais alta e seca, cobertas de vegetação rasteira. À esquerda, o campo percorrido pelo riacho estava mais próximo, a estrada estreita até Ipswich brilhando branca ao luar. Eu não conseguia ver do meu lado do hotel a rota para o sul, na direção de Arkham, que eu tinha decidido tomar.

Eu estava especulando qual seria o momento propício para tentar arrombar a porta e como poderia fazer isso da forma menos audível possível quando reparei que os ruídos vagos abaixo tinham dado lugar a novos e mais pesados estalos na escada. Um brilho ondulante de luz surgiu acima da porta e as tábuas do corredor começaram a ranger com uma carga pesada. Sons abafados de possível origem vocal se aproximaram, e uma batida firme acabou soando na minha porta.

Por um momento, prendi a respiração e esperei. Uma eternidade pareceu se passar, e o odor nauseante de peixe no ambiente pareceu aumentar repentinamente, de forma espetacular. A batida foi repetida – continuamente e com crescente insistência. Eu sabia que era hora de agir, e puxei o ferrolho da porta à direita, me preparando para a tarefa de derrubá-la. A batida soou mais alta, e torci para que o volume encobrisse o som dos meus esforços. Enfim começando minha tentativa, me joguei repetidamente na porta fina com o ombro esquerdo, alheio a choque ou dor. A porta resistiu mais do que eu esperava, mas não desisti. O tempo todo, o clamor na porta externa aumentou.

Finalmente, a porta de ligação cedeu, mas com um estrondo repentino que eu soube que as pessoas lá fora deviam ter ouvido. Na mesma hora, a batida virou um golpear violento, enquanto chaves soavam ameaçadoramente nas portas dos quartos dos meus dois lados. Correndo pela ligação recém-aberta, consegui fechar o ferrolho da porta externa daquele quarto antes que a maçaneta fosse girada, mas, quando fiz isso, ouvi a porta do terceiro quarto, de cuja janela eu tinha esperanças de chegar no telhado abaixo, sendo aberta com uma chave-mestra.

Por um instante, senti um desespero absoluto, pois parecia certo que eu estava preso em um quarto sem saída pela janela. Uma onda de horror quase anormal tomou conta de mim, investida de uma singularidade terrível e inexplicável provocada pelas marcas na poeira vistas pela luz da lanterna, feitas pelo invasor que tinha tentado abrir a porta daquele quarto. Mas, com um automatismo atordoado que persistiu apesar da desesperança, fui até a porta seguinte e executei o movimento cego de empurrá-la numa tentativa de passar por ela e – considerando que os ferrolhos podiam estar tão providencialmente intactos como no segundo quarto – passar o ferrolho na porta externa antes que a maçaneta pudesse ser girada de fora.

Foi a mera sorte que me deu oportunidade – pois a porta de ligação na minha frente não só estava destrancada, como estava entreaberta. Em um segundo, eu passei e colei o joelho e o ombro direitos na porta do corredor, que estava sendo aberta para dentro. Minha pressão pegou a pessoa do lado de fora de surpresa, pois a coisa se fechou quando eu empurrei, e consegui fechar o ferrolho como fiz nas outras portas. Quando ganhei esse descanso, ouvi as batidas nas duas outras portas diminuírem, enquanto uma barulheira confusa veio da porta de ligação que eu tinha protegido com a cama. Evidentemente, meus agressores tinham entrado pelo quarto mais à esquerda e estavam planejando um ataque lateral. Mas, no mesmo momento, uma chave-mestra soou no outro quarto ao lado, e eu soube que havia um perigo mais próximo chegando.

A porta de ligação à direita estava escancarada, mas não havia tempo de pensar em verificar a maçaneta já sendo aberta na porta externa. Só pude fechar a porta interna e fechar o ferrolho, assim como a outra do lado oposto – colocando a cama na frente de uma, uma cômoda na frente da outra e um lavatório na frente da porta externa. Vi que teria que confiar que essas barreiras improvisadas me protegeriam até eu conseguir sair pela janela e chegar ao telhado no quarteirão da rua Paine. Mas, mesmo nesse momento, meu maior horror era algo separado da fraqueza imediata das minhas defesas. Eu tremia porque nenhum dos meus perseguidores, apesar de alguns ofegos, grunhidos horrendos e ruídos controlados em intervalos irregulares, estava emitindo sons vocais claros e inteligíveis.

Enquanto eu arrastava os móveis e corria para as janelas, ouvi uma movimentação pavorosa no corredor na direção do quarto à direita de onde eu estava, e percebi que as batidas à esquerda tinham parado. Claramente, a maioria dos meus oponentes estava prestes a se concentrar contra a frágil porta de ligação que eles sabiam que se abriria diretamente em mim. Do lado de fora, a lua brincava na trave horizontal do bloco abaixo, e vi que o pulo seria desesperadamente perigoso por causa da superfície inclinada onde eu teria que cair.

Depois de observar as condições, escolhi a janela mais ao sul como meio de fuga; estava planejando cair na inclinação interior do telhado e correr para a claraboia mais próxima. Assim que estivesse dentro de uma das estruturas decrépitas de tijolos, eu teria que considerar que seria perseguido, mas esperava descer e passar por portas abertas pelo pátio coberto de sombras, conseguir chegar à rua Washington e sair da cidade em direção ao sul.

A barulheira na porta de ligação à direita agora estava horrível, e vi que a madeira fraca começava a se partir. Obviamente, os agressores tinham levado algum objeto pesado para usar como aríete. Mas a cama permaneceu firme, e tive ao menos a chance de efetuar minha fuga. Quando abri a janela, reparei que era ladeada por cortinas pesadas de veludo suspensas numa vara por aros de metal, e também vi que havia um trinco grande e saliente para as janelas do lado de fora. Vendo um meio possível de evitar o salto perigoso, puxei as cortinas e as arranquei, com vara e tudo; prendi rapidamente dois aros no trinco da janela e joguei a cortina para fora. As dobras pesadas chegaram até o telhado, e vi que os aros e o trinco tinham boa chance de aguentar meu peso. Assim, subi na janela e desci pela escada de corda improvisada, deixando para trás, para sempre, o ambiente mórbido e infectado de horrores do Gilman.

Caí em segurança nas telhas soltas do telhado inclinado e consegui chegar à claraboia preta aberta sem escorregar. Ao olhar para a janela por onde saí, observei que ainda estava escura, embora depois das chaminés em ruínas ao norte eu pudesse ver as luzes ameaçadoramente acesas no Salão da Ordem de Dagon, na igreja batista e na igreja congregacional da qual me lembrava com trepidação. Parecia não haver ninguém no pátio abaixo, e torci para que houvesse uma chance de fugir antes que um alarme geral se espalhasse. Virando minha lanterna portátil para dentro da claraboia, vi que não havia degraus para descer. Mas a distância era pequena, então passei pela beirada e caí; atingi um piso poeirento cheio de caixas e barris velhos.

O lugar tinha aparência sinistra, mas eu já passara do ponto de me importar com esse tipo de impressão e na mesma hora segui na direção da escada revelada pela minha lanterna – depois de uma olhada rápida no relógio, que mostrou que eram duas horas da madrugada. Os degraus gemeram, mas pareceram toleravelmente seguros, e passei correndo por um segundo andar com aspecto de celeiro até chegar ao térreo. A desolação era completa, e só ecos responderam aos meus passos. Acabei chegando ao salão inferior, e numa ponta dele vi um leve retângulo luminoso marcando a porta destruída da rua Paine. Na direção oposta, encontrei a porta dos fundos também aberta; saí e desci cinco degraus de pedra até os paralelepípedos com mato do pátio.

O luar não chegava lá embaixo, mas consegui ver o caminho sem usar a lanterna. Algumas das janelas no Gilman estavam brilhando de leve, e pensei ouvir sons confusos lá dentro. Andei suavemente até a lateral da rua Washington e reparei em várias portas abertas, escolhendo a mais próxima como rota de fuga. O corredor lá dentro estava um breu, e quando cheguei do lado oposto vi que a porta da rua estava emperrada. Decidido a tentar outra construção, tateei pelo caminho de volta ao pátio, mas parei ao chegar perto da porta.

De uma porta aberta no hotel Casa Gilman, um grupo grande de formas duvidosas estava saindo – lampiões balançando na escuridão e vozes horríveis coaxando ao trocar gritos baixos no que certamente não era inglês. As figuras se moviam com incerteza, e percebi para o meu alívio que não sabiam para onde eu tinha ido, mas geraram um grande arrepio de horror no meu corpo. Suas feições eram indistinguíveis, mas o gingado agachado e oscilante era abominavelmente repulsivo. Pior de tudo, percebi que uma figura estava estranhamente vestida, adornada de maneira inconfundível por uma tiara alta de formato bem familiar. Quando as figuras se espalharam pelo pátio, senti meus medos aumentarem. E se eu não conseguisse encontrar uma saída daquela construção no lado da rua? O odor de peixe era detestável, e me perguntei se suportaria sem desmaiar. Mais uma vez tateando na direção da rua, abri uma porta no corredor e entrei num quarto vazio com janelas fechadas, mas sem vidraças. Movimentando-me com dificuldade pelos raios da lanterna, vi que conseguia abrir uma das abas da janela; um momento mais tarde, tinha pulado para fora e estava fechando com cuidado a abertura do modo original.

Agora eu estava na rua Washington, e àquela hora não vi nada vivo nem luz, exceto a da lua. Mas, de várias direções ao longe, ouvi o som de vozes roucas, de passos e um tipo curioso de tamborilar que não parecia de passos. Eu não tinha tempo a perder. Os pontos da rosa dos ventos estavam claros para mim, e fiquei feliz porque as luzes da rua estavam apagadas, como costuma acontecer nas noites de luar forte em regiões rurais não prósperas. Alguns dos sons vinham do sul, mas mantive meu plano de fugir naquela direção. Eu sabia que haveria muitas portas desertas para me abrigar caso encontrasse alguma pessoa ou grupo que se assemelhasse com meus perseguidores.

Andei depressa, com passos leves, perto das casas em ruínas. Embora sem chapéu e desgrenhado depois da queda árdua, eu não estava me destacando, e tinha boa chance de passar despercebido se fosse obrigado a encontrar algum transeunte casual. Na rua Bates, entrei em um vestíbulo aberto enquanto duas figuras trôpegas atravessavam na minha frente, mas logo segui caminho e me aproximei do espaço aberto em que a rua Eliot atravessava obliquamente a Washington no cruzamento da South. Apesar de nunca ter visto o local, me pareceu perigoso no mapa do jovem do mercado, pois o luar brilharia abertamente ali. No entanto, não adiantava tentar escapar, pois qualquer rota alternativa envolveria desvios de visibilidade possivelmente desastrosa, e atraso como consequência. A única coisa a fazer era atravessá-lo de forma ousada e aberta, imitando o caminhar trôpego habitual do pessoal de Innsmouth da melhor maneira possível e acreditando que ninguém – ao menos nenhum dos meus perseguidores – estaria lá.

Eu não tinha como saber quanto a perseguição era organizada – nem qual era seu propósito. Parecia haver uma atividade incomum na cidade, mas avaliei que a notícia da minha fuga do Gilman não tivesse se espalhado ainda. Claro que eu teria que mudar da Washington para alguma outra rua em breve, pois o grupo do hotel sem dúvida estaria atrás de mim. Eu devia ter deixado marcas na poeira no último prédio antigo, revelando como cheguei à rua.

O espaço aberto estava, como eu esperava, fortemente iluminado pelo luar, e vi os restos de uma praça cercada de ferro, como um parque, no meio. Por sorte, não havia ninguém por perto, embora uma curiosa agitação parecesse estar aumentando na direção da Praça da Cidade. A rua South era muito ampla e levava diretamente por um declive suave até o litoral, oferecendo uma longa vista do mar; e esperei que ninguém estivesse olhando para ela de longe quando a atravessei sob o luar forte.

Meu progresso não foi atrapalhado, e nenhum novo som surgiu para indicar que eu tinha sido visto. Ao olhar ao redor, acabei diminuindo a velocidade por um segundo para absorver a vista do mar, lindo no luar forte no fim da rua. Depois do quebra-mar estava a linha fraca e escura do Recife do Diabo, e quando olhei, não pude deixar de pensar em todas as lendas horríveis que ouvi nas 34 horas anteriores – lendas que retratavam aquela rocha irregular como um verdadeiro portal de reinos de horror inimaginável e anormalidade inconcebível.

De repente, sem aviso, vi brilhos intermitentes de luz no recife distante. Eram precisos e inconfundíveis, e despertaram na minha mente um horror cego além de toda proporção racional. Meus músculos se contraíram para uma fuga de pânico, controlados apenas por certa cautela inconsciente e uma fascinação meio hipnótica. Para piorar as coisas, da volumosa cúpula do Gilman, que se projetava a nordeste atrás de mim, agora piscava uma série de brilhos análogos, mas diferentemente espaçados, que só podiam ser um sinal de resposta.

Controlando meus músculos e percebendo de novo quanto eu estava visível, retomei o andar mais brusco e falsamente trôpego, ainda que mantendo o olhar naquele recife infernal e ameaçador enquanto a abertura da rua South me dava vista do mar. O que o procedimento significava, eu não podia imaginar, a não ser que envolvesse algum ritual estranho conectado ao Recife do Diabo, ou que um grupo tivesse descido de um navio naquela rocha sinistra. Então me inclinei para a esquerda no gramado destruído; ainda olhava na direção do mar, que ardia no luar espectral de verão, vendo o piscar enigmático dos raios obscuros e inexplicáveis.

Foi nesse momento que a impressão mais horrível de todas surgiu para mim – a impressão que destruiu meu último vestígio de autocontrole e me fez sair correndo freneticamente para o sul, passando pelas portas pretas abertas e janelas escancaradas da rua deserta de pesadelo. Pois, com um olhar mais preciso, vi que as águas iluminadas pelo luar entre o recife e a margem não estavam nada vazias. Estavam vivas e repletas de uma horda de formas nadando na direção da cidade; e, mesmo à minha ampla distância e no meu único momento de percepção, reparei que as cabeças oscilantes e os braços agitados eram alienígenas e anormais de um jeito que não tinha como ser expressado ou formulado conscientemente.

Minha correria frenética parou antes que eu percorresse um quarteirão, pois, à esquerda, comecei a ouvir algo parecido com o tom e o grito de uma perseguição organizada. Havia passos e sons guturais, e um motor barulhento soava para o sul pela rua Federal. Em um segundo, todos os meus planos mudaram radicalmente; se a estrada para o sul estivesse bloqueada à minha frente, eu teria que encontrar outra saída de Innsmouth. Parei e entrei em uma porta aberta, refletindo sobre a sorte que eu tinha de ter saído do espaço iluminado antes que os perseguidores descessem a rua paralela.

Uma segunda reflexão foi menos reconfortante. Como a perseguição descia por outra rua, estava claro que o grupo não estava me seguindo diretamente. Não tinha me visto, mas estava obedecendo a um plano geral de interromper minha fuga. Porém isso implicava que todas as estradas saindo de Innsmouth estavam patrulhadas do mesmo modo, pois os habitantes não podiam saber a rota que eu pretendia tomar. Se fosse assim, eu teria que fugir pelo campo, longe de qualquer estrada, mas como poderia fazer isso, considerando a natureza pantanosa e cheia de riachos de toda a região ao redor? Por um momento, meu cérebro girou – tanto por desesperança quanto por um aumento rápido do onipresente odor de peixe.

Pensei então na ferrovia abandonada para Rowley, cuja linha sólida de terra coberta de cascalho e mato ainda seguia para noroeste a partir da estação em ruínas na beirada do desfiladeiro do rio. Havia alguma chance de que o pessoal da cidade não pensasse nisso; o espaço coberto de vegetação a tornava quase intransponível, o caminho mais improvável para um fugitivo. Eu a tinha visto claramente da janela do hotel e sabia como era. A maior parte do trecho inicial era desconfortavelmente visível da rua Rowley e dos pontos altos da cidade em si, mas talvez fosse possível rastejar despercebido pela vegetação. De qualquer modo, era minha única chance de liberdade, e não havia nada a fazer além de tentar.

Entrei no salão do meu abrigo abandonado e consultei outra vez o mapa do garoto do mercado com a ajuda da lanterna. O problema imediato era como chegar na antiga ferrovia; e pude ver que o caminho mais seguro ficava à frente, na rua Babson, depois para oeste pela Lafayette – contornando, mas não atravessando um espaço aberto como o que atravessei – e subsequentemente de volta para norte e oeste em uma linha em zigue-zague pelas ruas Lafayette, Bates, Adams e Banks – que contornava o desfiladeiro do rio – até a estação abandonada e dilapidada que eu tinha visto da minha janela. Meu motivo para ir em frente até a Babson era que eu não queria atravessar novamente o espaço aberto anterior, nem começar o caminho para oeste por uma rua transversal tão ampla quanto a South.

Recomeçando, atravessei a rua para o lado direito a fim de contornar e pegar a Babson o mais imperceptivelmente possível. Ruídos continuavam na rua Federal, e quando olhei para trás, pensei ter visto um brilho de luz perto do prédio pelo qual eu tinha escapado. Ansioso para sair da rua Washington, comecei a correr levemente, confiando à sorte o não encontro com olhares observadores. Perto da esquina da rua Babson, vi, para o meu alarme, que uma das casas ainda estava habitada, o que as cortinas nas janelas atestavam, mas não havia luz lá dentro, e passei sem incidentes.

Na rua Babson, que atravessava a Federal e por isso poderia me revelar para o grupo de busca, fiquei o mais próximo possível das construções bambas e irregulares; duas vezes, parei em portas quando os ruídos atrás de mim aumentaram. O espaço aberto à frente era amplo e desolado sob o luar, mas meu caminho não me obrigaria a atravessá-lo. Durante minha segunda pausa, comecei a detectar uma nova distribuição de sons vagos; ao olhar cautelosamente do esconderijo, vi um carro percorrendo o espaço aberto, seguindo para a extremidade da cidade pela rua Eliot, que cruza a Babson e a Lafayette.

Enquanto eu olhava – sufocado por um crescimento repentino do odor de peixe depois de uma breve melhora –, vi um bando de formas desajeitadas e encolhidas trotando e se deslocando na mesma direção, e soube que devia ser o grupo protegendo a estrada para Ipswich, pois aquela rodovia é uma extensão da rua Eliot.

Duas das figuras que vislumbrei usavam vestes volumosas, e uma usava um diadema pontudo que brilhava, branco, ao luar. O gingado dessa figura era tão estranho que me provocou um arrepio – pois parecia que a criatura estava quase *saltitando*.

Quando o resto do grupo sumiu, retomei meu avanço; contornei a esquina para a rua Lafayette e atravessei a Eliot depressa, porque retardatários daquele grupo podiam ainda estar percorrendo a via. Ouvi coaxares e sons de estalos ao longe, na direção da Praça da Cidade, mas consegui passar sem incidentes. Meu maior medo era atravessar outra vez a larga e iluminada rua South – com a vista para o mar –, e tive que me preparar para a tarefa. Alguém podia estar olhando, e possíveis retardatários na rua Eliot não deixariam de me ver de qualquer um dos dois pontos. No último momento, decidi que era melhor diminuir o ritmo da caminhada e fazer a travessia como antes, no andar trôpego de um nativo comum de Innsmouth.

Quando a vista da água voltou a se abrir – desta vez à direita –, eu estava parcialmente determinado a não olhar. Só que não consegui resistir, mas lancei um olhar de lado enquanto cambaleava com cuidado, imitando, na direção da sombra protetora à frente. Não havia navio visível, como eu até esperava que houvesse. A primeira coisa que chamou minha atenção foi um barco a remo pequeno indo na direção do cais abandonado e cheio de objetos volumosos cobertos por lonas. Os remadores, embora vistos a distância e indistintamente, eram de aspecto particularmente repulsivo. Vários nadadores ainda eram discerníveis, enquanto no recife preto distante eu via um brilho leve e regular diferente do farol visível que piscava antes, e de uma cor curiosa que não consegui identificar com precisão. Acima dos telhados inclinados à frente e à direita ficava a cúpula alta do hotel Gilman, mas estava completamente escuro. O odor de peixe, disperso no momento por uma brisa misericordiosa, voltara em seguida com intensidade enlouquecedora.

Eu não tinha terminado de atravessar a rua quando ouvi um grupo murmurante avançar pela Washington, vindo do norte. Quando chegaram no espaço aberto amplo onde tive meu primeiro vislumbre inquietante da água iluminada pelo luar, vi-os claramente a um quarteirão de distância – e fiquei horrorizado pela anormalidade bestial dos rostos e pela sub-humanidade canina do andar agachado. Um homem se movia de forma positivamente símia, com braços compridos que com frequência tocavam o chão, enquanto outra figura – de veste e tiara – parecia avançar de forma quase saltitante. Avaliei que fosse o mesmo grupo que vi no pátio do Gilman – o que estava, portanto, mais perto de mim. Quando algumas figuras se viraram para olhar na minha direção, eu estava hipnotizado de medo, mas consegui preservar o gingado casual e trôpego que estava usando. Até hoje não sei se me viram ou não. Se viram, meu estratagema deve tê-los enganado, pois eles passaram pelo espaço iluminado pelo luar sem variar o rumo – enquanto coaxavam e balbuciavam em um dialeto odioso e gutural que não consegui identificar.

Novamente nas sombras, voltei a correr de leve, passando pelas casas inclinadas e decrépitas que olhavam com expressão vazia para a noite. Depois de atravessar a calçada ocidental, dobrei a esquina mais próxima até a rua Bates, onde fiquei perto das construções do lado sul. Passei por duas casas que exibiam sinais de habitação, uma delas com luzes fracas nos aposentos superiores, mas não encontrei obstáculos. Quando virei na rua Adams, senti-me bem mais seguro, mas tive um choque quando um homem saiu de uma porta preta bem na minha frente. No entanto, ele estava bêbado demais para ser uma ameaça, e cheguei às ruínas funestas dos armazéns da rua Bank em segurança.

Não havia ninguém se mexendo naquela rua morta ao lado do desfiladeiro do rio, e o rugido das cascatas sufocava o som dos meus passos. Foi uma longa corrida até a estação em ruínas, e as grandes paredes de tijolos dos armazéns ao meu redor pareciam ainda mais apavorantes do que as fachadas das casas dos moradores. Finalmente vi a antiga estação com arcadas – ou o que tinha sobrado dela – e fui direto para os trilhos, que começavam na extremidade mais distante.

Os trilhos estavam enferrujados, mas praticamente intactos, e não mais do que metade dos dormentes tinha apodrecido. Andar ou correr numa superfície como aquela foi bem difícil, mas fiz o melhor que pude, e de um modo geral fiz um bom tempo. Por certa distância, a linha seguiu na beirada do desfiladeiro, contudo acabei chegando à ponte longa e coberta em que atravessava o abismo numa altura vertiginosa. A condição dessa ponte determinaria meu próximo passo. Se humanamente possível, eu a usaria; se não, eu teria que arriscar voltar a andar pela rua e pegar a ponte ferroviária intacta mais próxima.

O comprimento grande de celeiro da antiga ponte cintilava espectralmente ao luar, e vi que os dormentes estavam bem firmes ao menos por alguns metros lá dentro. Ao entrar, comecei a usar a lanterna, e quase fui derrubado pelas nuvens de morcegos que passaram voando. Na metade da travessia havia vãos perigosos nos dormentes, e temi por um momento ser obrigado a parar, mas, no fim, arrisquei um salto desesperado que felizmente deu certo.

Fiquei feliz de ver o luar de novo ao sair do túnel macabro. Os trilhos antigos atravessaram a rua River naquele nível, e na mesma hora desviei para uma região cada vez mais rural e com cada vez menos do odor abominável de peixe de Innsmouth. Ali, a vegetação densa e os arbustos me atrapalharam e rasgaram cruelmente minhas roupas, mas fiquei feliz mesmo assim de estarem ali para me esconder em caso de perigo. Eu sabia que boa parte do meu trajeto devia ser visível da estrada Rowley.

Em pouco tempo cheguei à região pantanosa, cuja única trilha era uma margem baixa e gramada em que o mato era um pouco menos denso. Em seguida, veio uma espécie de ilha em terreno mais alto, onde a linha passava por uma abertura rasa cheia de arbustos e espinheiros. Fiquei muito grato por esse abrigo parcial, pois naquele ponto a estrada Rowley era inquietantemente próxima, pelo que eu conseguia ver. No fim da parte aberta, atravessaria o trilho e desviaria para uma distância mais segura; mas, enquanto isso, eu tinha que tomar muito cuidado. Àquela altura, eu estava seguro de que a ferrovia em si não estava sendo vigiada.

Antes de entrar na parte aberta, olhei para trás, mas não vi ninguém me perseguindo. As antigas torres e os telhados da decadente Innsmouth cintilavam, lindos e etéreos, sob o luar amarelo mágico, e pensei em como deviam ser antigamente, antes da sombra chegar. No entanto, quando meu olhar se deslocou para o meio da cidade, uma coisa menos tranquila chamou minha atenção e me deixou imóvel por um segundo.

O que vi – ou imaginei ver – foi uma sugestão perturbadora de movimento ondulante para o sul; uma sugestão que me fez concluir que um grupo muito grande deveria estar saindo da cidade à altura da estrada de Ipswich. A distância era grande e eu não conseguia identificar nada em detalhe, mas não gostei da aparência daquela turba. Ondulava muito e brilhava forte demais sob o luar, agora mais a oeste. Havia uma sugestão de som também, embora o vento estivesse soprando para o outro lado – um som de raspagem bestial e de gritos ainda piores do que os murmúrios dos grupos que eu tinha ouvido.

Todos os tipos de conjecturas desagradáveis surgiram na minha mente. Pensei nos tipos extremos de Innsmouth, que dizia-se que estavam escondidos nas tocas arruinadas e antigas perto do litoral. Também pensei nos nadadores obscuros que vi. Contando os grupos vistos até então, assim como os que estavam supostamente cobrindo as outras estradas, o número de perseguidores devia ser estranhamente grande para uma cidade com população tão pequena quanto Innsmouth.

De onde poderia estar vindo tanta gente para formar a turba que eu agora via? As tocas antigas e abandonadas estavam lotadas de vida deformada, não catalogada e não conhecida? Ou algum navio escondido tinha realmente levado uma legião de estrangeiros desconhecidos para aquele recife infernal? Quem eram? Por que estavam ali? Se uma turba estava percorrendo a estrada de Ipswich, as patrulhas das outras estradas também estariam em maior número?

Eu tinha entrado na abertura coberta de mato e estava seguindo em ritmo muito lento quando aquele maldito odor de peixe dominou o ambiente. O vento teria mudado de repente para leste, de forma a soprar do mar e pela cidade? Devia ser isso, concluí, pois comecei a ouvir também os murmúrios guturais chocantes daquela direção antes silenciosa. Havia outro som também – uma espécie de baque ou tamborilado indiscriminado e colossal que de alguma forma gerava imagens do tipo mais detestável. Fez-me pensar ilogicamente naquela turba ondulante desagradável na distante estrada para Ipswich.

E de repente o fedor e os sons ficaram mais fortes, e parei trêmulo e grato pela proteção do ambiente. Era ali, lembrei, que a estrada Rowley chegava muito perto da antiga ferrovia antes de atravessar para oeste e se afastar. Alguma coisa estava vindo por aquela estrada, e eu tinha que me abaixar até sua passagem e desaparecimento ao longe. Graças aos céus as criaturas não empregavam cachorros para rastreio – embora talvez isso fosse impossível com a onipresença do odor. Agachado nos arbustos do vão arenoso, senti-me razoavelmente seguro, apesar de saber que os perseguidores teriam que atravessar o trilho à minha frente, a pouco mais de cem metros. Eu conseguiria vê-los, mas eles não me veriam, exceto por um milagre maligno.

Na mesma hora, comecei a sentir medo de olhar para eles quando passassem. Vi o espaço próximo iluminado pelo luar onde eles surgiriam e tive pensamentos curiosos sobre a irremediável poluição daquele espaço. Eles talvez fossem os piores de todos os tipos de Innsmouth – algo de que ninguém gostaria de se lembrar.

O fedor ficou sufocante e os ruídos atingiram uma babel bestial de coaxares, uivos e latidos sem a mínima indicação de fala humana. Eram mesmo as vozes dos meus perseguidores? Tinham cachorros, afinal? Até o momento, eu não tinha visto nenhum animal em Innsmouth. O ruído tamborilado era monstruoso – eu não poderia olhar para as criaturas degeneradas responsáveis por ele. Ficaria de olhos fechados até os sons se afastarem a oeste. A horda estava bem próxima agora – o ar carregado dos rosnados roucos e o chão tremendo com os passos de ritmo estranho. Minha respiração quase parou, e botei toda a minha força de vontade na tarefa de manter o olhar voltado para baixo.

Nem mesmo agora me sinto disposto a dizer se o que aconteceu depois foi uma realidade horrenda ou só uma alucinação de pesadelo. A última ação do governo, depois dos meus apelos desesperados, tenderia a confirmar como uma verdade monstruosa; mas uma alucinação não poderia ter se repetido sob o feitiço quase hipnótico daquela cidade antiga, assombrada e sombria? Lugares assim têm propriedades estranhas, e o legado de lenda insana poderia muito bem ter agido em mais do que uma imaginação humana entre as ruas mortas amaldiçoadas pelo fedor e os montes de telhados podres e torres em ruínas. Não é possível que o germe de uma verdadeira loucura contagiosa se esgueirasse nas profundezas daquela sombra de Innsmouth? Quem poderia ter certeza da realidade depois de ouvir coisas como a história do velho Zadok Allen? Os homens do governo nunca encontraram o pobre Zadok, e não têm conjecturas a fazer sobre o que lhe ocorreu. Onde a loucura acaba e a realidade começa? É possível que até meu medo mais recente seja pura ilusão?

Mas preciso tentar contar o que acho que vi naquela noite sob a debochada lua amarela – vi surgir e saltitar pela estrada Rowley abertamente à minha frente, quando estava agachado entre os arbustos selvagens daquela área desolada da ferrovia. Claro que minha determinação de ficar de olhos fechados fracassou. Estava fadada ao fracasso, pois quem conseguiria ficar agachado cegamente enquanto uma legião de entidades de fonte desconhecida atravessava coaxando e uivando ruidosamente a menos de cem metros de distância?

Achei que estivesse preparado para o pior, e devia mesmo estar preparado, considerando o que tinha visto antes. Meus outros perseguidores eram malditamente anormais – portanto, eu não deveria estar pronto para enfrentar um *fortalecimento* do elemento anormal, para ver formas nas quais não havia mistura de normal? Só abri os olhos quando o clamor agitado soou alto de um ponto obviamente à frente. Soube então que uma boa parte do grupo devia estar em plena vista, onde as laterais da clareira estavam abertas e a estrada atravessava o trilho – e não consegui mais me segurar para não visualizar o horror que a lua amarela curiosa poderia ter para mostrar.

Foi o fim de tudo que resta de vida para mim na superfície deste planeta, de cada vestígio de paz mental e de confiança na integridade da Natureza e da mente humana. Nada que eu pudesse ter imaginado – nada nem que eu pudesse ter concluído se tivesse acreditado na história maluca do velho Zadok da forma mais literal – seria comparável à realidade demoníaca e blasfema do que vi ou acredito que vi. Tentei insinuar o que era para adiar o horror de escrever abertamente. É possível que este planeta tenha gerado coisas daquelas, que os olhos humanos tenham visto de verdade, como veem a carne, o que o homem até então só conheceu em fantasias febris e tênues lendas?

Mas eu os vi em um fluxo ilimitado – ondulando, saltitando, coaxando, uivando –, passando inumanamente pelo luar espectral em uma sarabanda grotesca e maligna de pesadelo fantástico. Alguns deles tinham tiaras altas daquele metal dourado-esbranquiçado obscuro... outros usavam vestes estranhas... e um, que liderava o grupo, estava vestido num casaco preto com uma corcunda demoníaca e calça listrada, e tinha um chapéu de feltro masculino em cima daquela coisa disforme que se passava por cabeça...

Acho que a cor predominante era verde-acinzentada, embora eles tivessem barrigas brancas. Eram brilhosos e escorregadios, mas as cristas nas costas tinham escamas. As formas eram vagamente antropoides, com cabeça de peixe e olhos saltados prodigiosos que nunca piscavam. Nas laterais do pescoço havia brânquias palpitantes, e as longas patas tinham membranas. Eles saltitavam de forma irregular, às vezes sobre duas pernas e às vezes sobre quatro. Fiquei um tanto feliz de não terem mais de quatro membros. As vozes coaxantes e uivantes, claramente usadas para discurso articulado, carregavam todos os tons sombrios de expressão que as caras pasmadas não tinham.

Mas, com toda a monstruosidade, eles não eram estranhos para mim. Eu sabia muito bem o que deviam ser – a lembrança da tiara do mal em Newburyport ainda não estava recente? Eles eram os blasfemos peixes-sapo daquele design obscuro – vivos e horríveis –, e quando os vi soube também o que o padre corcunda com a tiara no porão preto da igreja me lembrou tão horrivelmente. A quantidade era incalculável. Pareceu-me que havia grupos ilimitados deles – e sem dúvida meu olhar momentâneo poderia ter revelado só uma mínima fração. Um instante depois, tudo foi bloqueado por um desmaio providencial; o primeiro da minha vida.

V.

Foi a suave luz do dia que me despertou do meu estupor na interrupção cheia de arbustos da ferrovia, e quando cambaleei para a estrada à frente, não vi sinal de marcas na lama fresca. O odor de peixe também tinha sumido. Os telhados destruídos de Innsmouth e as torres em ruínas se destacavam sombriamente na direção sudeste, mas não vi criatura viva em todos os desolados pântanos salgados ao redor. Meu relógio ainda estava funcionando e me disse que já passava do meio-dia.

A realidade do que eu tinha passado estava muito incerta na minha mente, mas senti que algo hediondo ocupava o pano de fundo. Eu precisava me afastar da sombra maligna de Innsmouth – por isso, comecei a testar meus poderes doloridos e cansados de locomoção. Apesar da fraqueza, da fome, do horror e da desorientação, consegui andar depois de um tempo; assim, comecei a seguir lentamente pela estrada lamacenta até Rowley. Antes de anoitecer, eu estava no vilarejo, fazendo uma refeição e providenciando roupas apresentáveis. Peguei o trem noturno para Arkham, e no dia seguinte conversei longa e sinceramente com representantes do governo lá; um processo que depois repeti em Boston. Com o resultado principal dessas conversas, o público já está familiarizado – e eu desejaria, por questão de normalidade, que não houvesse mais nada a contar. Talvez seja a loucura tomando conta de mim, mas talvez seja um horror maior – ou assombro maior – surgindo.

Como pode-se imaginar, desisti da maior parte dos planos do resto da minha viagem – as diversões cênicas, arquitetônicas e antiquárias com as quais eu contava tanto. Também não ousei procurar aquela joia estranha que diziam estar no museu da Universidade Miskatonic. Contudo, melhorei minha estada em Arkham coletando detalhes genealógicos que desejava havia tempos; dados rudimentares e imprecisos, é verdade, mas capazes de bom uso depois, quando eu tivesse tempo de cotejá-los e sistematizá-los. O curador da sociedade histórica de lá – o sr. E. Lapham Peabody – foi muito cortês em me ajudar e expressou interesse incomum quando falei que era neto de Eliza Orne, de Arkham, que nasceu em 1867 e se casou com James Williamson, de Ohio, aos dezessete anos.

Parecia que um tio materno meu tinha ido lá muitos anos antes, em uma missão parecida com a minha, e que a família da minha avó era assunto de certa curiosidade local. O sr. Peabody disse que houve discussão considerável sobre o casamento do pai dela, Benjamin Orne, logo depois da Guerra de Secessão, pois a ancestralidade da noiva era peculiarmente intrigante. Tinha sido dito que a noiva era uma Marsh órfã de New Hampshire – uma prima dos Marshes do condado de Essex –, mas ela tinha estudado muitos anos na França e sabia pouco sobre a família. Um tutor depositava fundos em um banco de Boston para sustentá-la e à sua governanta francesa, porém o nome desse tutor não era familiar para as pessoas de Arkham, e com o tempo ele sumiu e a governanta assumiu esse papel por indicação do tribunal. A francesa – agora morta – era muito taciturna, e havia os que diziam que ela poderia ter contado mais do que contou.

Mas o mais impressionante era a incapacidade de qualquer pessoa de localizar os pais registrados da jovem – Enoch e Lydia (Meserve) Marsh – entre as famílias conhecidas de New Hampshire. Possivelmente, muitos sugeriram, ela era filha natural de algum Marsh de proeminência, pois tinha os verdadeiros olhos Marsh. Boa parte do questionamento aconteceu depois de sua morte prematura, que ocorreu no nascimento da minha avó – sua única filha. Depois de formar algumas impressões desagradáveis ligadas ao sobrenome Marsh, não recebi bem a notícia de que pertencia à minha árvore ancestral; também não fiquei feliz com a sugestão do sr. Peabody de que eu tinha os verdadeiros olhos Marsh. No entanto, estava grato pelos dados, que eu sabia que seriam valiosos, e fiz anotações prolíficas e listas de referências de livros relacionadas à bem-documentada família Orne.

Fui diretamente de Boston para casa, em Toledo, e passei depois um mês em Maumee me recuperando da provação. Em setembro, entrei em Oberlin para cursar meu último ano, e de lá até junho seguinte fiquei ocupado com estudos e outras atividades salutares – era lembrado do terror passado apenas por ocasionais visitas oficiais de homens do governo em conexão com a campanha que meus pedidos e provas tinham gerado. Por volta de meados de julho – apenas um ano depois da minha experiência em Innsmouth –, passei uma semana com a família da minha falecida mãe em Cleveland, verificando parte dos meus dados genealógicos com as várias anotações, tradições e elementos de herança existentes lá, e vendo que tipo de gráfico conectado eu poderia construir.

Não apreciei essa tarefa, pois a atmosfera do lar Williamson sempre me deprimiu. Havia um traço de morbidade lá, e minha mãe nunca me encorajou a visitar os pais dela quando eu era criança, apesar de sempre receber de braços abertos o pai quando vinha a Toledo. Minha avó nascida em Arkham me parecia estranha e quase apavorante, e acho que não lamentei quando ela desapareceu. Eu tinha oito anos na época, e disseram que ela saiu vagando por aí em sofrimento depois do suicídio do meu tio Douglas, seu filho mais velho. Ele atirou em si mesmo depois de uma viagem à Nova Inglaterra – a mesma viagem, sem dúvida, que o fez ser relembrado na Sociedade Histórica de Arkham.

Esse tio se parecia com ela, e também nunca gostei dele. Algo na expressão fixa, sem piscar, dos dois me dava uma inquietação vaga e inexplicável. Minha mãe e meu outro tio, Walter, não tinham aquela aparência. Eram como o pai, embora o pobre priminho Lawrence – filho de Walter – fosse uma duplicata quase perfeita da avó antes que a doença o levasse à reclusão permanente em um sanatório em Canton. Eu não o via havia quatro anos, mas meu tio uma vez deu a entender que o estado dele, tanto mental quanto físico, estava ruim. Essa preocupação devia ter sido a principal causa da morte da mãe dele dois anos antes.

Meu avô e seu filho viúvo, Walter, agora formavam o lar de Cleveland, mas a lembrança dos tempos anteriores ainda prevalecia pesadamente. Eu continuava não gostando do lugar, e tentei terminar minhas pesquisas o mais depressa possível. Os registros e as tradições Williamson foram fornecidos abundantemente pelo meu avô, mas para o material sobre a família Orne eu precisei depender do meu tio Walter, que botou à minha disposição o conteúdo de todos os seus arquivos, inclusive anotações, cartas, recortes, lembranças, fotografias e miniaturas.

Foi ao olhar as cartas e fotografias do lado Orne que comecei a adquirir uma espécie de terror sobre minha própria ancestralidade. Como falei, minha avó e meu tio Douglas sempre me perturbaram. Agora, anos depois da morte deles, olhei para os rostos fotografados com um sentimento um tanto aumentado de repulsa e distanciamento. A princípio, não consegui entender a mudança, mas aos poucos uma espécie horrível de *comparação* começou a invadir minha mente inconsciente, apesar da recusa firme da minha consciência de admitir até a menor desconfiança. Estava claro que a expressão típica daqueles rostos agora sugeria algo que não tinha sugerido antes – uma coisa que traria puro pânico se avaliada abertamente demais.

Mas o pior choque veio quando meu tio me mostrou as joias Orne em um cofre de banco no centro. Alguns dos itens eram delicados e inspiradores, porém havia uma caixa de peças estranhas e antigas herdadas da minha misteriosa bisavó, e que meu tio ficou quase relutante em mostrar. Ele disse que eram de elaboração grotesca e quase repulsiva e que nunca, pelo que ele sabia, tinham sido usadas publicamente, mas minha avó gostava de olhar para elas. Lendas obscuras de azar eram atribuídas às peças, e a governanta francesa da minha bisavó disse que não deviam ser usadas na Nova Inglaterra, embora fosse seguro usá-las na Europa.

Quando meu tio começou a desembrulhar lentamente e contra a vontade os tais objetos, ele insistiu para que eu não ficasse chocado pela estranheza e pelo aspecto hediondo dos desenhos. Artistas e arqueólogos que as viram declararam o trabalho superlativa e exoticamente requintado, ainda que ninguém parecesse capaz de definir o material exato nem atribuí-las a uma tradição artística específica. Havia dois braceletes, uma tiara e uma espécie de peitoral; esse último tinha em alto-relevo certas figuras de extravagância quase insuportável.

Durante essa descrição, mantive controle intenso das minhas emoções, mas meu rosto deve ter traído meu medo crescente. Meu tio pareceu preocupado e parou de desembrulhar as peças para observar meu semblante. Fiz um gesto para ele continuar, o que ele fez com sinais renovados de relutância. Ele pareceu esperar certa demonstração quando a primeira peça – a tiara – ficou visível, mas duvido que esperasse o que de fato aconteceu. Eu também não esperava, pois achei que tinha sido detalhadamente avisado em relação ao que seria a joia. O que fiz foi desmaiar em silêncio, assim como aconteceu naquela ferrovia cheia de arbustos um ano antes.

Daquele dia em diante, minha vida é um pesadelo de reflexão e apreensão, e não sei quanto é verdade hedionda e quanto é loucura. Minha bisavó foi uma Marsh de fonte desconhecida cujo marido morou em Arkham – e o velho Zadok não disse que a filha de Obed Marsh com uma mãe monstruosa se casou com um homem de Arkham por enganação? O que o velho bêbado murmurou sobre a semelhança dos meus olhos com os do capitão Obed? Em Arkham também, o curador me disse que eu tinha os verdadeiros olhos Marsh. Obed Marsh seria meu tataravô? Quem – ou o *quê* – era minha tataravó, então? Mas talvez tudo fosse loucura. Os ornamentos dourados-esbranquiçados poderiam facilmente ter sido comprados de um marinheiro de Innsmouth pelo pai da minha tataravó, fosse ele quem fosse. E os olhos esbugalhados da minha avó e do meu tio suicida podiam ser mera fantasia da minha parte – mera fantasia alimentada pela sombra de Innsmouth, que coloria tão sombriamente minha imaginação. Mas por que meu tio se matou depois de uma busca ancestral na Nova Inglaterra?

Por mais de dois anos eu lutei contra essas reflexões com sucesso parcial. Meu pai conseguiu um emprego para mim em uma seguradora e me enterrei na rotina o máximo que pude. Contudo, no inverno de 1930-1931, os sonhos começaram. Eram escassos e insidiosos no começo, mas aumentaram em frequência e vividez com o passar das semanas. Grandes espaços de água se abriam à minha frente, e eu parecia vagar por pórticos submarinos titânicos e labirintos de paredes ciclópicas cobertas de algas e com peixes grotescos como companheiros. Depois, as *outras formas* começaram a aparecer, me enchendo de um horror sem nome no momento que eu acordava. Mas, durante os sonhos, nada me horrorizava – eu era um deles, usando os ornamentos inumanos, andando por seus caminhos aquosos e orando monstruosamente nos templos malignos do fundo do mar.

Havia muito mais do que eu conseguia lembrar, mas mesmo o que eu conseguia lembrar de manhã seria suficiente para me rotular como louco ou gênio se eu ousasse escrever. Uma influência medonha, eu sentia, estava procurando gradualmente me arrastar para fora do mundo são da vida saudável e me levar para os abismos inomináveis da escuridão e alienação; e o processo cobrou seu preço. Minha saúde e minha aparência foram ficando cada vez piores, até eu ser obrigado a abrir mão da minha posição e adotar a vida estática e reclusa de um inválido. Alguma doença nervosa bizarra tinha me acometido, e me via às vezes quase incapaz de fechar os olhos.

Foi nessa ocasião que comecei a estudar o espelho com alarme crescente. A lenta destruição da doença não é agradável de observar, mas no meu caso havia algo mais sutil e intrigante como pano de fundo. Meu pai pareceu reparar também, pois começou a me olhar de forma curiosa e quase com medo. O que estava acontecendo comigo? Era possível que eu estivesse ficando parecido com minha avó e meu tio Douglas?

Uma noite, tive um sonho medonho no qual me encontrava com minha avó no fundo do mar. Ela morava em um palácio fosforescente de muitos terraços, com jardins de estranhos corais leprosos e grotescas eflorescências braquiais, e me recebia com um calor que poderia ser sardônico. Ela tinha mudado – como os que vão para a água mudam – e me contou que não havia morrido. Só foi para um lugar sobre o qual seu filho morto tinha descoberto e pulou para um reino cujas maravilhas – destinadas a ele também – Douglas tinha rejeitado com uma pistola fumegante. Aquele reino também seria meu – eu não tinha como escapar. Eu nunca morreria, mas viveria com os que viviam desde antes do homem caminhar sobre a Terra.

Também conheci aquela que tinha sido a avó dela. Por oitenta mil anos, Pth'thya-l'yi viveu em Y'ha-nthlei, e para lá voltou depois que Obed Marsh morreu. Y'ha-nthlei não ficou destruída quando os homens da terra dispararam a morte no mar. Estava danificada, mas não destruída. Os Profundos não podiam ser destruídos, apesar de a magia paleogênica dos Antigos esquecidos às vezes afetá-los. No momento, eles descansariam, mas, um dia, se lembrassem, ressurgiriam para o tributo que o Grande Cthulhu almejava. Seria em uma cidade maior do que Innsmouth da próxima vez. Eles planejaram se espalhar e tinham levado o que os ajudaria, mas agora precisavam esperar mais uma vez. Por gerar a morte dos homens terrenos eu precisava pagar uma penitência, mas não seria pesada. Foi nesse sonho que vi um *shoggoth* pela primeira vez, e a imagem me fez acordar em um frenesi de gritaria. Naquela manhã, o espelho definitivamente me revelou que eu tinha adquirido *a aparência de Innsmouth.*

Até agora, ainda não atirei em mim mesmo, como meu tio Douglas fez. Comprei uma automática e quase dei esse passo, mas certos sonhos me impediram. Os extremos tensos do horror estão diminuindo, e me sinto estranhamente atraído pelas profundezas desconhecidas do mar em vez de temê-las. Ouço e faço coisas estranhas dormindo, e acordo com uma espécie de exaltação em vez de pavor. Não acredito que precise esperar para a mudança total, como a maioria esperou. Se fizesse isso, meu pai provavelmente me trancaria num sanatório, como meu pobre priminho está trancado. Esplendores estupendos e inéditos me aguardam lá embaixo, e os procurarei em breve. *Iä-R'lyeh! Cthulhu fhtagn! Iä! Iä!* Não, eu não atirarei em mim mesmo – não podem me fazer atirar em mim mesmo!

Vou planejar a fuga do meu primo daquele hospício de Canton, e juntos vamos para a maravilhosa e cheia de sombras Innsmouth. Vamos nadar até aquele recife no mar e mergulhar pelos abismos escuros até a ciclópica e colunada Y'ha-nthlei, e nesse lar dos Profundos vamos viver entre maravilha e glória para sempre.

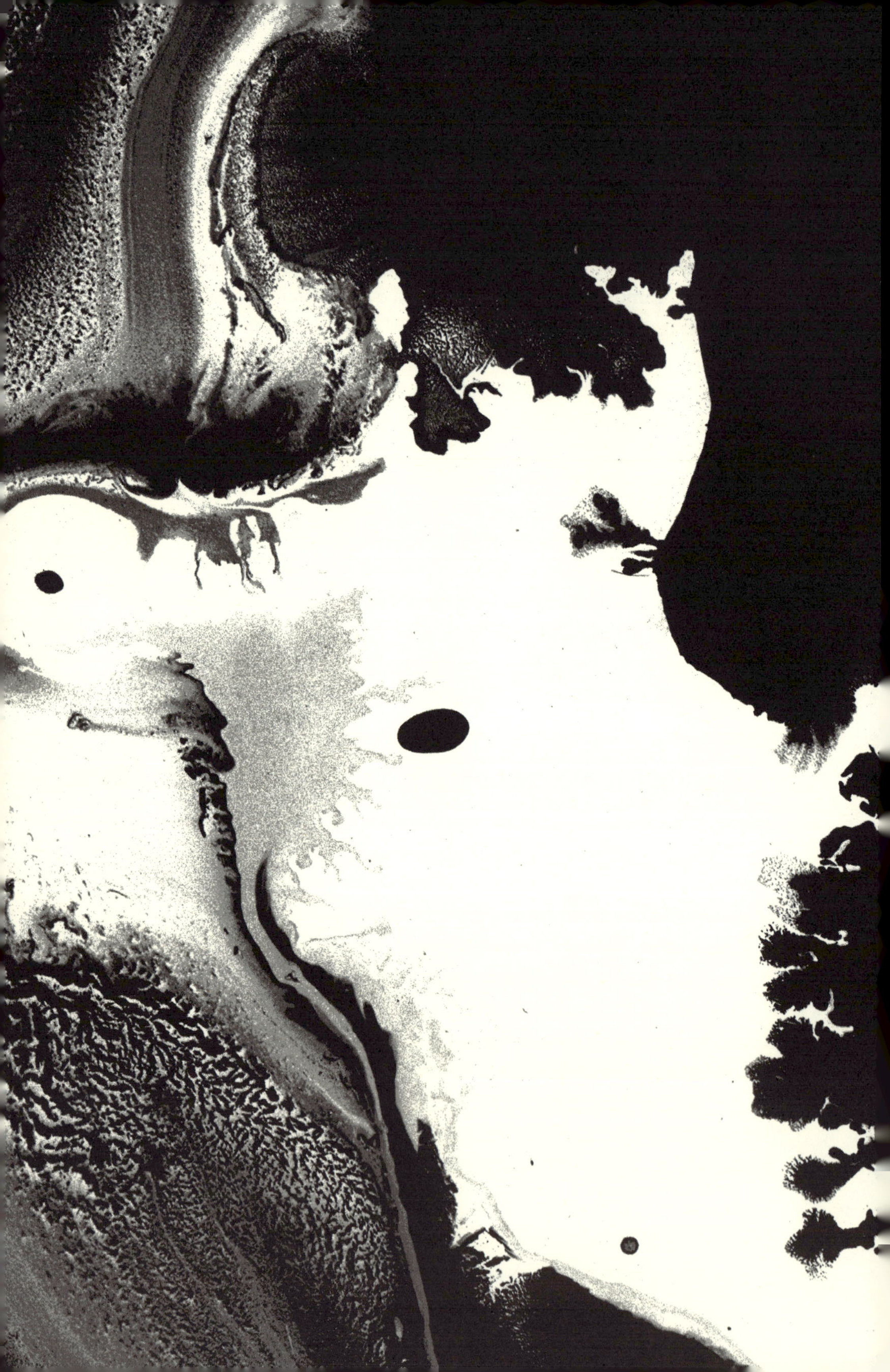

OS SONHOS NA CASA DA BRUXA

Se os sonhos trouxeram a febre ou se a febre trouxe os sonhos, Walter Gilman não sabia. Por trás de tudo escondiam-se o horror ensimesmado e podre da cidade antiga e o canto de sótão bolorento e profano onde ele escrevia, estudava e lutava com seus algarismos e fórmulas quando não estava se debatendo na estreita cama de ferro. Seus ouvidos estavam ficando sensíveis num nível sobrenatural e intolerável, e ele já havia parado o relógio barato da prateleira da lareira, cujo tiquetaquear tinha começado a parecer um trovão de artilharia. À noite, a agitação sutil da cidade escura lá fora, a movimentação sinistra de ratos nas divisórias cheias de bichos e o estalar das madeiras escondidas na casa secular eram suficientes para lhe dar uma sensação de pandemônio estridente. A escuridão sempre vibrava com sons inexplicáveis – e, ainda assim, às vezes ele tremia de medo, temendo que os barulhos que ouvia diminuíssem e permitissem que ele ouvisse outros ruídos mais fracos, que Gilman desconfiava que se esgueirassem por trás.

Ele estava na cidade de Arkham, imutável e assombrada por lendas, com seus amontoados de telhados de gambrel que oscilam e cedem sobre sótãos onde bruxas se escondiam dos homens do rei nos dias antigos e escuros da Província. Não havia local na cidade mais impregnado de lembranças macabras do que o quarto do sótão que o abrigava – pois foi aquela casa e aquele quarto que tinham abrigado a velha Keziah Mason, cuja fuga da prisão de Salem ninguém nunca conseguiu explicar. Isso foi em 1692 – o carcereiro tinha ficado louco e falado de uma coisinha peluda de presas brancas que saiu correndo da cela de Keziah, e nem mesmo Cotton Mather conseguiu explicar as curvas e os ângulos desenhados nas paredes cinzentas de pedra com fluido vermelho grudento.

Possivelmente, Gilman não deveria ter estudado tanto. Matemática não euclidiana e física quântica bastam para forçar qualquer cérebro; e, quando se mistura isso com folclore e se tenta traçar um pano de fundo estranho, de realidade multidimensional, por trás de toques macabros dos contos góticos e dos sussurros loucos de perto da lareira, ninguém espera ficar totalmente livre da tensão mental. Gilman era de Haverhill, mas só depois que entrou na faculdade em Arkham foi que ele começou a conectar sua matemática com as lendas fantásticas da magia antiga. Algo no ar da cidade antiga trabalhava obscuramente em sua imaginação. Os professores da Universidade Miskatonic pediram que ele descansasse e cortaram voluntariamente seu curso em vários pontos. Além disso, o impediram de consultar os livros antigos e dúbios sobre segredos proibidos que eram guardados a sete chaves em um cofre na biblioteca da universidade. Mas todas essas precauções chegaram tarde, e Gilman tinha pistas terríveis do temido *Necronomicon* de Abdul Alhazred, do incompleto *Livro de Eibon* e do escondido *Unaussprechlichen Kulten* de Von Junzt para correlacionar com suas fórmulas abstratas sobre as propriedades do espaço e a ligação de dimensões conhecidas e desconhecidas.

Ele sabia que seu quarto ficava na antiga Casa da Bruxa – na verdade, foi por esse motivo que fora para lá. Havia muito nos registros do condado de Essex sobre o julgamento de Keziah Mason, e o que ela admitiu sob pressão para o Tribunal de Oyer e Terminer fascinou Gilman além de qualquer racionalidade. Ela contou ao juiz Hathorne sobre linhas e curvas que podiam apontar direções que levavam pelas paredes do espaço até outros espaços além e deu a entender que essas linhas e curvas eram frequentemente usadas em certos encontros à meia-noite no vale sombrio de pedra branca depois de Meadow Hill e na ilha desabitada no rio. Ela também falou do Homem Negro, de seu juramento e de seu novo nome secreto de Nahab. Em seguida, desenhou esses dispositivos nas paredes da cela e sumiu.

Gilman acreditava em coisas estranhas sobre Keziah e sentira uma emoção sinistra ao saber que a moradia dela ainda estava de pé depois de mais de 235 anos. Quando ouviu os sussurros em Arkham sobre a presença persistente de Keziah na antiga casa e nas suas ruas estreitas, sobre as marcas irregulares de dentes humanos que apareciam em certas pessoas que dormiam naquela casa e em outras, sobre os gritos infantis ouvidos perto da Noite de Santa Valburga e no Dia de Todos os Santos, sobre o fedor muitas vezes sentido no sótão da antiga casa depois dessas temidas datas e sobre a coisinha peluda de dentes afiados que assombrava a estrutura bolorenta e a cidade e roçava o focinho nas pessoas com curiosidade nas horas sombrias antes do amanhecer, ele decidiu morar no local a qualquer custo. Foi fácil obter um quarto, pois a casa era malvista e difícil de alugar e há muito tempo servia de hospedagem barata. Gilman não saberia dizer o que esperava encontrar lá, mas sabia que queria estar na construção onde alguma circunstância tinha mais ou menos dado a uma mulher velha e medíocre do século XVII, de forma repentina, uma visão das profundezas matemáticas que ia além, talvez, das mais modernas pesquisas de Planck, Heisenberg, Einstein e De Sitter.

Ele examinou as paredes de madeira e gesso procurando sinais de desenhos enigmáticos em todos os pontos acessíveis onde o papel de parede tinha descascado, e em uma semana conseguiu ficar no quarto no sótão, onde Keziah supostamente tinha praticado seus feitiços. Estava vazio desde então – pois ninguém estava disposto a passar muito tempo lá –, mas o senhorio polonês tinha receio de alugá-lo. No entanto, nada aconteceu com Gilman até a época da febre. Nenhuma Keziah fantasmagórica vagou pelos corredores e quartos escuros, nenhuma coisinha peluda se arrastou até o sótão para roçar-lhe com o focinho, e nenhum registro dos encantamentos da bruxa recompensou sua constante busca. Às vezes, ele fazia caminhadas por emaranhados escuros de vias não pavimentadas e com cheiro de musgo, onde casas marrons sinistras de idade desconhecida se inclinavam e se desfaziam e observavam com deboche por janelas estreitas de vidradas pequenas. Aqui, ele sabia que coisas estranhas já tinham acontecido, e havia uma leve sugestão por trás da superfície de que tudo daquele passado monstruoso poderia – ao menos nas vielas mais escuras, mais estreitas e mais intrincadamente tortas – não ter morrido por completo. Ele também remou duas vezes até a infame ilha no rio e fez um desenho de ângulos singulares descritos pelas fileiras de pedras cinzentas empilhadas e cheias de musgo cuja origem era tão obscura e imemorável.

O quarto de Gilman era de bom tamanho, mas tinha um formato bizarramente irregular; a parede norte se inclinava de maneira perceptível para dentro, da parte mais externa para a interna, enquanto o teto baixo se inclinava delicadamente mais para baixo na mesma direção. Fora um óbvio buraco de rato e sinais de outros que tinham sido fechados, não havia acesso – e nenhuma aparência de alguma antiga forma de acesso – ao espaço que devia ter existido entre a parede inclinada e a parede reta de fora no lado norte da casa, embora uma vista do exterior mostrasse onde uma janela fora coberta por tábuas numa época bem remota. O vão acima do teto – que devia ter tido um piso inclinado – também era inacessível. Quando subiu por uma escada até o vão cheio de teias de aranha acima do resto do sótão, Gilman encontrou vestígios de uma antiga abertura toda coberta com muitas tábuas antigas e presa pelas cavilhas robustas de madeira comuns na carpintaria colonial. Mas nenhum grau de persuasão foi capaz de induzir o impassível senhorio a deixá-lo investigar nenhum desses dois espaços fechados.

Com o passar do tempo, seu interesse pela parede e pelo teto irregulares do quarto aumentou; ele começou a ler nos ângulos estranhos uma significância matemática que parecia oferecer pistas vagas relacionadas a seu propósito. A bruxa Keziah, refletiu ele, devia ter excelentes motivos para morar em um quarto com ângulos peculiares; afinal, não era através de certos ângulos que ela alegava ter passado dos limites do mundo do espaço que conhecemos? O interesse dele aos poucos se desviou dos vãos sem encanamentos depois das superfícies inclinadas, pois agora parecia que o propósito dessas superfícies estava relacionado ao lado onde ele já estava.

A febre cerebral branda e os sonhos começaram no início de fevereiro. Por um tempo, aparentemente, os ângulos curiosos do quarto de Gilman estavam tendo sobre ele um efeito estranho e quase hipnótico; e, quando o inverno gelado avançou, ele se viu olhando com cada vez mais atenção para o canto onde o teto baixo se encontrava com a parede inclinada. Sobre aquele período, sua incapacidade de se concentrar nos estudos formais o preocupou consideravelmente, e suas apreensões sobre os exames de meio de ano eram bem intensas. Mas o sentido exagerado de audição não era menos irritante. A vida tinha se tornado uma cacofonia insistente e quase insuportável, e havia aquela impressão constante e apavorante de *outros* sons – talvez de regiões além da vida – tremendo na beirada do audível. No que dizia respeito a ruídos concretos, os ratos nas partições antigas eram o pior. Às vezes, o som de arranhar parecia não só furtivo, mas deliberado. Quando vinha de trás da parede norte inclinada, era misturado com uma espécie de chocalhar seco – e quando vinha do vão acima do teto inclinado fechado há mais de um século Gilman sempre se preparava, como se esperasse um horror que só estava ganhando tempo para descer e engoli-lo completamente.

Os sonhos iam muito além da sanidade, e Gilman sentiu que deviam ser resultado, em conjunto, de seus estudos de matemática e do folclore. Ele vinha pensando demais nas regiões indistintas que suas fórmulas lhe diziam existir além das três dimensões que conhecemos, e sobre a possibilidade de que a velha Keziah Mason – guiada por uma influência fora de qualquer conjectura – tivesse encontrado o portão para essas regiões. Os registros amarelados do condado sobre o depoimento dela e os dos acusadores eram abominavelmente sugestivos de coisas além da experiência humana – e as descrições do pequeno ser peludo e agitado que servia de familiar para ela eram dolorosamente realistas apesar dos detalhes inacreditáveis.

Esse ser – no máximo do tamanho de um rato grande e curiosamente chamado pelo povo da cidade de "Brown Jenkin" – parecia ser fruto de um incrível caso de alucinação coletiva solidária, pois em 1692 onze pessoas testemunharam tê-lo visto. Também havia rumores recentes, com uma quantidade impressionante e desconcertante de consenso. Testemunhas diziam que ele tinha pelo comprido e forma de rato, mas que a cara com dentes afiados e barba era malignamente humana, e as patas pareciam mãozinhas humanas. Levava mensagens entre a velha Keziah e o diabo e se alimentava do sangue da bruxa – que sugava como um vampiro. A voz soava como uma risadinha odiosa, e ele falava todos os idiomas. De todas as monstruosidades bizarras dos sonhos de Gilman, nada o encheu mais de pânico e náusea do que esse híbrido diminuto e blasfemo, cuja imagem passava por sua visão em uma forma absurdamente mais odiosa do que qualquer coisa que sua mente desperta pudesse deduzir dos antigos registros e dos sussurros modernos.

Os sonhos de Gilman consistiam, em grande medida, em mergulhos por abismos ilimitados de crepúsculos de cores inexplicáveis e som surpreendentemente desordenado; abismos cujo material, cujas propriedades gravitacionais e cuja relação com sua própria entidade ele nem era capaz de começar a explicar. Gilman não andava nem escalava, não voava nem nadava, não rastejava nem se contorcia; mas sempre vivenciava um modo de locomoção em parte voluntário, em parte involuntário. De sua própria condição, ele não podia julgar, pois a visão de seus braços, pernas e tronco sempre parecia interrompida por alguma mudança estranha na perspectiva; contudo ele sentia que sua organização física e suas faculdades estavam maravilhosamente transmutadas e obliquamente projetadas – embora com um certo relacionamento grotesco entre suas proporções e propriedades normais.

Os abismos nunca estavam vazios, e sim lotados com massas indescritivelmente angulosas de uma substância de tons estranhos, algumas com aparência orgânica, enquanto outras pareciam inorgânicas. Certos objetos orgânicos costumavam despertar memórias vagas no fundo da mente dele, embora Gilman não conseguisse formar uma ideia consciente de com o que debochadamente se pareciam ou o que sugeriam. Em sonhos posteriores, ele começou a distinguir categorias separadas nas quais os objetos orgânicos pareciam se dividir e que pareciam envolver em cada caso uma espécie radicalmente diferente de padrão de conduta e motivação básica. Dessas categorias, uma lhe pareceu incluir objetos que faziam movimentos um pouco menos ilógicos e irrelevantes do que as outras.

Todos os objetos – tanto os orgânicos quanto os inorgânicos – estavam completamente além da descrição e até da compreensão. Gilman às vezes comparava as massas inorgânicas a prismas, labirintos, amontoados de cubos e planícies e construções ciclópicas; e as coisas orgânicas lhe remetiam variadamente a grupos de bolhas, polvos, centopeias, ídolos hindus vivos e intrincados arabescos despertados em uma espécie de animação ofídica. Tudo que ele via era indescritivelmente ameaçador e horrível; e, sempre que uma das entidades orgânicas parecia, por seus movimentos, estar reparando nele, Gilman sentia um medo puro e hediondo que costumava fazer com que acordasse. De como as entidades orgânicas se moviam, ele não poderia dizer mais do que de como ele mesmo se movia. Com o tempo, observou um novo mistério – a tendência de certas entidades aparecerem de repente no espaço vazio ou de desaparecerem completamente com igual rapidez. A confusão de gritaria e rugido dos sons que permeavam os abismos ia além de todas as análises quanto a tom, timbre e ritmo, mas parecia estar sincronizada com vagas mudanças visuais em todos os objetos indefinidos, tanto os orgânicos quanto os inorgânicos. Gilman tinha uma sensação constante de medo de que ela pudesse aumentar a um grau insuportável de intensidade durante uma ou outra de suas flutuações obscuras e implacavelmente inevitáveis.

Contudo não foi nesses vórtices de completa alienação que ele viu Brown Jenkin. Aquele horror chocante e diminuto foi reservado para certos sonhos mais leves e apurados que o afligiam logo antes de cair nas maiores profundezas do sono. Ele estaria deitado no escuro lutando para ficar acordado quando um brilho suave pareceu cintilar pelo quarto antigo, mostrando-lhe em uma neblina violeta a convergência dos planos angulosos que dominavam seu cérebro de forma tão insidiosa. O horror parecia pular do buraco de rato no canto e caminhar até ele sobre o piso de tábuas largas e soltas com uma expectativa maligna no rostinho humano e barbado – mas, misericordiosamente, esse sonho sempre derretia antes que o objeto chegasse perto o suficiente para roçar-lhe com o focinho. Tinha dentes infernalmente longos, afiados e caninos. Gilman tentava fechar o buraco de rato todos os dias, porém a cada noite os verdadeiros moradores das divisórias roíam a obstrução, fosse qual fosse. Certa vez, ele pediu ao senhorio que prendesse um pedaço de latão sobre o buraco, mas na noite seguinte os ratos abriram um buraco novo – e, ao fazê-lo, empurraram ou arrastaram para o quarto um curioso fragmento pequeno de osso.

Gilman não relatou sua febre para o médico, pois sabia que não conseguiria passar nos exames se fosse enviado para a enfermaria da faculdade quando precisava de todos os momentos para estudar. No entanto, acabou indo mal em Cálculo D e em Psicologia Geral Avançada, embora não sem esperança de compensar até o fim do período. Foi em março que o novo elemento entrou nos sonhos preliminares mais leves, e a forma de pesadelo de Brown Jenkin começou a vir acompanhada da mancha nebulosa que foi ficando cada vez mais parecida com uma velha curvada. Esse acréscimo o perturbou mais do que ele poderia descrever, mas Gilman acabou decidindo que se parecia com uma velha enrugada que ele já tinha encontrado duas vezes nos emaranhados escuros das vielas perto dos cais abandonados. Nessas ocasiões, o olhar maligno, sardônico e aparentemente sem motivação da senhora o fez quase tremer – sobretudo na primeira vez, quando um rato enorme correndo pela boca escura de uma viela próxima o fez pensar irracionalmente em Brown Jenkin. Agora, refletiu ele, esses temores enervantes estavam se refletindo em seus sonhos desordenados.

Que a influência da casa velha era nociva, ele não podia negar; mas fragmentos do seu interesse mórbido inicial o mantiveram lá. Gilman alegava que a febre que era responsável por suas fantasias noturnas e que, quando ela passasse, ficaria livre das visões monstruosas. No entanto, essas visões eram de uma vividez e um convencimento abomináveis, e sempre que acordava ele continuava com uma vaga sensação de ter passado por muito mais do que lembrava. Tinha uma certeza hedionda de que, em sonhos não lembrados, havia conversado tanto com Brown Jenkin quanto com a velha, e que os dois lhe pediam que fosse a algum lugar com eles e que encontrasse um terceiro ser de grande potência.

Perto do final de março, ele começou a botar a matemática em dia, embora os outros estudos o incomodassem cada vez mais. Estava demonstrando um talento intuitivo para resolver equações de Riemann e surpreendeu o professor Upham com sua compreensão do problema quadridimensional e outros que confundiam o resto da turma. Certa tarde houve uma discussão sobre possíveis curvaturas extravagantes no espaço e sobre pontos teóricos de aproximação ou mesmo contato entre a nossa parte do cosmos e várias outras regiões tão distantes quanto as estrelas mais distantes ou os golfos transgalácticos em si – ou mesmo algo tão fabulosamente remoto quanto as unidades cósmicas experimentalmente concebíveis além do contínuo do espaço-tempo de Einstein. A forma como Gilman lidou com esse tema encheu todo mundo de admiração, apesar de algumas de suas ilustrações hipotéticas terem provocado o aumento das fofocas sempre abundantes sobre sua excentricidade nervosa e solitária. O que fez os estudantes balançarem as cabeças foi sua teoria lógica de que um homem poderia – considerando um grau de conhecimento matemático sem dúvida além de toda probabilidade de aquisição humana – sair deliberadamente da Terra para qualquer corpo celestial que pudesse ficar em um ponto entre uma infinidade de pontos específicos no padrão cósmico.

Um passo desses, afirmou, precisaria de apenas duas etapas; primeiro, uma passagem para fora da esfera tridimensional que conhecemos e, segundo, uma passagem de volta para a esfera tridimensional em outro ponto, talvez de infinito distanciamento. O fato de isso poder ser obtido sem perda de vida era em muitos casos concebível. Qualquer ser de qualquer parte do espaço tridimensional provavelmente poderia sobreviver na quarta dimensão; e sua sobrevivência no segundo estágio dependeria de qual parte do espaço tridimensional ele escolhesse para a reentrada. Habitantes de certos planetas poderiam viver em alguns outros – até em planetas pertencentes a outras galáxias ou a fases de dimensões semelhantes de outros contínuos espaço-tempo –, mas é claro que devia haver grandes números de corpos ou zonas de espaço mutuamente inabitáveis apesar de matematicamente justapostos.

Também era possível que os habitantes de um dado plano dimensional pudessem sobreviver à entrada em muitos planos desconhecidos e incompreensíveis de dimensões adicionais ou indefinidamente multiplicadas – sendo dentro ou fora do contínuo espaço-tempo –, e que o inverso fosse igualmente verdade. Isso era questão de especulação, embora houvesse alguma certeza de que o tipo de mutação envolvida numa passagem de qualquer plano dimensional para o próximo plano acima não seria destrutivo para a integridade biológica como a entendemos. Gilman não tinha como ser muito claro sobre seus motivos para essa última suposição, mas sua imprecisão aqui era mais do que contrabalançada pela clareza em outros pontos complexos. O professor Upham gostou particularmente da afinidade da matemática avançada com certas fases do folclore mágico transmitido ao longo dos tempos desde uma antiguidade inefável – humana ou pré-humana – cujo conhecimento do cosmos e de suas leis era maior do que o nosso.

Por volta do dia 1º de abril, Gilman estava consideravelmente preocupado porque sua febre baixa não passava. Também ficou perturbado pelo que alguns de seus colegas de moradia disseram sobre ele ser sonâmbulo. Parecia que era comum que ele se ausentasse da cama e que os estalos no piso dele a certas horas da noite fossem notados pelo morador do quarto de baixo. Esse sujeito também afirmava ouvir o ruído de passos calçados durante a noite, mas Gilman tinha certeza de que ele devia estar enganado sobre isso, pois seus sapatos, assim como outros acessórios, estavam sempre no lugar correto de manhã. Era possível desenvolver todos os tipos de ilusão aural naquela casa velha e mórbida – pois não era verdade que o próprio Gilman, mesmo durante o dia, agora tinha certeza de que outros barulhos além dos arranhões de rato vinham dos vãos escuros além das paredes inclinadas e acima do teto inclinado? Seus ouvidos patologicamente sensíveis começaram a captar passos suaves no espaço imemorialmente selado acima, e às vezes a ilusão dessas coisas era agonizantemente realista.

No entanto, ele sabia que tinha mesmo se tornado sonâmbulo, pois duas vezes à noite seu quarto fora encontrado vazio, embora com todas as suas roupas no lugar. Ele teve garantia disso por Frank Elwood, o único colega estudante que a pobreza obrigava a se hospedar naquela casa esquálida e malvista. Elwood estivera estudando de madrugada e tinha subido para pedir ajuda em uma equação diferencial, mas encontrou Gilman ausente. Foi certa presunção dele abrir a porta destrancada depois que bateu e não teve resposta, porém ele precisava muito de ajuda e achou que o colega não se importaria de ser despertado. Contudo, Gilman não estava em nenhuma das vezes e, quando ouviu a história, perguntou-se onde poderia estar vagando, descalço e só com os pijamas. Resolveu investigar se os relatos de seu sonambulismo continuavam e pensou em polvilhar farinha no piso do corredor para ver aonde seus passos o estariam levando. A porta era a única forma concebível de saída, pois não havia apoio para os pés do lado de fora da janela estreita.

Quando abril avançou, os ouvidos de Gilman, apurados pela febre, começaram a ser incomodados pelas orações choramingadas de um homem supersticioso que consertava teares e se chamava Joe Mazurewicz, morador de um quarto do térreo. Mazurewicz tinha contado histórias longas e desconexas sobre o fantasma da velha Keziah e a coisinha peluda de presas afiadas e focinho, e dissera que às vezes era tão assombrado que só seu crucifixo de prata – dado a ele pelo padre Iwanicki da Igreja de Santo Estanislau com esse propósito – podia lhe dar alívio. Agora ele estava orando porque o Sabá das Bruxas se aproximava. A véspera de maio era Noite de Santa Valburga, quando o mal mais sombrio do inferno vagava pela Terra e todos os escravos de Satanás se reuniam para rituais e feitos inomináveis. Era sempre uma época ruim em Arkham, embora a boa gente da avenida Miskatonic e das ruas High e Saltonstall fingisse não saber nada sobre isso. Haveria coisas ruins – uma criança ou duas acabariam sumindo. Joe sabia dessas coisas porque sua avó no velho continente tinha ouvido histórias da avó dela. Era prudente orar e rezar o terço nessa época. Por três meses, Keziah e Brown Jenkin não chegaram perto do quarto de Joe, nem perto do quarto de Paul Choynski, nem em nenhum outro lugar – e não era bom quando eles sumiam assim. Deviam estar tramando alguma coisa.

Gilman passou em um consultório médico no dia 16 daquele mês e ficou surpreso de descobrir que sua temperatura não estava tão alta quanto temia. O médico o interrogou minuciosamente e o aconselhou a se consultar com um especialista em nervos. Refletindo sobre o evento, ele ficou feliz de não ter se consultado com o ainda mais inquisitivo médico da faculdade. O velho Waldron, que já tinha reduzido suas atividades antes, o teria feito descansar – uma coisa impossível agora que estava tão próximo de chegar a grandes resultados em suas equações. Ele certamente estava perto do limite entre o universo conhecido e a quarta dimensão, e quem seria capaz de dizer até onde ele poderia ir?

Porém, mesmo enquanto tais pensamentos passavam por sua cabeça, ele se perguntava sobre a fonte dessa estranha confiança. Toda essa sensação perigosa de iminência vinha das fórmulas nos papéis que ele cobria dia após dia? Os passos suaves, furtivos e imaginários no vão fechado acima eram irritantes. E agora havia também a sensação crescente de que alguém o estava persuadindo constantemente a fazer uma coisa terrível que ele não seria capaz de fazer. E o sonambulismo? Aonde ele ia à noite às vezes? E o que era aquela ligeira sugestão de som que de vez em quando parecia soar em meio à confusão enlouquecedora de ruídos identificáveis mesmo em plena luz do dia e estando ele totalmente desperto? O ritmo não correspondia a nada na face da Terra, a não ser talvez à cadência de um ou dois cânticos inomináveis de Sabá, e às vezes ele temia que correspondesse a certos atributos dos gritos ou rugidos indistintos naqueles abismos totalmente alienígenas dos seus sonhos.

Enquanto isso, os sonhos se tornavam atrozes. Na fase preliminar mais leve, a velha maligna era agora de distinção demoníaca, e Gilman sabia que era ela quem o assustara nas vielas sujas. As costas encurvadas, o nariz longo e o queixo murcho eram inconfundíveis, e os trajes marrons disformes eram parecidos com os de suas lembranças. A expressão no rosto dela era de malevolência hedionda e de exultação, e quando despertava Gilmam se lembrava de uma voz crocitante que persuadia e ameaçava. Ele tinha que se encontrar com o Homem Negro e ir com todos eles ao trono de Azathoth, no centro do Caos derradeiro. Era o que a voz dizia. Ele precisava assinar com o próprio sangue no livro de Azathoth e assumir um novo nome secreto agora que suas pesquisas secretas tinham ido tão longe. O que o impedia de ir com ela e com Brown Jenkin e o outro para o trono do Caos onde as flautas agudas tocam sem parar era o fato de que ele tinha visto o nome "Azathoth" no *Necronomicon* e sabia que representava um mal primitivo horrível demais para ser descrito.

A bruxa sempre aparecia do nada perto do canto onde a inclinação para baixo se encontrava com a inclinação para dentro. Parecia se cristalizar em um ponto mais perto do teto do que do chão, e todas as noites ela estava um pouco mais perto e mais nítida antes de o sonho mudar. Brown Jenkin também estava sempre um pouco mais próximo do que da vez anterior, e as presas brancas amareladas cintilavam de forma chocante na fosforescência violeta sobrenatural. As risadinhas estridentes e odiosas ficavam cada vez mais na cabeça de Gilman, e pela manhã ele conseguia se lembrar de como a criatura tinha pronunciado as palavras "Azathoth" e "Nyarlathotep".

Nos sonhos mais profundos, tudo era igualmente mais nítido, e Gilman sentia que os abismos crepusculares ao seu redor eram os da quarta dimensão. As entidades orgânicas cujos movimentos pareciam menos flagrantemente irrelevantes e desmotivados deviam ser projeções de formas de vida do nosso próprio planeta, inclusive seres humanos. O que os outros eram em sua própria esfera ou esferas dimensionais ele não ousava pensar. Duas das coisas menos irrelevantemente em movimento – um conglomerado meio grande de bolhas iridescentes e esferoidais espalhadas e um poliedro bem menor de cores desconhecidas e ângulos de superfície em mutação rápida – pareciam reparar nele e segui-lo por toda parte ou flutuar à sua frente quando mudava de posição entre os titânicos prismas, labirintos, amontoados de cubos e planos e quase construções; e o tempo todo a gritaria e os rugidos indistintos ficavam cada vez mais altos, como se aproximando-se de um clímax monstruoso de intensidade totalmente intolerável.

Durante a noite de 19 para 20 de abril, ocorreu a nova evolução. Gilman se movia de modo meio involuntário pelos abismos crepusculares, com a massa de bolhas e o pequeno poliedro flutuando à frente, quando reparou nos ângulos peculiarmente regulares formados pelas beiradas de gigantescos amontoados de prismas próximos. Em outro segundo, ele estava fora do abismo, de pé e trêmulo em uma colina rochosa banhada em luz verde intensa e difusa. Estava descalço e de pijama, e quando tentou andar descobriu que mal conseguia levantar os pés. Um vapor rodopiante ocultou tudo, exceto o terreno imediatamente inclinado, e ele se encolheu ao imaginar os sons que poderiam vir desse vapor.

Viu então as duas formas rastejando com dificuldade em sua direção – a velha e a coisinha peluda. A bruxa ficou de joelhos com dificuldade e conseguiu cruzar os braços de uma forma estranha, enquanto Brown Jenkin apontava em uma certa direção com a pata dianteira horrivelmente antropoide, que ergueu com evidente dificuldade. Movido por um impulso que não vinha dele próprio, Gilman se arrastou para a frente por um caminho determinado pelo ângulo dos braços da velha e pela direção da pata da pequena monstruosidade, e antes de completar três passos estava de volta aos abismos crepusculares. Formas geométricas fervilhavam ao redor, e ele caiu vertiginosa e interminavelmente. Por fim, acordou na própria cama, no sótão de ângulos loucos da casa velha e assustadora.

Gilman não conseguiu fazer nada naquela manhã e faltou todas as aulas. Uma atração desconhecida puxava seus olhos em uma direção aparentemente irrelevante, pois ele não conseguia deixar de olhar para um certo ponto vazio no chão. Conforme o dia foi avançando, o foco de seu olhar vago mudou de posição, e ao meio-dia ele tinha conquistado o impulso de olhar para o nada. Às duas da tarde saiu para almoçar e, enquanto andava pelas ruas estreitas da cidade, viu-se virando sempre para sudeste. Só um esforço o fez parar em um café na rua Church, e depois da refeição ele sentiu a atração desconhecida e ainda mais forte.

Gilman teria que se consultar com um especialista em nervos, afinal – talvez houvesse uma ligação com seu sonambulismo –, mas até lá talvez tentasse pelo menos quebrar o feitiço mórbido sozinho. Sem dúvida ainda conseguia se desviar daquela atração; portanto, com grande determinação, ele foi contra a força e se arrastou deliberadamente para norte pela rua Garrison. Ao chegar na ponte sobre o Miskatonic, estava suando frio e se agarrou à amurada de ferro enquanto olhava rio acima para a infame ilha cujas linhas regulares de pedras antigas verticais se projetava, sombria, no sol da tarde.

Nesse momento, levou um susto. Havia uma figura viva e claramente visível naquela ilha desolada, e um segundo olhar lhe disse que sem dúvida era a velha estranha cujo aspecto sinistro tinha penetrado de forma tão desastrosa em seus sonhos. A grama alta perto dela também se mexia, como se outra coisa viva estivesse rastejando no chão. Quando a bruxa começou a se virar em sua direção, Gilman fugiu precipitadamente da ponte e foi se abrigar nas vielas labirínticas da beira do rio da cidade. Por mais distante que a ilha estivesse, ele sentia que um mal monstruoso e invencível poderia fluir do olhar sardônico daquela figura curvada e idosa vestida de marrom.

A atração para sudeste continuava, e só com tremenda determinação foi que ele conseguiu voltar para a velha casa e subir a escada bamba. Por horas ficou sentado em silêncio e sem rumo, com os olhos se desviando gradualmente para oeste. Por volta das seis horas, seus ouvidos apurados captaram as orações choramingadas de Joe Mazurewicz dois andares abaixo, e em desespero Gilman pegou o chapéu e saiu andando para as ruas douradas do pôr do sol, deixando a atração, agora diretamente para o sul, levá-lo para onde fosse. Uma hora depois, a escuridão o encontrou nos campos abertos além do riacho do Enforcado, com as estrelas cintilantes à frente. A vontade de andar aos poucos se transformava em uma vontade de saltar misticamente ao espaço, e de repente ele percebeu onde ficava a fonte da atração.

Era no céu. Um ponto determinado entre as estrelas tinha reivindicação sobre ele e o chamava. Aparentemente, era um ponto entre a Hidra e o Navio dos Argonautas, e ele soube que era atraído nessa direção desde a hora em que acordara, pouco depois do amanhecer. De manhã, vinha de baixo; de tarde, subiu no sudeste, e agora estava mais ou menos no sul, indo na direção oeste. Qual era o significado dessa coisa nova? Ele estaria ficando louco? Quanto tempo duraria? Mais uma vez reunindo determinação, Gilman se virou e se arrastou de volta para a casa velha e sinistra.

Mazurewicz o aguardava na porta e pareceu ao mesmo tempo ansioso e relutante em sussurrar uma nova superstição. Era sobre a luz da bruxa. Joe tinha saído para comemorar na noite anterior – era Dia dos Patriotas em Massachusetts – e voltou para casa depois da meia-noite. Ao olhar para a casa pelo lado de fora, primeiro achou que a janela de Gilman estava escura, mas depois viu um brilho violeta e suave lá dentro. Ele queria avisar o cavalheiro sobre aquele brilho, pois todo mundo em Arkham sabia que era a luz de bruxa de Keziah, que brincava perto de Brown Jenkin e do fantasma da própria velha bruxa. Ele não tinha mencionado isso antes, porém agora precisava contar porque significava que Keziah e o amigo de dentes longos estavam assombrando o jovem cavalheiro. Às vezes ele, Paul Choynski e o senhorio Dombrowski pensavam ter visto essa luz saindo por rachaduras no vão isolado acima do quarto do jovem cavalheiro, mas todos concordaram em não falar sobre isso. No entanto, seria melhor para o cavalheiro ir para outro quarto e obter um crucifixo de um bom padre como o padre Iwanicki.

Enquanto o homem tagarelava, Gilman sentiu um pânico obscuro apertar sua garganta. Ele sabia que Joe devia estar meio bêbado quando foi para casa na noite anterior, contudo essa menção a uma luz violeta na janela do sótão tinha um significado apavorante. Era um brilho suave desse tipo que sempre envolvia a velha e a coisinha peluda nos sonhos mais leves e apurados que prefaciavam seu mergulho nos abismos desconhecidos, e o pensamento de que uma segunda pessoa desperta pudesse ver a luminescência do sonho ia além de qualquer refúgio de sanidade. Mas de onde o sujeito tinha tirado aquela ideia estranha? Ele havia falado e andado pela casa durante o sono? Não, afirmou Joe, não tinha – no entanto precisava verificar isso. Talvez Frank Elwood pudesse dizer alguma coisa, embora ele detestasse ter que perguntar.

Febre... sonhos absurdos... sonambulismo... ilusões de som... a atração por um ponto no céu... e agora a suspeita de falar coisas insanas dormindo! Ele precisava parar de estudar, ir a um especialista em nervos e reassumir o controle. Quando subiu para o segundo andar, parou na porta de Elwood, porém viu que o outro jovem tinha saído. Com relutância, continuou até seu quarto no sótão e se sentou na escuridão. Seu olhar continuava atraído para sudoeste, mas ele também se percebeu ouvindo com atenção para ver se captava algum som no vão fechado acima, e talvez imaginando que uma luz violeta maligna passava por uma rachadura infinitesimal no teto baixo e inclinado.

Naquela noite, enquanto Gilman dormia, a luz violeta o iluminou com maior intensidade, e a velha bruxa e a coisinha peluda – chegando mais perto do que nunca – debocharam dele com gritinhos sobre-humanos e gestos demoníacos. Ele ficou feliz de afundar nos abismos crepusculares indistintamente barulhentos, embora a perseguição aos aglomerados de bolhas iridescentes e ao pequeno poliedro caleidoscópico fosse perigosa e irritante. Em seguida, veio a mudança, quando as amplas planícies convergentes de uma substância de aparência escorregadia surgiram acima e abaixo dele – uma mudança que terminou em um brilho de delírio e uma explosão de luz alienígena desconhecida na qual amarelo, carmim e índigo se misturavam de modo insano e indissociável.

Ele estava quase deitado em um terraço alto e com balaustradas fantásticas, acima de uma selva infinita de picos remotos e incríveis, planícies equilibradas, domos, minaretes, discos horizontais sobre pináculos e inúmeras formas de extravagância ainda maior – algumas de pedra e outras de metal – que cintilavam lindamente no brilho misto e quase quente do céu policromático. Ao olhar para cima, Gilman viu três discos estupendos de chamas, cada um de tom diferente, e em alturas diferentes acima de um horizonte curvo infinitamente distante de montanhas baixas. Atrás dele, camadas de terraços mais altos se projetavam acima até onde ele conseguia ver. A cidade abaixo se prolongava até os limites da visão, e ele esperava que nenhum som viesse de lá.

O piso de onde ele se levantou com facilidade era feito de uma pedra raiada e polida além de sua capacidade de identificação, e os ladrilhos eram cortados em ângulos bizarros que lhe pareceram menos assimétricos e mais baseados em uma simetria sobrenatural cujas leis ele não conseguia compreender. A balaustrada ia até a altura do peito, era delicada e fantasticamente trabalhada, enquanto no corrimão havia, a intervalos curtos, pequenas figuras de desenho grotesco e acabamento exótico. Assim como a balaustrada, pareciam feitas de um tipo de metal brilhante cuja cor não podia ser adivinhada nesse caos de esplendor misto; e sua natureza desafiava completamente qualquer conjectura. Representavam um objeto estriado em forma de barril, com braços horizontais finos se abrindo como raios de um anel central e com protuberâncias ou bulbos verticais se projetando da cabeça e da base do barril. Cada uma dessas protuberâncias era o ponto central de um sistema de cinco braços compridos, achatados e triangularmente afunilados ao redor, como os braços de uma estrela-do-mar – quase horizontais, mas se curvando de leve para longe do barril central. A base da protuberância inferior era fundida com o longo corrimão com um ponto de contato tão delicado que várias figuras tinham sido quebradas e haviam sumido. As figuras tinham cerca de dez centímetros de altura, enquanto os braços davam a elas o diâmetro máximo de cerca de seis centímetros.

Quando Gilman se levantou, os ladrilhos estavam quentes sob seus pés descalços. Ele estava sozinho, e seu primeiro ato foi andar até a balaustrada e olhar vertiginosamente para baixo, para a cidade infinita e ciclópica quase seiscentos metros abaixo. Enquanto escutava, achou que uma confusão rítmica de leves silvos musicais, cobrindo uma amplidão de tons, subia das ruas estreitas abaixo e desejou conseguir discernir os habitantes do local. A visão o deixou tonto depois de um tempo, e ele teria caído no chão se não tivesse se agarrado instintivamente à lustrosa balaustrada. Sua mão direita pousou em uma das figuras, e o toque pareceu firmá-lo de leve. Mas foi pressão demais para a delicadeza exótica do trabalho em metal, e a figura radiada quebrou debaixo de sua mão. Ainda meio atordoado, ele continuou a segurá-la enquanto a outra mão se apoiava em um espaço vazio no corrimão liso.

Porém agora seus ouvidos supersensíveis captaram algo atrás dele, e Gilman olhou pelo terraço. Aproximando-se lentamente, embora sem furtividade aparente, havia cinco figuras; duas eram a bruxa sinistra e o animalzinho peludo e com presas. As outras três foram o que o deixou inconsciente, pois eram entidades vivas de uns dois metros e meio de altura, com a forma precisa das imagens radiadas da balaustrada, impulsionadas por movimentos dos braços inferiores de estrela-do-mar, como se fossem aranhas.

Gilman despertou na própria cama, encharcado de uma perspiração fria e com uma sensação dolorida no rosto, nas mãos e nos pés. Botou os pés no chão, se lavou e se vestiu com uma pressa frenética, como se fosse necessário sair da casa o mais rápido possível. Ele não sabia aonde desejava ir, mas achou que mais uma vez precisaria sacrificar as aulas. A atração estranha na direção daquele ponto no céu entre a Hidra e o Navio dos Argonautas tinha passado, entretanto outra, de força ainda maior, havia tomado seu lugar. Agora, ele sentia que precisava ir para o norte – infinitamente para o norte. Temia atravessar a ponte com vista para a ilha desolada no Miskatonic e acabou indo para a ponte da avenida Peabody. Com frequência tropeçava, pois seus olhos e ouvidos estavam presos a um ponto muito alto no céu azul vazio.

Depois de cerca de uma hora, conseguiu se controlar melhor e viu que estava longe da cidade. Ao redor só havia o vazio ermo dos pântanos salgados, enquanto a estrada estreita à frente levava a Innsmouth – a cidade antiga e semideserta que o povo de Arkham curiosamente nunca queria visitar. Apesar de a atração para o norte não ter diminuído, Gilman conseguiu resistir como tinha resistido da outra vez, e finalmente descobriu que quase conseguia equilibrar uma com a outra. Ao voltar para a cidade e depois de comprar um café em uma lanchonete, ele se arrastou até a biblioteca pública e folheou à toa as revistas mais triviais. Encontrou amigos que comentaram sobre quanto ele estava estranhamente queimado de sol, mas não contou da caminhada. Às três da tarde, almoçou em um restaurante, reparando enquanto isso que a atração tinha diminuído ou se dividido. Depois, matou tempo em um cinema barato, assistindo à apresentação repetidas vezes, sem prestar nenhuma atenção.

Por volta das nove, foi andando para casa e entrou trôpego na antiga construção. Joe Mazurewicz estava murmurando orações ininteligíveis e Gilman se apressou para ir ao seu quarto no sótão, sem parar para ver se Elwood estava em casa. Foi quando acendeu a fraca lâmpada que o choque aconteceu. Na mesma hora ele viu que havia algo na mesa que não pertencia ao quarto, e uma segunda olhada não deixou espaço para dúvida. Deitada de lado – pois não podia ficar de pé sozinha – estava a figura exótica que, em seu sonho monstruoso, ele quebrou da balaustrada fantástica. Não faltava nenhum detalhe. O centro estriado em formato de barril, os braços finos irradiados, as protuberâncias em cada extremidade e os braços achatados e ligeiramente curvos para fora em formato de estrela-do-mar se abrindo das protuberâncias – tudo estava lá. Na luz elétrica, a cor parecia ser de uma espécie de cinza iridescente com raios verdes, e Gilman conseguiu ver, em meio ao horror e à surpresa, que uma das protuberâncias terminava em uma ruptura irregular que correspondia ao antigo ponto onde ficava preso no corrimão do sonho.

A única coisa que o impediu de gritar alto foi sua tendência ao estupor do atordoamento. Essa fusão de sonho e realidade era demais para suportar. Ainda abalado, ele segurou aquela coisa cheia de pontas e cambaleou escada abaixo até os aposentos do senhorio Dombrowski. As orações choramingadas do reparador de teares supersticioso ainda soavam pelos corredores úmidos, mas Gilman não lhes deu atenção agora. O senhorio estava em casa e o cumprimentou com simpatia. Não, ele nunca tinha visto aquela coisa e não sabia nada sobre ela. Porém sua esposa dissera que achara uma coisa estranha feita de lata em uma das camas quando arrumou os quartos ao meio-dia e talvez fosse aquilo. Dombrowski a chamou e ela veio. Sim, era aquela coisa. Ela a tinha encontrado na cama do jovem cavalheiro – do lado próximo à parede. Achou o objeto muito estranho, mas claro que o jovem cavalheiro tinha muitas coisas estranhas no quarto dele – livros, curiosidades, fotografias e símbolos em papéis. Ela com certeza não sabia nada sobre aquilo.

Gilman novamente subiu a escada numa tormenta mental, convencido de que ainda estava sonhando ou de que seu sonambulismo tinha chegado a extremos inacreditáveis e o levara a depredar lugares desconhecidos. Onde ele tinha conseguido aquela coisa? Não se lembrava de ter visto nada assim em nenhum museu de Arkham. Mas devia ser de algum lugar; e a visão da figura quando ele a quebrou durante o sono devia ter causado o estranho sonho do terraço com balaustrada. No dia seguinte faria perguntas cautelosas – e talvez procurasse o especialista em nervos.

Enquanto isso, tentaria observar seu sonambulismo. Quando estava subindo e atravessando o corredor do sótão, polvilhou um pouco farinha que tinha pegado emprestada – com uma admissão sincera de seu propósito – com o senhorio. Parou na porta de Elwood no caminho, mas viu tudo escuro lá dentro. Ao entrar no quarto, colocou a figura espetada na mesa e se deitou em completa exaustão mental e física, sem parar para se despir. Do vão fechado acima do teto inclinado, ele pensou ouvir um ruído leve de arranhões e passos, porém estava confuso demais para se importar. A atração enigmática do norte se fortalecia de novo, embora parecesse agora vir de um ponto mais baixo no céu.

Na luz violeta ofuscante do sonho, a bruxa e a coisinha peluda com presas ressurgiram e agora de forma mais clara do que em qualquer outra ocasião anterior. Dessa vez, realmente o alcançaram, e Gilman sentiu as garras murchas da velha segurando-o. Ele foi tirado da cama para um espaço vazio, e por um momento ouviu um rugido rítmico e viu a amorfose crepuscular dos abismos indistintos fervilhando ao seu redor. Mas esse momento foi muito breve, pois agora ele estava em um espacinho rudimentar sem janelas com vigas irregulares e tábuas subindo até um pico acima da cabeça, com o piso curiosamente inclinado abaixo. No chão havia estantes baixas cheias de livros de todos os graus de antiguidade e estado de desintegração, e no centro havia uma mesa e um banco, ambos parecendo presos no chão. Pequenos objetos de formato e natureza desconhecida estavam espalhados em cima das estantes, e na luz violeta chamejante Gilman pensou ter visto uma duplicata da imagem espetada que o intrigara tanto. À esquerda, o chão se inclinava abruptamente para baixo, deixando um golfo triangular preto do qual, depois de um ruído seco de um segundo, saiu a coisinha peluda e odiosa, com suas presas amarelas e a cara humana barbada.

A velha, sorrindo malignamente, ainda o segurava, e depois da mesa havia uma figura que ele nunca tinha visto – um homem alto e magro de coloração negra, mas sem o menor sinal de feições negroides; totalmente desprovido de cabelo ou barba e usando como único traje uma veste disforme de um tecido preto e pesado. Seus pés estavam indistinguíveis por causa da mesa e do banco, contudo deviam estar calçados, pois havia um estalo sempre que ele mudava de posição. O homem não falou e não exibiu sinal de expressão nas feições pequenas e regulares. Só apontou para um livro de tamanho extraordinário que estava aberto na mesa, enquanto a bruxa botava uma pena cinza grande na mão direita de Gilman. Pairando acima de tudo, havia uma mortalha de medo intensamente enlouquecedor, e o clímax foi alcançado quando a coisa peluda correu pela roupa do sonhador até seus ombros e desceu pelo braço esquerdo, para por fim mordê-lo com força no pulso, abaixo do punho da camisa. Quando o sangue jorrou do ferimento, Gilman desmaiou.

Ele acordou na manhã do dia 22 com dor no pulso esquerdo e viu que o punho da camisa estava marrom de sangue seco. Suas lembranças eram confusas, mas a cena com o homem negro no espaço desconhecido se destacava vividamente. Os ratos deviam tê-lo mordido enquanto dormia, dando espaço para o clímax no sonho horrível. Ao abrir a porta, viu que a farinha no corredor estava intacta, exceto pelas pegadas enormes do sujeito rude que morava na outra ponta do sótão. Então ele não tivera sonambulismo daquela vez. No entanto, alguma coisa teria que ser feita a respeito dos ratos. Ele falaria com o senhorio sobre isso. Novamente tentou fechar o buraco na base da parede inclinada, enfiando uma vela que parecia ser do tamanho certo. Seus ouvidos zumbiam terrivelmente, como se fosse devido aos ecos residuais de um barulho tenebroso ouvido em sonhos.

Enquanto se banhava e trocava de roupa, ele tentou relembrar o que tinha sonhado depois da cena no espaço iluminado de violeta, porém nada definitivo se cristalizava em sua mente. Aquela cena em si devia corresponder ao vão fechado acima, que começava a atacar sua imaginação de forma violenta, mas ultimamente as impressões eram fracas e nebulosas. Havia sugestões dos abismos crepusculares e indistintos, e de abismos ainda maiores e mais escuros além – abismos nos quais todas as sugestões fixas de forma estavam ausentes. Ele tinha sido levado até lá pelos aglomerados de bolhas e pelo pequeno poliedro que sempre o perseguiam; entretanto, assim como ele próprio, ambos tinham se transformado em filetes de neblina leitosa e pouco luminosa nesse vazio maior de escuridão total. Outra coisa continuou à frente – um filete maior, que de vez em quando se condensava em aproximações inomináveis de forma –, e ele achou que o avanço deles não era em linha reta, mas seguia as curvas e espirais alienígenas de um vórtice etéreo que obedecia leis desconhecidas da física e da matemática de qualquer cosmo concebível. Por fim, surgiu um sinal de sombras amplas e saltitantes, de uma pulsação monstruosa e meio acústica e do silvo monótono de uma flauta invisível – mas isso foi tudo. Gilman concluiu que captara essa última concepção do que havia lido no *Necronomicon* sobre Azathoth, a entidade estúpida que governa todo o tempo e espaço num trono negro curiosamente ambientado no centro do Caos.

Quando o sangue foi lavado, o ferimento no pulso se mostrou bem pequeno, e Gilman ficou intrigado com a localização dos dois furinhos. Ocorreu-lhe que não havia sangue na roupa de cama onde ele estava deitado – o que era muito curioso em vista da quantidade na pele e no punho da camisa. Teria ele andado dormindo dentro do próprio quarto e o rato o mordera quando estava sentado na cadeira em alguma posição menos lógica? Gilman procurou em todos os cantos gotas ou manchas amarronzadas, mas não encontrou nada. Achou melhor também polvilhar farinha no quarto, além de porta afora – embora não fossem necessárias mais provas de seu sonambulismo. Ele sabia que andava – e a coisa a fazer agora era acabar com aquilo. Precisava pedir ajuda a Frank Elwood. Naquela manhã, a estranha atração vinda do espaço parecia menor, embora tivesse sido substituída por outra sensação ainda mais inexplicável. Era um impulso vago e insistente de escapar da situação presente, mas sem sinal de direção específica para onde ele desejasse fugir. Quando pegou a estranha imagem na mesa, sentiu a atração antiga para o norte se fortalecer um pouco; porém, mesmo assim, ela foi totalmente dominada pela vontade mais nova e impressionante.

Gilman levou a imagem até o quarto de Elwood, preparando-se para ouvir os choramingos das orações que vinham do térreo. Graças aos céus, o colega se encontrava em casa e parecia estar acordando. Havia tempo para uma conversa rápida antes de sair para o café da manhã e a faculdade, e Gilman despejou apressadamente um relato de seus sonhos e medos recentes. Seu anfitrião foi muito solidário e concordou que algo deveria ser feito. Ficou chocado pelo aspecto cansado e maltrapilho do hóspede e reparou na queimadura estranha de aspecto anormal sobre a qual os outros tinham comentado ao longo da semana anterior. Mas não havia muito que pudesse dizer. Ele não tinha visto Gilman numa crise de sonambulismo e não tinha ideia do que podia ser a imagem curiosa. Contudo tinha ouvido o franco-canadense que morava debaixo de Gilman falando com Mazurewicz certa noite. Estavam contando um para o outro quanto temiam a chegada da Noite de Santa Valburga, para a qual faltavam poucos dias agora, e trocavam comentários piedosos sobre o pobre jovem cavalheiro amaldiçoado. Desrochers, o sujeito do quarto de baixo, falou de passos noturnos tanto calçados quanto descalços, e da luz violeta que viu uma noite quando se levantou assustado para espiar pelo buraco da fechadura de Gilman. Ele não ousou espiar, disse para Mazurewicz, depois de ter visto aquela luz pelos vãos da porta. Ouviu alguém falando baixo também – e, quando começou a descrever o que ouvira, sua voz diminuiu até um sussurro inaudível.

Elwood não conseguia imaginar o que teria feito aquelas criaturas supersticiosas fofocarem, mas achava que a imaginação dos dois tinha sido despertada pela caminhada e falação sonolenta a altas horas de Gilman por um lado, e pela proximidade da tradicionalmente temida véspera de maio por outro. O fato de que Gilman falava dormindo era claro, e foi obviamente por causa das escutas de Desrochers pela fechadura que a noção ilusória da luz violeta dos sonhos se espalhou. Essas pessoas simples logo imaginavam que tinham visto qualquer coisa estranha da qual ouviam falar. Quanto a um plano de ação – era melhor Gilman se mudar para o quarto de Elwood e evitar dormir sozinho. Elwood, se estivesse acordado, o despertaria sempre que ele começasse a falar ou se levantar durante o sono. Ele também devia ir ver um especialista logo. Enquanto isso, os dois colegas levariam a imagem a vários museus e a certos professores, procurando identificá-la e declarando que tinha sido encontrada em uma lata de lixo pública. Além disso, Dombrowski teria que providenciar o envenenamento dos ratos nas paredes.

Fortalecido pela companhia de Elwood, Gilman foi às aulas naquele dia. Vontades estranhas ainda o incomodavam, mas ele conseguiu ignorá-las com sucesso considerável. Durante um período livre, mostrou a imagem estranha para vários professores e todos ficaram muito interessados, porém nenhum conseguiu lançar alguma luz sobre sua natureza ou origem. Naquela noite, ele dormiu em um sofá que Elwood mandou o senhorio levar para o quarto do segundo andar, e pela primeira vez em semanas se viu totalmente livre dos sonhos inquietantes. No entanto, o estado febril permanecia, e os choramingos do reparador de teares eram uma influência irritante.

Durante os dias seguintes, Gilman teve imunidade quase perfeita às manifestações mórbidas. Elwood disse que ele não exibiu nenhuma tendência a falar ou se levantar dormindo; e, enquanto isso, o senhorio botava veneno de rato em todos os lugares. O único elemento perturbador era a conversa entre os dois estrangeiros supersticiosos, cuja imaginação tinha ficado altamente atiçada. Mazurewicz estava sempre tentando fazê-lo obter um crucifixo e acabou conseguindo forçá-lo a aceitar um que afirmou ter sido abençoado pelo bom padre Iwanicki. Desrochers também tinha algo a dizer – na verdade, insistiu que ouvira passos cautelosos no quarto agora vazio acima dele na primeira e na segunda noite da ausência de Gilman. Paul Choynski pensou ter ouvido sons nos corredores e nas escadas à noite e alegou que tentaram abrir sua porta, enquanto a sra. Dombrowski jurava que tinha visto Brown Jenkin pela primeira vez desde o Dia de Todos os Santos. Mas esses relatos ingênuos podiam significar muito pouco, e Gilman deixou o crucifixo pendurado em um puxador na cômoda de seu anfitrião.

Durante três dias, Gilman e Elwood reviraram os museus próximos para tentar identificar a estranha imagem, sempre sem sucesso. Porém em todos os lugares o interesse foi intenso, pois a mera estranheza da coisa era um tremendo desafio para a curiosidade científica. Um dos pequenos braços radiados foi quebrado e enviado para análise química, e o resultado ainda é comentado nos círculos da faculdade. O professor Ellery encontrou platina, ferro e telúrio na estranha liga; mas, misturados com eles, havia pelo menos três outros elementos aparentes de peso atômico alto que a química não tinha condição de classificar. Além de não corresponderem a nenhum elemento conhecido, não se encaixavam nos espaços vazios reservados para os elementos prováveis na tabela periódica. O mistério permanece sem solução até hoje, embora a imagem esteja exposta no museu da Universidade Miskatonic.

Na manhã do dia 27 de abril, um novo buraco de rato apareceu no quarto em que Gilman estava hospedado, mas Dombrowski o cobriu com metal durante o dia. O veneno não estava surtindo muito efeito, pois os arranhões e os barulhos de movimento nas paredes não tinham diminuído. Elwood voltaria tarde naquela noite e Gilman o esperou acordado. Não queria ir dormir sozinho no quarto – principalmente porque pensava ter visto no crepúsculo a repugnante velha cuja imagem havia se transferido de forma tão horrível para seus sonhos. Ele se perguntou quem ela era e o que estava perto dela balançando as latas em uma pilha de lixo na boca de um pátio pequeno. A velha pareceu reparar nele e encará-lo com maldade – embora isso talvez fosse sua mera imaginação.

No dia seguinte, os dois jovens estavam muito cansados e sabiam que dormiriam como pedra quando a noite chegasse. À noite, discutiram sonolentos os estudos matemáticos que haviam absorvido Gilman de forma tão completa e talvez nociva e especularam sobre a ligação com a magia antiga e o folclore, que parecia tão sombriamente provável. Conversaram sobre a bruxa Keziah Mason, e Elwood concordou que Gilman tinha bom suporte científico para achar que ela poderia ter encontrado sem querer informações estranhas e importantes. Os cultos secretos a que aquelas bruxas pertenciam costumavam guardar e transmitir segredos surpreendentes de épocas mais antigas e esquecidas; e não era nada impossível que Keziah tivesse dominado a arte de passar por portões dimensionais. A tradição enfatiza a inutilidade de barreiras materiais para impedir os movimentos de uma bruxa; e quem pode dizer o que está na origem das velhas histórias sobre passeios de vassoura pela noite?

Se um estudante moderno poderia obter poderes semelhantes apenas com pesquisa matemática, ainda restava descobrir. O sucesso, acrescentou Gilman, poderia levar a situações perigosas e impensáveis, pois quem poderia prever as condições que permeavam uma dimensão adjacente, mas normalmente inacessível? Por outro lado, as possibilidades pitorescas eram enormes. O tempo podia não existir em certos cinturões do espaço, e ao entrar e permanecer em um cinturão desses era possível preservar a vida e a idade indefinidamente, sem nunca sofrer do metabolismo orgânico e da deterioração exceto por pequenas quantidades que ocorreriam durante visitas ao próprio plano ou a outros semelhantes. Era possível, por exemplo, passar para uma dimensão atemporal e sair em um período remoto da história da Terra tão jovem quanto antes.

Se alguém tinha conseguido fazer isso, era difícil conjecturar com qualquer grau de autoridade. As lendas antigas são confusas e ambíguas, e em tempos históricos todas as tentativas de atravessar vãos proibidos parecem ter sido complicadas por alianças estranhas e terríveis com seres e mensageiros de fora. Havia a figura imemorial do agente ou mensageiro de poderes terríveis e escondidos – o "Homem Negro" do culto das bruxas e o "Nyarlathotep" do *Necronomicon*. Havia também o problema desconcertante dos mensageiros ou intermediários menores – os semianimais e híbridos estranhos que as lendas retratam como familiares das bruxas. Quando se recolheram, sonolentos demais para debater mais, Gilman e Elwood ouviram Joe Mazurewicz entrar na casa meio bêbado e estremeceram com a loucura desesperada das orações choramingadas.

Naquela noite, Gilman viu a luz violeta de novo. No sonho, tinha ouvido o som de alguém arranhando e roendo nas divisórias e achou que haviam mexido no trinco. Ele viu a bruxa e a coisinha peluda avançando em sua direção pelo piso acarpetado. O rosto da velha brilhava com uma exultação inumana, e a morbidez de dentinhos amarelos riu com deboche ao apontar para a forma dormindo pesadamente de Elwood no sofá do outro lado da sala. Uma paralisia de medo sufocou as tentativas de gritar. Como antes, a bruxa horrenda segurou Gilman pelos ombros e o tirou da cama para jogá-lo no espaço vazio. Novamente, a infinidade de abismos crepusculares berrando passou por ele, mas em outro segundo Gilman achou que estava em uma viela escura, lamacenta e desconhecida cheia de odores fétidos, com as paredes podres de casas antigas se erguendo para todos os lados.

À frente estava o homem negro que ele tinha visto no espaço no outro sonho, enquanto de uma distância menor a velha o chamava e fazia caretas autoritárias. Brown Jenkin se esfregava de modo afetuoso e brincalhão pelos tornozelos do homem negro, que a lama funda escondia bem. Havia uma porta escura aberta à direita, para a qual o homem negro apontou silenciosamente. Para lá a bruxa começou a andar, arrastando Gilman pela manga do pijama. Havia uma escadaria com cheiro ruim que estalou de forma ameaçadora e na qual a velha parecia irradiar uma luz violeta fraca; e por fim uma porta levando a um patamar. A bruxa teve dificuldade com a maçaneta, mas abriu a porta, fazendo sinal para Gilman esperar e desaparecendo pela abertura preta.

Os ouvidos extremamente sensíveis do jovem captaram um grito estrangulado horrendo e a velha saiu do quarto segurando uma forma pequena e inconsciente que ofereceu ao sonhador como se ordenando que ele a carregasse. A visão dessa forma e a expressão do rosto quebraram o feitiço. Ainda atordoado demais para gritar, ele desceu atabalhoado pela escadaria barulhenta até a lama lá fora, parando só quando agarrado e estrangulado pelo homem negro, que o aguardava. Quando sua consciência se esvaiu, ele ouviu a risadinha baixa e estridente da anormalidade dentuça semelhante a um rato.

Na manhã do dia 29, Gilman acordou num turbilhão de horror. Assim que abriu os olhos, soube que havia alguma coisa terrivelmente errada, pois ele estava de volta ao quarto do sótão com a parede e o teto inclinados, caído na cama agora desfeita. Sua garganta doía sem motivo, e enquanto tentava se sentar ele viu com medo crescente que seus pés e as barras da calça do pijama estavam marrons de lama seca. Naquele momento, suas lembranças estavam desesperadamente confusas, porém ele sabia pelo menos que devia ter tido uma crise de sonambulismo. Elwood estava num sono profundo demais para ouvir e impedi-lo. No chão havia marcas confusas de lama, mas estranhamente não iam até a porta. Quanto mais Gilman olhava para as marcas, mais peculiares pareciam; pois, além das que ele reconhecia como suas, havia algumas marcas menores, quase redondas – como as que as pernas de uma cadeira ou mesa poderiam fazer, só que a maioria era dividida no meio. Havia também curiosas marcas de lama feitas por patas de rato saindo de um buraco novo e voltando. Uma total perplexidade e o medo da loucura abalaram Gilman quando ele cambaleou até a porta e viu que não havia marcas de lama do lado de fora. Quanto mais se lembrava do sonho horrendo, mais apavorado ele ficava, e ouvir Joe Mazurewicz cantarolando com infelicidade dois andares abaixo só aumentou seu desespero.

Ele desceu até o quarto de Elwood, acordou o anfitrião ainda adormecido e começou a contar como despertara, contudo o amigo não foi capaz de elaborar nenhuma ideia do que poderia realmente ter acontecido. Onde Gilman poderia ter estado, como voltou para o quarto sem fazer marcas no corredor e como as marcas lamacentas de móveis surgiram, misturadas com as dele no quarto do sótão, estavam além de qualquer conjectura. E havia as marcas escuras e lívidas em seu pescoço, como se ele tivesse tentado se estrangular.

Gilman levou as mãos até lá, mas viu que não encaixavam nem de perto. Enquanto eles conversavam, Desrochers apareceu para dizer que tinha ouvido uma barulheira horrível acima durante a madrugada. Não, ninguém subiu a escada depois de meia-noite – embora logo antes da meia-noite ele tivesse ouvido passos suaves no sótão que desceram cautelosamente a escada, o que o incomodara. Ele acrescentou que era uma época muito ruim no ano para Arkham. O jovem cavalheiro não devia se esquecer de usar o crucifixo que Joe Mazurewicz tinha lhe dado. Nem o dia era seguro, pois depois do amanhecer houvera ruídos estranhos na casa – sobretudo um choro agudo e infantil logo sufocado.

Gilman foi às aulas mecanicamente naquela manhã, mas não teve condição nenhuma de se concentrar nos estudos. Um humor de apreensão e expectativa horríveis tinha tomado conta dele, e ele pareceu esperar a ação de um golpe aniquilador. Ao meio-dia, almoçou no refeitório da universidade e pegou um jornal no assento ao lado enquanto esperava a sobremesa. No entanto, não chegou a comê-la, pois um item na primeira página do jornal o deixou sem reação, de olhos arregalados e capaz apenas de pagar a conta e voltar cambaleando até o quarto de Elwood.

Tinha havido um sequestro estranho na noite anterior na viela de Orne e o filho de dois anos de uma lavadeira bronca chamada Anastasia Wolejko desaparecera. A mãe, ao que parecia, já temia aquilo havia um tempo; porém os motivos a que atribuiu seu medo eram tão grotescos que ninguém os levou a sério. Ela disse que tinha visto Brown Jenkin rodando o local de vez em quando desde o começo de março e sabia pelas caretas e risadinhas que o pequeno Ladislas devia estar marcado para ser sacrificado no horrível Sabá na Noite de Santa Valburga. Ela pediu à vizinha Mary Czanek para dormir no quarto e tentar proteger a criança, mas Mary não teve coragem. Ela não podia contar à polícia, pois nunca acreditavam nessas coisas. Crianças eram levadas assim todos os anos desde que ela conseguia se lembrar. E seu amigo

Pete Stowacki não quis ajudar porque queria a criança fora do caminho, de qualquer modo.

Entretanto, o que deixou Gilman suando frio foi o relato de dois beberrões que estavam passando pela boca da viela logo depois da meia-noite. Os dois admitiram estarem bêbados, mas juraram que tinham visto um trio vestido de forma maluca entrando furtivamente na viela escura. Disseram que eram um negro enorme usando uma veste, uma velha vestindo trapos e um jovem branco de pijama. A velha arrastava o jovem, enquanto, ao redor dos pés do negro, um rato se esfregava e andava pela lama marrom.

Gilman ficou atordoado a tarde toda, e Elwood – que viu os jornais e formou conjecturas terríveis a partir deles – o encontrou nesse estado quando chegou em casa. Dessa vez, nenhum dos dois duvidou de que algo horrivelmente sério estava se fechando em volta deles. Entre os fantasmas do pesadelo e as realidades do mundo objetivo, um relacionamento monstruoso e impensável se cristalizava, e só uma vigilância absurda poderia impedir acontecimentos ainda piores. Gilman tinha que ir a um especialista mais cedo ou mais tarde, mas não agora, com todos os jornais cheios dessa história de sequestro.

O que tinha de fato acontecido era enlouquecedor e obscuro, e por um momento Gilman e Elwood trocaram teorias sussurradas das mais absurdas. Teria Gilman se saído inconscientemente melhor do que sabia nos estudos do espaço e suas dimensões? Tinha de fato conseguido sair da nossa esfera para pontos inimagináveis? Onde – se possível – ele estivera nas noites de alienação demoníaca? Os abismos crepusculares barulhentos... a colina verde... o terraço quente... a atração das estrelas... o derradeiro vórtice negro... o homem negro... a viela lamacenta e a escada... a velha bruxa e o horror peludo com presas... os aglomerados de bolhas e o pequeno poliedro... a queimadura estranha... o ferimento no pulso... a imagem inexplicável... os pés lamacentos... os hematomas no pescoço... as histórias e temores dos estrangeiros supersticiosos... o que tudo isso significava? A que ponto as leis da sanidade se aplicavam a um caso daqueles?

Não houve sono para nenhum dos dois naquela noite, mas no dia seguinte os dois mataram aula e cochilaram. Era dia 30 de abril e com o crepúsculo chegaria a infernal hora do Sabá que todos os estrangeiros e idosos supersticiosos temiam. Mazurewicz foi para casa às seis horas e disse que as pessoas na fábrica estavam sussurrando que as festas de Santa Valburga aconteceriam na ravina escura depois de Meadow Hill, onde a antiga pedra branca fica em um lugar estranhamente desprovido de vida vegetal. Alguns até disseram para a polícia e aconselharam que procurassem lá a criança Wolejko desaparecida, mas não acreditavam que algo seria feito. Joe insistiu que o pobre cavalheiro usasse o crucifixo na corrente de níquel, e Gilman pôs o crucifixo e o deixou por dentro da camisa para agradar o sujeito.

Tarde da noite, os dois jovens ficaram cochilando em suas poltronas, acalentados pela oração rítmica do reparador de teares no andar de baixo. Gilman escutou enquanto assentia, a audição sobrenaturalmente apurada parecendo procurar um murmúrio sutil e temido no meio dos ruídos da casa antiga. Lembranças doentias de coisas do *Necronomicon* e do Livro Negro surgiram, e ele se viu oscilando em ritmos hediondos conhecidos por pertencerem às cerimônias mais sombrias do Sabá e terem origem fora do espaço e tempo que compreendemos.

Logo ele se deu conta do que estava escutando – o cantarolar infernal dos celebrantes no vale negro distante. Como sabia tanto sobre o que eles esperavam? Como sabia a época em que Nahab e seu acólito teriam que levar a tigela transbordante que seguiria o galo preto e o bode preto? Ele viu que Elwood tinha caído no sono e tentou chamá-lo para acordá-lo. Contudo alguma coisa fechou sua garganta. Ele não era mais senhor de si. Teria assinado o livro do homem negro, afinal?

Nesse momento, sua audição febril e anormal captou as notas distantes trazidas pelo vento. Vinham através quilômetros de colina e campo, mas ele as reconheceu mesmo assim. As fogueiras deviam ter sido acesas e os dançarinos deviam estar começando. Como ele poderia se impedir de ir? O que o segurava? Matemática... folclore... a casa... a velha Keziah... Brown Jenkin... e agora ele via que havia um novo buraco de rato na parede perto de seu sofá. Por cima do cantarolar distante e da oração próxima de Joe Mazurewicz soou outro som – um arranhar furtivo e determinado nas partições. Ele esperava que as luzes elétricas não se apagassem. E então viu a carinha barbada com dentinhos no buraco de rato – a carinha maldita que ele finalmente percebeu que tinha uma semelhança chocante e debochada com a da velha Keziah – e ouviu o movimento leve na porta.

Os abismos crepusculares barulhentos surgiram diante dele, e Gilman se sentiu indefeso no domínio sem forma dos aglomerados iridescentes de bolhas. À frente corria o pequeno poliedro caleidoscópico e pelo abismo fervilhante havia uma apuração e aceleração do padrão de tons indistintos que parecia prenunciar um clímax indescritível e insuportável. Ele pareceu saber o que se aproximava – a explosão monstruosa do ritmo da Noite de Santa Valburga, em cujo timbre cósmico estaria concentrado todo o fervor primitivo e definitivo do espaço-tempo que fica além das esferas amontoadas de matéria e às vezes se quebra em reverberações medidas, as quais penetram levemente em cada camada de entidade e dão um significado hediondo, através dos mundos, a certos períodos temidos.

No entanto, tudo isso sumiu num segundo. Ele estava de volta ao espaço apertado e iluminado de violeta, com o piso inclinado, as estantes baixas de livros antigos, o banco e a mesa, os objetos estranhos e o golfo triangular de um lado. Na mesa havia uma pequena figura branca – um bebê despido e inconsciente – e do outro lado estava a velha monstruosa com expressão maliciosa, uma faca brilhante e grotescamente elaborada na mão direita, e na esquerda uma tigela de metal pálido e proporção estranha, coberta de desenhos curiosamente entalhados e com alças laterais delicadas. Ela entoava um ritual gutural em um idioma que Gilman não conseguia entender, mas que parecia algo cautelosamente citado no *Necronomicon*.

Quando a cena foi ficando mais clara, o jovem viu a velha se inclinar para a frente e oferecer a tigela vazia por cima da mesa – e, sem capacidade de controlar seus próprios movimentos, esticou os braços e a pegou com as duas mãos, reparando ao fazer isso em sua relativa leveza. No mesmo momento, a forma nojenta de Brown Jenkin correu pela beirada do golfo escuro e triangular à sua esquerda. A bruxa agora fez sinal para Gilman segurar a tigela em uma certa posição enquanto ela erguia a faca enorme e grotesca acima da pequena vítima branca, o mais alto que sua mão direita conseguia chegar. A coisa peluda com presas começou a dar risadinhas e continuar o ritual desconhecido, enquanto a bruxa crocitava respostas odiosas. O rapaz sentiu uma repugnância tortuosa e pungente se espalhar por sua paralisia mental e emocional, e a tigela leve de metal tremeu na mão dele. Um segundo depois, o movimento da faca para baixo quebrou totalmente o feitiço, e ele deixou a tigela cair com um tilintar ressonante de sino enquanto suas mãos se moviam freneticamente para impedir aquele ato monstruoso.

Em um instante, ele tinha subido pelo piso inclinado até a ponta da mesa e arrancado a faca das garras da bruxa, jogando-a pela beirada do golfo triangular estreito. Porém, em outro instante, a situação foi revertida, pois as garras assassinas se fecharam no pescoço dele, enquanto o rosto enrugado se retorcia de fúria insana. Ele sentiu a corrente do crucifixo barato arranhar seu pescoço e, diante do perigo, perguntou-se como a visão do objeto em si afetaria a criatura vil. A força dela era sobre-humana, mas, enquanto a velha continuava a enforcá-lo, ele enfiou a mão debilmente dentro da camisa e puxou o crucifixo de metal, arrancando a corrente e o soltando.

Ao ver o objeto, a bruxa pareceu tomada de pânico, e o aperto relaxou o suficiente para dar a Gilman a chance de se soltar de vez. Ele arrancou do pescoço as garras fortes como aço e teria arrastado a velha até a beirada do golfo se as mãos dela não tivessem ganhado uma nova onda de força e o agarrado de novo. Dessa vez, ele decidiu reagir da mesma forma, e suas mãos se esticaram até o pescoço da criatura. Antes que a bruxa notasse, o jovem passou a corrente do crucifixo em volta do pescoço dela e um instante depois apertou o suficiente para cortar a passagem de ar. Durante o último esforço da velha, ele sentiu uma coisa morder seu tornozelo e viu que Brown Jenkin tinha ido ajudá-la. Com um chute selvagem, ele jogou a coisa mórbida pela beirada do golfo e a ouviu choramingar em algum lugar muito profundo.

Se tinha matado a velha, não sabia, mas a deixou no chão onde ela tinha caído. Ao se virar, viu na mesa uma coisa que quase destruiu o que lhe restava de razão. Brown Jenkin, forte e com quatro mãozinhas de destreza demoníaca, se ocupou enquanto a bruxa o agredia, e seus esforços foram em vão. O que ele impediu que a faca fizesse no peito da vítima, as presas amarelas da blasfêmia peluda tinham feito num pulso – e a tigela que antes estava no chão estava agora cheia ao lado do corpinho sem vida.

Em seu sonho-delírio, Gilman ouviu o cântico infernal de ritmo alienígena do Sabá vindo de uma distância infinita e soube que o homem negro devia estar lá. Lembranças confusas se misturavam com sua matemática, e ele acreditou que sua mente subconsciente tinha os *ângulos* de que ele precisava para guiá-lo de volta ao mundo normal – pela primeira vez sozinho e sem auxílio. Ele tinha certeza de que estava no vão imemorialmente isolado acima do próprio quarto, mas duvidava muito de que poderia escapar pelo piso inclinado ou pela saída real lacrada. Além do mais, uma fuga de um vão de sonho não o levaria apenas a uma casa de sonho

– uma projeção anormal do lugar real que ele procurava? Ele estava desnorteado quanto à relação entre o sonho e a realidade em todas as suas experiências.

A passagem pelos abismos indistintos seria apavorante, pois o ritmo da Noite de Santa Valburga estaria vibrando, e enfim ele teria que ouvir a pulsação cósmica até então velada que temia tão mortalmente. Mesmo agora ele conseguia detectar um tremor baixo e monstruoso cujo ritmo desconfiava conhecer. Na época do Sabá, aquilo sempre aumentava e ultrapassava os mundos para conjurar os iniciados para ritos obscuros. Metade dos cânticos do Sabá tinham como padrão essa pulsação ouvida de leve, que nenhum ouvido terreno poderia suportar em sua totalidade espacial desvelada. Gilman também se perguntou se podia confiar no próprio instinto para levá-lo de volta à parte certa do espaço. Como poderia ter certeza de que não cairia naquela colina iluminada de verde de um planeta distante, no terraço tesselado acima da cidade dos monstros com tentáculos em algum lugar além da galáxia, ou nos vórtices em espiral negra daquele vazio maior do Caos no qual reina o estúpido demônio-sultão Azathoth?

Pouco antes de ele mergulhar, a luz violeta se apagou e o deixou na total escuridão. A bruxa... a velha Keziah... Nahab... isso devia significar a morte dela. E, misturado com o cântico distante do Sabá e os choramingos de Brown Jenkin no golfo abaixo, ele achou que conseguia ouvir outro choramingo mais selvagem de profundezas desconhecidas. Joe Mazurewicz... as orações contra o Caos Rastejante agora virando um berro inexplicavelmente triunfante... mundos de realidade sardônica colidindo em vórtices de sonho febril... Iä! Shub-Niggurath! O Bode com Mil Jovens...

Encontraram Gilman no chão daquele quarto de sótão com ângulos estranhos bem antes do amanhecer, pois o grito terrível fez Desrochers, Choynski, Dombrowski e Mazurewicz correrem até lá ao mesmo tempo, e até despertou o adormecido Elwood na poltrona. Ele estava vivo e com olhos abertos e arregalados, mas parecia um tanto inconsciente. No pescoço havia marcas de mãos assassinas, e no tornozelo esquerdo havia uma perturbadora mordida de rato. As roupas estavam muito amassadas e o crucifixo de Joe tinha sumido. Elwood tremeu, com medo até de especular sobre que nova forma seu amigo sonâmbulo havia assumido. Mazurewicz pareceu meio atordoado por causa de um "sinal" que disse ter tido em resposta às suas orações, e ele fez o sinal da cruz freneticamente quando os guinchos e choramingos de um rato soaram atrás da divisória torta.

Após acomodarem o sonhador no sofá no quarto de Elwood, mandaram chamar o dr. Malkowski – um médico local que não repetiria histórias que pudessem ser constrangedoras –, e ele deu a Gilman duas injeções que o fizeram relaxar em algo que parecia uma sonolência natural. Durante o dia, o paciente recuperava a consciência em alguns momentos e sussurrava seu mais novo sonho de forma desconexa para Elwood. Era um processo sofrido e no começo gerou um fato novo e desconcertante.

Gilman – cujos ouvidos passaram a ser dotados de uma sensibilidade anormal – estava agora totalmente surdo. O dr. Malkowski, convocado outra vez às pressas, falou para Elwood que os dois tímpanos estavam rompidos, como se pelo impacto de um som estupendo, maior do que qualquer concepção ou resistência humana. Como um som desses poderia ter sido ouvido nas horas anteriores sem ter despertado todo o Vale do Miskatonic era mais do que o honesto médico poderia dizer.

Elwood escreveu sua parte da conversa no papel, para que uma forma fácil de comunicação fosse estabelecida. Nenhum dos dois sabia como interpretar a história caótica e decidiram que seria melhor se pensassem o mínimo possível sobre ela. Mas ambos concordaram que deviam sair daquela casa velha e maldita assim que pudessem. Os jornais vespertinos falavam de uma batida policial com alguns celebrantes curiosos em uma ravina atrás de Meadow Hill pouco antes do amanhecer e mencionaram que a pedra branca lá era um objeto de antiga veneração supersticiosa. Ninguém tinha sido pego, contudo entre os fugitivos que se espalharam um negro enorme foi visto. Em outra coluna, estava escrito que nenhum sinal do desaparecido Ladislas Wolejko tinha sido encontrado.

O ápice do horror veio naquela noite. Elwood nunca vai esquecer, e foi obrigado a ficar fora da faculdade pelo resto do período por causa do colapso nervoso resultante. Ele achou que tinha ouvido ratos nas divisórias durante a noite inteira, mas não lhes deu muita atenção. Entretanto, bem depois que ele e Gilman se recolheram, começou uma gritaria atroz. Elwood deu um pulo, acendeu a luz e correu até o sofá do hóspede. O ocupante emitia sons de natureza verdadeiramente inumana, como se torturado por tormentas além de qualquer descrição. Debatia-se sob a roupa de cama, e uma grande mancha vermelha começava a aparecer no cobertor.

Elwood não ousou tocar nele, mas aos poucos a gritaria e a agitação diminuíram. Àquela altura, Dombrowski, Choynski, Desrochers, Mazurewicz e o morador do andar de cima estavam espremidos na porta, e o senhorio tinha enviado a esposa para telefonar para o dr. Malkowski. Todos gritaram quando uma forma enorme parecida com um rato pulou de repente de baixo da roupa de cama ensanguentada e correu pelo piso até um novo buraco aberto ali perto. Quando o médico chegou e puxou a pavorosa coberta, Walter Gilman estava morto.

Seria bárbaro fazer mais do que sugerir o que tinha matado Gilman. Havia um túnel no corpo dele – alguma coisa tinha comido seu coração. Dombrowski, frenético pelo fracasso dos seus constantes esforços para envenenar os ratos, deixou de lado as questões de aluguel e em uma semana se mudou com todos os hóspedes mais antigos para uma casa suja, mas menos antiga, na rua Walnut. Durante algum tempo, o mais difícil foi manter Joe Mazurewicz em silêncio, pois o ensimesmado reparador de teares nunca ficava sóbrio e constantemente choramingava e murmurava sobre coisas espectrais e terríveis.

Parece que, naquela última noite medonha, Joe parou para olhar as pegadas vermelhas de rato que iam do sofá de Gilman até o buraco próximo. Estavam muito distintas no tapete, porém havia uma parte do piso aberta entre a beirada do tapete e o rodapé. Lá, Mazurewicz encontrou algo monstruoso – ou achou que tinha encontrado, pois mais ninguém conseguia concordar com ele, apesar da estranheza inegável das pegadas. As marcas no chão eram bem diferentes das marcas comuns de um rato, mas nem Choynski e Desrochers queriam admitir que pareciam as marcas de quatro mãozinhas humanas.

A casa nunca mais foi alugada. Assim que Dombrowski foi embora, a mortalha da desolação final começou a cair, pois as pessoas a isolaram tanto por causa da antiga reputação quanto por causa do novo odor fétido. Talvez o veneno de rato do ex-senhorio tivesse surtido efeito, afinal, pois pouco depois da partida dele o local se tornou um incômodo no bairro. Agentes de saúde atribuíram o cheiro aos espaços fechados acima e ao lado do quarto do sótão do leste e concordaram que o número de ratos mortos devia ser enorme. Contudo, decidiram que não valia a pena abrir e desinfetar os espaços isolados, pois o fedor logo passaria, e o local não encorajava muitos cuidados. De fato, sempre houvera na cidade vagas lendas sobre fedores inexplicáveis no andar de cima da Casa da Bruxa depois da Véspera de Maio e do Dia de Todos os Santos. Os vizinhos aceitaram contrariados porém inertes – mas o fedor acabou oferecendo mais um problema ao local. Perto do final, a construção foi condenada como inadequada para habitação pelo engenheiro inspetor.

Os sonhos de Gilman e suas circunstâncias da ocasião nunca foram explicados. Elwood, cujos pensamentos sobre todo o episódio são às vezes quase enlouquecedores, voltou para a faculdade no outono seguinte e se formou em junho. A boataria espectral pela cidade estava bem menor, e é fato que – apesar de certos relatos de uma risadinha fantasmagórica na casa deserta que durou quase o mesmo tempo que a construção – nenhuma nova aparição da velha Keziah nem de Brown Jenkin foi noticiada depois da morte de Gilman. Foi sorte Elwood não estar em Arkham no final daquele ano, quando certos eventos renovaram abruptamente os sussurros locais sobre os horrores antigos. Claro que ele ouviu sobre os acontecimentos posteriores e sofreu tormentas indescritíveis de especulação sombria e desnorteada; mas nem isso era ruim como teriam sido a proximidade real e as várias possíveis visões.

Em março de 1931, uma ventania destruiu o telhado e a grande chaminé da desabitada Casa da Bruxa, e um caos de tijolos despedaçados, telhas pretas cheias de musgo e tábuas e madeiras podres caiu no vão superior e quebrou o piso. O andar do sótão todo foi sufocado com detritos, mas ninguém se deu ao trabalho de tocar nessa sujeira até a demolição da estrutura decrépita. Esse passo final aconteceu no dezembro seguinte, e foi quando o antigo quarto de Gilman foi esvaziado por trabalhadores relutantes e apreensivos que a fofoca começou.

No meio dos destroços que tinham caído pelo antigo teto inclinado estavam várias coisas que fizeram os homens pararem e chamarem a polícia. Mais tarde, a polícia, por sua vez, chamou o legista e vários professores da universidade. Havia ossos – muito esmagados e quebrados, porém sem dúvida reconhecíveis como humanos – cuja data manifestamente moderna entrava num conflito intrigante com o período remoto no qual seu único possível local de esconderijo, o vão baixo e de piso inclinado acima, tinha sido supostamente isolado de todo e qualquer acesso humano. O legista concluiu que alguns pertenciam a uma criança pequena, enquanto outros – encontrados misturados com trapos de um tecido amarronzado e podre – pertenciam a uma mulher pequena e curvada de idade avançada. A busca cuidadosa entre os detritos também revelou muitos ossinhos de ratos presos no desabamento, assim como ossos mais antigos de ratos roídos por presas pequenas de uma forma que, de vez em quando, provocava controvérsia e reflexão.

Outros objetos encontrados incluíam os fragmentos misturados de muitos livros e papéis, junto com um pó amarelado que sobrou da desintegração total de livros e papéis ainda mais velhos. Tudo, sem exceção, parecia ter a ver com magia negra das formas mais avançadas e horríveis; e a data evidentemente recente de certos itens ainda é um mistério tão sem solução quanto o dos ossos humanos modernos. Um mistério ainda maior é a absoluta homogeneidade da escrita intricada e arcaica encontrada em uma grande quantidade de papéis cujas condições e marcas d'água sugeriam diferença de idade de pelo menos 150 a duzentos anos. Mas, para alguns, o maior mistério de todos é a variedade de objetos impossíveis de explicar – objetos cujas formas, materiais, tipo de trabalho manual e propósito confunde qualquer conjectura – encontrados espalhados no meio dos destroços em estados evidentemente diversos de destruição. Uma dessas coisas – que gerou agitação entre vários professores da Universidade Miskatonic – é uma monstruosidade muito danificada que se parece muito com a imagem estranha que Gilman deu para o museu da faculdade, só que maior, feita de uma pedra azulada peculiar em vez de metal, e com um pedestal de ângulos singulares com hieróglifos indecifráveis.

Arqueólogos e antropólogos ainda estão tentando explicar os desenhos bizarros entalhados em uma tigela de metal leve esmagada cuja superfície interior tinha manchas amarronzadas e sinistras quando encontrada. Estrangeiros e avós crédulas são igualmente loquazes sobre o crucifixo moderno de níquel com a corrente quebrada misturado aos detritos e identificado com nervosismo por Joe Mazurewicz como sendo o que ele tinha dado ao pobre Gilman tantos anos antes. Alguns acreditam que o crucifixo foi arrastado para o vão isolado por ratos, enquanto outros acham que devia estar no chão em algum canto do antigo quarto de Gilman o tempo todo. E outros, inclusive o próprio Joe, têm teorias loucas e fantásticas demais para credibilidade sóbria.

Quando a parede inclinada do quarto de Gilman foi derrubada, o espaço triangular antes isolado entre aquela divisória e a parede norte da casa foi encontrado com bem menos detritos estruturais, mesmo em proporção ao tamanho, do que o quarto em si; contudo, tinha uma camada medonha de materiais mais antigos que paralisou os demolidores de horror. Em resumo, o piso era um verdadeiro ossário de restos de crianças pequenas – alguns bem modernos, mas outros voltando em gradações infinitas para um período tão remoto que se desfaziam quase por completo. Naquela camada funda de ossos havia uma faca de grande tamanho, obviamente uma antiguidade, de desenho grotesco, decorado e exótico – acima da qual os detritos estavam empilhados.

No meio desses detritos, enfiado entre uma tábua caída e uma pilha de tijolos de cimento da chaminé desmoronada, estava um objeto destinado a causar mais perplexidade, medo velado e falação abertamente supersticiosa em Arkham do que qualquer outra coisa descoberta naquela construção assombrada e maldita. Esse objeto era o esqueleto parcialmente esmagado de um rato enorme e doente, cujas anormalidades de forma ainda são assunto de debate e fonte de reticência singular entre os membros do departamento de anatomia comparada da Miskatonic. Bem pouco a respeito desse esqueleto vazou, mas os homens que o encontraram sussurram em tons chocados sobre os pelos longos e amarronzados com os quais era associado.

Os ossos das patinhas, dizem, indicam características preênseis mais típicas de um macaco diminuto do que de um rato; enquanto o pequeno crânio com as presas amarelas selvagens é de uma anomalia irrevogável, parecendo de certos ângulos uma miniatura, uma paródia monstruosamente degradada de crânio humano. Apavorados, os trabalhadores fizeram o sinal da cruz quando encontraram essa blasfêmia, mas depois acenderam velas de gratidão na Igreja de Santo Estanislau por causa da risadinha aguda e fantasmagórica que achavam que jamais voltariam a ouvir.

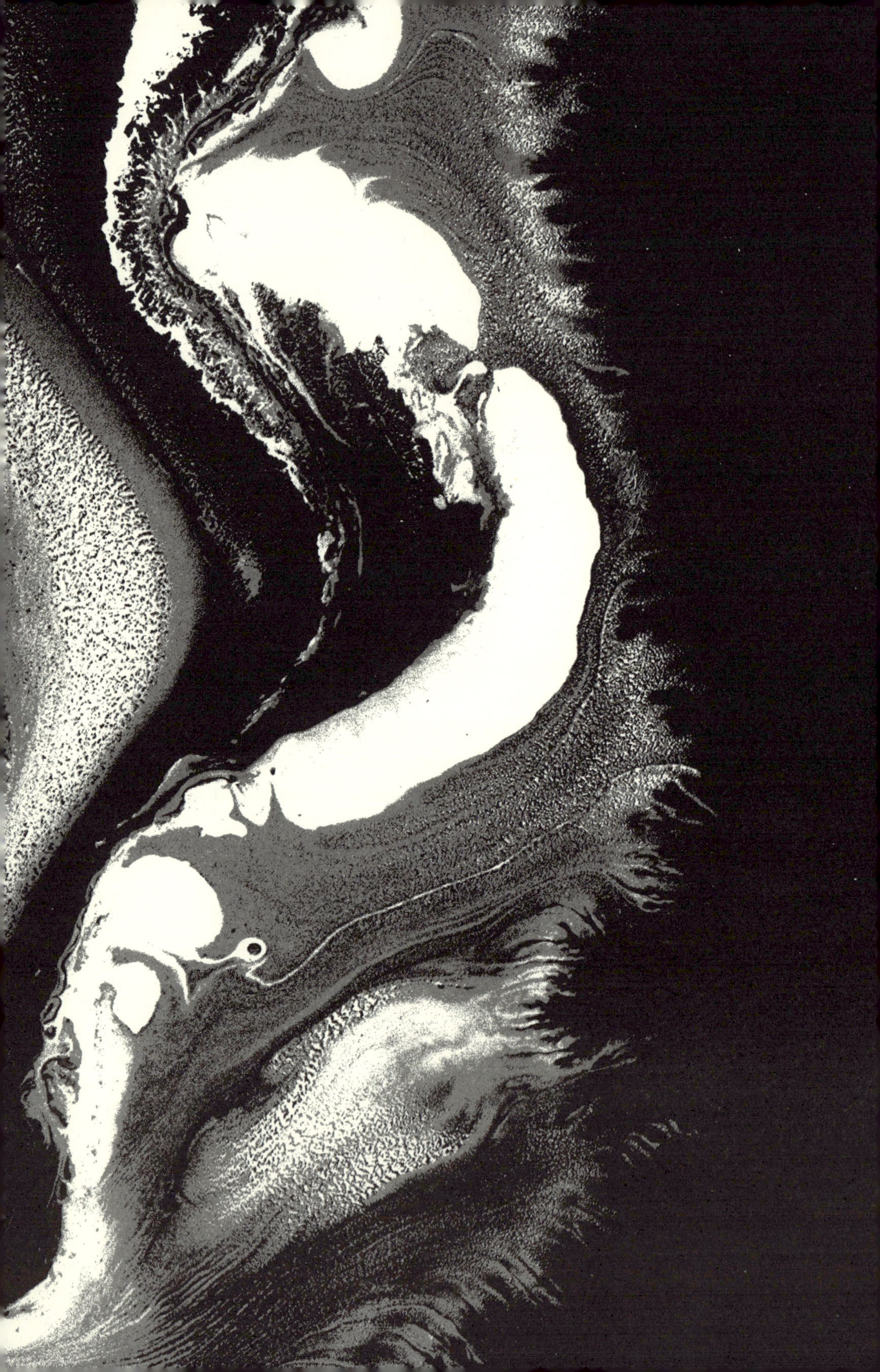

A COISA NA SOLEIRA DA PORTA

I.

É verdade que disparei seis balas na cabeça do meu melhor amigo. No entanto, espero mostrar por este testemunho que não sou seu assassino. A princípio, serei chamado de louco – mais louco que o homem em quem atirei em sua cela no Sanatório Arkham. Mais tarde, alguns dos meus leitores vão avaliar cada afirmação, relacioná-la com os fatos conhecidos e se perguntar como eu poderia ter pensado de forma diferente ao confrontar a evidência daquele horror – aquela coisa na soleira da porta.

Até então eu também não via nada além de loucura nas histórias absurdas das quais participei. Mesmo agora me pergunto se fui enganado – ou se não estou louco, afinal. Eu não sei, mas outros têm coisas estranhas para contar sobre Edward e Asenath Derby, e até mesmo a apática polícia é incapaz de explicar aquela última visita terrível. Tentaram, sem muito sucesso, elaborar uma teoria sobre alguma brincadeira ou um aviso medonho dado por criados que haviam sido dispensados, mas em seu íntimo eles sabem que a verdade é algo infinitamente mais terrível e inacreditável.

Então afirmo que não assassinei Edward Derby. Em vez disso, eu o vinguei e, ao fazê-lo, expurguei a Terra de um horror cuja sobrevivência poderia ter libertado terrores imensuráveis sobre toda a humanidade. Existem zonas negras de sombra que cingem nossos caminhos cotidianos, e de vez em quando alguma alma maligna irrompe de uma passagem. Quando isso acontece, o homem que sabe deve atacar antes de calcular as consequências.

Conheci Edward Pickman Derby por toda a sua vida. Oito anos mais novo que eu, ele era tão precoce que tínhamos muito em comum desde os oito anos dele e os meus dezesseis. Ele era a criança estudiosa mais fenomenal que já conheci, e aos sete anos escrevia versos de um estilo sombrio, fantástico e quase mórbido que surpreendia seus tutores. Talvez a educação particular, o isolamento e os mimos tenham algo a ver com seu florecimento prematuro. Filho único, ele tinha fragilidades orgânicas que assustaram seus pais e os fizeram mantê-lo rigorosamente preso ao lado deles. Nunca era autorizado a sair sem sua ama e raras vezes tinha uma chance de brincar sem restrições com outras crianças. Tudo isso sem dúvida alimentou uma estranha e secreta vida interior no menino, com a imaginação como sua única via de liberdade.

De qualquer forma, seu aprendizado na juventude foi prodigioso e bizarro, e seus escritos me cativavam, apesar da minha maior idade. Naquela época, eu tinha inclinações para as artes de um tipo um tanto grotesco, e encontrei nesse menino mais novo um raro espírito irmão. O que estava por trás do amor que compartilhávamos pelas sombras e maravilhas era, sem dúvida, a cidade antiga, deteriorada e sutilmente assustadora em que vivíamos – Arkham, amaldiçoada por bruxas, assombrada por lendas, cujo amontoado de frágeis telhados à holandesa e balaustradas georgianas em ruínas cultivou os séculos ao lado da obscura e murmurante Universidade Miskatonic.

Com o passar do tempo, me voltei para a arquitetura e desisti do meu projeto de ilustrar um livro de poemas demoníacos de Edward, mas nossa camaradagem não sofreu por isso. O estranho gênio do jovem Derby desenvolveu-se notavelmente e, em seu décimo oitavo ano, sua lírica de pesadelo causou frisson quando foi lançada sob o título de *Azathoth e outros terrores*. Ele era correspondente próximo do conhecido poeta baudelaireano Justin Geoffrey, que escreveu *O povo do Monólito* e morreu gritando em um hospício em 1926, depois de uma visita a uma vila sinistra e malvista na Hungria.

No tocante à autoconfiança e aos assuntos práticos, no entanto, Derby teve o desenvolvimento prejudicado por sua existência mimada. A saúde melhorara, mas seus hábitos de dependência infantil eram incentivados e cultivados por pais excessivamente protetores; de modo que nunca viajou sozinho, tomou decisões independentes ou assumiu responsabilidades. Desde cedo se notou que ele não seria páreo em lutas nas arenas comercial ou profissional, mas a fortuna da família era tão grande que tal condição não constituiu uma tragédia. Ao chegar ao início da vida adulta, ainda conservava um enganoso aspecto pueril. Louro e de olhos azuis, ele tinha a pele tenra de uma criança, e suas tentativas de cultivar um bigode só eram perceptíveis às custas de muito esforço. A voz era suave e agradável, e sua vida mimada e ociosa lhe conferia um ar de juventude rechonchuda, no lugar da gordura de uma meia-idade precoce. Tinha boa estatura, e seu belo rosto o teria transformado em um cavalheiro galante, não fosse a timidez que o mantinha isolado em meio aos livros.

Os pais de Derby o levavam ao exterior todo verão, e ele foi rápido em absorver os aspectos superficiais do pensamento e da expressão europeus. Com seu talento digno de Poe, voltou-se cada vez mais para o decadente, e outras sensibilidades e anseios artísticos despertavam em seu ser. Debatíamos longamente naqueles tempos. Eu tinha passado por Harvard, estudado no escritório de um arquiteto de Boston, me casado e enfim retornara a Arkham para exercer minha profissão – fixando residência na casa de minha família na Saltonstall St., já que meu pai se mudara para a Flórida devido à saúde. Edward costumava me visitar quase todas as noites, até que passei a encará-lo como membro da família. Ele tinha um jeito característico de tocar a campainha ou fazer soar a aldrava que acabou se tornando um verdadeiro código, de modo que, depois do jantar, eu sempre ouvia os familiares três toques rápidos seguidos por mais dois depois de uma pausa. Eu visitava a casa dele com menos frequência e lá observava com inveja os volumes obscuros de sua biblioteca em constante crescimento.

Derby passou pela Universidade Miskatonic em Arkham, uma vez que seus pais não permitiam que se afastasse deles. Entrou aos dezesseis anos e completou seu curso em três, especializando-se em literatura inglesa e francesa e recebendo notas altas em tudo, menos em matemática e ciências. Ele se misturava muito pouco com os demais alunos, embora olhasse com inveja para os "ousados" ou "boêmios" – cuja linguagem superficialmente "inteligente" e pose irônica sem sentido ele imitava, e cuja conduta duvidosa desejava ter coragem de adotar.

O que ele fez foi se tornar um devoto quase fanático das obras de ocultismo tradicional, pelas quais a biblioteca da Miskatonic era e ainda é famosa. Sempre superficialmente às voltas com a fantasia e a estranheza, ele mergulhou fundo nas runas e nos enigmas deixados por um passado fabuloso para a orientação ou perplexidade da posteridade. Ele lia coisas como o terrível *Livro de Eibon*, o *Unaussprechlichen Kulten*, de Von Junzt, e o proibido *Necronomicon*, do árabe louco Adbul Alhazred, embora não dissesse a seus pais que os vira. Edward tinha vinte anos quando meu único filho nasceu, e pareceu satisfeito quando batizei o recém-chegado ao mundo de Edward Derby Upton, em sua homenagem.

Aos 25 anos, Edward Derby era um homem prodigiosamente culto e um poeta e fantasista famoso, embora sua falta de contatos e ausência de responsabilidades tivessem retardado seu desenvolvimento literário, tornando seus produtos muito livrescos e calcados em modelos. Eu era talvez seu melhor amigo: considerava-o uma mina inesgotável de tópicos teóricos essenciais, enquanto ele me tinha como conselheiro para quaisquer assuntos que não quisesse confidenciar aos pais.

Ele permaneceu solteiro – mais pela timidez, inércia e proteção dos pais do que por inclinação – e circulava apenas muito restrita e superficialmente em sociedade. Quando eclodiu a guerra, tanto a saúde quanto a timidez arraigada o mantiveram em casa. Fui enviado a Plattsburg como comissionado, mas nunca fui para o exterior.

Então os anos passaram. A mãe de Edward morreu quando ele tinha 34 anos, e durante meses meu amigo permaneceu incapacitado por algum estranho mal psicológico. Contudo, seu pai o levou para a Europa, onde ele conseguiu superar o problema sem consequências visíveis. Depois, pareceu sentir uma espécie de euforia grotesca, como que derivada da fuga parcial de alguma prisão invisível. Ele começou a se misturar ao grupo mais "avançado" da universidade, apesar de sua meia-idade, e se fez presente em algumas circunstâncias extremamente selvagens – chegando a pagar por uma grave chantagem (fui seu credor) para que o pai não fosse informado de sua presença em certo incidente. Alguns dos rumores sussurrados sobre esse louco grupo da Universidade

Miskatonic eram dignos de nota. Falava-se até mesmo em magia negra e acontecimentos que desafiavam qualquer credibilidade.

II.

Edward tinha 38 anos quando conheceu Asenath Waite. Ela tinha, julgo eu, cerca de 23 na época e fazia um curso especial em metafísica medieval na Miskatonic. A filha de um amigo a conhecia – da Escola Hall, em Kingsport – e estava inclinada a evitá-la por causa de sua estranha reputação. Ela era morena, pequena e muito bonita, exceto pelos olhos excessivamente protuberantes, mas algo em sua expressão incomodava pessoas sensíveis demais. Eram, no entanto, em grande parte sua origem e postura que faziam com que as pessoas em geral a evitassem. Ela pertencia à família Waite de Innsmouth, e lendas sombrias se aglomeraram por gerações sobre Innsmouth, cidade arruinada e meio deserta, e sua gente. Há histórias sobre terríveis pactos feitos por volta de 1850, e sobre um estranho elemento "não exatamente humano" nas antigas famílias do porto de pesca degradado – contos como os que apenas antigos ianques eram capazes de conceber e repetir com a devida grandeza e efeito.

O caso de Asenath era agravado pelo fato de ela ser filha de Ephraim Waite, já numa idade avançada, com uma esposa desconhecida que sempre aparecia sob um véu. Ephraim morava numa mansão meio decadente na Washington Street, em Innsmouth, e aqueles que tinham visto o lugar (sempre que podiam, as pessoas de Arkham evitavam ir a Innsmouth) declaravam que as janelas do sótão estavam sempre fechadas, e que sons estranhos às vezes surgiam dali no cair da noite. O velho era conhecido por ter sido um prodigioso estudante de magia em sua época, e rezava a lenda que ele podia suscitar ou reprimir tempestades no mar segundo sua vontade. Eu o vira uma ou duas vezes em minha juventude quando ele viera a Arkham para consultar tomos proibidos na biblioteca da faculdade, e eu detestara seu rosto lupino e saturnino com barba grisalha. Ele morrera louco – sob circunstâncias bastante estranhas – pouco antes de a filha (que por seu testamento ficara sob a tutela do diretor) entrar na Hall School, mas ela fora sua pupila morbidamente entusiasmada e diabolicamente parecida com ele às vezes.

O amigo cuja filha fora à escola com Asenath Waite contou muitas coisas curiosas quando a notícia do contato de Edward com ela começou a se espalhar. Asenath, ao que parece, se comportava como uma espécie de maga na escola, e de fato parecia capaz de realizar algumas maravilhas bem desconcertantes. Ela professava ser capaz de despertar tempestades, embora seu aparente sucesso fosse geralmente atribuído a um talento incomum em prevê-las. Os animais no geral não gostavam dela, e Asenath podia fazer qualquer cachorro uivar com certos movimentos de sua mão direita. Houve momentos em que exibiu indícios de conhecimento e linguagem muito singulares – e muito chocante – para uma jovem; quando assustou as colegas de escola com alguma expressão maliciosa ou piscar de olhos inexplicáveis, e parecia extrair uma ironia obscena e efusiva de sua situação atual.

Mais incomuns, porém, foram os casos bem comprovados de sua influência sobre outras pessoas. Ela era, sem dúvida, uma verdadeira hipnotista. Ao olhar de um modo estranho para qualquer colega, muitas vezes dava a essa pessoa uma sensação distinta de *personalidade trocada* – como se o sujeito fosse colocado momentaneamente no corpo da maga e conseguisse olhar para seu corpo real, cujos olhos ardiam e se projetavam com uma expressão alienígena do outro lado do quarto. Asenath costumava fazer declarações selvagens sobre a natureza da consciência e sobre a sua independência da estrutura física – ou pelo menos dos processos da vida da estrutura física. Sua maior fúria, no entanto, era que ela não era um homem, já que acreditava que um cérebro masculino tinha certos poderes cósmicos únicos e de longo alcance. Caso tivesse o cérebro de um homem, declarava ela, não só seria capaz de igualar, como de superar seu pai no domínio de forças desconhecidas.

Edward conheceu Asenath em uma reunião de "intelectuais" realizada na moradia de um dos alunos, e não conseguia falar de outro assunto quando veio me ver no dia seguinte. Ele a achava repleta dos interesses e da erudição que mais o atraíam e, além disso, ficou absolutamente encantado por sua aparência. Eu nunca tinha visto a jovem, e me lembrava apenas vagamente de algumas referências pontuais, mas sabia de quem se tratava. Parecia lamentável que Derby estivesse tão agitado por causa dela, mas não falei nada para desencorajá-lo, já que a atração prospera diante de obstáculos. Ele não a tinha mencionado ao pai, me contou.

Nas semanas que se seguiram, o jovem Derby não falou de outro assunto que não fosse Asenath. Comentava-se, então, a bravura outonal de Edward, apesar de todos concordarem que ele não aparentava nem de perto sua idade real nem de modo algum parecia uma companhia inadequada por causa de sua bizarra divindade. Estava apenas ligeiramente barrigudo, apesar de sua indolência e autoindulgência, enquanto o rosto se mostrava livre de rugas e linhas. Asenath, por outro lado, tinha pés de galinha prematuros, derivados do exercício de uma vontade intensa.

Mais ou menos nessa época, Edward levou a moça para me visitar e de imediato percebi que o interesse dele não era de forma alguma não correspondido. Ela olhava para ele continuamente com um ar quase predador, e percebi que a intimidade deles não podia ser desfeita. Logo depois, recebi a visita do velho sr. Derby, a quem sempre admirei e respeitei. Ele ouvira as histórias da nova amizade de seu filho e arrancara toda a verdade do "menino". Edward pretendia se casar com Asenath e estivera até mesmo procurando casas no subúrbio. Reconhecendo minha influência em geral grande em relação a seu filho, o pai se perguntou se eu poderia ajudar a interromper aquele caso tão despropositado;

lamentei, mas expressei dúvidas quanto ao meu poder de fazê-lo. Naquele momento, não se tratava da fraqueza de Edward, mas da força da mulher. A criança perene transferira sua dependência da imagem parental para uma imagem nova e mais forte, e não havia o que se pudesse fazer a respeito.

O casamento foi realizado um mês depois – por um juiz de paz, de acordo com a vontade da noiva. O sr. Derby, a meu conselho, não ofereceu oposição; e ele, minha esposa, meu filho e eu assistimos à breve cerimônia – os outros convidados eram os jovens rebeldes da universidade. Asenath havia comprado a velha casa dos Crowninshield na região, no final da High Street, e eles decidiram se estabelecer ali depois de uma curta viagem a Innsmouth, de onde três empregados e alguns livros e utensílios domésticos seriam trazidos. Provavelmente não era tanto a consideração por Edward e seu pai quanto um desejo pessoal de estar perto da faculdade, de sua biblioteca e seu público "sofisticado" que fizeram Asenath se estabelecer em Arkham em vez de retornar de vez para sua cidade natal.

Quando Edward me visitou depois da lua de mel, achei que ele parecia um pouco mudado. Asenath fez com que se livrasse do bigode ralo, mas havia mais do que isso. Parecia mais sóbrio e pensativo, trocando sua costumeira rebeldia infantil por um olhar quase genuíno de tristeza. Eu não sabia dizer se gostava ou não daquela mudança, pois ela me intrigava. Sem dúvida, naquele momento ele parecia mais adulto e normal do que nunca. Talvez o casamento fosse algo bom – será que a *mudança* de dependência não poderia levar a uma *neutralização* e, em seguida, a uma independência responsável? Ele viera só, pois Asenath estava muito ocupada. Ela havia trazido um vasto estoque de livros e equipamentos de Innsmouth (Derby estremeceu ao falar o nome) e estava terminando a restauração da casa e das dependências de Crowninshield.

A casa de Asenath "naquela cidade" era um lugar bastante inquietante, mas certos objetos na casa haviam ensinado a ele algumas coisas surpreendentes. Ele progredia rápido no folclore esotérico, agora que tinha a orientação de Asenath. Alguns dos experimentos que ela propunha eram muito ousados e radicais – ele não se sentia à vontade para descrevê-los –, mas Derby confiava nos poderes e nas intenções dela. Os três criados eram muito esquisitos: um casal incrivelmente idoso que trabalhara para o velho Ephraim e se referia ocasionalmente a ele e à falecida mãe de Asenath de maneira enigmática, e uma jovem morena que tinha notáveis feições anômalas e parecia exalar um odor perpétuo de peixe.

III.

Nos dois anos seguintes, vi Derby cada vez menos. Passavam-se às vezes quinze dias sem a sequência familiar de três e dois toques na porta da frente; e quando me visitava – ou quando, como acontecia com infrequência crescente, eu o visitava – ele se mostrava muito pouco disposto a conversar sobre assuntos cruciais. Agora já não emitia opiniões ou comentários sobre os estudos ocultos que antes costumava descrever e discutir em detalhes, e preferia não falar da esposa. Ela envelhecera tremendamente desde o casamento, a ponto de – por mais incrível que parecesse – aparentar mais idade do que o marido. Seu rosto tinha a expressão mais concentrada e determinada que conheci, e toda a sua compleição parecia estar dotada de uma repulsividade vaga e impossível de se determinar. Minha esposa e meu filho perceberam isso tanto quanto eu, e todos nós deixamos gradualmente de visitá-la – algo pelo que, segundo Edward admitiu em um de seus momentos de infantilidade indiscreta, ela foi absolutamente grata. De vez em quando, os Derbys faziam longas viagens – ao que tudo indicava, para a Europa, embora Edward às vezes insinuasse destinos obscuros.

Foi depois do primeiro ano que as pessoas começaram a falar sobre as mudanças em Edward Derby. Eram conversas bastante casuais, pois a mudança era puramente psicológica, mas suscitaram alguns pontos interessantes. De vez em quando, parecia que Edward estava usando uma expressão e fazendo coisas nada compatíveis com sua natureza costumeiramente passiva. Por exemplo, embora antes não fosse capaz de dirigir um carro, agora às vezes era visto em disparada, entrando ou saindo da garagem de sua antiga casa com o poderoso Packard de Asenath, manejando-o como um perito, e travando embates no tráfego com habilidade e determinação totalmente alheias à sua natureza habitual. Em tais situações, parecia estar sempre de volta de alguma viagem ou iniciando-a – qual tipo de viagem, ninguém podia imaginar, embora ele quase sempre preferisse a estrada de Innsmouth.

Contudo o estranho era que a metamorfose não parecia totalmente agradável. Nesses momentos, as pessoas diziam que ele lembrava muito a esposa, ou o próprio Ephraim Waite – ou talvez esses momentos parecessem antinaturais porque eram tão raros. Às vezes, horas depois de partir, ele voltava visivelmente letárgico no banco de trás do carro, enquanto um motorista ou mecânico obviamente contratado dirigia. Além disso, seu aspecto preponderante nas ruas durante seus cada vez menos frequentes giros sociais (inclusive, posso dizer, as visitas à minha casa) era o da antiga passividade indecisa – com sua infantilidade irresponsável ainda mais marcada do que no passado. Enquanto o rosto de Asenath envelhecera, Edward – afora essas ocasiões excepcionais – na verdade se entregara a uma espécie de imaturidade exagerada, exceto quando um traço da nova tristeza ou entendimento se iluminava em seu semblante. Era de fato muito intrigante. Enquanto isso, os Derbys haviam quase abandonado o círculo alegre de universitários – não por sua própria repulsa, ouvimos, mas porque algo em seus estudos atuais chocava até os mais insensíveis entre os outros decadentes.

Foi no terceiro ano do casamento que Edward começou a me sugerir abertamente certo medo e insatisfação. Ele deixava escapar comentários sobre as coisas "estarem indo longe demais" e falava, de uma forma sombria, sobre a necessidade de "salvar sua identidade". No começo, ignorei tais referências, mas com o tempo comecei a questioná-lo com cautela, lembrando o que a filha de minha amiga dissera sobre a influência hipnótica de Asenath sobre as outras garotas da escola – os casos em que as alunas pensavam que estavam no corpo de Asenath olhando para si mesmas no outro lado da sala. Esse interrogatório pareceu deixá-lo ao mesmo tempo assustado e grato, e certa vez ele murmurou alguma coisa sobre precisar ter uma conversa séria comigo mais tarde.

Mais ou menos nessa época, o velho sr. Derby morreu, fato pelo qual mais tarde me senti muito grato. Edward ficou muito triste, embora de forma alguma atrapalhado. Ele havia visto surpreendentemente pouco o pai desde o casamento, pois Asenath concentrara em si todo o sentido vital de vínculo familiar do marido. Alguns o chamavam de insensível em sua perda – sobretudo porque começaram a aumentar as ocasiões de exposição daquela alegria e confiança ao volante. Ele agora queria voltar para a antiga mansão dos Derby, mas Asenath insistiu em ficar na casa dos Crowninshield, à qual se adaptara bem.

Não muito tempo depois, minha esposa ouviu algo curioso de uma amiga – uma das poucas pessoas que não haviam abandonado os Derbys. Ela estava no fim da High Street, em visita ao casal, e viu o carro sair rapidamente da garagem com Edward esbanjando confiança e arrogância ao volante. Tocando a campainha, foi informada pela repugnante moça de que Asenath também não estava; contudo, por acaso olhou para dentro da casa ao sair. Ali, em uma das janelas da biblioteca, ela vislumbrou um rosto que na mesma hora se recolhera – um rosto cuja expressão de dor, derrota e melancólica desesperança era indescritivelmente pungente. Era – com a costumeira força dos traços – o rosto de Asenath; no entanto, a visitante podia jurar que naquele momento eram os olhos tristes e confusos do pobre Edward que olhavam pela janela.

As visitas de Edward agora se tornavam um pouco mais frequentes, e suas sugestões ocasionalmente se tornaram concretas. Não era possível acreditar no que ele dizia, mesmo em Arkham, com tantos séculos, lendas e assombrações, mas ele fez uso de seus saberes sombrios com uma sinceridade e convencimento capazes de colocar em questão sua sanidade. Falou sobre reuniões terríveis em lugares solitários, ruínas ciclópicas no coração da mata do Maine, sob as quais grandes escadarias levam a abismos de segredos noturnos, de ângulos complexos que permitem a travessia de paredes invisíveis a outras regiões do espaço e do tempo, e de hediondas trocas de personalidade que permitiam a exploração de lugares remotos e proibidos, de outros mundos e diferentes dimensões espaçotemporais.

Às vezes ele atestava certas insinuações malucas exibindo objetos que me deixavam perplexo – objetos de coloração indescritível e textura desconcertante, como nunca ouvira falar na Terra, cujas curvas e superfícies insanas não respondiam a nenhum objetivo concebível, tampouco a uma geometria terrestre. Essas coisas, dizia ele, vieram "de fora"; e sua esposa sabia como obtê-las. De vez em quando – mas sempre com sussurros amedrontados e ambíguos – ele sugeria coisas sobre o velho Ephraim Waite, que vira vez ou outra na biblioteca da faculdade nos velhos tempos. Esses esboços nunca eram bem delimitados e pareciam girar em torno de uma dúvida especialmente horrível sobre se o velho bruxo estava mesmo morto – em um sentido espiritual e corporal.

Às vezes, Derby interrompia de forma abrupta suas revelações e eu me perguntava se Asenath poderia ter captado suas palavras a distância e o impedido por algum tipo desconhecido de encantamento telepático – algum poder do tipo que ela exibira na escola. Sem dúvida, a esposa suspeitava que ele havia me contado coisas, pois, conforme as semanas se passavam, ela tentava interromper as visitas com palavras e olhares de uma potência inexplicável. Só com dificuldade ele conseguia me ver, pois, ainda que fingisse estar indo para algum outro lugar, alguma força invisível costumava lhe obstruir os movimentos ou o fazia esquecer seu destino por um instante. Em geral suas visitas ocorriam quando Asenath estava ausente – "longe em seu próprio corpo", como estranhamente dizia. Ela sempre descobria mais tarde – os criados observavam suas idas e vindas –, mas era evidente que achava que não era recomendável fazer algo drástico.

IV.

Já haviam se passado mais de três anos desde o casamento de Derby naquele dia de agosto quando recebi o telegrama vindo do Maine. Eu não o via fazia dois meses, mas ouvira dizer que ele estava fora "a negócios". Asenath provavelmente estava com ele, embora fofocas atentas declarassem que havia alguém no andar de cima da casa, atrás das janelas com cortinas duplas. Os responsáveis por essas fofocas tinham observado as compras feitas pelos criados. E agora o xerife da cidade de Chesuncook havia enviado um telegrama endereçado a mim sobre um louco molhado e sujo que surgiu da floresta cambaleando em meio a delírios e gritando por mim em busca de proteção. Era Edward – e ele tinha sido capaz de lembrar seu próprio nome e meu nome e endereço.

Chesuncook fica próxima do cinturão florestal mais selvagem, mais profundo e menos explorado do Maine, e levou um dia inteiro de solavancos febris através de cenários fantásticos e proibitivos para chegar lá em um carro. Encontrei Derby no porão de uma fazenda do vilarejo, oscilando entre o frenesi e a apatia. Ele me reconheceu na mesma hora e começou a derramar uma torrente de palavras sem sentido e meio incoerentes em minha direção.

"Dan, pelo amor de Deus! O poço dos shoggoths! Descendo os seis mil degraus... a abominação das abominações... eu nunca deixaria ela me levar, mas então me encontrei lá... Iä! Shub-Niggurath!...

A forma subiu do altar, e quinhentos deles uivavam... A Coisa com Capuz baliu 'Kamog! Kamog!', esse era o nome secreto do velho Ephraim na assembleia de bruxos ... Eu estava lá, aonde ela prometeu que não me levaria... Um minuto antes eu estava trancado na biblioteca, e de repente eu estava lá aonde ela tinha ido com o meu corpo... no lugar de blasfêmia total, o buraco profano onde o reino negro começa e o observador guarda o portão... Eu vi um shoggoth, ele mudou de forma... Eu não aguento isso... não vou aguentar... Eu vou matá-la se ela me mandar de novo... Vou matar essa entidade... ela, ele, isso... eu vou matar! Vou matá-la com minhas próprias mãos."

Levei uma hora para acalmá-lo, mas por fim Derby se tranquilizou. No dia seguinte, consegui roupas decentes para ele no vilarejo e viajamos juntos de volta para Arkham. Sua fúria histérica se dissipou e ele ficou inclinado ao silêncio; no entanto, começou a murmurar sombriamente consigo mesmo quando o carro passou por Augusta – como se ver uma cidade despertasse nele lembranças desagradáveis. Ficou claro que não queria ir para casa, e considerando as ilusões fantásticas que parecia ter sobre a esposa – ilusões sem sombra de dúvida provenientes de alguma provação hipnótica a que ele havia sido submetido – achei que seria melhor que não o fizesse. Decidi mantê-lo comigo, a despeito do quanto Asenath ficasse ofendida. Mais tarde, eu o ajudaria a se divorciar, pois, com certeza, havia fatores mentais que tornavam esse casamento suicida para ele. Quando chegamos a campo aberto novamente, o murmúrio de Derby desapareceu, e deixei que ele cabeceasse e cochilasse no assento ao meu lado enquanto eu dirigia.

Durante o nosso pôr do sol atravessando Portland, o murmúrio começou de novo, mais claro do que antes, e enquanto ouvia captei uma torrente absurda de palavras sobre Asenath. O modo como ela havia atacado os nervos de Edward era claro, pois ele tecera todo um conjunto de alucinações sobre a esposa. Sua situação atual, ele murmurou furtivamente, era apenas uma de uma longa série. Ela estava se apoderando dele, e ele sabia que algum dia Asenath não permitiria que voltasse. Mesmo agora, ela provavelmente só o deixava porque era obrigada, porque não conseguia aguentar muito tempo de uma só vez. Ela constantemente tomava o corpo do marido e ia a lugares sem nome para ritos sem nome, deixando-o em seu corpo e o prendendo no andar de cima – mas às vezes não era capaz de sustentar a situação, e ele se encontrava de repente em seu próprio corpo de novo em algum lugar distante, horrível e quase sempre desconhecido. Muitas vezes ele era deixado em algum lugar assim como eu o encontrei... em várias ocasiões teve que encontrar o caminho de casa estando a distâncias assustadoras, e conseguir alguém para dirigir o carro quando o encontrasse.

O pior era que ela estava conseguindo manter o controle sobre ele por cada vez mais tempo. Asenath queria ser um homem – para ser totalmente humana –, por isso se apoderou dele. Sentiu nele a mistura de cérebro bem cultivado e vontade fraca. Algum dia ela iria excluí-lo e desaparecer com seu corpo – desaparecer para se tornar um grande mago como seu pai e deixá-lo abandonado naquela concha feminina que não era sequer exatamente humana. Sim, ele sabia do sangue de Innsmouth agora. Houve uma troca com coisas do mar – foi horrível... E o velho Ephraim – ele conhecia o segredo e, quando envelheceu, fez uma coisa horrenda para se manter vivo... ele queria viver para sempre... Asenath teria sucesso – uma demonstração bem-sucedida já havia ocorrido.

Enquanto Derby murmurava, virei-me para olhá-lo de perto, verificando a impressão de mudança que uma análise anterior me permitira. Paradoxalmente, ele parecia em melhor forma do que o habitual – mais firme, mais desenvolvido e normal, e sem o traço de flacidez doentia causada por seus hábitos indolentes. Era como se ele tivesse se tornado de fato ativo e tivesse se exercitado adequadamente pela primeira vez em sua vida mimada, e eu julguei que a força de Asenath deve tê-lo empurrado para canais inusitados de movimento e vigilância. Mas agora sua mente estava em um estado lastimável, pois ele murmurava loucuras absurdas sobre a esposa, sobre magia negra, sobre o antigo Ephraim e sobre alguma revelação que convenceria até a mim. Repetia nomes que eu reconhecia de já esquecidas consultas a volumes proibidos e, às vezes, me fazia estremecer com um certo fio de consistência mitológica – de coerência convincente – que atravessava suas incoerências. Repetidas vezes ele se interrompia, como se reunisse coragem para alguma revelação final e terrível.

"Dan, Dan, você não se lembra dele... os olhos selvagens e a barba desgrenhada que nunca ficou branca? Ele olhou para mim uma vez e eu nunca esqueci. Agora *ela* me olha desse jeito. *E eu sei por quê!* Ele a encontrou no *Necronomicon*, encontrou a fórmula. Eu não ouso lhe dizer a página ainda; direi quando puder ler e entender. Então você saberá o que me engoliu. De novo, de novo, de novo... de corpo em corpo... ele nunca quer morrer. O brilho da vida... ele sabe como quebrar o elo... pode bruxulear, tíbio, por um tempo, mesmo quando o corpo está morto. Vou dar dicas, e talvez você adivinhe. Escute, Dan, você sabe por que minha esposa se esforça tanto naquela caligrafia torta e boba dela? Você já viu um manuscrito do antigo Ephraim? Você quer saber por que eu tremi quando vi algumas anotações precipitadas que Asenath fez?

"Asenath... *existe tal pessoa?* Por que eles achavam que havia veneno no estômago do velho Ephraim? Por que os Gilman sussurram sobre o modo como ele gritava, como uma criança assustada, quando enlouqueceu e Asenath o trancou no sótão acolchoado onde 'o outro' estivera? *Era a velha alma de Ephraim que estava trancada? Quem trancou quem?* Por que ele estava procurando por meses por alguém com uma mente boa e uma vontade fraca? Por que ele imprecou por sua filha não ser um filho? Diga-me, Daniel Upton, *que troca diabólica foi perpetrada na casa do horror em que aquele monstro blasfemo conservava sua filha confiável, de vontade fraca e meio humana à sua mercê?* Ele não fez isso de forma permanente... como ela vai fazer no final comigo? Diga-me por que aquela coisa que se chama Asenath escreve de forma diferente quando desprevenida, *de modo que você não consegue diferenciar sua letra da de...* "

Então a coisa aconteceu. A voz de Derby se transformou em um grito agudo e trêmulo enquanto ele delirava, e de repente tudo parou, quase como num clique mecânico. Pensei naquelas outras ocasiões em minha casa quando suas confidências cessaram de forma abrupta – quando imaginara que alguma obscura onda telepática da força mental de Asenath intervinha para mantê-lo em silêncio. Aquilo, no entanto, era algo completamente diferente – e, tal como sentia, infinitamente mais horrível. O rosto ao meu lado se retorceu de modo quase irreconhecível por um instante, enquanto seu corpo era atravessado por um espasmo – como se todos os ossos, órgãos, músculos, nervos e glândulas fossem reajustados para uma postura, um conjunto de tensões e uma personalidade geral radicalmente diferentes.

Onde o supremo horror residia, juro pela minha vida que não seria capaz de contar; varreu-me, contudo, uma onda tão intensa de morbidez e repulsa – uma sensação tão congelante e petrificante de total alienação e anormalidade – que senti minha mão afrouxar-se ao volante. A figura ao meu lado parecia menos meu amigo de longa data do que alguma intrusão monstruosa do espaço exterior – um feixe vil e amaldiçoado de forças cósmicas desconhecidas e malignas.

Hesitei por um momento, mas quase de pronto meu companheiro agarrou o volante e me forçou a trocar de lugar com ele. A noite caía, a escuridão se adensava, e as luzes de Portland haviam muito ficado para trás, de modo que não pude ver muito do seu rosto. O brilho de seus olhos, no entanto, era espantoso; e eu sabia que agora ele deveria se encontrar naquele estado estranhamente energizado – tão diferente de seu eu habitual – que tantas pessoas haviam notado. Parecia estranho e inacreditável que Edward Derby, tão letárgico – ele que nunca conseguira afirmar-se, que nunca aprendera a dirigir –, estivesse me dando ordens e assumindo o volante do meu próprio carro, mas era exatamente isso que se passava. Ele não falou por algum tempo, e, no meu inexplicável horror, fiquei feliz por isso.

Nas luzes de Biddeford e Saco, vi sua boca firme e travada e estremeci ante o brilho de seus olhos. As pessoas estavam certas: ele ficava incrivelmente parecido com a esposa e com o velho Ephraim quando estava tomado por aqueles humores. Não me admirava que os ânimos fossem antipáticos – sem dúvida havia algo antinatural e diabólico neles, e senti o elemento sinistro ainda mais, por causa dos delírios selvagens que eu ouvira. Esse homem, apesar de todo o meu conhecimento ao longo da vida sobre Edward Pickman Derby, era um estranho – uma intrusão de algum tipo de abismo negro.

Ele não falou até que estivéssemos em um trecho escuro de estrada, e quando o fez sua voz me soou totalmente desconhecida. Estava mais profunda, firme e decidida do que jamais a ouvira, e seu sotaque e pronúncia revelavam-se transformados por completo – embora vaga, remota e bastante perturbadormente me recordasse algo que eu não conseguia localizar. Havia, pensei eu, um traço de ironia muito profunda e genuína no timbre – não a pseudoironia autoconfiante e insignificante do imaturo "sofisticado", que Derby costumava simular, mas algo sombrio, primitivo, penetrante e potencialmente mau. Fiquei estupefato com a retomada do autocontrole depois de momentos de pânico e balbucios.

"Espero que esqueça o meu ataque lá atrás, Upton", disse ele. "Você sabe como ficam meus nervos, e acho que pode desculpar essas coisas. Estou imensamente grato, é claro, por esta carona para casa.

"E você também deve esquecer as coisas malucas que eu possa ter dito sobre minha esposa... e sobre as coisas em geral. Isso é o que vem do excesso de estudo em um campo como o meu. Minha filosofia é cheia de conceitos bizarros e, quando sinto a estafa mental, ela prepara todo tipo de aplicações concretas imaginárias. Vou descansar a partir de agora, você provavelmente não vai me ver por algum tempo, e não precisa culpar Asenath por isso.

"Esta viagem foi um pouco estranha, mas tudo é muito simples. Existem alguns tesouros indígenas nas florestas do norte... pedras erguidas, coisas assim... que significam muito no folclore, e Asenath e eu estamos investigando a fundo essas coisas. Foi uma pesquisa difícil, então dou a impressão de ter perdido a cabeça. Preciso pedir que alguém vá buscar o carro quando eu chegar em casa. Um mês de descanso me colocará nos eixos de novo."

Não me lembro exatamente o que falei durante a conversa, pois o desconcertante desaparecimento do meu companheiro de viagem preencheu toda a minha consciência. A cada momento, meu sentimento de um indescritível horror cósmico aumentava, até que no fim me vi virtualmente em delírio, desejando que a viagem terminasse. Derby não quis deixar o volante, e fiquei aliviado com a velocidade com que Portsmouth e Newburyport ficaram para trás.

No entroncamento onde a rodovia principal corre para o interior e se afasta de Innsmouth, temi que meu motorista passasse pela desolada estrada costeira que atravessa aquela cidade medonha. Porém ele não o fez, passando velozmente por Rowley e Ipswich em direção ao nosso destino. Chegamos a Arkham antes da meia-noite e encontramos as luzes acesas na antiga casa dos Crowninshield. Derby deixou o carro repetindo apressadamente seus agradecimentos, e eu segui para casa sozinho com uma curiosa sensação de alívio. Tinha sido uma viagem terrível – ainda mais terrível porque eu não era capaz de dizer exatamente por quê – e não lamentava a previsão de Derby de um longo período de ausência de minha companhia.

V.

Os dois meses seguintes se passaram cheios de rumores. As pessoas comentavam ter visto Derby mais e mais em seu novo estado energizado, e Asenath raramente se mostrava disponível às poucas pessoas que a visitavam. Recebi apenas uma visita de Edward, quando apareceu por um breve momento no carro de Asenath – devidamente resgatado de onde quer que tivesse sido deixado no Maine – para pegar alguns livros que me emprestara. Encontrava-se em seu novo estado e ficou apenas tempo o bastante para algumas observações polidas e evasivas. Estava claro que ele não tinha nada a discutir comigo naquele estado – e percebi que ele sequer se incomodara em dar os velhos três e dois toques ao tocar a campainha. Como naquela noite no carro, senti um horror leve, porém infinitamente profundo, que não consegui explicar; de modo que sua partida rápida foi um imenso alívio.

Em meados de setembro, Derby se ausentou por uma semana, e alguns membros do grupo decadente da faculdade conversaram com ares conhecedores sobre o assunto – insinuando uma reunião com um notório líder de culto, recentemente expulso da Inglaterra, que estabelecera sua sede em Nova York. De minha parte, não consegui tirar da cabeça aquela estranha viagem do Maine. A transformação que eu testemunhara me afetara profundamente, e me peguei repetidas vezes tentando explicar a coisa – e o extremo horror que ela me havia inspirado.

Mas os rumores mais estranhos eram sobre o choro e os soluços na velha Crowninshield. A voz parecia ser de mulher e algumas das pessoas mais jovens achavam que se parecia com Asenath. Era ouvida apenas em raros momentos, e às vezes parecia sufocada como que à força. Houve rumores de uma investigação, mas isso foi dissipado um dia quando Asenath apareceu nas ruas e conversou de forma alegre com um grande número de conhecidos – desculpando-se por suas recentes ausências e falando incidentalmente sobre o colapso nervoso e a histeria de um convidado de Boston. O convidado nunca foi visto, mas a postura de Asenath não deixou dúvidas. Então alguém complicou as coisas ao sussurrar que os soluços tinham surgido uma ou duas vezes na voz de um homem.

Certa noite, em meados de outubro, ouvi o familiar soar de três e dois toques na porta de casa. Abrindo-a pessoalmente, encontrei Edward e vi na mesma hora que sua postura era a antiga, que eu não via desde o dia de seus delírios naquela terrível viagem de Chesuncook. Seu rosto se contorcia com uma mistura de emoções estranhas, em que o medo e o triunfo pareciam dividir o domínio, e ele olhou furtivamente por cima do ombro enquanto eu fechava a porta atrás dele.

Seguindo-me desajeitado até o gabinete, ele pediu um pouco de uísque para acalmar os nervos. Parei de fazer perguntas, mas esperei até que começasse a dizer o que quisesse dizer. Finalmente ele arriscou algumas informações com a voz embargada.

"Asenath foi embora, Dan. Nós tivemos uma longa conversa ontem à noite enquanto os criados estavam fora, e a fiz prometer parar de me atacar. É claro que eu tinha certas... certas defesas ocultas que nunca lhe contei. Ela teve que ceder, mas ficou terrivelmente irritada. Fez as malas e partiu para Nova York... saiu direto para pegar o trem das 8h20 em Boston. Suponho que as pessoas comentarão, mas não posso evitar. Você não precisa mencionar que houve algum problema, apenas diga que ela fez uma longa viagem de pesquisa.

"Ela provavelmente vai ficar com um de seus horríveis grupos de devotos. Espero que vá para o oeste e peça o divórcio... de qualquer forma, eu a fiz prometer ficar longe e me deixar em paz. Foi horrível, Dan... ela estava roubando meu corpo... me deixando para fora... me fazendo seu prisioneiro. Deitei-me e fingi deixá-la fazer isso, mas eu tinha que permanecer em vigília. Seria capaz de me planejar se fosse cuidadoso, pois ela não podia ler minha mente de verdade, ou em detalhes. Tudo o que conseguiu ler sobre o meu plano foi uma espécie de humor geral de rebeldia, e ela sempre achou que eu estava à sua mercê. Nunca pensei que poderia ganhar o controle dela... mas alguns feitiços que conhecia funcionaram."

Derby olhou por cima do ombro e tomou mais uísque.

"Paguei aqueles malditos servos esta manhã quando voltaram. Eles foram rudes, fizeram perguntas, mas foram embora. São iguais a ela, pessoas de Innsmouth, e eram unha e carne com ela. Espero que me deixem em paz... não gostei do jeito que riram quando se afastaram. Preciso ficar com o maior número possível dos velhos criados do papai. Vou me mudar de volta para casa.

"Suponho que você pense que estou louco, Dan, mas a história de Arkham deve sugerir coisas que confirmam o que eu disse a você... e o que vou dizer. Você viu uma das mudanças também... no seu carro depois que lhe contei sobre Asenath naquele dia voltando do Maine para casa. Foi quando ela me pegou... me tirou do meu corpo. A última coisa da carona que lembro foi quando eu estava muito nervoso tentando lhe dizer *o que aquela demônia era*. Então ela me pegou, e num piscar de olhos eu estava de volta na casa... na biblioteca onde aqueles malditos criados tinham me trancado... e no corpo daquele maldito demônio... que nem sequer é humano... Você sabe, foi com ela que você deve ter voltado para casa... aquele lobo em meu corpo. Você deve ter notado a diferença!"

Estremeci quando Derby parou. Claro que eu *notara* a diferença... mas podia aceitar uma explicação tão insana quanto aquela? No entanto, meu interlocutor perturbado estava ficando ainda mais descontrolado.

"Tive que me salvar... eu precisava, Dan! Ela teria acabado comigo de vez no Dia de Todos os Santos... eles fazem os ritos do Sabá ao norte de Chesuncook, e o sacrifício teria concluído tudo. Ela teria ficado com meu corpo de vez... teria se tornado eu, e eu teria me tornado ela... para sempre... tarde demais... Meu corpo teria sido dela para sempre... Ela teria se tornado homem e totalmente humana, como desejava... Suponho que ela teria me tirado do caminho, matado seu próprio ex-corpo, *assim como fez antes*, assim como ela, ele ou aquela coisa fez antes..."

O rosto de Edward estava agora assustador e retorcido e se chegou desconfortavelmente perto do meu quando sua voz se tornou um sussurro.

"Você deve ter entendido o que insinuei no carro... *que ela não é Asenath, mas o próprio Ephraim*. Eu suspeitava há um ano e meio, e agora tenho certeza. Sua caligrafia mostra quando ela está desprevenida... às vezes rabisca bilhetes em uma caligrafia que é idêntica à dos manuscritos do pai... e às vezes diz coisas que ninguém além de um velho como Ephraim poderia dizer. Ele trocou de corpo com ela quando sentiu a morte chegando... Ela foi a única em que pôde encontrar o tipo certo de cérebro e uma vontade fraca... O pai conseguiu o corpo dela permanentemente, assim como quase pegou o meu, e depois envenenou o velho corpo em que ele a colocou. Você não viu a velha alma de Ephraim brilhando nos olhos da demônia dezenas de vezes... e nos meus quando ela tinha o controle do meu corpo?"

Edward começou a ofegar e parou para respirar. Eu nada disse e, quando ele recuperou o fôlego, sua voz estava mais próxima do normal. Isso, refleti, era caso para uma casa de repouso, mas não seria eu a mandá-lo para lá. Talvez o tempo e a liberdade longe de Asenath fizessem seu trabalho. Pude ver que ele nunca mais ia se envolver com ocultismo mórbido novamente.

"Conto mais depois, preciso descansar agora. Vou lhe contar uma coisa sobre os horrores proibidos aos quais ela me levou... algo dos horrores mais antigos que ainda hoje infectam recantos distantes com alguns sacerdotes monstruosos para mantê-los vivos. Certas pessoas sabem coisas sobre o universo que ninguém deveria saber e podem fazer coisas que ninguém deveria ser capaz de fazer. Estive enfiado até o pescoço no meio de tudo isso, mas acabou. Hoje eu queimaria aquele maldito *Necronomicon* e todo o resto se fosse o bibliotecário da Miskatonic.

"Mas ela não pode me pegar agora. Preciso sair daquela maldita casa quanto antes e retornar à minha. Sei que você vai me ajudar se eu precisar. Aqueles criados diabólicos, você sabe... e se as pessoas ficarem curiosas sobre Asenath. Veja, não posso informar o endereço dela... E há certos grupos de pesquisadores... certos cultos, você sabe... que podem entender mal a nossa separação... alguns têm ideias e métodos curiosamente detestáveis. Sei que você vai ficar do meu lado se algo acontecer, mesmo que eu tenha que lhe contar coisas que o deixarão chocado..."

Pedi a Edward que ficasse e dormisse em um dos quartos de hóspedes naquela noite, e de manhã ele parecia mais calmo. Discutimos certos preparativos possíveis para seu retorno à mansão dos Derby, e eu esperava que ele não perdesse tempo em fazer a mudança. Ele não ligou na noite seguinte, mas o vi com frequência durante as semanas seguintes. Conversamos o mínimo possível sobre coisas estranhas e desagradáveis, mas discutimos a reforma da antiga casa dos Derby e as viagens em que Edward prometeu nos levar, a mim e meu filho, no verão seguinte.

De Asenath não dissemos quase nada, pois vi que o assunto era peculiarmente perturbador. A fofoca, claro, era abundante, mas isso não era novidade em relação aos estranhos moradores da velha casa dos Crowninshield. Uma coisa de que não gostei foi o que o administrador das finanças de Derby deixou escapar em um momento demasiado expansivo no Miskatonic Club – sobre os cheques que Edward enviava regularmente para certos Moses e Abigail Sargent e uma Eunice Babson em Innsmouth. Ao que parecia, os criados mal-encarados estavam extorquindo algum tipo de pagamento dele, mas meu amigo não havia mencionado o assunto para mim.

Desejei que o verão – e as férias de meu filho em Harvard – chegasse, para que pudéssemos levar Edward para a Europa. Ele não estava, logo notei, melhorando tão rápido quanto eu esperava, pois havia algo um pouco histérico em sua euforia ocasional, enquanto seus humores de medo e depressão eram muito frequentes. A velha casa dos Derby ficou pronta em dezembro, mas Edward sempre adiava a mudança. Embora odiasse e parecesse temer Crownshield, ele era ao mesmo tempo bizarramente escravizado pela casa. Parecia não conseguir começar a desmontar as coisas e inventou todo tipo de desculpa para adiar a ação. Quando falamos do problema, ele me pareceu inexplicavelmente assustado. O velho mordomo de seu pai – que estava lá com outros criados da família readmitidos – disse-me um dia que as caminhadas sem rumo de Edward pela casa, como se estivesse à espreita, sobretudo no porão, pareciam-lhe estranhas e insalubres. Eu me perguntei se Asenath estava enviando cartas perturbadoras, mas o mordomo afirmou que não havia correspondência que tivesse vindo dela.

VI.

Foi perto do Natal que Derby desabou, certa noite, durante uma visita que me fez. Eu estava conduzindo a conversa às viagens do próximo verão quando, de repente, ele gritou e saltou da cadeira com um olhar de medo chocante e incontrolável – um pânico e uma repulsa cósmicos que só os abismos infernais do pesadelo poderiam trazer a qualquer mente sã.

"Meu cérebro! Meu cérebro! Deus, Dan... ela está puxando meu cérebro... do além... batendo... arranhando... aquela demônia... mesmo agora... Ephraim... Kamog! Kamog!... O poço dos shoggoths... Iä! Shub-Niggurath! O bode com mil jovens!...

"A chama, a chama... além do corpo, além da vida... na terra... oh, Deus!..."

Eu o puxei de volta para a cadeira e derramei um pouco de vinho em sua boca enquanto seu frenesi afundava numa apatia muda. Ele não resistiu, mas manteve os lábios se movendo como se falasse consigo mesmo. Logo percebi que tentava falar comigo, e inclinei meu ouvido para a boca para pegar as palavras fracas.

"... De novo, de novo... ela está tentando... eu deveria ter imaginado... nada pode parar essa força; nem a distância, nem a magia, nem a morte... vem e vem, principalmente à noite... não posso sair... é horrível... oh, Deus, Dan, *se você soubesse como eu quanto é horrível...*"

Quando ele colapsou em estupor, eu o apoiei com travesseiros e deixei que o sono normal o alcançasse. Não chamei um médico, pois sabia o que seria dito sobre sua sanidade e desejava dar à natureza uma chance, se possível. Ele acordou à meia-noite e o levei para a cama no andar de cima, mas ele se foi de manhã. Saiu silenciosamente da casa – e seu mordomo, quando atendeu ao telefone, disse que estava em casa andando impacientemente pela biblioteca.

Edward desmoronou rapidamente depois disso. Não voltou à minha casa, mas eu lhe fazia visitas diárias. Ele sempre permanecia sentado em sua biblioteca, olhando para o nada e tendo um ar de quem *escuta* algo anormal. Às vezes falava de modo racional, mas sempre sobre assuntos triviais. Qualquer menção a seu problema, a planos futuros ou a Asenath o levava a um ataque. Seu mordomo disse que ele tinha convulsões assustadoras à noite, durante as quais ele podia chegar a se machucar.

Tive uma longa conversa com seu médico, seu banqueiro e seu advogado, e finalmente levei o médico com dois colegas especialistas para visitá-lo. Os espasmos que resultaram das primeiras perguntas foram violentos e dignos de pena – e naquela noite um carro fechado levou seu pobre corpo em luta para o Sanatório de Arkham. Fui instituído seu guardião e o visitava duas vezes por semana – quase chorando ao ouvir seus gritos selvagens, seus sussurros apavorantes e repetições terríveis de frases como "eu tinha que fazer isso... eu tinha que fazer isso... ela vai me pegar... ela vai me pegar... lá embaixo... no escuro... Mãe, mãe! Dan! Salve-me... salve-me...".

Quanta esperança de recuperação havia, ninguém era capaz de me dizer, mas eu fiz de tudo para manter o otimismo. Edward precisava ter um lar caso emergisse, então transferi seus criados para a mansão dos Derby, o que com certeza seria sua escolha se estivesse são. O que fazer em relação a Crowninshield com sua organização complexa e suas coleções de objetos absolutamente inexplicáveis, eu não conseguia decidir; assim os deixei por ora intocados – ordenando que a empregada de Derby tirasse o pó dos quartos principais uma vez por semana e o encarregado do aquecimento providenciasse o fogo nesses dias.

O pesadelo final veio antes do dia da Apresentação de Jesus no Templo – anunciado, com cruel ironia, por um falso brilho de esperança. Certa manhã, em fins de janeiro, o sanatório telefonou para informar que Edward recobrara a razão de repente. Sua memória contínua, disseram eles, estava gravemente prejudicada, mas a sanidade em si era certa. É claro que ele deveria permanecer algum tempo em observação, contudo havia poucas dúvidas sobre o resultado. Com tudo correndo bem, ele com certeza teria alta em uma semana.

Apressei-me a encontrá-lo com incontida felicidade, mas fiquei perplexo quando uma enfermeira me levou ao quarto de Edward. O paciente levantou-se para me cumprimentar, estendendo a mão com um sorriso educado; entretanto, vi num instante que ele tinha a personalidade estranhamente energizada, daquela forma tão alheia à sua própria natureza – a personalidade competente que eu achara vagamente terrível, e que o próprio Edward uma vez jurara ser a alma intrusa de sua esposa. Havia aqueles mesmos olhos brilhantes – tão parecidos com os de Asenath e os do antigo Ephraim – e a mesma boca travada; e, quando ele falou, pude sentir a mesma ironia penetrante e repelente em sua voz – a ironia profunda e impregnante do mal em potencial. Aquela era a pessoa que havia dirigido meu carro durante a noite cinco meses antes – a pessoa que eu não vira desde aquela breve visita quando ele havia esquecido o tradicional toque à porta e agitara aqueles medos nebulosos sobre mim – e agora me enchia do mesmo sentimento obscuro de alienação blasfema e hediondez cósmica inefável.

Ele falava amistosamente dos preparativos para a alta – e nada me restava senão concordar, apesar de algumas lacunas notáveis em suas memórias recentes. No entanto, eu tinha uma sensação terrível, de que algo estava inexplicavelmente errado e anormal. Havia horrores ali que eu não conseguia alcançar. Aquela era uma pessoa sã – mas era mesmo o Edward Derby que eu conhecia? Se não, quem ou o que era – *e onde estava Edward*? Deveria ganhar a liberdade ou o confinamento... ou deveria ser extirpado da face da Terra? Havia uma sugestão do absurdo e sarcástico em tudo o que a criatura dizia – os olhos de Asenath emprestavam uma zombaria especial e desconcertante a certas palavras acerca da "rápida liberdade obtida após um *confinamento especialmente difícil*". Devo ter me comportado de maneira muito estranha e me senti aliviado ao bater em retirada.

Durante todo aquele dia e o seguinte torturei meu cérebro com o problema. O que tinha acontecido? Que tipo de mente olhava através daqueles olhos alienígenas no rosto de Edward? Eu não conseguia pensar em nada a não ser naquele enigma obscuro e terrível e desisti de qualquer esforço para retomar minhas atividades normais. Na segunda manhã, o hospital telefonou para dizer que o paciente recuperado assim se mantinha e, ao anoitecer, eu estava perto de um colapso nervoso – um estado que admito, embora outros afirmem que ele nublava minha visão subsequente. Não tenho nada a dizer sobre esse ponto, exceto que nenhuma loucura minha poderia explicar *todas* as evidências.

VII.

Foi no meio da noite – depois daquela segunda noite – que um horror absoluto explodiu em mim e carregou meu espírito de um pânico negro e apertado, do qual ele nunca mais conseguiu se livrar. Tudo começou com um telefonema pouco antes da meia-noite. Eu era o único de pé e, sonolento, atendi a ligação na biblioteca. Ninguém parecia estar na linha, e eu estava prestes a desligar e ir para a cama quando meu ouvido captou uma leve sugestão de som do outro lado. Alguém tentava, sob grandes dificuldades, proferir as palavras. Enquanto ouvia, pensei ter escutado uma espécie de ruído borbulhante meio líquido – "*glub... glub... glub*" – que tinha uma estranha sugestão de divisões inarticuladas e ininteligíveis de palavras e sílabas. Perguntei "Quem é?", mas a única resposta foi "*glub-glub... glub-glub*". Eu só podia supor que o ruído era mecânico, porém imaginando que poderia ser um caso de aparelho quebrado, capaz de receber, mas não reproduzir a voz, acrescentei: "Não consigo ouvi-lo. É melhor desligar e experimentar o serviço de informações." Imediatamente ouvi o aparelho ser desligado do outro lado.

Isso, afirmo, ocorreu pouco antes da meia-noite. Quando a ligação foi rastreada, mais tarde, descobriu-se que vinha de Crowninshield, embora ainda faltasse meia semana para a criada encarregada da limpeza estar lá. Vou apenas indicar o que foi encontrado na casa: um caos em um depósito remoto do porão, os rastros, a sujeira, um guarda-roupa revirado às pressas, as marcas desconcertantes ao telefone, os utensílios da escrivaninha mal utilizados e em desordem e um fedor detestável que pairava sobre tudo. A polícia, pobre coitada, tem suas teoriazinhas presunçosas, e ainda está procurando por aqueles criados sinistros – que haviam sumido em meio a um frenesi violento. Eles falam de uma vingança macabra pelas coisas que foram feitas e dizem que eu fazia parte de tudo porque era o melhor amigo e conselheiro de Edward.

Idiotas! Eles acham que aqueles palhaços brutais poderiam ter forjado aquela caligrafia? Acham que poderiam ter trazido o que mais tarde sobreveio? São cegos para as mudanças naquele corpo que era de Edward? Quanto a mim, *agora acredito em tudo que Edward Derby me contou*. Há horrores além da vida de que não suspeitamos, e de vez em quando o mal à espreita no homem os chama de modo que ficam a nosso alcance. Ephraim... Asenath... aquele diabo os convocou, e eles engolfaram Edward do mesmo modo que agora me engolfam.

Posso ter certeza de que estou seguro? Esses poderes sobrevivem à vida em sua forma física. No dia seguinte – na parte da tarde, quando saí de minha prostração e fui capaz de andar e falar de forma coerente – fui ao hospício e o matei por Edward e pelo mundo, mas posso ter certeza até que ele seja cremado? Estão mantendo o corpo para algumas tolas autópsias a serem realizadas por médicos diferentes – mas eu afirmo que ele precisa ser cremado. *Ele precisa ser cremado – ele que não era Edward Derby quando atirei*. Ficarei louco se ele não for, pois posso ser o próximo. Mas a minha vontade não é fraca – e não deixarei que seja minada pelos terrores que sei que se agitam em torno dela. Uma vida – Ephraim, Asenath e Edward – quem mais agora? Eu *não* serei expulso do meu corpo... *Não* trocarei de corpo com aquele morto-vivo cravado de balas no manicômio!

Mas deixe-me tentar contar esse horror final de forma coerente. Não vou falar do que a polícia persistentemente ignorou – as histórias daquela coisa anã, grotesca e fétida encontrada por pelo menos três viajantes na High Street antes das duas horas da manhã, e a natureza das pegadas únicas em certos lugares. Vou dizer apenas que eram cerca de duas horas da manhã quando a campainha e a aldrava me acordaram – a campainha e a aldrava, manipuladas alternada e inseguramente numa espécie de desespero fraco, *e cada uma tentando manter o antigo sinal de Edward de três e dois toques.*

Desperto de meu sono profundo, minha mente entrou em tumulto. Derby na porta – e lembrando o antigo código! Aquela nova personalidade não se lembrava disso... Edward estava de repente de volta ao seu estado normal? Por que ele estava aqui, evidenciando tanta pressa e nervosismo? Tinha sido libertado antes do tempo, ou havia escapado? Talvez, pensei enquanto vestia um robe e descia as escadas, seu retorno a si próprio tivesse provocado delírios e violência, revogando sua dispensa e levando-o a uma corrida desesperada pela liberdade. O que quer que tivesse acontecido, aquele era o bom e velho Edward de novo, e eu o ajudaria!

Quando abri a porta na escuridão coberta de elmos, uma rajada de vento insuportavelmente fétido quase me lançou prostrado. Engasguei de náusea e, por um segundo, mal vi a figura anã e corcunda nos degraus. O chamado havia sido de Edward, mas quem era aquele arremedo asqueroso? Para onde Edward tivera tempo de ir? Seu toque havia soado um segundo antes de a porta se abrir.

A criatura usava um dos sobretudos de Edward – a barra quase tocando o chão e as mangas dobradas para trás, mas ainda cobrindo as mãos. Na cabeça havia um chapéu de aba larga, enquanto uma echarpe de seda preta ocultava-lhe o rosto. Quando fui à frente a passos infirmes, a figura fez o som semilíquido que eu tinha ouvido ao telefone – "*glub... glub...*" – e me empurrou um grande papel, escrito em letras pequenas, empalado na margem de baixo por um longo lápis. Ainda me recuperando do fedor mórbido e inexplicável, peguei o papel e tentei lê-lo à luz da porta.

Não restava dúvida de que era a escrita de Edward. Mas por que ele havia escrito quando estava perto o bastante para me visitar – e por que a escrita estava tão desajeitada, instável e grosseira? Eu não conseguia distinguir nada na penumbra da luz fraca, então voltei para a entrada de casa, a figura anã a passos pesados e mecânicos logo atrás, mas parando na soleira da porta. O odor desse mensageiro singular era realmente aterrador, e eu esperava (não em vão, graças a Deus!) que minha esposa não acordasse e se deparasse com ele.

Então, enquanto lia a carta, senti meus joelhos cederem debaixo de mim e minha visão escurecer. Eu estava no chão quando recobrei a consciência, aquela maldita folha ainda apertada na minha mão rígida de medo. Isto é o que dizia:

Dan – vá ao sanatório e mate-a. Extermine-a. Não é mais Edward Derby. Ela me pegou... é Asenath... e ela está morta há três meses e meio. *Menti quando disse que tinha ido embora. Eu a matei. Precisei. Foi repentino, mas estávamos sozinhos e eu estava no meu corpo. Vi um candelabro e esmaguei sua cabeça. Ela teria acabado comigo definitivamente no dia de Todos os Santos.*

Enterrei-a na despensa mais distante da adega sob algumas caixas velhas e limpei todos os vestígios. Os criados suspeitaram na manhã seguinte, mas eles têm tantos segredos que não ousam contar à polícia. Eu os dispensei, mas Deus sabe o que eles – e outros do culto – farão.

Pensei por um tempo que tudo ficaria bem, e então senti o puxão em meu cérebro. Eu sabia o que era – devia ter me lembrado. Uma alma como a dela – ou a de Ephraim – não chega a se ligar ao corpo e segue existindo após a morte enquanto houver corpo. Ela estava me pegando, me fazendo mudar de corpo com ela, tomando meu corpo e me colocando naquele cadáver enterrado no porão.

Eu sabia o que estava por vir, por isso perdi o controle e tive que ir para o sanatório. Então aconteceu – eu me encontrei sufocado no escuro, na carcaça apodrecida de Asenath lá embaixo no porão, sob as caixas onde a coloquei. E eu sabia que ela devia estar em meu corpo no sanatório – permanentemente, *pois havia passado o dia de Todos os Santos, e o sacrifício funcionaria mesmo sem ela estar lá – sã, e pronta para ser lançada como uma ameaça ao mundo. Eu estava desesperado e,* apesar de tudo, consegui cavar minha saída dali.

Estou deteriorado demais para conversar – não conseguia falar ao telefone –, mas ainda posso escrever. Darei um jeito de trazer a você esta última palavra e aviso. Mate aquele demônio *se você valoriza a paz e o conforto do mundo.* Certifique-se de que o corpo será cremado. *Se você não fizer isso, ele continuará vivo, de corpo em corpo para sempre, e eu não sei dizer o que fará. Mantenha-se longe da magia negra, Dan, é o negócio do diabo. Adeus, você tem sido um grande amigo. Diga à polícia o que quer que eles acreditem e lamento muito por arrastar você para dentro disso. Estarei em paz em breve – esta coisa não vai aguentar muito mais. Espero que você possa ler isto.* E mate aquela criatura, mate-a.

Atenciosamente, Ed.

Foi só depois que consegui ler a última metade da carta, pois desmaiei no final do terceiro parágrafo. Desmaiei de novo quando vi e senti o cheiro do que se acumulava no limiar onde o ar quente o atingia. O mensageiro não se movia, nem tinha mais consciência.

O mordomo, mais resistente do que eu, não desmaiou diante do que encontrou na entrada pela manhã. Em vez disso, telefonou para a polícia. Quando chegaram, fui levado para a cama, mas a "outra massa" jazia onde desmoronara durante a noite. Os policiais colocaram lenços nos narizes.

O que eles por fim encontraram dentro da roupa estranhamente desmantelada de Edward era sobretudo horror liquefeito. Havia ossos também – e um crânio esmagado. Alguns trabalhos odontológicos identificaram positivamente o crânio como sendo de Asenath.

A SOMBRA ALÉM DO TEMPO

I.

Depois de 22 anos de pesadelos e terror, salvos apenas por uma desesperada convicção da fonte mítica de que derivavam certas impressões, não estou disposto a atestar a verdade do que penso ter encontrado na Austrália Ocidental na noite de 17 para 18 de julho de 1935. Há razão para que conserve a esperança de que minha experiência tenha sido total ou parcialmente uma alucinação – e para que tal me acometesse, sem sombra de dúvida, eram abundantes as causas. No entanto, seu realismo era tão horrendo que por vezes julgo essa esperança impossível. Se a coisa aconteceu, então é preciso estar preparado para aceitar noções do cosmo e de nosso próprio lugar no vórtice fervilhante do tempo, cuja mera menção é paralisante. É preciso também permanecer em guarda contra um perigo específico à espreita que, embora nunca engolfe toda a espécie, pode impor horrores monstruosos e inacreditáveis a certos membros intrépidos dela. É por essa última razão que peço, com toda a força do meu ser, que se abandonem todas as tentativas de desenterrar os fragmentos de alvenaria desconhecida e primeva que minha expedição começou a investigar.

Supondo que eu estava são e desperto, minha experiência naquela noite jamais acometera qualquer homem. Ademais, era uma confirmação assustadora de tudo que eu procurara ignorar como mito e sonho. Felizmente, não há provas, pois em meio ao medo perdi o impressionante objeto que, se fosse real e trazido daquele abismo nefasto, constituiria uma prova irrefutável. Quando fui de encontro ao horror, estava sozinho – e até agora não contei a ninguém. Não pude impedir os demais de cavarem em sua direção, mas o acaso e a areia inconstante os salvaram, até o momento, de encontrá-lo. Agora devo formular uma declaração definitiva – não apenas para o meu próprio equilíbrio mental, mas para servir de aviso aos demais que venham a dar-lhe a devida atenção.

Estas páginas – cujas partes mais antigas não serão estranhas aos leitores mais atentos da imprensa geral e científica – foram escritas na cabine do navio que me leva para casa. Eu as entregarei ao meu filho, o professor Wingate Peaslee, da Universidade Miskatonic – o único membro da minha família que permaneceu ao meu lado após minha inexplicável amnésia de há muito tempo, e o homem mais bem informado sobre os fatos internos do meu caso. De todas as pessoas vivas, é o menos provável de ridicularizar o que contarei sobre aquela noite fatídica. Não o esclareci oralmente antes de partir, porque acho melhor que ele receba a revelação em forma escrita. A possibilidade de ler e reler em paz deixará nele uma imagem mais convincente do que minha fala confusa seria capaz de transmitir. Ele pode fazer o que achar melhor com este relato – mostrando-o, acompanhado de comentário adequado, em todos os lugares em que possa encontrar boa recepção. É para os leitores que não estão familiarizados com as fases anteriores do meu caso que prefacio a revelação em si com um resumo bastante amplo de seus antecedentes.

Meu nome é Nathaniel Wingate Peaslee, e os que ainda se recordam das histórias dos jornais da geração anterior – ou das cartas e artigos nos periódicos dedicados à psicologia há seis ou sete anos – saberão quem e o que sou. A imprensa abordou à exaustão os detalhes da minha estranha amnésia, ocorrida entre os anos de 1908 e 1913, e muito barulho se fez em torno das tradições de horror, loucura e feitiçaria que pairam sobre a antiga cidade de Massachusetts, à época, como hoje, meu local de residência. No entanto, eu gostaria que se soubesse que não há nada de louco ou sinistro na minha hereditariedade, ou no início da minha vida. Esse é um fato muito importante em vista da sombra que de repente se abateu sobre mim a partir de fontes *externas*. Pode ser que séculos de reflexões sombrias tenham dado à arruinada Arkham, povoada de sussurros, uma vulnerabilidade peculiar em relação a essas sombras – embora isso pareça duvidoso à luz dos outros casos que mais tarde passei a estudar. De qualquer forma, o argumento principal é que meus próprios ancestrais e antecedentes são completamente normais. O que veio, veio de *outro lugar* – lugar que mesmo agora hesito em declarar da forma mais simples.

Eu sou filho de Jonathan e Hannah (Wingate) Peaslee, ambos da boa e saudável Haverhill. Nasci e fui criado em Haverhill – na antiga casa da família na rua Boardman, perto de Golden Hill – e só fui para Arkham ao ingressar na Universidade Miskatonic, aos dezoito anos. Isso foi em 1889. Depois da formatura, estudei economia em Harvard e voltei à Miskatonic como professor de economia política em 1895. Por mais treze anos, minha vida transcorreu de maneira tranquila e feliz. Casei-me com Alice Keezar, de Haverhill, em 1896, e meus três filhos, Robert K., Wingate e Hannah, nasceram em 1898, 1900 e 1903, respectivamente. Em 1898, tornei-me professor adjunto e, em 1902, professor titular. Em nenhum momento tive o menor interesse em ocultismo ou psicologia anormal.

Foi na quinta-feira, 14 de maio de 1908, que me acometeu a estranha amnésia. O acontecimento foi bastante repentino, embora mais tarde eu tenha percebido que certas visões breves e cintilantes, ocorridas várias horas antes – visões caóticas que me perturbaram muito porque se tratava de uma experiência sem precedentes para mim –, provavelmente haviam sido sintomas premonitórios. Minha cabeça doía e eu tinha a sensação singular, totalmente nova, de que outra pessoa tentava se apossar de meus pensamentos.

O colapso ocorreu por volta das 10h20 da manhã, enquanto ministrava uma aula de Economia Política VI – história e tendências atuais da economia – para calouros e alguns segundanistas. Estranhas formas começaram a povoar meu olhar, e senti que já não estava em minha sala de aula, mas em um outro espaço, grotesco. Meus pensamentos e fala se desviaram do assunto, e os alunos perceberam que se passava algo de grave. Afundei em minha cadeira, sem sentidos, em um estupor do qual ninguém era capaz de me despertar. Minhas boas faculdades só voltariam a se orientar pela luz do dia de nosso mundo normal cinco anos, quatro meses e treze dias depois.

Foi pelos outros que me informei do que se seguiu. Não demonstrei sinais de consciência por dezesseis horas e meia, embora tivesse sido recolhido à minha casa, no número 27 da rua Crane, e recebido o melhor atendimento médico. Às três da manhã de 15 de maio, meus olhos se abriram e comecei a falar;

no entanto, os médicos e minha família não tardaram a se assustar com os padrões de minha expressão e linguagem. Ficou claro que eu não conservava qualquer lembrança da minha identidade ou passado, embora por algum motivo apresentasse preocupação em esconder essa falta de conhecimento. Meus olhos encaravam com estranhamento e admiração as pessoas ao meu redor, e as flexões dos meus músculos faciais eram totalmente desconhecidas.

Até minhas palavras pareciam estranhas, estrangeiras. Eu usava minhas cordas vocais de forma desajeitada, como se as testasse, e minha dicção tinha uma qualidade curiosamente empolada, como se tivesse aprendido a duras penas a língua inglesa a partir de livros. A pronúncia era bárbara e esquisita, enquanto o idioma parecia incluir fragmentos de curiosos arcaísmos e expressões de um tipo de todo incompreensível. Dessas últimas, uma em particular foi nitidamente – e não sem algum temor – lembrada pelo mais jovem dos médicos vinte anos depois. Pois, na fase final, tal expressão conheceu um uso presente – primeiro na Inglaterra e depois nos Estados Unidos – e, apesar de sua complexidade e novidade indiscutível, reproduzia com absoluta precisão as palavras abstrusas do estranho paciente de Arkham de 1908.

Minha força física retornou de imediato, embora necessitasse de uma quantidade estranhíssima de reeducação no uso das mãos, pernas e dos aparelhos corporais em geral. Por causa dessa e de outras deficiências inerentes ao lapso mnemônico, fiquei por algum tempo sob cuidados médicos rigorosos. Quando vi que minhas tentativas de ocultar o lapso haviam falhado, eu o admiti abertamente e passei a buscar, ansioso, informações de todo tipo. Na verdade, pareceu aos médicos que eu havia perdido o interesse em minha personalidade propriamente tão logo compreendi que o caso da amnésia era aceito como algo natural. Eles perceberam que meus principais esforços concentravam-se em dominar certos pontos da história, da ciência, da arte, da linguagem e do folclore – alguns deles muito obscuros, outros de uma simplicidade risível

– que permaneciam, de forma muitas vezes bizarra, além da minha consciência.

Ao mesmo tempo, eles notaram que eu tinha um inexplicável controle de vários tipos quase desconhecidos de conhecimento – um controle que eu parecia querer esconder em vez de exibir. Sem que percebesse, eu me referiria, com certeza fortuita, a eventos específicos em épocas obscuras, fora do alcance da história aceita – mas os fazia passar por chiste quando percebia a surpresa que criavam. Eu tinha também uma maneira de falar do futuro que em duas ou três ocasiões causou medo real. Esses misteriosos vislumbres logo deixaram de se manifestar, embora alguns observadores tenham atribuído seu desaparecimento mais a uma cautela furtiva da minha parte do que a qualquer esvaecimento do estranho conhecimento que os fundamentava. De fato, eu parecia anormalmente ávido por absorver o discurso, os costumes e as perspectivas da época ao meu redor, como um viajante estudioso de uma terra distante e estrangeira.

Assim que pude, tornei-me assíduo da biblioteca da faculdade, e logo comecei a organizar estranhas viagens e cursos especiais em universidades americanas e europeias, que provocaram tanto comentário nos anos que se seguiram. Não sofri em qualquer momento da falta de contatos instruídos, pois meu caso se fizera relativamente célebre entre os psicólogos da época. Era mencionado em palestras como um exemplo típico de personalidade secundária, ainda que parecesse confundir os palestrantes de vez em quando com algum sintoma bizarro ou traço esquisito de zombaria cuidadosamente velada.

Verdadeira solidariedade, no entanto, encontrei pouca. Algo em meu aspecto e fala parecia provocar medos e aversões vagas em todos os que conheci, como se eu fosse um ser infinitamente afastado de tudo o que era normal e saudável. Essa ideia de um horror obscuro e oculto, ligado a abismos incalculáveis de algum tipo de *distância*, era estranhamente generalizada e persistente. Minha própria família não era exceção. Desde o momento de meu estranho despertar, minha esposa me viu com extremo horror e aversão, jurando que eu era um ser absolutamente estranho, um usurpador do corpo de seu marido. Em 1910, ela obteve um divórcio legal e nunca mais consentiu em me ver, mesmo depois do meu retorno à normalidade, em 1913. Esses sentimentos foram compartilhados por meu filho mais velho e minha filha caçula, nenhum dos quais eu vi desde então.

Apenas meu segundo filho, Wingate, foi capaz de vencer o terror e a repulsa que minha mudança despertou. Ele tinha de fato a sensação de que eu era um estranho, mas, embora tivesse apenas oito anos de idade, se apegou à fé de que meu verdadeiro eu retornaria. Quando este retornou, ele veio até mim, e os tribunais me deram sua custódia. Nos anos seguintes, Wingate me ajudou com os estudos aos quais fui compelido e hoje, aos 35 anos, é professor de psicologia na Universidade Miskatonic. Não me admiro do horror que causei – pois é certo que a mente, a voz e a expressão facial do ser que despertou em 15 de maio de 1908 não eram as de Nathaniel Wingate Peaslee.

Não tentarei contar muito da minha vida de 1908 a 1913, pois os leitores podem colher todos os elementos essenciais externos – como eu mesmo precisei fazer – a partir de arquivos de jornais antigos e revistas científicas. Foi-me dado o controle dos meus recursos, e eu os gastei lenta e de modo geral sabiamente, em viagens e estudos em vários centros de aprendizado. Minhas viagens, no entanto, eram singulares ao extremo; envolveram longas visitas a lugares remotos e desolados. Em 1909, passei um mês no Himalaia e, em 1911, despertei muita atenção com uma viagem de camelo aos desertos desconhecidos da Arábia. O que se passou nessas viagens, nunca vim a saber. Durante o verão de 1912, fretei um navio e naveguei no ártico, ao norte de Spitzbergen, e voltei mostrando sinais de frustração. Mais tarde naquele ano, passei semanas sozinho, além dos limites da exploração anterior ou subsequente, nos vastos sistemas de cavernas calcárias do oeste da Virgínia – labirintos escuros tão complexos que nenhuma reconstituição dos meus passos poderia ser considerada.

Minhas permanências nas universidades foram marcadas pela velocidade anormal de minha assimilação do conhecimento, como se a personalidade secundária tivesse uma inteligência enormemente superior à minha. Descobri, também, que minhas médias de leitura e tempo de estudo solitário eram fenomenais. Eu era capaz de dominar todos os detalhes de um livro mediante o simples ato de olhá-lo com a mesma rapidez com que eu pudesse lhe virar as folhas, enquanto minha habilidade em interpretar figuras complexas em um instante de fato impressionava. Às vezes apareciam relatórios quase repulsivos do meu poder de influenciar os pensamentos e as ações alheias, embora aparentemente tenha tomado cuidado para minimizar a exposição dessa capacidade.

Outros relatórios do mesmo tom diziam respeito à minha intimidade com líderes de grupos ocultistas e estudiosos suspeitos de conexão com bandos inomináveis de asquerosos hierofantes do mundo ancestral. Esses rumores, embora nunca provados na época, foram indubitavelmente estimulados pelo teor conhecido de algumas de minhas leituras, pois a consulta a livros raros em bibliotecas não pode ser feita em segredo. Há prova tangível – na forma de notas marginais – de que passei minuciosamente por leituras como as de *Cultes des Goules*, do Conde d'Erlette, *De Vermis Mysteriis*, de Ludvig Prinn, *Unaussprechlichen Kulten*, de Von Junzt, dos fragmentos restantes do enigmático *Livro de Eibon* e do temido *Necronomicon*, do árabe louco Abdul Alhazred. Também é inegável que uma nova onda maligna de atividades de seitas secretas se estabeleceu na época da minha estranha mutação.

No verão de 1913, comecei a mostrar sinais de enfado e perda de interesse, e sugeri a várias pessoas com quem travava contato que uma mudança logo ocorreria em mim. Falei sobre o retorno de lembranças da minha vida anterior – embora a maioria tenha me julgado insincero, já que todas as lembranças que dei eram fortuitas e poderiam ter sido extraídas dos meus antigos documentos particulares. Em meados de agosto, voltei a Arkham e reabri a minha casa há tanto tempo fechada na rua Crane. Lá instalei um mecanismo do mais curioso aspecto, construído em partes por diferentes fabricantes de aparelhos científicos na Europa e na América, e conservado cuidadosamente longe dos olhos de qualquer pessoa inteligente o suficiente para analisá-lo. Aqueles que o viram – um operário, um criado e a nova governanta – diziam se tratar de uma estranha mistura de varas, rodas e espelhos, embora tivessem apenas dois metros de altura, trinta centímetros de largura e trinta de espessura. O espelho central era circular e convexo. Tudo isso é confirmado pelos fabricantes das peças, que podem ser localizados.

Na noite de sexta-feira, 26 de setembro, dispensei a governanta e a criada até o meio-dia do dia seguinte. As luzes arderam na casa até tarde, e um homem magro, moreno e de aparência curiosamente estrangeira chegou em um automóvel. Foi por volta de uma da manhã que as luzes foram vistas acesas pela última vez. Às 2h15, um policial observou o local na escuridão, mas com o carro do desconhecido ainda estacionado no meio-fio. Às quatro da manhã, o carro desaparecera. Foi às seis horas que uma voz hesitante e estrangeira ao telefone pediu ao dr. Wilson que fosse a minha casa e me tirasse de um desmaio peculiar. Essa ligação – uma chamada de longa distância – foi mais tarde rastreada e localizada em uma cabine telefônica na North Station, em Boston, mas nenhum sinal do estrangeiro magro chegou a ser descoberto.

Quando o médico chegou à minha casa, encontrou-me inconsciente na sala de estar – numa poltrona, diante de uma mesa. No tampo polido da mesa havia arranhões, indicando que algum objeto pesado descansara sobre ela. A estranha máquina havia desaparecido, e nada mais foi ouvido depois disso. Sem dúvida o estrangeiro moreno e magro a havia levado. Na lareira da biblioteca havia cinzas abundantes, evidentemente deixadas pela queima de todos os pedaços de papel que eu havia escrito desde o advento da amnésia. O dr. Wilson considerou minha respiração muito peculiar, mas depois de uma injeção hipodérmica ela se normalizou.

Às 11h15 de 27 de setembro, agitei-me vigorosamente e meu rosto, até então quase uma máscara, começou a demonstrar sinais de expressão. O dr. Wilson observou que a expressão não era a da minha personalidade secundária, mas muito semelhante à do meu eu normal. Por volta das onze e meia murmurei algumas sílabas muito curiosas – sílabas que pareciam não estar relacionadas com nenhuma fala humana. Eu também aparentava lutar contra alguma coisa. Então, pouco depois do meio-dia – a governanta e a criada haviam retornado nesse meio-tempo –, comecei a murmurar palavras em inglês.

"... dos economistas ortodoxos daquele período, Jevons tipifica a tendência predominante em direção à correlação científica. Sua tentativa de ligar o ciclo comercial de prosperidade e depressão com o ciclo físico das manchas solares talvez seja o ápice da..."

Nathaniel Wingate Peaslee havia retornado – um espírito em cuja escala de tempo ainda era aquela manhã de quinta-feira em 1908, com a turma da economia olhando atentamente em direção à mesa maltratada na plataforma.

II.

Meu retorno à vida normal foi um processo doloroso e difícil. A perda de mais de cinco anos cria mais complicações do que se imagina e, no meu caso, havia inúmeras questões a serem ajustadas. O que ouvi sobre minhas ações desde 1908 me surpreendeu e perturbou, mas tentei encarar o assunto da forma mais filosófica possível. Por fim, recuperando a custódia do meu segundo filho, Wingate, estabelecemo-nos na casa da rua Crane, e me esforcei para voltar a lecionar – minha antiga cátedra me foi gentilmente oferecida pela faculdade.

Voltei a trabalhar em fevereiro de 1914, com o início do período letivo, mas prossegui por apenas um ano. Percebi, então, quanto aquela experiência me abalara. Embora – assim o esperava – perfeitamente são e sem qualquer enfraquecimento de minha personalidade original, eu já não tinha a energia nervosa dos velhos tempos. Sonhos vagos e ideias bizarras me assombravam o tempo todo e, quando a eclosão da guerra mundial voltou minha mente para a história, eu me vi pensando em períodos e eventos da maneira mais estranha possível. Minha concepção de *tempo* – minha capacidade de distinguir entre consecutividade e simultaneidade – parecia sutilmente desordenada; de modo que formei noções quiméricas sobre viver em uma era, mas fazer a mente atravessar toda a eternidade para obter o conhecimento das eras passadas e futuras.

A guerra me deu a estranha impressão de *recordar* algumas de suas *consequências* distantes – como se eu soubesse o que dela resultava e pudesse olhar para *trás* à luz de informações futuras. Todas essas quase memórias foram vividas com muita dor e com a sensação de que alguma barreira psicológica artificial havia sido colocada contra elas. Quando timidamente insinuei a outras pessoas minhas impressões, encontrei as mais variadas respostas. Alguns me olharam com desconforto, mas professores do departamento de matemática comentaram acerca de novos desenvolvimentos nessas teorias da relatividade – à época discutidas apenas em círculos instruídos –, que mais tarde se tornariam tão famosas. O dr. Albert Einstein, diziam eles, estava reduzindo rapidamente o *tempo* ao status de uma mera dimensão.

Mas os sonhos e as perturbações emocionais tornaram-se mais fortes, de modo que fui obrigado a abandonar meu trabalho regular em 1915. Algumas impressões tomavam contornos enervantes – dando-me a persistente noção de que minha amnésia havia constituído algum tipo de troca *profana*, que a personalidade secundária havia de fato sido uma força intrusiva de regiões desconhecidas e que minha própria personalidade sofrera um deslocamento. Assim, fui levado a especulações vagas e assustadoras sobre o paradeiro do meu verdadeiro eu durante os anos em que o outro teve o domínio do meu corpo. O curioso conhecimento e a estranha conduta do falecido inquilino do meu corpo me perturbaram cada vez mais à medida que obtinha mais informações por pessoas, jornais e revistas. Bizarrices que haviam causado confusão nos outros pareciam harmonizar-se terrivelmente com algum fundo de saberes ocultos que corrompera os abismos do meu subconsciente. Comecei a procurar freneticamente por cada fragmento de informação sobre os estudos e viagens daquele *outro* durante os anos sombrios.

Nem todos os meus problemas eram tão semiabstratos quanto esses. Havia os sonhos – e estes pareciam crescer em vivacidade e concretude. Sabendo como a maioria reagiria a eles, raras vezes eu os mencionava, exceto ao meu filho ou a alguns psicólogos de confiança; porém, iniciei o estudo científico de outros casos para ver quão recorrentes eram essas visões entre as vítimas de amnésia. Os resultados que obtive, com a ajuda de psicólogos, historiadores, antropólogos e especialistas da mente com ampla experiência, e um estudo que incluiu todos os registros de personalidades múltiplas desde os tempos das lendas de possessão por demônios até o presente e seu realismo médico, mais me perturbaram do que me consolaram.

Logo descobri que meus sonhos não tinham, de fato, contrapartida na esmagadora maioria dos verdadeiros casos de amnésia. Restava, no entanto, um minúsculo resíduo de relatos que durante anos me desconcertaram e chocaram, dado seu paralelismo com a minha própria experiência. Alguns deles eram trechos de folclore antigo; outros eram casos nos anais da medicina; um ou dois eram anedotas obscuras enterradas em registros históricos comuns. Assim, pareceu-me que, embora o meu tipo especial de aflição fosse prodigiosamente raro, ocorrências dela se faziam notar de tempos em tempos, com longos intervalos entre elas, desde o início dos anais do homem. Alguns séculos podiam conter um, dois ou três casos; outros nenhum – ou pelo menos nenhum cujo registro tenha sobrevivido.

A essência era sempre a mesma – uma pessoa de mente aguçada tomada por uma estranha vida secundária que levava, durante um período maior ou menor, uma existência totalmente estranha tipificada a princípio por estranheza vocal e corporal, e mais tarde por uma aquisição indiscriminada de conhecimentos históricos, científicos, artísticos e antropológicos; uma aquisição realizada com entusiasmo febril e com poder de absorção completamente anormal. Em seguida, um súbito retorno da consciência correta, atormentada de maneira intermitente dali em diante com sonhos vagos e insólitos que sugeriam fragmentos de alguma memória medonha apagada com cuidado. A semelhança gritante desses pesadelos com os meus – mesmo em alguns dos menores detalhes – não deixava dúvidas sobre sua natureza significativamente típica. Um ou dois dos casos tinham um toque adicional de familiaridade leve e profana, como se já tivesse ouvido falar deles através de algum canal cósmico mórbido e medonho demais para contemplar. Em três casos, houve menção específica de uma máquina tão desconhecida como a que havia em minha casa antes da segunda transformação.

Outra coisa que me transtornou durante a investigação foi a frequência um pouco maior de casos em que um vislumbre breve e indescritível dos pesadelos típicos se manifestava em pessoas não acometidas de uma amnésia bem definida. Essas pessoas eram em sua maioria de mente medíocre – algumas tão primitivas que mal poderiam ser vistas como veículos para pesquisa acadêmica anormal e aquisições mentais sobrenaturais. Por um segundo elas eram tomadas pela força estranha – e então vinha um lapso em relação ao ocorrido e uma lembrança tênue e ligeira dos horrores inumanos.

Haviam sido registrados pelo menos três desses casos no último meio século – um deles datado de apenas quinze anos antes. Alguma coisa estivera *tateando às cegas através do tempo* a partir de algum abismo insuspeito na natureza? Seriam essas ocorrências enfraquecidas experiências monstruosas e sinistras de um tipo e autoria a desafiar toda e qualquer crença sã? Essas foram algumas das especulações sem forma das minhas horas mais fracas – fantasias alimentadas por mitos que meus estudos revelaram. Pois eu não podia duvidar de que certas lendas duradouras e de antiguidade imemorial, aparentemente desconhecidas das vítimas e dos médicos ligados a casos recentes de amnésia, configuravam-se como uma estupenda e assombrosa elaboração de lapsos de memória como os meus.

Da natureza dos sonhos e das impressões que estavam crescendo tão insidiosamente, ainda quase temo falar. Eles pareciam ter sabor de loucura, e às vezes eu acreditava que estava de fato à beira da insanidade. Havia algum tipo especial de ilusão que afligia aqueles que haviam sofrido lapsos de memória? É concebível que os esforços da mente subconsciente para preencher um vazio desconcertante com pseudomemórias possam dar origem a estranhos caprichos imaginativos. Essa, na verdade (embora uma teoria alternativa do folclore por fim me parecesse mais plausível), era a crença de muitos dos alienistas que auxiliaram minha busca por casos paralelos e compartilhavam minha perplexidade com as semelhanças exatas às vezes descobertas. Eles não chamavam a condição de insanidade propriamente, mas a classificavam entre distúrbios neuróticos. Meus procedimentos ao tentar delimitá-la e analisá-la, em vez de procurar em vão desprezá-la ou esquecê-la, foram sinceramente endossados como corretos, de acordo com os melhores princípios psicológicos. Dei especial valor ao conselho dos médicos que me estudaram durante minha posse pela outra personalidade.

Meus primeiros distúrbios não foram de modo algum visuais: referiam-se aos assuntos mais abstratos que mencionei. Havia também um sentimento de horror profundo e inexplicável no tocante a *mim mesmo*. Desenvolvi um estranho medo de ver minha própria forma, como se meus olhos a julgassem completamente estranha e inconcebivelmente repugnante. Quando olhava para baixo e contemplava a forma humana familiar em roupas cinzas ou azuis, sempre sentia um curioso alívio, embora, para conseguir esse alívio, precisasse superar um medo infinito. Eu evitava espelhos o máximo possível e sempre me barbeava no barbeiro.

Demorou muito para que eu correlacionasse qualquer um desses sentimentos de frustração com as impressões visuais fugazes que começaram a se desenvolver. A primeira dessas correlações tinha a ver com a estranha sensação de uma restrição externa e artificial na minha memória. Sentia que os fragmentos de visão que experimentava tinham um significado profundo e terrível, e uma conexão assustadora comigo mesmo, mas que alguma influência me impedia intencionalmente de entender esse significado e conexão. Então veio aquela estranheza sobre o elemento do *tempo* e, com ele, esforços desesperados para colocar os fragmentários vislumbres dos sonhos no padrão cronológico e espacial.

Os vislumbres em si eram, a princípio, apenas estranhos, não horríveis. Era como se eu estivesse em uma enorme câmara abobadada, com imensas arestas de pedra quase perdidas nas sombras acima. A cena podia pertencer a qualquer tempo ou lugar – o princípio do arco era conhecido e amplamente usado desde os romanos. Havia janelas redondas colossais, portas altas em arco e pedestais ou mesas da altura do pé direito de uma sala comum. Vastas prateleiras de madeira escura cobriam as paredes, portando o que pareciam ser imensos volumes com estranhos hieróglifos nas capas. As pedras expostas mantinham esculturas curiosas, sempre em padrões matemáticos curvilíneos, e havia inscrições esculpidas nos mesmos caracteres que os enormes livros traziam.

A alvenaria de granito escuro era de um tipo megalítico monstruoso, com fileiras de blocos convexos ao alto que se ajustavam à fiada côncava que repousava sobre eles. Não havia cadeiras, mas o topo dos vastos pedestais estava coberto de livros, papéis e o que pareciam ser materiais para escrita – recipientes de metal arroxeado em formas estranhas e varetas com pontas manchadas. Por mais altos que fossem os pedestais, às vezes eu conseguia vê-los de cima. Em alguns deles havia grandes globos de cristal luminoso servindo de lâmpadas e máquinas inexplicáveis formadas por tubos vítreos e hastes de metal. As janelas eram vidradas e treliçadas com barras de aparência robusta. Embora não ousasse me aproximar e examiná-las, pude ver de onde eu estava o topo ondulante de brotos singulares de samambaia. O chão era feito de imensas lajes octogonais, enquanto tapetes e tapeçarias eram totalmente inexistentes.

Mais tarde tive visões em que sobrevoava corredores de pedra ciclópicos e subia e descia gigantescos planos inclinados da mesma alvenaria monstruosa. Não havia escadas em parte alguma, nem qualquer passagem com menos de nove metros de largura. Algumas das estruturas sobre as quais eu flutuava deviam estar erguidas no céu a milhares de metros. Havia vários níveis de câmaras escuras abaixo, e portas de alçapão nunca abertas, fechadas com argolas de metal e guardando sombrias sugestões de algum perigo especial. Eu parecia ser um prisioneiro, e o horror pairava sobre tudo o que via. Eu sentia que os derrisórios hieróglifos curvilíneos nas paredes explodiriam minha alma com sua mensagem, não estivesse eu guardado por uma misericordiosa ignorância.

Posteriormente, meus sonhos incluíram panoramas das grandes janelas redondas e da cobertura plana e titânica, os curiosos jardins, a ampla área estéril e o elevado parapeito de pedra recortada, ao qual o último plano inclinado levava. Havia infindáveis quilômetros de prédios gigantes, cada um com seu jardim, perfilados em vias pavimentadas de sessenta metros de largura. Eles diferiam muito no aspecto, mas poucos tinham menos de vinte mil metros quadrados ou trezentos metros de altura. Muitos pareciam ilimitados, suas fachadas ostentavam vários milhares de metros, enquanto outros subiam como montanhas de encontro ao céu cinzento e vaporoso. Eles pareciam ser feitos sobretudo de pedra ou concreto, e a maioria tinha o tipo de alvenaria estranhamente curvilínea perceptível no prédio que me prendia. As coberturas eram planas e preenchidas com jardins e tendiam a ter parapeitos recortados. Às vezes havia terraços, andares mais altos e amplos espaços abertos em meio aos jardins. As grandes vias continham indícios de movimento, mas nas primeiras visões não consegui desenvolver essa impressão em detalhes.

Em certos lugares, vi enormes e escuras torres cilíndricas que se elevavam muito acima de qualquer outra estrutura. Elas pareciam ser de uma natureza única, e mostravam sinais de prodigiosa idade e ruína. Eram feitas de um tipo bizarro de alvenaria de basalto de corte quadrado e afiladas ligeiramente em direção aos topos arredondados. Em nenhum lugar era possível encontrar os menores vestígios de janelas ou outras aberturas, restando-lhe apenas as grandes portas. Notei também alguns edifícios mais baixos – todos desmoronando com o desgaste dos éons – que se assemelhavam a essas torres cilíndricas escuras na arquitetura básica. Ao redor de todas essas montanhas aberrantes de alvenaria quadrada pairava uma inexplicável aura de ameaça e medo concentrado, como a alimentada pelos alçapões lacrados.

Os jardins onipresentes eram quase aterrorizantes em sua estranheza, com formas de vegetação bizarras e desconhecidas balançando sobre largos caminhos alinhados com monólitos esculpidos de forma curiosa. Arbustos anormalmente vastos semelhantes a samambaias predominavam – alguns verdes, outros ostentando a palidez dos fungos. Entre eles, erguiam-se grandes espectros assemelhados a calamites, cujos troncos semelhantes a bambu elevavam-se a fabulosas alturas. Havia formas adornadas como cicadófitas fabulosas, grotescos arbustos verde-escuros e árvores de aspecto conífero. As flores eram pequenas, incolores e irreconhecíveis, desabrochando em canteiros geométricos e entre o verde. Em alguns dos terraços e nos jardins aéreos, havia flores maiores e mais vivas, de contornos quase ofensivos, que pareciam sugerir criações artificiais. Fungos de tamanho, contornos e cores inconcebíveis pontilhavam a cena em padrões que revelavam alguma tradição hortícola desconhecida, mas bem estabelecida. Nos grandes jardins no terreno parecia haver alguma tentativa de preservar as irregularidades da natureza, mas nos telhados havia mais seletividade e evidências da arte topiária.

Os céus estavam quase sempre úmidos e nebulosos, e às vezes eu tinha a impressão de testemunhar tremendas chuvas. De vez em quando, no entanto, havia vislumbres do sol – que parecia anormalmente grande – e da lua, cuja luz continha uma ligeira diferença em relação à normal, que eu nunca consegui compreender com exatidão. Quando – muito raramente – o céu noturno estava claro, eu via constelações quase irreconhecíveis. Contornos conhecidos eram por vezes próximos, mas nunca os mesmos; e, da posição dos poucos grupos que pude reconhecer, senti que devia estar no hemisfério sul da Terra, próximo ao Trópico de Capricórnio. O horizonte distante era sempre vaporoso e indistinto, mas eu podia ver grandes selvas de samambaias, calamites, lepidodendros e sigilárias desconhecidas além da cidade, suas folhagens fantásticas tremulando zombeteiramente nos vapores inconstantes. De vez em quando se percebiam sugestões de movimento no céu, mas essas minhas primeiras visões nunca chegaram a uma definição.

Perto do outono de 1914, comecei a ter sonhos pouco frequentes de flutuações estranhas sobre a cidade e as regiões ao redor. Vi estradas intermináveis através de florestas de tamanho assustador com troncos manchados, corrugados e enfaixados, além de outras cidades tão estranhas quanto a que me assombrava persistentemente. Vi em algumas clareiras construções monstruosas de pedras pretas ou iridescentes, enquanto em outras reinava o crepúsculo perpétuo, e atravessei longas estradas elevadas sobre pântanos tão escuros que eu não era capaz de distinguir nada em sua vegetação úmida e imponente. Certa vez, vi uma área de incontáveis quilômetros em que se espalhavam ruínas basálticas cuja arquitetura era como a das poucas torres sem janelas e de topo redondo na cidade recorrente. Uma vez eu vi o mar: uma extensão vaporosa sem limites para além dos pilares de pedra colossais de uma enorme cidade de cúpulas e arcos. Grandes sugestões disformes de sombras moviam-se sobre ele, e aqui e ali sua superfície se agitava com jatos anômalos.

III.

Como eu disse, não foi de imediato que essas visões selvagens começaram a se mostrar impregnadas de sua qualidade aterradora. Com certeza muitas pessoas já sonharam coisas intrinsecamente mais estranhas – sonhos compostos de fragmentos aleatórios da vida cotidiana, de imagens e leituras, organizados em formas novas e fantásticas pelos caprichos descontrolados do sono. Por um tempo, aceitei as visões como naturais, embora nunca tivesse sido um sonhador extravagante. Muitas das vagas anomalias, suponho, provêm de fontes triviais, numerosas demais para que se permitam rastrear; enquanto outras pareciam refletir um conhecimento comum das plantas e outras condições do mundo primitivo de 150 milhões de anos atrás – o mundo da era Pérmica ou Triássica. No decorrer de alguns meses, no entanto, o elemento do terror figurou com força acumulada. Foi quando os sonhos passaram a ter o aspecto inequívoco de *lembranças*, e quando minha mente começou a associá-los a meus crescentes distúrbios abstratos – a sensação de restrição mnemônica, as curiosas impressões a respeito do *tempo*, a sensação de uma troca repulsiva com a minha personalidade secundária do período de 1908 a 1913 e, consideravelmente depois, a inexplicável aversão a minha própria pessoa.

Quando certos detalhes definidos começaram a entrar nos sonhos, seu horror aumentou mil vezes – até que, por volta de outubro de 1915, senti que precisava fazer alguma coisa. Foi então que iniciei um estudo intensivo de outros casos de amnésia e visões, sentindo que poderia, assim, objetivar meu problema e afastar-me do controle que ele exercia sobre minhas emoções. No entanto, como mencionado antes, o resultado foi, a princípio, quase exatamente o oposto. Incomodou-me demasiado descobrir que meus sonhos tinham duplicata tão aproximada, sobretudo porque alguns dos relatos eram muito remotos para que se admitisse qualquer forma de conhecimento geológico – e, portanto, qualquer ideia de paisagem primitiva – da parte dos sujeitos. Além disso, muitos desses relatos forneceram horríveis detalhes e explicações ligadas às visões dos grandes edifícios e jardins da selva – e outras coisas. As visões vagas e as impressões já eram suficientemente ruins, mas o que era sugerido ou afirmado por alguns dos outros sonhadores recendia a loucura e blasfêmia. Pior de tudo, minha própria pseudomemória foi despertada para sonhos mais selvagens e indícios de revelações vindouras. No entanto, a maioria dos médicos considerou o meu curso, em geral, aconselhável.

Estudei psicologia sistematicamente e, sob o estímulo predominante, meu filho Wingate fez o mesmo – seus estudos o levaram, por fim, a sua atual cátedra. Em 1917 e 1918 fiz cursos especiais na Miskatonic. Nesse meio-tempo, meu exame de registros médicos, históricos e antropológicos tornou-se incansável, envolvendo viagens a bibliotecas distantes e, por fim, incluindo até mesmo uma leitura dos hediondos livros de tradições mais antigas e proibidas, que tanto interessavam minha personalidade secundária. Alguns deles eram as cópias que eu havia consultado em meu estado alterado, e fiquei muito perturbado por certas anotações de marginália e *correções* ostensivas do texto hediondo em um roteiro e idioma que, de alguma forma, parecia estranhamente inumano.

Essas marcações apareciam, sobretudo, nas respectivas línguas dos vários livros, todos os quais o autor delas parecia conhecer com clara fluência acadêmica. Uma nota anexada ao *Unaussprechlichen Kulten*, de Von Junzt, no entanto, seguia assustadoramente em outra direção. Consistia em certos hieróglifos curvilíneos produzidos na mesma tinta das correções alemãs, mas sem seguir nenhum padrão humano reconhecido. Esses hieróglifos eram íntima e inconfundivelmente parecidos com as figuras frequentes em meus sonhos – figuras cujo significado eu às vezes por um breve momento imaginava conhecer ou ficava a ponto de lembrar. Para reforçar minha total perplexidade, muitos bibliotecários me asseguraram que, em vista de exames anteriores e registros de consulta dos volumes em questão, todas as anotações haviam sido feitas por mim mesmo em meu estado secundário. Isso apesar do fato de eu ignorar, como ainda é o caso, três das línguas envolvidas.

Reunindo os registros espalhados, antigos e modernos, antropológicos e médicos, eu encontrei uma mistura bastante consistente de mito e alucinação, cujo escopo e brutalidade me deixaram absolutamente confuso. Apenas uma coisa me consolou: a antiguidade da existência dos mitos. Que conhecimento perdido poderia ter trazido imagens da paisagem paleozoica ou mesozoica para essas fábulas primitivas, eu não era capaz de imaginar – as imagens, porém, não deixavam dúvidas. Assim, existia uma base para a formação de um tipo fixo de ilusão. Os casos de amnésia sem dúvida criaram o padrão geral dos mitos – mas os acréscimos mitológicos fantasiosos devem ter reagido naqueles que padeceram da amnésia e colorido suas pseudomemórias. Eu mesmo havia lido e ouvido todos os relatos iniciais durante meu lapso de memória – minha busca havia gerado provas abundantes disso. Não era natural, portanto, que meus sonhos e impressões emocionais subsequentes ganhassem as cores e o molde do que a memória construída no meu estado secundário sutilmente retinha? Alguns dos mitos tinham conexões significativas com outras lendas nebulosas do mundo pré-humano, sobretudo alguns contos hindus que envolviam abismos estupendos do tempo e faziam parte do folclore dos teosofistas modernos.

O mito primevo e a ilusão moderna uniram-se em sua suposição de que a humanidade é apenas uma – talvez a menor – entre as espécies altamente evoluídas e dominantes do longo e incógnito percurso deste planeta. Seres de forma inconcebível, sugeriam, ergueram grandes torres ao céu e mergulharam em todos os segredos da natureza antes que o primeiro antepassado anfíbio do homem se arrastasse para fora do mar quente, há trezentos milhões de anos. Uns desceram das estrelas; outros eram tão antigos quanto o próprio cosmo; houve os que surgissem rapidamente dos germes terrenos, tão antigos em relação aos primeiros germes de nosso ciclo vital quanto os germes em relação a nós mesmos. Períodos de milhares de milhões de anos e ligações com outras galáxias e universos eram comentados à vontade. Na verdade, não existia o tempo em seu sentido humanamente aceito.

A maioria dos contos e impressões dizia respeito a uma espécie relativamente tardia, uma forma de vida estranha e complexa que não se assemelhava a nenhuma outra conhecida pela ciência e vivera apenas cinquenta milhões de anos antes do advento do homem. Essa, indicavam as histórias, havia sido a maior de todas as espécies, porque só ela havia conquistado o segredo do tempo. Aprendera todas as coisas que já foram conhecidas ou *seriam conhecidas* na Terra, através do poder de suas apuradíssimas mentes capazes de se projetar no passado e no futuro, mesmo através de abismos de milhões de anos, e estudar as tradições de todas as eras. Das realizações dessa espécie, surgiram todas as lendas dos *profetas*, inclusive as da mitologia humana.

Em suas vastas bibliotecas havia volumes de textos e gravuras que continham todos os anais da Terra – histórias e descrições de todas as espécies que existiram ou existiriam, com registros completos de suas artes, realizações, línguas e psicologias. Com esse conhecimento abrangente, a Grande Espécie escolheu de todas as épocas e formas de vida os pensamentos, artes e processos adequados a sua própria natureza e situação. O conhecimento do passado, conservado por um modelo mental estranho aos sentidos conhecidos, era mais difícil de compilar do que o conhecimento do futuro.

Neste último caso, o curso foi mais fácil e mais material. Com uma ajuda mecânica adequada, a mente projetava-se adiante no tempo, sentindo seu caminho obscuro e extrassensorial até se aproximar do período desejado. Após um juízo preliminar, ela capturava o melhor representante detectável da mais elevada das formas de vida desse período, entrando no cérebro do organismo e estabelecendo nele suas próprias vibrações enquanto a mente deslocada retornava ao período daquela que o desalojava, permanecendo no corpo desta até que um processo reverso fosse posto em operação. A mente projetada no corpo do organismo do futuro aparecia, então, como parte da espécie cuja forma exterior ela usava, aprendendo o mais rápido possível tudo o que poderia ser aprendido sobre a idade escolhida e suas informações e técnicas reunidas.

Enquanto isso, a mente deslocada, lançada de volta à era e ao corpo do emigrante, era cuidadosamente conservada. Era-lhe impedido que causasse danos ao corpo que ocupava e todo o conhecimento de que dispunha era drenado em interrogatórios elaborados. Não raro isso se realizava na própria língua do deslocado, desde que buscas anteriores no futuro tivessem produzido registros de tal língua. Se a mente viesse de um corpo cuja linguagem a Grande Espécie não pudesse reproduzir fisicamente, máquinas inteligentes eram construídas, nas quais a fala alienígena podia ser tocada como num instrumento musical. Os membros da Grande Espécie eram imensos cones rugosos de três metros de altura, com a cabeça e outros órgãos presos a membros de trinta centímetros de espessura que se distendiam a partir de seu ponto mais alto. Eles falavam por meio de cliques e chiados produzidos por enormes patas ou garras presas na ponta de dois dos seus quatro membros, e caminhavam pela expansão e contração de uma camada viscosa presa às suas vastas bases de três metros.

Quando a surpresa e a tristeza da mente cativa se dissipavam, e quando (supondo-se que provinha de um corpo muito diferente do da Grande Espécie) ela perdia o horror a sua forma temporária desconhecida, era-lhe permitido estudar seu novo ambiente e experimentar uma maravilha e um conhecimento próximo ao seu deslocador. Com as devidas precauções, e em troca de serviços similares, era-lhe permitido percorrer todo o mundo habitável em grandes aeronaves ou nos imensos veículos com motores atômicos, semelhantes a barcos, que percorriam as grandes vias, e mergulhar livremente nas bibliotecas que continham os registros do passado e futuro do planeta. Isso permitiu que muitas mentes cativas aceitassem seu quinhão, já que todos que ali se encontravam eram perspicazes, e para tais mentes a revelação dos mistérios ocultos da Terra – capítulos fechados de passados inconcebíveis e vórtices vertiginosos do tempo futuro incluindo os anos à frente de suas próprias eras naturais – sempre se constitui, apesar dos horrores abismais com frequência revelados, a experiência suprema da vida.

Vez por outra, os cativos tinham permissão para conhecer outras mentes cativas capturadas no futuro – para trocar pensamentos com consciências que viviam cem, mil ou um milhão de anos antes ou depois de suas próprias eras. Todos eram instados a escrever copiosamente em suas próprias línguas sobre si mesmos e seus respectivos períodos; tais documentos tinham por destino os grandes arquivos centrais.

Talvez seja interessante acrescentar que havia um triste e especial tipo de cativo cujos privilégios eram muito maiores do que os da maioria. Eram os exilados *permanentes* em vias de morrer, cujos corpos no futuro foram tomados por membros da Grande Espécie que, diante da morte, procuraram escapar da extinção mental. Esses exilados melancólicos não eram tão comuns quanto se poderia esperar, uma vez que a longevidade da Grande Espécie diminuía seu amor pela vida – sobretudo entre aquelas mentes superiores capazes de projeção. De casos da projeção permanente de mentes anciãs surgiram muitas daquelas mudanças duradouras de personalidade registradas na história posterior – incluindo a da humanidade.

Quanto aos casos ordinários de exploração, quando a mente deslocada tivesse aprendido o que desejava no futuro, construía um aparelho como o que iniciara sua viagem e revertia o processo de projeção. Assim, ela retornava ao próprio corpo em seu próprio tempo, enquanto a mente cativa retornava ao corpo do futuro a que propriamente pertencia. A restauração só ficava impossibilitada quando um dos corpos morria durante o período da troca. Nesses casos, cabia à mente exploradora, como aquelas que fugiam à morte, viver uma vida no corpo estranho futuro, ou, então, à mente cativa – como no caso dos exilados permanentes – terminar seus dias na forma e na era da Grande Espécie.

Tal destino era menos terrível quando a mente cativa também pertencia à Grande Espécie – ocorrência não de todo rara, já que em todos os seus períodos tal espécie esteve intensamente preocupada com seu próprio futuro. O número de exilados permanentes da Grande Espécie era muito pequeno – em grande parte devido às enormes penalidades associadas aos deslocamentos das mentes futuras da Grande Espécie pelos moribundos. Por meio da projeção, eram tomadas providências para infligir essas penalidades às mentes infratoras em seus novos corpos futuros – e, às vezes, trocas forçadas eram efetuadas. Casos complexos de deslocamento de mentes exploradoras ou já cativas em várias regiões do passado foram conhecidos e cuidadosamente retificados. Em todas as épocas desde a descoberta da projeção da mente, um elemento minucioso mas bem reconhecido da população consistia de mentes da Grande Espécie de eras passadas, que permaneciam por um tempo maior ou menor.

Quando uma mente cativa de origem alienígena retornava ao seu próprio corpo no futuro, ela era expurgada por uma intrincada hipnose mecânica de tudo que havia aprendido na era da Grande Espécie – o que se devia a certas consequências problemáticas inerentes ao avanço geral do conhecimento em grandes quantidades. Os poucos casos existentes de transmissão clara haviam causado, e causariam em tempos futuros conhecidos, grandes desastres. Foi em grande parte por causa de dois casos do tipo (de acordo com os antigos mitos) que a humanidade aprendeu o que tinha a respeito da Grande Espécie. De todas as coisas que sobreviveram *física* e *diretamente* daquele mundo éons distante, restavam apenas certas ruínas de grandes pedras em lugares distantes e sob o mar, e partes do texto dos aterrorizantes Manuscritos Pnakóticos.

Assim, a mente que retorna chega a sua própria era apenas com fraquíssimas e fragmentadas visões do que vivera desde a sua captura. Todas as lembranças que poderiam ser erradicadas assim o foram, de modo que, na maioria dos casos, apenas um vazio onírico se estendia até o tempo da primeira troca. Algumas mentes lembravam mais do que outras, e a possibilidade de reunir lembranças em raras ocasiões trouxe indícios do passado proibido para as eras futuras. É provável que nunca tenha havido um tempo em que grupos ou seitas não apreciassem secretamente algumas dessas sugestões. No *Necronomicon*, foi sugerida a presença de tal seita entre os seres humanos – uma seita que por vezes prestava auxílio às mentes que viajavam éons afora dos idos da Grande Espécie.

Enquanto isso, a Grande Espécie se desenvolvia às raias da onisciência, e voltava-se para a tarefa de estabelecer trocas com as mentes de outros planetas e de explorar seus passados e futuros. Procurava também sondar os anos passados e a origem daquele orbe preto, morto éons antes, localizado em um espaço distante, de onde viera sua própria herança mental – pois a mente da Grande Espécie era mais antiga que sua forma corpórea. Os seres de um mundo mais antigo em declínio total, sabedores dos últimos segredos, buscaram um novo mundo e uma espécie em que pudessem ter uma vida longa; e enviaram suas mentes em massa àquela futura espécie mais adaptada para abrigá-la – os seres cônicos que povoaram a Terra há um bilhão de anos. Assim, a Grande Espécie surgiu, enquanto a miríade de mentes enviadas ao passado foi abandonada à própria sorte sob o horror de estranhas formas. Mais tarde, a espécie enfrentaria novamente a morte, mas sobreviveria através de outra migração avançada de suas melhores mentes para corpos outros que tivessem um período físico mais longo à frente.

Tal era o pano de fundo das lendas e alucinações interligadas. Quando, por volta de 1920, minhas pesquisas ganharam forma coerente, senti uma ligeira diminuição da tensão que seus estágios iniciais haviam incitado. Afinal de contas, e apesar das fantasias provocadas por emoções cegas, a maior parte dos meus fenômenos não poderia ser facilmente explicada? Qualquer oportunidade poderia ter voltado minha mente ao estudo do oculto durante a amnésia – então li as lendas proibidas e encontrei os membros de seitas antigas e malvistas. Isso, é claro, teria fornecido o material para os sonhos e os distúrbios que vieram depois do retorno da memória. Quanto às notas marginais em hieróglifos de sonhos e línguas desconhecidas para mim, mas colocadas à minha porta por bibliotecários – eu poderia facilmente ter captado um pouco das línguas durante meu estado secundário, enquanto os hieróglifos eram, sem dúvida, obra de minha fantasia a partir de descrições em velhas lendas e *depois* tecidos em meus sonhos. Tentei verificar certos pontos através de conversas com líderes de seita conhecidos, mas nunca consegui estabelecer as conexões corretas.

Às vezes, o paralelismo de tantos casos em tantas eras distantes continuava a chamar minha atenção e me preocupar como no início, mas, por outro lado, refletia que o excitante folclore era sem dúvida mais universal no passado do que no presente. Provavelmente todas as outras vítimas, cujos casos eram como o meu, tinham um longo e familiar conhecimento dos contos aos quais eu tivera acesso apenas em meu estado secundário. Quando essas vítimas perderam a memória, associaram-se às criaturas de seus mitos familiares – os fabulosos invasores que supostamente haviam desalojado a mente dos homens – e, assim, embarcaram em buscas por conhecimentos que eles achavam que poderiam levá-los de volta a um passado humano imaginário. Então, quando a memória desses indivíduos retornou, eles reverteram o processo associativo e passaram a pensar em si mesmos como as antigas mentes cativas, em vez de seus próprios deslocadores. Daí os sonhos e pseudomemórias seguindo o padrão mítico convencional.

Apesar da aparente tortuosidade dessas explicações, elas acabaram suplantando todas as outras em minha mente – em grande parte por causa da maior fraqueza de qualquer teoria rival. Um número substancial de eminentes psicólogos e antropólogos aos poucos concordou comigo. Quanto mais eu refletia, mais convincente meu raciocínio parecia; até que no final encontrei uma barreira realmente eficaz contra as visões e impressões que ainda me assaltavam. Imagine que eu visse coisas estranhas à noite – eram apenas o que eu tinha ouvido e lido. Imagine que eu tivesse perspectivas, pseudomemórias e ascos estranhos – eram também apenas ecos de mitos absorvidos em meu estado secundário. Nada com que eu pudesse sonhar ou que eu pudesse sentir teria qualquer significado real.

Fortalecido por essa filosofia, melhorei muito em termos de equilíbrio nervoso, embora as visões (mais do que as impressões abstratas) se tornassem cada vez mais frequentes, detalhadas e perturbadoras. Em 1922, senti-me capaz de retomar o trabalho regular e colocar em prática meu conhecimento recentemente adquirido, aceitando a posição de professor assistente na faculdade de psicologia. Minha antiga cátedra de economia política há muito tempo estava devidamente ocupada – ademais, os métodos de ensino da economia haviam mudado muito desde o meu auge. Meu filho estava naquele momento entrando na pós-graduação, que o encaminharia à presente cátedra, e trabalhamos muito juntos.

IV.

No entanto, continuei a manter um cuidadoso registro dos sonhos que se apossaram de mim de maneira tão densa e vívida. Tal registro, assim o penso, era de valor genuíno como documento psicológico. Os vislumbres ainda eram incrivelmente parecidos com *lembranças*, embora eu lutasse contra essa impressão com uma boa medida de sucesso. Na escrita, tratei os *phantasmata* como coisas vistas, mas em todos os outros momentos os pus de lado como o véu de quaisquer ilusões noturnas. Eu nunca havia mencionado tais assuntos em conversas comuns, embora menções a elas, filtradas como devem ser tais coisas, tenham despertado vários rumores sobre minha saúde mental. É divertido refletir que esses rumores se limitaram inteiramente aos leigos, sem um único defensor entre médicos ou psicólogos.

De minhas visões depois de 1914, mencionarei aqui apenas algumas, uma vez que registros mais completos estão à disposição do estudante sério. É evidente que, com o tempo, as curiosas inibições diminuíram um pouco, pois o alcance de minhas visões aumentou em grande medida. Elas, no entanto, nunca se tornaram mais do que fragmentos desconexos, aparentemente sem motivação clara. Dentro dos sonhos, aos poucos eu sentia adquirir uma liberdade cada vez maior de perambulação. Flutuei por entre muitos e estranhos edifícios de pedra, indo de um para outro através de enormes passagens subterrâneas que pareciam formar as vias comuns de trânsito. Por vezes me deparava com aqueles gigantescos alçapões lacrados no nível mais baixo, em torno dos quais havia uma aura de medo e proibição. Vi imensas piscinas decoradas com mosaicos e salas com utensílios curiosos e inexplicáveis de tipos variados. Em seguida, havia cavernas colossais de maquinário intrincado cujos contornos e propósito eram totalmente estranhos para mim, e cujo *som* só se manifestou após muitos anos de sonhos. Talvez seja de interesse mencionar que visão e som são os únicos sentidos que sempre exerci nesse mundo de revelações.

O verdadeiro horror começou em maio de 1915, quando vi pela primeira vez os *seres vivos*. Isso ocorreu antes de meus estudos me ensinarem o que esperar, em vista dos mitos e dos casos estudados. À medida que as barreiras mentais ruíam, vi grandes massas de vapor fino em várias partes do prédio e nas ruas abaixo. Eles se tornaram cada vez mais sólidos e distintos, até que finalmente consegui traçar seus contornos monstruosos com facilidade desconfortável. Pareciam ser enormes cones iridescentes, de cerca de três metros de altura e dez de largura na base, feitos de alguma matéria enrugada, escamosa e semielástica. De seus ápices projetavam-se quatro membros flexíveis e cilíndricos, cada um com trinta centímetros de espessura e uma substância enrugada como a dos próprios cones. Esses membros eram às vezes contraídos quase a nada e às vezes estendiam-se a qualquer distância até cerca de três metros – e dois deles terminavam em enormes pinças ou garras. No final de um terceiro havia quatro apêndices vermelhos, semelhantes a trombetas. O quarto terminava em um globo amarelado irregular com cerca de sessenta centímetros de diâmetro e três grandes olhos escuros ao longo da circunferência central. Sobre a cabeça, havia quatro esguias hastes cinzentas com apêndices semelhantes a flores, enquanto do lado de baixo pendiam oito antenas esverdeadas ou tentáculos. A grande base do cone central era margeada por uma substância cinzenta e emborrachada que movia toda a entidade por meio de expansão e contração.

Suas ações, embora inofensivas, horrorizaram-me ainda mais do que sua aparência – pois não é saudável observar objetos monstruosos fazendo o que julgava que apenas seres humanos fizessem. Esses objetos moviam-se com inteligência ao redor das grandes salas, pegando livros das prateleiras e levando-os para as grandes mesas, ou vice-versa, e às vezes escreviam diligentemente com uma vara peculiar presa nos tentáculos esverdeados da cabeça. As enormes pinças eram usadas para carregar livros e conversar – seus discursos consistiam em uma mistura de cliques e chiados. Os seres não tinham roupas, mas usavam sacolas ou mochilas suspensas no topo do tronco cônico. Eles normalmente levavam a cabeça e seu membro de suporte no nível do topo do cone, embora fosse muitas vezes erguida ou abaixada. Os outros três grandes membros tendiam a permanecer em posição de descanso nos flancos, contraídos a cerca de um metro e meio, quando não estavam em uso. A partir do quanto liam, escreviam e operavam suas máquinas (as que estavam nas mesas pareciam de alguma forma relacionadas ao pensamento), concluí que a inteligência desses seres era muito superior a do homem.

Depois passei a vê-los por toda a parte: lotando todas as grandes câmaras e corredores, cuidando de máquinas monstruosas em criptas abobadadas e correndo pelas vastas vias em gigantescos veículos em forma de barco. Deixei de ter medo deles, pois pareciam compor de forma bastante natural seu ambiente. Diferenças individuais entre eles começaram a se manifestar, e alguns pareciam estar sob algum tipo de restrição. Estes últimos, embora não apresentassem variação física, tinham uma diversidade de gestos e hábitos que os distinguiam não apenas da maioria, mas também uns dos outros. Escreviam muito no que parecia à minha visão turva uma grande variedade de caracteres – nunca os típicos hieróglifos curvilíneos da maioria. Uns poucos, supus, usavam nosso próprio alfabeto familiar. A maioria trabalhava muito mais devagar que a massa geral das entidades.

Todo esse tempo, *meu papel* nos sonhos parecia ser o de uma consciência desencarnada com uma visão mais ampla que a normal, flutuando livremente, ainda confinado às avenidas e velocidades de viagem comuns. Só em agosto de 1915 uma sugestão de existência corporal passou a me atormentar. Digo *atormentar* porque a primeira fase foi uma associação puramente abstrata, embora infinitamente terrível, da minha aversão ao corpo antes registrada com as cenas das minhas visões. Durante algum tempo, minha preocupação principal durante os sonhos era evitar olhar para mim mesmo, e me lembro de quanto estava grato pela absoluta ausência de grandes espelhos nos estranhos cômodos. Fiquei muito preocupado com o fato de que sempre via as grandes mesas – cuja altura não podia ser inferior a três metros – de um nível não inferior ao de suas superfícies.

A tentação mórbida de buscar minha imagem tornou-se cada vez maior, até que uma noite não consegui resistir. A princípio, olhar para baixo nada revelou. Um instante depois, percebi que isso acontecia porque minha cabeça estava na ponta de um pescoço flexível de enorme comprimento. Retraindo o pescoço e olhando com apuro para baixo, vi a massa escamosa, rugosa e iridescente de um enorme cone de três metros de altura e três metros de largura na base. Foi quando acordei metade de Arkham com meus gritos ao emergir loucamente do abismo do sono.

Só depois de semanas de uma hedionda recorrência eu passei a aceitar essas visões de mim mesmo sob forma monstruosa. Então passei a me mover corporalmente nos sonhos entre as outras entidades desconhecidas, lendo livros terríveis das intermináveis prateleiras e escrevendo por horas nas enormes mesas com uma varinha que segurava com os tentáculos verdes que pendiam da minha cabeça. Trechos do que li e escrevi permaneceram na minha memória. Havia horríveis anais de outros mundos e universos, e de agitações de vida sem forma fora de todos os universos. Havia registros de estranhas ordens de seres que tinham povoado nosso mundo em passados esquecidos e terríveis crônicas de grotescas inteligências corpóreas que as pessoas usariam milhões de anos após a morte do último ser humano. Eu aprendi sobre os capítulos da história humana cuja existência nenhum estudioso de hoje jamais suspeitou. A maioria desses escritos estava na linguagem dos hieróglifos, que estudei de uma maneira bizarra com o auxílio de máquinas de zunido, e que sem dúvida era uma língua aglutinante com sistemas de raízes totalmente estranhos a quaisquer outros encontrados em línguas humanas. Outros volumes estavam em outras línguas desconhecidas aprendidas do mesmo jeito bizarro. Pouquíssimos estavam em línguas que eu dominava. Figuras muito engenhosas, inseridas nos registros ou formando coleções separadas, me ajudaram imensamente. Todo o tempo eu parecia estar fazendo anotações de uma história da minha era em inglês. Ao acordar, lembrava-me apenas de fragmentos diminutos e sem sentido das línguas desconhecidas que meu eu onírico dominara, embora frases inteiras da história permanecessem comigo.

Aprendi – mesmo antes de meu eu desperto ter estudado os casos paralelos ou os velhos mitos dos quais os sonhos sem dúvida surgiam – que as entidades ao meu redor eram da maior espécie do mundo, que conquistara o tempo e enviara mentes exploradoras para todas as épocas. Eu também sabia que tinha sido arrancado de minha era enquanto *outro* usava meu corpo nela e que algumas das outras formas estranhas abrigavam mentes igualmente capturadas. Sentia que falava em uma estranha linguagem de cliques, com intelectos exilados de todos os cantos do sistema solar.

Havia uma mente do planeta que conhecemos como Vênus, que vivia em incontáveis eras por vir, e uma de uma lua exterior de Júpiter que vinha de seis milhões de anos no passado. Das mentes terrenas havia algumas da espécie alada, com cabeça de estrela e meio vegetal, da Antártica paleogênica; um membro do povo réptil da fantástica Valusia; três representantes dos adoradores de Tsathoggua, hiperboreanos pré-humanos peludos; um dos totalmente abomináveis tcho-tchos; dois dos habitantes aracnídeos da última era da Terra; cinco indivíduos das espécies de coleópteros resistentes que surgem imediatamente após a humanidade, para a qual a Grande Espécie algum dia transferiu suas mentes mais afiadas em massa diante de um perigo horrível; e outros de diferentes ramos da humanidade.

Conversei com a mente de Yiang-Li, um filósofo do cruel império de Tsan-Chan, que está por vir em 5.000 d.C.; com a de um general de um povo moreno de cabeça grande que dominou a África do Sul em 50.000 a.C.; com a de um monge florentino do século XII chamado Bartolomeo Corsi; com a de um rei de Lomar que governara aquela terrível terra polar cem mil anos antes de os amarelos e baixos Inutos virem do oeste para engoli-los; com a de Nug-Soth, um mago dos conquistadores das trevas de 16.000 d.C.; com a de um romano chamado Titus Sempronius Blaesus, que havia sido um questor no tempo de Sila; com a de Khephnes, um egípcio da 14ª dinastia que me contou o hediondo segredo de Nyarlathotep; com a de um padre do reino mediterrâneo de Atlântida; com a de um cavalheiro de Suffolk dos tempos de Cromwell, James Woodville; com a de um astrônomo da corte do Peru pré-incaico; com a do físico australiano Nevil Kingston-Brown, que morrerá em 2.518 d.C.; com a de uma arquimaga da desaparecida Yhe no Pacífico; com a de Teodotides, um oficial greco-bactriano de 200 a.C.; com a de um francês idoso da época de Luís XIII chamado Pierre-Louis Montmagny; com a de Crom-Ya, um chefe cimério de 15.000 a.C.; e com tantas outras que meu cérebro não é capaz de conter os segredos chocantes e as maravilhas extraordinárias que aprendi com elas.

Acordava todas as manhãs com febre, às vezes tentando freneticamente verificar ou desacreditar essas informações, tanto quanto se enquadrassem no âmbito do conhecimento humano moderno. Os fatos tradicionais assumiram aspectos novos e duvidosos, e fiquei maravilhado com a fantasia onírica capaz de inventar acréscimos tão surpreendentes para a história e a ciência. Tremi com os mistérios que o passado pode esconder e temi as ameaças que o futuro pode trazer. O que foi sugerido no discurso de entidades pós-humanas do destino da humanidade produziu tal efeito em mim que não o expressarei aqui. Depois do homem há a poderosa civilização dos besouros, cujos corpos a nata da Grande Espécie toma quando a devastação completa atinge o mundo ancião. Mais tarde, à medida que a extensão da Terra se fecha, as mentes transferidas voltam a migrar através do tempo e do espaço – para outro ponto de parada nos corpos das entidades vegetais bulbosas de Mercúrio. Mas existem raças posteriores à deles que se aferram pateticamente ao planeta frio e cavam em direção a seu núcleo cheio de horror, antes do fim absoluto.

Enquanto isso, em meus sonhos, escrevia sem parar a história da minha própria época – em parte voluntariamente, em parte através das promessas de aumento do acesso à biblioteca e aumento de viagens – para os arquivos centrais da Grande Espécie. Os arquivos ficavam em uma estrutura subterrânea colossal perto do centro da cidade, que passei a conhecer bem mediante trabalhos e consultas frequentes. Destinado a durar tanto quanto a espécie e suportar as mais ferozes das convulsões da Terra, este repositório titânico ultrapassava todos os outros edifícios na firmeza grandiosa, digna de uma montanha, de sua construção.

Os registros, escritos ou impressos em grandes folhas de um tecido de celulose curiosamente firme, estavam encadernados em livros que se abriam na parte de cima, mantidos em caixas individuais de um metal levíssimo e inoxidável, de cor acinzentada, decorado com padrões matemáticos e trazendo o título sob hieróglifos curvilíneos da Grande Espécie. Essas caixas eram armazenadas em fileiras de compartimentos retangulares – como prateleiras cerradas e trancadas – feitas do mesmo metal, que se abriam com puxadores de intrincada manipulação. Minha própria história recebeu um lugar específico nas abóbadas do nível mais baixo ou vertebrado – a seção dedicada às culturas da humanidade e das raças peludas e reptilianas que imediatamente a precederam no domínio terrestre.

Porém nenhum dos sonhos me deu uma imagem completa da vida cotidiana. Todos eram meros fragmentos nebulosos e desconectados, e é certo que esses fragmentos não foram desdobrados em sua sequência correta. Tenho, por exemplo, uma ideia muito imperfeita da minha vida material no mundo dos sonhos, embora eu aparentemente tenha possuído minha própria grande sala de pedra. Minhas restrições como prisioneiro aos poucos desapareceram, de modo que algumas das visões incluíram viagens vívidas pelas imensas estradas da selva, a permanência em cidades estranhas e a exploração de algumas das vastas ruínas escuras sem janelas diante das quais a Grande Espécie recuava com um curioso medo. Houve também longas travessias marítimas em enormes barcos de muitos conveses e incrível rapidez, e viagens por regiões selvagens em aeronaves fechadas, semelhantes a mísseis, erguidas e movidas por repulsão elétrica. Além do imenso oceano de águas quentes, havia outras cidades da Grande Espécie, e em um continente distante eu vi as vilas rústicas de criaturas aladas de focinho preto, que se desenvolveram como uma linhagem dominante depois de a Grande Espécie enviar suas mentes mais proeminentes para a Terra futura e assim escapar ao mais medonho horror. A planura e a vida verde exuberante sempre davam o tom das cenas. As colinas eram baixas e esparsas, e geralmente exibiam sinais de forças vulcânicas.

Poderia escrever volumes sobre os animais que vi. Todos eram selvagens, pois a cultura mecanizada da Grande Espécie há muito tempo eliminara as bestas domésticas e a comida era totalmente vegetal ou sintética. Répteis enormes e desajeitados chapinhavam em pântanos vaporosos, esvoaçavam no ar pesado ou lançavam jatos d'água nos mares e lagos; entre eles supus poder reconhecer vagamente protótipos menores e arcaicos de dinossauros, pterodáctilos, ictiossauros, labirintodontes, ranforrincos, plesiossauros, entre animais semelhantes conhecidos da paleontologia. De pássaros ou mamíferos não havia qualquer um que pudesse discernir.

O chão e os pântanos estavam sempre cobertos de cobras, lagartos e crocodilos, enquanto insetos zumbiam incessantemente em meio à vegetação exuberante. A distância, no mar, monstros incógnitos lançavam colunas de espuma ao ar vaporoso. Certa vez fui levado para as profundezas do oceano em um gigantesco navio submarino com holofotes e vislumbrei alguns horrores vivos de incrível magnitude. Vi também as ruínas de incríveis cidades submersas e a riqueza de crinoides, braquiopodes, corais e vida íctica que abundava em todos os lugares.

De fisiologia, psicologia, folclore e história detalhada da Grande Espécie, minhas visões preservaram pouca informação, e muitos dos pontos esparsos que aqui recolhi foram extraídos de meu estudo de antigas lendas e outros casos, não propriamente de meus sonhos. Pois houve o tempo, é claro, que minha leitura e pesquisa alcançaram e ultrapassaram os sonhos em muitos aspectos; de modo que certos fragmentos de sonhos foram explicados com antecedência e se configuraram como verificações do que havia aprendido. Isso consolou-me e fundou minha convicção de que leitura e pesquisa semelhantes, realizadas pelo meu eu secundário, haviam constituído a fonte de toda a terrível teia das pseudo-memórias.

O período dos meus sonhos, aparentemente, remontava a um pouco menos de 150 milhões de anos atrás, quando a era paleozoica estava dando lugar ao Mesozoico. Os corpos ocupados pela Grande Espécie não representavam uma linha de evolução terrestre sobrevivente – ou mesmo cientificamente conhecida –, mas eram de um tipo orgânico peculiar, estreitamente homogêneo e altamente especializado, que se inclinava tanto ao estado vegetal quanto ao animal. A ação celular era de um tipo único, capaz de quase eliminar a fadiga e prescindindo do sono. O alimento, assimilado pelos apêndices vermelhos semelhantes a trombetas presentes em um dos grandes membros flexíveis, era sempre semifluido e, em muitos aspectos, totalmente diferente do alimento dos animais existentes. Os seres tinham apenas dois dos sentidos que reconhecemos – a visão e a audição, a última realizada através dos apêndices semelhantes a flores nos talos cinzentos acima de suas cabeças; no entanto, possuíam muitos outros sentidos incompreensíveis (mal aproveitados pelas estranhas mentes cativas que lhes habitavam os corpos). A situação de seus três olhos era tal que lhes proporcionava uma visão mais ampla que o normal. Seu sangue era uma espécie de icor verde-escuro bastante espesso. Eles eram assexuados e reproduziam-se por meio de sementes ou esporos que se agrupavam em suas bases e só podiam ser desenvolvidos debaixo d'água. Grandes tanques rasos eram usados para o crescimento dos filhotes – que, no entanto, eram criados apenas em pequeno número, devido à longevidade dos indivíduos; quatro ou cinco mil anos era a expectativa de vida comum.

Indivíduos nitidamente defeituosos eram descartados com discrição tão logo seus defeitos eram notados. A doença e a abordagem da morte eram, na ausência de um sentido de tato ou de dor física, reconhecidas por sintomas puramente visuais. Os mortos eram incinerados em solenes cerimônias. De vez em quando, como antes mencionado, uma mente aguda escapava da morte por projeção ao futuro, mas esses casos não eram numerosos. Quando ocorria, a mente exilada, vinda do futuro, era tratada com a maior bondade até a dissolução de seu corpo alheio.

A Grande Espécie parecia formar uma única nação ou liga com laços um tanto frouxos e instituições fundamentais em comum, embora houvesse quatro divisões claras. O sistema político e econômico de cada unidade fazia-se de uma espécie de socialismo fascista, com grandes recursos racionalmente distribuídos, e o poder delegado a um pequeno conselho diretor eleito pelos votos de todos capazes de passar em certos testes educacionais e psicológicos. A organização familiar não era objeto de grande ênfase, embora os laços entre pessoas de ascendência comum fossem reconhecidos, e os jovens geralmente fossem criados pelos pais.

As semelhanças com posturas e instituições humanas eram, claro, mais marcantes naqueles campos onde, por um lado, estavam envolvidos elementos altamente abstratos, ou onde, por outro, havia um domínio dos impulsos básicos, não especializados, comuns a toda vida orgânica. Algumas poucas semelhanças adicionais vieram através da adoção consciente, uma vez que a Grande Espécie sondava o futuro e copiava o que gostava. A indústria, altamente mecanizada, exigia pouco tempo de cada cidadão; e o abundante lazer era preenchido com atividades intelectuais e estéticas de vários tipos. As ciências haviam sido levadas a um inacreditável nível de desenvolvimento e a arte era parte fundamental da vida, embora no período de meus sonhos ela já tivesse passado por seu apogeu. A tecnologia era enormemente estimulada pela luta constante para sobreviver e manter a existência da estrutura física das grandes cidades, ameaçada pelas prodigiosas convulsões geológicas daqueles dias primevos.

O crime era surpreendentemente escasso e tratado com um policiamento muito eficiente. As punições iam de privação de privilégios e prisão a morte e grandes desagravos emocionais, e nunca eram administradas sem um estudo cuidadoso das motivações do criminoso. A guerra – em grande parte civil nos últimos milênios, embora às vezes travada contra invasores reptilianos e octopodistas, ou contra os Antigos alados de cabeça de estrela que habitavam a Antártida – era pouco frequente, embora infinitamente devastadora. Um exército imenso, munido de armas parecidas com câmeras que produziam incríveis efeitos elétricos, era mantido a postos para propósitos quase nunca mencionados, mas obviamente ligados ao medo incessante das antigas ruínas escuras e sem janelas e dos grandes alçapões fechados nos níveis mais baixos.

Esse medo das ruínas de basalto e dos alçapões se fazia comunicar sem palavras, em grande parte por sugestão – ou, no máximo, por sussurros mais do que furtivos. Tudo de específico relacionado a isso estava significativamente ausente dos livros que se encontravam nas prateleiras comuns. Era o único assunto que permanecia tabu entre a Grande Espécie, e parecia estar da mesma forma conectado com terríveis lutas passadas e com o futuro perigo que um dia forçaria a espécie a enviar suas mentes mais agudas em massa ao futuro. Imperfeita e fragmentária, como tudo que havia sido apresentado nos sonhos e nas lendas, essa questão era ainda mais desconcertantemente hermética. Os vagos mitos antigos a evitavam – ou talvez todas as alusões tivessem sido extirpadas por algum motivo. Nos sonhos em que estava com outros membros da espécie, as dicas eram peculiarmente escassas. Os membros da Grande Espécie nunca se referiam ao assunto de modo intencional e o que pude descobrir veio apenas de algumas das mentes cativas mais atentas.

De acordo com esses fragmentos de informação, a base do medo era uma horrível espécie anciã de entidades semipólipo totalmente alienígenas que haviam vindo de universos incomensuravelmente distantes pelo espaço e dominado a Terra e outros três planetas solares cerca de seiscentos milhões de anos antes. Eram apenas parcialmente materiais – tal como entendemos a matéria –, e seu tipo de consciência e meios de percepção diferiam em tudo dos conhecidos nos organismos terrestres. Por exemplo, seus sentidos não incluíam a visão; seu mundo mental era dotado de um padrão estranho e não visual de impressões. Eles eram, no entanto, materiais a ponto de usar implementos de concretude normal quando em áreas cósmicas que os continham, e careciam de moradia – embora de tipo peculiar. Ainda que seus *sentidos* fossem capazes de penetrar todas as barreiras materiais, sua *substância* não podia fazer o mesmo, e certas formas de energia elétrica tinham o poder de destruí-los completamente. Eles tinham o poder do movimento aéreo, apesar da ausência de asas ou de qualquer outro meio visível de levitação. Suas mentes eram de tal textura que a Grande Espécie não era capaz de produzir nenhuma troca com eles.

Quando chegaram à Terra, esses seres construíram poderosas cidades de basalto cheias de torres sem janelas, e atacaram terrivelmente os seres que encontraram. Assim era quando as mentes da Grande Espécie cruzaram o vazio daquele obscuro mundo transgaláctico conhecido como Yith nos inquietantes e discutíveis Fragmentos de Eltdown. Os recém-chegados, com os instrumentos que criaram, julgaram fácil subjugar as entidades predatórias e conduzi-las às cavernas do interior da Terra, que já haviam sido incorporadas a suas residências e habitadas. Em seguida, lacraram as entradas e as abandonaram a seu destino, ocupando depois a maioria de suas grandes cidades e preservando certos edifícios importantes por razões ligadas mais à superstição do que à indiferença, à ousadia ou ao zelo científico e histórico.

No entanto, à medida que os éons passavam, surgiram sinais vagos e malignos de que as Coisas Ancestrais estavam se fortalecendo e se tornando numerosas no mundo interior. Ocorreram irrupções esporádicas de caráter particularmente hediondo em certos vilarejos remotos da Grande Espécie e em algumas das cidades mais antigas e abandonadas que a Grande Espécie não havia povoado – lugares nos quais os caminhos para os abismos do mundo interior não haviam sido devidamente lacrados ou vigiados. Depois disso, maiores precauções foram tomadas e muitos dos caminhos foram fechados para sempre – embora alguns tenham sido deixados apenas lacrados para uso estratégico no combate às Coisas Ancestrais, caso em algum momento surgissem em lugares inesperados; novas fendas abertas pelas mesmas mudanças geológicas que haviam fechado alguns dos caminhos e lentamente diminuíam o número de estruturas e ruínas do mundo externo que haviam sobrevivido à conquista das entidades.

As irrupções das Coisas Ancestrais devem ter sido assustadoramente indescritíveis, uma vez que haviam colorido para todo o sempre a psicologia da Grande Espécie. Tal era o horror fixo que lhes tingia o humor que o próprio *aspecto* das criaturas não era mencionado – em nenhum momento pude obter uma indicação clara de como elas eram. Havia sugestões veladas de uma *plasticidade* monstruosa e de *lapsos de visibilidade* temporários, enquanto outros sussurros fragmentários se referiam ao controle e uso militar de *grandes ventos*. Ruídos singulares, como *assobios*, e pegadas colossais compostas de cinco marcas circulares de dedos também pareciam estar associadas a elas.

Era evidente que a destruição vindoura tão desesperadamente temida pela Grande Espécie – destruição que um dia enviaria milhões de mentes agudas através da grande fenda do tempo a corpos estranhos em um futuro mais seguro – tinha relação com uma irrupção final bem-sucedida dos Seres Ancestrais. As projeções mentais através dos tempos previam claramente tal horror, e a Grande Espécie havia resolvido que ninguém que pudesse escapar deveria enfrentá-los. Que o ataque seria uma questão de vingança, em vez de uma tentativa de reocupar o mundo exterior, eles sabiam pela história futura do planeta – pois suas projeções mostravam o ir e vir de raças subsequentes não perturbadas pelas entidades monstruosas. Talvez essas entidades tivessem vindo a preferir os abismos internos da Terra à superfície variável e devastada por tempestades, já que a luz não significava nada para eles. Talvez também estivessem se enfraquecendo lentamente no decorrer dos éons. De fato, sabia-se que estariam mortos no tempo da espécie pós-humana dos besouros, que as mentes em fuga colonizariam. Enquanto isso, a Grande Espécie mantinha sua cautelosa vigilância, com armas potentes sempre a postos, apesar do horrorizado banimento do assunto da linguagem comum e dos registros visíveis. A sombra do medo inominável pairava sempre sobre os alçapões lacrados e as velhas torres escuras e sem janelas.

V.

Esse é o mundo do qual meus sonhos me traziam difusos e fragmentários ecos todas as noites. Não posso ter a pretensão de dar uma real ideia do horror e pavor contidos em tais ecos, pois tais sentimentos derivavam sobretudo de uma qualidade totalmente intangível – a aguda sensação de *pseudomemória*. Como eu disse, meus estudos aos poucos me permitiram formar uma defesa contra esses sentimentos, sob a forma de explicações psicológicas racionais, e essa influência salvadora cresceu mediante o toque sutil do hábito, que caminha com a passagem do tempo. Ainda assim, o terror vago e insidioso retornava momentaneamente de vez em quando. Não me tragava como outrora, porém; e depois de 1922 vivi uma vida muito normal de trabalho e recreação.

Com o passar dos anos, comecei a sentir que minha experiência – junto com os casos semelhantes e o folclore a ele relacionado – deveria ser definitivamente resumida e publicada para o benefício de estudantes sérios; por isso preparei uma série de artigos cobrindo com brevidade todo o campo e os ilustrei com esboços crus de algumas das formas, cenas, motivos decorativos e hieróglifos lembrados dos meus sonhos. Eles apareceram em vários momentos durante 1928 e 1929 na *Revista da Sociedade Americana de Psicologia*, mas não atraíram muita atenção. Enquanto isso, continuei a registrar meus sonhos com minucioso cuidado, embora a pilha crescente de relatórios atingisse vastas e problemáticas proporções.

Em 10 de julho de 1934, a Sociedade de Psicologia me encaminhou a carta que abriu a fase culminante e mais horrível de toda a provação insana. Ela trazia o carimbo de Pilbara, na Austrália Ocidental, e a assinatura de alguém que, após questionar, descobri ser um engenheiro de minas de considerável proeminência. Juntamente com a carta vinham algumas fotografias muito curiosas.

Reproduzirei o texto na íntegra e não escapará a nenhum leitor o tremendo efeito que ele e as fotografias tiveram sobre mim.

Fiquei, por algum tempo, quase atordoado e incrédulo, pois, embora tivesse pensado muitas vezes que alguma base factual devia existir ao fundo de certas lendas que haviam colorido meus sonhos, eu estava despreparado para algo como uma sobrevivência tangível de um mundo perdido e distante para além de toda a imaginação. O mais devastador de tudo foram as fotografias – pois em seu realismo frio e incontroverso ali surgiam, contra um fundo de areia, certos blocos de pedra gastos, encrespados pela água, castigados por tempestades, cujos topos ligeiramente convexos e bases ligeiramente côncavas contavam sua própria história. Quando as estudei com uma lente de aumento, pude ver com toda a clareza, sob o desgate que lhes fora infligido, os traços daqueles vastos padrões curvilíneos e um ou outro hieróglifo cujos significados haviam se tornado tão assustadores para mim. Eis a carta, que fala por si mesma:

R. Dampier, 49,
Pilbara, Austrália Ocidental,
18 de maio de 1934
Prof. N.W. Peaslee,
A/C Soc. Americana de Psicologia,
R. E 41, 30,
Nova York, EUA

Meu caro senhor,

Uma recente conversa com o Dr. E.M. Boyle, de Perth, e alguns materiais com seus artigos que ele acabou de me enviar tornam aconselhável que eu fale sobre certas coisas que vi no Grande Deserto Arenoso, a leste de nossa mina de ouro. Ao que parece, em vista das lendas peculiares sobre cidades antigas que o senhor descreve, com enormes obras em pedra e grafismos estranhos e hieróglifos, descobri algo muito importante.

Os aborígenes sempre falaram muito sobre "grandes pedras com sinais" e parecem ter um terrível medo de tais coisas. Eles as conectam de alguma forma a suas lendas raciais comuns sobre Buddai, o velho gigante que dorme por séculos no subterrâneo com a cabeça sobre o braço e que algum dia acordará e devorará o mundo. Há alguns contos muito antigos e parcialmente esquecidos de enormes abrigos subterrâneos feitos de imensas pedras, cujas passagens levam para o fundo e onde coisas horríveis acontecem. Os aborígenes afirmam que certa vez alguns guerreiros, fugindo em batalha, desceram por uma dessas passagens e nunca mais voltaram, mas os ventos assustadores começaram a soprar do lugar logo depois que eles desapareceram. No entanto, geralmente não há muito valor no que os nativos dizem.

O que tenho a dizer é mais que isso. Dois anos atrás, quando eu estava prospectando cerca de oitocentos quilômetros a leste, no deserto, eu me deparei com uma porção de estranhas peças de pedra cortada, talvez com 1 × 0,6 × 0,6 metro de tamanho, castigadas pelo tempo e danificadas ao limite. De início, não consegui encontrar nenhuma das marcas de que os aborígenes falavam, mas quando olhava perto o suficiente eu conseguia distinguir algumas linhas profundamente esculpidas apesar do desgaste. Eram curvas curiosas, exatamente como as que os aborígenes tentavam descrever. Imagino que deviam ser trinta ou quarenta blocos, alguns quase enterrados na areia, e todos dentro de um círculo de talvez quatrocentos metros de diâmetro.

Quando vi alguns, olhei em volta mais atentamente e fiz uma avaliação cuidadosa do lugar com meus instrumentos. Também tirei fotos de dez ou doze dos blocos mais típicos e incluirei as impressões para que o senhor as veja. Deixei minhas informações e fotos à disposição das autoridades em Perth, mas elas nada fizeram. Então conheci o dr. Boyle, que lera seus artigos na Revista da Sociedade Americana de Psicologia, *e a certa altura mencionei por acaso as pedras. Ele ficou muito interessado e bastante empolgado quando lhe mostrei minhas fotografias; disse que as pedras e as marcas eram exatamente como as da alvenaria com que o senhor tinha sonhado e cujas descrições havia identificado nas lendas. Ele queria lhe enviar uma carta, mas teve contratempos. Enquanto isso, me enviou a maioria das revistas com seus artigos, e eu logo vi, a partir de seus desenhos e descrições, que minhas pedras se encaixam em seus padrões. Pode atestar esse fato a partir das fotografias anexadas. Mais tarde, o saberá diretamente do dr. Boyle.*

Agora posso entender quão importante tudo isso se mostrará para o senhor. Sem dúvida, deparamo-nos com os restos de uma civilização desconhecida, mais velha do que qualquer outra com que já sonhamos, e que forma uma base para suas lendas. Como engenheiro de minas, tenho algum conhecimento de geologia e posso dizer que esses blocos têm uma antiguidade que me assusta. Eles são na sua maioria de arenito e granito, embora um seja quase certamente feito de um tipo estranho de cimento *ou* concreto. *Eles carregam evidências de erosão marinha, como se esta parte do mundo tivesse estado no fundo do mar e emergisse depois de longas eras – desde quando esses blocos foram feitos e usados. É uma questão de centenas de milhares de anos – ou Deus sabe quanto mais. Não gosto de pensar nisso.*

Em vista do seu trabalho diligente anterior no levantamento das lendas e de tudo relacionado a elas, não posso duvidar de que o senhor tenha o interesse de liderar uma expedição ao deserto e fazer algumas escavações arqueológicas. Tanto o dr. Boyle quanto eu estamos preparados para colaborar em tal trabalho se o senhor – ou organizações de seu conhecimento – puder fornecer os fundos. Posso reunir uma dúzia de mineiros para escavações pesadas – os aborígenes não teriam utilidade, pois descobri que eles têm um medo quase maníaco por esse lugar específico. Boyle e eu não dissemos nada a mais ninguém, pois obviamente o senhor deve ter precedência em qualquer descoberta ou crédito.

Podemos chegar ao lugar a partir de Pilbara, numa viagem de quatro dias por trator – do qual necessitaríamos como instrumento. É um pouco a sudoeste da trilha de Warburton de 1873, e 160 quilômetros a sudeste de Joanna Spring. Também poderíamos seguir pelo rio De Gray em vez de partir de Pilbara, mas tudo isso pode ser discutido mais tarde. As pedras estão localizadas aproximadamente entre 22° 3' 14" de latitude sul e 125° 0' 39" de longitude leste. O clima é tropical e as condições do deserto, desafiadoras. Qualquer expedição deveria ser feita no inverno

– junho, julho ou agosto. Ficarei feliz em receber mais correspondência sobre o assunto, e estou muito ansioso para ajudar em qualquer plano de ação que o senhor possa elaborar. Depois de estudar seus artigos, fiquei bastante impressionado com o profundo significado de toda a questão. O dr. Boyle lhe escreverá em breve. Quando uma comunicação rápida for necessária, um telegrama para Perth pode ser retransmitido por rádio.

Com a esperança de receber uma pronta resposta,

Acredite em mim,
Seu fiel,
Robert B.F. Mackenzie.

Das consequências imediatas desta carta, muita informação pode ser adquirida na imprensa. Tive grande sorte em garantir o apoio da Universidade Miskatonic, e tanto o sr. Mackenzie quanto o dr. Boyle provaram-se inestimáveis na hora de organizar as coisas na ponta australiana. Não éramos muito específicos com o público em relação aos nossos objetivos, uma vez que toda a matéria teria se prestado desagradavelmente ao tratamento sensacionalista e jocoso da imprensa marrom. Como resultado, os relatórios impressos foram econômicos; apareceu o bastante, porém, para informar de nossa busca por ruínas australianas e registrar vários passos de nossa preparação.

Os professores William Dyer, do departamento de geologia da faculdade (líder da Expedição da Universidade Miskatonic na Antártida de 1930-1931), Ferdinand C. Ashley, do departamento de história antiga, e Tyler M. Freeborn, do departamento de antropologia, acompanharam-me, junto com meu filho Wingate. Meu correspondente Mackenzie veio a Arkham no início de 1935 e nos ajudou nos últimos preparativos. Ele provou-se um homem tremendamente competente e afável de cerca de cinquenta anos, admiravelmente culto e muito familiarizado com todas as condições das viagens pela Austrália. Ele tinha tratores esperando em Pilbara, e nós alugamos um vapor de calado suficientemente leve para subir o rio até aquele ponto. Estávamos preparados para escavar da maneira mais cuidadosa e científica, peneirando cada partícula de areia, sem modificar nada que parecesse estar dentro ou perto de sua situação original.

Partindo de Boston a bordo do ofegante *Lexington* em 28 de março de 1935, passamos tranquilamente pelo Atlântico e pelo Mediterrâneo, atravessamos o canal de Suez, descemos o mar Vermelho e cruzamos o oceano Índico até o nosso objetivo. Não preciso dizer como a visão da baixa e arenosa costa da Austrália Ocidental me deprimiu e como detestei a cidade mineira rústica e as tristes minas de ouro onde os tratores recebiam seus últimos carregamentos. O dr. Boyle, que nos encontrou, provou ser idoso, agradável e inteligente – e seu conhecimento de psicologia o levou a longas discussões com meu filho e eu.

Desconforto e expectativa estavam estranhamente misturados na maioria de nós quando, por fim, nosso grupo de dezoito homens passou a chacoalhar através dos áridos quilômetros de areia e rocha. Na sexta-feira, 31 de maio, atravessamos um braço do De Grey e entramos em território de total desolação. Um inegável terror cresceu em mim à medida que avançávamos para esse local concreto do mundo mais antigo, ao fundo das lendas – um terror, claro, instigado pelo fato de que meus sonhos perturbadores e pseudomemórias ainda me assediavam com uma força inabalável.

Foi na segunda-feira, 3 de junho, que vimos o primeiro dos blocos parcialmente enterrados. Não consigo descrever as emoções com que de fato toquei – na realidade objetiva – um fragmento de alvenaria ciclópica que em todos os aspectos correspondia aos blocos nas paredes dos edifícios dos meus sonhos. Havia um vestígio claro de entalhe – e minhas mãos tremeram quando reconheci parte de um padrão decorativo curvilíneo que se fizera infernal para mim ao longo dos anos de pesadelos desesperadores e pesquisas confusas.

Um mês de escavação trouxe um total de cerca de 1.250 blocos em vários estágios de desgaste e desintegração. A maioria destes eram megálitos esculpidos com topos e bases curvas. Uma minoria era menor, mais plana, de superfície lisa e quadrada ou octogonalmente cortada – como as dos pisos e calçadas dos meus sonhos –, enquanto algumas eram singularmente volumosas e curvas ou inclinadas de modo a sugerir o uso em abóbadas ou arestas, ou como partes de arcos ou esquadrias de janelas redondas. Quanto mais fundo – e mais ao nordeste – cavamos, mais blocos encontramos, embora não fôssemos capazes de descobrir qualquer vestígio de ordem entre eles. O professor Dyer ficou chocado com a idade incomensurável dos fragmentos, e Freeborn encontrou vestígios de símbolos que se encaixavam sombriamente em certas lendas da Papua e da Polinésia, de antiguidade infinita. A condição e a dispersão dos blocos falavam silenciosamente de ciclos vertiginosos de tempo e convulsões geológicas da selvageria cósmica.

Tínhamos à nossa disposição um aeroplano, e meu filho Wingate frequentemente subia a diferentes alturas e vasculhava o deserto de areia e rocha em busca de sinais de contornos escuros e em larga escala – tanto diferenças de nível como trilhas de blocos espalhados. Seus resultados foram quase negativos, pois, sempre que pensava ter vislumbrado alguma tendência significativa, na viagem seguinte ele encontrava a impressão substituída por outra igualmente insubstancial – resultado da areia deslocada pelo vento. Uma ou duas dessas sugestões efêmeras, no entanto, me afetaram de maneira estranha e desagradável. Elas pareciam, de certa forma, se encaixar horrivelmente com algo que eu sonhara ou lera, mas de que não conseguia mais me lembrar. Havia uma pseudofamiliaridade terrível – o que de algum modo me fazia olhar furtiva e apreensivamente para o abominável terreno estéril em direção ao norte e nordeste.

Por volta da primeira semana de julho, desenvolvi um conjunto inexplicável de emoções confusas sobre aquela região do nordeste em geral. Havia horror e havia curiosidade – mas, mais do que isso, havia uma ilusão persistente e desconcertante da *memória*. Eu tentei todos os tipos de expedientes psicológicos para tirar essas impressões da minha cabeça, mas não obtive sucesso. A insônia também se apoderou de mim, mas ela quase que me alegrava, pois graças a ela meus períodos de sonho ficavam mais curtos. Adquiri o hábito de fazer caminhadas longas e solitárias no deserto, tarde da noite – em geral para o norte ou nordeste, para onde a soma de meus novos e estranhos impulsos parecia sutilmente me atrair.

Às vezes, durante esses passeios, eu tropeçava em fragmentos quase enterrados da antiga alvenaria. Embora houvesse menos blocos visíveis aqui do que onde havíamos iniciado os trabalhos, eu tinha certeza de que deveriam existir em abundância sob a superfície. O terreno era menos plano do que o de nosso acampamento e os fortes ventos predominantes de vez em quando faziam com que a areia se acumulasse em estranhos morros temporários – expondo alguns traços das pedras mais antigas ao mesmo tempo que cobria outros. Eu estava estranhamente ansioso para que as escavações se estendessem a esse território, mas ao mesmo tempo temia o que podia ser revelado. Obviamente, eu não estava bem – e tanto pior pois não tinha uma explicação para o que se passava.

Uma evidência das péssimas condições em que se encontrava minha saúde nervosa pode ser obtida de como reagi a uma estranha descoberta que fiz em uma das minhas caminhadas noturnas. Foi na noite de 11 de julho, quando uma lua minguante inundava as misteriosas colinas com uma curiosa palidez. Vagando um pouco além dos meus limites habituais, encontrei uma grande pedra que parecia diferir bastante de qualquer outra que já tivéssemos encontrado. Estava quase totalmente coberta, mas me abaixei e limpei a areia com as mãos, estudando por fim o objeto com cuidado e complementando o luar com minha lanterna. Ao contrário das outras rochas muito grandes, essa era perfeitamente quadrada, sem superfície convexa ou côncava. Parecia, também, ser de uma substância basáltica escura completamente diversa do granito, arenito e concreto ocasional dos agora familiares fragmentos.

De repente me levantei, virei e corri para o acampamento em alta velocidade. Foi um movimento totalmente inconsciente e irracional, e só quando me vi perto de minha tenda percebi de fato por que fugira. Foi quando me ocorreu: a estranha pedra escura era algo com que havia sonhado e lido e estava ligada aos horrores mais absolutos das lendas dos éons mais remotos. Era um dos blocos daquela velha alvenaria basáltica que despertava o medo da lendária Grande Espécie – as ruínas altas e sem janelas deixadas por aquelas coisas alienígenas, meio materiais e sombrias, que apodreciam nos abismos inferiores da Terra e contra cujas forças invisíveis, semelhantes ao vento, os alçapões foram lacrados, e as sentinelas insones, postadas.

Passei a noite toda em claro, mas ao amanhecer percebi quão tolo eu havia sido ao permitir que a sombra de um mito me incomodasse. Em vez de sucumbir ao medo, eu devia ter tido o entusiasmo de um desbravador. Na manhã seguinte, contei aos outros sobre minha descoberta, e Dyer, Freeborn, Boyle, meu filho e eu partimos para ver o bloco anômalo. Deparamo-nos, porém, com a frustração. Eu não tinha constituído uma ideia clara da localização da pedra, e o vento alterara totalmente os montículos de areia.

VI.

Chego agora à parte crucial e mais difícil de minha narrativa – tanto mais difícil, porque não posso me certificar de sua sua realidade. Às vezes sinto-me desconfortavelmente seguro de que não estava sonhando ou iludido; é esse sentimento – em vista das estupendas implicações que a verdade objetiva de minha experiência suscitaria – que me impele a fazer este registro. Meu filho – um psicólogo treinado com o conhecimento mais completo e sensível de todo o meu caso – será o primeiro juiz do que tenho a dizer.

Primeiro, deixe-me delinear os aspectos externos da questão, tal como os que estiveram no acampamento os conhecem. Na noite de 17 a 18 de julho, depois de um dia de muito vento, me recolhi cedo, mas não conseguia dormir. Levantei-me um pouco antes das onze e, aflito, como de costume, com aquela sensação estranha em relação ao território a nordeste, parti em uma das minhas típicas caminhadas noturnas; vi e cumprimentei apenas uma pessoa – um mineiro australiano chamado Tupper – quando saí de nossa área de escavação. A lua, erguendo-se cheia, brilhava em um céu claro e inundava as areias antigas com um brilho branco e leproso que me parecia infinitamente maligno. Não havia mais vento, nem retorno deste por quase cinco horas, como amplamente comprovado por Tupper e outros que não dormiram durante a noite. O australiano me viu pela última vez atravessando rápido as colinas pálidas e prenhes de segredos em direção ao nordeste.

Por volta das três e meia da manhã, um vento violento começou a soprar, acordando todos no acampamento e derrubando três barracas. O céu estava sem nuvens, e o deserto ainda brilhava com seu luar leproso. Quando o grupo foi cuidar das tendas, minha ausência foi notada, mas em vista de minhas caminhadas anteriores, essa circunstância não significou para eles qualquer sinal de preocupação. No entanto, três dos homens – todos australianos – pareciam sentir algo sinistro no ar. Mackenzie explicou ao professor Freeborn que se tratava de um medo derivado do folclore dos aborígenes – os nativos haviam produzido um curioso mito maligno sobre os ventos fortes que, a longos intervalos, varriam as areias sob um céu claro. Esses ventos, dizem os cochichos, sopram dos grandes abrigos de pedra sob o solo, onde coisas terríveis aconteceram – e nunca são sentidos, a não ser perto de lugares onde as grandes pedras assinaladas estão espalhadas. Perto das quatro, o vendaval diminuiu tão repentinamente quanto começara, deixando os montes de areia em formas novas e estranhas.

Já passava das cinco, com a lua inchada como um fungo e mergulhando no oeste, quando cambaleei para o acampamento – sem chapéu, esfarrapado, feições arranhadas e enrugadas, e sem minha lanterna. A maioria dos homens havia voltado para a cama, mas o professor Dyer fumava seu cachimbo na frente da tenda. Vendo meu estado, ofegante e quase frenético, ele chamou o dr. Boyle, e os dois me puseram na cama e me deixaram confortável. Meu filho, despertado pela agitação, logo se juntou a eles, e todos tentaram forçar-me a ficar imóvel e dormir.

Mas eu não conseguia dormir. Meu estado psicológico era absolutamente fora do comum – diferente de tudo que já havia sofrido. Depois de um tempo, quis falar – e expliquei de maneira nervosa e com detalhes minha condição. Eu disse a eles que estava cansado e me deitei na areia para tirar uma soneca. Havia tido, disse a eles, sonhos ainda mais assustadores do que os habituais – e quando fui acordado pelo repentino vento forte, meus nervos esgotados se romperam. Eu havia fugido em pânico, a todo tempo caindo sobre pedras semienterradas e, desse modo, ficando esfarrapado e sujo. Eu devia ter dormido muito tempo – daí as horas da minha ausência.

Acerca de qualquer coisa estranha que tivesse visto ou experimentado, nada sugeri – exercitando meu autocontrole a esse respeito. Mas declarei uma mudança de opinião a respeito de todo o trabalho da expedição e fui categórico na opinião de que deveríamos interromper todas as escavações em direção ao nordeste. Meus argumentos eram evidentemente fracos – pois mencionei a escassez de blocos, o desejo de não ofender os mineiros supersticiosos, uma possível escassez de fundos da faculdade e outras coisas falsas ou irrelevantes. Naturalmente, ninguém deu a menor atenção a meus novos desejos – nem mesmo meu filho, cuja preocupação com minha saúde era claríssima.

No dia seguinte, permaneci na área do acampamento e não participei das escavações. Ao perceber que não podia parar o trabalho, decidi retornar para casa o mais rápido possível, por causa dos meus nervos, e fiz meu filho prometer que me levaria de avião para Perth – 1.600 quilômetros a sudoeste – assim que ele tivesse pesquisado a região da qual eu queria distância. Se, pensei comigo, a coisa que eu tinha visto ainda fosse visível, eu podia optar pela tentativa de uma advertência específica, mesmo à custa do ridículo. Era possível que os mineiros que conheciam o folclore local pudessem me apoiar. Tentando me animar, meu filho fez a pesquisa naquela mesma tarde, sobrevoando toda a área que minha caminhada poderia ter coberto. No entanto, nada do que eu havia encontrado permanecia à vista. Foi novamente o caso do bloco de basalto anômalo – a movimentação da areia apagara seus vestígios. Por um instante, quase lamentei ter perdido um objeto impressionante em meu pavor absoluto – mas agora sei que a perda foi uma bênção. Ainda posso acreditar que toda a minha experiência foi uma ilusão – sobretudo se, como espero, o abismo infernal nunca for encontrado.

Wingate me levou a Perth em 20 de julho, embora tenha se recusado a abandonar a expedição e voltar para casa. Ele ficou comigo até o dia 25, quando o navio para Liverpool partiu. Agora, na cabine do *Empress*, pondero longa e freneticamente sobre todo o assunto, e acabo de decidir que ao menos meu filho precisa ser informado. Caberá a ele difundir o assunto mais amplamente ou não. A fim de atender a qualquer eventualidade, preparei este resumo de meu histórico – tal como é conhecido, de maneira fragmentária, por outros – e agora vou contar o mais brevemente possível o que pareceu acontecer durante minha ausência do acampamento naquela noite medonha.

Com os nervos no limite, e levado a uma espécie de perversa ansiedade por aquele inexplicável impulso pseudomnemônico, eivado de horror, em direção ao nordeste, segui laboriosamente meu caminho sob a maligna lua ardente. Via, aqui e ali, meio cobertos pela areia, aqueles primitivos blocos ciclópicos abandonados por inomináveis e esquecidos éons. A idade incalculável e o persistente horror do deserto monstruoso começaram a me oprimir como nunca antes, e não pude deixar de pensar em meus sonhos enlouquecedores, nas lendas terríveis que estavam por trás deles e nos medos presentes de nativos e mineiros em relação ao deserto e suas pedras esculpidas.

No entanto, eu avançava pelo terreno difícil como fosse a um sinistro encontro – cada vez mais assaltado por fantasias, compulsões e pseudomemórias desconcertantes. Pensei em alguns dos possíveis contornos das linhas de pedras vistas pelo meu filho do ar e me perguntei por que pareciam tão sinistros e familiares. Algo se agitava e forçava a porta da minha lembrança, enquanto outra força desconhecida procurava mantê-la fechada.

A noite não tinha vento e a areia pálida, inerte, se estendia como um mar cobertos de ondas congeladas. Eu caminhava sem rumo, mas abria caminho com a certeza de rumar a um ponto fatal. Meus sonhos emergiram para dentro do mundo desperto, de modo que cada megálito incrustado na areia parecia parte de intermináveis salas e corredores de alvenaria pré-humana, esculpidos e marcados de hieróglifos com símbolos que eu conhecia muito bem de anos de convívio como uma mente cativa da Grande Espécie. Houve momentos em que imaginei ver os oniscientes horrores cônicos movendo-se em suas tarefas habituais, e temi olhar para baixo, para não me ver igual a eles em aspecto. No entanto, o tempo todo eu via os blocos cobertos de areia, bem como as salas e corredores; a maligna lua ardente, assim como as lâmpadas de cristal luminoso; o deserto sem fim, bem como as samambaias e cicadáceas ondulantes além das janelas. Eu estava acordado e sonhando ao mesmo tempo.

Não sei por quanto tempo ou quão longe – ou, na verdade, em que direção – caminhei quando avistei pela primeira vez o monte de blocos descobertos pelo vento do dia. Era o maior grupo concentrado em um único lugar que eu tinha visto até aquele momento, e a forte impressão que me causou fez com que as visões de fabulosos éons se desvanecessem de súbito. Novamente havia apenas o deserto, a lua maligna e os fragmentos de um passado inimaginável. Eu me aproximei, parei e lancei a luz adicional da minha lanterna sobre a pilha de destroços. Um outeiro havia desaparecido com a ação do vento, deixando uma massa baixa e irregularmente redonda de megálitos e pequenos fragmentos de cerca de dez metros de largura e de meio a dois metros e meio de altura.

Desde o início, percebi que havia uma qualidade sem precedentes nessas pedras. Não apenas o simples número delas era totalmente sem-par, mas algo nos padrões talhados, desgastados pela areia, me prenderam a atenção enquanto eu os examinava como um todo sob os feixes misturados da lua e da lanterna. Não que qualquer um diferisse essencialmente dos espécimes anteriores que havíamos encontrado. Era mais sutil que isso. A impressão não veio quando olhei para um único bloco, mas apenas quando corri meu olhar ao longo de vários quase ao mesmo tempo. Por fim, a verdade me ocorreu. Os padrões curvilíneos em muitos desses blocos estavam *intimamente relacionados* – partes de uma vasta concepção decorativa. Pela primeira vez naquele deserto que os éons abalavam, encontrei uma massa de alvenaria em sua antiga posição – em ruínas fragmentárias, é verdade, mas em um sentido bem definido.

Chegando a um ponto baixo da pilha, comecei a subi-la laboriosamente aqui e ali, limpando a areia com meus dedos e me esforçando a todo tempo para interpretar as variedades de tamanho, forma e estilo e as relações entre padrões. Depois de um tempo, fui capaz de imaginar vagamente a natureza da estrutura passada e os desenhos que outrora se estendiam sobre as vastas superfícies da alvenaria prístina. A identidade perfeita do todo com algumas de minhas visões em sonho me apavorou e enervou. Tratava-se de um lugar que outrora fora um corredor ciclópico de cerca de dez metros de altura, pavimentado com blocos octogonais e solidamente abobadado acima. Havia salas que se abriam à direita e, na outra extremidade, um daqueles estranhos planos inclinados se insinuava a profundidades ainda mais baixas.

O susto que essas imagens me causaram foi tremendo, pois havia mais nelas do que os próprios blocos me haviam oferecido. Como eu sabia que esse andar estaria no subsolo? Como eu sabia que o patamar que me levaria ao alto estava atrás de mim? Como eu sabia que a longa passagem subterrânea para a Praça dos Pilares estivera à esquerda, um andar acima de mim? Como eu sabia que a sala das máquinas e o túnel de acesso direto aos arquivos centrais se encontrara dois andares abaixo? Como eu sabia que havia uma daqueles terríveis alçapões de metal quatro andares abaixo? Perplexo com essa intrusão do mundo dos sonhos, vi-me trêmulo e imundado de um frio suor.

Como um último e intolerável toque, senti aquela leve e insidiosa corrente de ar frio soprando de uma baixada próxima ao centro da imensa pilha. Na mesma hora, como ocorrera antes, minhas visões se desvaneceram, e só vi novamente o luar maligno, o deserto sombrio e o túmulo da alvenaria paleogênica que se espalhava. Algo real e tangível, no entanto repleto de infinitas sugestões de mistério noturno, confrontava-me naquele momento. Pois essa corrente de ar significava uma única coisa: um imenso abismo que os blocos desordenados na superfície escondiam.

Meu primeiro pensamento foi sobre as lendas sinistras dos aborígenes, que versam sobre vastos abrigos subterrâneos entre os megálitos, onde os horrores acontecem e grandes ventos nascem. Os pensamentos dos meus próprios sonhos voltaram então, e eu senti pseudomemórias sombrias forçarem minha mente. Que tipo de lugar jazia abaixo de mim? Que fonte primitiva e inconcebível de antigos ciclos de mitos e pesadelos assombrosos eu poderia estar prestes a descobrir? Foi só por um momento que hesitei, pois mais do que a curiosidade e o entusiasmo científico naquele instante me guiavam e trabalhavam contra o meu crescente medo.

Parecia que eu me movia quase automaticamente, como estivesse preso à garra de um destino irresistível. Guardando minha lanterna no bolso e lutando com uma força que não imaginava possuir, arrastei um primeiro e titânico fragmento de pedra e depois outro, até que surgiu uma corrente forte cuja umidade contrastava estranhamente com o ar seco do deserto. Uma fenda escura começou a se abrir e, por fim – quando eu havia empurrado todos os fragmentos pequenos o bastante para mover –, a luz da lua leprosa fulgurava sobre uma abertura de largura suficiente para me receber.

Peguei minha lanterna e lancei sua luz na abertura. Abaixo de mim havia um caos de alvenaria em ruínas, em um difícil declive ao norte, num ângulo de cerca de 45 graus, evidentemente o resultado de algum antigo colapso de cima. Entre sua superfície e o nível do solo havia um abismo de escuridão impenetrável em cuja extremidade superior havia sinais de uma gigantesca abóbada à qual se impunham as tensões geológicas. Nesse ponto, parecia-me, as areias do deserto jaziam diretamente sobre o piso de uma estrutura titânica que remontava à juventude da Terra – como se preservara, através de éons de convulsões geológicas, não tinha a mínima condição, como agora, de responder.

Em retrospecto, a mais simples ideia de uma súbita e solitária descida em um abismo tão incerto – e numa hora em que meu paradeiro era desconhecido de qualquer alma viva – parece o absoluto ápice da insanidade. Talvez fosse – e no entanto naquela noite embarquei sem hesitar em tal descida. Mais uma vez se manifestara a sedutora atração da fatalidade, que durante todo o tempo parecia direcionar meu caminho. Com um uso intermitente da lanterna para poupar a bateria, comecei uma descida louca pela sinistra inclinação ciclópica abaixo da abertura – às vezes olhando para a frente quando encontrava firmeza nas mãos e nos pés, e outras vezes me voltando ao monte de megálitos enquanto procurava sustentação e mais precariamente me atrapalhava. Em duas direções e próximas de mim, paredes distantes de alvenaria esculpida em ruínas assomavam vagamente sob os raios diretos de minha lanterna. À frente, no entanto, não havia nada além de um denso negrume.

Não conservei a noção do tempo durante a minha descida. Minha mente fervilhava tanto de sugestões e imagens desconcertantes que todas as questões objetivas estavam a distâncias incalculáveis. A sensação física estava morta, e até mesmo o medo permanecia como uma gárgula espectral e inerte que me vigiasse com sua impotência. Por fim, cheguei a um patamar plano em que se espalhavam os blocos em ruínas, fragmentos de pedra disformes, areia e detritos de todo tipo. De cada lado – talvez a dez metros de distância –, erguiam-se paredes maciças que culminavam em enormes arestas de encontro. Quanto às formas neles esculpidas, eu poderia apenas discernir, mas a natureza das imagens ia além da minha percepção. O que mais me chamava a atenção era a abóbada acima. O raio da minha lanterna não era capaz de tocar o teto, mas as partes inferiores dos arcos monstruosos tinham contornos claros – e tão perfeita era a sua identidade com o que eu vira em incontáveis sonhos do mundo ancestral, que eu tremi pela primeira vez.

Atrás e bem acima, um leve borrão luminoso dizia do distante mundo iluminado pelo luar do lado de fora. Uma ligeira e vaga cautela me advertia de que eu não devia perdê-lo de vista, sob o risco de não ter um ponto de referência para o meu retorno. Avancei então em direção à parede à minha esquerda, onde os vestígios de escultura eram mais claros. O chão cheio de escombros era quase tão difícil de atravessar quanto fora a descida, mas consegui superar o caminho difícil. Em um ponto, movi alguns blocos e limpei com o pé os detritos do chão para ver como era o piso, e estremeci diante da total e fatídica familiaridade das grandes pedras octogonais, cuja superfície irregular ainda se mantinha unida.

Chegando a uma distância conveniente da parede, lancei a luz da lanterna lenta e cuidadosamente sobre os desgastados sulcos remanescentes. Algum antigo fluxo de água parecia ter agido na superfície do arenito, ao mesmo tempo que identificava incrustações curiosas que não era capaz de explicar. Em alguns lugares, a alvenaria estava muito solta e um tanto imprecisa, e eu me perguntei quantos éons mais este primevo e oculto edifício manteria seus traços remanescentes de forma em meio às convulsões geológicas da Terra.

Contudo foram os sinais esculpidos que mais me agitaram. Apesar de sua desintegração no tempo, era relativamente fácil observá-los de perto; a completa e íntima familiaridade de cada detalhe quase atordoou minha imaginação. Que os principais atributos dessa vetusta alvenaria fossem familiares, era bastante crível. À medida que impressionaram poderosamente os tecelões de certos mitos, haviam se incorporado a um fluxo de conhecimento enigmático que, chamando de alguma forma minha atenção durante o período amnésico, evocou imagens vívidas em minha mente subconsciente. Mas como eu era capaz de explicar a forma exata e minuciosa em que cada linha e espiral desses estranhos padrões correspondiam ao que eu sonhara por mais de vinte anos? Que obscura e esquecida iconografia poderia ter reproduzido cada sutil nuance e sombreado que tão persistente, exata e invariavelmente assediava minha visão adormecida noite após noite?

Pois aqui não havia coincidência ou remota semelhança. Sem sombra de dúvida, o corredor de antiguidade milenar, escondido por eras, dentro do qual eu estava era a materialização original de algo que eu conhecia em sonho tão intimamente quanto minha própria casa na rua Crane, em Arkham. É verdade que meus sonhos mostravam o lugar em seu apogeu, mas a identidade não era menos real por causa disso. Meu foco era total e horrivelmente único. A estrutura particular em que eu estava era conhecida por mim. Conhecido, também, era o seu lugar naquela terrível e antiga cidade dos sonhos. Que eu pudesse visitar infalivelmente qualquer ponto naquela estrutura ou naquela cidade que escapara às mudanças e devastações de eras incontáveis, percebi com hedionda e instintiva certeza. O que, em nome de Deus, poderia tudo isso significar? Como vim a saber o que sabia? E que realidade terrível poderia estar por trás daqueles contos antigos dos seres que habitavam aquele labirinto de pedra primordial?

As palavras podem transmitir apenas parcialmente a confusão de pavor e perplexidade que devorava meu espírito. Eu conhecia aquele lugar. Eu sabia o que havia diante de mim e o que havia permanecido submerso antes que a miríade de histórias imponentes se tornasse pó, escombro e deserto. Não há necessidade agora, pensei com um calafrio, de manter o ligeiro reflexo do luar à vista. Eu estava dividido entre o desejo de fugir e uma mistura febril de curiosidade ardente e fatalidade que me movia. O que aconteceu com essa monstruosa megalópole ancestral nos milhões de anos desde o tempo dos meus sonhos? Dos labirintos subterrâneos que sustentavam a cidade e ligavam todas as suas torres titânicas, quanto ainda sobrevivera às convulsões da crosta terrestre?

Havia eu me deparado com as ruínas enterradas de um mundo inteiro de arcaísmo profano? Seria eu ainda capaz de encontrar a casa do mestre dos escritores, e a torre onde S'gg'ha – uma mente cativa, oriunda dos vegetais carnívoros da Antártida, com sua cabeça em forma de estrela – cinzelara certas figuras nos espaços em branco das paredes? A passagem no segundo nível, em direção ao salão das mentes alienígenas, ainda estava desocupada e atravessável? Naquele salão, a mente cativa de uma entidade incrível – um habitante semiplástico do interior oco de um planeta transplutoniano desconhecido dezoito milhões de anos no futuro – conservara um objeto que modelara em barro.

Fechei os olhos e levei as mãos à cabeça em um esforço inútil e lamentável de expulsar esses insanos fragmentos de sonhos da minha consciência. Então, pela primeira vez, senti intensamente a frieza, o movimento e a umidade do ar circundante. Estremecendo, percebi que uma vasta cadeia de abismos pretos mortos por éons de fato estava se abrindo em algum lugar além e abaixo de mim. Pensei nas assustadoras câmaras e corredores e inclinações quando os recordei dos meus sonhos. O caminho para os arquivos centrais ainda estaria aberto? Mais uma vez, a fatalidade movia irresistivelmente o meu cérebro quando me lembrei dos registros impressionantes que outrora estavam guardados naqueles compartimentos retangulares de metal inoxidável.

Lá, diziam os sonhos e as lendas, repousava toda a história, passada e futura, do contínuo espaço-tempo cósmico – escrita por mentes cativas de todas as orbes e eras do sistema solar. Loucura, é claro – mas eu não estava diante de um mundo tão louco quanto eu? Pensei nas prateleiras de metal trancadas e nos curiosos puxadores necessários para abrir cada uma delas. A minha própria me veio vividamente à consciência. Quantas vezes eu tinha passado por aquela intrincada rotina de variadas voltas e pressões na seção terrestre de vertebrados no último nível! Cada detalhe era novo e familiar. Se houvesse um compartimento como o de meus sonhos, poderia abri-lo em um instante. Foi então que a loucura me dominou completamente. Um instante depois, eu estava aos saltos e tropeços atravessando os destroços rochosos em direção à inclinação que, como bem lembrava, me levaria às profundezas abaixo.

VII.

Daquele ponto em diante, minhas impressões não são confiáveis – na verdade, ainda conservo uma esperança final e enlouquecida de que tudo não tenha passado de um sonho demoníaco, ou ilusão nascida do delírio. Conflagrou-se uma febre em meu cérebro e tudo veio até mim através de uma espécie de neblina – às vezes apenas de forma intermitente. Os raios da minha lanterna dispararam, frágeis, no abismo da escuridão, trazendo vislumbres fantasmagóricos de paredes e entalhes horrivelmente familiares, todos marcados pela decadência das eras. Em um ponto, um tremendo pedaço da abóbada havia caído, de modo que precisei escalar um monte de pedras que chegavam quase ao teto irregular, dominado por bizarras estalactites. Era todo o ápice do pesadelo, agravado pelo blasfemo empurrão da pseudomemória. Uma coisa só não era familiar, e este era o meu tamanho em relação à estrutura monstruosa. Senti-me oprimido por uma sensação de inusitada pequenez, como se a visão dessas paredes imponentes a partir de um mero corpo humano fosse algo inteiramente novo e anormal. Repetidas vezes olhei ansioso para baixo, vagamente perturbado pela forma humana que possuía.

Avançando através da escuridão do abismo saltei, mergulhei e cambaleei – muitas vezes caindo e me ferindo, e uma vez quase quebrando minha lanterna. Todas as pedras e cantos daquele abismo demoníaco eram conhecidos por mim e, em muitos pontos, parei para lançar raios de luz através de arcos em ruínas, preenchidos de escombros, mas familiares. Certas salas haviam desmoronado por completo; outras estavam vazias ou cheias de detritos. Em umas poucas, vi massas de metal – algumas relativamente intactas, outras quebradas, esmagadas ou desgastadas – que reconheci como os pedestais ou mesas colossais dos meus sonhos. O que eles poderiam na verdade ter sido, não tive coragem de adivinhar.

Encontrei a inclinação para baixo e comecei a descer – embora depois de um tempo detido pelo vão de uma garganta irregular, cujo ponto mais estreito tinha cerca de um metro e meio. Aqui a pedra havia desabado, revelando o breu de profundidades incalculáveis. Eu sabia que o edifício titânico contava ainda com outros dois níveis abaixo daquele em que me encontrava, e tremi com pânico revigorado quando me lembrei dos alçapões lacrados a ferro no último nível. Não havia sentinelas agora – pois o que furtivamente jazia abaixo tinha há muito realizado sua hedionda obra e mergulhado em seu longo declínio. Na era dos besouros pós-humanos estaria definitivamente morto. No entanto, ao pensar nas lendas dos nativos, tremi outra vez.

Custou-me um terrível esforço para cruzar aquela abertura escancarada, uma vez que os detritos no chão impediam-me a corrida – a loucura, porém, me impulsionava. Escolhi um lugar perto da parede do lado esquerdo – onde a fenda era menos larga e o ponto de aterrissagem razoavelmente livre de detritos perigosos – e, depois de um momento frenético, cheguei ao outro lado em segurança. Finalmente alcançando o nível mais baixo, atravessei aos tropeços o arco da sala de máquinas, dentro do qual havia fantásticas ruínas de metal parcialmente soterrado pelos escombros de uma abóbada. Tudo estava onde eu sabia que estaria, e eu subi com confiança sobre as pilhas que barravam a entrada de um vasto corredor transversal. Percebi que isso me levaria para baixo da cidade aos arquivos centrais.

Eras sem fim pareciam se desenrolar enquanto tropeçava, saltava e rastejava pelo corredor cheio de destroços. Vez por outra era capaz de distinguir entalhes nas paredes manchadas pelo tempo – alguns familiares, outros aparentemente acrescidos desde o período dos meus sonhos. Como se tratava de um caminho subterrâneo conectando casas, não havia arcos, exceto quando a rota passava pelos níveis mais baixos de vários prédios. Em algumas dessas interseções, desviava-me a corredores e salas de que me lembrava muito bem. Só em duas duas vezes encontrei mudanças radicais em relação ao que sonhava – e, em um desses casos, pude notar os contornos lacrados da arcada de que me lembrava.

Balancei violentamente e senti a curiosa emergência de uma fraqueza que me obstava, quando rumava em meu apressado e hesitante curso à cripta de uma daquelas grandes torres arruinadas e sem janelas, cuja alvenaria de basalto sugeria uma origem sussurrada e horrível. Essa câmara primitiva era redonda e tinha sessenta metros de largura, sem qualquer coisa esculpida na pedra escura. O chão estava aqui livre de qualquer coisa exceto poeira e areia, e eu podia ver as aberturas levando para cima e para baixo. Não havia escadas nem declives – de fato, meus sonhos tinham imaginado aquelas torres mais antigas como estruturas totalmente intocadas pela fabulosa Grande Espécie. Aqueles que as construíram não precisavam de escadas ou inclinações. Nos sonhos, a abertura para baixo era firmemente lacrada e nervosamente guardada. Agora jazia aberta e escura, emitindo uma corrente de ar fresco e úmido. Que cavernas ilimitadas da noite eterna poderiam existir naquelas profundezas, eu não me permitia pensar.

Mais tarde, abrindo caminho por uma seção terrível e entulhada do corredor, cheguei a um ponto onde o telhado havia desmoronado por completo. Os destroços erguiam-se como uma montanha, e eu a escalei, passando por um vasto espaço vazio onde a luz de minha lanterna não era capaz de revelar paredes ou abóbada. Este, ponderei eu, deve ser o porão da casa dos fornecedores de metal, em frente à terceira praça, não muito longe dos arquivos. O que acontecera com ele, não conseguia conjecturar.

Encontrei o corredor outra vez além da montanha de detritos e pedras, mas depois de uma curta distância encontrei um lugar totalmente obstruído onde as ruínas da abóbada quase tocavam o teto perto do colapso. Como fui capaz de mover blocos suficientes para permitir uma passagem, e como ousei perturbar os fragmentos comprimidos quando o menor distúrbio do equilíbrio poderia ter feito com que toneladas de alvenaria que os encimavam me esmagassem e reduzissem a nada, eu não sei. Foi a loucura pura e simples que me impeliu e me guiou... se, de fato, toda a minha aventura subterrânea não foi – como espero – uma ilusão infernal ou uma fase do sonho. Mas eu consegui – ou sonhei ter conseguido – abrir uma passagem estreita pela qual era capaz de passar. Enquanto eu me contorcia sobre o monte de destroços – a lanterna, ligada continuamente, eu enfiara na boca –, senti as fantásticas estalactites do piso dentado acima de mim.

Enfim, aproximei-me da grande estrutura subterrânea dos arquivos, que parecia formar meu objetivo. Deslizando e controlando a descida com pés e mãos pelo lado mais extremo da barreira, e percorrendo o corredor restante com a lanterna em mãos, utilizando-a com parcimônia, cheguei finalmente a uma cripta baixa e circular com arcos – ainda em estado maravilhoso de preservação – aberta de todos os lados. As paredes, ou partes delas, uma vez que dependia do que estava ao alcance da lanterna, revelavam-se carregadas de hieróglifos e cinzeladas com os típicos símbolos curvilíneos – alguns desconhecidos e, portanto, posteriores ao período dos meus sonhos.

Percebi que aquele era o lugar a que estava predestinado, e de pronto me encaminhei a um arco conhecido à minha esquerda. Estranhamente, eu tinha pouca dúvida de que conseguiria encontrar uma passagem aberta para cima e para baixo da inclinação levando a todos os níveis sobreviventes. Essa imensa edificação protegida pela terra, abrigando os anais de todo o sistema solar, fora construída com habilidade e força celestial para durar tanto quanto o próprio sistema. Blocos de tamanho estupendo, equilibrados com genialidade matemática e ligados com argamassa de incrível resistência, combinaram-se para formar um produto tão firme quanto o núcleo rochoso do planeta. Aqui, depois de eras muito mais prodigiosas do que era capaz de compreender, seu volume enterrado permanecia intacto em todos os contornos essenciais, com seus vastos pisos cobertos de poeira, sem presença significativa dos detritos dominantes nos demais lugares.

A caminhada relativamente fácil deste ponto em diante teve um curioso efeito em minha cabeça. Toda a ansiedade frenética, até então frustrada pelos obstáculos, agora se manifestava numa espécie de velocidade febril, e disparei pelos corredores de teto baixo para além dos arcos, de que monstruosamente me recordava tão bem. Eu estava pasmo com a familiaridade do que via. Em cada lado, as grandes portas de metal das prateleiras, cobertas de hieróglifos, assomavam em todo o seu portento; algumas ainda no lugar, outras abertas, e outras ainda curvadas e amassadas sob o peso das convulsões geológicas cuja potência não fora suficiente para destruir a alvenaria titânica. Aqui e ali, um monte de poeira abaixo de uma prateleira vazia parecia indicar pontos em que as caixas haviam sido derrubadas por tremores de terra. Em pilares fortuitos havia grandes símbolos ou letras indicando classes e subclasses de volumes.

A certa altura, parei diante de uma câmara aberta, onde vi algumas das costumeiras estantes de metal ainda de pé em meio ao pó onipresente. Esticando-me, desloquei uma das caixas mais finas com alguma dificuldade e a coloquei no chão para exame. Recebia seu título a partir dos curvilíneos hieróglifos predominantes, embora algo no arranjo dos símbolos parecesse sutilmente incomum. O estranho mecanismo do fecho em forma de gancho não me era em absoluto estranho, e eu abri a tampa ainda inoxidada e funcional e tirei dela o livro que guardava. Este último, como esperado, tinha cerca de cinquenta por quarenta centímetros de área e cinco de espessura; a fina capa de metal abrindo no topo. Suas páginas duras de celulose pareciam não ter sido afetadas pela miríade de ciclos de tempo através dos quais tinham vivido, e estudei as letras estranhamente pigmentadas do texto escrito a pincel – símbolos totalmente distintos dos hieróglifos curvilíneos de costume ou de qualquer alfabeto conhecido por erudição humana – com uma memória a um só tempo fantasmagórica e semiagitada. Ocorreu-me que se tratava da língua utilizada por uma mente cativa que eu conhecera superficialmente em meus sonhos – uma mente proveniente de um grande asteroide no qual havia sobrevivido muito da vida arcaica e do conhecimento do planeta primevo do qual tal objeto celeste era fragmento. Ao mesmo tempo, lembrei que aquele andar dos arquivos era dedicado a volumes que versavam sobre planetas não terrestres.

Quando parei de debruçar-me sobre aquele documento incrível, vi que a luz da minha lanterna começava a falhar e logo inseri a bateria extra que sempre tinha comigo. Armado com o brilho mais forte, retomei minha corrida febril por emaranhados intermináveis de estantes e corredores – reconhecendo de vez em quando uma prateleira familiar e vagamente irritado com as condições acústicas que faziam meus passos ecoarem incongruentes naquelas catacumbas de morte e silêncio de eras sem fim. As próprias impressões dos meus sapatos na poeira milenar e inexplorada me faziam estremecer. Nunca antes, se a insanidade de meus sonhos continha alguma verdade, pés humanos haviam tocado aqueles pavimentos imemoriais. Do objetivo particular de minha corrida enlouquecida, minha mente consciente não tinha qualquer sinal. Havia, no entanto, alguma força de potência maligna puxando minha vontade atordoada e lembranças enterradas, de modo que vagamente sentia não estar correndo ao acaso.

Cheguei a um declive e caminhei por ele rumo a mais abissais profundezas. O piso brilhava ao meu lado enquanto eu corria, mas não parei para explorá-lo. Em meu cérebro rodopiante, começara a bater um ritmo que fazia minha mão direita se contrair em sintonia. Queria destravar algo e sentia conhecer todas as torções e pressões necessárias para fazê-lo. Seria como um cofre moderno com fechadura de combinação. Sonho ou não, em algum momento o aprendi e ainda sabia. Não tentei buscar explicações para como qualquer sonho – ou fragmento de lenda inconscientemente absorvida – teria tido o poder de me ensinar detalhes tão minuciosos, complexos e intrincados. Havia ultrapassado a barreira de todo e qualquer pensamento coerente. Pois não era toda essa experiência – essa familiaridade assustadora com um conjunto de ruínas desconhecidas, e essa identidade monstruosamente exata de tudo que havia diante de mim com o que apenas sonhos e fragmentos de mito poderiam ter sugerido – um horror além de toda razão? Provavelmente tive convicção, na época – como tenho agora, durante meus momentos mais sãos –, de que não estava acordado, e que toda a cidade enterrada era um fragmento de alucinação febril.

Por fim, cheguei ao nível mais baixo e desci à direita do declive. Por alguma razão obscura, procurei tirar o peso de meus passos, mesmo perdendo, assim, a velocidade. Havia um espaço que eu tinha medo de cruzar naquele último piso tão profundamente enterrado e, quando me aproximei, lembrei-me do que temia naquele lugar. Era apenas um dos alçapões, com suas portas aferrolhadas e muito bem guardadas. Não havia sentinelas agora e, por causa disso, tremi e caminhei a passos levíssimos, como havia feito ao atravessar aquela abóbada de basalto preto, onde alçapão semelhante se mostrara aberto. Senti uma corrente de ar frio e úmido, assim como sentira ali, e desejei que meu rumo conduzisse em outra direção. Por que eu precisava tomar o curso específico que eu estava tomando, eu não sabia.

Quando cheguei ao espaço, vi que o alçapão da porta se abrira por completo. À frente, as prateleiras recomeçavam, e eu vislumbrei no chão, diante de uma delas, uma pilha um tanto coberta de pó, onde um número de caixas caíra recentemente. No mesmo instante, fui acometido de uma nova onda de pânico, embora por algum tempo não fosse capaz de descobrir sua razão. Montes de caixas caídas não eram incomuns, pois durante todos os éons aquele labirinto sem luz havia sido atormentado pelas convulsões da terra e ecoara, de tempos em tempos, o barulho ensurdecedor dos objetos derrubados. Foi só quando eu estava do outro lado do espaço que percebi porque tremia violentamente.

Não era o monte, mas algo na poeira do piso que me incomodava. À luz da lanterna, parecia que a poeira não era tão uniforme quanto deveria ser – havia lugares em que ela parecia mais escassa, como se tivesse sido perturbada alguns meses antes. Eu não podia ter certeza, pois até mesmo os lugares em que a camada de poeira era menor traziam poeira o suficiente; contudo, certa suspeita de regularidade nesses pontos de desigualdade imaginada era altamente inquietante. Quando levei a lanterna para perto de um dos pontos estranhos, não gostei do que vi, pois a ilusão de regularidade tornou-se muito grande. Era como se fossem compostas de linhas impressas regulares – impressões que surgiam em grupos de três, cada qual com pouco mais de trinta centímetros quadrados, consistindo de cinco impressões quase circulares de três polegadas, uma à frente das outras quatro.

Essas possíveis linhas de impressões, em seus centímetros quadrados, pareciam conduzir em duas direções, como se alguma coisa tivesse ido a algum lugar e retornado. Elas eram, é claro, muito fracas e podiam ter sido ilusões ou acidentes, mas havia um elemento de terror sombrio e desajeitado no modo como eu pensava que elas seguiam. Pois numa das pontas estava o amontoado de caixas que deviam ter caído, não muito tempo antes, enquanto na outra extremidade se via o ameaçador alçapão com o vento frio e úmido, aberto sem sentinelas rumo a inimagináveis abismos.

VIII.

Que minha estranha sensação de compulsão era profunda e esmagadora se demonstra por ela ter sobrepujado meu medo. Nenhum motivo racional poderia ter me atraído depois daquela horrenda suspeita das pegadas e das assustadoras lembranças de sonhos que ela agitava. No entanto, minha mão direita, mesmo quando tremia de medo, ainda se contraía ritmicamente em sua ânsia de virar a trava que esperava encontrar. Antes que eu percebesse, passei pela pilha de caixas recém-caídas e corri na ponta dos pés pelos corredores de estantes com sua poeira intacta em direção a um ponto que morbidamente parecia conhecer muitíssimo bem. Minha mente lançava a si mesma questionamentos cuja origem e relevância eu só então começava a perceber. A prateleira seria alcançável por um corpo humano? Poderia minha mão humana dominar, a partir de uma memória de eras, todos os movimentos da fechadura? A tranca estaria intacta e manejável? O que eu faria – o que ousaria fazer – com o que (como comecei a perceber então) eu tanto esperava quanto temia encontrar? Isso provaria, por acaso, a incrível e acachapante verdade de algo que ia além de qualquer normalidade, ou mostraria apenas que eu estava sonhando?

Em seguida percebi que não mais andava na ponta dos pés e estava parado, olhando para uma série de prateleiras hieroglíficas enlouquecidamente familiares. Estavam num estado quase perfeito de preservação, e apenas três das portas ali se mostravam abertas. Meus sentimentos em relação a essas prateleiras não podem ser descritos – tão profundo e insistente era o sentimento de me serem velhas conhecidas. Eu estava olhando para o alto, em uma fila perto do topo e completamente fora do meu alcance, e me perguntando como eu poderia escalar para chegar até ela. Uma porta aberta a quatro fileiras do chão ajudava, e as fechaduras formavam possíveis apoios para mãos e pés. Eu segurava a lanterna entre os dentes, como em outros lugares onde ambas as mãos haviam sido necessárias. Acima de tudo, não devia fazer barulho. Talvez fosse difícil remover o que eu queria, mas era possível prender sua tranca no colarinho do meu casaco e carregá-lo como uma mochila. Outra vez me perguntei se a tranca não estaria danificada. Já não tinha a menor dúvida de que era capaz de repetir cada movimento, tão familiares eles me pareciam. Apenas torcia para que não raspasse ou rangesse – e que minha mão pudesse lidar com ela corretamente.

Mesmo enquanto pensava nessas coisas, eu havia levado a lanterna para a boca e começado a subir. As travas que se projetavam eram apoios ruins, mas, assim como eu esperava, a prateleira aberta ajudou muito. Usei tanto a porta, que ao balançar impunha dificuldades, quando a beirada da abertura em minha subida, e consegui evitar qualquer rangido mais alto. Equilibrado na borda superior da porta e inclinando-me para a direita, consegui alcançar a fechadura que procurava. Meus dedos, meio dormentes da subida, estavam muito desajeitados no começo, mas logo vi que eles eram anatomicamente adequados. Havia neles memória dos movimentos. Dos desconhecidos abismos do tempo, os intrincados movimentos secretos haviam de algum modo atingido meu cérebro corretamente em todos os detalhes – e depois de menos de cinco minutos de tentativas escutei um estalido cuja familiaridade era ainda mais surpreendente, porque eu não o havia antecipado conscientemente. No instante seguinte, a porta de metal se abriu devagar com apenas um fraco rangido.

Atordoado, examinei a fileira de caixas acinzentadas então expostas e senti o surgimento incontrolável de uma emoção absolutamente inexplicável. Ao alcance da minha mão direita estava uma caixa cujos hieróglifos curvilíneos me fizeram vacilar com uma pontada infinitamente mais complexa do que a do simples susto. Ainda tremendo, consegui deslocá-la em meio a uma chuva de flocos arenosos, e apoiá-la em mim mesmo sem maior ruído. Como a outra caixa que havia manipulado, ela tinha pouco mais de cinquenta por quarenta centímetros, com precisos padrões curvilíneos em baixo-relevo. Na espessura chegava a dez centímetros. Firmando-a como pude entre mim e a superfície que estava escalando, manipulei o fecho e enfim soltei o gancho. Levantando a tampa, passei o pesado objeto para as minhas costas e permiti que o gancho se prendesse ao meu colarinho. Com as mãos livres, desabei desajeitadamente no chão empoeirado e preparei-me para examinar o prêmio.

Ajoelhando-me na poeira arenosa, coloquei a caixa diante de mim. Minhas mãos tremiam e eu temia tirar o livro quase tanto quanto o desejava e me sentia compelido a fazê-lo. Aos poucos, tornou-se claro para mim o que eu encontraria, e essa percepção quase paralisou minhas faculdades. Se a coisa estivesse ali – e se eu não estivesse sonhando –, as implicações estariam muito além da capacidade do espírito humano de suportar. O que mais me atormentou foi minha momentânea incapacidade de sentir que o que me cercava era um sonho. O senso de realidade era medonho – e novamente o sinto dessa forma quando me lembro da cena.

Por fim, tirei trêmulo o livro da caixa e, fascinado, mirei os bem conhecidos hieróglifos da capa. Parecia estar em ótimas condições, e as letras curvilíneas do título me mantiveram hipnotizado a ponto de julgar que era capaz de lê-las. De fato, não posso jurar que não as li de fato em algum acesso transitório e terrivelmente anormal da memória. Não sei quanto tempo demorou antes que eu ganhasse coragem de levantar aquela fina capa de metal. Eu o evitei e dei desculpas para mim mesmo. Tirei a lanterna da boca e a desliguei para economizar a bateria. Então, no escuro, tomei coragem e por fim ergui a tampa sem acender a luz. Em seguida, acabei por ligar a lanterna sobre a página exposta – me preparando para conter qualquer som, a despeito do que encontrasse.

Eu olhei por um instante, e em seguida quase desmaiei. Travando os dentes, no entanto, permaneci em silêncio. Fui totalmente no chão e levei a mão à testa, em meio à escuridão envolvente. O que eu temia e esperava lá estava. Ou eu estava sonhando, ou o tempo e o espaço haviam se tornado um escárnio. Só podia estar sonhando – mas colocaria o horror à prova levando comigo aquela coisa de volta e mostrando ao meu filho, caso fosse mesmo real. Sentia a cabeça girar assustadoramente, embora não houvesse objetos visíveis na escuridão total que girassem em torno de mim. Ideias e imagens do mais puro terror – animadas por panoramas derivados do que havia vislumbrado – começaram a se apossar de mim e confundir meus sentidos.

Pensei naquelas possíveis marcas no pó e tremi ao som da minha respiração ao fazê-lo. Novamente acendi a lanterna e olhei para a página como a vítima de uma serpente pode olhar aos olhos e presas de sua assassina. Em seguida, com os dedos desajeitados no escuro, fechei o livro, coloquei-o na caixa e fechei a tampa e o curioso fecho de gancho. Era o que levaria comigo ao mundo exterior, caso ela de fato existisse... caso todo o abismo de fato existisse... caso eu e o próprio mundo de fato existíssemos.

Não sei dizer em que momento me pus lentamente de pé e comecei a voltar. Ocorre-me estranhamente – como medida da minha sensação de desligamento do mundo normal – que nem mesmo uma vez olhei para o relógio durante aquelas horas hediondas no subsolo. Com a lanterna na mão e a caixa ameaçadora debaixo do braço, vi-me caminhando na ponta dos pés em uma espécie de pânico silencioso, passando o abismo de onde surgiam as lufadas de ar e as marcas na poeira, com o que se insinuava por meio delas. Fiquei mais tranquilo ao escalar os intermináveis aclives, mas não conseguia afastar uma sombra de apreensão que não sentira na jornada descendente.

Eu temia ter de passar por aquela cripta de basalto preto mais antiga do que a própria cidade, da qual correntes frias surgiam das incontidas profundidades. Pensei nos temores da Grande Espécie e no que ainda poderia estar à espreita – ainda que fraco e à beira da morte – lá embaixo. Pensei naquelas marcas de cinco círculos e no que meus sonhos me haviam contado sobre tais impressões – e de ventos estranhos e assobios associados a eles. Pensei nas lendas dos negros modernos, nas quais se mencionava o horror dos grandes ventos e das inomináveis ruínas subterrâneas.

Eu sabia, a partir de um símbolo esculpido na parede, o piso certo para entrar, e cheguei por fim – depois de passar por aquele outro livro que eu havia examinado – ao grande espaço circular com os arcos que dele partiam. À minha direita, e imediatamente reconhecível, estava o arco através do qual eu chegara. Então, eu o atravessei, ciente de que o restante do meu caminho seria mais difícil por causa da ruína em que se encontrava a alvenaria do lado de fora do prédio do arquivo. Meu novo fardo, revestido de metal, era pesado, e eu achei cada vez mais difícil não fazer barulho enquanto tropeçava entre escombros e fragmentos de todo tipo.

Cheguei então ao monte de escombros que iam até o teto, através do qual produzira uma mínima passagem. O pavor que sentia de contorcer-me novamente através dele era infinito: minha primeira passagem havia causado algum ruído, e eu então – depois de ver aquelas marcas – temia o som acima de todas as coisas. A caixa também duplicou o problema de atravessar a fenda estreita. Escalei a barreira da melhor forma que pude e empurrei a caixa através da fenda à minha frente. Com a lanterna na boca, atravessei-a eu mesmo – com as minhas costas mais uma vez rasgadas pelas estalactites. Quando tentei agarrar a caixa novamente, ela desceu um pouco à minha frente no declive de escombros, produzindo um estrondo inquietante e ecos que me fizeram suar frio. Lancei-me à frente para recuperá-la e o fiz sem produzir mais ruído – mas, um instante depois, um deslizamento de blocos sob meus pés provocou um ruído repentino e sem precedentes.

Esse ruído foi minha ruína. Pois, impressão minha ou não, julguei ter ouvido uma medonha resposta a ele vinda de longe. Pensei ter ouvido um som estridente e agudo, como nada que existisse neste mundo, algo além de qualquer descrição verbal adequada. Pode ter sido apenas minha imaginação. Se assim foi, o que se segue carrega uma triste ironia – já que, exceto pelo pânico que causou, a segunda coisa pode nunca ter acontecido.

A situação era tal que minha agitação mental não conhecia alívio. Com a lanterna na mão e me agarrando debilmente ao estojo, saltei e rumei descontroladamente à frente, sem pensar no que fosse, movido apenas pelo louco desejo de escapar àquelas ruínas de pesadelo para o mundo desperto do deserto e do luar, que então estava muito acima de mim. Eu sequer percebi quando cheguei à montanha de escombros que se erguia na imensa escuridão para além do teto desabado e me machuquei e me cortei incontáveis vezes escalando sua encosta íngreme de blocos irregulares e fragmentos. Então veio o grande desastre. Assim que cruzei cegamente o cume, despreparado para a repentina descida à frente, meus pés não encontraram aderência, e de súbito rolei envolvido em uma avalanche de alvenaria cujo estrondo cortou o ar escuro da caverna em uma série ensurdecedora de reverberações capazes de sacudir a terra.

Não me recordo de emergir desse caos, mas em um fragmento momentâneo de consciência me vejo mergulhando, tropeçando e arrastando-me pelo corredor em meio ao clangor – caixa e lanterna ainda comigo. Então, quando me aproximei da primitiva cripta de basalto que eu tanto temia, veio a loucura total. Pois, quando os ecos da avalanche cessaram, tornou-se audível a repetição daquele apavorante e estranho assovio que pensei ter ouvido antes. Dessa vez não restavam dúvidas – e, o que era pior, vinha de um ponto que não estava atrás, mas *à minha frente*.

É provável que eu tenha gritado, então. Conservo uma imagem vaga de mim mesmo atravessando em corrida desenfreada a infernal abóbada de basalto das Coisas Ancestrais, e ouvindo o maldito som alienígena sibilando através do alçapão aberto e desprotegido e as infinitas profundezas de seu negrume. Havia também um vento – não apenas uma lufada úmida e fria, mas uma rajada violenta e proposital irrompendo, selvagem e friamente, daquele abismo abominável de onde vinha o assovio obsceno.

Tenho lembranças de saltos e arremetidas sobre obstáculos de todo tipo, com aquela torrente de vento e sons estridentes crescendo a cada momento, como se me enredasse e envolvesse propositalmente em espirais, ao deixar com sua vileza os espaços abaixo e em torno. Embora viesse de minha retaguarda, tal vento tinha o estranho efeito de impedir, não de auxiliar, meu progresso, como se agisse como um laço lançado sobre mim. Sem atentar ao barulho que produzi, bati ruidosamente sobre uma grande barreira de blocos e me encontrei de volta à estrutura que levava à superfície. Lembro-me de vislumbrar o arco que confinava na sala de máquinas e de quase gritar ao ver a inclinação que descia ao ponto dois níveis abaixo de onde uma daqueles macabros alçapões espalhava seu hálito. Em vez de gritar, murmurava para mim mesmo continuamente que tudo aquilo era um sonho do qual eu logo acordaria. Talvez eu estivesse no acampamento – talvez estivesse na minha casa em Arkham. Enquanto essas esperanças reforçavam minha sanidade mental, iniciei a escalada ao nível mais alto.

Eu sabia, é claro, que teria de cruzar a fenda de um metro e meio de novo, mas eram tantos os outros horrores que me atormentavam que não era capaz de atentar ao horror em sua totalidade até quase chegar a ela. Em minha descida, o salto havia sido simples – mas eu seria capaz de superá-la tão facilmente no sentido contrário, e prejudicado pelo medo, pela exaustão, pelo peso da caixa de metal e pelo anômalo obstáculo que aquele vento demoníaco me impunha? Pensei nessas coisas no último momento e pensei também nas entidades sem nome que poderiam estar ocultas nos abismos pretos abaixo da fenda.

Minha lanterna estava ficando fraca, mas fui capaz de perceber, por alguma lembrança obscura, o momento em que me aproximava da fenda. As rajadas de vento e os assobios nauseabundos que vinham atrás de mim foram, no momento, um misericordioso opiáceo, embotando minha imaginação para o horror do abismo que se aproximava. E então eu me dei conta das explosões e assobios *que vinham da minha frente* – abomináveis marés surgindo através da fissura de profundidades inimagináveis e inimaginadas.

Agora, de fato, a pura essência do pesadelo estava sobre mim. A sanidade se fora – e ignorando tudo, exceto o impulso animal de voar, eu apenas lutei e arremeti por sobre os escombros da inclinação acima, como se não houvesse qualquer abismo. Vi, então, a borda do abismo, e saltei enlouquecido, com toda a força que possuía, e fui na mesma hora tragado por um vórtice pandemoníaco de um som repugnante e de uma escuridão medonha, quase materialmente tangível.

Este é o fim da minha experiência, tanto quanto dela me recordo. Quaisquer outras impressões pertencem inteiramente ao domínio do delírio fantasmagórico. Sonho, loucura e memória fundiram-se descontroladamente em uma série de alucinações fantásticas e fragmentárias que não podem ter relação com nada real. Houve uma queda hedionda através de quilômetros incalculáveis de escuridão viscosa e senciente, e uma babel de ruídos totalmente alheios a tudo o que conhecemos da Terra e de sua vida orgânica. Sentidos rudimentares e adormecidos pareciam começar a ganhar vida dentro de mim, revelando buracos e vazios povoados por horrores flutuantes que levavam a penhascos e oceanos sem sol e a cidades apinhadas de torres de basalto sem janelas sobre as quais nenhuma luz brilhava.

Segredos do planeta primitivo e seus imemoráveis éons atravessavam meu cérebro sem a ajuda de visão ou som, e davam-se ao meu saber coisas que nem mesmo o mais selvagem dos meus sonhos anteriores sugerira. E todo o tempo os dedos frios do vapor úmido se agarravam a mim e me atacavam, e aquele assovio medonho soava como um grito diabólico acima de todas as variações de babel e silêncio nos redemoinhos de escuridão ao redor.

Em seguida, fizeram-se visões da cidade ciclópica dos meus sonhos – não em ruínas, mas exatamente como eu havia sonhado. Eu estava de volta ao meu corpo cônico e não humano, misturado a multidões da Grande Espécie e mentes cativas que carregavam livros de um lado para o outro pelos altos corredores e grandes inclinações. Sobrepostas a essas imagens, havia assustadores vislumbres momentâneos de uma consciência não visual envolvendo lutas desesperadas, uma contorção livre dos tentáculos arrebatadores do vento sibilante, um voo insano, como de um morcego, através do ar semissólido, uma febril escavação através da escuridão varrida por ciclones, e um selvagem rolar e escalar pelos escombros.

A determinada altura houve um curioso e intrusivo lampejo, um vislumbre – uma fraca e difusa suspeita de radiância azulada ao alto. Então veio um sonho em que escalava e rastejava com o vento no encalço – um sonho em que me contorcia em direção a um luar sardônico através de escombros que deslizavam e desmoronavam atrás de mim em meio a um furacão mórbido. Foi a vileza e monotonia daquele luar enlouquecedor sobre mim que, por fim, me informou do retorno daquilo que outrora reconhecia como o mundo objetivo e desperto.

Eu me arrastava, as mãos em forma de garras, pelas areias do deserto australiano, e ao meu redor sibilava o vento em um tumulto tal como nunca antes havia conhecido na superfície do nosso planeta. Minhas roupas estavam reduzidas a farrapos, e meu corpo inteiro era uma massa de hematomas e arranhões. A consciência plena voltou muito devagar, e em nenhum momento eu poderia dizer exatamente onde a verdadeira memória parou e o sonho delirante começou. Parecia haver um monte de blocos titânicos, um abismo por baixo, uma monstruosa revelação do passado e um pesadelo de horror no final – mas quanto disso era real? Minha lanterna já não existia e, da mesma forma, qualquer caixa de metal que eu pudesse ter descoberto. Chegou a existir tal caixa, ou algum abismo, ou algum monte? Erguendo a cabeça, olhei para trás e vi apenas as areias estéreis e ondulantes do deserto.

O vento demoníaco cessou, e a lua intumescida e fungoide afundou em sua vermelhidão no oeste. Eu me levantei e comecei a cambalear a sudoeste em direção ao acampamento. O que na verdade havia acontecido comigo? Havia eu simplesmente desmoronado no deserto e arrastado um corpo destruído pelo sonho por quilômetros de areia e blocos enterrados? Se não, como suportaria viver mais tempo? Pois, nessa nova dúvida, toda a minha fé na irrealidade das minhas visões, nascidas do mito, dissolveu-se mais uma vez na infernal e mais velha dúvida. Se aquele abismo fosse verdadeiro, então a Grande Espécie era verdadeira – e seus ataques e raptos medonhos no vórtice do tempo, em sua amplitude cósmica, não eram mitos ou pesadelos, mas uma realidade terrível e arrebatadora.

Teria eu, de fato, sido horrivelmente atraído de volta a um mundo pré-humano de 150 milhões de anos antes naqueles dias sombrios e desconcertantes da amnésia? Teria meu corpo atual sido o hospedeiro de uma assustadora consciência alienígena vinda dos paleogênicos abismos do tempo? Teria eu, como a mente cativa daqueles horrores cônicos, conhecido de fato aquela maldita cidade de pedra em seu auge primordial, e me arrastado por aqueles corredores familiares na forma repugnante de meu raptor? Eram aqueles sonhos de tormento de mais de vinte anos fruto de nítidas *lembranças* monstruosas? Teria eu em algum momento conversado de fato com mentes de cantos inalcançáveis do tempo e do espaço, aprendido os segredos do universo – os segredos passados e por vir –, e escrito os anais do meu próprio mundo para as caixas de metal daqueles arquivos titânicos? Seriam aquelas Coisas Ancestrais – aquelas coisas chocantes, de ventos loucos e assobios demoníacos – realmente uma ameaça persistente à espreita, que aos poucos enfraquecia em abismos pretos enquanto formas variadas de vida arrastam seus cursos multimilenares pelas eras da superfície do planeta?

Eu não sei. Se esse abismo e o que ele me revelou são reais, não há esperança. É sem dúvida verdade que jaz neste mundo do homem uma sombra escarninha e inacreditável que atravessa o tempo. Mas, felizmente, não há prova de que essas coisas sejam mais do que novas fases de meus sonhos nascidos do mito. Eu não trouxe comigo a caixa de metal que teria sido uma evidência, e até agora esses corredores subterrâneos não foram encontrados. Se as leis do universo são gentis, eles nunca serão encontrados. Mas preciso dizer ao meu filho o que vi ou pensei que vi e deixá-lo usar seu julgamento como psicólogo para avaliar a realidade da minha experiência e comunicar esse relato a outras pessoas.

Eu disse que a terrível verdade por trás dos meus torturados anos de sonho depende absolutamente da realidade do que eu pensava ter visto naquelas subterrâneas ruínas ciclópicas. Tem sido difícil para mim registrar literalmente a revelação crucial, embora esta não tenha escapado a nenhum leitor, enquanto sugestão. É claro que estava naquele livro dentro da caixa de metal – a caixa que subtraí de sua esquecida cova em meio à poeira imperturbável de um milhão de séculos. Nenhum olho tinha visto, nenhuma mão havia tocado aquele livro desde o advento do homem neste planeta. No entanto, quando acendi minha lanterna naquele terrível abismo megalítico, vi que as letras estranhamente pigmentadas na frágil celulose daquelas páginas de éons de idade não eram, de fato, quaisquer hieróglifos sem nome da juventude da Terra. Eram, sim, as letras do nosso conhecido alfabeto, em palavras da língua inglesa que portavam a minha própria caligrafia.

O HABI-TANTE DA ESCURIDÃO

(Dedicado a Robert Bloch)

"Vi a escuridão do universo escancarada
Onde pretos planetas viajam sem propósito
Onde viajam ignorados em seu horror
Sem conhecimento ou esplendor ou nome."
– Nêmesis

Investigadores mais cautelosos hesitarão em desafiar a crença comum de que Robert Blake foi morto por um raio ou algum profundo choque nervoso derivado causado por uma descarga elétrica. É verdade que a janela diante da qual ele se encontrava permanecia intacta, mas a natureza já se mostrou capaz de muitas performances bizarras. A expressão em seu rosto pode facilmente ter surgido de alguma fonte muscular obscura sem relação com qualquer coisa que tenha visto, enquanto as anotações em seu diário são o evidente resultado de uma imaginação fantástica agitada por certas superstições locais e por certos assuntos antigos que ele havia descoberto. Quanto às condições anômalas na igreja deserta em Federal Hill – um astuto analista não demoraria a atribuí-las a charlatanismo, consciente ou inconsciente, ou pelo menos a algumas das coisas às quais Blake estava secretamente ligado.

Afinal, a vítima era um escritor e pintor inteiramente dedicado ao campo do mito, do sonho, do terror e da superstição, e ávido em sua busca por cenas e efeitos de um tipo espectral bizarro. Sua estada anterior na cidade – uma visita a um velho estranho tão profundamente dado às tradições do oculto e do proibido quanto ele – terminara em meio à morte e ao fogo, e deve ter sido algum instinto mórbido que o tirou de sua casa em Milwaukee. Ele pode ter tido conhecimento das velhas histórias, apesar de suas declarações no diário indicarem o contrário, e sua morte pode ter cortado pela raiz um estupendo boato destinado a ter reflexão literária.

Entre aqueles, no entanto, que examinaram e correlacionaram todas essas evidências, restam vários que se apegam a teorias menos racionais e comuns. Eles estão inclinados a acreditar em grande parte do diário de Blake sem questioná-lo e apontam significativamente para certos fatos, tais como a indiscutível autenticidade do antigo registro da igreja, a existência verificada da seita heterodoxa e desprezada Sabedoria Estelar antes de 1877, o desaparecimento registrado de um inquisitivo repórter chamado Edwin M. Lillibridge em 1893 e – acima de tudo – o monstruoso olhar de medo que transfigurou o rosto do jovem escritor quando ele morreu. Foi um desses crédulos que, movido a extremos fanáticos, jogou na baía a pedra de ângulos curiosamente acentuados e sua caixa de metal com adornos estranhos encontrada no velho pináculo da igreja – o pináculo preto sem janelas, não a torre onde o diário de Blake dizia que essas coisas estavam originalmente. Embora muito censurado, oficial e não oficialmente, esse homem – um médico respeitável, com um gosto por tradições folclóricas – afirmou que havia livrado a Terra de algo muito perigoso para repousar sobre ela.

Entre essas duas escolas de opinião, o leitor deve julgar por si mesmo. Os jornais deram os detalhes tangíveis de uma perspectiva cética, deixando para outros o desenho da imagem como Robert Blake a viu... ou pensou tê-la visto... ou fingiu vê-la. Agora, estudando o diário de perto, de maneira imparcial e sem pressa, vamos resumir a obscura cadeia de eventos do ponto de vista expresso de seu principal ator.

O jovem Blake retornou a Providence no inverno de 1934-5, ocupando o andar superior de uma austera residência em um campo gramado próximo à rua College – no topo da grande colina a leste, perto do campus da Universidade Brown e atrás dos mármores da Biblioteca John Hay. Era um lugar aconchegante e fascinante, em um pequeno oásis jardinado tão antigo quanto o povoado, onde gatos enormes e amigáveis tomavam sol em cima de um barracão conveniente. A casa quadrada, de estilo georgiano, tinha um lanternim, uma porta clássica com entalhe de ventilação, janelas de caixilhos pequenos e todos os outros marcos do início do século XIX. Dentro havia portas de seis painéis, assoalho de tábuas largas, uma escadaria colonial curva, cornijas brancas ao estilo dos irmãos Adam e, nos fundos, um conjunto de salas três degraus abaixo do nível geral.

O estúdio de Blake, uma grande câmara a sudoeste, dava para o jardim da frente de um lado, enquanto as janelas a oeste – diante de uma das quais ficava sua mesa –, no topo da colina, tinham uma vista esplêndida dos telhados da cidade mais baixa e dos pores do sol místicos que ardiam atrás deles. No horizonte distante estavam as encostas púrpuras do campo aberto. Contra elas, a cerca de três quilômetros de distância, erguia-se a colina espectral de Federal Hill, repleta de telhados e campanários apertados cujos contornos remotos tremulavam misteriosamente, assumindo formas fantásticas quando a fumaça da cidade se agitava e os enredava. Blake tinha uma curiosa sensação de estar observando um mundo desconhecido e etéreo que poderia ou não desaparecer no sonho, se tentasse procurá-lo e entrar nele pessoalmente.

Tendo mandado para a casa a maioria de seus livros, Blake comprou alguns móveis antigos adequados para seus aposentos e se estabeleceu para escrever e pintar – morando sozinho e cuidando do trabalho doméstico simples. Seu estúdio ficava em um quarto no sótão, onde as vidraças do teto do lanternim forneciam uma iluminação admirável. Durante o primeiro inverno, ele produziu cinco de seus contos mais conhecidos – "O habitante dos subterrâneos", "As escadas na cripta", "Shaggai", "No vale de Pnath" e "O banquete das estrelas" – e pintou sete telas: estudos de monstros inumanos sem nome e paisagens profundamente estranhas e não terrestres.

Ao pôr do sol, ele costumava se sentar à mesa e olhar, com ar sonhador, ao oeste que se estendia – as torres escuras do Memorial Hall logo abaixo, o campanário da corte, em seu estilo georgiano, os altos pináculos do centro da cidade e aquele pequeno monte coroado de torres cintilantes a distância, cujas ruas desconhecidas e frontões intrincados tão intensamente provocavam sua fantasia. De seus poucos conhecidos locais, soube que a encosta distante era um vasto bairro italiano, embora a maioria das casas fosse remanescente de velhos dias ianques e irlandeses. De vez em quando ele ajustava o foco dos binóculos naquele mundo espectral e inacessível além da fumaça ondulante, escolhendo telhados individuais, chaminés e campanários, e especulando sobre os mistérios bizarros e curiosos que eles poderiam abrigar. Mesmo com o auxílio óptico, Federal Hill parecia de alguma forma alheio, meio feérico e ligado às maravilhas irreais e intangíveis dos próprios contos e imagens de Blake. A sensação persistia muito depois que o morro se desvanecia no crepúsculo violeta e estrelado pelas lâmpadas, e os holofotes do tribunal e o farol vermelho da Industrial Trust se acendiam para tornar a noite grotesca.

De todos os objetos distantes em Federal Hill, uma certa igreja enorme e escura fascinava Blake. Destacava-se com especial nitidez em certas horas do dia e, ao pôr do sol, a grande torre e o campanário afunilado se elevavam em uma silhueta preta contra o céu flamejante. Ela parecia estar num terreno especialmente elevado, pois a fachada encardida e o lado norte obliquamente visto com o teto inclinado e os topos das grandes janelas pontiagudas erguiam-se intrépidos acima do emaranhado de paus de cumeeira e chaminés circundantes. Peculiarmente sombria e austera, parecia ser construída de pedra, manchada e desgastada pela fumaça e tempestades de mais de um século. O estilo, até onde o vidro poderia mostrar, era da mais antiga forma experimental de renascimento gótico que precedeu o altivo período dominado pelo estilo de Upjohn e manteve alguns dos contornos e proporções da era georgiana. Talvez tenha sido criada por volta de 1810 ou 1815.

Com o passar dos meses, Blake observou a estrutura distante e proibida com um interesse estranhamente crescente. Como as vastas janelas nunca estavam iluminadas, presumia que devia estar vazia. Quanto mais observava, mais sua imaginação funcionava, até que ele começou a imaginar coisas curiosas. Acreditava que uma aura vaga e singular de desolação pairava sobre o lugar, de modo que até mesmo os pombos e as andorinhas evitavam seus beirais esfumaçados. Ao redor de outras torres e campanários, suas lentes revelavam grandes bandos de pássaros, mas ali eles nunca descansavam. Pelo menos, é o que ele pensava e anotava em seu diário. Ele apontou o local para vários amigos, mas nenhum deles sequer estivera em Federal Hill ou possuía a menor noção do que a igreja era ou tinha sido.

Na primavera, uma profunda inquietação tomou conta de Blake. Ele havia começado seu romance há muito planejado – baseado em uma suposta sobrevivência do culto às bruxas no Maine –, mas era estranhamente incapaz de progredir na história. Cada vez mais se sentava à janela a oeste e mirava a colina distante e a torre preta e carrancuda, evitada pelos pássaros. Quando as delicadas folhas saíram nos galhos do jardim, o mundo se encheu de uma nova beleza, mas a inquietação de Blake apenas aumentou. Foi então que ele pensou em atravessar a cidade e escalar o fabuloso aclive até o mundo do sonho cingido de fumaça.

No final de abril, pouco antes da época de Santa Valburga que os éons obscureciam, Blake fez sua primeira viagem ao desconhecido. Arrastando-se pelas intermináveis ruas do centro e pelas desertas praças decadentes, ele finalmente chegou à avenida ascendente de degraus desgastados por séculos, varandas dóricas exauridas e cúpulas de vidros embaciados que, achava ele, levariam ao mundo há muito conhecido e inalcançável além das névoas do horizonte. Havia placas de rua desbotadas, azuis e brancas, que nada significavam para ele, e logo notou os rostos estranhos e sombrios das multidões à deriva, e os letreiros estrangeiros sobre lojas curiosas em edifícios marrons já desgastados pelo tempo. Em nenhum lugar ele encontrava qualquer um dos objetos que avistara ao longe; de modo que mais uma vez imaginou que o Federal Hill daquela visão distante era um mundo de sonhos que nunca seria pisado por pés humanos vivos.

De vez em quando uma fachada de igreja destruída ou uma torre em ruínas aparecia, mas nunca a construção enegrecida que ele procurava. Quando ele perguntou a um lojista sobre uma grande igreja de pedra, o homem sorriu e balançou a cabeça, embora falasse inglês muito bem. Ao subir mais, a região pareceu a Blake cada vez mais estranha, com labirintos desconcertantes de sombrios becos marrons que levavam eternamente ao sul. Atravessou duas ou três avenidas largas e, a certa altura, pensou ter vislumbrado uma torre familiar. Mais uma vez ele perguntou a um comerciante sobre a enorme igreja de pedra e ele pôde jurar que a alegação de ignorância era fingida. O rosto escuro do homem trazia uma expressão de medo que ele tentava esconder, e Blake o viu fazer um sinal curioso com a mão direita.

Então, de repente, uma torre preta se destacou contra o céu nublado à sua esquerda, acima das fileiras de telhados marrons perfilados pelos becos emaranhados ao sul. Blake soube imediatamente o que era, e mergulhou em sua direção através das esquálidas vias não pavimentadas que subiam da avenida. Por duas vezes ele se perdeu, mas de algum modo não ousou perguntar a nenhum dos patriarcas ou donas de casa que estavam sentados à porta de suas casas, nem a nenhuma das crianças que gritavam e brincavam na lama das ruas sombrias.

Enfim ele avistou com nitidez a torre contra o sudoeste, e um enorme e sombrio volume de pedra erguido no extremo de um beco. Logo ele se viu em uma praça aberta varrida pelo vento, pitorescamente coberta de paralelepípedos, com uma alta barreira no lado mais distante. Era o fim de sua busca, pois, no amplo platô cercado de corrimãos de ferro e coberto de mato que a barreira sustentava – um mundo separado, menor, erguido a quase dois metros das ruas circundantes –, havia uma massa sinistra cuja identidade, apesar da nova perspectiva de Blake, era indiscutível.

A igreja abandonada estava em um estado de grande decrepitude. Alguns dos altos contrafortes de pedra tinham caído, e vários delicados florões estavam parcialmente perdidos em meio ao mato. As fuliginosas janelas góticas estavam, em sua maioria, intactas, embora muitos dos maineis de pedra lhes faltassem. Blake se perguntou como as vidraças tão misteriosamente pintadas podiam ter sobrevivido tão bem, em vista dos conhecidos hábitos dos garotinhos de todo o mundo. As portas maciças estavam intactas e bem trancadas. Ao redor do topo da parede da barreira, envolvendo o terreno inteiro, havia uma cerca de ferro enferrujada cujo portão – à frente de um lance de escada da praça – estava visivelmente trancado. O caminho do portão para o prédio estava todo coberto de vegetação. Abandono e decadência pairavam como uma mortalha sobre o lugar, e nos beirais sem pássaros e paredes pretas descobertas de hera, Blake sentiu o toque de algo vagamente sinistro para além de seu poder de definição.

Havia pouquíssimas pessoas na praça, mas Blake viu um policial no extremo norte e se aproximou dele com perguntas sobre a igreja. Ele era um irlandês forte e saudável, e parecia estranho que fizesse pouco mais do que se persignar e murmurar que as pessoas nunca falavam daquele prédio. Quando Blake o pressionou, o homem disse apressadamente que os padres italianos advertiram a todos contra o prédio, jurando que um mal monstruoso já havia nele habitado e deixado sua marca. Ele mesmo ouvira sussurros sombrios de seu pai, que recordava certos sons e rumores de sua infância.

Havia uma seita má nos velhos tempos – uma seita clandestina que invocava coisas terríveis de algum abismo desconhecido da noite. Foi necessário um bom padre para exorcizar o que havia surgido, embora houvesse quem dizia que apenas a luz poderia fazê-lo. Se padre O'Malley estivesse vivo, ele poderia contar-lhe muitas coisas, mas naquele momento não havia nada a fazer, senão esquecer o assunto. Não fazia mal a ninguém, e os que tinham conhecimento do que se passara haviam desaparecido ou morrido. Eles fugiram como ratos depois da ameaças de 1877, quando o povo começou a se dar conta de como as pessoas desapareciam vez por outra na vizinhança. Chegaria o tempo em que a cidade incorporaria a propriedade por falta de herdeiros, mas pouco bem se faria se alguém decidisse lidar com ela. Melhor que fosse abandonada para ruir com o tempo, antes que se perturbassem coisas que deveriam prosseguir adormecidas em seu abismo preto para sempre.

Depois que o policial foi embora, Blake ficou olhando para o prédio sombrio. Agitou-se ao descobrir que a estrutura parecia tão sinistra para os outros quanto para ele, e se perguntou que verdade poderia estar por trás das velhas histórias que o policial lhe contara. Provavelmente não passavam de lendas evocadas pela aparência maligna do lugar, mas mesmo assim era como se uma de suas próprias histórias estranhas tivesse ganhado vida.

O sol da tarde surgiu de trás das nuvens que se dispersavam, mas parecia incapaz de iluminar as paredes manchadas e cobertas de fuligem do antigo templo que se erguia no elevado platô. Era estranho que o verde da primavera não tivesse tocado as plantas secas na elevada área cercada. Blake aproximou-se da área elevada e examinou a parede da barreira e a cerca enferrujada para possíveis vias de acesso. Aquele templo preto exercia um fascínio que não conhecia resistência. A cerca não tinha abertura perto dos degraus, mas próximo à face norte havia algumas barras faltando. Ele podia subir os degraus e andar pela beirada por fora da cerca até chegar à abertura. Se as pessoas temiam o lugar tão descontroladamente, ele não encontraria interferência.

Antes que alguém o percebesse, ele estava quase dentro da área cercada. Então, olhando para baixo, viu as poucas pessoas na praça se afastando e benzendo-se com a mão direita da mesma forma que o comerciante da avenida havia feito. Várias janelas se fecharam, e uma mulher gorda correu para a rua e puxou algumas crianças pequenas para dentro de uma casa frágil e sem pintura. A brecha na cerca era muito fácil de atravessar e, em pouco tempo, Blake se viu em meio ao mato seco e emaranhado do pátio deserto. Aqui e ali, o coto desgastado de uma lápide dizia-lhe que outrora enterros haviam sido realizados naquele espaço, mas isso já tinha muito tempo, pelo que podia ver. Naquele momento em que ele se aproximava, a grande massa da igreja lhe parecia opressiva, mas ele controlou o estado de espírito e achegou-se para testar as três grandes portas na fachada. Todas estavam de fato trancadas, então ele começou a circundar o prédio ciclópico em busca de alguma abertura menor pela qual pudesse entrar. Não sabia ao certo se queria adentrar aquele lugar feito de abandono e sombra; mesmo assim, a atração de sua estranheza o arrastava automaticamente.

Um porão aberto e desprotegido na parte de trás forneceu-lhe a abertura necessária. Espiando lá dentro, Blake viu um subterrâneo coberto de teias de aranha e poeira ligeiramente iluminada pelos raios filtrados do sol a oeste. Seu olhar deparou-se com detritos, barris velhos, caixas e mobílias arruinadas de vários tipos, embora sobre tudo houvesse uma camada de poeira que suavizava todos os contornos marcados. Os restos enferrujados de um aquecedor de ferro sugeriam que o prédio havia sido usado e conservado até a meados da era vitoriana.

Agindo quase sem iniciativa consciente, Blake rastejou pela janela e desceu até o chão de concreto coberto de poeira e detritos. O porão abobadado era vasto, sem partições; num canto à direita, em meio a densas sombras, ele viu um arco preto, do qual subia uma escada. Ele sentiu uma sensação de peculiar opressão por estar de fato dentro do grande edifício espectral, mas a manteve sob controle enquanto examinava o entorno com cautela – encontrando um barril ainda intacto em meio à poeira e rolando-o para a janela aberta para garantir sua saída. Em seguida, buscando forças em si, atravessou o amplo espaço coberto de teias de aranha em direção ao arco. Parcialmente sufocado com a poeira onipresente e coberto dos fios fantasmagóricos das teias, chegou ao destino e começou a subir os gastos degraus de pedra que o conduziam à escuridão acima. Sem luz, ele tateava cuidadosamente o caminho. Depois de uma curva brusca, ele sentiu uma porta fechada à frente e um exame apressado revelou seu antigo trinco. Ela se abriu para dentro e, então, ele viu um corredor mal iluminado, revestido de painéis de madeira comidos por cupins.

Uma vez no andar térreo, Blake começou a explorar o lugar com rapidez. Todas as portas internas estavam destrancadas, de modo que ele passava livremente de sala em sala. A nave colossal era um lugar quase sinistro, com suas montanhas de poeira sobre bancos, altar, púlpito em forma de ampulheta e caixa de ressonância, e suas cordas titânicas de teias de aranha que se estendiam entre os arcos pontiagudos da galeria e entrelaçavam as colunas góticas próximas umas das outras. No meio de todo esse abandono silencioso, uma horrenda luz de chumbo atravessava o espaço, enquanto o sol da tarde se punha, lançando seus raios através das estranhas vidraças escurecidas das grandes janelas absidais.

As pinturas naquelas janelas estavam tão obscurecidas pela fuligem que Blake mal conseguia decifrar o que elas representavam; pelo pouco que podia perceber, porém, não gostava delas. As figuras eram em grande parte convencionais, e seu conhecimento de símbolos do oculto dizia muito sobre alguns dos padrões antigos. Os poucos santos retratavam expressões nitidamente abertas à crítica, enquanto uma das janelas parecia mostrar apenas um espaço escuro com espirais de curiosa luminosidade espalhadas por ele. Afastando-se das janelas, Blake notou que a cruz coberta de teias de aranha acima do altar não era do tipo comum, mas lembrava o *ankh* primordial, ou *crux ansata*, do Egito sombrio.

Na sacristia nos fundos, ao lado da abside, Blake encontrou uma escrivaninha apodrecida e prateleiras altas de livros mofados em decomposição. Aqui pela primeira vez ele sentiu um forte choque de horror objetivo, pois os títulos desses livros lhe diziam muito. Eram as coisas proibidas das trevas de que as pessoas mais sãs nunca ouviram falar, ou só em sussurros furtivos e timoratos; os temidos repositórios banidos de segredos ambíguos e fórmulas imemoriais que em gotas sobreviveram junto à correnteza do tempo desde os dias da juventude do homem, e os fabulosos dias obscuros que antecederam o homem. Ele mesmo havia lido muitos deles – uma versão em latim do abominável *Necronomicon*, o sinistro *Liber Ivonis*, as infames *Cultes des Goules*, do Comte d'Erlette, o *Unaussprechlichen Kulten*, de Von Junzt, e o infernal *De*

Vermis Mysteriis, do velho Ludvig Prinn. Mas havia outros que ele só conhecia por reputação ou lhe eram desconhecidos – os Manuscritos Pnakóticos, o *Livro de Dzyan* e um volume em ruínas em caracteres impossíveis de identificar, mas com certos símbolos e diagramas tremendamente reconhecíveis para o estudioso do oculto. Era claro que os persistentes rumores locais não mentiam. O lugar já tinha sido a sede de um mal mais antigo que a humanidade e mais amplo do que o universo conhecido.

Na escrivaninha destruída, havia uma pequena caderneta encadernada em couro, cheia de anotações em algum estranho meio criptográfico. A escrita manuscrita consistia nos símbolos tradicionais comuns usados hoje na astronomia e outrora na alquimia, na astrologia e em outras artes duvidosas – os sinais do sol, da lua, dos planetas, dos aspectos e dos signos do zodíaco –, aqui reunidos em sólidas páginas de texto, com divisões e parágrafos sugerindo que cada símbolo correspondia a uma letra do alfabeto.

Na esperança de resolver o criptograma mais tarde, Blake colocou esse volume no bolso do casaco. Muitos dos grandes volumes nas prateleiras o fascinaram indescritivelmente, e ele se sentiu tentado a tomá-los de empréstimo em outro momento. Ele se perguntou como poderiam ter permanecido intactos por tanto tempo. Fora o primeiro a vencer o medo aprisionante e penetrante que por quase sessenta anos protegeu o lugar deserto dos visitantes?

Tendo agora explorado todo o piso térreo, Blake voltou a vasculhar a poeira da nave espectral até o vestíbulo da frente, onde vira uma porta e uma escadaria que supostamente levavam à torre e ao campanário obscurecidos – objetos que lhe eram tão conhecidos a distância. A subida foi uma experiência sufocante: a camada de pó era espessa, e as aranhas haviam realizado seu pior trabalho naquele espaço restrito. A escadaria era uma espiral com degraus de madeira altos e estreitos, e vez por outra Blake passava por janelas embaciadas das quais se avistava vertiginosamente a cidade. Embora não tivesse visto nenhuma corda lá embaixo, esperava encontrar um sino ou um carrilhão na torre, cujas venezianas estreitas cerrando as lancetas seu binóculo estudara com tanta frequência. Aqui ele estava fadado à decepção, pois, quando alcançou o topo da escada, encontrou a câmara da torre vazia de sinos e claramente dedicada a propósitos muito diversos.

A sala, com cerca de um metro quadrado e meio, era iluminada de leve por quatro janelas em forma de lancetas, uma de cada lado, envidraçadas na parte de dentro de suas persianas arruinadas. Elas ainda haviam sido equipadas com telas opacas, porém bem apodrecidas. Ao centro, no chão coberto de pó, havia um pilar de pedra curiosamente angular, com cerca de um metro de altura e meio metro de diâmetro médio, coberto de cada lado por hieróglifos bizarros, grosseiramente entalhados e irreconhecíveis. Nesse pilar havia uma caixa de metal peculiar e assimétrica; sua tampa com dobradiças estava aberta para trás, e seu interior continha o que parecia estar sob a poeira de uma década de profundidade, algo como um objeto oval ou irregularmente esférico, com cerca de dez centímetros de diâmetro. Ao redor do pilar em um círculo irregular havia sete cadeiras góticas de altos espaldares ainda preservadas, enquanto atrás delas, ao longo dos painéis negros das paredes, havia sete imagens colossais de gesso pintado de preto e esfarelando, lembrando, mais do que qualquer outra coisa, megálitos da misteriosa ilha de Páscoa. Em um canto da câmara coberta de teias de aranha, uma escada foi construída na parede, conduzindo a uma passagem fechada à torre sem janelas acima.

Quando Blake se acostumou à luz fraca, notou baixos-relevos misteriosos na estranha caixa aberta de metal amarelado. Aproximando-se, tentou limpar a poeira com as mãos e o lenço, e viu que as figuras eram de um tipo monstruoso e absolutamente bizarro, representando entidades que, embora parecessem vivas, não se assemelhavam a nenhuma forma de vida conhecida que tenha se desenvolvido neste planeta. A esfera aparente de dez centímetros revelou-se um poliedro quase preto, estriado em vermelho, com muitas superfícies planas irregulares – tanto um cristal muito notável de tipo desconhecido, quanto um objeto artificial de matéria mineral esculpida e muito polida. Ela não tocava o fundo da caixa; mantinha-se suspensa por uma tira de metal que lhe cingia o centro, com sete suportes estranhamente adornados estendendo-se horizontalmente aos ângulos da parede interna da caixa perto do topo. A pedra, uma vez exposta, exerceu sobre Blake uma fascinação quase alarmante. Ele mal conseguia tirar os olhos dela e, ao olhar para suas superfícies reluzentes, quase imaginou que fossem transparentes, com mundos de maravilha semiformados em seu interior. Em sua mente flutuavam imagens de órbitas de outros mundos com grandes torres de pedra, e outras com montanhas titãs e nenhum traço de vida, e espaços ainda mais remotos onde apenas uma inquietação em vaga escuridão contava a presença da consciência e da vontade.

Quando Blake desviou o olhar, foi para identificar um monte de poeira um tanto singular no canto mais distante, próximo à escada que levava à torre. Ele não era capaz de dizer a razão de aquilo lhe ter chamado a atenção, mas algo naqueles contornos levava uma mensagem ao seu próprio inconsciente. Avançando, enquanto afastava as teias de aranha penduradas, começou a discernir algo sombrio. Mão e lenço logo revelaram a verdade, e Blake engasgou com uma mistura desconcertante de emoções. Era um esqueleto humano, que ali estava havia muito tempo. A roupa estava em farrapos, mas alguns botões e fragmentos de pano indicavam o paletó cinza de um homem. Havia outras evidências – sapatos, fivelas, abotoaduras enormes para punhos redondos, um prendedor de gravata antigo, um distintivo de repórter com o nome do antigo *Providence Telegram* e uma carteira de couro desfeita. Blake examinou esta última com cuidado, encontrando em seu interior várias notas antigas, um calendário de anúncios de celuloide do ano de 1893, alguns cartões com o nome “Edwin M. Lillibridge” e um papel coberto de anotações a lápis.

Esse papel era de natureza bem intrigante, e Blake o leu atentamente sob a janela embaçada da face oeste. Seu texto desarticulado incluía frases como:

"Prof. Enoch Bowen vem do Egito em maio de 1844 – compra a velha Igreja do Livre Arbítrio em julho – seu trabalho arqueológico e estudos em ocultismo são bem conhecidos."

"Dr. Drowne do 4ª Batista adverte contra a Sabedoria Estelar em sermão em 29 de dezembro de 1844."

"Congregação 97 até o final de 1845."

"1846 – 3 desaparecimentos – primeira menção ao Trapezoedro Brilhante."

"7 desaparecimentos 1848 – histórias de sacrifícios de sangue."

"Investigação inconclusiva em 1853 – histórias de sons."

"O'Malley fala de adoração ao diabo com uma caixa encontrada em grandes ruínas egípcias – diz que eles invocam algo que não pode existir na luz. Foge de um pouco de luz e é banido pela luz forte. Então precisa ser invocado outra vez. Provavelmente recebeu isso da confissão do leito de morte de Francis X. Feeney, que havia se unido à Sabedoria Estelar em 1949. Essas pessoas dizem que o Trapezoedro Brilhante lhes mostra o céu e outros mundos, e que o Habitante da Escuridão lhes conta segredos de alguma forma."

"História de Orrin B. Eddy, 1857. Eles o invocam olhando para o cristal, e têm um linguagem secreta própria."

"200 ou mais em cong. 1863, exclusivamente homens no front."

"Os meninos irlandeses invadem a igreja em 1869 depois do desaparecimento de Patrick Regan."

"Artigo velado em J., 14 de março de 1872, mas as pessoas não falam sobre isso."

"6 desaparecimentos 1876 – um comitê secreto convoca o prefeito Doyle."

"Ação prometida em fevereiro de 1877 – a igreja fecha em abril."

"Gangue – os Garotos de Federal Hill – ameaça o doutor e os membros do conselho paroquial em maio."

"181 pessoas deixam a cidade antes do final de 1877 – sem menção a nomes."

"Histórias de fantasmas começam por volta de 1880 – tentam apurar a verdade do relato segundo o qual nenhum ser humano entra na igreja desde 1877."

"Peça a Lanigan uma fotografia do lugar tirada em 1851." ...

Devolvendo o papel à caderneta, que botou no casaco, Blake virou-se para olhar o esqueleto na poeira. As implicações das anotações eram claras, e não podia haver dúvida de que aquele homem havia chegado ao edifício deserto 42 anos antes, em busca de um sensacionalismo jornalístico que ninguém mais tivera coragem de tentar. Talvez ninguém mais soubesse de seu plano – quem poderia dizer? Ele nunca voltou ao seu jornal. Será que algum medo corajosamente suprimido veio à tona para vencê-lo e provocar-lhe súbita insuficiência cardíaca? Blake se inclinou sobre os ossos e notou seu estado peculiar. Alguns deles estavam bastante espalhados, e outros pareciam bizarramente dissolvidos nas extremidades. Havia alguns estranhamente amarelados, com uma vaga sugestão de terem sido submetidos ao fogo. A impressão da queima estendia-se a alguns dos fragmentos de roupa. O crânio estava em um estado muito peculiar – manchado de amarelo e com uma abertura queimada no topo, como se algum ácido poderoso tivesse carcomido o osso sólido. O que acontecera ao esqueleto durante suas quatro décadas de sepultamento silencioso, Blake não conseguia imaginar.

Antes que percebesse, estava olhando para a pedra de novo e deixando sua influência curiosa invocar um nebuloso cortejo em sua própria mente. Viu procissões de figuras encapuzadas cujos contornos não eram humanos, e olhava para as intermináveis léguas de deserto em que se alinhavam monólitos esculpidos que iam até o céu. Viu torres e muros em profundidades noturnas sob o mar, e vórtices de espaço onde fios de fumaça escura flutuavam diante de finos vislumbres de uma fria neblina roxa. Além de tudo, ele vislumbrou um infinito abismo de pura escuridão, onde formas sólidas e semissólidas eram conhecidas apenas por seus movimentos tempestuosos, e padrões nebulosos de força pareciam sobrepor a ordem ao caos e estender uma chave para todos os paradoxos e mistérios dos mundos conhecidos.

Então, de repente, o feitiço foi quebrado por um acesso de pânico aflitivo e indeterminado. Blake sentiu-se sufocar e afastou-se da pedra, consciente de alguma presença estranha, sem forma, próxima dele, que o observava com uma horrível intenção. Sentiu-se enredado com alguma coisa – algo que não estava na pedra, mas que por intermédio dela o observava – que o seguia sem parar com uma cognição que não era a visão física. Claramente, o lugar lhe abalava os nervos – provável, em vista do horror que encontrara. A luz também estava diminuindo e, como ele não tinha o que produzisse iluminação, sabia que teria de partir logo.

Foi então, no crepúsculo crescente, que ele pensou ter visto um leve traço de luminosidade na pedra em seus ângulos tresloucados. Tentou desviar o olhar, mas uma compulsão obscura atraía os olhos de volta. Havia uma fosforescência sutil de radioatividade emanando da coisa? Que era aquilo que as anotações do morto diziam sobre um trapezoedro brilhante? O que, afinal, era aquele covil abandonado do mal cósmico? O que se fizera ali e ainda podia estar escondido naquelas sombras que os pássaros evitavam? Parecia agora que um toque de fedor indescritível surgira em algum lugar por perto, embora sua fonte não fosse aparente. Blake agarrou a tampa da caixa aberta e a abaixou. Moveu-se com facilidade em suas dobradiças bizarras e fechou-se completamente sobre a inconfundível pedra brilhante.

Com o estalido agudo daquele fechamento, o som de uma suave agitação pareceu vir da escuridão eterna da torre acima, além do alçapão. Ratos, sem dúvida – as únicas coisas vivas que revelavam sua presença naquela construção maldita desde que a havia adentrado. Ainda assim, aquela agitação na torre o assustou terrivelmente, de modo que ele mergulhou em desabalada descida pelas escadas em espiral, atravessando a nave macabra em direção ao porão abobadado, saindo em meio ao crepúsculo que caía sobre a praça deserta e descendo pelas ruelas e avenidas de Federal Hill, repletas de gente e medo, em direção à sanidade das ruas centrais e do calçamento de tijolos tão acolhedor do distrito universitário.

Durante os dias que se seguiram, Blake não contou a ninguém sobre a expedição. Em vez disso, leu muito em certos livros, examinou longos anos de arquivos de jornais no centro da cidade e trabalhou freneticamente no criptograma daquele volume encadernado em couro encontrado em meio a teias de aranha na sacristia. O código, ele logo percebeu, não era simples; depois de um longo período de esforço, teve certeza de que a língua em questão não podia ser inglês, latim, grego, francês, espanhol, italiano ou alemão. Evidentemente, teria de recorrer aos poços mais profundos de sua estranha erudição.

Toda noite voltava o velho impulso de olhar para o oeste e ele via a torre preta como antigamente, entre os telhados espetados de um mundo distante e meio fabuloso. Agora, no entanto, ela trazia uma nova nota de terror. Blake conhecia a herança das malignas tradições que ela mascarava e, ciente disso, sua visão se descontrolou de maneiras novas e estranhas. As aves da primavera estavam voltando e, enquanto observava seus voos no pôr do sol, imaginou que elas evitavam a torre esquálida e solitária como nunca antes. Quando um bando delas se aproximava, pensava ele, girava no ar e se dispersava em pânico – e ele podia adivinhar os pios enlouquecidos que não conseguiam alcançá-lo através dos quilômetros que os separavam.

Foi em junho que o diário de Blake contou sua vitória sobre o criptograma. O texto estava, descobriu ele, na obscura língua aklo, usada por certas seitas da antiguidade maligna e conhecida por ele, com certa hesitação, através de pesquisas anteriores. O diário é estranhamente reticente sobre o que Blake decifrou, mas ele ficou sem dúvida impressionado e desconcertado com seus resultados. Há referências a um Habitante da Escuridão que acorda ao mirar o Trapezoedro Brilhante e conjecturas insanas sobre os abismos pretos do caos de onde era invocado. Fala-se do ser como se detivesse todo o saber e exigisse sacrifícios monstruosos. Algumas das anotações de Blake apresentam o medo de que a coisa, que ele parecia considerar convocada, escapasse ao exterior, embora ele acrescente que as luzes da rua formavam uma barreira que não podia ser atravessada.

Do Trapezoedro Brilhante, ele fala muitas vezes, chamando-o de janela para todo o tempo e espaço e traçando sua história desde os dias em que foi concebido no sombrio Yuggoth, antes mesmo de os Anciãos o trazerem à Terra. Foi considerado um tesouro e colocado em sua curiosa caixa pelos seres crinoides da Antártida, salvo das ruínas destes pelos homens-serpente de Valúsia, e foi visto éons mais tarde na Lemúria pelos primeiros seres humanos. Atravessou terras estranhas e mares ainda mais estranhos e afundou com a Atlântida antes que um pescador minoano o trouxesse à tona em sua rede de pesca e o vendesse aos mercadores negros da noturna Khem. O faraó Nefren-Ka construiu em torno dele um templo com uma cripta sem janelas, e o que se deu a partir daí fez com que seu nome fosse retirado de todos os monumentos e registros. Então, repousou nas ruínas daquele templo maligno que os sacerdotes e o novo faraó destruíram, até que uma pá mais uma vez o revelou para amaldiçoar a humanidade.

No início de julho, os jornais suplementam estranhamente as anotações de Blake, embora de maneira tão breve e casual que apenas o diário chamou a atenção geral para sua contribuição. Parece que um novo medo estava crescendo em Federal Hill desde que um estranho entrara na temida igreja. Os italianos cochichavam sobre estranhas agitações, baques e rangidos na torre escura e sem janelas, e pediram a seus padres que banissem uma entidade que assombrava seus sonhos. Algo, disseram, permanecia em constante vigília em uma porta para ver se estava escuro o suficiente para sair. Artigos de imprensa mencionaram as antigas superstições locais, mas não lançaram muita luz sobre o pano de fundo anterior do horror. Era óbvio que os jovens repórteres de hoje não são antiquários. Ao escrever essas coisas em seu diário, Blake expressa um curioso tipo de remorso e fala do dever de enterrar o Trapezoedro Brilhante e de banir o que o objeto evocara ao permitir que a luz do dia entrasse na horrível torre saliente. Ao mesmo tempo, no entanto, ele mostra a extensão perigosa de seu fascínio e admite um desejo mórbido – que chega a invadir seus sonhos – de visitar a torre amaldiçoada e olhar novamente para os segredos cósmicos da pedra brilhante.

Então algo no *Journal*, na manhã de 17 de julho, lançou Blake em uma verdadeira febre de horror. Era apenas uma variante dos outros itens um tanto humorísticos sobre a inquietação em Federal Hill, mas para ele era de fato muito terrível. No meio da noite, uma tempestade pôs o sistema de iluminação da cidade fora de operação por uma hora inteira, e naquele intervalo obscuro os italianos quase enlouqueceram de medo. Os que moravam perto da temida igreja haviam jurado que a coisa na torre tirara proveito da ausência das lâmpadas dos postes e descera ao corpo da igreja, despencando e se debatendo de um modo viscoso e medonho. Por fim, debateu-se de volta para a torre, onde se ouviram sons de estilhaços de vidro. Ela era capaz de ir aonde quer que a escuridão chegasse, mas a luz sempre a fazia bater em retirada.

Quando a luz voltou a brilhar, o terror tomou conta da torre, pois mesmo a luz fraca que invadia as janelas, com suas persianas fechadas, era demais para a coisa. Com extrema violência ela deslizara de volta à torre tenebrosa no preciso momento – pois uma longa exposição à luz a teria enviado de volta ao abismo de onde o estranho louco a invocara. Durante a hora tenebrosa, multidões reuniram-se em torno da igreja na chuva para rezar com velas acesas e candeeiros de alguma forma protegidas com papéis dobrados e guarda-chuvas – uma vigília de luz para salvar a cidade do pesadelo que espreita na escuridão. Certa vez, os que estavam mais próximos da igreja declararam que a porta externa havia sacudido horrivelmente.

Mas nem isso foi o pior. Naquela noite, no *Bulletin*, Blake leu sobre o que os repórteres haviam encontrado. Enfim despertados pelo valor extravagante da notícia do pavor, dois deles desafiaram a multidão frenética de italianos e entraram na igreja pela janela do porão, depois de forçar as portas em vão. Eles encontraram o pó do vestíbulo e da nave espectral marcado de forma singular, com pedaços de almofadas apodrecidas e do cetim dos bancos espalhados curiosamente ao redor. Havia mau cheiro em toda parte, e aqui e ali, manchas amarelas e marcas que lembravam a ação do fogo. Abrindo a porta para a torre e parando por um momento com a suspeita de ouvir rangidos acima, eles encontraram a estreita escada em espiral relativamente limpa.

Na própria torre, existia uma condição semelhante de relativa limpeza. Eles falavam do pilar de pedra heptagonal, das cadeiras góticas viradas e das bizarras imagens de gesso; por mais estranho que parecesse, a caixa de metal e o velho esqueleto mutilado não haviam sido mencionados. O que mais incomodou Blake – exceto pelas notas de manchas, chamuscado e fedor – foi o detalhe final que explicava o vidro danificado. Cada uma das janelas de lanceta da torre estava quebrada e duas delas tinham sido escurecidas de forma tosca e apressada, preenchidas por camadas de cetim dos bancos da nave e crina de cavalo das almofadas, enfiadas nos espaços abertos entre as lâminas inclinadas das persianas. Mais fragmentos de cetim e crina de cavalo jaziam espalhados pelo chão pelo qual algo se arrastara, como se alguém tivesse sido interrompido no ato de restaurar a torre à escuridão absoluta de seus dias de cortinas cerradas.

Manchas amareladas e pontos chamuscados foram encontrados na escada que levava ao pináculo sem janelas, mas quando um repórter subiu, abriu o alçapão, cuja porta deslizava horizontalmente, e disparou um facho fraco de luz de uma lanterna no espaço obscuro e estranhamente fétido, não encontrou mais do que escuridão, e uma ninhada heterogênea de fragmentos disformes perto da abertura. O veredicto, claro, era charlatanismo. Alguém havia brincado com os moradores supersticiosos das colinas, ou então algum fanático se esforçara para reforçar seus medos para o seu suposto bem. Ou talvez alguns dos moradores mais jovens e sofisticados tivessem encenado uma farsa elaborada ao mundo exterior. Houve um desfecho divertido quando a polícia enviou um oficial para verificar os relatos. Três homens em sucessão encontraram maneiras de escapar à missão, e o quarto foi muito relutante e retornou muito rápido, sem acréscimos ao relato dado pelos repórteres.

Desse ponto em diante, o diário de Blake mostra uma onda crescente de horror insidioso e apreensão nervosa. Ele censura a si mesmo por não fazer nada e especula em desespero sobre as consequências de outro apagão. Verificou-se que em três ocasiões – durante tempestades – ele telefonou para a companhia de luz elétrica em um tom alucinado e pediu que providências urgentíssimas contra uma queda de energia fossem tomadas. Em determinados momentos, suas anotações demonstravam preocupação com o fato de os repórteres não terem encontrado a caixa de metal e a pedra, bem como o esqueleto estranhamente danificado, quando exploraram a sombria sala da torre. Ele supôs que essas coisas haviam sido removidas – para onde e por quem ou o quê, não tinha ideia. Mas seus piores temores diziam respeito a si mesmo, e ao tipo de laço profano que ele sentia existir entre sua mente e aquele horror distante à espreita – aquela coisa monstruosa da escuridão que sua irresponsabilidade invocara do mais profundo do negror da noite. Parecia sentir sua vontade o tempo todo incitada, e os que o visitavam naquele período lembram-se de como permanecia completamente absorto em sua escrivaninha, olhando pela janela a oeste, na direção das formas espetadas e arrepiantes da torre, para além dos fumos rodopiantes da cidade. Os registros do diário insistem monotonamente em certos sonhos terríveis e no fortalecimento dos laços profanos durante o sono. Há menção de uma noite em que ele acordou e se viu todo vestido, fora de casa, atravessando College Hill como um autômato, em direção ao oeste. Repetidas vezes ele se debruçou sobre o fato de que a coisa na torre sabia onde encontrá-lo.

A semana seguinte a 30 de julho é lembrada como o momento do colapso parcial de Blake. Ele não se vestiu e pediu toda a comida por telefone. Os visitantes perguntaram sobre os cordões que ele mantinha perto da cama, e ele respondeu-lhes que o sonambulismo o forçava a amarrar os tornozelos todas as noites com nós que, se não o segurassem, provavelmente o acordariam com o esforço de desfazê-los.

Em seu diário, ele conta sobre a experiência hedionda que o levou ao colapso. Depois de se recolher na noite do dia 30, ele de repente se viu tateando em um espaço de escuridão quase total. Tudo o que era capaz de ver eram faixas curtas, fracas e horizontais de luz azulada; no entanto, podia sentir um fedor insuportável e ouvir uma curiosa mistura de sons suaves e furtivos que vinham de um espaço acima. Sempre que se movia, ele tropeçava em alguma coisa, e a cada barulho surgia uma espécie de som em resposta – um movimento vago, misturado com o cauteloso deslizamento de madeira sobre madeira.

A certa altura, suas mãos tateantes encontraram uma coluna de pedra com a parte superior vazia; logo depois, ele percebeu que se agarrava aos degraus de uma escada embutida na parede e se dirigia, hesitante, ao topo, rumo a uma região de fedor ainda mais intenso onde uma lufada quente e abrasadora vinha de encontro a ele. Ante seus olhos, movimentava-se um conjunto caleidoscópico de imagens fantasmagóricas, todas se dissolvendo, de tempo em tempo, na imagem de um vasto e insondável abismo de escuridão, em que rodopiavam sóis e mundos de um negror ainda mais profundo. Ele pensou nas antigas lendas do Caos Final, em cujo centro se esparrama o deus mentecapto e cego Azathoth, Senhor de Todas as Coisas, rodeado por sua horda cambaleante de dançarinos irracionais e amorfos, embalado por uma aguda e monótona flauta demoníaca empunhada por patas inomináveis.

Finalmente, uma manifestação aguda do mundo exterior rompeu seu estupor e o despertou para o horror indescritível de sua posição. O que foi, nunca soube dizer – talvez tenha sido algum repique tardio dos fogos de artifício ouvidos durante todo o verão em Federal Hill enquanto os moradores saudavam seus vários santos padroeiros, ou os santos de suas aldeias nativas na Itália. De qualquer forma, ele gritou alto, rolou enlouquecido escada abaixo e tropeçou cegamente pelo chão entulhado da câmara que o envolvia em sua escuridão.

Ele soube na mesma hora onde estava e disparou num mergulho pela estreita escada em espiral, tropeçando e se ferindo a cada virada. Houve uma fuga de pesadelo através de uma vasta nave recoberta de teias de aranha cujos arcos fantasmagóricos ascendiam a universos de malignas sombras, tropeções e quedas às cegas através de um porão cheio de lixo, uma escalada a regiões de ar e postes de luz do lado de fora e uma corrida desabalada por uma colina espectral de cornijas murmurantes, atravessando uma cidade sombria e silenciosa de altas torres pretas e subindo a íngreme ladeira a leste até a sua própria porta ancestral.

Ao recuperar a consciência pela manhã, encontrou-se deitado no chão do escritório, completamente vestido. Sujeira e teias de aranha o cobriam, e ele sentia cada centímetro de seu corpo dolorido e machucado. Quando se viu no espelho, percebeu que seu cabelo estava terrivelmente queimado, enquanto um traço de estranho e maligno odor parecia ter aderido a suas roupas. Foi então que seus nervos entraram em colapso. Depois disso, ocioso e exausto, coberto apenas de um roupão, ele não fez mais do que olhar de sua janela em direção a oeste, estremecer com a ameaça de trovões e escrever registros ensandecidos em seu diário.

A grande tempestade caiu pouco antes da meia-noite de 8 de agosto. Relâmpagos atingiam repetidas vezes todas as partes da cidade, e houve relatos da precipitação de duas impressionantes bolas de fogo. A chuva era torrencial, enquanto constantes descargas de trovão traziam insônia a milhares de pessoas. Blake estava completamente frenético em seu pavor pelo sistema de iluminação e tentou telefonar para a empresa por volta da uma da manhã, embora àquela altura o serviço tivesse sido temporariamente interrompido por questão de segurança. Ele registrou tudo em seu diário – os hieróglifos grandes, nervosos e muitas vezes indecifráveis, contando suas próprias histórias de crescente frenesi e desespero e anotações rabiscadas às cegas na no escuro.

Ele precisava manter a casa escura para ver pela janela, e parece que a maior parte do tempo permaneceu em sua mesa, mirando ansioso através da chuva e dos quilômetros brilhantes dos telhados do centro a constelação de luzes distantes de Federal Hill. Vez por outra ele fazia atabalhoadamente uma anotação em seu diário, de modo que frases soltas como "As luzes não devem ir"; "Ele sabe onde estou"; "Eu devo destruí-lo"; e "Está me chamando, mas talvez não queira me causar mal agora" são encontradas espalhadas em duas das páginas.

As luzes se apagaram, então, por toda a cidade. Aconteceu às 2h12, de acordo com os registros da estação de energia, mas o diário de Blake não dá nenhuma indicação da hora exata. A anotação é meramente "Luzes apagadas – Deus me ajude". Em Federal Hill havia observadores tão ansiosos quanto ele, e grupos de homens encharcados de chuva circulavam na praça e nas vielas ao redor da igreja maligna com velas protegidas sob os guarda-chuvas, lanternas elétricas, lampiões a óleo, crucifixos e encantos obscuros de muitos tipos comuns ao sul da Itália. Eles abençoaram cada clarão de relâmpago e fizeram sinais enigmáticos de medo com a mão direita quando uma mudança na tempestade fez com que os clarões diminuíssem e por fim cessassem de todo. Um vento crescente apagou a maior parte das velas, de modo que todo o espaço ficou ameaçadoramente escuro. Alguém despertou o padre Merluzzo, da Igreja do Espírito Santo, e ele se apressou em ir à assustadora praça para pronunciar quaisquer palavras de ajuda. Da curiosa inquietação dos sons que vinham da torre escura, não poderia haver dúvida alguma.

Quanto ao que se passou às 2h35 da madrugada, temos o testemunho do sacerdote, uma pessoa jovem, inteligente e instruída; do patrulheiro William J. Monahan, da Estação Central, um oficial da mais alta confiabilidade que havia parado naquela parte de sua ronda para inspecionar a multidão; e da maioria dos 78 homens que se reuniram em torno do muro alto da igreja – especialmente aqueles na praça onde a fachada leste era visível. Claro que não havia nada que pudesse ser provado como fora da ordem da natureza. As possíveis causas de um tal evento são muitas. Ninguém pode falar com certeza sobre os obscuros processos químicos que surgem em um edifício vasto, antigo, mal-ventilado e há muito abandonado, repleto dos mais variados objetos e substâncias. Vapores mefíticos... combustão espontânea... pressão de gases oriundos de longa putrefação... a qualquer um desses fenômenos o evento poderia ser atribuído. É claro, o fator do charlatanismo consciente também não pode de modo algum ser excluído. A coisa foi de fato muito simples em si e não tomou mais do que três minutos do tempo real. Padre Merluzzo, sempre um homem preciso, olhava repetidamente o relógio.

Tudo começou com um nítido aumento no volume dos ruídos de agitação oriundos da torre negra. Houve, durante algum tempo, um vago exalar de odores estranhos e malignos vindos da igreja – naquele momento, eles se tornavam mais acentuados e ofensivos. Por fim, ouviu-se os estalidos de madeira arrebentando e um objeto grande e pesado desabou no pátio sob a severa fachada leste. A torre era invisível neste momento em que as velas não queimavam, mas quando o objeto se aproximou do chão, as pessoas entenderam que se tratava da persiana queimada da janela leste da torre.

Imediatamente depois, um insuportável miasma emergiu das invisíveis alturas, sufocando e enojando os observadores trêmulos, quase prostrando os que estavam na praça. Ao mesmo tempo, o ar tremeu com uma vibração de bater de asas, e um súbito vento soprando do leste, mais violento do que qualquer lufada anterior, arrancou os chapéus e destruiu os guarda-chuvas encharcados da multidão. Nada podia ser visto com nitidez na noite escura; alguns presentes que olhavam para cima, no entanto, julgaram ter vislumbrado um enorme borrão de mais denso negror contra o céu escuro – algo como uma nuvem de fumaça disforme que disparava com a velocidade de um meteoro em direção ao leste.

Isso foi tudo. Os observadores estavam parcialmente entorpecidos de medo, espanto e desconforto, e mal sabiam o que fazer ou se deveriam fazer alguma coisa. Não sabendo o que havia acontecido, eles não relaxaram sua vigília; momentos depois, fizeram uma prece quando um forte clarão de raios tardios, seguido por um estrondo ensurdecedor, abalou os céus inundados. Meia hora depois, a chuva parou, e em outros quinze minutos as luzes da rua voltaram a funcionar, o que fez com que os observadores cansados e ensopados retornassem a suas casas.

Os jornais do dia seguinte deram a esses assuntos menção menor em sua relação com os relatos gerais da tempestade. Parece que o grande relâmpago e a ensurdecedora explosão que se seguiram à ocorrência de Federal Hill foram sentidos com ainda mais força a leste, onde se fez notar a manifestação do singular miasma. O fenômeno foi mais marcado em College Hill, onde o som despertou todos os que dormiam e levou a uma série de especulações confusas. Daqueles que já estavam acordados, apenas alguns viram o brilho anômalo de luz perto do topo da colina ou notaram a inexplicável corrente ascendente de ar que quase arrancou todas as folhas das árvores e varreu os jardins. Concordou-se que o relâmpago solitário e súbito devia ter atingido alguma parte da vizinhança, embora nenhum vestígio da descarga tenha sido encontrado depois. Um jovem na república Tau Omega pensou ter visto uma horrenda e grotesca massa de fumaça no ar assim que o clarão inicial estourou, mas sua observação não foi verificada. Todos os poucos observadores, no entanto, concordam quanto à violenta rajada do oeste e a pestilência intolerável do ar que precedeu o estrondo tardio, assim como com a evidência relativa ao odor queimado momentâneo após o trovão.

Esses pontos foram discutidos com muito cuidado por causa de sua provável conexão com a morte de Robert Blake. Os alunos da república Psi Delta, cujas janelas superiores dos fundos ficavam de frente ao escritório de Blake, notaram o rosto branco borrado na janela a oeste na manhã do dia 9 e se perguntaram o que havia de errado com sua expressão. Quando viram o homem na mesma posição naquela noite, preocuparam-se e ficaram atentos ao acender das luzes no cômodo. Mais tarde, tocaram a campainha do apartamento escuro e finalmente um policial forçou a porta.

O corpo rígido e ereto estava sentado na mesa perto da janela; e, quando os invasores viram os olhos vidrados e esbugalhados e as marcas de um forte e convulsivo susto nas feições retorcidas, desviaram o olhar em consternação. Pouco depois, o legista fez um exame e, apesar da janela intacta, relatou choque elétrico, ou tensão nervosa induzida por descarga elétrica, como causa da morte. A expressão medonha, ele ignorou por completo, considerando-a resultado não improvável do profundo choque experimentado por uma pessoa de imaginação anômala e emoções desequilibradas. Deduziu esses últimos atributos a partir dos livros, pinturas e manuscritos encontrados no apartamento e das anotações rabiscadas no diário sobre a escrivaninha. Blake havia seguido com suas anotações frenéticas até o fim, e o lápis de ponta quebrada foi encontrado em sua mão direita, contraída em um espasmo.

Os registros do diário a partir da queda de luz eram altamente desarticulados e legíveis apenas em parte. A partir delas, certos investigadores chegaram a conclusões muito diferentes do veredito materialista oficial, mas tais especulações têm pouca chance de serem aceitas entre os conservadores. O caso desses teóricos criativos não foi auxiliado pela ação do supersticioso dr. Dexter, que jogou a caixa curiosa e a pedra angulosa – um objeto certamente autoluminoso, como visto na torre preta sem janelas, onde foi encontrado – no canal mais profundo da baía de Narragansett. Excesso de imaginação e desequilíbrio neurótico por parte de Blake, agravados pelo conhecimento dos antigos cultos malignos, cujos traços surpreendentes ele descobrira, formam a interpretação dominante, dadas as últimas anotações frenéticas. Estes são os registros... ou tudo o que pode ser compreendido deles:

"Ainda sem energia – já devem ter se passado cinco minutos. Tudo depende dos raios. Que Yaddith permita que a tempestade de raios prossiga!... Alguma influência parece pulsar através dela... Chuva e trovão e vento ensurdecem... A coisa está tomando conta da minha mente...

"Problemas com memória. Vejo coisas que nunca vi antes. Outros mundos e outras galáxias... Escuro... O clarão parece escuro e a escuridão parece clara...

"Não pode ser a verdadeira colina e igreja que vejo na completa escuridão. Deve ser impressão que os relâmpagos deixam na retina. Que o céu permita que os italianos saiam com suas velas se os raios pararem!

"Do que tenho medo? Não é um avatar de Nyarlathotep, que na antiga e sombria Khem tomou a forma de homem? Eu me lembro de Yuggoth, e Shaggai mais distante, e o vazio final dos planetas pretos...

"O voo longo, as asas atravessando o vazio... não pode cruzar o universo de luz... recriado pelos pensamentos capturados no Trapezoedro Brilhante... manda através dos horríveis abismos de esplendor...

"Meu nome é Blake – Robert Harrison Blake, da rua East Knapp, 620, Milwaukee, Wisconsin... Eu estou neste planeta...

"Azathoth tenha misericórdia! – o relâmpago não produz clarão – horrível – posso ver tudo com um sentido monstruoso que não é a visão – luz é escuridão e escuridão é luz... aquelas pessoas na colina... a vigília... velas e encantos... seus padres...

"O sentido de distância se foi – longe está perto e perto está longe. Nenhuma luz – nenhuma lente – vê aquele pináculo – aquela torre – a janela – pode ouvir – Roderick Usher – estou louco ou enlouquecendo – a coisa está se mexendo, agitando-se na torre – eu sou ela e ela sou eu – quero sair... preciso sair e unificar nossas forças... Sabe onde estou...

"Eu sou Robert Blake, mas vejo a torre no escuro. Há um odor pestilento... sentidos transfigurados... embarcando naquela janela da torre quebrando e cedendo... Iä... ngai... ygg...

"Eu o vejo – está vindo para cá – o vento infernal – o borrão titânico – as asas pretas – Yog-Sothoth, salve-me – o olho de três lóbulos que queima..."

Direção editorial
Daniele Cajueiro

Editora responsável
Ana Carla Sousa

Produção editorial
Adriana Torres
Carolina Leocadio

Preparação de texto
Alessandra Libonatti
Milena Vargas
Sofia Soter

Revisão
Carolina Vaz

Capa, ilustração e
projeto gráfico de miolo
Rafael Nobre

Diagramação
Filigrana

Este livro foi impresso em 2019
para a Nova Fronteira.

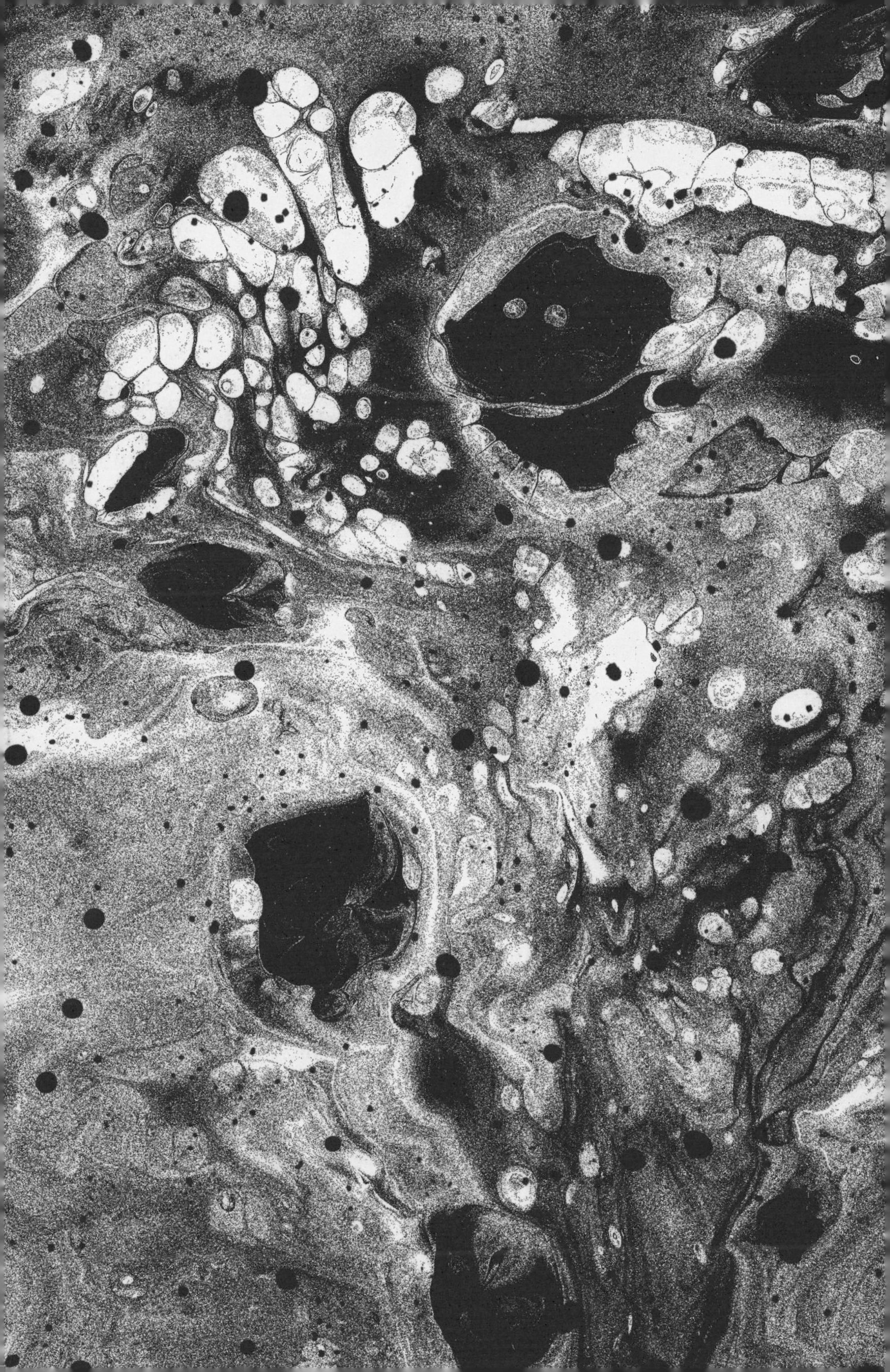

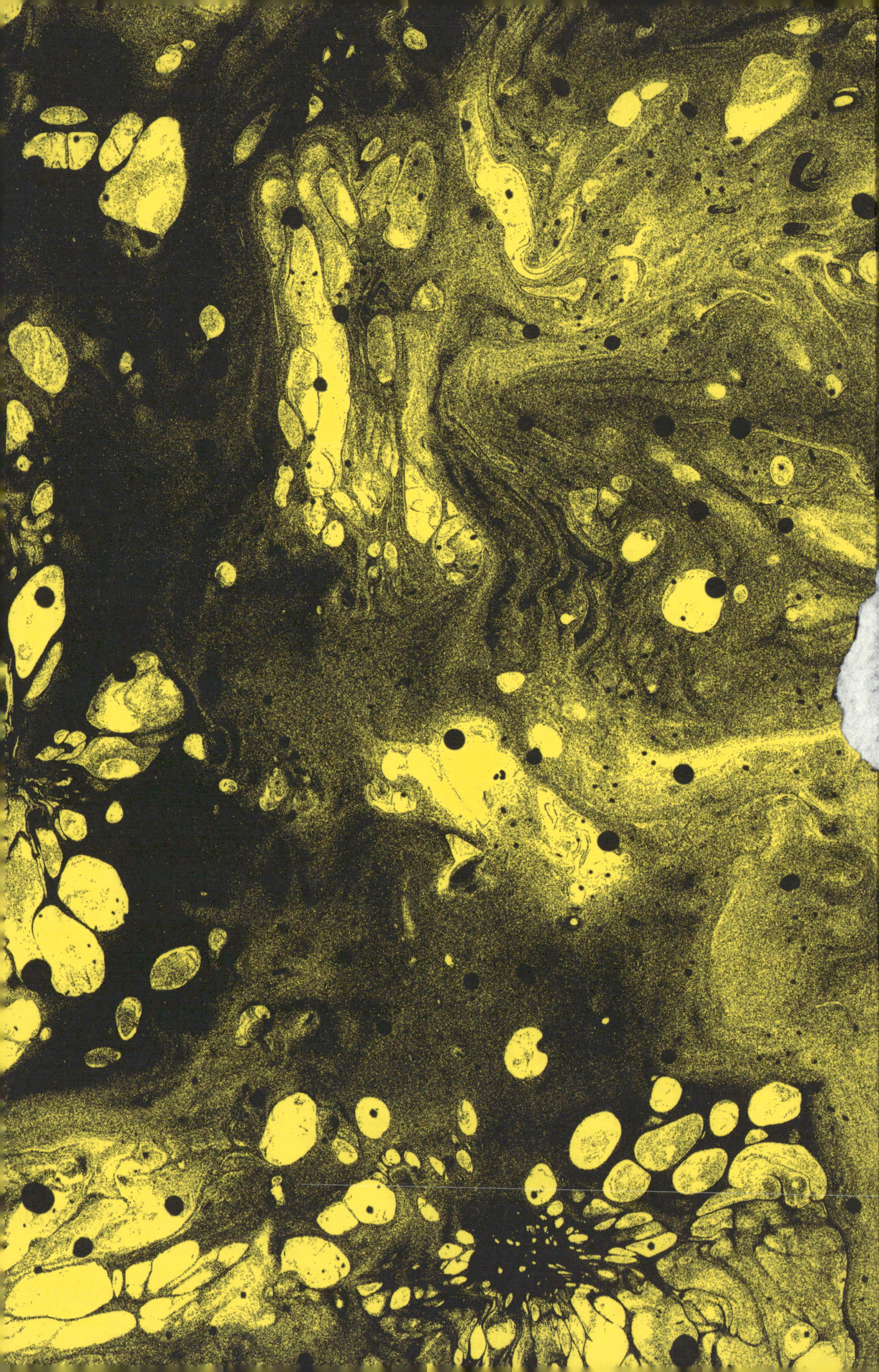

H.P.

LOVECRAFT

OS MITOS DE CTHULHU

VOLUME 1

Tradução

Alexandre Barbosa de Souza

Prefácio

Raphael Montes

EDITORA
NOVA
FRONTEIRA

Editora Nova Fronteira Participações S.A.
Rua Candelária, 60 – 7º andar – Centro – 20091-020
Rio de Janeiro – RJ – Brasil
Tel.: (21) 3882-8200 – Fax: (21) 3882-8212/8313

CIP-BRASIL. CATALOGAÇÃO NA PUBLICAÇÃO
SINDICATO NACIONAL DOS EDITORES DE LIVROS, RJ

L947m
Lovecraft, H. P.
Os mitos de Cthulhu: volume 1 / H. P. Lovecraft; tradução Alexandre Barbosa de Souza; prefácio Raphael Montes. - 1. ed. - Rio de Janeiro: Nova Fronteira, 2019.
288 p.; 23 cm.

ISBN 978-85-209-4437-0

1. Contos americanos. I. Souza, Alexandre Barbosa de. II. Raphael Montes. IV. Título.

19-60087 CDD: 813
CDU: 82-34(73)

Vanessa Mafra Xavier Salgado – Bibliotecária – CRB-7/6644

SUMÁRIO

Prefácio 7

Dagon 11

Nyarlathotep 19

A cidade sem nome 25

Azathoth 43

O cão 47

O festival 57

O chamado de Cthulhu 69

A cor vinda do espaço 109

História do *Necronomicon* 147

O horror de Dunwich 151

O sussurro nas trevas 207

PREFÁCIO

LOVECRAFT ESTÁ VIVO

Em algum lugar das profundezas do cosmo, Howard Phillips Lovecraft está vivo. Apesar de ter vivido apenas 46 anos neste mundo, o escritor norte-americano realizou uma prolífica e notável obra literária. Frutos de uma mente inquietante e visionária, mas pouco valorizados durante sua vida, esses escritos elevaram as histórias de terror e horror a um outro nível, criando um imaginário que originou todo um subgênero, o horror cósmico. Desde então, mundos sombrios e criaturas ancestrais nos assombram ao olharmos para as estrelas.

Pessoalmente, confesso que demorei um pouco para mergulhar nas histórias de H.P. Lovecraft – ainda que seu nome tenha surgido em menções e referências desde minhas primeiras incursões ao terror. Foi somente ao assistir *O Enigma de Outro Mundo*, de 1982, do mestre John Carpenter, que me interessei em explorar e estudar o medo do desconhecido. No filme, uma criatura do espaço ataca uma estação científica americana na Antártida e, ao fazer suas vítimas, transforma-se fisicamente nelas. Essa confusão de aparências cria um ótimo embate psicológico entre os membros da equipe. Junto de *Alien, o Oitavo Passageiro*, o filme alimentou inquietações sobre a vida além da Terra, e nerds e amantes da cultura pop se deliciaram em uma década cinematográfica dedicada ao medo do inexplorado. Os anos 1980 foram incrivelmente perturbadores...

Mas, é claro, esse medo já tinha sido explorado na literatura antes. John Carpenter era amante dos contos de Lovecraft e se inspirou no horror cósmico para a concepção de vários de seus filmes. Tinha chegado a hora de eu entrar no universo de Lovecraft (e nunca mais sair). "Nas montanhas da loucura" foi a minha primeira leitura. Nessa novela em forma de relato, um pesquisador descreve uma expedição científica que vai à Antártida em busca de fósseis pré-históricos. As descobertas do grupo revelam conhecimentos sobre o surgimento da vida na Terra. Os primeiros habitantes teriam sido uma estranha raça alienígena, com asas e fisionomia similar a anêmonas-do-mar. Aí, fica evidente uma das grandes obsessões literárias de Lovecraft: a busca pelo desconhecido. Mas que desconhecido é esse? Lovecraft respondeu a essa pergunta escrevendo contos que extrapolam nossa realidade, criando novas e misteriosas dimensões, reais e imaginárias.

Lovecraft também foi um grande vórtice de ideias. Suas inspirações ficam claras ao traçarmos o panorama literário fantástico do século XIX. O caráter exploratório de seus contos se assemelha às aventuras do autor francês Júlio Verne (*Vinte mil léguas submarinas*, *Viagem ao centro da Terra*). Mas, ao contrário de seu predecessor,

Lovecraft não estava interessado em "prever" o futuro ou ser preciso nas informações científicas. Ele era alheio ao tempo – suas histórias atingiam a ancestralidade. Também no popular autor inglês Jack London encontramos semelhanças: ambos exploravam as criaturas, humanas ou não, com complexidade emocional, e investiam em longas jornadas, como *O Lobo do Mar*, de London.

Sem dúvida, o autor que mais aguçou o terror em Lovecraft foi Edgar Allan Poe. Em diversos trabalhos, Lovecraft chega a citar contos de Poe ou personagens lendo seu grande ídolo literário. É curioso que as histórias desses dois autores estejam tão conectadas, tanto em aspectos da obra como na vida pessoal. Assim como Poe, Lovecraft nunca alcançou sucesso em vida (terminou seus dias se alimentando de carne estragada). Com uma única edição de livro publicada e alguns poucos contos impressos em revistas *pulp* americanas, o autor sobreviveu a tragédias familiares e se apegou a uma melancolia solitária na pequena cidade de Providence, interior dos Estados Unidos. Não tenho dúvidas de que essas condições alavancaram a imaginação e influenciaram a morbidez de seus textos. Histórias como "A coisa na soleira da porta" e "A sombra além do tempo" transmitem esse isolamento e status mental, enquanto "O chamado de Cthulhu" e o próprio "Nas montanhas da loucura" revelam uma curiosidade ímpar por conhecimentos além da humanidade.

A partir da popularização de Lovecraft, muitos leitores começaram a notar insinuações racistas e xenófobas em suas cartas – possivelmente fruto desse aprisionamento físico e mental. O assunto foi alvo de diversas discussões por acadêmicos e escritores. O quadrinista Alan Moore escreveu que "os medos que geravam as histórias de Lovecraft eram exatamente os mesmos dos homens descendentes de protestantes, heterossexuais, brancos e de classe média, que se sentiam os mais ameaçados pelas mudanças nas relações de poder e de valores do mundo moderno". A escritora contemporânea de ficção científica Nnedi Okorafor, agraciada com o World Fantasy Award, indagou a presença da imagem de Lovecraft no busto do prêmio, aquecendo a discussão. Já o autor Victor Lavalle, admirador de Lovecraft, escreveu a novela *A balada do Black Tom* como forma de tributo e crítica, ao mesmo tempo. Sem dúvida, essas questões devem ser discutidas tomando em conta o contexto social e colocando uma devida lente em seus escritos, que continuam geniais e pertinentes.

Felizmente, os tempos recentes têm sido gloriosos para a eternização da obra de H.P. Lovecraft. Stephen King já declarou sua influência citando-o como "o maior praticante do conto de horror clássico do século XX". *It, a Coisa* apresenta elementos cósmicos muito *lovecraftianos* ao final de sua narrativa, além do recente *Revival*. Nas séries, o fenômeno *Stranger Things* também se apodera de um conceito de dimensão paralela que faz jus ao imaginário do autor. No cinema, diretores como Robert Eggers (*A Bruxa*, 2016) e Alex Garland (*Aniquilação*, 2018) estão redefinindo o terror e a ficção científica nas grandes telas e elevando o sentimento de medo e desconhecido a novos patamares. Nesta incrível coletânea, organizada em ordem cronológica, acompanhamos a evolução de H.P. Lovecraft em nos apresentar mundos inusitados e causar medos nunca antes imaginados.

Raphael Montes

DAGON

Estou escrevendo isto sob considerável esforço mental, uma vez que hoje à noite não existirei mais. Sem dinheiro, e esgotado o suprimento da droga que é a única coisa que torna minha vida suportável, não posso mais tolerar a tortura; e vou me atirar pela janela deste sótão na rua sórdida lá embaixo. Não vá pensar que, por ser escravo da morfina, eu seja um fraco ou um degenerado. Depois de ler estas páginas rascunhadas às pressas, você talvez adivinhe, mesmo sem jamais entender plenamente, por que eu preciso do esquecimento ou da morte.

Foi em um dos trechos mais abertos e menos frequentados do vasto Pacífico que o paquete do qual eu era capitão de longo curso caiu vítima de piratas alemães. A guerra mundial mal havia começado, e as forças oceânicas inimigas ainda não haviam se entregado completamente à degradação que viria depois, de modo que nossa embarcação foi tomada como despojo legítimo, enquanto a tripulação foi tratada com toda a justiça e consideração que nos era devida como prisioneiros navais. Tão generosa, de fato, foi a disciplina de nossos captores que cinco dias depois de sermos presos consegui fugir sozinho em um pequeno bote com água e provisões para um bom tempo.

Quando enfim me vi à deriva e livre, eu pouco sabia da região à minha volta. Nunca fui bom navegador, e só consegui adivinhar vagamente pelo sol e pelas estrelas que estava um pouco ao sul do equador. Da longitude, eu nada sabia, e não havia ilha nem costa alguma à vista. O tempo continuou bom, e por incontáveis dias fiquei à deriva, sem destino, sob o sol escaldante, esperando algum navio passar ou aguardando ser levado até a praia de alguma terra habitável. Mas nem navio nem terra apareceu, e comecei a me desesperar com a solidão sobre a vastidão arquejante daquele azul ininterrupto.

A mudança aconteceu enquanto eu dormia. Os detalhes, jamais saberei, pois meu sono, embora perturbado e infestado de sonhos, era profundo. Quando enfim despertei, descobri que havia sido sugado para dentro da viscosa imensidão de uma lama negra infernal, que se estendia ao meu redor em ondulações monótonas até onde a vista alcançava, e na qual meu bote havia encalhado a certa distância.

Embora se pudesse imaginar que minha primeira sensação fosse de maravilhamento diante de uma transformação tão prodigiosa e inesperada do cenário, eu na verdade fiquei mais horrorizado que espantado, pois havia no ar e na matéria putrefata uma qualidade sinistra que me dava calafrios por dentro. Toda aquela região apodrecia com as carcaças de peixes mortos e outras coisas mais indescritíveis, que eu via se projetarem de dentro da asquerosa e interminável superfície. Talvez eu não devesse almejar transmitir em meras palavras a indizível abjeção contida no silêncio absoluto e na imensidão erma. Não havia nada para ouvir, e nada para ver além de uma vasta extensão de lama negra; no entanto, a quietude era tão completa e a homogeneidade da paisagem era tamanha que aquilo me oprimia com um medo nauseante.

O sol ardia em um céu que me parecia quase negro em sua crueldade sem nuvens, como se refletisse o nanquim do pântano sob os meus pés. Enquanto eu nadava até o bote encalhado me dei conta de que apenas uma teoria poderia explicar minha posição. Por meio de alguma atividade vulcânica sem precedentes, uma parte do leito oceânico devia ter sido lançada para a superfície, expondo regiões que por inúmeros milhões de anos haviam ficado ocultas em profundezas marinhas insondáveis. Tamanha era a extensão daquela nova terra que se erguera por baixo de mim que eu não conseguia detectar nem um som vindo do oceano ondulante, por mais que apurasse os ouvidos. Tampouco havia aves marinhas para devorar toda aquela carniça.

Durante várias horas fiquei sentado pensando ou cismando no bote, que deitado de lado fornecia uma ligeira sombra conforme o sol se deslocava pelo céu. À medida que o dia avançava, o terreno foi perdendo um pouco da viscosidade, e parecia que em breve ficaria seco o suficiente para se caminhar por cima. Naquela noite só dormi um pouco, e no dia seguinte muni um alforje com comida e água e me preparei para uma expedição por terra em busca do mar desaparecido e de um possível resgate.

Na terceira manhã, deparei-me com o solo seco o suficiente para caminhar com facilidade. O odor de peixe era enlouquecedor; mas eu estava preocupado demais com coisas mais graves para me incomodar com um mal tão pequeno, e parti ousadamente atrás de uma meta desconhecida. O dia inteiro avancei a passos constantes para oeste, guiado por uma elevação distante que se erguia mais alta do que qualquer outra naquele deserto ondulado. Naquela noite acampei, e no dia seguinte segui viagem em direção à elevação, embora o objeto mal parecesse mais próximo do que na primeira vez em que o avistara. Na quarta noite, alcancei a base do aclive, que se revelou muito mais alto do que parecera a distância; um vale interposto o destacava mais agudamente da superfície geral. Exausto demais para escalar, dormi na sombra do aclive.

Não sei por que meus sonhos foram tão desmesurados naquela noite, mas, antes que a lua minguante e fantasticamente corcunda se erguesse muito acima do horizonte ao leste, acordei com suores frios, decidido a não dormir mais. As visões que experimentei eram mais do que conseguiria suportar outra vez. E no brilho da lua vi como eu havia sido imprudente de viajar durante o dia. Sem o clarão causticante do sol, minha travessia teria me custado menos energia; na verdade, agora eu me sentia perfeitamente capaz de escalar o aclive que me detivera ao crepúsculo. Recolhendo meu alforje, parti para a crista da elevação.

Eu disse que a monotonia ininterrupta da planície ondulada era fonte de um horror vago, mas creio que meu horror ficou maior quando alcancei o topo do aclive e olhei para o outro lado, na direção de um fosso ou desfiladeiro imensurável, cujos recessos negros a lua ainda não estava alta o bastante para iluminar. Senti que estava nos confins do mundo, esquadrinhando por sobre a borda do caos insondável de uma noite eterna. No meu terror, vieram-me curiosas reminiscências do *Paraíso perdido* e da hedionda escalada de Satã pelos domínios antigos das trevas.

Conforme a lua ia escalando mais alto o céu, passei a ver que as colinas do vale não eram tão perpendiculares quanto eu havia imaginado. Ressaltos e afloramentos rochosos forneciam degraus bastante acessíveis para uma descida, enquanto após algumas dezenas de metros o declive se tornava bastante gradual. Levado por um impulso que não sou capaz de analisar definitivamente, fui descendo com dificuldade as rochas e cheguei ao declive mais ameno, lá embaixo, contemplando as profundezas estígias onde luz alguma havia penetrado até então.

Então, de uma só vez, minha atenção foi capturada por um objeto vasto e singular na outra encosta, que se erguia abruptamente a pouco mais de cem metros à minha frente; um objeto que reluzia com uma cintilação esbranquiçada sob os raios recém-lançados da lua que subia. Que se tratava apenas de um pedaço gigantesco de pedra, eu logo tive certeza, mas tomei consciência de uma distinta impressão de que seu contorno e sua posição não eram de todo obra da Natureza. Um exame mais atento me encheu de sensações que não sou capaz de expressar, pois, apesar de sua enorme magnitude, e sua posição em um abismo que dormia no fundo do mar desde que o mundo era jovem, percebi sem dúvida que o estranho objeto era um monólito bem-talhado cujo volume imenso tinha sido testemunha da artesania e talvez da idolatria de criaturas vivas e pensantes.

Perturbado e apavorado, embora não isento de certo frenesi de prazer típico do cientista ou do arqueólogo, examinei meus arredores mais detidamente. A lua, agora próxima ao zênite, brilhava estranha e vigorosamente sobre as escarpas altíssimas que cercavam o abismo, e revelou o fato de que uma ampla extensão de água fluía lá embaixo, serpenteando até se perder de vista em ambas as direções, e quase molhou meus pés enquanto fiquei parado na encosta.

Atravessando o abismo, as ondas se chocavam contra a base do ciclópico monólito, em cuja superfície eu agora conseguia distinguir tanto inscrições quanto esculturas rústicas. A escrita era em um sistema de hieróglifos desconhecido para mim, e diferente de tudo que eu já tinha visto em livros, consistindo basicamente em símbolos aquáticos convencionais, como peixes, enguias, polvos, crustáceos, moluscos, baleias e coisas do gênero. Diversos caracteres evidentemente representavam coisas marinhas que são desconhecidas do mundo moderno, mas cujas formas em decomposição eu havia observado na planície erguida do oceano.

Foram as inscrições pictóricas, no entanto, que mais me deixaram hipnotizado. Claramente visíveis através da água por conta de seu enorme tamanho, havia uma série de baixos-relevos cujos temas teriam despertado a inveja de um Doré. Creio que aquelas coisas deviam retratar homens – ao menos certo tipo de homem –, embora as criaturas fossem mostradas em ações semelhantes a peixes nas águas de alguma gruta marinha, ou rendendo homenagem a uma espécie de altar monolítico que parecia também estar embaixo das águas. Sobre os rostos e as formas dessas criaturas não me atrevo a falar em detalhes, pois sua mera lembrança quase me faz desmaiar. Grotescas além da imaginação de um Poe ou de um Bulwer, eram desgraçadamente humanas na forma geral, apesar das membranas nas mãos e nos pés, dos chocantes lábios largos e moles, dos olhos vítreos e saltados e de outros traços menos agradáveis de recordar. Curiosamente, pareciam ter sido entalhados fora de proporção ao cenário do fundo, pois um desses seres aparecia matando uma baleia representada apenas um pouco maior do que ele. Reparei, como eu disse, no aspecto grotesco e na estranheza do tamanho, mas no momento seguinte concluí que deviam ser meros deuses imaginários de alguma tribo primitiva de pescadores ou navegadores; alguma tribo cujo último descendente tivesse desaparecido eras antes do nascimento do primeiro ancestral do Homem de Piltdown ou Neandertal. Perplexo com esse inesperado vislumbre de um passado mais remoto que a concepção do antropólogo mais ousado, fiquei contemplando enquanto a lua lançava reflexos bizarros no canal silencioso diante de mim.

Então subitamente eu vi. Com um breve espadanar marcando sua subida à superfície, a criatura deslizou diante dos meus olhos para fora das águas escuras. Vasto, polifêmico e odioso, ele saltou como um estupendo monstro de pesadelos até o monólito, sobre o qual estendeu seus gigantescos braços escamosos, instante em que abaixou sua cabeça hedionda e deu vazão a determinados sons expressivos. Creio ter sido aí que eu enlouqueci.

Sobre minha escalada frenética do aclive e do penhasco e minha delirante travessia de volta ao bote encalhado, lembro muito pouco. Creio que cantei um bocado, e gargalhei estranhamente quando não consegui mais cantar. Tenho lembranças imprecisas de uma grande tempestade algum tempo depois de eu ter chegado ao bote; seja como for, sei que ouvi estrondos de trovões e outros sons que a Natureza só pronuncia em seus humores mais destemperados.

Quando saí das sombras, estava em um hospital em São Francisco, levado até lá pelo capitão de um navio americano que resgatou o meu bote no meio do oceano. No meu delírio, eu tinha falado demais, mas descobri que haviam dado pouco crédito às minhas palavras. Sobre a sublevação de terra no Pacífico, meus salvadores nada sabiam; tampouco julguei necessário insistir em algo em que eu sabia que eles não acreditariam. Um dia procurei um famoso etnólogo, e ele achou graça das perguntas peculiares que fiz sobre a antiga lenda dos filisteus a respeito de Dagon, o Deus-Peixe; mas logo que percebi que ele era irrecuperavelmente convencional, não insisti com minha investigação.

É à noite, sobretudo quando a lua está minguante e corcunda, que eu vejo a criatura. Tentei morfina, mas a droga concedeu apenas um alívio passageiro e me arrastou para suas garras como um escravo desesperado. De modo que agora vou pôr fim em tudo, depois de ter escrito um relato completo para a informação ou desdenhosa diversão de meus semelhantes. Muitas vezes me pergunto se poderia ter sido tudo pura fantasia – mera aberração febril após ter ficado exposto ao sol e remado no bote aberto durante a minha fuga do navio de guerra alemão. Isso eu me pergunto, mas sempre me vem aquela visão hediondamente nítida em resposta. Não posso pensar no mar profundo sem tremer diante das coisas sem nome que neste exato momento podem estar rastejando e chafurdando em seu leito viscoso, idolatrando seus antigos ídolos de pedra e inscrevendo sua detestável semelhança em obeliscos submarinos de granito. Sonho com o dia em que eles talvez se ergam acima das águas para arrastar com suas garras fétidas os remanescentes de uma humanidade insignificante, exaurida pela guerra – o dia em que a terra há de afundar, e o leito escuro do oceano há de ascender em meio ao pandemônio universal.

O fim está próximo. Ouço um barulho na porta, como se um corpo imenso e escorregadio a estivesse empurrando. Ele não conseguirá me encontrar. Deus, *essa mão!* A janela! A janela!

NYARLA-THOTEP

Nyarlathotep... o caos rastejante... eu sou o último... vou contar ao vazio ouvinte...

Não lembro com precisão quando começou, mas já faz meses. A tensão geral estava horrível. A uma temporada de revolta política e social, acrescentou-se a apreensão estranha e cismada de um perigo físico hediondo; um perigo amplamente difundido e abrangente, como só se pode imaginar nas mais terríveis fantasias noturnas. Lembro que as pessoas perambulavam com semblantes pálidos e preocupados, e sussurravam advertências e profecias que ninguém ousava conscientemente repetir ou admitir para si mesmo ter ouvido. Uma sensação de culpa monstruosa pesava sobre a terra, e dos abismos entre as estrelas brotavam correntes gélidas que faziam os homens tremerem em lugares escuros e solitários. Houve uma alteração demoníaca na sequência das estações – o calor do outono persistia terrivelmente, e todos sentiam que o mundo, e talvez o universo, tinha passado do controle de deuses ou poderes conhecidos para o de deuses ou poderes desconhecidos.

E foi então que Nyarlathotep saiu do Egito. Quem era ele, ninguém sabia dizer, mas tinha o velho sangue nativo e parecia um faraó. Os felás ajoelhavam-se ao vê-lo, mesmo sem saber por quê. Ele disse que tinha se levantado das trevas de 27 séculos, e que tinha ouvido mensagens de lugares que não ficavam neste planeta. Nas terras da civilização, chegou Nyarlathotep, moreno, magro e macabro, sempre comprando estranhos instrumentos de vidro e metal e os combinando em instrumentos ainda mais estranhos. Ele falava muito das ciências – da eletricidade e da psicologia – e dava demonstrações de poder que deixavam seus espectadores sem fala, e que, no entanto, ampliavam sua fama a uma magnitude extraordinária. Os homens aconselhavam uns aos outros que fossem ver Nyarlathotep, e estremeciam. E aonde Nyarlathotep ia, o sossego acabava, pois a madrugada era rasgada por gritos de pesadelo. Nunca antes os gritos de pesadelo tinham sido um problema público tão grave; agora, os sábios quase desejavam proibir dormir de madrugada, para que os berros das cidades perturbassem menos horrivelmente a pobre lua pálida que cintilava nas águas verdes deslizando sob as pontes e as torres antigas que desmoronavam contra um céu doentio.

Lembro de quando Nyarlathotep veio à minha cidade – a grande, antiga e terrível cidade de inúmeros crimes. Meu amigo tinha me falado sobre ele e sobre o irresistível fascínio e deslumbramento de suas revelações, e eu ardia de ansiedade para explorar seus mistérios mais extremos. Meu amigo disse que eram horríveis e impressionantes, além da minha imaginação mais febril, que o que era lançado em uma tela na sala escura profetizava coisas que ninguém além de Nyarlathotep ousaria profetizar, e que naquele crepitar de fagulhas era arrancado dos homens aquilo que nunca havia saído antes e que, no entanto, aparecia apenas em seus olhos. E se dizia por aí que quem conhecia Nyarlathotep tinha visões de coisas que os outros não viam.

Foi durante o quente outono que segui pela noite com uma multidão inquieta para ver Nyarlathotep; seguimos pela noite abafada e subimos um sem-fim de escadas até a sala sufocante. Em sombras na tela, vi formas encapuzadas em meio a ruínas e rostos amarelados e malignos espiando por trás de monumentos derrubados. E vi o mundo em guerra contra as trevas; contra as ondas de destruição enviadas do espaço mais remoto; chiando, borbulhando; lutando em volta do sol que se apagava e resfriava. Então as fagulhas dançaram incrivelmente em volta das cabeças dos espectadores, e os cabelos se eriçaram ao máximo enquanto sombras mais grotescas do que sou capaz de descrever surgiram e pairaram sobre suas cabeças. E, quando eu, que era mais frio e mais científico que os demais, resmunguei um protesto trêmulo sobre "impostura" e "eletricidade estática", Nyarlathotep nos mandou porta afora, escada abaixo, à meia-noite, para a rua opressiva, quente e deserta. Eu gritei bem alto que *não* estava com medo, que eu jamais sentiria medo, e outros gritaram comigo para se aliviar. Juramos uns para os outros que a cidade *continuava* a mesma e continuava viva; e, quando a luz elétrica das ruas começou a se apagar, xingamos a companhia diversas vezes e demos risada das caras estranhas que fizemos.

Creio que sentimos algo descer da lua esverdeada, pois, quando começamos a contar com sua luz apenas, involuntariamente fomos assumindo formações curiosas e parecíamos saber para onde devíamos ir, embora não ousássemos pensar nisso. A certa altura, olhamos para a calçada e vimos que as pedras estavam frouxas e afastadas pela grama, e mal se via a linha de metal enferrujada onde antes passava o bonde. E também vimos um bonde solitário, sem vidros nas janelas, depredado e quase tombado de lado. Quando olhamos para o horizonte, não vimos a terceira torre junto ao rio e reparamos que a silhueta da segunda torre tinha o topo serrilhado. Depois nos dividimos em colunas estreitas, cada uma aparentemente atraída para uma direção diferente. Uma delas desapareceu por uma viela estreita à esquerda, deixando apenas o eco de um gemido chocante. Outra desceu por uma entrada de metrô coberta de ervas daninhas, uivando com uma gargalhada enlouquecida. Minha coluna foi sugada em direção ao campo aberto, e então sentimos um calafrio que não era próprio daquele outono quente; pois, conforme marchávamos pela charneca escura, contemplamos à nossa volta o brilho de um luar infernal sobre uma neve maligna. Neves sem marcas, inexplicáveis, seguiam em uma única direção, onde havia um golfo que parecia ainda mais negro em meio às paredes cintilantes. A coluna parecia mesmo muito diáfana ao adentrar sonhadoramente aquele golfo. Fiquei para trás, pois a fenda negra na neve iluminada pelo luar esverdeado era assustadora, e pensei ter ouvido reverberações de um lamento inquietante quando meus companheiros sumiram, mas meu poder de resistir ali foi escasso.

Como se eu fosse chamado por aqueles que se foram antes, quase que flutuei em meio aos titânicos montes de neve, trêmulo e apavorado, e adentrei o vórtice cego do inimaginável.

Gritantemente lúcido ou entorpecidamente delirante, só os deuses antigos podem dizer. Uma sombra doentia, sensível, contorcida por mãos que não eram mãos, rodopiada cegamente por noites horripilantes de criações putrefatas, cadáveres de mundos mortos com feridas que já foram cidades, ventos de carnificinas que roçam as pálidas estrelas e atenuam seu brilho. Além desses mundos, vagos fantasmas de seres monstruosos, colunas entrevistas de templos profanos que repousam em rochedos ignotos sob o espaço e se erguem para um vácuo vertiginoso acima das esferas da luz e da treva. E, através desse cemitério repulsivo do universo, as batidas abafadas e enlouquecedoras de tambores, e os gemidos fracos e monótonos de flautins blasfemos, vindos de câmaras escuras e inconcebíveis além do Tempo; o bater e o soprar detestáveis ao som dos quais dançam lenta, estranha e absurdamente os tenebrosos deuses definitivos – gárgulas cegas, mudas e insanas, cuja alma é Nyarlathotep.

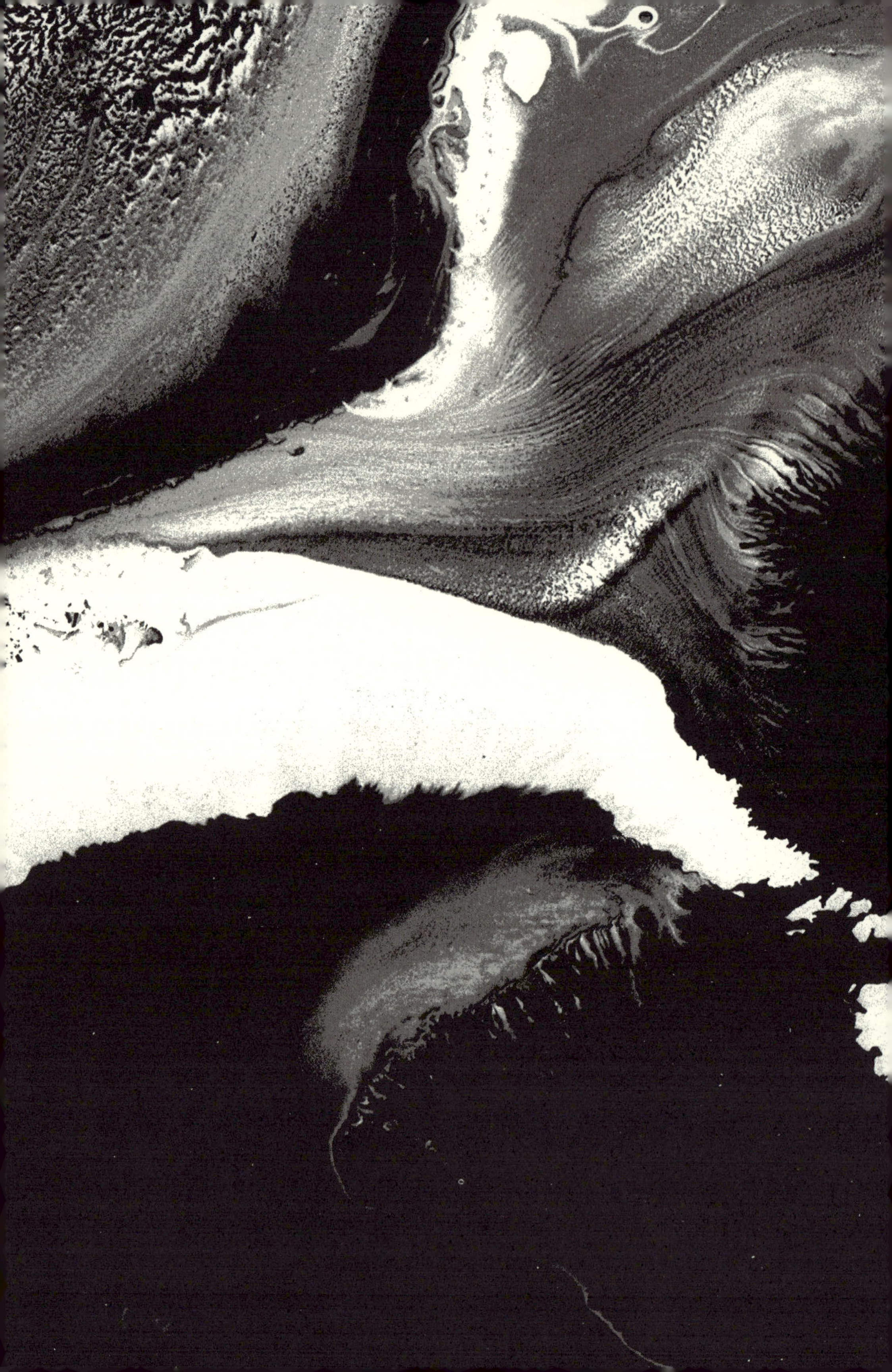

A CIDADE SEM NOME

Quando cheguei à cidade sem nome vi que era um lugar amaldiçoado. Eu estava viajando por um vale seco e terrível, à luz da lua, e ao longe vi a cidade se erguer estranhamente acima das dunas, como partes de um cadáver escapam de uma sepultura malfeita. O medo falou a partir das pedras gastas pelo tempo daquela grisalha sobrevivente do dilúvio, daquela bisavó da pirâmide mais antiga; e uma aura invisível me repeliu e me mandou recuar de segredos sinistros e antigos que homem nenhum deveria ver, e que nenhum outro homem jamais ousara contemplar.

Remota, no deserto da Arábia, jaz a cidade sem nome, desmoronada e desarticulada, seus muros baixos quase ocultos pela areia de eras incontáveis. Devia estar assim antes que as primeiras pedras de Mênfis fossem empilhadas e enquanto os tijolos da Babilônia ainda não haviam sido cozidos. Não há lenda tão antiga a ponto de conter seu nome, ou que registre que algum dia esteve viva, mas a cidade é mencionada em sussurros em volta de fogueiras e murmurada por avós nas tendas dos xeiques, de modo que todas as tribos a evitam sem saber exatamente por quê. Foi com esse lugar que Abdul Alhazred, o poeta louco, sonhou uma noite antes de cantar esse dístico inexplicável:

Não morre o que pode eternamente permanecer,
E, após estranhos éons, até a morte pode morrer.

Eu devia saber que os árabes tinham bons motivos para evitar a cidade sem nome, a cidade decantada em estranhas histórias, porém jamais vista por nenhum homem vivo; no entanto, os desafiei e fui com meu camelo rumo à vastidão jamais percorrida. Fui o único a vê-la, e é por isso que nenhum outro rosto tem rugas de medo como o meu; por isso nenhum outro homem estremece tão horrivelmente quando o vento noturno sacode as janelas.

Quando cheguei naquela quietude macabra de um sono sem fim, a cidade olhou para mim, gélida sob os raios de uma lua fria em meio ao calor do deserto. E, quando devolvi o olhar, esqueci meu triunfo de havê-la encontrado e parei com meu camelo para esperar o amanhecer.

Durante horas esperei, até que o leste ficasse cinza e as estrelas se apagassem, e o cinza ficou róseo, debruado em dourado. Ouvi um gemido e vi uma tempestade de areia se agitar em meio às rochas antigas, embora o céu estivesse claro e a vasta amplidão do deserto, silenciosa. Então, subitamente, acima da borda mais distante do deserto surgiu a ponta ardente do sol, vista através da minúscula tempestade de areia que estava indo embora, e em meu estado febril imaginei que de alguma profundeza remota vinha um estrondo metálico e musical para saudar o disco flamejante, como Mêmnon o saúda das margens do Nilo. Meus ouvidos zuniram e minha imaginação fervilhou, e levei meu camelo lentamente através da areia até aquele silencioso lugar de pedra; lugar antigo demais para o Egito e Meroé se lembrarem; lugar que apenas eu entre os vivos pude contemplar.

Entrei e saí, perambulando, pelas fundações disformes de casas e palácios, sem nunca encontrar relevos ou inscrições que contassem sobre aqueles homens, se é que eram homens, que construíram a cidade e ali viveram tanto tempo atrás. A antiguidade do local não era saudável, e desejei encontrar algum sinal ou artefato que provasse que a cidade era de fato obra da humanidade. Havia certas *proporções* e *dimensões* naquelas ruínas que não me agradaram. Levei comigo muitas ferramentas, e escavei um bocado entre as paredes de edifícios destruídos, mas o progresso foi lento, e nada de significativo foi revelado. Quando a noite e a lua voltaram, senti um vento frio que me trouxe um novo medo, tanto que não ousei permanecer na cidade. E, quando eu saía daqueles muros antigos para ir dormir, uma pequena tempestade de areia suspirante se formou atrás de mim, soprando sobre as pedras cinzentas, embora a lua estivesse brilhante e a maior parte do deserto continuasse em silêncio.

Acordei quando raiava o dia de uma procissão de sonhos horríveis, meus ouvidos ecoavam como que um dobre metálico. Vi o sol atravessar e avermelhar as últimas rajadas de uma breve tempestade de areia que pairava sobre a cidade sem nome, e enfatizava a quietude do resto da paisagem. Mais uma vez me arrisquei entre aquelas ruínas melancólicas que se erguiam debaixo da areia como um ogro embaixo de um manto, e novamente escavei em vão atrás de relíquias daquela raça esquecida. Ao meio-dia, descansei, e à tarde passei um bom tempo desenhando os muros, e as vielas, e os contornos dos edifícios quase desaparecidos. Vi que a cidade devia ter sido mesmo poderosa, e imaginei possíveis fontes de sua grandeza. Imaginei todo o esplendor de uma era tão distante que os caldeus dela não se recordavam, e pensei em Sarnath, a Condenada, que ficava na terra de Mnar, quando a humanidade era jovem, e em Ib, esculpida na rocha cinzenta antes que o homem existisse.

No mesmo instante cheguei a um lugar onde o leito rochoso se erguia imponente através da areia e formava uma escarpa baixa, e ali vi com alegria promissores indícios do que teria sido aquele povo antediluviano. Rusticamente entalhadas na face da escarpa havia inconfundíveis fachadas de diversas casas ou templos de pedra, pequenas e achatadas, cujos interiores talvez conservassem muitos segredos de eras remotas demais para se calcular, embora os séculos de tempestades de areia houvessem apagado as inscrições que talvez existissem do lado de fora.

Muito baixas e sufocadas pela areia eram todas as aberturas escuras perto de mim, mas abri uma delas com minha pá e me arrastei para dentro, levando uma tocha para revelar os mistérios que pudesse haver ali. Do lado de dentro vi que a caverna era na verdade um templo, e contemplei os claros sinais da raça que ali vivera e louvara antes que o deserto fosse um deserto. Altares, pilares e nichos primitivos, todos curiosamente baixos, ali não faltavam; e, embora eu não visse nenhuma escultura ou afresco, havia muitas pedras singulares, claramente lavradas com símbolos por meios artificiais. O teto baixo da câmara entalhada era muito estranho, pois eu mal conseguia ficar ereto ajoelhado no chão, mas a área era tão grande que minha tocha mostrava apenas uma parte por vez. Estremeci bizarramente ao chegar nos cantos mais extremos, pois certos altares e pedras sugeriam ritos esquecidos de natureza terrível, revoltante e inexplicável, e me fizeram imaginar que tipo de homens podia ter construído e frequentado aquele templo. Depois de ver tudo que o local continha, rastejei de volta para fora, ávido por descobrir o que os outros templos poderiam revelar.

A noite agora havia chegado, no entanto as coisas tangíveis que eu tinha visto tornaram a curiosidade mais forte que o medo, de modo que não fugi das longas sombras lançadas pela lua que me haviam desencorajado quando vi pela primeira vez a cidade sem nome. Ao anoitecer, liberei outra abertura e com uma nova tocha rastejei para dentro, descobrindo mais pedras e símbolos vagos, embora nada mais definitivo do que o outro templo já continha. A sala era igualmente baixa, porém muito menos larga, terminando em um corredor muito estreito repleto de relicários obscuros e crípticos. Eu observava esses relicários quando o ruído do vento e do meu camelo lá fora interrompeu o silêncio e me atraiu para ver o que teria assustado o animal.

A lua cintilava vividamente sobre as ruínas primitivas, iluminando uma densa nuvem de areia que parecia soprada por um vento forte mas passageiro, de algum ponto da escarpa à minha frente. Entendi que havia sido esse vento frio, arenoso, que incomodara o camelo, e eu estava prestes a levá-lo a um lugar mais protegido quando ergui os olhos de relance e vi que não havia vento no cume da escarpa. Isso me deixou perplexo e apavorado outra vez, mas imediatamente me lembrei das súbitas ventanias que tinha visto e ouvido ali, antes da aurora e do ocaso, e julguei que fosse uma coisa normal. Concluí que o vento devia vir de alguma fissura na rocha, que levaria a uma caverna, e procurei na areia algum indício de sua origem; logo percebi que o vento vinha do orifício negro de um templo a uma longa distância ao sul, quase a perder de vista. Caminhando contra a nuvem de areia asfixiante, marchei em direção a esse templo, que, conforme eu me aproximava, parecia maior do que os demais, e exibia uma entrada muito menos obstruída pela areia compacta. Eu teria entrado, não fosse a força terrível do vento gelado que quase apagou minha tocha. Ele saía furiosamente pela porta escura, soltando suspiros fantasmagóricos a cada lufada de areia que se espalhava sobre as estranhas ruínas. Logo o vento amainou e a areia foi ficando cada vez mais silenciosa, até que enfim repousou outra vez; porém uma presença parecia espreitar por entre as pedras espectrais da cidade, e, quando olhei para a lua, ela parecia trêmula como se refletida em águas turbulentas. Fiquei mais apavorado do que conseguiria explicar, mas não a ponto de saciar minha sede de maravilhas; de modo que, assim que o vento passou, penetrei na câmara escura de onde ele tinha saído.

Esse templo, como eu havia imaginado do lado de fora, era maior que os outros dois que visitei antes, e era presumivelmente uma caverna natural, uma vez que ali circulavam ventos vindos de alguma outra região. Não precisei mais me ajoelhar e consegui ficar em pé, mas notei que as pedras e os altares eram baixos como os dos outros templos. Nas paredes e no teto contemplei pela primeira vez alguns sinais da arte pictórica daquela raça antiga, curiosos traços curvos de uma tinta quase apagada ou craquelada, e em dois dos altares vi, com crescente excitação, um elaborado labirinto de relevos curvilíneos. Quando ergui minha tocha, pareceu-me que o formato do teto era regular demais para ser natural, e imaginei como seria antes daqueles entalhadores pré-históricos. Suas habilidades de engenharia deviam ter sido vastas.

Então um bruxuleio mais brilhante da labareda fantástica mostrou-me aquilo que eu estava procurando, a abertura para os abismos remotos de onde o vento súbito havia soprado; quase desmaiei quando vi que era uma pequena porta evidentemente *artificial* entalhada na rocha maciça. Avancei com minha tocha lá para dentro, contemplando um túnel negro com o teto baixo arqueado sobre um lance íngreme de degraus rústicos, muito pequenos e numerosos, que desciam. Sempre vejo esses degraus nos meus sonhos, pois aprendi seu significado. Na ocasião, eu mal sabia se devia chamá-los de degraus ou meros apoios para o pé em uma descida acentuada. Minha cabeça rodava com pensamentos insanos, e as palavras e advertências dos profetas árabes pareciam flutuar pelo deserto, vindas das terras conhecidas dos homens até a cidade sem nome que os homens não ousam conhecer. No entanto, hesitei apenas por um momento, então avancei através do portal e comecei a descer com cuidado pelo corredor íngreme, primeiro com os pés, como se fosse uma escada.

Apenas nas terríveis fantasias das drogas ou do delírio algum outro homem experimentou uma descida como a minha. O corredor estreito descia infinitamente como um poço hediondo e assombrado, e a tocha que eu mantinha acima da cabeça não iluminava as profundezas desconhecidas rumo às quais eu rastejava. Perdi a noção das horas e esqueci de consultar meu relógio, embora tenha me assustado ao pensar na distância que devia ter percorrido. Havia mudanças de direção e no grau de inclinação, e a certa altura cheguei a uma passagem comprida, baixa e plana, onde precisei ir sentindo com os pés o leito rochoso, segurando a tocha com o braço estendido longe da cabeça. O lugar não tinha altura para eu poder me ajoelhar. Depois disso voltaram os degraus íngremes, e eu ainda estava descendo interminavelmente quando minha tocha oscilante se apagou. Creio não ter notado na hora, pois quando me dei conta ainda a estava segurando no alto, como se estivesse acesa. Fiquei bastante perturbado com aquele meu instinto para o estranho e o desconhecido que fizera de mim um andarilho sobre a terra e um frequentador de lugares distantes, antigos e proibidos.

No escuro, passaram pela minha cabeça fragmentos de meu adorado tesouro de lendas demoníacas, frases de Alhazred, o árabe louco, parágrafos dos pesadelos apócrifos de Damáscio e passagens infames da delirante *Imagem do mundo* de Gautier de Metz. Repeti bizarros excertos e murmurei coisas sobre Afrasiab e os demônios que desciam com ele o rio Oxo; mais tarde entoei várias vezes uma frase dos contos de Lord Dunsany – "o negror adiáfano do abismo". Assim que o declive se tornou incrivelmente íngreme, recitei, cantarolado, Thomas Moore até ficar com medo de prosseguir:

Dique de treva, negro
Como caldeirão de bruxa, cheio
De drogas lunares destiladas no eclipse.
Inclinado para ver se dava pé
Naquele abismo, vi, por baixo,
Tão longe quanto a vista alcançava,
Os molhes escuros lisos como vidros,
Como se acabados de envernizar
Com aquele breu escuro que o Mar da Morte
Vomita em sua costa viscosa.

O tempo havia quase deixado de existir quando meus pés voltaram a sentir o leito plano, e me vi em um lugar um pouco mais elevado que as salas dos dois templos menores, agora incalculavelmente acima da minha cabeça. Eu não conseguia exatamente ficar em pé, mas conseguia ficar ereto de joelhos no chão, e no escuro me arrastei e rastejei, para lá e para cá, a esmo. Logo percebi que estava em um corredor estreito cujas paredes eram mobiliadas por gabinetes de madeira com vitrines. Quando notei a madeira polida e o vidro naquele lugar paleozoico e abismal, estremeci diante das possíveis implicações. Os gabinetes pareciam alinhados de um dos lados do corredor com espaçamentos regulares, e eram oblongos e horizontais, macabramente semelhantes a caixões em formato e tamanho. Quando tentei deslocar dois ou três deles para uma análise mais detida, descobri que estavam firmemente fixos.

Vi que o corredor era comprido, portanto resolvi percorrê-lo rápido e corri agachado, de um modo que teria parecido horrível se houvesse alguém me observando naquela escuridão; atravessando de um lado para o outro, de quando em quando, para tatear os arredores e garantir que as paredes e fileiras de gabinetes continuavam. O homem está tão acostumado a pensar visualmente que eu tinha quase me esquecido da escuridão e imaginei um corredor interminável de madeira e vidro, baixo e monótono, como se o estivesse vendo. E então, em um momento de indescritível emoção, pude vê-lo.

Não sei dizer o momento exato em que minha imaginação se fundiu na visão real, mas se formou um clarão gradual na minha frente, e de repente entendi que estava vendo na penumbra os contornos do corredor e os gabinetes, revelados por alguma fosforescência subterrânea desconhecida. Durante algum tempo, tudo era exatamente como eu havia imaginado, uma vez que o brilho era muito fraco; contudo, como eu continuava mecanicamente avançando em direção à luz mais forte, me dei conta de que minha imaginação é que havia sido débil. O salão não era nenhuma relíquia rústica como os templos da cidade lá em cima, mas um monumento da arte mais magnífica e exótica. Arte rica, vívida e ousadamente fantástica, objetos e imagens formavam um esquema contínuo de pintura mural, cujos traços e cores eram algo além de qualquer descrição. Os gabinetes eram de uma estranha madeira dourada, com vitrines de cristais finíssimos, e continham as formas mumificadas de criaturas que em seu grotesco superavam os sonhos mais caóticos dos homens.

Transmitir alguma ideia dessas monstruosidades é impossível. Eram uma espécie de répteis, e seus traços corporais sugeriam às vezes crocodilos, às vezes focas, mas em geral não eram nada que nenhum naturalista ou paleontólogo jamais ouviu falar. Eram do tamanho aproximado de um homem pequeno, e as patas dianteiras tinham pés delicados e evidentemente flexíveis, curiosamente semelhantes a mãos e dedos humanos. Porém o mais estranho de tudo eram as cabeças, que apresentavam um contorno que violava todos os princípios biológicos conhecidos. Tais criaturas não podiam ser bem comparadas a nada – na mesma hora me ocorreram comparações variadas com gato, buldogue, o mítico Sátiro e o ser humano. Nem o próprio Jove tinha uma testa tão colossal e protuberante, embora os chifres e a ausência de nariz e a mandíbula crocodiliana colocassem as coisas fora de qualquer categoria estabelecida. Refleti por algum tempo sobre a realidade das múmias, suspeitando um pouco que talvez fossem ídolos artificiais, mas logo concluí que eram mesmo espécies paleogênicas que tinham vivido quando a cidade sem nome estava viva. Para coroar o grotesco, a maioria estava elegantemente trajada com os tecidos mais elaborados e luxuosamente ornada de ouro, joias e reluzentes metais desconhecidos.

A importância daqueles seres rastejantes devia ter sido vasta, pois ocupavam o primeiro plano entre os delirantes afrescos das paredes e do teto. Com habilidade incomparável, o artista os retratara em seu próprio mundo, onde tinham cidades e jardins apropriados a suas dimensões; e não pude deixar de pensar que aquela história pictórica era uma alegoria, talvez mostrando o progresso da raça que os idolatrara. Essas criaturas, pensei comigo, eram para os homens da cidade sem nome o que foi a loba para Roma, ou os animais totêmicos para uma tribo indígena.

Registrando essa visão, pensei que conseguiria esboçar grosseiramente um maravilhoso épico da cidade sem nome; a história de uma pujante metrópole do litoral que dominou o mundo antes que a África se erguesse dos mares, e suas lutas quando o mar recuou e o deserto rastejou para dentro do vale fértil que a continha. Vi suas guerras e triunfos, suas agruras e derrotas, e depois sua luta terrível contra o deserto, quando milhares de seu povo – ali representado em alegoria pelos grotescos répteis – foram obrigados a descer, atravessando as rochas de alguma maneira fantástica, para outro mundo sobre o qual seus profetas lhes haviam contado. Tudo era vividamente bizarro e realista, e sua conexão com a impressionante descida que fiz era indiscutível. Reconheci até mesmo os corredores.

Enquanto eu rastejava pelo corredor em direção à luz mais brilhante, vi os estágios posteriores da épica pintura – a despedida da raça que habitara a cidade sem nome e o vale do entorno por dez milhões de anos; raça cujas almas hesitaram em abandonar cenários que seus corpos conheceram por tanto tempo, onde haviam se instalado como nômades na juventude da terra, entalhando na rocha virgem aqueles relicários primitivos diante dos quais eles jamais cessaram de idolatrar. Agora que a luz estava melhor, analisei as figuras mais de perto e, lembrando que os estranhos répteis deviam representar os homens desconhecidos, ponderei a respeito dos costumes da cidade sem nome. Muitas coisas eram peculiares e inexplicáveis. A civilização, que incluía um alfabeto escrito, parecia ter alcançado uma ordem superior às civilizações incomensuravelmente posteriores do Egito e da Caldeia, e no entanto havia omissões curiosas. Por exemplo, não encontrei nenhuma imagem representando mortes ou costumes funerários, exceto as relacionadas à guerra, à violência e à peste, e estranhei a reticência mostrada em relação à morte natural. Era como se um ideal de imortalidade terrena tivesse sido fomentado como uma ilusão animadora.

Ainda mais perto do fim do corredor, havia cenas pintadas com o máximo de excentricidade e extravagância; imagens contrastantes da cidade sem nome em sua desertificação e sua crescente ruína, e do estranho novo domínio ou paraíso em direção ao qual aquela raça entalhara seu caminho através da rocha. Nessas imagens, a cidade e o vale deserto eram mostrados sempre ao luar, uma nuvem dourada pairando sobre os muros derrubados e revelando partes da esplêndida perfeição dos tempos passados, mostrada espectral e elusivamente pelo artista. As cenas paradisíacas eram quase extravagantes demais para serem críveis, retratando um mundo oculto, de dia eterno, cheio de gloriosas cidades e colinas e vales etéreos. Na última cena, pensei ver sinais de um anticlímax artístico. As pinturas eram menos hábeis, e muito mais bizarras até do que as mais delirantes das cenas anteriores. Pareciam registrar uma lenta decadência da cepa antiga, acompanhada de uma crescente ferocidade em relação ao mundo exterior de onde haviam sido trazidos pelo deserto. A forma das pessoas – sempre representadas pelos répteis sagrados – parecia gradualmente definhar, embora seu espírito, mostrado pairando sobre as ruínas ao luar, ganhasse em proporção. Sacerdotes cadavéricos, expostos como répteis em túnicas ornamentadas, amaldiçoavam o ar superior e todos que o respiravam; e uma terrível cena final mostrava um homem de aparência primitiva, talvez um pioneiro da antiga Irem, a Cidade dos Pilares, sendo despedaçado por membros da raça mais velha. Lembrei-me de como os árabes temiam a cidade sem nome, e fiquei contente porque a partir daquele ponto as paredes e o teto cinzentos não eram mais pintados.

Enquanto observava a sequência de história mural, fui me aproximando mais do fim do salão de teto baixo, e me dei conta de que havia ali um grande portão, através do qual passava a luminosa fosforescência. Arrastando-me até lá, gritei em espanto transcendente diante do que havia atrás das grades, pois, em vez de outras câmaras ainda mais iluminadas, havia apenas um vazio ilimitado de radiância uniforme, como se imaginaria ao contemplar do alto do Monte Everest um mar de neblina ensolarada. Atrás de mim, havia um corredor tão estreito que eu não podia ficar em pé dentro dele; diante de mim, um infinito de subterrânea refulgência.

Descendo pelo corredor em direção ao abismo, ficava o topo de uma escada íngreme – diversos pequenos degraus como os dos corredores escuros que eu tinha atravessado –, mas, após poucos passos, os vapores reluzentes escondiam tudo. Escancarada na parede da esquerda do corredor havia uma porta de latão imensa, incrivelmente grossa e decorada com fantásticos baixos-relevos, que, se pudesse ser fechada, vedaria todo aquele mundo interior de luz das cavernas e corredores de rocha. Olhei para os degraus, e naquele momento não arrisquei pisá-los. Toquei a porta aberta de latão, e não consegui movê-la. Então me inclinei no leito de pedra, minha cabeça ardente de prodigiosas reflexões que nem mesmo uma exaustão mortal poderia afastar.

Ali deitado, de olhos fechados, livre para ponderar, muitas coisas que eu mal havia reparado nos afrescos voltaram com novo e terrível significado – cenas representando a cidade sem nome em seu auge, a vegetação do vale ao redor e as terras distantes com as quais seus mercadores negociavam. A alegoria das criaturas rastejantes me intrigou por sua proeminência universal, e imaginei que devia ser seguida à risca em uma história pictórica tão importante. Nos afrescos, a cidade sem nome aparecia em proporções adequadas aos répteis. Perguntei-me como teriam sido as verdadeiras proporções e sua magnificência, e refleti por um momento sobre certas estranhezas que havia reparado nas ruínas. Achei curiosos os tetos baixos dos templos primitivos e do corredor subterrâneo, que sem dúvida haviam sido escavados assim em deferência às divindades reptilianas que eles adoravam, embora obrigasse os adoradores a rastejar. Talvez os próprios ritos envolvessem rastejar imitando as criaturas. Nenhuma teoria religiosa, contudo, poderia explicar por que a passagem plana naquela impressionante descida precisava ser também baixa como os templos – ou ainda mais baixa, uma vez que não se podia nem ajoelhar ali dentro. Quando pensei nas criaturas rastejantes, cujas hediondas formas mumificadas estavam tão perto, senti outra palpitação de pavor. As associações mentais são curiosas, e hesitei diante da ideia de que, além do pobre homem primitivo despedaçado na última pintura, a minha era a única forma humana em meio aos muitos relicários e símbolos da vida primordial.

Mas, como sempre em minha existência estranha e itinerante, logo o deslumbramento expulsou o medo, pois o abismo luminoso e o que ele podia conter apresentavam um problema digno de um grande explorador. De que um mundo estranho de mistério jazia lá embaixo, depois daqueles degraus peculiarmente pequenos, eu não tinha dúvida, e esperava descobrir ali os memoriais humanos que o corredor pintado deixara de mostrar. Os afrescos representavam incríveis cidades, serras e vales naquele domínio subterrâneo, e minha imaginação se projetou nas ricas e colossais ruínas que me aguardavam.

Meus temores, na verdade, eram mais quanto ao passado do que ao futuro. Nem mesmo o horror físico da minha posição no corredor estreito dos répteis mortos e afrescos antediluvianos, quilômetros abaixo do mundo que eu conhecia e confrontado por outro mundo de luz e neblina ignotas, poderia se igualar ao pavor letal que senti diante da antiguidade abismal do cenário e de sua alma. Uma antiguidade tão vasta que tentar medi-la seria insignificante parecia espreitar das primitivas rochas e dos templos esculpidos na cidade sem nome, enquanto os últimos mapas espantosos nos afrescos mostravam oceanos e continentes que o homem esqueceu, apenas aqui e ali demonstrando algum contorno vagamente familiar. O que poderia ter acontecido nas eras geológicas desde que a pintura havia sido terminada e aquela raça que odiava a morte ressentidamente havia sucumbido à decadência, ninguém pode dizer. A vida outrora vicejara naquelas cavernas e no domínio luminoso além dali; agora eu estava sozinho com vívidas relíquias, e estremeci ao pensar nas incontáveis eras que aquelas relíquias passaram em vigília silenciosa e deserta.

De repente, senti outro surto daquele medo agudo e intermitente que me dominava desde o instante em que vi pela primeira vez o vale terrível e a cidade sem nome, sob uma lua fria, e, apesar da minha exaustão, eu me vi freneticamente buscando uma postura sentada e olhei para trás no corredor escuro na direção dos túneis que se erguiam para o mundo externo. Minhas sensações foram muito semelhantes às que me fizeram evitar a cidade sem nome à noite, e tão inexplicáveis quanto pungentes. No momento seguinte, contudo, senti um choque ainda maior na forma de um som definido – o primeiro a romper o completo silêncio daquelas profundezas sepulcrais. Era um gemido grave, baixo, como um coro distante de espíritos condenados, e vinha da direção para a qual meus olhos estavam voltados. O volume cresceu rapidamente, até que logo reverberou de forma assustadora através do corredor baixo, e ao mesmo tempo me dei conta da corrente de ar frio cada vez mais intensa, que também fluía dos túneis e da cidade acima de mim. O contato com esse ar aparentemente restaurou meu equilíbrio, pois no mesmo instante me lembrei das súbitas lufadas que se erguiam da boca do abismo no ocaso e na aurora, um dos quais havia servido para me revelar a existência dos túneis ocultos. Olhei para meu relógio e vi que o sol estava para nascer, então me segurei para resistir à ventania que descia de volta para sua caverna, assim como havia subido ao anoitecer. Meu medo passou mais uma vez, pois os fenômenos naturais tendem a dispersar elucubrações sobre o desconhecido.

Cada vez mais enlouquecidamente o vento estridente e lamuriento da noite se despejava naquele golfo da terra interior. Inclinei-me no chão outra vez e me agarrei em vão com medo de ser levado fisicamente através do portão aberto para dentro do abismo fosforescente. Tamanha fúria, eu não esperava e, conforme fui me dando conta de que de fato estava escorregando em direção ao abismo, vi-me atacado por mil novos terrores de apreensão e imaginação. A malignidade da lufada despertou fantasias incríveis; mais uma vez me comparei, trêmulo, à única outra imagem humana no apavorante corredor, o homem despedaçado pela raça sem nome, pois nas garras demoníacas das correntes em torvelinho parecia existir uma raiva vingativa ainda mais forte por ser em grande medida impotente. Creio que gritei freneticamente perto do final – eu estava quase ensandecido –, mas se gritei minha voz se perdeu na babel infernal de ventos uivantes fantasmagóricos. Tentei rastejar no sentido contrário ao da invisível torrente assassina, mas não conseguia sequer me manter no lugar, pois estava sendo empurrado lenta e inexoravelmente em direção ao mundo desconhecido.

Enfim a razão deve ter se rompido, pois comecei a balbuciar sem parar o inexplicável dístico de Alhazred, o árabe louco, que sonhara com a cidade sem nome:

Não morre o que pode eternamente permanecer,
E, após estranhos éons, até a morte pode morrer.

Apenas os sinistros e lamurientos deuses do deserto sabem o que realmente aconteceu – que lutas e esforços indescritíveis no escuro suportei, ou que Abaddon me guiou de volta à vida, onde devo sempre me lembrar e estremecer quando sopra o vento da noite até o esquecimento, ou coisa pior, vir me levar. Monstruosa, desnatural, colossal, era a coisa – muito além de todas as ideias humanas para ser crível, exceto nas desgraçadas horas silenciosas da madrugada quando não se consegue dormir.

Eu disse que antes a fúria da célere lufada era infernal – cacodemoníaca –, que suas vozes eram hediondas, com a malícia reprimida das eternidades desoladas. Agora essas vozes, embora ainda caóticas diante de mim, pareciam ao meu cérebro pulsante assumir forma articulada às minhas costas; e lá embaixo na tumba das antiguidades mortas há muitas eras, léguas abaixo do mundo dos homens iluminado pela aurora, ouvi as maldições e os rosnados macabros de demônios com línguas bizarras. Virando-me, vi em silhueta contra o éter luminoso do abismo o que não podia ser visto contra a penumbra do corredor – uma horda de demônios apressados, como saídos de pesadelos; distorcidos pelo ódio, grotescamente trajados, quase transparentes; demônios de uma raça que nenhum homem poderá confundir. Eram os répteis rastejantes da cidade sem nome.

E quando o vento passou fui lançado no negror povoado de monstros das entranhas da terra, pois atrás da última criatura a grande porta escancarada bateu e fechou com um dobre ensurdecedor de música metálica, cujas reverberações subiram para o mundo distante para saudar o sol nascente, como Mêmnon o saúda das margens do Nilo.

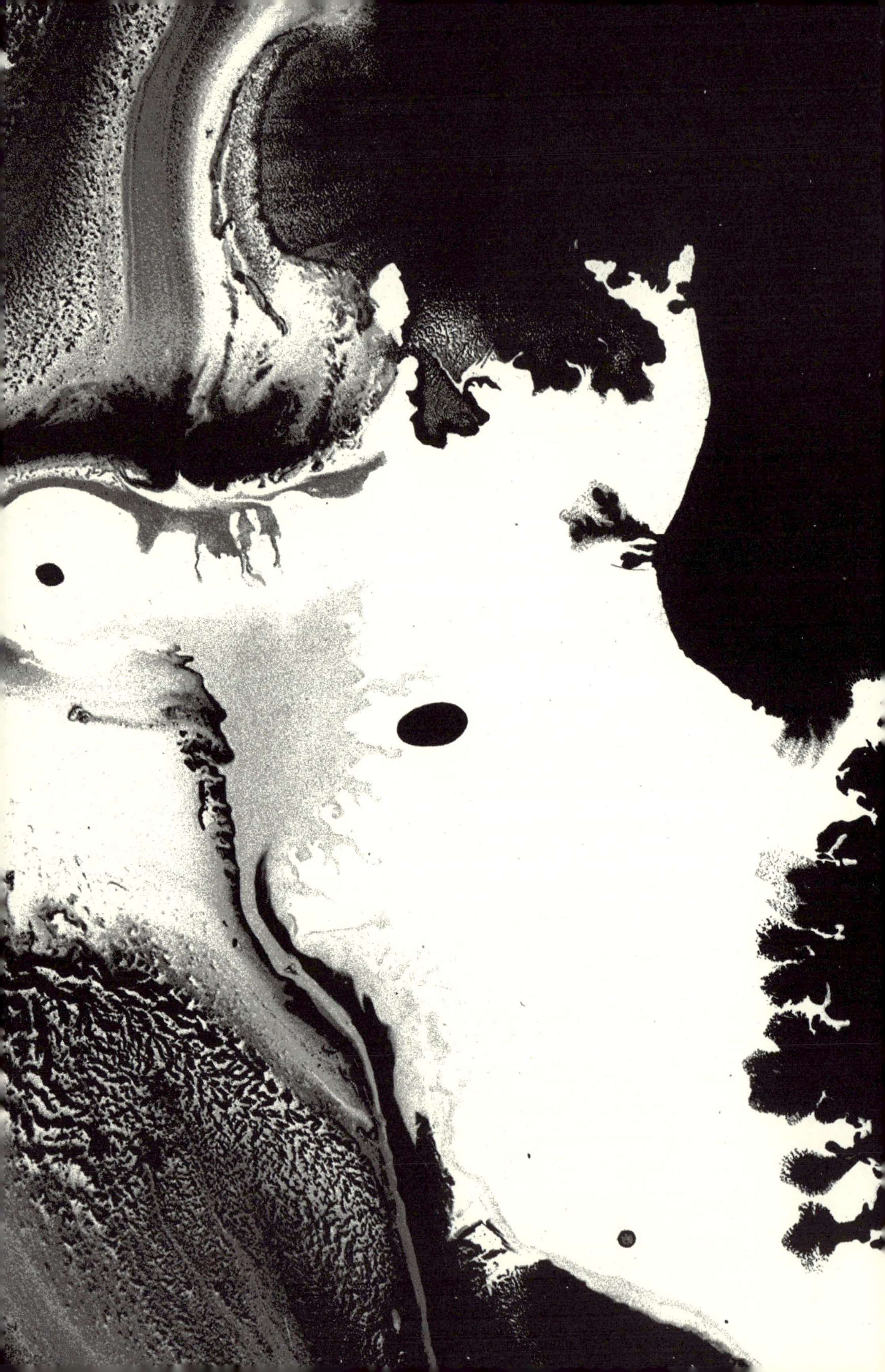

AZATHOTH

Quando a idade se abateu sobre o mundo, e a imaginação deixou a mente dos homens; quando as cidades cinzentas ergueram para o céu fumacento altas torres sombrias e feias, em cujas sombras ninguém podia sonhar com o sol ou com os prados floridos da primavera; quando o conhecimento despiu a terra de seu manto de beleza, e os poetas não cantavam nada além de fantasmagorias distorcidas vistas com olhos lacrimosos e introspectivos; quando essas coisas aconteceram, e as esperanças infantis desapareceram para sempre, houve um homem que viajou para fora da vida em busca dos espaços para os quais os sonhos do mundo haviam fugido.

Sobre o nome e a residência desse homem pouco se escreveu, pois serviam apenas para o mundo da vigília, embora se diga que eram ambos obscuros. Basta saber que ele morava em uma cidade de altos muros onde reinava um crepúsculo estéril, e que ele labutava o dia inteiro em meio à sombra e o alvoroço, voltando para casa ao anoitecer, para um quarto cuja única janela dava não para os campos e bosques, mas para um pátio escuro onde outras janelas se abriam em mudo desespero. Daquela abertura, podia-se ver apenas mais muros e janelas, exceto às vezes quando alguém se inclinava para fora e olhava para o alto, e via pequenas estrelas que passavam. E, porque meros muros e janelas logo levam à loucura um homem que sonha e lê demais, o morador daquele quarto costumava, noite após noite, inclinar-se para fora e olhar para o alto tentando ver de relance algum fragmento das coisas além do mundo da vigília e do cinza das altas torres das cidades. Depois de anos, ele começou a chamar pelo nome as estrelas que passavam lentamente, e a acompanhá-las na imaginação quando deslizavam, melancólicas, para fora de sua visão; até que enfim sua visão se abriu para muitas vistas secretas de cuja existência nenhum olho comum sequer desconfia. E certa noite um imenso golfo se transpôs, e os céus assombrados de sonhos se expandiram até a janela do observador solitário e se fundiram com o ar fechado de seu quarto e fizeram dele parte de sua fabulosa maravilha.

Vieram àquele quarto torrentes selvagens do roxo da meia-noite com reluzente ouro em pó, vórtices de pó e fogo, espiralando-se para fora dos espaços mais remotos, e pesados com perfumes de além dos mundos. Oceanos opiáceos ali desaguaram, iluminados por sóis que os olhos jamais contemplariam, e contendo em seus torvelinhos estranhos golfinhos e ninfas marinhas de profundezes imemoriais.

Infinitos silenciosos rodopiaram em torno ao sonhador e levaram-no embora flutuando, sem sequer tocar o corpo, rigidamente inclinado para fora da janela solitária; e por dias incontáveis nos calendários humanos as marés de esferas remotas levaram-no delicadamente para se juntar aos sonhos pelos quais ele ansiava; os sonhos que os homens haviam perdido. E no decurso de muitos ciclos, com ternura, deixaram-no dormir em um litoral verdejante e ensolarado; um litoral verdejante com a fragrância das flores-de-lótus e estrelado de camalotes vermelhos.

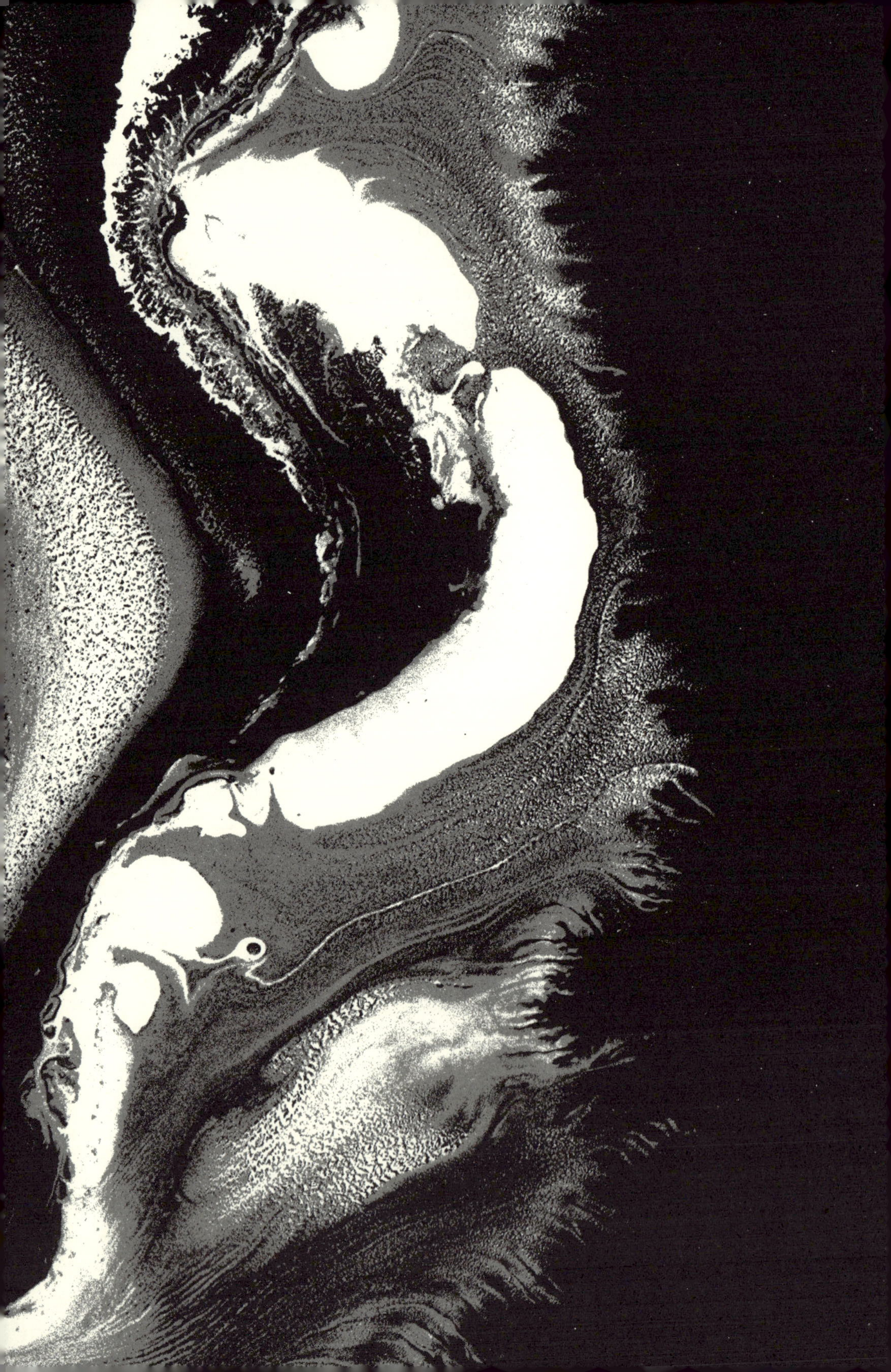

O CÃO

I.

Nos meus ouvidos torturados, soam incessantemente um pesadelo, sibilante e esvoaçante, e um fraco e distante uivo, como o de um cão gigantesco. Não se trata de um sonho – nem mesmo, receio, loucura –, pois já me aconteceu muita coisa para eu ter essas dúvidas apaziguadoras. St. John é um cadáver despedaçado; só eu sei por quê, e esse conhecimento é algo de tal ordem que estou prestes a dar um tiro na cabeça por medo de ser despedaçado do mesmo modo. Por corredores escuros e ilimitados de imaginação sobrenatural, desce a negra e informe Nêmesis que me leva à autoaniquilação.

Que os céus perdoem a loucura e a morbidez que nos levaram a destino tão monstruoso! Cansados dos lugares-comuns de um mundo prosaico, onde mesmo as alegrias do romance e da aventura logo ficam rançosas, St. John e eu acompanhávamos entusiasticamente cada movimento estético e intelectual que prometesse alívio ao nosso tédio devastador. Os enigmas dos simbolistas e os êxtases dos pré-rafaelitas foram todos nossos em seu momento, mas cada nova atmosfera era logo drenada de toda novidade e apelo divertido. Apenas a sombria filosofia dos decadentistas poderia nos conter, e mesmo esta só consideramos potente aumentando gradualmente a profundidade e o diabolismo de nossas penetrações. Baudelaire e Huysmans logo foram exauridos de frenesi, até que enfim só nos restaram os estímulos mais diretos de experiências e aventuras pessoais desnaturadas. Foi essa pavorosa necessidade emocional que acabou nos levando para o detestável rumo que, mesmo no meu temor atual, menciono apenas com vergonha e timidez – aquela extremidade hedionda do ultraje humano, a odiosa prática da violação de sepulturas.

Não posso revelar os detalhes de nossas chocantes expedições, nem catalogar parcialmente os piores troféus que adornavam o inominável museu que organizamos na grande casa de pedra onde morávamos juntos, sozinhos e sem criados. Nosso museu era um lugar blasfemo, impensável, onde com o gosto satânico dos virtuoses neuróticos reunimos um universo de terror e decadência para excitar nossas sensibilidades fatigadas. Era uma sala secreta, subterrânea, muito profunda, onde imensos demônios alados esculpidos em basalto e ônix vomitavam de bocarras sorridentes estranhas luzes verdes e laranja, e tubos pneumáticos ocultos moviam em caleidoscópicas danças macabras os fios de criaturas descarnadas, costuradas de mãos dadas, em volumosas armações negras. Através desses tubos, vinham, ao nosso comando, os odores que nosso temperamento mais desejava; ora o aroma de pálidos lírios funéreos, ora o incenso narcótico de imaginados relicários orientais de mortes luxuosas, e às vezes – como estremeço ao lembrar! – o fedor de repugnar a alma das sepulturas abertas.

Junto às paredes dessa câmara repelente, havia gabinetes de antigas múmias, alternando-se com corpos comuns, que pareciam vivos, perfeitamente empalhados e embalsamados pela arte do taxidermista, e lápides furtadas dos mais velhos cemitérios do mundo. Nichos aqui e ali continham crânios de todos os formatos, e cabeças conservadas em diversos estágios de dissolução. Ali era possível encontrar escalpos calvos de famosos nobres, e as cabeças frescas e radiantemente douradas de crianças recém-enterradas. Esculturas e pinturas também havia, todas de modelos demoníacos e algumas executadas por St. John e por mim. Um livro aferrolhado, encadernado em pele humana curtida, continha certos desenhos desconhecidos e inomináveis que se dizia terem sido feitos por Goya, mas cuja autoria o artista não ousara admitir. Havia nauseantes instrumentos musicais, de cordas, metais e madeiras, nos quais St. John e eu às vezes produzíamos dissonâncias de elaborada morbidez e cacodemoníaca ignomínia; enquanto em uma infinidade de gabinetes de ébano lavrado repousava a mais incrível e inimaginável variedade de saques e pilhagens de sepulturas jamais reunida pela loucura e perversidade humanas. É sobre esse butim em particular que não devo falar – graças a Deus tive a coragem de destruí-lo antes de pensar em destruir a mim mesmo.

As excursões predatórias em que coletávamos nossos indizíveis tesouros eram sempre eventos artisticamente memoráveis. Não éramos monstros vulgares, mas trabalhávamos apenas sob certas condições de humor, paisagem, ambiente, clima, estação e luar. Esses passatempos eram para nós a forma mais sofisticada de expressão estética, e dedicávamos a seus detalhes um incansável cuidado técnico. Uma hora inapropriada, um efeito de luz chocante ou uma manipulação desajeitada do barro molhado destruíam quase totalmente a comichão extática que se seguia à exumação de algum segredo aziago e escarnecedor da terra. Nossa busca por novos cenários e condições pungentes era febril e insaciável – St. John era sempre o líder, e foi ele quem enfim mostrou o caminho àquele local enganoso, aquele lugar amaldiçoado que nos trouxe a nosso destino hediondo e inevitável.

Por que maligna fatalidade tínhamos sido atraídos àquele terrível cemitério holandês? Creio que foram os rumores e as lendas obscuras, as histórias de alguém enterrado por cinco séculos que havia sido um monstro durante a vida e roubado um objeto poderoso de um imponente mausoléu. Nesses momentos finais, ainda recordo a cena – a lua pálida do outono sobre as sepulturas, lançando longas sombras horríveis; as árvores grotescas, soturnamente pensas sobre a grama descuidada e as lápides esboroadas; as vastas legiões de morcegos estranhamente colossais que esvoaçavam contra a lua; a antiga igreja coberta de hera apontando um imenso dedo espectral no céu lívido; os insetos fosforescentes que dançavam como fogos-fátuos sob os teixos em um recanto remoto; os odores de mofo, vegetação e coisas menos explicáveis que se mesclavam debilmente com o vento da noite vindo de longínquos pântanos e mares; e o pior de tudo, o uivo fraco e grave de uma espécie de cão gigantesco que não podíamos nem ver nem localizar definitivamente. Quando ouvimos essa sugestão de uivo, estremecemos, lembrando das histórias dos camponeses, pois aquele que buscávamos havia sido encontrado séculos antes naquele mesmo local, despedaçado e arranhado pelas garras e dentes de alguma besta indizível.

Lembrei-me de como nos enfiamos na sepultura daquele monstro com nossas pás, e como ficamos entusiasmados com aquela imagem de nós mesmos, a sepultura, a pálida lua vigilante, as sombras horrendas, as árvores grotescas, os morcegos titânicos, a igreja antiga, a dança dos fogos-fátuos, os odores nauseantes, o gemido delicado da brisa noturna e o uivo estranho, entreouvido, a esmo, de cuja existência objetiva mal podíamos ter certeza. Então atingimos uma substância mais dura que o mofo úmido e contemplamos uma caixa oblonga apodrecida, incrustada de depósitos minerais do terreno por tanto tempo intocado. Era incrivelmente dura e grossa, mas tão antiga que por fim a arrombamos e saciamos nossos olhos no que continha.

Muito – incrivelmente muito – havia sobrevivido do objeto, apesar do lapso de quinhentos anos. O esqueleto, embora fraturado em alguns lugares pelas mandíbulas da criatura que o matara, mantinha-se inteiro com surpreendente firmeza, e nos regozijamos com o crânio branco e limpo, seus dentes longos e firmes e suas órbitas vazias que outrora brilharam com uma febre carnal como a nossa. No caixão, jazia um amuleto de desenho curioso e exótico, que parecia ter sido usado em volta do pescoço do defunto. Era uma figura estranhamente estilizada de um cão alado agachado, ou esfinge de rosto semicanino, e sofisticadamente esculpida à antiga maneira oriental em um pequeno pedaço de jade verde. A expressão de seus traços faciais era repulsiva ao extremo, recendente ao mesmo tempo a morte, bestialidade e malevolência. Ao redor da base havia uma inscrição em caracteres que nem St. John nem eu pudemos identificar; e embaixo, como um selo do fabricante, havia gravada uma grotesca e formidável caveira.

Ao contemplar esse amuleto, na mesma hora soubemos que precisávamos possuí-lo, que esse tesouro seria logicamente nosso único saque da sepultura centenária. Mesmo que seu desenho não nos fosse familiar, nós o teríamos desejado, mas ao olharmos mais de perto vimos que não era totalmente desconhecido. Sem dúvida era alienígena a toda arte e literatura que os leitores sãos e equilibrados conhecem, porém o reconhecemos como o objeto sugerido no proibido *Necronomicon*, do árabe louco Abdul Alhazred – o macabro símbolo da alma do culto canibal da inacessível Leng, na Ásia Central. Traçamos bem até demais as sinistras linhas descritas pelo antigo demonologista árabe; linhas, escreveu ele, traçadas a partir de obscuras manifestações sobrenaturais das almas daqueles que aborreciam e atormentavam os mortos.

Recolhendo o objeto de jade verde, demos uma última espiada no rosto esbranquiçado e nos olhos cavernosos de seu dono e fechamos a cova, deixando-a como a havíamos encontrado. Na fuga apressada daquele local repulsivo, com o amuleto roubado no bolso de St. John, pensamos ter visto os morcegos descerem em revoada para dentro da terra que havíamos revolvido, como se buscassem algum alimento maldito e profano. Mas a lua do outono brilhava fraca e pálida, e não podíamos ter certeza. E, de novo, quando embarcamos no dia seguinte para voltar da Holanda para casa, pensamos ter ouvido o uivo fraco e distante de um cão gigantesco ao longe. Mas o vento de outono gemia triste e esvaído, e não pudemos ter certeza.

II.

Menos de uma semana depois de nosso retorno à Inglaterra, coisas estranhas começaram a acontecer. Vivíamos como reclusos, privados de amigos, sozinhos e sem criados, em poucos cômodos de uma antiga mansão em uma charneca desolada e erma; de modo que nossas portas raramente eram perturbadas pelas batidas de uma visita. Agora, no entanto, vínhamos sendo incomodados pelo que pareciam ser tentativas de entrar na casa, quase toda noite, não só pelas portas, mas também pelas janelas, altas e baixas. Certa vez imaginamos que havia um corpo grande e opaco sombreando a janela da biblioteca com a lua brilhando por trás, e em outra ocasião pensamos ter ouvido um chiado ou bater de asas não muito distante. Em ambas as ocasiões, nossas investigações nada revelaram, e começamos a atribuir tais ocorrências apenas à imaginação – a mesma imaginação curiosamente perturbada que ainda prolongava em nossos ouvidos o uivo distante que pensamos ter ouvido no cemitério holandês. O amuleto de jade agora repousava em um nicho de nosso museu, e às vezes acendíamos velas de perfume estranho diante dele. Lemos muito no *Necronomicon* de Alhazred sobre suas propriedades e sobre a relação das almas dos monstros com os objetos que ele simbolizava, e ficamos abalados com o que lemos. Então veio o terror.

Na noite de 24 de setembro de 19**, ouvi uma batida na porta do meu quarto. Imaginando que fosse St. John, mandei entrar, mas a resposta foi apenas uma gargalhada estridente. Não havia ninguém no corredor. Quando acordei St. John de seu sono, ele afirmou ignorar completamente o ocorrido e ficou tão preocupado quanto eu. Foi nessa noite que o uivo fraco e remoto sobre a charneca se tornou para nós uma realidade certa e pavorosa. Quatro dias depois, quando estávamos ambos em nosso museu particular, ouvimos arranhões baixos e cautelosos na única porta que dava para a escada secreta da biblioteca. Nossa preocupação então foi dobrada, pois, além do medo do desconhecido, sempre tivemos pavor de que nossa sombria coleção pudesse ser descoberta. Apagando todas as luzes, fomos até a porta e a abrimos subitamente; nesse instante sentimos uma lufada de ar inexplicável e ouvimos como se recuasse ao longe uma estranha combinação de farfalhar, risos e conversas articuladas. Se tínhamos ficado loucos, se estávamos sonhando ou em sã consciência, nem tentamos determinar. Apenas nos demos conta, com a mais sombria apreensão, de que a conversa aparentemente dispersada pela nossa presença era sem dúvida *em holandês*.

Depois disso vivemos um horror e um fascínio cada vez maiores. A maior parte do tempo nos aferramos à teoria de que estávamos os dois enlouquecendo naquela nossa vida de excitações desnaturadas, mas às vezes nos agradava mais dramatizar a nós mesmos como vítimas de alguma desgraça lenta, rastejante e aterradora. Manifestações bizarras agora eram frequentes demais para contá-las. Nossa casa isolada parecia viva com a presença de algum ser maligno cuja natureza não podíamos adivinhar, e toda noite o uivo demoníaco pairava no vento sobre a charneca, cada vez mais alto. No dia 29 de outubro, encontramos na terra fofa embaixo da janela da biblioteca uma série de pegadas inteiramente indescritíveis. Eram intrigantes como as hordas de grandes morcegos que assombravam a velha mansão em número sem precedentes e cada vez maior.

O horror chegou ao ápice no dia 18 de novembro, quando St. John, voltando a pé, às escuras, da distante estação de trem, foi atacado e dilacerado por uma apavorante criatura carnívora. Seus gritos chegaram até a casa, e eu corri para a cena terrível a tempo de escutar um farfalhar de asas e ver uma criatura indistinta, negra e nebulosa, em silhueta à luz da lua que nascia. Meu amigo estava morrendo quando falei com ele, e não conseguiu me dizer nada coerente. A única coisa que ele fazia era sussurrar: "O amuleto, maldito amuleto..." Então caiu desacordado, uma massa inerte de carne dilacerada.

Enterrei-o à meia-noite do dia seguinte, em um de nossos jardins abandonados, e murmurei sobre seu corpo morto as palavras de um dos ritos demoníacos que ele adorara em vida. E, quando pronunciei a última sentença satânica, ouvi ao longe sobre a charneca o uivo fraco de um cão gigantesco. A lua estava alta, mas não ousei olhar. E, ao ver na penumbra da charneca enluarada uma vasta sombra nebulosa saltando de monte em monte, fechei os olhos e me lancei ao chão com a cabeça abaixada. Quando me reergui, trêmulo, não sei quanto tempo depois, entrei na casa e fiz chocantes reverências diante do relicário do amuleto de jade verde.

Agora receoso de viver sozinho na antiga casa da charneca, parti no dia seguinte para Londres, levando comigo apenas o amuleto, depois de ter destruído com fogo ou enterrado o restante do profano acervo do museu. Mas depois de três noites tornei a ouvir os uivos, e após uma semana passei a sentir olhos estranhos voltados para mim quando escurecia. Uma noite, passeando pelo Victoria Embankment para tomar ar, vi uma forma negra obscurecer um reflexo dos lampiões na água. Um vento mais forte que a brisa da noite soprou, e entendi que o que havia acontecido a St. John em breve aconteceria comigo.

No dia seguinte, embalei cuidadosamente o amuleto de jade verde e zarpei para a Holanda. Se eu esperava compaixão ao devolver o objeto a seu silencioso e falecido dono, não sei dizer, mas senti que devia ao menos tentar tomar alguma atitude que fosse aparentemente lógica. O que era aquele cão e por que me perseguia eram perguntas ainda vagas; contudo eu havia escutado o uivo pela primeira vez naquele antigo cemitério, e todos os acontecimentos subsequentes, inclusive o sussurro de St. John ao morrer, serviram para associar a maldição ao furto do amuleto. Assim afundei no insondável abismo do desespero quando, em uma pensão em Roterdã, descobri que ladrões me haviam despojado deste único recurso à salvação.

O uivo foi alto essa noite, e de manhã li sobre um acontecimento ignóbil no bairro mais vil da cidade. O povo estava aterrorizado, pois em um endereço maldito ocorrera uma morte sangrenta, o crime mais hediondo já cometido no bairro. Em um sórdido antro de bandidos, uma família inteira havia sido esquartejada por uma criatura que não deixara qualquer rastro, e os vizinhos tinham ouvido a noite inteira, acima do clamor usual de vozes embriagadas, as notas fracas, graves e insistentes do uivo de um cão gigantesco.

Então, enfim, pisei novamente aquele cemitério profano, onde uma pálida lua invernal lançava sombras medonhas, e as árvores desfolhadas pendiam melancólicas até a relva seca e congelada e as lápides rachadas, e a igreja coberta de heras apontava um dedo zombeteiro para o céu hostil, e o vento da noite bramia ensandecidamente sobre os charcos congelados e os mares gélidos. O uivo agora estava muito fraco, e cessou por completo quando me aproximei do antigo mausoléu que outrora violara e espantei uma horda bizarramente numerosa de morcegos que até então esvoaçavam, curiosos, por ali.

Não sei por que fui até lá, a não ser para rezar, ou pedir em espasmódicas súplicas insanas desculpas para a serena criatura esbranquiçada que ali jazia; mas, fosse qual fosse meu motivo, o certo é que ataquei a terra quase congelada com um desespero em parte meu e em parte de uma vontade imperiosa alheia a mim mesmo. A escavação foi muito mais fácil do que eu esperava, porém a certa altura me deparei com uma estranha interrupção: um abutre despencou do céu frio e começou a bicar freneticamente a terra da sepultura, até que o matei com um golpe de pá. Enfim atingi a caixa oblonga apodrecida e retirei a tampa úmida e nitrosa. Este foi o último ato racional que executei.

Pois encolhida dentro do caixão centenário, envolvida pelo pesadelo de um séquito vasto de imensos e musculosos morcegos adormecidos, estava a criatura esquelética que meu amigo e eu havíamos roubado; não limpa e plácida como nós a havíamos visto, mas coberta de sangue seco e resquícios de carne e cabelos alienígenas, e me olhava aparentando consciência e ironia com suas órbitas fosforescentes e afiadas presas ensanguentadas, arreganhadas em estranho escárnio do meu destino inevitável. E quando a criatura emitiu da mandíbula arreganhada um uivo grave, sardônico, como se fosse um cão gigantesco, e vi em suas garras sangrentas e asquerosas o perdido e fatídico amuleto de jade verde, simplesmente dei um grito e fugi correndo feito um idiota, meus gritos logo dissolvidos em estrépitos de gargalhada histérica.

A loucura cavalga o vento das estrelas... garras e dentes afiados em séculos de cadáveres... morte gotejante montada em um bacanal de morcegos saídos de ruínas negras como a noite de templos soterrados de Belial... Agora, como o uivo daquela monstruosidade morta e descarnada se torna cada vez mais alto, e o furtivo chiado e o bater daquelas malditas asas membranosas circula cada vez mais perto, buscarei com meu revólver o esquecimento que é meu único refúgio contra o inominado e o inominável.

O FESTIVAL

*"Efficiunt Daemones, ut quae non sunt, sic tamen quasi sint, conspicienda hominibus exhibeant."**
– Lactâncio

Eu estava longe de casa, e o encanto do mar do leste agia sobre mim. Ao crepúsculo, ouvi o bater das águas nas pedras, e soube que o mar estava logo depois da colina onde os salgueiros tortos se contorciam contra o céu que clareava e as primeiras estrelas da noite. E, porque meus antepassados haviam me chamado para a velha

* Os demônios fazem com que coisas que não existem apareçam aos homens como se existissem. (N.T.)

cidade além, eu abri caminho através da neve rasa, recém-caída, pela estrada que se erguia solitária até onde Aldebarã cintilava entre as árvores; na direção da mesma cidade antiga que jamais vira, mas com a qual sempre sonhara.

Era o dia do Yuletide, que os homens chamam de Natal, embora no fundo saibam que é mais antigo do que Belém e a Babilônia, mais velho que Mênfis e a humanidade. Era o Yuletide, e eu tinha chegado enfim à antiga cidade litorânea onde minha gente sempre morara e celebrara o festival durante os velhos tempos em que o festival era proibido; onde eles mandaram os filhos o celebrarem uma vez a cada século, para que a memória dos segredos primordiais não fosse esquecida. Minha gente era antiga, e já era antiga quando essa região foi ocupada trezentos anos antes. E eram gente estranha, porque haviam chegado ali como um povo moreno e furtivo, vindos dos orquidários opiáceos do sul, e falavam outra língua antes de aprenderem a dos pescadores de olhos azuis. E agora haviam se dispersado, e compartilhavam apenas os ritos de mistérios que nenhum ser vivo era capaz de entender. Eu era o único que voltara naquela noite à velha cidade pesqueira, como rezava a lenda, pois apenas os pobres e os solitários se lembram.

Então, além do cume da colina, vi Kingsport, estendida e congelada ao crepúsculo; a nevada Kingsport com seus cata-ventos e torres, cumeeiras e chaminés, ancoradouros e pequenas pontes, salgueiros e cemitérios; intermináveis labirintos de ruas íngremes, estreitas e tortas, e um pico central vertiginoso coroado pela igreja que o tempo não ousou tocar; incessantes dédalos de casas coloniais empilhadas e espalhadas em todos os ângulos e níveis como blocos desordenados de criança; a antiguidade pairando em asas cinzentas sobre torreões embranquecidos pelo inverno e telhados de mansardas; vitrais arqueados e minúsculas janelas cintilando no crepúsculo frio para se juntar a Órion e às arcaicas estrelas. E contra os ancoradouros apodrecidos o mar batia, o mar secreto, imemorial, de onde as pessoas tinham vindo nos tempos antigos.

Ao lado da estrada, no cume, erguia-se um píncaro ainda mais alto, desolado e esbatido pelo vento, e eu vi que era um cemitério, onde lápides negras se destacavam macabramente através da neve como as unhas deterioradas de um cadáver gigantesco. A estrada sem pegadas era muito isolada, e algumas vezes pensei ouvir rangidos horríveis de uma forca distante ao vento. Haviam enforcado quatro parentes meus por bruxaria em 1692, mas eu não sabia exatamente onde.

Quando a estrada começava a descer serpenteando o morro em direção ao mar, tentei escutar os sons alegres de uma vila ao anoitecer, mas não ouvi som algum. Então pensei na estação, e imaginei que aquela velha gente puritana podia bem ter costumes natalinos desconhecidos para mim, repletos de orações silenciosas junto à lareira. De modo que depois disso não procurei escutar sinais de alegria ou encontrar passantes, mas segui em frente e passei pelas casas iluminadas dos sitiantes e pelas fachadas sombrias de pedra onde as placas de velhas lojas e tavernas de marinheiros rangiam à brisa salgada, e as grotescas aldravas das portas de pilares reluziam pelas alamedas desertas e sem pavimento, à luz de janelinhas cortinadas.

Eu tinha visto mapas da cidade e sabia onde encontrar a casa da minha gente. Disseram-me que eu deveria ser reconhecido e bem recebido, pois as lendas da vila viviam muito tempo, então atravessei às pressas a rua Back até Circle Court, e cruzei pela neve fresca a única rua calçada da cidade, até o final da travessa Green, atrás do mercado. Os velhos mapas ainda valiam, e não tive problemas, embora em Arkham tivessem mentido ao dizer que os bondes levavam até lá, uma vez que não vi nenhum cabo elétrico suspenso por ali. A neve devia ter escondido os trilhos. Fiquei contente por ter preferido ir andando, pois a vila nevada me parecera muito bonita do alto da colina; e agora eu estava ansioso para bater na porta da minha família, a sétima casa à esquerda na travessa Green, com um antigo telhado pontiagudo e um segundo andar ressaltado da fachada, construída antes de 1650.

Havia luzes acesas dentro da casa quando cheguei, e vi pelos vidros em forma de diamante das janelas que ainda era muito semelhante a seu projeto original. O andar de cima avançava sobre a estreita alameda tomada pela relva e quase encostava no andar ressaltado da casa vizinha, de modo que era quase como se eu estivesse em um túnel, com uma escada baixa de pedra inteiramente desimpedida de neve. Não havia calçada, mas muitas casas tinham portas altas e dois lances de escadas com corrimãos de ferro. Era um cenário peculiar, e como eu era um forasteiro na Nova Inglaterra jamais soubera sua aparência. Embora aquilo me agradasse, eu teria preferido se houvesse pegadas na neve e pessoas nas ruas, e se algumas janelas abrissem suas cortinas.

Quando bati a arcaica aldrava de ferro, eu estava com certo medo. Uma espécie de pavor se acumulara em mim, talvez pela estranheza da minha linhagem, e a desolação da noite, e o bizarro silêncio daquela velha cidade de curiosos costumes. E, quando minha batida foi atendida, fiquei com muito medo, porque não ouvi nenhum passo antes de abrirem a porta com um rangido. Mas meu medo não durou muito, pois o velho de camisola e chinelo que me recebeu tinha um semblante sereno que me aliviou; e, embora ele indicasse com sinais que era mudo, escreveu com o estilete *boas-vindas* em letra elaborada e antiga na placa de cera que levava consigo.

Ele me conduziu até um cômodo baixo, à luz de velas, com imensas vigas aparentes e mobília escura, pesada e esparsa, do século XVII. O passado ali estava vivo, pois não faltava um elemento sequer. Havia uma lareira cavernosa e uma roca, onde uma velha encurvada de vestido solto e touca estava sentada de costas para mim, fiando em silêncio apesar da estação festiva. Parecia haver ali uma umidade indefinida e opressiva, e me espantei com o fato de o fogo não estar aceso.

O banco-baú de espaldar alto ficava virado para as janelas cortinadas à esquerda e parecia estar ocupado, embora eu não tivesse certeza. Não gostei muito do que vi, e voltei a sentir o mesmo medo. Esse medo foi ficando mais forte diante do que pouco antes me deixara aliviado, pois justamente quanto mais eu olhava para o semblante sereno do velho, mais aquela mesma serenidade me aterrorizava. Os olhos não se mexiam, e a pele parecia de cera. Enfim tive certeza de que não se tratava de um rosto, mas de uma máscara diabolicamente bem feita. Mas as mãos flácidas, curiosamente enluvadas, escreveram com floreios na cera e me disseram que eu devia esperar um pouco antes de ser levado ao festival.

Apontando para uma cadeira, uma mesa e uma pilha de livros, o velho então saiu do cômodo; e, quando me sentei para ler, vi que os livros eram antigos e estavam mofados, e que entre eles havia o delirante *Maravilhas da ciência*, do velho Morryster,* o terrível *Saducismus Triumphatus*, de Joseph Glanvill, publicado em 1681, a chocante *Daemonolatreia*, de Remigius, impressa em 1595 em Lyon, e o pior de todos, o indizível *Necronomicon*, do árabe louco Abdul Alhazred, na proibida tradução latina de Olaus Wormius – um livro que eu nunca tinha visto, mas sobre o qual ouvira coisas monstruosas serem sussurradas.

Ninguém falou comigo, contudo eu podia ouvir os rangidos das placas ao vento lá fora, e o chiado da roca enquanto a velha entoucada continuava a fiar em silêncio. Achei o cômodo e os livros e as pessoas muito mórbidas e inquietantes, mas como uma velha tradição de meus ancestrais me convocara ao estranho festejo concluí que devia esperar ainda mais bizarrices pela frente. Então tentei ler, e logo me vi tremulamente absorto por algo que encontrei no maldito *Necronomicon*: uma ideia e uma lenda hediondas demais para qualquer sanidade ou consciência. Mas não gostei quando

---

* Obra fictícia inventada por Ambrose Bierce em seu conto "O homem e a serpente", de 1890. (N.T.)

imaginei ter ouvido uma janela que dava para o banco-baú sendo fechada, como se tivesse sido aberta furtivamente. Pareceu-me ocorrer logo em seguida a um chiado que não era da roca de fiar da velha. Não devia ser grande coisa, contudo, pois a velha estava fiando com mais afinco, e o velho relógio estivera dando suas badaladas. Depois disso passou minha sensação de que havia alguém no banco-baú, e eu estava lendo atenta e estremecidamente quando o velho voltou, calçando botas e vestindo um antigo traje largo, e sentou-se naquele mesmo banco, de modo que eu não podia vê-lo. Foi sem dúvida uma espera tensa, e o livro blasfemo em minhas mãos duplicava esse nervosismo. Porém, quando o relógio bateu onze horas, o velho se levantou, arrastou-se até um gaveteiro maciço e entalhado a um canto, e tirou dois mantos com capuz; um dos quais ele mesmo vestiu, e com o outro cobriu a velha, que interrompeu seu monótono trabalho. Então ambos foram em direção à porta externa, a mulher se arrastando lentamente, e o velho, depois de pegar o livro que eu estivera lendo, conduzindo-me e cobrindo com o capuz seu semblante imóvel ou sua máscara.

Saímos na noite sem lua pela rede tortuosa de ruelas daquela cidade incrivelmente antiga. Saímos enquanto as luzes das janelas cortinadas desapareciam uma a uma, e as estrelas do Cão Maior espiavam a fileira de figuras encapuzadas que saíam em silêncio de cada porta e formavam monstruosas procissões por todas as ruas, passando pelas placas rangentes e pelas torres antediluvianas, pelos telhados de colmos compactos e janelas de vidros em forma de diamante; lotando alamedas íngremes onde casas decrépitas se projetavam e desmoronavam juntas, percorrendo pátios e cemitérios abertos, onde o balanço das lanternas formavam feéricas constelações embriagadas.

Em meio às fileiras apressadas segui meus guias sem voz, empurrado por cotovelos que pareciam desnaturadamente moles, e pressionado por peitos e barrigas que pareciam anormalmente fofos, mas sem nunca ver um rosto ou ouvir uma palavra sequer.

Sempre subindo, as sinistras colunas deslizaram para o alto, e vi que todos os peregrinos convergiam na direção de um foco de vielas absurdas no cume de um morro alto no centro da cidade, onde se empoleirava uma grande igreja branca. Eu a tinha visto do alto da estrada, quando contemplei Kingsport no final da tarde, e havia estremecido ao notar que Aldebarã parecia se equilibrar por um momento na torre fantasmagórica da igreja.

Havia um espaço aberto em volta da igreja; em parte um cemitério com postes espectrais, e em parte uma praça semipavimentada, varrida da neve pelo vento e cercada de casas morbidamente arcaicas com telhados pontiagudos e torreões salientes. Fogos-fátuos dançavam sobre as tumbas, revelando visões horrendas, embora estranhamente não lançassem nenhuma sombra. Depois do cemitério, onde não havia casas, pude ver do alto do morro o cintilar das estrelas no porto, ainda que a cidade estivesse invisível no escuro. Só de quando em quando uma lanterna balançava horrivelmente através das vielas serpenteantes ao se juntar à procissão que agora se arrastava emudecida para dentro da igreja. Esperei até que a multidão desembocasse pela porta negra, e até que os últimos retardatários entrassem. O velho estava me puxando pela manga, mas eu estava decidido a entrar por último. Então enfim entrei, o sinistro sujeito e a velha fiandeira foram na minha frente. Ao cruzar o umbral daquele templo lotado de escuridão nunca vista, virei-me para olhar o mundo lá fora, pois a fosforescência do cemitério lançava um clarão doentio sobre o adro pavimentado no alto do morro. E então senti um calafrio. Pois, embora o vento não tivesse deixado muita neve se depositar, ainda havia alguns trechos nevados no caminho perto da porta, e nesse olhar de relance para trás pareceu aos meus olhos perturbados que não havia nenhuma pegada ali, nem mesmo as minhas.

A igreja continuou na penumbra mesmo com todas as lanternas que entraram, pois a maior parte da procissão já havia desaparecido. Atravessaram o corredor entre os púlpitos brancos e altos e o alçapão das abóbadas, escancarado odiosamente diante do púlpito, e agora estavam ali espremidos em silêncio. Desci, entorpecido, os degraus gastos e penetrei na cripta fria, abafada e sufocante. A retaguarda da sinuosa fila de peregrinos noturnos parecia horrível e, quando os vi cambalear para dentro de uma tumba antiquíssima, eles me pareceram ainda mais horríveis. Então reparei que o piso da tumba tinha uma abertura pela qual a fila ia avançando, e no momento seguinte estávamos todos descendo uma impressionante escada de pedra bruta esculpida; uma escada estreita e espiralada, úmida e de odor peculiar, que serpenteava infinitamente nas entranhas do morro, passando por paredes monótonas de blocos de pedra gotejantes e argamassa esboroada. Foi uma descida silenciosa, chocante, e observei após pavoroso intervalo que as paredes e degraus iam mudando de aspecto, como se fossem cinzelados na rocha sólida. O que mais me perturbava eram aqueles milhares de passos que não produziam som nem faziam eco. Depois de eras de descida, vi algumas passagens ou corredores laterais que começavam em recessos insuspeitados nas trevas até aquele túnel de mistérios noturnos. Logo esses corredores ficaram excessivamente numerosos, como catacumbas profanas com ameaças inomináveis, e seu odor pungente de decrepitude foi se tornando quase insuportável. Vi que devíamos ter passado através da montanha e por baixo da terra da própria Kingsport, e estremeci ao pensar que uma cidade pudesse ser tão antiga e tão infestada de mal subterrâneo.

Então vi a lúgubre cintilação de uma luz fraca, e ouvi o bater insidioso de ondas sombrias. Outra vez estremeci, pois não gostava nada das coisas que a noite havia trazido, e desejei amargamente que nenhum ancestral tivesse me convocado para aquele rito primal. Conforme os degraus e a passagem foram ficando mais largos, ouvi outro som, a aguda e estridente zombaria de uma flauta hesitante; e subitamente se estendeu diante de mim a visão ilimitada de um mundo interno – um vasto litoral fúngico iluminado por uma coluna de labaredas de um verde doentio e banhado por um rio oleoso que fluía de abismos apavorantes e insuspeitados para se reunir aos golfos negros do oceano imemorial.

Quase desmaiando e sem fôlego, olhei para aquele Érebo profano de titânicos cogumelos, fogo pestilento e água viscosa, e vi a procissão encapuzada formar um semicírculo em torno do pilar flamejante. Era o rito do Yule, mais velho que o homem e fadado a sobreviver a ele; rito primal do solstício e da promessa da primavera depois das neves; rito do fogo e do verdor perene, da luz e da música. E na gruta estígia vi cumprirem o rito, adorarem o pilar de labaredas doentias e jogarem na água punhados arrancados da viscosa vegetação que reluzia esverdeada naquele clarão clorótico. Vi tudo isso, e vi algo agachado, amorfo, a distância da luz, soprando ruidosamente uma flauta; e enquanto a criatura soprava pensei ouvir um perigoso bater de asas abafado na treva fétida onde eu não conseguia mais enxergar. No entanto, o que mais me apavorou foi a coluna flamejante, brotando vulcanicamente de profundezas inconcebíveis, sem lançar sombras, como labaredas sadias lançariam, e revestindo a rocha nitrosa logo acima com um repulsivo azinhavre venenoso. Pois em toda aquela efervescente combustão não havia nenhum calor, mas apenas o suor frio da morte e da corrupção.

O homem que me trouxera até ali agora se espremia até certo ponto logo ao lado da hedionda labareda e fazia rígidos movimentos cerimoniais para o semicírculo à sua frente. Em determinados momentos do ritual, eles faziam reverências rastejantes, especialmente quando ele ergueu o repugnante *Necronomicon*, que levara consigo; e eu tomei parte daquelas reverências, pois havia sido convocado para esse festival pelos escritos de meus antepassados. Então o velho fez um sinal para o flautista no escuro, que alterou o zumbido fraco para outro mais forte em outro tom, precipitando assim um horror impensável e inesperado. Diante desse horror afundei quase até tocar a terra liquenizada, transpassado por um pavor não deste ou de outro mundo, mas simplesmente dos espaços insanos entre as estrelas.

Do fundo de uma treva inimaginável, além do clarão gangrenoso daquela chama fria, do fundo de léguas tartáricas através das quais aquele rio oleoso fluía de forma inexplicável, sem som, insuspeitado, ali esvoaçava ritmicamente uma horda de híbridas criaturas aladas, domesticadas, treinadas, que nenhum olho são jamais conseguiria abarcar, que nenhum cérebro sadio jamais conseguiria registrar. Não eram bem corvos, nem toupeiras, nem abutres, nem formigas, nem morcegos vampiros, tampouco seres humanos degenerados; mas algo que eu não posso e não devo recordar. Eles se deslocavam lentamente, em parte batendo os pés membranosos, em parte batendo as asas membranosas, e quando chegaram perto da fila de celebrantes os encapuzados os seguraram, montaram neles e cavalgaram um atrás do outro ao longo dos domínios daquele rio sem luz, adentrando poços e galerias de pânico, onde fontes de veneno alimentavam pavorosas e inalcançáveis cataratas.

A velha da roca tinha ido embora com a fila, e o velho ficara só porque me recusei a obedecer quando ele fez sinal para eu montar um animal e ir com os outros. Vi, tentando me equilibrar, que o flautista amorfo tinha sumido, mas que dois animais esperavam pacientemente. Como relutei, o velho sacou o estilete e a placa de cera e escreveu que ele era o verdadeiro representante dos meus antepassados que haviam fundado o culto do Yule naquele lugar antigo, que havia sido decretado que eu deveria retornar para lá, e que os mistérios mais secretos ainda seriam encenados. Escreveu isso com uma caligrafia muito antiga e, quando mesmo assim hesitei, ele sacou da túnica larga um anel com um sinete e um relógio, ambos com o brasão da minha família, para provar que era quem dizia ser. Mas isso foi uma prova hedionda, pois eu sabia por velhos documentos que aquele relógio havia sido enterrado com meu pentavô em 1698.

Então o velho tirou o capuz e apontou para os traços de família em seu rosto, mas eu apenas estremeci, pois tinha certeza de que aquele rosto era apenas uma diabólica máscara de cera. Os animais alados agora se coçavam irrequietos nos líquenes, e vi que o velho estava igualmente incomodado. Quando uma das criaturas começou a se mexer e se afastar, ele logo se virou para detê-la; o movimento súbito deslocou a máscara do que devia ser sua cabeça. E nisso, como aquela posição infernal me impedia o acesso à escada de pedra por onde havíamos descido, atirei-me no oleoso rio subterrâneo que borbulhava algures em direção às cavernas do mar, e chafurdei naquele sumo putrefato dos horrores internos da terra antes que a loucura dos meus gritos atraísse sobre mim as legiões de cadáveres que aqueles golfos pestilentos podiam conter.

No hospital, disseram que fui encontrado quase congelado no porto de Kingsport ao amanhecer, agarrado a um mastro que o acaso enviara para me salvar. Disseram que peguei a bifurcação errada da estrada no morro ontem à noite e caí do penhasco em Orange Point, o que deduziram pelas pegadas encontradas na neve. Não havia nada que eu pudesse dizer, porque estava tudo diferente. Estava tudo diferente, a janela larga mostrava um mar de telhados onde apenas um em cada cinco era antigo, e havia o som de bondes e motores nas ruas lá embaixo. Insistiram que ali era Kingsport, e não pude negar. Quando comecei a delirar ao saber que o hospital ficava perto do velho cemitério da igreja em Central Hill, enviaram-me ao St. Mary's Hospital, em Arkham, onde eu poderia receber melhores cuidados. Gostei de lá, pois os médicos tinham a mente aberta e até me ajudaram com sua influência a obter o exemplar do censurável *Necronomicon* de Alhazred cuidadosamente guardado pela biblioteca da Universidade Miskatonic. Disseram alguma coisa sobre "psicose" e acharam melhor que eu tirasse logo qualquer obsessão perturbadora da cabeça.

De modo que li outra vez o hediondo capítulo, e estremeci duplamente porque não era de fato algo novo para mim. Eu já tinha visto aquilo antes, seja o que for que as pegadas indiquem; e o lugar onde eu tinha visto aquilo, era melhor que continuasse esquecido. Não havia ninguém – em minhas horas de vigília – capaz de me lembrar daquele lugar, mas meus sonhos são cheios de terror devido a frases que não ouso citar. Arrisco-me a citar apenas um parágrafo, traduzido da melhor forma que pude do estrambótico latim medieval. O árabe louco escreveu:

As cavernas mais ínferas não se prestam à sondagem de olhos que veem, pois suas maravilhas são estranhas e terríficas. Maldito terreno onde os mortos pensamentos vivem de novo e estranhamente encarnados, e maldita a mente que nenhuma cabeça contém. Sábias palavras de Ibn Schacabao, feliz é a tumba onde bruxo nenhum se deitou, e feliz a cidade à noite cujos bruxos viraram cinza. Pois antigos rumores dizem que a alma que o diabo comprou não parte do barro carnal, mas engorda e orienta o próprio verme que a corrói; *até que da corrupção brota a vida horrenda, e os cegos necrófagos da terra constroem ilusões para afligi-la e incham monstruosamente para empesteá-la. Grandes buracos são cavados secretamente onde os poros da terra deveriam bastar, e criaturas que deveriam rastejar aprenderam a caminhar.*

O CHAMADO DE CTHULHU

(Encontrado entre os papéis do falecido Francis Wayland Thurston, de Boston)

"De tais grandes potências ou seres pode haver sobrevivências plausíveis... sobrevivências de um período imensamente remoto em que... a consciência era talvez manifestada em conteúdos e formas que há muito tempo desapareceram diante das marés do progresso da humanidade... formas das quais apenas a poesia e a lenda captaram uma memória

fugaz e chamaram de deuses, monstros, seres míticos de todos os tipos..."
– Algernon Blackwood

I.
O HORROR DE BARRO

A coisa mais gratificante do mundo, creio, é a incapacidade da mente humana de correlacionar todos os seus conteúdos. Vivemos em uma plácida ilha de ignorância em meio aos mares negros do infinito, e não fomos feitos para viajar muito longe. As ciências, cada uma se empenhando em sua própria direção, até hoje têm nos prejudicado pouco; mas algum dia o quebra-cabeça de conhecimentos dissociados ficará completo e revelará terríveis visões da realidade e, diante da nossa pavorosa posição nela contidos, haveremos de enlouquecer com a revelação ou fugir da luz mortal em direção à paz e à segurança de uma nova idade das trevas.

Teosofistas intuíram sobre a grandiosidade reverente do ciclo cósmico dentro do qual nosso mundo e a raça humana são incidentes passageiros. Eles sugeriram estranhas sobrevivências em termos que congelariam o sangue, se não fossem mascarados de sereno otimismo. Mas não foi graças a eles que me veio o único vislumbre de eras proibidas que me dá calafrio de pensar e me enlouquece quando sonho com isso. Esse vislumbre, como todo vislumbre de uma verdade pavorosa, surgiu da aproximação casual de coisas separadas – no caso, um velho jornal e anotações de um falecido professor. Espero que nunca mais ninguém consiga juntar essas peças; certamente, enquanto eu viver, jamais fornecerei conscientemente um elo sequer dessa hedionda corrente. Creio que o professor também pretendia manter silêncio sobre a parte que conhecia e que teria destruído suas notas não houvesse sido surpreendido por uma morte súbita.

Meu conhecimento sobre o assunto começou no inverno de 1926-27 com a morte de meu tio-avô, George Gammell Angell, professor emérito de línguas semíticas na Universidade Brown, em Providence, Rhode Island. O professor Angell era mundialmente conhecido como autoridade em inscrições antigas e era sempre procurado pelos diretores de importantes museus, de modo que seu falecimento aos 92 anos ainda é lembrado por muitos. Na cidade, o interesse foi ainda mais intenso devido à obscuridade da causa da morte. O professor caiu desacordado quando voltava de Newport de navio; de repente, segundo as testemunhas, depois de ser empurrado por um negro, aparentemente marinheiro, que tinha saído de um pátio escuro no morro íngreme, onde havia um atalho da praia até a casa do falecido na rua Williams. Os médicos não conseguiram encontrar nenhuma doença visível, mas concluíram após perplexo debate que uma obscura lesão cardíaca, induzida pela subida íngreme do morro por alguém tão idoso, havia sido responsável por seu fim. Na época, não vi motivo para discordar do atestado, porém mais tarde comecei a duvidar – e mais do que duvidar.

Como herdeiro e executor do testamento do meu tio-avô, pois ele morreu viúvo e sem filhos, era esperado que eu examinasse seus papéis com certa minúcia; e com esse propósito transferi todos os seus arquivos e caixas para minha residência em Boston. Boa parte do material que organizei será mais tarde publicada pela Sociedade Americana de Arqueologia, mas havia uma caixa que julguei extremamente intrigante e que senti muita aversão de exibir a outros olhos. Ela havia sido trancada, e não encontrei a chave até que me ocorreu experimentar o anel que o professor levava sempre no bolso. Então de fato consegui abri-la, porém fazê-lo aparentemente só serviu para me confrontar com uma barreira ainda maior e mais protegida. Pois o que poderia significar o bizarro baixo-relevo de barro e os desconexos rabiscos, elucubrações e entalhes que encontrei? Será que meu tio, nos últimos anos, tinha se tornado crédulo das imposturas mais superficiais? Decidi pesquisar sobre o excêntrico escultor responsável por aquele aparente distúrbio na paz de espírito de um velho.

O baixo-relevo era um retângulo irregular de menos de três centímetros de espessura e cerca de treze por quinze centímetros de área; obviamente de origem moderna. Os desenhos, contudo, estavam longe de ser modernos em atmosfera e sugestão, pois, embora os caprichos do cubismo e do futurismo sejam muitos e delirantes, nem sempre reproduzem a regularidade críptica que espreita na escrita pré-histórica. E a impressão geral daqueles desenhos certamente era de se tratar de uma escrita, embora minha memória, apesar de grande familiaridade com os papéis e as coleções do meu tio, não conseguisse de maneira nenhuma identificar aquela espécie em particular, ou sequer intuir suas remotas genealogias.

Acima dos aparentes hieróglifos havia uma figura de evidente intenção pictórica, ainda que sua execução impressionista impedisse uma ideia muito clara de sua natureza. Parecia se tratar de uma espécie de monstro, ou símbolo representando um monstro, de tal forma que apenas uma imaginação doentia seria capaz de conceber. Se eu disser que minha imaginação, algo extravagante, produziu simultaneamente imagens de polvo, dragão e caricatura humana, não estarei sendo infiel ao espírito da coisa. Uma cabeça mole, com tentáculos, encimava um corpo grotesco e escamoso com asas rudimentares; mas era o *contorno geral* do conjunto que tornava a criatura mais chocante e assustadora. Por trás da figura, havia a vaga sugestão de um fundo arquitetônico ciclópico.

Os escritos que acompanhavam essa bizarrice, fora uma pilha de recortes da imprensa, eram na caligrafia mais recente do professor Angell; e não tinham nenhuma pretensão a qualquer estilo literário. O que parecia ser o principal documento estava intitulado "CULTO A CTHULHU" em caracteres cuidadosamente impressos para evitar a leitura errônea de uma palavra tão inaudita. O manuscrito era dividido em duas seções, a primeira das quais intitulada "1925

– Sonho e trabalho onírico de H.A. Wilcox, r. Thomas, 7, Providence, R.I.", e a segunda, "Narrativa do inspetor John R. Legrasse, r. Bienville, 121, Nova Orleans, La., em 1908 A.A.S. Mtg. – Notas sobre o mesmo assunto & Relato do Prof. Webb". Os outros papéis do manuscrito eram todos anotações breves, algumas delas relatos de sonhos estranhos de diversas pessoas, algumas citações de livros e publicações teosóficas (especialmente do livro *Atlântida e a Lemúria perdida*, de W. Scott-Elliot), e o restante comentários sobre sociedades secretas e cultos que existem há muito tempo, com referências a passagens desses livros de mitologia e antropologia que lhes servem de fontes, como *Ramo dourado*, de Frazere, e *Culto das bruxas na Europa Oriental*, da srta. Murray. Os recortes em sua maioria aludiam a bizarras doenças mentais e surtos de loucura coletiva ou mania na primavera de 1925.

A primeira metade do manuscrito principal contava uma história muito peculiar. Aparentemente, no dia 1º de março de 1925, um rapaz magro, moreno, de aspecto neurótico e agitado, veio visitar o professor Angell trazendo o curioso baixo-relevo de barro, que na ocasião estava úmido e fresco. O cartão da visita trazia o nome de Henry Anthony Wilcox, e meu tio reconheceu se tratar do filho mais novo de uma excelente família, da qual já ouvira falar, que ultimamente vinha estudando escultura na Faculdade de Design de Rhode Island e morava sozinho no edifício Fleur-de-Lys, próximo à instituição. Wilcox era um jovem precoce de reconhecida genialidade, mas muito excêntrico, e desde a infância chamava muita atenção pelas estranhas histórias e sonhos bizarros que costumava contar. Ele mesmo se dizia "psiquicamente hipersensível", porém o povo pacato da antiga cidade comercial considerava-o apenas "esquisito". Jamais se misturando com seus semelhantes, ele foi aos poucos perdendo visibilidade social, e agora só era conhecido por um pequeno grupo de estetas de outras cidades. Até mesmo o Clube das Artes de Providence, cioso de seu conservadorismo, considerou-o um caso perdido.

Na ocasião da visita, dizia o manuscrito do professor, o escultor requisitou abruptamente o conhecimento arqueológico de seu anfitrião para identificar os hieróglifos do baixo-relevo. Ele falava de um modo sonhador e afetado, que sugeria isolamento e empatia forçada; e meu tio demonstrou certa rispidez na réplica, pois o frescor evidente da placa implicava não se tratar de um artefato arqueológico. A tréplica do jovem Wilcox, que impressionou meu tio a ponto de recordá-la e registrá-la palavra por palavra, foi uma efusão fantasticamente poética que devia ter sido o padrão de toda a conversa, e que a partir de então passei a considerar altamente característica dele. Ele disse: "É nova, de fato, pois a fiz ontem à noite em um sonho com cidades estranhas, e os sonhos são mais antigos que a mórbida Tiro, que a contemplativa Esfinge, ou que a ajardinada Babilônia."

Foi então que ele começou a história delirante que de repente agiu sobre a memória adormecida e conquistou o interesse fervoroso do meu tio. Ocorrera um breve terremoto na noite anterior, o mais relevante sentido na Nova Inglaterra em alguns anos; e a imaginação de Wilcox havia sido agudamente afetada. Ao dormir, ele tivera um sonho sem precedentes com grandes cidades ciclópicas de quarteirões titânicos e monólitos suspensos no céu, gotejantes de uma gosma verde e sinistra, com horror latente. Havia hieróglifos espalhados pelos muros e pilares, e de algum ponto indefinido lá embaixo vinha uma voz que não era uma voz; uma sensação caótica que só a imaginação poderia transmutar em som, mas que ele tentou traduzir por uma confusão quase impronunciável de letras, "*Cthulhu fhtagn*".

Essa bagunça verbal foi a chave para a lembrança que excitou e perturbou o professor Angell. Ele questionou o escultor com minúcia científica e examinou com intensidade quase frenética o baixo-relevo em que o jovem se viu trabalhando, com frio, apenas de pijama, quando a vigília se impôs espantosamente sobre ele. Meu tio atribuiu à idade avançada, Wilcox diria mais tarde, sua lentidão em reconhecer tanto os hieróglifos quanto a figura desenhada. Muitas perguntas pareceram altamente desconexas ao visitante, sobretudo aquelas que tentavam associar a figura a cultos ou sociedades estranhas; e Wilcox não conseguiu entender as repetidas promessas de sigilo que lhe foram oferecidas em troca de uma confissão de que era membro de algum grupo religioso difundido ou pagão. Quando o professor Angell ficou convencido de que o escultor efetivamente ignorava qualquer culto ou sistema de conhecimento críptico, ele insistiu com o visitante que lhe relatasse seus sonhos futuros. Esse procedimento rendeu frutos regulares, pois, após a primeira visita, o manuscrito registra encontros diários com o rapaz, durante os quais ele relatava impressionantes fragmentos de imaginações noturnas cujo lastro eram sempre visões ciclópicas terríveis de rochas escuras e gotejantes, com uma voz ou inteligência subterrânea berrando monotonamente enigmáticos contrassensos intraduzíveis, exceto como absurdos. Os dois sons repetidos com maior frequência são aqueles traduzidos pelas letras "*Cthulhu*" e "*R'lyeh*".

No dia 23 de março, o manuscrito continuava, Wilcox deixou de aparecer, e perguntas em seu endereço revelaram que ele sofrera uma espécie obscura de febre e havia sido levado para a casa da família na rua Waterman. Ele havia berrado no meio da noite, acordando diversos outros artistas do prédio, e manifestado desde então apenas alternâncias entre inconsciência e delírio. Meu tio telefonou imediatamente à família do rapaz, e dali em diante passou a observar o caso com muita atenção; visitando amiúde o consultório na rua Thayer do dr. Tobey, que ele sabia estar encarregado do paciente. A mente febril do moço, ao que parecia, ocupava-se de coisas estranhas, e o médico estremecia de quando em quando ao falar delas. Incluíam não apenas uma repetição do que ele já havia sonhado antes, mas abordavam desvairadamente alguma criatura gigantesca, de "quilômetros de altura", que caminhava ou se deslocava lentamente. Ele não descreveu esse ser por completo, mas eventualmente as palavras frenéticas, tal como as repetiu o dr. Tobey, convenceram o professor de que devia se tratar de algo idêntico à monstruosidade sem nome que o artista tentara representar em sua escultura onírica. As referências a esse objeto, acrescentou o doutor, eram sem exceção um prelúdio de mergulhos na letargia por parte do doente. A temperatura dele, curiosamente, não chegava muito acima do normal, mas sua condição geral sugeria se tratar de uma verdadeira febre, e não de uma perturbação mental.

No dia 2 de abril, por volta das três horas da tarde, todos os sintomas da doença de Wilcox subitamente passaram. Ele endireitou-se na cama, perplexo ao se ver em casa e ignorando por completo o que havia acontecido em sonhos ou na realidade desde a noite de 22 de março. Recebendo alta do médico, voltou a seu apartamento depois de três dias, mas para o professor Angell não teve mais serventia alguma. Todos os resquícios daqueles sonhos estranhos desapareceram com sua recuperação, e meu tio não registrou mais nenhum de seus pensamentos noturnos depois de uma semana de inúteis e irrelevantes relatos de visões inteiramente corriqueiras.

Aqui se encerrava a primeira parte do manuscrito, mas as referências a algumas das anotações esparsas me deram muito material sobre o qual pensar – tanto, na verdade, que só o entranhado ceticismo que então fazia parte da minha filosofia pode explicar minha contínua desconfiança do artista. As anotações em questão eram descritivas dos sonhos de várias pessoas, cobrindo o mesmo período em que o jovem Wilcox tivera suas estranhas visitações. Meu tio, ao que parecia, logo instituiu um conjunto de investigações prodigiosamente abrangente, entre quase todos os amigos que podia questionar sem impertinência, pedindo relatos noturnos de sonhos e as datas de quaisquer visões notáveis que tivessem ao longo do passado recente. A receptividade a tais pedidos parece ter sido variada, mas, ao menos, ele deve ter recebido mais respostas do que qualquer homem comum teria conseguido levantar sem um secretário. Os originais dessa correspondência não foram conservados, contudo as anotações dele formariam uma compilação ampla e de fato significativa. As pessoas medianas na sociedade e nos negócios – o tradicional "sal da terra" da Nova Inglaterra – forneceram um resultado quase inteiramente negativo, apesar de casos isolados de impressões noturnas inquietantes mas amorfas terem aparecido aqui e ali, sempre entre 23 de março e 2 de abril – período do delírio do jovem Wilcox. Homens de ciência foram apenas um pouco mais afetados, apesar de quatro casos de descrições vagas terem sugerido vislumbres fugazes de estranhas paisagens, e em um caso ter sido mencionado um pavor de algo anormal.

Foi dos artistas e poetas que as respostas pertinentes vieram, e sei que o pânico teria se instalado se eles tivessem conseguido comparar suas anotações. No caso, na ausência das cartas originais, cheguei a desconfiar que o pesquisador tivesse formulado perguntas tendenciosas, ou editado a correspondência para corroborar o que ele potencialmente estava decidido a encontrar. É por isso que continuei com a impressão de que Wilcox, de alguma forma ciente dos dados antigos que meu tio possuía, teria ludibriado o veterano cientista. Essas respostas de estetas contavam uma história perturbadora. De 28 de fevereiro até 2 de abril, uma grande parte deles sonhara coisas muito bizarras, sendo a intensidade desses sonhos imensuravelmente mais forte durante o período do delírio do escultor. Mais de um quarto dos que relataram algum conteúdo narraram cenas e sons entreouvidos não muito diferentes dos que Wilcox havia descrito; e alguns sonhadores confessaram um medo agudo de uma criatura gigantesca e sem nome, visível perto do fim do sonho. Um desses casos, que a anotação descreve enfaticamente, era muito triste. O sujeito, um arquiteto muito famoso com tendências para a teosofia e o ocultismo, ficou furiosamente louco na data do surto do jovem Wilcox e faleceu meses depois, gritando sem cessar para que o salvassem de uma criatura fugida do inferno. Se meu tio tivesse se referido a esses casos por nome, em vez de apenas por números, eu teria tentado confirmar e investigar pessoalmente alguns deles, mas, na prática, só consegui localizar alguns poucos. Todos, contudo, confirmaram integralmente as anotações. Muitas vezes me perguntei se todos os participantes da pesquisa teriam ficado tão intrigados quanto aquela parcela com as perguntas do professor. É melhor que nenhuma explicação jamais chegue ao conhecimento deles.

Os recortes da imprensa, conforme mencionei, abordavam casos de pânico, mania e excentricidade durante o período em questão. O professor Angell deve ter contratado um serviço especializado, pois o número de notícias era tremendo e as fontes, espalhadas por todo o globo. Aqui um suicídio noturno em Londres, em que um sujeito solitário pulou por uma janela depois de um grito chocante. Ali uma carta delirante ao editor de um jornal na América do Sul, em que um fanático deduz um futuro terrível a partir de visões que ele teve. Um relato da Califórnia descreve uma colônia teosofista onde uma multidão vestia túnicas brancas à espera de uma "plenitude gloriosa" que nunca chega, enquanto matérias da Índia falavam discretamente de sérios distúrbios entre os nativos no final de março. Orgias de vodus se multiplicam no Haiti, e entrepostos africanos relatam rumores agourentos. Oficiais americanos nas Filipinas enfrentam problemas com tribos nessa mesma época, e policiais de Nova York são atacados por levantinos histéricos na virada de 22 para 23 de março. O oeste da Irlanda também, prenhe de rumores e lendas delirantes, e um pintor fantástico chamado Ardois-Bonnot expõe uma blasfema *Paisagem onírica* no salão da primavera em Paris em 1926. E são tão numerosos os distúrbios registrados em asilos de loucos que só um milagre pode ter impedido a comunidade médica de notar estranhos paralelismos e tirar conclusões perplexas. Era um conjunto bizarro de recortes, em geral; e hoje mal consigo conceber o insensível racionalismo com que os deixei de lado. Mas eu estava convencido de que o jovem Wilcox tivera conhecimento dos casos anteriores mencionados pelo professor.

II.
A HISTÓRIA DO INSPETOR LEGRASSE

Os casos anteriores, que tornaram o sonho do escultor e o baixo-relevo tão significativos para meu tio, formavam o tema da segunda metade de seu longo manuscrito. Em determinada ocasião, aparentemente, o professor Angell teria visto a silhueta infernal da monstruosidade sem nome, ficado intrigado com os hieróglifos desconhecidos e ouvido as agourentas sílabas que só podem ser traduzidas por "*Cthulhu*"; e tudo isso revelou uma conexão tão perturbadora e horrível que não era de estranhar que ele tivesse assediado o jovem Wilcox com perguntas e pedidos de informação.

A primeira experiência ocorrera em 1908, dezessete anos antes, quando a Sociedade Americana de Arqueologia realizou seu encontro anual em St. Louis. O professor Angell, tal como era condizente com sua autoridade e suas realizações, desempenhara importante papel em todas as deliberações e foi um dos primeiros a serem abordados pelos diversos presentes, que aproveitaram o congresso para buscar respostas corretas e expor problemas para a solução de especialistas.

O principal desses interessados, e em pouco tempo o foco do interesse de todo o encontro, era um homem de meia-idade e aparência comum, que viera desde Nova Orleans em busca de informações específicas que não havia encontrado em nenhuma fonte local. Seu nome era John Raymond Legrasse, e ele era por profissão inspetor de polícia. Com ele, trazia o objeto de sua visita, uma grotesca, repulsiva e aparentemente muito antiga estatueta de pedra cuja origem ele não conseguia determinar. Não se deve imaginar que o inspetor Legrasse tivesse o menor interesse por arqueologia. Pelo contrário, seu desejo de esclarecimento havia sido despertado por considerações puramente profissionais. A estatueta, ídolo, fetiche, ou o que quer que fosse, havia sido capturada alguns meses antes nos pântanos das matas do sul de Nova Orleans durante uma batida em uma suposta cerimônia de vodu; e os ritos associados a ela eram tão singulares e hediondos que a polícia não pôde deixar de concluir que haviam se deparado com um culto obscuro inteiramente desconhecido para eles, e infinitamente mais diabólico até que o mais sombrio dos círculos de vodu africanos. Sobre sua origem, além das histórias erráticas e inacreditáveis extraídas dos membros capturados, absolutamente nada fora descoberto; daí o interesse da polícia por qualquer conhecimento de antiquário que pudesse ajudá-los a identificar o pavoroso símbolo, e através disso rastrear sua origem.

O inspetor Legrasse mal estava preparado para a sensação que sua proposta causou. A primeira observação do objeto bastou para aqueles homens de ciência reunidos serem lançados em um estado de tensa excitação, e eles não perderam tempo em se amontoar ao redor dele para contemplar a minúscula figura, cuja estranheza e ar de antiguidade genuinamente abissal sugeriam com igual potência visões interditas e arcaicas. Nenhuma escola de escultura conhecida havia inspirado o terrível objeto, embora séculos e até milênios parecessem estar registrados em sua superfície fosca e esverdeada de pedra irreconhecível.

A figura, que enfim foi lentamente passada de mão em mão para exame atento e cuidadoso, tinha entre dezoito e vinte centímetros de altura, e era lavrada com maestria artística. Representava um monstro de aspecto vagamente antropoide, mas com uma cabeça semelhante à de um polvo, cuja face era uma massa de antenas, um corpo escamoso, que parecia de borracha, poderosas garras nas patas de trás e da frente, e asas compridas e estreitas nas costas. A criatura, que parecia instintivamente dotada de feroz e desnaturada malignidade, tinha uma corpulência algo inchada, e ficava diabolicamente acocorada em um bloco retangular ou pedestal coberto de caracteres indecifráveis. As pontas das asas tocavam a borda posterior do bloco, o assento ocupava o centro, enquanto as garras compridas e recurvas das patas traseiras dobradas agarravam a borda da frente e se estendiam para baixo na direção da base do pedestal. A cabeça de cefalópode ficava inclinada para frente, de modo que a ponta das antenas faciais roçava o dorso das imensas patas dianteiras que agarravam os joelhos elevados da criatura agachada. O conjunto era de um realismo absurdo, como se estivesse vivo, e ainda mais sutilmente assustador por sua origem ser desconhecida. Sua antiguidade vasta, venerável e incalculável era indiscutível, embora não demonstrasse nenhum elo com nenhum outro tipo de arte dos primórdios conhecidos da civilização – ou, a bem dizer, de nenhuma outra época. Totalmente distinta e à parte, seu próprio material era um mistério, pois a pedra escorregadia, negro-esverdeada com pontos e estriações dourados ou iridescentes não se parecia com nada familiar à geologia ou à mineralogia. Os caracteres gravados na base eram igualmente intrigantes; e nenhum membro do congresso, apesar da representação de especialistas de metade do mundo nesse campo, tinha a mínima noção sequer de seu remoto parentesco linguístico. Eles, assim como o tema e o material, pertenciam a algo horrivelmente remoto e distante da humanidade tal como a conhecemos; algo assustadoramente sugestivo de ciclos antigos e profanos da vida em que nosso mundo e nossas concepções não desempenham nenhum papel.

E, no entanto, conforme os especialistas balançavam as cabeças e um por um confessavam sua derrota diante do problema do inspetor, houve um único homem em toda a assembleia que desconfiou de um toque de bizarra familiaridade na forma e na escrita monstruosas, e então relatou com certa hesitação sobre a estranha curiosidade que ele conhecia. Essa pessoa era o falecido

William Channing Webb, professor de antropologia da Universidade de Princeton e um explorador de reputação nada irrelevante. O professor Webb participara, 48 anos antes, de uma expedição pela Groenlândia e pela Islândia, em busca de inscrições rúnicas que ele jamais conseguira encontrar e, quando estava no litoral escarpado da Groenlândia Ocidental, encontrou uma tribo singular ou um culto de esquimós degenerados, cuja religião, uma forma curiosa de adoração demoníaca, deixou-o apavorado por seu aspecto deliberadamente sanguinário e repulsivo. Era uma fé sobre a qual outros esquimós pouco sabiam, e que estremeciam só de mencioná-la, dizendo que aquele culto chegara até eles muitas eras antes, eras horrivelmente antigas, antes da criação do mundo. Além de ritos e sacrifícios humanos inomináveis, havia certos rituais hereditários estranhos, dedicados a um demônio supremo mais velho ou *tornasuk*; e disso o professor Webb obtivera cuidadosa cópia fonética tomada de um velho *angekok* ou bruxo-sacerdote, expressando os sons em alfabeto romano da melhor forma que conseguiu. Mas agora o mais significativo era o fetiche que esse culto louvava, e em torno do qual eles dançavam quando a aurora surgia sobre as escarpas de gelo. Tratava-se, afirmou o professor, de um baixo-relevo de pedra bastante rústico, que consistia em uma hedionda figura e algumas escritas crípticas. E, segundo ele, havia certo paralelo, em todos os aspectos essenciais, com a estatueta bestial ali diante de todos.

Essa informação, recebida com suspense e espanto pelos especialistas reunidos, provou-se duplamente excitante para o inspetor Legrasse, e na mesma hora ele começou a fazer perguntas ao informante. Tendo anotado e copiado um ritual oral entre os idólatras do pântano que seus homens haviam capturado, ele insistiu com o professor que tentasse se lembrar das sílabas anotadas entre os esquimós diabolistas. Houve então uma exaustiva comparação de detalhes e um momento de silêncio realmente perplexo, quando ambos, detetive e cientista, concordaram que eram quase idênticas as frases daqueles dois rituais infernais, mundos de distância separados um do outro. O que, em substância, tanto os xamãs esquimós quanto os feiticeiros dos pântanos da Louisiana haviam entoado para seus ídolos aparentados era algo muito semelhante ao seguinte – sendo a divisão das palavras estimada, a partir das interrupções tradicionais da frase, conforme entoada em voz alta:

"Ph'nglui mglw'nafh Cthulhu R'lyeh wgah'nagl fhtagn."

Legrasse tinha uma vantagem sobre o professor Webb, pois diversos entre seus prisioneiros mestiços haviam lhe repetido o que velhos celebrantes lhes disseram ser o significado daquelas palavras. O texto, tal como era pronunciado, significava algo como:

"Em sua casa em R'lyeh, Cthulhu morto espera sonhando."

E então, em resposta a uma pergunta geral e urgente, o inspetor Legrasse relatou o mais completamente possível sua experiência com os idólatras do pântano, contando uma história à qual pude perceber que meu tio atribuiu profundo significado. Essa história recendia aos sonhos mais delirantes de um criador de mitos e teósofo, e revelava um espantoso grau de imaginação cósmica entre aqueles excluídos e párias, que jamais se esperaria que eles possuíssem.

No dia 1º de novembro de 1907, chegara à polícia de Nova Orleans um pedido frenético de que enviassem alguém para a região do pântano e da lagoa do sul. Os moradores dali, basicamente primitivos mas pacíficos descendentes dos corsários de Lafitte, estavam tomados pelo terror mais absoluto de uma criatura desconhecida que surgira para eles no meio da noite. Tratava-se de vodu, aparentemente, mas de um tipo de vodu mais terrível do que eles jamais haviam visto, e algumas das mulheres e crianças haviam desaparecido desde o momento em que o malévolo tambor começara a bater sem parar, ao longe, dentro da mata negra e assombrada, onde nenhum morador se arriscava a ir. Ouviram-se berros insanos e gritos angustiantes, cânticos arrepiantes e labaredas demoníacas dançantes; e, o mensageiro apavorado acrescentara, as pessoas já não suportavam mais.

Assim, um destacamento de vinte policiais, ocupando duas carruagens e um automóvel, partiu no final da tarde com o trêmulo morador como guia. Ao final da estrada transitável, eles desembarcaram, e por quilômetros chapinharam em silêncio, atravessando os terríveis bosques de ciprestes onde a luz do dia jamais penetrava. Feias raízes e malignas folhas longas de musgo barba-de-velho os cercavam, e de quando em quando uma pilha de pedras úmidas ou fragmentos de um muro apodrecido intensificavam por sua sugestão de mórbida habitação uma depressão que cada árvore malformada e cada ilhota de fungos se combinavam para criar. Enfim, o acampamento do morador, um miserável amontoado de choupanas, surgiu no horizonte, e histéricos vizinhos correram e se agruparam em volta de algumas lanternas acesas. As batidas abafadas dos tambores agora eram quase inaudíveis muito ao longe, e um grito pavoroso vinha a intervalos espaçados quando o vento mudava. Um clarão avermelhado também parecia se infiltrar através da vegetação pálida, além das infinitas galerias da floresta noturna. Relutantes até mesmo em se deixarem ficar sozinhos de novo, os moradores apavorados se recusaram terminantemente a dar um passo na direção da profana idolatria, de modo que o inspetor Legrasse e seus dezenove colegas se lançaram sem guia por entre aqueles arcos negros de um horror que nenhum deles jamais trilhara antes.

A região ora penetrada pela polícia era considerada tradicionalmente maligna, bastante desconhecida e despovoada de homens brancos. Existiam lendas sobre um lago oculto, jamais vislumbrado por olhos mortais, onde vivia uma criatura semelhante a um imenso e informe pólipo branco com olhos luminosos; e os moradores sussurravam que demônios com asas de morcego saíam de cavernas da terra profunda para idolatrá-lo à meia-noite. Diziam que a criatura estava lá desde antes de D'Iberville, antes de La Salle, antes dos índios, e antes até dos animais e aves da floresta. Era o pesadelo em si, e vê-lo significava morrer. Mas ele fazia os homens sonharem, e assim eles foram prudentes em manter a distância.

Aquela orgia vodu, de fato, estava acontecendo nas bordas da região abominada, mas já em trecho considerado perigoso o bastante; por isso talvez o próprio local do culto tivesse aterrorizado os moradores mais do que os sons e incidentes chocantes.

Só a poesia ou a loucura poderia fazer jus aos barulhos ouvidos pelos homens de Legrasse ao vadearem através do atoleiro negro em direção ao clarão rubro e aos tambores abafados. Existem qualidades vocais peculiares aos homens, e qualidades vocais peculiares aos animais, e é terrível ouvir uma coisa quando a fonte deveria emitir outra. A fúria animal e a licenciosidade orgíaca aqui se açoitavam em direção a demoníacas alturas por meio de uivos e êxtases grasnados que irrompiam e reverberavam através da mata escura como tempestades pestilentas dos golfos infernais. De quando em quando o ulular menos organizado cessava, e do que parecia um ensaiado coro de vozes roucas se erguia cantarolada a hedionda frase ritual:

"Ph'nglui mglw'nafh Cthulhu R'lyeh wgah'nagl fhtagn."

Então os policiais, chegando a um ponto onde as árvores rareavam, de repente se depararam com o espetáculo em si. Quatro deles hesitaram, um desmaiou e dois ficaram abalados a ponto de começarem a gritar freneticamente, o que por sorte foi abafado pela louca cacofonia da orgia. Legrasse jogou água do pântano no rosto do homem desmaiado, e ficaram todos trêmulos e quase hipnotizados de horror.

Em uma clareira natural do pântano, havia uma ilha relvada de talvez um acre de extensão, sem árvores e razoavelmente seca. Ali agora pulava e se contorcia uma indescritível horda de anomalias humanas que ninguém senão um Sime ou um Angarola seria capaz de pintar. Desprovida de roupas, a híbrida prole zurrava, berrava e se retorcia em torno a uma monstruosa fogueira circular no centro da qual, revelado por ondulações ocasionais na cortina de chamas, erguia-se um grande monólito de granito, de uns dois metros e meio de altura; no topo dele, incongruentemente diminuta, estava a maldita estatueta entalhada. De um largo círculo de dez patíbulos, montados a intervalos regulares, com o monólito cingido pelas chamas como centro, pendiam, de cabeça para baixo, os corpos bizarramente marcados dos moradores desaparecidos. Era dentro desse círculo que os idólatras pulavam e rugiam, sendo a direção geral do movimento da massa da esquerda para a direita, em bacanal infinita, entre o círculo de corpos e o círculo de fogo.

Pode ter sido só imaginação e podem ter sido ecos que induziram um dos policiais, um excitável espanhol, a imaginar ter ouvido respostas em antífonas ao ritual, vindas de algum ponto distante e às escuras, no fundo da mata de antigas lendas e horrores. Esse homem, Joseph D. Galvez, mais tarde encontrei e questionei, e ele se mostrou desconcertantemente imaginativo. Foi longe a ponto de sugerir ter ouvido o distante bater de asas imensas, e de ter visto de relance olhos brilhantes e um volume branco montanhoso além das árvores mais remotas – mas suponho que ele tenha se deixado levar pelas superstições nativas.

Na verdade, a pausa horrorizada dos policiais foi de duração relativamente breve. Primeiro vinha o dever; e, embora devesse haver quase cem mestiços idólatras no grupo, a polícia valeu-se de suas armas de fogo e penetrou decidida aquela multidão repulsiva. Durante cinco minutos a balbúrdia e o caos resultantes foram além de qualquer descrição. Houve golpes selvagens, tiros disparados e algumas fugas, mas no final Legrasse conseguiu contar cerca de 47 prisioneiros taciturnos, os quais ele obrigou que se vestissem às pressas e formassem fila entre duas fileiras de policiais. Cinco idólatras morreram, e dois gravemente feridos foram levados embora em padiolas improvisadas por seus colegas prisioneiros. A imagem sobre o monólito, é claro, foi removida com cuidado e levada por Legrasse.

Examinados na delegacia após uma viagem de intenso esforço e exaustão, os prisioneiros se mostraram pessoas de origem muito humilde, mestiços e de mentalidade aberrante. A maioria eram marinheiros, e alguns negros e mulatos, principalmente das Índias Ocidentais e da ilha Brava do arquipélago de Cabo Verde, conferiam uma cor de vodu ao culto heterogêneo. Mas, antes que muitas perguntas fossem feitas, ficou evidente que algo muito mais profundo e antigo que o fetichismo dos negros estava ali envolvido. Por mais degradadas e ignorantes que fossem, as criaturas atinham-se com surpreendente coerência à ideia central de sua devoção repugnante.

Elas idolatravam, segundo disseram, os Grandes Antigos que viveram eras antes de existir o homem, e que tinham vindo do céu quando o mundo era novo. Esses Antigos tinham ido embora agora, para dentro da terra e debaixo do mar, mas seus cadáveres tinham revelado seus segredos em sonhos para os primeiros homens, que formaram um culto que jamais morreu. Esse era aquele culto, e os prisioneiros contaram que ele sempre existiu e sempre existiria, oculto nos ermos distantes e lugares escuros do mundo inteiro até o dia em que o grande sacerdote Cthulhu, de sua casa escura na poderosa cidade de R'lyeh, embaixo das águas, vai se levantar e impor outra vez seu poder sobre a terra. Algum dia ele faria seu chamado, quando as estrelas estiverem prontas, e o culto secreto estaria sempre esperando para libertá-lo.

Nada mais deve ser dito por ora. Havia um segredo que nem mesmo a tortura seria capaz de extrair. A humanidade não estava absolutamente sozinha entre as criaturas conscientes da terra, pois formas vinham do escuro visitar aqueles poucos fiéis. Mas essas formas não eram os Grandes Antigos. Homem nenhum jamais viu os Antigos. O ídolo entalhado era o grande Cthulhu, mas ninguém sabia dizer se os outros eram ou não exatamente como ele. Ninguém mais conseguia ler a escrita antiga, mas as coisas foram sendo passadas de boca em boca. O ritual entoado não era o segredo – o segredo jamais era dito em voz alta, apenas sussurrado. O cântico significava apenas o seguinte: "Em sua casa em R'lyeh, Cthulhu morto espera sonhando."

Apenas dois dos prisioneiros foram considerados mentalmente sãos o suficiente para serem enforcados, e o resto foi internado em diversas instituições. Todos negaram participação nos assassinatos rituais, e alegaram que as mortes tinham sido causadas pelos Asas Negras, que tinham vindo até eles, surgidos do imemorial ponto de encontro na mata assombrada. Mas sobre esses misteriosos seres alados nenhum relato coerente jamais foi obtido. O que a polícia apurou, na verdade, veio sobretudo de um mestiço imensamente idoso chamado Castro, que alegou ter navegado por portos estranhos e conversado com líderes imortais do culto nas montanhas da China.

O velho Castro se lembrava de pedaços da lenda hedionda, que empalidecia as especulações dos teósofos e fazia o homem e o mundo parecerem na verdade recentes e passageiros. Passaram-se eras em que outros Seres dominaram a terra, e Eles tiveram grandes cidades. Resquícios Deles, os chineses imortais teriam dito a ele, ainda podiam ser encontrados como pedras ciclópicas em ilhas do Pacífico. Todos Eles morreram vastas épocas de tempo antes da chegada do homem, mas havia artes capazes de revivê-Los quando as estrelas voltassem às posições certas no ciclo da eternidade. Na verdade, Eles tinham vindo das estrelas, e trazido consigo Suas imagens.

Esses Grandes Antigos, continuou Castro, não eram compostos de nada parecido com carne e ossos. Eles tinham forma – pois a imagem estrelada não provava isso? –, mas essa forma não era feita de matéria. Quando as estrelas estavam certas, Eles podiam passar de mundo em mundo através do céu; no entanto, quando as estrelas estavam erradas, Eles não podiam viver. Mas, embora já não estivessem mais vivos, Eles nunca morriam realmente. Eles estão todos lá deitados em casas de pedra em Sua grande cidade de R'lyeh, preservados pelos encantamentos do poderoso Cthulhu, para a gloriosa ressurreição, quando as estrelas e a terra estiverem mais uma vez prontas para Eles. Porém nesse momento alguma força externa deverá agir para libertar Seus corpos. Os encantamentos que Os preservaram intactos, da mesma forma, também impedem que façam um movimento inicial, e Eles só puderam ficar deitados, acordados no escuro, pensando, enquanto incontáveis milhões de anos se passaram. Sabiam de tudo o que estava ocorrendo no universo, mas Seu modo de comunicação era a transmissão de pensamento. Agora mesmo Eles estavam falando em Suas sepulturas. Quando, após infinidades de caos, os primeiros homens vieram, os Grandes Antigos falaram com os mais sensíveis entre eles, moldando seus sonhos, pois apenas assim a linguagem Deles chegaria às mentes carnais dos mamíferos.

Então, sussurrou Castro, aqueles primeiros homens formaram o culto em torno de pequenos ídolos que os Grandes Antigos mostraram para eles; ídolos trazidos para regiões obscuras, vindos de estrelas apagadas. Esse culto jamais morreria até que as estrelas ficassem certas de novo, e os sacerdotes secretos tirariam o grande Cthulhu de Sua sepultura, para reviver Seus súditos e retomar Seu domínio sobre a terra. O momento seria fácil de descobrir, pois nessa altura a humanidade teria se tornado como os Grandes Antigos, livre e selvagem e além do bem e do mal, com leis e moral deixadas de lado e todos os homens gritando e matando e se regozijando de alegria. Então os Antigos libertados ensinariam aos homens novos modos de gritar e matar e se regozijar e se rejubilar, e a terra inteira se incendiaria em um holocausto de êxtase e liberdade. Até lá, o culto, seguindo os ritos apropriados, devia manter viva a memória daqueles procedimentos antigos e lançar a profecia desse retorno.

Nos tempos antigos, homens escolhidos haviam conversado em sonhos com os Antigos sepultados, mas então algo aconteceu. A grande cidade de pedra de R'lyeh, com seus monólitos e sepulcros, afundou sob as ondas; e as águas profundas, cheias do mistério primordial que nem o pensamento é capaz de atravessar, interromperam a relação espectral. Contudo a memória nunca morreu, e os sacerdotes disseram que a cidade ressurgiria quando as estrelas estivessem certas. Então surgiram da terra os espíritos negros terrenos, cobertos de mofo e sombra, e cheios de rumores obscuros ouvidos em cavernas embaixo do leito esquecido dos oceanos. Mas sobre eles o velho Castro não ousou falar muito. Ele logo se interrompeu, e nenhuma persuasão ou sutileza foi capaz de revelar mais nada nesse sentido. O *tamanho* dos Antigos, também, curiosamente, ele evitou mencionar. Sobre o culto, disse que achava que o centro ficava em meio aos desertos sem mapas da Arábia, onde Irem, a Cidade dos Pilares, sonha oculta e intacta. Não se tratava de um culto filiado ao das bruxas europeu, e era quase desconhecido para além de seus membros. Nenhum livro jamais aludira ao culto, embora os chineses imortais tivessem dito que havia duplos sentidos no *Necronomicon* do árabe louco Abdul Alhazred, que os iniciados podiam ler como preferissem, sobretudo no muito discutido dístico:

Não morre o que pode eternamente permanecer,
E, após estranhos éons, até a morte pode morrer.

Legrasse, profundamente impressionado e bastante confuso, havia perguntado em vão sobre as filiações históricas do culto. Castro, ao que parecia, contara a verdade quando disse que o culto era inteiramente secreto. As autoridades da Universidade de Tulane não puderam lançar luzes nem sobre o culto, nem sobre a imagem, e então o detetive buscou as mais altas autoridades do país e a única coisa que lhe deram em troca foi a história do professor Webb na Groenlândia.

O interesse febril despertado no encontro pela história de Legrasse, corroborada pela estatueta, foi ecoado nas correspondências subsequentes daqueles que a presenciaram, embora raras menções ocorram nas publicações formais da associação. A precaução é o primeiro cuidado daqueles acostumados a enfrentar eventuais charlatanismos e imposturas. Legrasse emprestou por algum tempo a imagem ao professor Webb, mas com a morte deste a estatueta foi devolvida ao inspetor, com quem continua até hoje e com quem a vi não faz muito tempo. É de fato uma coisa terrível, e indiscutivelmente semelhante à peça onírica do jovem Wilcox.

Que meu tio ficou excitado com a história do escultor, eu não duvidei, pois que ideias não devem ter surgido ao ouvir, depois de tomar conhecimento do que Legrasse havia apurado sobre o culto, sobre um jovem sensível que havia *sonhado* não só com a figura e os exatos hieróglifos da imagem encontrada no pântano e na demoníaca placa da Groenlândia, mas que mencionava *em seus sonhos* ao menos três palavras exatas da fórmula pronunciada igualmente pelos esquimós diabolistas e pelos mestiços da Louisiana? O início imediato de uma pesquisa o mais completa possível por parte do professor Angell foi bastante natural, embora, em particular, eu desconfiasse que o jovem Wilcox tivesse ouvido falar do culto de alguma maneira indireta e tivesse inventado uma série de sonhos para acentuar e dar continuidade ao mistério às custas do meu tio. As narrativas oníricas e os recortes colecionados pelo professor foram, é claro, fortes corroborações, porém o racionalismo do meu pensamento e a extravagância do assunto como um todo me levaram a adotar o que julguei serem as conclusões mais sensatas. Assim, depois de estudar exaustivamente o manuscrito mais uma vez e correlacionar anotações teosóficas e antropológicas com a narrativa do culto de Legrasse, fiz uma viagem a Providence para visitar o escultor e repreendê-lo, como eu julgava devido por ter se aproveitado de um homem erudito e idoso.

Wilcox ainda morava sozinho no edifício Fleur-de-Lys na rua Thomas, uma macabra imitação vitoriana da arquitetura bretã do século XVII, que projetava sua fachada de gesso em meio a adoráveis casas coloniais na antiga colina, e sob a própria sombra do mais belo campanário georgiano na América. Encontrei-o trabalhando em seus aposentos, e imediatamente concluí pelas peças espalhadas que seu gênio era de fato profundo e autêntico. Ele será, acredito, em algum momento descoberto como um dos grandes decadentistas, pois conseguiu cristalizar em argila e um dia espelhará em mármore aqueles pesadelos e fantasias que Arthur Machen evoca na prosa, e Clark Ashton Smith torna visíveis em verso e em pintura.

Moreno, frágil e algo desmazelado em seu aspecto, ele se virou languidamente quando bati na porta e me perguntou o que eu queria sem se levantar. Quando lhe contei quem eu era, ele demonstrou certo interesse, pois meu tio havia excitado sua curiosidade ao sondar seus sonhos estranhos, embora jamais lhe explicasse o motivo do estudo. Não ampliei seu conhecimento a esse respeito, mas tentei com certa sutileza fazê-lo se abrir. Em pouco tempo, fiquei convencido de sua absoluta sinceridade, pois ele falou daqueles sonhos de uma maneira que ninguém poderia confundir com a mentira. Esses sonhos e seu resíduo subconsciente haviam influenciado profundamente sua arte, e ele me mostrou uma estátua mórbida cujos contornos quase me fizeram tremer com a potência de suas sugestões negras. Wilcox não se lembrava de ter visto o original daquele objeto exceto em seu próprio baixo-relevo onírico, mas os contornos haviam se formado sozinhos, imperceptivelmente, sob suas mãos. Era, sem dúvida, a forma gigante com a qual ele havia sonhado em seu delírio. Que ele de fato não sabia nada sobre o culto secreto, exceto o que o catecismo insistente do meu tio deixara escapar, isso ele deixou claro; e outra vez tentei imaginar alguma maneira plausível de o escultor ter recebido aquelas estranhas impressões.

Ele falava de seus sonhos de maneira estranhamente poética, fazendo-me ver com terrível nitidez a úmida cidade ciclópica de pedra verde e viscosa – cuja *geometria*, disse ele curiosamente, era *toda errada* – e ouvir com apavorado suspense o incessante chamado subterrâneo quase insano: "*Cthulhu fhtagn*", "*Cthulhu fhtagn*". Essas palavras faziam parte do pavoroso rito que contava sobre a vigília-onírica de Cthulhu, morto em seu cofre de pedra em R'lyeh, e me senti profundamente comovido, apesar de minhas crenças racionais. Wilcox, eu tinha certeza, devia ter ouvido falar do culto de forma casual, e logo se esquecera disso em meio à massa de suas leituras e imaginações igualmente estranhas. Mais tarde, impressionado pela extrema peculiaridade, aquilo havia encontrado expressão subconsciente em seus sonhos, no baixo-relevo e na terrível escultura que eu agora tinha diante de mim; de modo que sua imposição sobre meu tio tinha sido inteiramente inocente. O rapaz era um tipo ao mesmo tempo um tanto afetado e um tanto mal-educado, de que nunca gostei, mas agora eu estava disposto a admitir tanto a sua genialidade quanto a sua honestidade. Despedi-me dele amigavelmente, e desejei-lhe todo o sucesso que seu talento prometia.

A questão do culto ainda me fascinava, e cheguei a aventar conquistar fama pessoal com pesquisas sobre suas origens e conexões. Visitei Nova Orleans, conversei com Legrasse e outros policiais que haviam participado daquela batida, vi a imagem assustadora e até entrevistei alguns dos mestiços que haviam sido presos e ainda estavam vivos. O velho Castro, infelizmente, já tinha morrido fazia alguns anos. As coisas que ouvi tão explicitamente em primeira mão, embora de fato não fossem mais do que uma detalhada confirmação do que meu tio havia escrito, excitaram-me outra vez, pois tive certeza de que estava na pista de uma religião muito real, muito secreta e muito antiga, cuja descoberta faria de mim um antropólogo importante. Minha atitude ainda era de um absoluto materialismo, *como eu gostaria que ainda fosse*, e descartei como perversidade quase inexplicável a coincidência das anotações de sonhos e dos estranhos recortes colecionados pelo professor Angell.

Uma coisa que comecei a supor, e que agora receio ser uma *certeza*, é que a morte de meu tio não foi nada natural. Ele caiu de uma viela íngreme por onde subia, vindo da orla, cheia de mestiços estrangeiros, após um empurrão abrupto dado por um marinheiro negro. Eu não tinha me esquecido da presença dos mestiços e marinheiros entre os membros do culto na Louisiana, e não ficaria surpreso ao descobrir métodos secretos e agulhas envenenadas, tão cruéis e antigos quanto aqueles ritos e crenças enigmáticos. Legrasse e seus homens, é verdade, haviam sido deixados em paz, mas na Noruega certo marinheiro que vira coisas tinha morrido. As pesquisas mais profundas do meu tio, depois de encontrar os dados do escultor, não teriam chegado a ouvidos sinistros? Creio que o professor Angell tenha morrido porque sabia demais, ou porque provavelmente viria a saber demais. Se terei o mesmo fim é algo que ainda está para se decidir, pois agora sei tanto quanto ele.

III.
A LOUCURA DO MAR

Se o céu quiser um dia me conceder uma dádiva, seria o apagamento total dos resultados do mero acaso que fixou meus olhos em um pedaço solto de jornal em uma estante. Não era nada com que eu teria naturalmente me deparado durante minha rotina diária, pois se tratava de um velho número de uma publicação australiana, o *Sydney Bulletin*, de 18 de abril de 1925. Aquilo havia escapado até ao serviço de recortes que na época da publicação vinha avidamente recolhendo material para a pesquisa do meu tio.

Eu havia em grande medida abandonado minha investigação sobre o que o professor Angell chamava de "Culto de Cthulhu", e estava visitando um amigo erudito em Paterson, Nova Jersey, curador de um museu da cidade e mineralogista conhecido. Examinando um dia as peças da reserva técnica dispostas desordenadamente em estantes de estoque em uma sala dos fundos do museu, meus olhos deram com uma estranha figura em um dos velhos jornais espalhados embaixo das rochas. Tratava-se do *Sydney Bulletin* que mencionei, pois meu amigo tinha correspondentes em todas as partes imagináveis do mundo; e a figura era uma reprodução em meio-tom de uma hedionda imagem de pedra quase idêntica à que Legrasse encontrara no pântano.

Avidamente liberando o jornal de seus preciosos conteúdos, analisei a notícia em detalhes e fiquei decepcionado ao descobrir que não era muito longa. O que a nota sugeria, contudo, seria de significado portentoso para minha desgraçada missão, e a recortei com cuidado para começar a agir logo. A notícia dizia o seguinte:

MISTÉRIO À DERIVA NO MAR
Vigilant *chega rebocando navio neozelandês de guerra.*
Um sobrevivente e um homem morto encontrados a bordo.
Relato de batalha desesperada e mortes no mar.
Marinheiro resgatado se recusa a dar
detalhes da estranha experiência.
Ídolo desconhecido é encontrado com o
marinheiro. Inquérito será instituído.

O cargueiro Vigilant, *da Morrison Co., vindo de Valparaíso, chegou esta manhã às docas do porto de Darling, rebocando o vapor* Alert *de Dunedin, N.Z., bombardeado e inutilizado, mas com grande poder de fogo, que foi avistado no dia 12 de abril na latitude 34° 21' sul, e longitude 152° 17' oeste, com apenas um tripulante vivo e um homem morto.*

O Vigilant *partiu de Valparaíso no dia 25 de março, e no dia 2 de abril foi desviado muito ao sul de sua rota por tempestades extraordinariamente fortes e ondas monstruosas. No dia 12 de abril, o navio à deriva foi avistado; e, embora parecesse deserto, ao ser abordado revelou conter um sobrevivente em condições um tanto delirantes e um homem que evidentemente teria morrido havia mais de uma semana. O sobrevivente estava agarrado a um horrível ídolo de pedra de origem ignorada, de cerca de trinta centímetros de altura, sobre cuja natureza todas as autoridades da Universidade de Sydney, da Royal Society e do museu da rua College confessaram total perplexidade, e que o sobrevivente diz ter encontrado na cabine do navio, em um pequeno relicário entalhado comum.*

Esse homem, quando recobrou os sentidos, contou uma história muito estranha de pirataria e assassinato. Trata-se de Gustaf Johansen, um norueguês de certa inteligência que havia sido segundo imediato da escuna de dois mastros Emma *de Auckland, que partira de Callao no dia 20 de fevereiro com uma tripulação de onze homens. A escuna* Emma, *segundo ele, havia sido atrasada e lançada muito ao sul de sua rota pela grande tempestade do dia 1º de março, e no dia 22 de março, aos 49° 51' de latitude sul, e 128° 34' de longitude oeste, havia sido encontrada pelo* Alert, *controlado por uma bizarra e arrepiante tripulação de kanakas e mestiços. Ao receber a ordem peremptória de voltar, o capitão Collins se recusou; ao que a estranha tripulação disparou com violência e sem aviso contra a escuna com uma bateria particularmente pesada de canhões de latão que faziam parte do equipamento. Os homens da escuna revidaram, disse o sobrevivente, e, embora ela começasse a afundar com os disparos abaixo da linha d'água, eles conseguiram emparelhar com o inimigo e subir a bordo, lutando com a tripulação selvagem no convés do navio, e sendo obrigados a matar todos eles, mesmo sendo os selvagens em número um pouco superior, devido a seu modo de combater particularmente repulsivo e desesperado, ainda que um tanto desajeitado.*

Três tripulantes da escuna Emma, *incluindo o capitão Collins e o primeiro imediato Green, foram mortos; e os outros oito, abaixo do segundo imediato Johansen, seguiram viagem no navio capturado, em sua direção original, para averiguar se havia algum motivo para a ordem de retornar. No dia seguinte, aparentemente, eles avistaram e atracaram em uma pequena ilha, embora não se saiba da existência de nenhuma ilha nesse trecho do oceano; e seis dos homens, de alguma forma, morreram em terra firme, ainda que Johansen seja estranhamente reticente quanto a essa parte da história e tenha relatado apenas que caíram em uma fenda na rocha. Depois, ao que parece, ele e outro companheiro embarcaram no navio e tentaram conduzi-lo, mas foram atingidos pela tempestade de 2 de abril. A partir desse momento, até seu resgate no dia 12, ele se recorda de pouca coisa, não se lembrando sequer de quando William Briden, seu companheiro a bordo, morreu. A morte de Briden não teve a causa aparente revelada, e provavelmente se deveu a um excesso de excitação ou exposição ao tempo. Telegramas de Dunedin informaram que o* Alert *era conhecido nas rotas comerciais das ilhas e tinha má reputação em todos os portos da região. O navio pertencia a um curioso grupo de mestiços cujos encontros frequentes e viagens noturnas às florestas atraíam grande curiosidade; eles haviam zarpado às pressas logo após a tempestade e os tremores de terra do dia 1º de março. Nosso correspondente em Auckland reportou que a escuna* Emma *e sua tripulação gozavam de excelente reputação, e Johansen é descrito como um homem sóbrio e digno. O almirantado instituirá inquérito sobre o caso a partir de amanhã, e serão feitos esforços para induzir Johansen a falar mais abertamente do que ele tem falado até agora.*

Isso era tudo, além da figura do ídolo infernal, mas que turbilhão de ideias aquilo disparou em meus pensamentos! Ali estavam novos tesouros de informação sobre o Culto de Cthulhu e evidências de um estranho interesse tanto pelo mar quanto pela terra firme. Que motivo teria levado a tripulação mestiça a ordenar que a escuna *Emma* voltasse quando passaram com seu ídolo hediondo? Que ilha desconhecida era essa onde seis membros da tripulação da escuna *Emma* haviam morrido, e sobre a qual o imediato Johansen era tão sigiloso? O que a investigação do vice-almirantado apurara, e o que se sabia do maldito culto em Dunedin? E, o mais maravilhoso de tudo, que profunda e mais do que natural sincronia de datas era aquela que conferia maligno e agora inegável significado aos diversos acontecimentos cuidadosamente recolhidos pelo meu tio?

No dia 1º de março – ou, para nós, 28 de fevereiro, segundo a Linha Internacional de Data – o terremoto e a tempestade vieram. Vindo de Dunedin, o *Alert* e sua ruidosa tripulação haviam partido avidamente como se atendessem a uma convocação imperiosa, e do outro lado da terra, poetas e artistas haviam começado a sonhar com uma estranha, úmida e ciclópica cidade, enquanto um jovem escultor moldava em pleno sono a forma do temido Cthulhu. A 23 de março, a tripulação da escuna *Emma* desembarcou em uma ilha ignota e deixou ali seis homens mortos; e naquela mesma data os sonhos de homens sensíveis assumiram uma nitidez acentuada e escureceram com o pavor da perseguição maligna de um monstro gigantesco, enquanto um arquiteto enlouquecia e um escultor subitamente mergulhava em delírio! E quanto à tempestade de 2 de abril, data em que todos os sonhos da cidade úmida cessaram, e Wilcox emergiu incólume do suplício da estranha febre? E quanto a tudo isso – e todas as insinuações do velho Castro dos Antigos afogados, nascidos das estrelas, e seu reinado futuro, o culto fiel *e seu domínio sobre os sonhos*? Estaria eu cambaleando à beira de horrores cósmicos insuportáveis à força humana? Caso estivesse, deviam ser horrores exclusivamente mentais, pois de alguma forma o dia 2 de abril pusera um ponto final a qualquer ameaça monstruosa que tivesse começado seu cerco à alma da humanidade.

Naquela noite, depois de um dia agitado de telegramas e providências, despedi-me de meu anfitrião e tomei um trem para São Francisco. Dali a menos de um mês, eu estava em Dunedin, onde, contudo, descobri que pouco sabiam sobre os estranhos membros do culto que frequentava as velhas tavernas de marinheiros. A escória do porto era algo comum demais para qualquer menção espacial, embora houvesse lembranças vagas de uma viagem que aqueles mestiços teriam feito para o interior da ilha, durante a qual tambores distantes teriam sido ouvidos e labaredas vermelhas vistas nas serras ao longe. Em Auckland, descobri que Johansen tinha voltado *com seu cabelo loiro todo branco*, após um interrogatório irrelevante e inconclusivo em Sydney, e que havia então vendido sua casa na rua West e navegado com a esposa de volta à sua Oslo natal. Sobre a agitada experiência, ele não diria aos amigos nada além do que dissera aos oficiais do almirantado, e tudo o que puderam fazer foi me dar seu endereço em Oslo.

Depois disso, fui a Sydney e conversei inutilmente com marinheiros e membros da corte do vice-almirantado. Vi o *Alert*, já vendido pela marinha e em uso comercial, no cais Circular em Sydney Cove, mas não consegui apurar nada de seu casco evasivo. A imagem acocorada com sua cabeça de sépia, corpo de dragão, asas de escamas e pedestal de hieróglifos estava preservada no museu em Hyde Park; e pude estudá-la por bastante tempo e muito bem, considerando-a objeto de maestria cruelmente sofisticada, e com o mesmo mistério total, a mesma terrível antiguidade e a sobrenatural estranheza do material que eu havia notado no exemplar menor de Legrasse. Alguns geólogos, disse-me o curador, haviam considerado o objeto um enigma monstruoso, pois juraram que o planeta não continha nenhuma rocha semelhante. Então pensei com um calafrio no que o velho Castro tinha dito a Legrasse sobre os Grandes Antigos: "Eles tinham vindo das estrelas, e trazido consigo Suas imagens."

Abalado com uma revolução mental como eu jamais tivera antes, decidi visitar o imediato Johansen em Oslo. Tomei um navio em Londres e embarquei diretamente para a capital norueguesa, e num dia de outono atraquei nas docas impecáveis à sombra do castelo Egeberg. O endereço de Johansen, descobri, ficava na Cidade Velha do rei Haroldo Hardråde, que mantivera vivo o nome de Oslo durante todos os séculos em que a cidade maior se disfarçara como "Christiania". Fiz a breve viagem de táxi e bati com o coração palpitante na porta de um edifício conservado e antigo com fachada de gesso. Uma mulher de rosto triste e vestida de preto atendeu a porta, e senti uma pontada de decepção quando ela me disse em inglês hesitante que Gustaf Johansen já não existia.

Ele não havia sobrevivido ao retorno, disse a esposa, pois os acontecimentos no mar em 1925 tinham acabado com ele. Não contara à esposa nada além do que contara ao público, mas deixara um longo manuscrito – de "questões técnicas", segundo ele mesmo – escrito em inglês, evidentemente para poupá-la do risco de uma leitura casual. Durante uma caminhada por uma alameda estreita perto do cais de Gothenburg, um fardo de jornais caindo da janela de um sótão o atingira. Dois marinheiros lascarins logo o ajudaram a ficar em pé, mas antes que a ambulância chegasse ele estava morto. Os médicos não encontraram a causa plausível de seu fim, e atribuíram a problemas cardíacos e constituição debilitada.

Então senti roer minhas entranhas aquele terror obscuro que jamais me deixará enquanto eu também não descansar, "acidentalmente" ou não. Convencendo a viúva de que minha conexão com as tais "questões técnicas" do marido era o bastante para me autorizar acesso ao manuscrito, levei o documento comigo e comecei a ler no navio de volta a Londres. Era um material singelo, delirante – uma tentativa de diário *post-facto* de um marinheiro ingênuo –, e tentava recordar dia a dia aquela última viagem tenebrosa. Não tentarei transcrevê-lo literalmente em toda a sua nebulosidade e redundância, mas revelarei o suficiente de seu tema para mostrar por que o som da água batendo na lateral da embarcação se tornou tão insuportável para mim que tampei os ouvidos com algodão.

Johansen, graças a Deus, não ficou sabendo de tudo exatamente, muito embora tivesse visto a cidade e o Ser, mas eu nunca mais conseguirei dormir tranquilo ao pensar nos horrores que espreitam incessantemente além da vida, no tempo e no espaço, e nas blasfêmias profanas das antigas estrelas que sonham no fundo do mar, conhecidas e adoradas por um culto fantasmagórico, disposto e ansioso para libertá-las no mundo quando outro terremoto erguer sua monstruosa cidade de pedra outra vez ao sol e ao ar livre.

A viagem de Johansen havia começado tal como ele contara ao vice-almirantado. A escuna *Emma*, descarregada, partira de Auckland a 20 de fevereiro, e sentira a plena força daquela tempestade originada pelo terremoto que devia ter soerguido do leito do mar os horrores que preencheram os sonhos dos homens. Novamente sob controle, a escuna vinha em bom ritmo quando foi avistada pelo *Alert* a 22 de março, e pude sentir o remorso do imediato ao escrever sobre seu bombardeio e naufrágio. Sobre os malditos morenos idólatras do *Alert*, ele falava com horror significativo. Havia neles um aspecto especialmente abominável que fazia sua destruição parecer quase um dever, e Johansen mostrou-se ingenuamente espantado com a acusação de crueldade contra seus colegas durante os procedimentos da investigação no tribunal. Depois, levados pela curiosidade, no navio capturado sob o comando de Johansen, os homens avistaram um grande pilar de pedra destacando-se para fora d'água, e na latitude 47° 9' sul e longitude 126° 43' oeste chegaram a um litoral sujo de lama, lodo e ciclópicas construções cobertas de algas que só podiam ser a substância tangível do supremo terror terreno – a fantasmagórica e cadavérica cidade de R'lyeh, que fora construída imensuráveis eras antes da história pelas vastas e odiosas formas que se haviam infiltrado desde as estrelas escuras. Ali jaziam o grande Cthulhu e suas hordas, ocultos em cofres viscosos e esverdeados e enviando, enfim, após ciclos incalculáveis, os pensamentos que espalhavam medo nos sonhos dos sensíveis e chamavam imperiosamente os fiéis para vir em peregrinação libertadora e restauradora. De tudo isso, Johansen nem desconfiava, mas Deus sabe que logo veria o suficiente!

Suponho que apenas um único cume de montanha, a hedionda cidadela coroada por um monólito onde o grande Cthulhu estava enterrado, efetivamente tenha emergido das águas. Quando penso na *extensão* de tudo o que pode estar sendo chocado lá embaixo, quase desejo me matar em seguida. Johansen e seus homens ficaram deslumbrados com a majestade cósmica da Babilônia gotejante dos demônios antigos, e devem ter intuído sem orientação que não se tratava de algo deste planeta ou de qualquer outro planeta sadio. Seu deslumbre com o inacreditável tamanho daqueles blocos de pedra esverdeados, com a vertiginosa altura do grande monólito entalhado e com a espantosa identidade das estátuas e baixos-relevos colossais com a estranha imagem encontrada no relicário a bordo do *Alert* é pungentemente visível em cada linha da apavorada descrição do imediato.

Sem saber o que era o futurismo, Johansen atingiu algo muito próximo disso ao falar da cidade; em vez de descrever alguma estrutura ou edifício definido, ele se atém apenas a impressões gerais de ângulos vastos e superfícies de pedra – superfícies grandes demais para pertencerem a qualquer coisa certa e seguramente desta terra, e pérfida com horríveis imagens e hieróglifos. Menciono o que ele dizia sobre *ângulos* porque isso sugere algo que Wilcox me contara sobre seus sonhos medonhos. Ele dissera que a *geometria* do lugar sonhado era anormal, não euclidiana e repulsivamente evocativa de esferas e dimensões distintas das nossas. Agora um marinheiro iletrado sentia a mesma coisa enquanto contemplava aquela realidade terrível.

Johansen e seus homens atracaram em um banco de lama íngreme daquela monstruosa acrópole e escalaram os titânicos blocos escorregadios e viscosos que jamais seriam uma escada humana. O próprio sol no céu parecia distorcido visto através do miasma polarizador que emanava daquela perversão submersa, e a ameaça perturbadora e o suspense espreitavam com escárnio daqueles ângulos loucamente evasivos de pedra entalhada, onde um segundo olhar mostrava ser côncavo o que à primeira vista parecera convexo.

Algo muito próximo ao pavor se apoderou dos exploradores antes que qualquer coisa mais definida que pedra e lama e alga fosse avistada. Teriam todos fugido se não temessem a zombaria uns dos outros, e vasculharam, mas sem muita convicção – inutilmente, como se veria –, em busca de algum suvenir para levarem consigo.

Foi Rodriguez, o português, quem escalou a base do monólito e gritou avisando o que havia encontrado. Os demais foram atrás dele, e olharam curiosos para a imensa porta entalhada com o familiar dragão-lula em baixo-relevo. Era, segundo Johansen, como uma grande porta de celeiro; e todos acharam que era uma porta por causa do lintel, das ombreiras e jambas com ornamentos em volta, embora não soubessem se era deitada como um alçapão ou inclinada como uma porta de porão. Como Wilcox teria dito, a geometria do lugar era toda diferente. Não se podia saber ao certo se o mar e o chão eram horizontais, daí a posição relativa de todo o resto parecer fantasmagoricamente variável.

Briden empurrou a pedra em diversos lugares sem resultado. Então Donovan tateou a borda com delicadeza, pressionando um ponto de cada vez. Ele escalou interminavelmente pelos grotescos batentes de pedra – isto é, seria escalar se aquilo não fosse afinal horizontal –, e os homens se perguntaram como uma porta nesse universo podia ser tão vasta. Então, muito suave e lentamente, o painel de um acre de área começou a ceder para dentro, no alto, e eles viram que estava apenas apoiado. Donovan deslizou ou de alguma forma se atirou para baixo ou ao longo da jamba e se juntou aos companheiros, e todos viram o bizarro recuo do portal monstruosamente entalhado. Nessa fantasia de distorção prismática, o portal teria se movido anomalamente na diagonal, parecendo contrariar todas as regras da matéria e da perspectiva.

A abertura estava enegrecida de uma treva quase densa. Aquela escuridão era de fato uma *qualidade positiva*, pois obscurecia algumas partes das paredes internas que deveriam estar expostas e, na verdade, se expeliu como fumaça após longas eras de aprisionamento, visivelmente escurecendo o sol ao escapar para o céu recuado e recurvo, batendo suas asas membranosas. O odor exalado das profundezas recém-abertas era insuportável, e dali a pouco o atento Hawkins pensou ter ouvido uma espécie de asqueroso chapinhar vindo lá debaixo. Todos prestaram atenção, e continuaram ouvindo até que Aquilo se arrastou babujante aos olhos de todos e, rastejando, espremeu Sua imensidão gelatinosa e verde através do umbral negro em direção ao ar empesteado daquela venenosa cidade da loucura.

A caligrafia do pobre Johansen quase falha ao escrever isso. Dos seis homens que nem chegaram ao navio, ele acredita que dois tenham sucumbido de puro pavor naquele maldito instante. Aquele Ser não podia ser descrito – não há linguagem para tais abismos de demência gritante e imemorial, tais contradições sobrenaturais de toda matéria, toda força e toda ordem cósmica. Uma montanha caminhara ou cambaleara. Deus! Não era de espantar que por toda a terra um grande arquiteto tivesse enlouquecido, e o pobre Wilcox delirado de febre naquele instante telepático! O Ser dos ídolos, prole verde e viscosa das estrelas, havia despertado para reivindicar seu reinado. As estrelas estavam certas outra vez, e o que um antigo culto falhara em fazer por desígnio, um bando de inocentes marinheiros fizera por acidente. Depois de vigintilhões de anos, o grande Cthulhu estava solto outra vez, e faminto de prazer.

Três homens foram varridos pelas garras flácidas antes mesmo que alguém se virasse. Que Deus os tenha, se é que existe algum repouso no universo. Eram eles Donovan, Guerrera e Ångstrom. Parker escorregou enquanto os outros três afundavam freneticamente entre vistas infinitas de rocha incrustada de verde até o bote, e Johansen jura que ele foi engolido por um ângulo da construção que não deveria estar ali – um ângulo que era agudo, mas se comportou como se fosse obtuso. De modo que apenas Briden e Johansen chegaram ao bote, e remaram desesperadamente de volta ao *Alert* enquanto a monstruosidade montanhosa chapinhava suas rochas viscosas e hesitava em chafurdar na superfície da água.

O vapor não precisou ser desligado por inteiro, apesar do desembarque de todos os homens, e levou apenas alguns momentos de febril correria entre o leme e as caldeiras para fazer o *Alert* retomar seu curso. Lentamente, em meio aos horrores distorcidos da indescritível cena, o navio começou a cortar as águas letais;

enquanto na construção daquela costa sanguinária que não era terrena o Ser titânico das estrelas babava e xingava, como Polifemo amaldiçoando o navio de Odisseu em fuga. Então, mais ousado que os afamados Ciclopes, o grande Cthulhu deslizou furtivamente para dentro da água e começou a persegui-los com golpes de potência cósmica que erguiam ondas. Briden olhou para trás e enlouqueceu, dando gargalhadas estridentes, e continuou rindo até que a morte o encontrou certa noite na cabine, enquanto Johansen vagava pelo convés delirando.

Mas Johansen ainda não havia desistido. Sabendo que aquele Ser poderia facilmente dominar o *Alert* antes que o vapor estivesse no ponto, ele optou por uma alternativa desesperada; e, ligando o motor na máxima velocidade, correu feito um raio pelo convés e virou o leme. Formou-se um poderoso turbilhão e espuma na água ruidosa e, conforme o vapor foi aumentando cada vez mais, o bravo norueguês levou seu navio ao encontro da gelatina perseguidora, que se erguia acima da espuma suja como a proa de um galeão demoníaco. A horrenda cabeça de lula e antenas que se contorciam era quase da altura do gurupés do resistente navio, mas Johansen continuou em frente. Então houve como o estouro de uma bexiga, uma nojeira lamacenta, como um peixe-lua sendo cortado, um fedor como o de mil sepulturas abertas e um som que o cronista não pôs no papel. Por um instante o navio ficou empesteado por uma nuvem verde, acre e cegante, e depois ficou apenas um vapor venenoso na popa, onde – santo Deus! – a dispersa plasticidade daquela inominável criatura celeste estava nebulosamente se *recombinando* em sua odiosa forma original, enquanto a distância se alargava a cada segundo que o *Alert* ganhava ímpeto a todo vapor.

E isso foi tudo. Depois, Johansen só ficou meditando diante do ídolo na cabine e preparando comida para si mesmo e para o maníaco que gargalhava ao seu lado. Ele não tentou navegar depois dessa primeira fuga ousada, pois a reação havia mutilado parte de sua alma. Então veio a tempestade do dia 2 de abril, e as nuvens se acumularam em sua consciência.

Há uma sensação de turbilhão espectral através de golfos líquidos do infinito, de cavalgadas vertiginosas através de universos rodopiantes na cauda de um cometa, e de mergulhos histéricos do poço até a lua e da lua de volta ao poço, animados por um coro gargalhante de deuses antigos, distorcidos e hilários, e zombeteiros diabretes com asas de morcego do Tártaro.

No meio daquele sonho, chegou o resgate – o *Vigilant*, o tribunal do vice-almirantado, as ruas de Dunedin e a longa viagem de volta para casa, para a velha casa perto do castelo de Egeberg. Ele não contaria nada – pensariam que ele ficou louco. Ele escreveria o que sabia antes de morrer, mas a esposa não poderia nem desconfiar. A morte seria uma bênção se pudesse ao menos apagar a memória.

Esse foi o documento que li, e agora o coloquei na caixa de alumínio ao lado do baixo-relevo e dos papéis do professor Angell. Com ele ficará este meu registro – este teste da minha própria sanidade, onde reuni elementos que espero que jamais sejam reunidos novamente. Eu vi tudo o que o universo pode conter de horror, e até os céus da primavera e as flores no verão desde então serão para sempre venenosos para mim. Mas não creio que minha vida será longa. Assim como meu tio se foi, como o pobre Johansen se foi, assim também eu hei de ir. Sei demais, e o culto ainda vive.

Cthulhu ainda vive, também, suponho, outra vez na fenda de rocha que o abriga desde que o sol era novo. Sua cidade maldita tornou a afundar, pois o *Vigilant* passou pelo local depois da tempestade de abril, mas seus ministros na terra ainda gritam e se agitam e matam em torno de monólitos adornados com seu ídolo em lugares ermos. Ele deve ter ficado preso quando a cidade afundou dentro de seu abismo negro, do contrário o mundo estaria agora berrando com pavor e frenesi. Quem sabe como termina? O que se ergueu pode afundar, e o que afundou pode se erguer. A abominação espera e sonha nas profundezas, e a degeneração se espalha pelas cambaleantes cidades dos homens. Virá um dia – mas não devo e não posso nem pensar! Espero que, se eu não sobreviver a este manuscrito, os executores do meu testamento ponham a cautela na frente da audácia e garantam que ninguém mais o leia.

A COR VINDA DO ESPAÇO

A oeste de Arkham, as serras se erguem desmesuradas, e há vales com florestas densas que machado nenhum jamais cortou. Clareiras estreitas e escuras onde as árvores se inclinam fantasticamente, e onde escorrem pequenos riachos que nunca refletiram a luz do sol. Nas colinas mais amenas, há sítios, antigos e rochosos, com chalés largos, cobertos de musgo, eternamente remoendo velhos segredos da Nova Inglaterra, a sota-vento de grandiosas saliências. Mas esses sítios agora estão todos abandonados, as amplas chaminés desmoronaram e os beirais colmados estão perigosamente abaulados nos gambréis baixos.

Os mais velhos foram embora, e nenhum forasteiro quer viver ali. Os franco-canadenses tentaram, os italianos tentaram, e os poloneses vieram e partiram. Não se trata de nada que possa ser visto ou ouvido ou tocado, mas por conta de algo que é imaginado. Não é um lugar bom para a imaginação, e não traz sonhos repousantes à noite. Deve ser isso que afasta os forasteiros, pois o velho Ammi Pierce nunca lhes contou nada do que ele se lembra dos dias estranhos. Ammi, cuja cabeça não anda muito boa há anos, é a única pessoa que ainda se lembra, ou que ainda fala sobre os dias estranhos; e ele só ousa fazê-lo porque sua casa fica muito perto dos campos abertos e das estradas movimentadas dos arredores de Arkham.

Outrora havia uma estrada que subia as serras e atravessava os vales, que passava bem onde hoje é a charneca maldita, mas as pessoas pararam de usá-la e fizeram uma nova estrada, que faz uma curva para o sul. Vestígios da antiga ainda podem ser encontrados em meio às ervas daninhas de uma natureza selvagem que está voltando, e muitas delas sem dúvida continuarão lá mesmo quando metade dos buracos forem inundados para a construção do novo reservatório. Então a mata escura será cortada e a charneca maldita dormirá no fundo das águas azuis, cuja superfície espelhará o céu e se ondulará ao sol. E os segredos dos dias estranhos se juntarão aos segredos das profundezas, e ao conhecimento oculto do velho oceano, e a todo o mistério da terra primordial.

Quando visitei as serras e vales para fazer a avaliação do novo reservatório, as pessoas me disseram que era um lugar maligno. Disseram-me isso em Arkham, e como se trata de uma cidade muito antiga, cheia de lendas de bruxas, achei que esse mal devia ser algo que as avós sussurravam para as crianças ao longo de séculos. O próprio nome "charneca maldita" me parecia muito estranho e teatral, e eu me perguntei como a expressão teria entrado no folclore de um povo puritano. Depois vi o emaranhado turvo de clareiras e colinas a oeste com meus próprios olhos, e deixei de me espantar com qualquer coisa além de seu mistério antigo. Era de manhã quando vi a charneca maldita, mas lá havia sempre sombras à espreita. As árvores eram muito grossas, e seus troncos, muito grandes para uma floresta saudável da Nova Inglaterra. Havia silêncio demais na penumbra das galerias entre as árvores, e o leito da floresta era muito mole, com musgo úmido e um tapete de anos infinitos de detritos.

Nas clareiras, principalmente ao longo do trajeto da estrada velha, havia pequenos sítios nas encostas; alguns com todas as construções de pé, alguns com uma ou duas apenas, e outros apenas com uma chaminé ou um porão solitários. Ervas e sarças reinavam, e furtivas criaturas selvagens sussurravam entre arbustos. Sobre todas as coisas pairava uma névoa de inquietude e opressão, um toque de irreal e grotesco, como se algum elemento vital de perspectiva ou claro-escuro estivesse errado. Não estranhei que os forasteiros não tivessem ficado, pois aquilo não era lugar de dormir. Parecia muito uma paisagem de Salvator Rosa, uma gravura proibida de um conto de terror.

Mas nem mesmo tudo isso não era tão ruim quanto a charneca maldita. Entendi isso no momento em que a vi no fundo de um vale espaçoso, pois nenhum outro nome seria tão apropriado a tal lugar, tampouco outro local se adequaria tão bem àquele nome. Era como se um poeta tivesse forjado a expressão depois de conhecer essa região em particular. Devia se tratar, pensei ao vê-la, do resultado de um incêndio – mas por que nada jamais crescera naqueles cinco acres de desolação cinzenta que se espraiava ao céu como uma grande mancha devorada pelo ácido na mata e nos campos? Ficava em grande parte ao norte da velha estrada, porém invadia um pouco o outro lado. Senti uma estranha relutância em me aproximar, e só o fiz enfim porque meu trabalho me obrigava a atravessá-la. Não havia nenhum tipo de vegetação naquela vasta extensão de terra, mas apenas uma fina poeira cinzenta, ou cinzas, que vento nenhum parecia dispersar. As árvores ao seu redor eram doentias e atrofiadas, e muitos troncos mortos se erguiam ou jaziam apodrecendo na borda da charneca.

Ao passar andando às pressas, vi os tijolos e pedras derrubados de uma velha chaminé e de um porão à minha direita, e a bocarra negra escancarada de um poço abandonado, cujos vapores estagnados faziam estranhos truques com os matizes da luz do sol. Mesmo o longo e escuro aclive de florestas ao longe parecia acolhedor por contraste, e não estranhei mais os sussurros apavorados do povo de Arkham. Não havia nenhuma casa ou ruína por perto, mesmo nos velhos tempos o lugar devia ser ermo e remoto. E ao crepúsculo, receando passar outra vez naquele trecho agourento, contornei a charneca maldita a pé, na volta para a cidade, pela estrada curva ao sul. Desejei vagamente que se acumulassem nuvens no céu, pois uma estranha timidez diante dos vazios celestiais sobre minha cabeça havia rastejado para dentro da minha alma.

Ao anoitecer, perguntei aos velhos de Arkham sobre a charneca maldita e o que eles queriam dizer com a expressão "dias estranhos", que tantos murmuravam evasivamente. Não consegui, contudo, obter nenhuma resposta satisfatória, exceto que todo o mistério era muito mais recente do que eu imaginara. Não se tratava de um caso de velhas lendas, longe disso, mas algo ocorrido na geração dos meus próprios informantes. Acontecera nos anos 1880, e uma família havia desaparecido ou sido assassinada. Meus informantes não foram precisos; e, como todos me disseram para não dar ouvidos às histórias malucas do velho Ammi Pierce, procurei-o na manhã seguinte, ao descobrir que ele morava sozinho no velho chalé abaulado onde as árvores começavam a ficar muito grossas. Era um lugar terrivelmente arcaico, e já começara a transpirar aquele discreto odor miasmático que paira nas casas que resistiram de pé tempo demais. Só depois de batidas persistentes consegui despertar o senhor idoso, e quando ele chegou lenta e timidamente até a porta pude ver que não estava contente em me ver. Não se tratava de um sujeito debilitado como eu esperava, mas seus olhos baixavam de um modo curioso, e suas roupas desmazeladas e a barba branca deixavam-no com aparência muito exaurida e melancólica. Sem saber como seria melhor introduzir o assunto de suas histórias, aleguei uma questão profissional; contei-lhe sobre o meu levantamento, e lhe fiz perguntas vagas sobre o distrito. Ele era muito mais brilhante e instruído do que eu fora levado a pensar e, antes que eu percebesse, já havia apurado o mesmo tanto sobre o assunto quanto de qualquer outro homem com quem eu conversara em Arkham. Ele não se parecia com nenhum daqueles sujeitos rústicos que eu havia conhecido na região onde o reservatório seria construído. Da parte dele, não ouvi protestos contra os quilômetros de floresta e terras aráveis que seriam inundados, embora talvez ouvisse se sua casa não ficasse um pouco além dos limites do futuro lago. Alívio foi a única coisa que ele demonstrou; alívio pelo destino dos antigos vales escuros através dos quais ele perambulara durante toda a sua vida. Era melhor que ficassem embaixo d'água agora – melhor assim, desde os dias estranhos. E, dizendo isso, sua voz rouca ficou grave, enquanto seu corpo se inclinou para a frente e seu indicador direito começou a apontar trêmula e impressionantemente.

Foi então que escutei a história e, conforme sua voz hesitante arranhava e sussurrava, estremeci diversas vezes apesar do dia de verão. Em muitos momentos precisei tirar o informante de seus delírios, esclarecendo aspectos científicos, dos quais ele só se lembrava do que havia decorado a partir de pálidas lembranças de frases de professores, ou estabelecendo pontos sobre lacunas onde seu senso de lógica e continuidade falhava. Quando ele terminou, não estranhei que seu juízo houvesse se debilitado um pouco, ou que o povo de Arkham não gostasse de falar muito sobre a charneca maldita. Voltei às pressas para o meu hotel antes de escurecer, sem querer que as estrelas surgissem sobre mim ao céu aberto; e no dia seguinte voltei a Boston para abandonar meu cargo. Eu não queria voltar a penetrar aquela penumbra caótica da velha floresta e daquelas colinas, ou enfrentar outra vez aquela maldita charneca cinzenta, onde o poço negro se escancarava profundamente, ao lado dos tijolos e pedras desmoronados. O reservatório será construído em breve, e todos aqueles segredos antigos estarão seguros para sempre embaixo de profundezas de água. Mas nem assim creio que gostaria de visitar aquela região à noite – ao menos não quando as sinistras estrelas aparecem; e nada me convenceria a beber a nova água da cidade de Arkham.

Tudo começou, disse o velho Ammi, com o meteorito. Antes disso não havia nenhuma lenda selvagem desde os julgamentos das bruxas, e mesmo então essas florestas ocidentais não eram temidas como a pequena ilha do Miskatonic, onde o diabo montou seu tribunal ao lado de um curioso altar de pedra mais antigo que os índios. Essas matas não eram assombradas, e seu crepúsculo fantástico nunca foi terrível até chegarem os dias estranhos. Foi então que veio aquela nuvem branca do meio-dia, aquela sequência de explosões no ar e aquela coluna de fumaça vindo do vale lá longe no meio da mata. E, quando chegou a noite, Arkham inteira tinha ouvido falar da grande pedra que havia caído do céu e se fincado no chão ao lado do poço nas terras do Nahum Gardner. Essa era a casa que se erguia onde passou a ser a charneca maldita – a bela casa branca de Nahum Gardner, em meio a hortas e pomares férteis.

Nahum fora à cidade contar para as pessoas sobre a pedra, e parara na casa de Ammi Pierce no caminho. Ammi, na época, tinha quarenta anos, e todas aquelas coisas bizarras ficariam fixadas muito fortemente em sua lembrança. Ele e a esposa foram com três professores da Universidade Miskatonic, que tinham vindo às pressas na manhã seguinte, para ver a estranha visita do desconhecido espaço estelar, e se perguntaram por que Nahum teria dito que era tão grande um dia antes. A pedra encolheu, Nahum dissera apontando para o grande monturo amarronzado sobre a terra rasgada e a grama carbonizada, próximas à arcaica picota do poço em seu quintal da frente; mas os especialistas responderam que pedras não encolhem. O calor da rocha persistia, e Nahum afirmou que a pedra emitia um brilho fraco à noite. Os professores experimentaram tocá-la com seus martelos de geólogo e descobriram que era estranhamente mole. Era, na verdade, tão mole que era quase plástica, e eles arrancaram, mais do que lascaram, uma amostra para análise. Levaram-na em um velho balde emprestado da cozinha de Nahum, pois mesmo um pedaço pequeno se recusava a esfriar. Na viagem de volta, eles pararam na casa de Ammi para descansar, e ficaram pensativos quando a sra. Pierce comentou que o fragmento estava ficando menor e queimando o fundo do balde. De fato, não era um pedaço grande, mas talvez eles tivessem arrancado menos do que tinham imaginado.

No dia seguinte – tudo isso ocorrera em junho de 1882 –, os professores saíram outra vez em grupo com grande entusiasmo. Ao passarem pela propriedade de Ammi, contaram-lhe sobre as coisas estranhas que a amostra revelara, e como havia sumido inteiramente quando a puseram em um béquer de vidro. O recipiente também se desintegrou, e os especialistas falaram da estranha afinidade da pedra com o silício. A pedra comportara-se de modo inacreditável naquele bem equipado laboratório, sem reagir e sem exalar nenhum gás de sua composição ao ser aquecida com carvão, sendo de todo negativa no teste do cordão de bórax e logo se revelando absolutamente não volátil sob nenhuma temperatura factível, inclusive à chama de oxidrogênio. Sobre uma bigorna, a amostra se mostrou altamente maleável, e no escuro sua luminosidade era bem marcada. Obstinadamente se recusando a esfriar, a pedra logo deixou toda a faculdade em um estado de genuína excitação; e, quando, aquecida no espectroscópio, revelou estrias brilhantes diferentes de todas as cores conhecidas no espectro normal, houve conversas afoitas sobre novos elementos, propriedades ópticas bizarras e outras coisas que cientistas intrigados tendem a dizer diante do desconhecido.

Mesmo quente como estava, eles examinaram a pedra em um cadinho com todos os regentes apropriados. A água não surtiu efeito. O ácido clorídrico, a mesma coisa. O ácido nítrico e mesmo a água-régia fervilharam e respingaram contra sua tórrida invulnerabilidade. Ammi teve dificuldade de se lembrar de todas essas coisas, mas, reconheceu alguns solventes quando os mencionei na ordem de uso mais comum. Usaram amônia e soda cáustica, álcool e éter, o nauseante dissulfeto de carbono e mais um bocado de outros; mas embora o peso ficasse cada vez menor conforme o tempo passava, e o fragmento parecesse esfriar um pouco, não houve nenhuma alteração nos solventes que mostrasse que tinham atacado minimamente a substância. No entanto, tratava-se de um metal, sem nenhuma dúvida. Era magnético, por exemplo, e após imersão nos solventes ácidos parecia haver leves resquícios de padrões de Widmannstätten no ferro meteórico. Quando o resfriamento se tornou considerável, passaram a testá-lo em vidro, e foi em um béquer de vidro que deixaram os pedaços do fragmento original enquanto trabalhavam. Na manhã seguinte, os pedaços e o béquer haviam sumido sem deixar vestígios, e apenas um ponto carbonizado mostrava o local da estante de madeira onde estiveram.

Tudo isso os professores contaram a Ammi quando fizeram uma pausa em sua casa, e mais uma vez ele foi com eles ver o mensageiro rochoso das estrelas, embora dessa vez a esposa não os tenha acompanhado. Agora a pedra havia certamente encolhido, e mesmo os sóbrios sábios não tiveram dúvida do que viram. Em toda a volta do reduzido caroço marrom próximo ao poço havia um espaço vago, exceto onde a terra cedera; e, enquanto um dia antes tinha mais de dois metros, agora mal chegava a um e meio. O meteoro ainda estava quente, e os cientistas estudaram sua superfície com curiosidade e separaram outro pedaço maior com martelo e cinzel. Eles escavaram fundo dessa vez e quando examinaram a nova amostra viram que o cerne daquela massa não era exatamente homogêneo. Eles haviam descoberto o que parecia ser uma seção lateral de um grande glóbulo colorido incrustado na substância. A cor, que lembrava algumas das faixas do estranho espectro do meteoro, era quase impossível de descrever; e só por analogia eles a chamaram de cor. Sua textura era lustrosa, e ao tato parecia prometer ser quebradiça e oca. Um dos professores bateu nela com um martelo, e ela explodiu com um estalido nervoso. Nada foi emitido, e imediatamente após a perfuração o pedaço inteiro desapareceu. Ela deixou para trás um espaço esférico oco de pouco mais de sete centímetros e meio, e todos acharam provável que outros seriam descobertos conforme a substância externa se dispersasse.

Mas eram vãs conjecturas, de modo que, após uma tentativa inútil de encontrar mais glóbulos perfurando a amostra, os pesquisadores foram embora outra vez com uma nova amostra, que se revelou, contudo, tão intrigante no laboratório quanto sua predecessora havia sido. Além de ser quase plástica, possuir calor, magnetismo e uma discreta luminosidade, esfriar um pouco em meio a ácidos poderosos, possuir um espectro desconhecido, desfazer-se no ar e atacar componentes de silício com mútua destruição como resultado, a massa não apresentou mais nenhum outro aspecto identificado; e, ao final dos exames, os cientistas da faculdade foram obrigados a admitir que não sabiam classificá-la. Não era deste planeta, mas um pedaço do grande exterior, e como tal dotada de propriedades externas e obediente a leis externas.

Naquela noite, houve uma tempestade e, quando os professores foram à propriedade de Nahum no dia seguinte, tiveram uma amarga decepção. A pedra, como era magnética, devia possuir alguma propriedade elétrica peculiar, pois havia "atraído os raios", segundo Nahum, com uma persistência singular. Seis vezes em uma hora, o sitiante viu um raio atingir o sulco em seu quintal da frente, e quando a tempestade passou não havia restado mais nada ali além de um poço grosseiro junto à antiga picota, obstruído pela terra revolvida. Cavar nada adiantou, e os cientistas confirmaram como fato o desaparecimento total. Foi um fiasco completo – então não havia nada a fazer senão voltar ao laboratório e fazer mais exames com o evanescente fragmento cuidadosamente guardado em uma caixa de chumbo. Esse fragmento durou uma semana, ao final da qual nada de valor havia sido aprendido. Ao sumir de vez, não ficou sequer resíduo, e com o tempo os professores mal tinham certeza de realmente terem visto de olhos abertos aquele vestígio críptico dos insondáveis golfos do exterior; aquela única e estranha mensagem de outros universos e outros domínios da matéria, da força e da existência.

Como era natural, os jornais de Arkham exageraram muito o incidente com seu corpo acadêmico, e enviaram repórteres para conversar com Nahum Gardner e sua família. Pelo menos um diário de Boston enviou um jornalista, e Nahum logo se tornou uma espécie de celebridade local. Ele era um sujeito magro, simpático, de seus cinquenta anos, e morava com a esposa e três filhos na aprazível propriedade do vale. Ele e Ammi se visitavam amiúde, assim como as esposas, e Ammi só tinha elogios sobre ele, mesmo passados tantos anos. Ele parecia um pouco orgulhoso da fama que seu sítio havia atraído, e falou muito sobre o meteorito nas semanas seguintes. Julho e agosto foram quentes, e Nahum trabalhou duro cortando feno no pasto de dez acres depois do córrego Chapman; sua carroça rangente deixou sulcos profundos nas alamedas sombreadas. O trabalho aquele ano foi mais exaustivo que nos anos anteriores, e ele sentiu que a idade estava começando a se impor.

Então veio o tempo dos frutos e da colheita. As peras e maçãs lentamente amadureceram, e Nahum jurou que seus pomares prosperaram como nunca. Os frutos estavam crescendo, adquirindo dimensões fenomenais e um brilho nunca visto, e foram tão abundantes que ele precisou mandar vir mais barris para a próxima colheita. Mas, com o amadurecimento, veio a amarga decepção, pois de todo o belo conjunto de ilusória exuberância nem um único fruto era próprio para comer. No sabor refinado das peras e maçãs havia se infiltrado um amargor furtivo e nauseante, de modo que os menores bocados induziam a um asco duradouro. A mesma coisa com os melões e os tomates, e Nahum infelizmente viu que toda sua safra estava perdida. Sagaz para conectar os fatos, ele afirmou que o meteorito havia envenenado o solo, e deu graças aos céus por ter a maior parte das outras plantações em terreno mais alto e mais adiante na estrada.

O inverno veio mais cedo, e ficou muito frio. Ammi encontrou-se menos com Nahum do que era costume, e observou que ele começara a dar sinais de preocupação. O resto da família também parecia ter ficado taciturna, e deixaram de ser assíduos na igreja e em diversos eventos sociais da zona rural. Para tal reserva ou melancolia, nenhuma causa foi encontrada, embora todos na casa confessassem de quando em quando uma piora de saúde e uma vaga sensação de inquietude. O próprio Nahum deu a declaração mais definitiva ao dizer que ficara perturbado com certas pegadas na neve. Eram rastros comuns no inverno, de esquilos, coelhos, raposas, mas o macambúzio agricultor afirmou perceber algo de errado em sua natureza e disposição. Em nenhum momento ele foi específico, porém parecia pensar que não eram típicas da anatomia e dos hábitos que esquilos, coelhos e raposas deviam ter. Ammi ouviu sem interesse essa conversa, até uma noite passar de trenó pela casa de Nahum na volta de Clark's Corners. Era uma noite de lua, e um coelho cruzou a estrada, e os saltos daquele coelho foram mais longos do que Ammi e seu cavalo gostariam. Este último, a bem dizer, quase fugiu em disparada, mas foi contido pela rédea firme. Depois disso Ammi passou a respeitar mais as histórias de Nahum, e se perguntou por que os cachorros de Gardner pareciam tão amuados e trêmulos toda manhã, quase perdendo a vontade de latir.

Em fevereiro, os meninos McGregor, de Meadow Hill, tinham saído para caçar marmota com suas espingardas, e não muito longe da propriedade de Gardner pegaram um espécime muito peculiar. As proporções do corpo pareciam ligeiramente alteradas de um modo bizarro e impossível de descrever, ao passo que a cara tinha adquirido uma expressão que nunca ninguém tinha visto em uma marmota antes. Os meninos ficaram genuinamente assustados e logo jogaram aquilo fora, de modo que apenas suas histórias grotescas chegaram ao povo da região. Mas a timidez dos cavalos perto da casa de Nahum passaria a ser algo admitido como certo, e os fundamentos para um ciclo de lendas sussurradas rapidamente foram tomando forma.

As pessoas juravam que a neve derretia mais depressa em volta da propriedade de Nahum do que em qualquer outro lugar, e no início de março houve uma espantosa discussão no armazém do Potter em Clark's Corners. Stephen Rice havia passado a cavalo pela propriedade de Gardner pela manhã, e havia reparado em repolhos-gambás que brotavam na lama junto da mata do outro lado da estrada. Coisas daquele tamanho nunca tinham brotado ali, e tinham cores estranhas que não podiam ser descritas com palavras. As formas eram monstruosas, e o cavalo havia resfolegado diante de um odor que pareceu a Stephen totalmente sem precedentes. Naquela tarde, diversas pessoas passaram para ver aquele crescimento anormal, e todos concordaram que plantas daquele tipo jamais deveriam brotar em um mundo sadio. Os frutos estragados do outono passado foram muito lembrados, e correu de boca em boca que havia veneno nas terras de Nahum. Claro que tinha sido o meteorito; e, lembrando-se de que os homens da universidade tinham dito que a pedra era muito estranha, diversos agricultores foram falar sobre o assunto com eles.

Um dia, foram visitar Nahum, mas, não sendo afeitos a histórias descabidas e ao folclore, foram muito conservadores no que concluíram. As plantas eram certamente peculiares, mas todo repolho-gambá é um tanto peculiar no formato, no odor e na coloração. Talvez algum elemento mineral da pedra tivesse penetrado no solo, contudo isso logo seria lavado pelas chuvas. E quanto às pegadas e aos cavalos assustados – evidentemente eram ideias provincianas que com certeza fenômenos como o aerólito acabavam despertando. Na realidade, não havia nada que os homens sérios pudessem fazer em casos de tagarelice extrema, pois provincianos supersticiosos eram capazes de dizer qualquer coisa e de acreditar em tudo. E assim, durante aqueles dias estranhos, os professores demonstraram desdém e não se aproximaram mais. Um deles, ao receber dois tubos com amostras de terra para análise durante uma investigação da polícia, um ano e meio depois, recordaria que a cor bizarra daquele repolho-gambá era muito parecida com as faixas anômalas de luz emitidas pelo fragmento de meteoro no espectroscópio da universidade, e com o glóbulo quebradiço incrustado na pedra do abismo. As amostras da análise desse caso revelaram a princípio as mesmas estrias estranhas, embora mais tarde tenham perdido essa propriedade.

As árvores soltavam botões prematuros em torno da propriedade de Nahum, e à noite balançavam agourentas ao vento. O segundo filho de Nahum, Thaddeus, um rapaz de quinze anos, jurou que elas balançavam também quando não havia vento, mas a isso nem a bisbilhotice alheia daria crédito. Decerto, contudo, a inquietude estava no ar. Toda a família Gardner desenvolveu o hábito de ouvir ruídos furtivos, embora não houvesse nenhum som que pudessem nomear conscientemente. Ouviam, na verdade, um produto de momentos em que a consciência parecia se afastar um pouco. Infelizmente esses momentos foram se intensificando a cada semana, até toda a gente começar a falar que "alguma coisa estava errada com o pessoal do Nahum". Quando a primeira saxífraga brotou, tinha outra cor estranha; não como a do repolho-gambá, mas sem dúvida próxima, e igualmente desconhecida de todos que a viram. Nahum levou algumas flores para Arkham e as mostrou ao editor da *Gazette*, mas o importante figurão limitou-se a escrever um artigo humorístico a respeito, em que os temores obscuros dos rústicos moradores eram refinadamente ridicularizados. Foi um erro de Nahum contar a um impassível citadino sobre o modo como as enlutadas borboletas antíopes hipercrescidas se comportavam diante daquelas saxífragas.

Abril trouxe uma espécie de loucura para aquela gente do interior, que começou a evitar a estrada que passava pelas terras de Nahum e que levaria a seu abandono definitivo. Era a vegetação. Todas as árvores frutíferas floresciam em estranhas cores, e através do solo pedregoso do quintal e dos pastos adjacentes brotavam espécies bizarras que apenas um botânico poderia associar com a flora nativa da região. Não havia nenhuma cor saudável em nada que se visse ali, exceto o verde da relva e das folhas, mas em toda parte apenas aquelas variações agitadas e prismáticas de um tom primário doentio, subjacente, sem lugar entre os matizes conhecidos da terra. Os corações-sangrentos se tornaram uma ameaça sinistra, e as sanguinárias cresceram insolentes em sua perversão cromática. Ammi e os Gardners acharam que a maioria das cores possuíam uma espécie de familiaridade assombrosa, e concluíram que lembravam o glóbulo quebradiço do meteoro. Nahum arou e semeou os dez acres do pasto e o terreno mais alto, mas não fez nada na terra em volta da casa. Ele sabia que não adiantaria, e torceu para que a vegetação do verão arrancasse todos os venenos do solo. Agora, ele estava preparado para praticamente qualquer coisa, e havia se acostumado à sensação de ter algo perto de si que desejava ser ouvido. O fato de os vizinhos evitarem sua casa teve efeito sobre ele, é claro, mas teve efeito ainda maior na esposa. Os meninos sofreram menos, passando o dia na escola, entretanto não podiam evitar de se espantar com a tagarelice alheia. Thaddeus, um rapaz especialmente sensível, foi o que mais padeceu.

Em maio, vieram os insetos, e o sítio de Nahum se tornou um pesadelo de zumbidos e rastejos. A maioria das criaturas não tinha mais os mesmos aspectos e movimentos de costume, e seus hábitos noturnos contradiziam toda a experiência anterior.

Os Gardners passaram a vigiar à noite – vigiando em todas as direções, a esmo, procurando... não sabiam o quê. Foi então que todos admitiram que Thaddeus estava certo sobre as árvores. A sra. Gardner foi a segunda a ver pela janela, enquanto observava os galhos carregados de um bordo contra o céu enluarado. Os ramos seguramente se mexeram, e não estava ventando. Devia ser a seiva. A estranheza estava agora em tudo o que crescia. No entanto, não foi ninguém da família de Nahum quem fez a descoberta seguinte. A familiaridade os havia entorpecido, e o que eles não conseguiram enxergar foi visto de relance por um tímido vendedor de moinhos de Bolton que passou de carro uma noite ignorando as lendas da região. O que ele disse em Arkham saiu em um breve parágrafo da *Gazette*; e foi ali que todos os agricultores, Nahum incluso, viram pela primeira vez. A noite estava escura e as lanternas das carroças, muito fracas, mas em volta de uma propriedade no vale, que todo mundo sabia por relatos que devia ser a de Nahum, a escuridão era menos espessa. Uma luminosidade tênue porém nítida parecia intrínseca a toda a vegetação, relva e folhagem, e às flores também, quando, a certa altura, um pedaço da fosforescência pareceu se agitar furtivamente no terreno ao lado do celeiro.

O capim até então parecia intacto, e as vacas pastavam livres no terreno próximo à casa, mas ao final de maio o leite começou a estragar. Nahum levou as vacas para o terreno mais elevado, e depois disso o problema passou. Pouco depois, a mudança do capim e das folhagens se tornou aparente aos olhos de todos. Tudo o que era verde foi ficando cinza, e desenvolveu uma qualidade quebradiça altamente singular. Ammi agora era a única pessoa que os visitava, e suas visitas foram se tornando cada vez menos frequentes. Quando a escola fechou, os Gardners ficaram quase isolados do mundo, e às vezes pediam que Ammi fizesse para eles suas tarefas na cidade. Eles estavam decaindo curiosamente, do ponto de vista físico e mental, e ninguém se surpreendeu quando chegou a notícia de que a sra. Gardner enlouquecera.

Aconteceu em junho, perto do aniversário de um ano da queda do meteoro, e a pobre mulher gritou coisas em vão que ela mesma seria incapaz de descrever. Em seu delírio, não havia um único substantivo específico, mas apenas verbos e pronomes. As coisas se moviam e se transformavam e esvoaçavam, e os ouvidos formigavam diante de impulsos que não eram exatamente sons.

Algo fora levado embora... Algo estava sendo drenado dela... Algo estava se fixando nela, algo que não deveria fazê-lo... Alguém precisava fazer com que aquilo se afastasse dela... Nada ficava imóvel à noite – as paredes e janelas se mexiam. Nahum não a enviou para o hospício do condado, mas deixou-a vagar pela casa contanto que ela continuasse inofensiva para si e para os outros. Mesmo quando a expressão dela mudou, ele não fez nada. Mas quando os meninos começaram a ficar com medo da mãe, e Thaddeus quase desmaiou vendo o modo como ela o encarava, o marido resolveu trancá-la no sótão. Em julho, ela tinha parado de falar e só engatinhava, e antes do fim do mês Nahum teve a ideia insana de que a esposa estava ligeiramente luminosa no escuro, como ele agora via com clareza que era o caso da vegetação vizinha à casa.

Foi um pouco antes disso que os cavalos fugiram em disparada. Alguma coisa os acordou no meio da noite, e os relinchos e coices em seus estábulos foram terríveis. Parecia que não havia realmente nada a fazer que os acalmasse, e quando Nahum abriu a porta eles fugiram em disparada como veados assustados. Levaram uma semana até localizar os quatro outra vez e, quando os encontraram, estavam todos imprestáveis e indomáveis. Algo havia se rompido em seus cérebros, e foi preciso sacrificá-los com um tiro para o bem de todos os quatro. Nahum arranjou um cavalo emprestado de Ammi para fazer a colheita do feno, mas descobriu que o animal não se aproximava do celeiro. O cavalo refugava, empacava e relinchava, e no final ele não pôde fazer nada senão levá-lo para o quintal, enquanto os homens usaram a própria força para levar a pesada carroça até o campo de feno para facilitar o carregamento.

E enquanto isso a vegetação foi ficando cinzenta e quebradiça. Até as flores, cujos matizes tinham ficado tão estranhos, agora estavam se acinzentando, e os frutos nasciam cinzentos e atrofiados e insípidos.

Os ásteres e as arnicas floresceram cinzentos e distorcidos, e as rosas e zínias e malvas do quintal da frente adquiriram uma aparência tão blasfema que o filho mais velho de Nahum, Zenas, cortou tudo. Os insetos estranhamente inchados morreram nessa época – até as abelhas, que tinham saído das colmeias e migrado para a mata.

Em setembro, toda a vegetação estava rapidamente se esfarelando e virando um pó acinzentado, e Nahum receou que as árvores fossem morrer antes que o veneno saísse do solo. A esposa agora tinha terríveis surtos de gritaria, e ele e os meninos viviam em constante estado de tensão nervosa. Eram eles agora quem evitavam as pessoas, e quando a escola reabriu os meninos não foram. Mas foi Ammi, em uma de suas raras visitas, quem se deu conta pela primeira vez de que a água do poço não estava mais boa. Tinha um gosto maligno que não era bem fétido nem exatamente salobro, e Ammi aconselhou o amigo a cavar outro poço no terreno mais elevado até o solo ficar bom outra vez. Nahum, no entanto, ignorou o alerta, pois àquela altura já se acostumara a coisas estranhas e desagradáveis. Ele e os meninos continuaram usando o estoque estragado, bebendo apática e mecanicamente a água, assim como comiam suas refeições escassas e malcozidas e cumpriam suas tarefas ingratas e monótonas ao longo de dias sem propósito. Havia certa resignação impassível neles todos, como se caminhassem em outro mundo, entre fileiras de vigias anônimos, rumo a um fim certo e familiar.

Thaddeus enlouqueceu em setembro, depois de uma visita ao poço. Ele tinha ido com um balde e voltara de mãos vazias, tremendo e agitando os braços, e às vezes tendo acessos de risinhos baixos ou sussurrando sobre "as cores se mexendo lá embaixo".

Duas pessoas na mesma família estavam muito mal, mas Nahum foi muito corajoso a respeito. Deixou que o menino ficasse à vontade por uma semana, até que ele começou a tropeçar e a se machucar, e então o pai o trancou no sótão, no quarto em frente ao da mãe. O modo como os dois gritavam detrás de suas portas trancadas era abominável, sobretudo para o pequeno Merwin, que imaginava que estivessem falando em alguma língua terrível que não era da terra. Merwin foi ficando assustadoramente imaginativo e sua inquietação piorou depois que o irmão, seu maior parceiro de brincadeiras, também foi trancafiado.

Quase ao mesmo tempo, a mortandade das criações começou. As galinhas foram se acinzentando e morreram muito rápido, sua carne se revelou seca e fétida ao ser cortada. Os porcos engordaram absurdamente, então, de repente, começaram a passar por odiosas transformações que ninguém conseguia explicar. Sua carne, é claro, ficou imprestável, e Nahum chegou no limite da razão. Nenhum veterinário rural queria se aproximar de suas terras, e o veterinário de Arkham ficou totalmente desconcertado. Os leitões começaram a ficar grisalhos e frágeis e a se despedaçar antes de morrer, e seus olhos e focinhos desenvolveram alterações singulares. Era muito inexplicável, pois eles nunca tinham comido da vegetação contaminada. Então algo se abateu sobre o gado. Certas áreas ou por vezes o corpo inteiro apareciam misteriosamente enrugados ou atrofiados, e atrozes colapsos ou desintegrações se tornaram comuns. Nos estágios finais – e a morte era sempre o resultado –, os bois foram ficando cinzentos e quebradiços, como acontecera aos porcos. Não havia possibilidade de envenenamento, pois todos os casos ocorreram em um celeiro fechado e intacto. Nenhuma mordida de uma criatura à espreita poderia ter trazido o vírus, pois que animal terrestre poderia passar através de obstáculos sólidos? Só podia ser alguma doença natural – embora descobrir que doença era essa, capaz de desencadear tais resultados, ia além da capacidade de suposição de todos. Quando chegou a época da colheita, não havia nenhum animal vivo no sítio, pois os bois e as galinhas tinham morrido e os cachorros fugiram. Esses cães, três, sumiram uma noite e nunca mais se teve notícias deles. Os cinco gatos tinham ido embora um pouco antes, mas sua partida mal foi notada, pois aparentemente não havia mais ratos, e só a sra. Gardner cuidava dos graciosos felinos.

A 19 de outubro, Nahum chegou cambaleando à casa de Ammi com notícias tenebrosas. A morte havia levado o pobre Thaddeus em seu quarto no sótão, e viera de um modo que não se podia descrever. Nahum havia cavado uma sepultura no cemitério cercado da família atrás da propriedade e pusera ali o que havia encontrado. Nada poderia ter vindo de fora da casa, pois a pequena janela com grades e a porta trancada estavam intactas – mas era como o que acontecera no celeiro. Ammi e a esposa consolaram o homem abatido da melhor forma que puderam, mas estremeceram ao fazê-lo. O absoluto terror parecia pairar sobre os Gardners e tudo o que eles tocavam, e a mera presença de um deles na casa era um sopro de regiões inominadas e inomináveis. Ammi acompanhou Nahum até sua casa com a maior relutância, e fez o que pôde para acalmar os soluços histéricos do pequeno Merwin. Zenas não precisou ser acalmado. Ultimamente ele passara a não fazer nada além de contemplar o espaço e obedecer às ordens do pai; e Ammi achou este ao menos um fim piedoso. De quando em quando os gritos de Merwin eram respondidos abafadamente do sótão, e em reação a um olhar inquisitivo Nahum contou que a esposa estava ficando muito fraca. Quando a noite chegou, Ammi conseguiu ir embora, pois nem mesmo a amizade poderia fazê-lo ficar naquele lugar depois que o lume fraco da vegetação surgisse e as árvores começassem ou não a se mexer mesmo sem vento. Era de fato uma sorte que Ammi não fosse mais imaginativo. Mesmo naquele estado de coisas, sua mente só se abalara um pouco, mas, se ele tivesse sido capaz de associar e refletir sobre todos os portentos à sua volta, inevitavelmente teria se tornado um maníaco completo. No crepúsculo, ele voltou depressa para casa, com os gritos da mulher louca e da criança nervosa ecoando horrivelmente em seus ouvidos.

Três dias depois, Nahum se esgueirou até a cozinha de Ammi de manhã cedo, e na ausência do dono da casa balbuciou mais uma vez uma história desesperada, enquanto a sra. Pierce ouvia tomada de pavor. Dessa vez, tinha sido o pequeno Merwin. Ele havia sumido. Saiu tarde da noite com uma lanterna e um balde para buscar água, e não voltou mais. O menino havia passado muito mal nos últimos dias, e mal percebia o que estava fazendo. Gritava por qualquer coisa. Ouviu-se um berro frenético no quintal, mas antes que o pai chegasse até a porta Merwin tinha desaparecido. Não havia sequer a luz da lanterna que ele levara, e do menino em si nem sinal. Na hora, Nahum achou que a lanterna e o balde tinham sumido também, mas quando amanheceu o dia, e ele voltava da mata e dos campos onde procurou o filho a noite inteira, encontrou objetos muito curiosos perto do poço. Havia uma massa disforme e aparentemente derretida de ferro do que sem dúvida teria sido a lanterna, enquanto uma haste dobrada e aros de ferro retorcidos ao lado, também meio derretidos, pareciam sugerir os restos do balde. E mais nada. Nahum não precisou imaginar mais nada, a sra. Pierce ficou pasma, e Ammi, ao chegar em casa e ouvir a história, não fez qualquer comentário. Merwin tinha sumido, e não adiantava contar para as pessoas da região, que evitavam os Gardners. Tampouco adiantaria contar às pessoas de Arkham, que zombavam de tudo. Thad tinha morrido, e agora Merwin estava desaparecido. Algo se aproximava rastejando lentamente, à espera de ser visto e sentido e ouvido. Nahum logo também desapareceria, e ele queria que Ammi cuidasse da esposa e de Zenas, caso sobrevivessem a ele. Aquilo só podia ser algum tipo de castigo, embora ele não conseguisse imaginar o motivo, pois, segundo sua consciência, sempre vivera virtuosamente no caminho do Senhor.

Durante duas semanas, Ammi não teve notícias de Nahum, até que, preocupado com o que poderia ter acontecido, superou seus temores e foi fazer uma visita à propriedade dos Gardners. Não havia fumaça na grande chaminé, e por um momento o visitante pensou apreensivamente no pior. O aspecto geral do sítio era chocante – a grama seca e pálida e as folhas espalhadas pelo chão, as heras ressequidas caindo da fachada arcaica e das torres, e grandes árvores desfolhadas como garras projetadas sobre o céu cinzento de novembro com uma malignidade estudada que Ammi não pôde deixar de sentir vinda de uma súbita mudança na posição dos galhos. Mas Nahum estava vivo, afinal. Ele estava fraco, deitado em um sofá na cozinha de teto baixo, porém perfeitamente consciente e capaz de dar ordens simples a Zenas. Ali dentro estava um frio mortal, e, como Ammi tremia a olhos vistos, o anfitrião berrou bruscamente para Zenas ir buscar mais lenha. Lenha, na verdade, estava em falta, uma vez que a cavernosa lareira estava apagada e vazia, com uma nuvem de fuligem pairando ao vento frio que descia pela chaminé. Então Nahum perguntou se um pouco mais de lenha o deixaria mais confortável, e Ammi entendeu o que havia acontecido. Enfim a última fibra havia se partido, e a mente do infeliz sitiante se fechara contra mais tristezas.

Perguntando delicadamente, Ammi não conseguiu obter dados mais claros sobre o desaparecimento de Zenas.

– Lá no poço... ele está morando no poço... – era a única coisa que o pai atordoado conseguiria dizer.

Então cruzou a mente do visitante um súbito pensamento sobre a esposa louca, e ele mudou sua linha de questionamento.

– A Nabby? Ora, ela está lá em cima! – foi a resposta surpresa do pobre Nahum, e Ammi logo viu que era melhor procurar sozinho.

Deixando o indefeso delirante no sofá, ele pegou as chaves do prego ao lado da porta e subiu a escada rangente até o sótão. Era muito apertado e embolorado lá em cima, e não havia nenhum som vindo de nenhum lado. Das quatro portas à vista, apenas uma estava trancada, e nessa ele experimentou várias chaves do molho que trouxera. A terceira chave era a certa, e depois de algumas tentativas Ammi conseguiu abrir a porta branca e baixa.

Estava bastante escuro dentro do sótão, pois a janela era pequena e impedida pelas barras de madeira rústica; e Ammi não conseguia enxergar nada do assoalho de madeira. O fedor ia além do suportável, e antes de continuar ele precisou recuar para o corredor e encher os pulmões de ar respirável. Quando entrou, viu algo escuro no canto e, ao se aproximar para ver mais claramente, soltou um grito. Enquanto gritava ele achou que uma nuvem momentânea tinha eclipsado a janela, e no segundo seguinte se sentiu atravessado como que por uma odiosa corrente de vapor. Cores estranhas dançaram diante de seus olhos; e, se o horror presente não lhe tivesse turvado a consciência, ele teria pensado no glóbulo do meteoro que o martelo do geólogo havia esmigalhado e na mórbida vegetação que brotara na primavera. Na verdade, só conseguiu pensar na blasfema monstruosidade que o confrontava, e que sem dúvida partilhava do mesmo destino inominável do jovem Thaddeus e das criações do sítio. Porém o mais terrível daquele horror é que muito lenta e perceptivelmente a coisa se movia, ao mesmo tempo que se desfazia.

Ammi não me deu nenhum outro detalhe dessa cena, mas a forma no canto não torna a aparecer em seu relato como um objeto semovente. Existem coisas que não podem ser mencionadas, e atos cometidos por mera humanidade são às vezes julgados cruelmente pela lei. Deduzi que nenhuma criatura semovente restou viva naquele quarto do sótão, e que deixar qualquer coisa capaz de se mexer ali dentro teria sido um ato tão monstruoso que mereceria a condenação ao tormento eterno. Qualquer outro além de um agricultor inabalável teria desmaiado ou enlouquecido, porém Ammi saiu consciente pela porta baixa e trancou o maldito segredo atrás de si. Então precisaria lidar com Nahum; precisaria alimentá-lo e cuidar dele, levá-lo a algum lugar onde pudesse ser tratado.

Quando estava começando a descer a escada escura, Ammi ouviu uma batida lá embaixo. Chegou a pensar ter ouvido um grito subitamente sufocado, e se lembrou, tenso, do vapor viscoso que passara por ele no pavoroso quarto do sótão. Que presença seu grito e sua entrada teriam despertado? Exaltado por um medo difuso, ele apurou os ouvidos e notou outros sons vindos lá de baixo. Sem dúvida alguma havia o som de algo pesado se arrastando, e um ruído detestavelmente pegajoso, como uma espécie demoníaca e impura de sucção. Por uma associação de ideias instigada a alturas febricitantes, ele pensou inexplicavelmente no que havia visto lá em cima. Santo Deus! Que mundo onírico macabro era esse onde tinha ido parar? Ele não ousou mais avançar nem recuar, mas apenas ficou ali tremendo na curva negra da escada. Cada mínimo detalhe da cena estava gravado em fogo em seu cérebro. Os sons, a pavorosa sensação de expectativa, a escuridão, os degraus estreitos e íngremes – e misericórdia!... a fraca porém inconfundível luminosidade de tudo o que era de madeira ali dentro, os degraus, as paredes, as ripas e as vigas!

Então se ouviu um relinchar frenético do cavalo de Ammi lá fora, imediatamente seguido por um tropel que indicava uma fuga desesperada. No momento seguinte, o cavalo e a carroça estavam tão longe que não se ouvia mais nada, deixando o dono apavorado na escada escura a imaginar o que teria assustado o animal. Mas não era só isso. Houve outro som. Uma espécie de respingar líquido, de algo caindo na água, devia ter sido no poço. Ele deixara o Hero solto ao lado, e uma roda da carroça devia ter batido na cimalha e derrubado uma pedra. E ainda assim a fosforescência pálida brilhava naquela madeira odiosamente antiga. Deus! Como aquela casa era velha! Quase toda construída em 1670, e com o telhado do sótão acrescentado antes de 1730.

Então arranhões fracos no assoalho do térreo soaram distintamente, e Ammi apertou o porrete pesado que trouxera do sótão para o caso de alguma necessidade. Aos poucos ganhando fibra, ele terminou a descida da escada e caminhou ousadamente em direção à cozinha. Mas não completaria a caminhada, pois o que ele procurava já não estava mais lá. A criatura veio para cima dele, e ainda estava viva após uma transformação. Se havia se arrastado ou sido arrastada por alguma força externa, Ammi não saberia dizer, mas a morte tinha estado nela. Tudo tinha acontecido na última meia hora, mas o colapso, o acinzentamento e a desintegração já estavam muito avançados. A fragilidade quebradiça da coisa era horrenda, e fragmentos secos estavam se descascando. Ammi não conseguiu tocá-la, mas olhou horrorizado para o arremedo distorcido do que tinha sido um rosto humano.

– O que era aquilo, Nahum? O que era? – sussurrou ele, e os lábios rachados e inchados só conseguiram balbuciar uma última resposta.

– Nada... nada... a cor... queima... fria e úmida... mas queima... estava vivendo no poço... eu vi... parecia de fumaça... como as flores na primavera passada... o poço estava brilhando à noite... o Thad e o Merwin e o Zenas... tudo vivo... sugando a vida de tudo... naquela pedra... deve ter vindo naquela pedra... envenenou o sítio inteiro... não sei o que quer... aquela coisa redonda que os homens da faculdade tiraram da pedra... eles esmagaram... tinha a mesma cor... igualzinha, como as flores e as plantas... deve ter mais daquilo... sementes... sementes... elas cresceram... eu vi essa semana pela primeira vez... deve ter pegado forte no Zenas... ele era um meninão, cheio de vida... ela te derruba pelos pensamentos e aí te pega e te... te queima... na água do poço... você estava certo... água maligna... o Zenas não voltou mais do poço... não sai mais... te puxa... você sabe que está vindo, mas não adianta... eu já vi várias vezes desde que o Zenas sumiu... cadê a Nabby, Ammi?... a minha cabeça não está muito boa... não lembro quando levei comida para ela da última vez... vai pegá-la se não tivermos cuidado... só uma cor... a cara dela está ficando com essa cor às vezes quando escurece... e ela queima e suga... veio de algum lugar onde as coisas não são iguais às daqui... um professor falou isso... ele tinha razão... olha, Ammi, toma cuidado, vai acontecer mais alguma coisa... vai sugar a vida...

Mas foi só isso. Aquele que falava não podia mais falar, pois definhara completamente. Ammi cobriu com uma toalha de mesa quadriculada vermelha e branca o que havia restado e saiu pela porta dos fundos em direção aos campos. Ele subiu a colina até o pasto de dez acres e voltou cambaleando para casa pela estrada norte e pela mata. Não passaria mais pelo poço do qual seu cavalo havia fugido. Olhou para o poço pela janela e viu que não estava faltando nenhuma pedra da borda da cimalha. Portanto a carroça não havia deslocado nenhuma pedra – o barulho da queda na água tinha sido de alguma outra coisa, algo que caiu na água depois de ter feito o que fez com o pobre Nahum...

Quando Ammi chegou em casa, o cavalo e a carroça tinham chegado antes e deixado a esposa com um ataque de ansiedade. Acalmando-a sem dar explicações, ele partiu logo para Arkham e notificou as autoridades sobre as mortes na família Gardner. Não deu detalhes, apenas contou das mortes de Nahum e Nabby, sendo que a morte de Thaddeus já era conhecida, e mencionou que a causa aparente era a mesma doença estranha que matara o gado e as galinhas. Ele também declarou que Merwin e Zenas haviam desaparecido. Houve uma série de perguntas na delegacia, e ao final do depoimento Ammi foi obrigado a levar três oficiais à propriedade dos Gardners, além do legista, o médico e o veterinário que havia tratado dos animais doentes. Ele foi muito a contragosto, pois a tarde estava avançada e ele temia ainda estar no maldito lugar depois que a noite caísse, embora fosse algum consolo a companhia de outras pessoas.

Os seis homens foram de charrete, atrás da carroça de Ammi, e chegaram à sede do sítio pestilento por volta das quatro horas da tarde. Mesmo acostumados a experiências hediondas, nenhum dos oficiais ficou impassível diante do que encontraram no sótão e embaixo da toalha quadriculada no chão da cozinha. O aspecto geral do sítio, com sua desolação cinzenta, era terrível o bastante, mas aqueles dois objetos esfacelados iam além de qualquer limite. Ninguém conseguiu olhar para aquilo, e mesmo o médico admitiu que pouco havia que examinar. Algumas amostras poderiam ser analisadas, evidentemente, de modo que ele tratou logo de obter algumas – e aqui se sabe de um desdobramento muito intrigante, ocorrido no laboratório da universidade, para onde os dois frascos de terra finalmente foram levados. No espectroscópio, ambas as amostras revelaram um espectro desconhecido, no qual muitas das estrias desconcertantes eram precisamente como aquelas que o estranho meteoro revelara no ano anterior. A propriedade que emitia esse espectro desapareceu depois de um mês, e a terra restante consistia sobretudo em fosfatos e carbonatos alcalinos.

Ammi não teria contado aos policiais sobre o poço se achasse que pretendiam fazer algo naquele exato momento. O sol logo ia se pôr, e ele estava aflito para ir embora. Mas não conseguiu evitar de olhar nervosamente para a cimalha do grande poço e, quando um detetive lhe perguntou, ele admitiu que Nahum estava com medo de que houvesse alguma coisa lá embaixo – tanto que nunca sequer tentou procurar Merwin e Zenas lá dentro. Depois disso, eles não sossegariam enquanto não esvaziassem e explorassem o poço, de modo que Ammi precisou esperar, trêmulo, balde após balde de água podre ser erguido e derramado no terreno encharcado ao redor do poço. Os policiais cheiraram com asco aquele fluido, e até o final mantiveram os narizes tampados contra o fedor que estavam revelando. Não foi um trabalho tão demorado quanto temiam que fosse, pois o nível da água era absurdamente baixo. Não há necessidade de dizer com precisão o que eles encontraram. Merwin e Zenas estavam ambos lá, em parte, embora os vestígios fossem basicamente seus esqueletos. Havia também um pequeno veado e um cachorro grande em estado semelhante, e uma série de ossos de animais menores. A gosma e a baba do fundo do poço pareciam inexplicavelmente porosas e borbulhantes, e um policial que desceu escalando a parede com uma vara comprida descobriu que podia afundar vara na lama do fundo o quanto quisesse sem encontrar nenhuma obstrução sólida.

O crepúsculo então começou, e foram trazidas lanternas da casa. Nesse momento, quando viram que não encontrariam mais nada no poço, todos voltaram para dentro da casa e discutiram na antiga sala enquanto a luz intermitente de uma meia-lua espectral brincava, pálida, sobre a desolação cinzenta da paisagem lá fora. Os homens ficaram francamente desconcertados com o caso como um todo, e não conseguiram encontrar nenhum elemento comum convincente que associasse as condições da vegetação, a doença desconhecida do gado e das pessoas, e as mortes inexplicáveis de Merwin e Zenas no poço contaminado. Eles já tinham ouvido as histórias que o povo do interior contava, mas não poderiam acreditar que algo contrário às leis naturais tivesse ocorrido. Sem dúvida, o meteoro havia contaminado o solo, porém a doença das pessoas e dos animais que não haviam comido nada que crescera naquele terreno era algo totalmente diferente. Teria sido a água do poço? Muito possivelmente. Era uma boa ideia analisá-la. Mas que loucura estranha teria feito os dois meninos pularem no poço? Os atos eram tão similares – e os fragmentos indicavam que ambos haviam sofrido a mesma morte cinzenta e quebradiça. Por que estava tudo tão cinzento e quebradiço?

Foi o legista, sentado perto de uma janela que dava para o quintal, quem primeiro reparou no clarão em volta do poço. A noite se instalara por completo, e todo o terreno abjeto parecia ligeiramente luminoso, com uma intensidade maior que a dos raios espasmódicos do luar; mas aquele novo clarão era algo definido e distinto, e parecia emanar do poço negro como o facho atenuado de um holofote, conferindo reflexos difusos às pequenas poças do terreno onde a água fora despejada. Tinha uma coloração muito esquisita, e quando todos se aglomeraram junto à janela Ammi teve um violento sobressalto. Pois aquele estranho raio de miasma fantasmagórico era de um matiz familiar. Ele já tinha visto aquela cor antes, e temia pensar no que isso podia significar. Vira aquela cor no asqueroso glóbulo quebradiço do aerólito de dois verões atrás, vira aquela cor na louca floração da primavera, e pensara tê-la visto por um instante naquela mesma manhã pela pequena janela com barras daquele terrível quarto no sótão, onde coisas inominadas haviam acontecido. A cor lampejara ali por um segundo, e uma corrente de vapor viscosa e odiosa passara por ele – e então o pobre Nahum fora pego por uma parte daquela cor. Ele dissera isso enfim – que eram o glóbulo e as plantas. Depois disso, o cavalo fugiu em disparada no quintal e se ouviu a queda na água do poço – e agora o poço vomitava na noite um raio pálido e insidioso do mesmo tom demoníaco.

Deve-se à mente alerta de Ammi a perplexidade naquele momento tenso diante de um aspecto essencialmente científico. Ele só podia se espantar ao captar a mesma impressão de um vapor visto de relance durante o dia, diante da janela aberta ao céu da manhã, e de uma exalação noturna vista como névoa fosforescente contra a paisagem negra e desolada. Aquilo não estava certo – era contrário à Natureza –, e ele se lembrou daquelas últimas palavras terríveis de seu amigo abatido: "Veio de algum lugar onde as coisas não são iguais às daqui... um professor falou isso..."

Os três cavalos do lado de fora, amarrados a duas árvores secas junto à estrada, agora relinchavam e escoiceavam freneticamente. O cocheiro foi correndo até a porta para fazer alguma coisa, mas Ammi pôs a mão trêmula em seu ombro.

– Não vá até lá – sussurrou ele. – Tem mais coisa que a gente não sabe. Nahum falou que tem uma coisa viva no poço que suga a vida de tudo. Ele falou que devia ser alguma coisa que cresceu de uma bola redonda parecida com a da pedra do meteoro que caiu aqui junho passado. Suga e queima, ele disse, e é só uma nuvem de cor como aquela luz lá agora, que mal dá para ver e mal dá para saber o que é. Nahum achava que essa coisa se alimenta de tudo que é vivo e vai ficando cada vez mais forte. Ele falou que viu essa coisa na semana passada. Deve ser alguma coisa que veio de longe, do céu, de onde os homens da universidade falaram ano passado que a pedra do meteoro veio. O jeito como a coisa é feita e o jeito como ela age não é de forma alguma coisa desse mundo de meu Deus. É alguma coisa que veio do além.

De modo que os homens fizeram uma pausa indecisa enquanto a luz do poço ia ficando cada vez mais forte e os cavalos atrelados escoiceavam e relinchavam em um frenesi cada vez maior. Foi realmente um momento assombroso, com o terror naquela casa antiga e amaldiçoada, com quatro conjuntos monstruosos de fragmentos – dois na casa e dois no poço – no barracão atrás, e com aquele raio de iridescência desconhecida e profana vindo das profundezas borbulhantes na frente. Ammi havia detido o cocheiro por impulso, esquecendo-se de que ele mesmo havia passado incólume ao contato viscoso com aquele vapor colorido no quarto do sótão, mas talvez tenha sido bom que ele agisse assim. Ninguém jamais saberá o que aconteceu naquela noite; e, embora a blasfêmia do além não tivesse até então ferido ninguém que tivesse a mente sã, não há como dizer o que aquilo não teria feito naquele último momento, com sua força aparentemente aumentada e com os indícios especiais de um propósito que aquilo exibia sob o céu de nuvens iluminado pela lua.

De repente um dos detetives à janela suspirou, breve, rispidamente. Os outros olharam para ele, e então logo acompanharam seu olhar para o alto, até o ponto em que sua atenção subitamente se detivera. Não havia necessidade de palavras. O que havia sido duvidoso na bisbilhotice provinciana já não era mais duvidoso, e foi por causa de algo que todos os homens daquele grupo concordaram aos sussurros mais tarde que aqueles dias estranhos nunca são mencionados em Arkham. É necessário enfatizar que não havia vento naquela hora da noite. Começou a ventar não muito tempo depois, mas não havia absolutamente vento nenhum naquela hora. Mesmo as pontas secas dos rinchões, cinzentos e fanados, e a franja do toldo da charrete estavam imóveis. E no entanto em meio àquela calma tensa, profana, os galhos nus mais altos de todas as árvores do quintal estavam se mexendo. Retorciam-se mórbida e espasmodicamente, agarrando em uma loucura convulsiva e epiléptica as nuvens enluaradas; arranhando impotentes o ar fétido, como que sacudidos por cordéis alienígenas e incorpóreos, ligados a horrores subterrâneos que se agitavam e estremeciam junto às raízes negras.

Ninguém respirou por diversos segundos. Então uma nuvem mais profundamente escura passou sobre a lua, e a silhueta dos galhos como garras sumiu por um momento. Nesse instante, ouviu-se uma gritaria geral, sufocada de espanto, mas rouca e quase idêntica, vinda de todas as gargantas. Pois o terror não sumira com a silhueta, e em um instante medonho de treva mais profunda os observadores viram, retorcendo-se na altura do topo da árvore, mil pontos minúsculos de radiância tênue e profana, fazendo pender cada ramo como o fogo-fátuo ou as labaredas que saíam da cabeça dos apóstolos no Pentecostes. Era uma constelação monstruosa de luz não natural, como um enxame de pirilampos devoradores de cadáveres dançando sarabandas infernais sobre um charco maldito; e sua cor era a mesma intrusão inominada que Ammi conseguira identificar e temer. Durante todo esse tempo o facho de fosforescência do poço foi ficando cada vez mais e mais brilhante, trazendo à mente dos homens aglomerados uma sensação de fatalidade e anormalidade que superava em muito qualquer imagem que suas consciências conseguiriam formar. Já não se tratava de um *brilho*, mas de um *vazamento*; e, conforme o fluxo informe de cor inclassificável saía do poço, parecia afluir diretamente para o céu.

O veterinário estremeceu e foi até a porta da frente para erguer a pesada barra atravessada que a travava. Ammi também estremeceu e precisou se segurar e apontar, na falta de uma voz sob controle, quando quis chamar atenção para a crescente luminosidade das árvores. Os relinchos e coices dos cavalos refletiam um pavor total, mas ninguém daquele grupo reunido na casa velha teria se arriscado por nenhuma recompensa terrestre. Com o passar dos momentos, o brilho das árvores aumentou, enquanto os ramos incansáveis pareciam se esforçar mais e mais verticalmente. A madeira da picota do poço agora estava cintilando, e então um policial apontou espantado para alguns barracões de madeira e colmeias perto do muro de pedras a oeste. Estavam começando a cintilar também, embora os veículos amarrados das visitas até aquele momento parecessem imunes. Então houve uma feroz comoção e um tropel na estrada e, quando Ammi apagou o lampião para enxergar melhor, eles perceberam que a parelha de tordilhos frenéticos se soltou da árvore e fugiu com a charrete.

O choque serviu para soltar diversas línguas, e sussurros constrangidos foram trocados.

– A coisa está espalhada em tudo que é orgânico que há por aqui – murmurou o médico.

Ninguém respondeu, mas o homem que estivera no poço comentou que sua vara comprida deve ter mexido em algo desconhecido.

– Foi horrível – acrescentou. – Não tinha fundo. Só gosma e bolhas e a sensação de alguma coisa espreitando lá embaixo.

O cavalo de Ammi ainda escoiceava e relinchava ensurdecedoramente na estrada lá fora, e quase abafava a voz fraca de seu dono que murmurava suas reflexões amorfas.

– Veio daquela pedra... cresceu lá embaixo... pega tudo o que é vivo... se alimenta de tudo, mente e corpo... Thad e Merwin, Zenas e Nabby... Nahum foi o último... todos beberam a água... pegou forte neles... veio do além, onde as coisas não são iguais aqui... agora está voltando para casa...

Nesse ponto, enquanto a coluna da cor desconhecida bruxuleava subitamente mais forte e começava a se agitar em fantásticas sugestões de forma, que cada espectador mais tarde descreveria de uma maneira diferente, veio do pobre Hero amarrado um som que nenhum homem jamais ouviu, antes ou depois, de um cavalo. Todas as pessoas naquela sala baixa tamparam os ouvidos, e Ammi se virou da janela com horror e náusea. As palavras não poderiam transmiti-lo – quando Ammi tornou a olhar, o animal indefeso jazia inerte no chão à luz da lua entre destroços e lascas da carroça. Foi a última notícia de Hero, até que o enterraram no dia seguinte. Mas não havia tempo para o luto, pois quase no mesmo instante um detetive discretamente chamou atenção para algo terrível na mesma sala onde estavam. Na ausência da luz do lampião, ficou nítido que a fosforescência difusa começara a impregnar todo o ambiente. A cor reluzia no assoalho de tábuas largas e no tapete de retalhos, e cintilava sobre os batentes das pequenas janelas. Percorria de cima a baixo as colunas, fulgurava na prateleira e no dossel, e infectava até as portas e a mobília. A cada minuto, a cor se intensificava, até que enfim ficou muito claro que toda criatura viva saudável devia deixar aquela casa.

Ammi mostrou-lhe a porta dos fundos e o caminho pelos campos até o lote de dez acres. Eles foram andando e cambaleando, como em um sonho, e não ousaram olhar para trás até que estivessem bem longe e em terreno mais elevado. Ficaram gratos pelo trajeto, pois não teriam coragem de sair pela frente e passar por aquele poço. Já foi ruim o suficiente passar pelo celeiro e pelos barracões reluzentes, e aquelas árvores cintilantes com seus contornos retorcidos e demoníacos, mas graças a Deus os galhos só se retorciam no alto das copas. A lua passou por trás de nuvens muito negras quando eles atravessavam a ponte rústica sobre o córrego Chapman, e seguiram às escuras, tateando seu caminho de lá até as várzeas abertas.

Ao olharem na direção do vale e do sítio de Gardner ao longe, lá embaixo, tiveram uma visão apavorante. O sítio inteiro estava brilhando com aquela mescla hedionda de tonalidades desconhecidas;

árvores, construções, e até mesmo o capim e a grama que ainda não haviam se tornado inteiramente quebradiços e cinzentos. Os galhos todos se estendiam para o céu, salpicados de línguas de fogo-fátuo, e gotas respingantes do mesmo fogo monstruoso se arrastavam pelas cumeeiras da casa, do celeiro e dos barracões. Era um cenário de uma visão de Fuseli, e sobre todo o resto reinava aquele alvoroço de luminosidade amorfa, aquele arco-íris alienígena unidimensional de veneno ignoto vindo do poço – fervilhando, sentindo, envolvendo, alcançando, cintilando, forçando e malignamente borbulhando em seu cromatismo cósmico e irreconhecível.

Então, sem aviso, a coisa hedionda disparou verticalmente em direção ao céu como um foguete ou um meteoro, sem deixar rastro, e desapareceu por um buraco redondo e curiosamente regular nas nuvens antes que qualquer um ali pudesse suspirar ou gritar. Nenhum observador jamais conseguirá esquecer essa visão, e Ammi contemplou entorpecido Deneb, do Cisne, piscando acima das outras estrelas, onde a cor desconhecida se derreteu em meio à Via Láctea. Mas no momento seguinte seu olhar foi logo chamado de volta à terra por uma crepitação no vale. Era exatamente isso. Apenas estalidos e crepitações da madeira, e não uma explosão, como muitos outros do grupo afirmaram. No entanto, o resultado foi o mesmo, pois em um instante febril e caleidoscópico irrompeu do sítio condenado e maldito um cataclisma luminosamente eruptivo de fagulhas e substâncias não naturais, ofuscando a visão dos poucos que observavam e enviando ao zênite uma nuvem explosiva de fragmentos coloridos e fantásticos, cuja natureza nosso universo só pode renegar. Através de vapores fugazes, esses fragmentos acompanharam a grande doença que havia sumido, e no segundo seguinte também eles sumiram. Atrás e abaixo, havia só a escuridão, à qual os homens não ousaram voltar, e por toda a volta um vento cada vez mais forte parecia soprar em lufadas negras e gélidas do espaço entre as estrelas. O vento berrava e uivava, e castigava os campos e os bosques distorcidos em um louco frenesi cósmico, até que o grupo trêmulo se deu conta de que não adiantaria esperar a lua para mostrar o que restava ali no sítio de Nahum.

Espantados demais até para aventar teorias, os sete homens trêmulos marcharam de volta para Arkham pela estrada do norte. Ammi estava pior que seus colegas e implorou que o acompanhassem até sua própria cozinha, em vez de seguirem direto para a cidade. Ele não queria atravessar a mata agitada pelo vento à noite, sozinho, até sua casa na estrada principal. Pois ele havia sofrido um choque a mais, de que os outros foram poupados, e se sentiria para sempre esmagado por um medo cismado, que não ousaria sequer mencionar por muitos anos depois. Enquanto os outros observadores naquela colina tempestuosa ficaram impassíveis olhando para a frente na estrada, Ammi se voltara por um instante para o sombrio vale da desolação que até recentemente abrigava seu malfadado amigo. E daquele local atormentado e ermo ele vira uma forma difusa se erguer, para em seguida mergulhar outra vez sobre o lugar de onde o grande horror informe havia se lançado ao céu. Era apenas uma cor – mas não uma cor da nossa terra ou do nosso céu. E, porque Ammi reconhecera aquela cor e sabia que aquele último resquício tênue devia espreitar ainda lá dentro do poço, ele nunca mais voltou a ser o mesmo.

Ammi jamais chegaria perto daquele lugar outra vez. Já se passou meio século desde que o horror aconteceu, mas ele nunca mais esteve ali, e ficará contente quando o novo reservatório cobrir tudo aquilo. Também eu ficarei contente, pois não me agrada o modo como a luz do sol muda de cor perto da boca daquele poço abandonado por onde passei. Espero que a água ali seja sempre muito profunda – mas, mesmo assim, dela não beberei jamais. Não creio tampouco que voltarei a visitar o interior de Arkham. Três dos homens que lá estiveram com Ammi voltaram na manhã seguinte para ver as ruínas à luz do dia, mas não havia, na verdade, nenhuma ruína. Apenas os tijolos da chaminé, as pedras do porão, alguns destroços minerais e metálicos aqui e ali, e a borda do poço nefando. Com exceção do cavalo morto de Ammi, que eles arrastaram e enterraram, e a carroça que logo depois lhe devolveram, tudo o que tinha vivido ali desaparecera. Permaneceram cinco acres de um macabro deserto cinza e poeirento, e nada mais voltou a crescer por lá desde então. Até hoje o terreno se espraia, aberto ao céu, como uma grande clareira devorada por ácido em meio à mata e aos campos, e os poucos que ousaram, apesar das histórias do povo da roça, olhar de relance para lá chamam o lugar de "charneca maldita".

As histórias do povo da roça são estranhas. Poderiam ser ainda mais estranhas se homens da cidade e químicos acadêmicos se interessassem por elas a ponto de analisar a água daquele poço abandonado, ou a poeira cinzenta que vento nenhum dispersa. Botânicos também deveriam estudar a flora atrofiada nas bordas daquele local, pois poderiam lançar alguma luz sobre a ideia do povo da região de que a doença está se espalhando – pouco a pouco, talvez três centímetros a cada ano. As pessoas dizem que a cor da vegetação da região não é muito normal na primavera e que criaturas selvagens deixam pegadas estranhas na pouca neve do inverno. A neve nunca parece tão densa na charneca maldita como em outros lugares. Os cavalos – os poucos que restam nesta era do motor – ficam assustadiços naquele vale silencioso; e os caçadores não podem contar com seus cães perto daquela mancha de poeira cinzenta.

Dizem também que a influência mental da doença é muito forte. Muitos ficaram estranhos nos anos que se seguiram ao fim de Nahum, e sempre lhes faltou força para ir embora. Então os mais sensatos deixaram a região, e apenas os forasteiros tentaram viver nas velhas casas decadentes. No entanto, nem eles conseguiram ficar; e as pessoas se perguntam às vezes que intuição além da nossa lhes teria vindo daquelas histórias loucas e bizarras de feitiços sussurrados. Os sonhos à noite, dizem, são muito horríveis naquela região grotesca; e certamente a mera visão da escuridão dali basta para despertar mórbidas fantasias. Nenhum viajante deixou de notar uma sensação de estranheza naquelas ravinas profundas, e os artistas estremecem ao pintar aquelas matas densas, cujo mistério é tanto do espírito quanto do olho. Eu mesmo fiquei curioso com a sensação que tive durante a única caminhada que fiz sozinho por lá antes de Ammi me contar sua história. Quando chegou o crepúsculo, vagamente desejei que houvesse mais nuvens, pois uma estranha timidez diante do profundo vazio do céu sobre mim se insinuou na minha alma.

Não peça minha opinião. Eu não sei – isso é tudo. Não havia ninguém além de Ammi para questionar, pois o povo de Arkham não fala sobre aqueles dias estranhos, e os três professores que viram o aerólito e seu glóbulo colorido estão mortos. Havia outros glóbulos – tenha certeza disso. Um glóbulo deve ter se alimentado e escapado, e provavelmente havia outro glóbulo que demorou demais. Sem dúvida, este ainda está lá no poço – sei que havia algo errado com a luz do sol que vi acima daquela falha miasmática. O povo da roça diz que a doença avança três centímetros por ano, de modo que talvez ela esteja em fase de crescimento ou de alimentação mesmo agora. Mas, seja qual for o demônio procriando ali, deve ser detido ou rapidamente se espalhará. Estará amarrado às raízes daquelas árvores que agarram o ar? Uma das histórias de Arkham é sobre carvalhos inchados que brilham e se mexem como não deviam à noite.

O que é, só Deus sabe. Em termos materiais, suponho que a criatura que Ammi descreveu seria considerada um gás, porém esse gás obedecia a leis que não são do nosso cosmo. Não era um fruto destes mundos e destes sóis que aparecem nos telescópios e nas chapas fotográficas dos nossos observatórios. Não era um sopro dos céus cujos movimentos e dimensões nossos astrônomos medem ou consideram vastos demais para medir. Era só uma cor vinda do espaço – pavorosa mensageira de domínios informes do infinito além de toda a Natureza que conhecemos, domínios cuja mera existência espanta o cérebro e nos entorpece com os negros golfos extracósmicos que se escancaram diante de nossos olhos frenéticos.

Duvido muito que Ammi tenha mentido conscientemente para mim, e não creio que sua história tenha sido apenas um acesso de loucura, como diz o povo da região. Algo terrível veio até as colinas e vales naquele meteoro, e algo terrível – embora eu não saiba em que proporção – continua lá. Ficarei contente quando vier a água. Enquanto isso, espero que nada aconteça a Ammi. Ele viu muito aquela coisa – e a influência era muito insidiosa. Por que nunca conseguiu ir embora? Ele se lembrava com distinta clareza das últimas palavras de Nahum – "não sai mais... te puxa... você sabe que está vindo, mas não adianta..." Ammi é um homem muito bom – quando a equipe do reservatório começar o trabalho, vou escrever para o engenheiro encarregado ficar de olho nele. Eu odiaria pensar nele convertido naquela monstruosidade cinzenta, distorcida e quebradiça, que insiste cada vez mais em perturbar meu sono.

HISTÓRIA DO NECRO-NOMICON

Título original: *Al Azif* – sendo *azif* a palavra usada pelos árabes para designar o som noturno (feito por insetos) que supostamente seriam uivos de demônios.

Composto por Abdul Alhazred, um poeta louco de Saná, no Iêmen, que dizem ter florescido durante o período do califado omíada, por volta de 700 d.C. Ele visitou as ruínas da Babilônia e os segredos subterrâneos de Mênfis e passou dez anos sozinho no grande deserto do sul da Arábia – o Rub' al-Khali ou "A quarta parte vazia" dos antigos – e no deserto de "Dana" ou "Carmesim", dos árabes modernos, que se acredita ser povoado por espíritos protetores malignos e monstros da morte. Sobre esse deserto, muitos portentos estranhos e inacreditáveis são relatados por aqueles que alegam havê-lo penetrado. Em seus últimos anos de vida, Alhazred viveu em Damasco, onde o *Necronomicon* (*Al Azif*) foi escrito, e sobre sua morte definitiva ou seu desaparecimento (738 d.C.) muitas coisas terríveis e conflitantes são contadas. Segundo Ibne Calicane (biógrafo do séc. XII), ele teria sido capturado por um monstro invisível em plena luz do dia e devorado horrivelmente diante de um grande número de testemunhas congeladas pelo pavor. Sobre sua loucura, contam-se muitas coisas. Ele alegava ter visto a fabulosa Irem, ou Cidade dos Pilares, e ter encontrado entre as ruínas de certa cidade sem nome no deserto os chocantes anais e segredos de uma raça mais antiga que a humanidade. Como muçulmano, foi indiferente, adorando entidades desconhecidas que ele chamava de Yog-Sothoth e Cthulhu.

Em 950 d.C., o *Azif*, que ganhara considerável embora sub-reptícia circulação entre os filósofos do período, foi secretamente traduzido para o grego por Theodorus Philetas de Constantinopla sob o título *Necronomicon*. Durante um século, o livro estimulou certos leitores a feitos terríveis, até ser proibido e queimado pelo patriarca Miguel. Depois disso, só existem menções furtivas à obra, mas (1228) Olaus Wormius fez uma tradução para o latim, no final da Idade Média, e o texto latino foi impresso duas vezes – uma no século XV em letras góticas (evidentemente na Alemanha) e uma no XVII (provav. na Espanha) –, ambas as edições sem qualquer identificação, e localizadas no tempo e no espaço apenas por evidências tipográficas do interior do livro. A obra tanto em latim quanto em grego foi banida pelo papa Gregório IX em 1232, pouco depois da tradução latina, que chamou atenção para ela. O original árabe se perdeu ainda na época de Wormius, conforme indicado por seu prefácio (existe um rumor sobre a aparição, no século atual, de um exemplar secreto em São Francisco, que mais tarde pegou fogo); e nenhuma aparição do exemplar grego – impresso na Itália entre 1500 e 1550 – foi relatada desde o incêndio da biblioteca de certo homem de Salem em 1692. A tradução para o inglês feita pelo dr. Dee nunca foi publicada, e existe apenas em fragmentos recuperados de seu manuscrito. Sobre os textos latinos atualmente existentes, um (séc. XV) sabe-se que se encontra no British Museum, trancado a sete chaves, enquanto outro (séc. XVII) está na Bibliothèque Nationale de Paris. Exemplares da edição do século XVII se encontram na Widener Library, em Harvard, e na biblioteca da Universidade Miskatonic, em Arkham; e também na biblioteca da Universidade de Buenos Aires. Provavelmente existem diversos exemplares guardados em segredo, e há rumores persistentes de que um exemplar da edição do século XV faz parte da coleção de um celebrado milionário americano. Boatos ainda mais vagos atribuem a conservação de um exemplar do texto grego do século XVI à família Pickman de Salem, mas, se esse exemplar vinha sendo conservado, deve ter perecido com o artista R.U. Pickman, que desapareceu no início de 1926. O livro é rigorosamente proibido pelas autoridades da maioria dos países, e por todos os braços das organizações eclesiásticas. Sua leitura leva a terríveis consequências. Dizem que foram os rumores sobre esse livro (que relativamente poucas pessoas do público em geral conhecem) que levaram R.W. Chambers a ter a ideia de seu primeiro romance, *O rei de amarelo*.

Cronologia

Al Azif escrito por volta de 730 d.C. em Damasco por Abdul Alhazred
Trad. para o grego em 950 d.C. como *Necronomicon* por Theodorus Philetas
Queimado pelo patriarca Miguel em 1050 (o texto grego). O texto árabe se perdeu.

Olaus traduz do grego para o latim em 1228
1232, edição latina (e grega) proibida pelo papa Gregório IX
14... edição em letras góticas (Alemanha)
15... texto grego impresso na Itália
16... reimpressão do texto latino na Espanha

O HORROR DE DUNWICH

"Górgonas e Hidras e Quimeras – tremendas histórias de Celeno e as Harpias – podem se reproduzir no cérebro supersticioso – *mas existiram um dia.* São transcrições, tipos – os arquétipos existem dentro de nós, e são eternos. De que outro modo a repetição de algo que sabemos em sã consciência ser falso poderia nos afetar? Será que naturalmente concebemos o terror diante desses objetos, considerados em sua capacidade de nos infligir danos corporais? Ora, isso é o de menos! *Esses*

terrores são muito anteriores. Datam de além do corpo – ou sem o corpo teriam existência da mesma forma... Que o tipo de medo de que aqui se trata seja puramente espiritual – que seja proporcionalmente mais forte conforme tenha menos objetividade na terra, que predomine no período de nossa infância sem pecado – são dificuldades cuja solução pode fornecer intuições plausíveis sobre nossa condição anterior ao mundo, e ao menos um olhar dentro do terreno das sombras da preexistência."
– Charles Lamb, "Witches and Other Night-Fears" [Bruxas e outros temores noturnos]

I.

Quando um viajante no centro-norte de Massachusetts pega a saída errada na bifurcação de Aylesbury pouco depois de Dean's Corners, ele chega a uma região erma e curiosa. O terreno fica mais alto, e as paredes dos rochedos cobertos de espinheiros se estreitam cada vez mais contra os sulcos da estrada poeirenta e sinuosa. As árvores dos muitos cinturões de florestas parecem grandes demais, e as ervas silvestres, amoreiras e capins atingem uma exuberância não muitas vezes encontrada em regiões ocupadas. Ao mesmo tempo, os campos plantados parecem especialmente raros e desertos; enquanto as poucas casas espalhadas têm um aspecto surpreendentemente uniforme de velhice, sordidez e dilapidação.

Sem saber por quê, o viajante hesita em pedir orientação das figuras distorcidas, solitárias, avistadas de quando em quando nos degraus tortos ou nos campos da encosta salpicados de rochas. São figuras tão caladas e furtivas que ele se sente de certa forma confrontado com coisas proibidas, com as quais seria melhor não ter nenhuma relação. Quando um aclive na estrada revela as montanhas, vistas acima dos densos bosques, a sensação de inquietude é intensificada. Os cumes são arredondados e simétricos demais para transmitirem qualquer conforto ou naturalidade, e às vezes o céu faz com peculiar claridade as silhuetas dos bizarros círculos de pilares altos de rocha com os quais a maioria dos cumes é coroada.

Gargantas e ravinas de profundeza problemática interceptam o caminho, e as pontes de madeira rústica sempre parecem de segurança duvidosa. Quando a estrada volta a descer, há trechos de charco instintivamente desagradáveis, e na verdade quase apavorantes ao anoitecer, quando bacuraus invisíveis tagarelam e vaga-lumes aparecem em profusão anormal para dançar ao ritmo áspero, rastejantemente insistente e flauteado das rãs estridentes. A linha tênue e brilhante do alto das Miskatonics possui uma sugestão estranhamente serpenteante em seus volteios no sopé das encostas abauladas de onde se erguem.

Conforme a serra se aproxima, presta-se mais atenção aos bosques das margens que à rocha dos cumes coroados. Essas encostas se erguem tão sombria e bruscamente que se deseja mantê-las à distância, mas não há outro caminho por onde evitá-las. Atravessando-se uma ponte coberta, vê-se um pequeno vilarejo escondido entre o riacho e a vertente íngreme da Round Mountain, e vislumbra-se o grupo de telhados em gambrel a indicar um período arquitetônico anterior ao da região vizinha. Não é nada reconfortante verificar, ao nos aproximarmos, que quase todas as casas estão desertas e depredadas, e que a igreja de torreão arruinado hoje abriga o único e decadente estabelecimento comercial do povoado. Receia-se atravessar o tenebroso túnel da ponte, no entanto não há desvio possível a partir dele. Uma vez atravessado, é difícil evitar a impressão de um discreto odor maligno na rua, como um acúmulo de bolor e podridão de séculos. É sempre um alívio se afastar dali, seguir pela estrada estreita, contornando a base das encostas, atravessar o terreno plano e ir mais adiante até onde se reencontra a bifurcação de Aylesbury. Depois, às vezes, o viajante descobre que acabou de passar por Dunwich.

Os forasteiros visitam Dunwich tão raramente quanto possível, e desde certa temporada de horror todas as sinalizações que apontavam para lá foram removidas. O cenário, julgado por qualquer cânone estético genérico, é de uma beleza maior do que o comum; no entanto, não há nenhum influxo de artistas ou turistas de veraneio. Dois séculos atrás, quando as histórias de sangue de bruxa, adoração satânica e estranhas aparições nas florestas não eram ridicularizadas, o costume era ter motivos para evitar aquele lugar. Em nossa era da sensatez – desde que o horror de Dunwich de 1928 foi silenciado por aqueles que almejavam no fundo o bem da cidade e do mundo –, as pessoas o evitam sem saber exatamente por quê. Talvez um dos motivos – embora não se possa aplicar a forasteiros desinformados – seja que os nativos hoje em dia se encontram em um estado repulsivo de decadência, tendo ido longe demais no caminho do retrocesso, algo comum em muitos vilarejos atrasados da Nova Inglaterra. Eles passaram a constituir uma raça entre si, com estigmas mentais e físicos bem definidos de degeneração e endogamia. A média de sua inteligência é dolorosamente baixa, e nos anais de sua história registram-se pestilentas maldades, assassinatos, incestos mal acobertados e feitos das mais inomináveis violência e perversidade.

A velha aristocracia, representada pelas duas ou três belicosas famílias vindas de Salem em 1692, manteve-se um pouco acima do nível geral de decadência, apesar de muitos ramos terem mergulhado no sórdido populacho tão profundamente que apenas seus nomes permanecem como uma chave para a origem que eles desgraçaram. Alguns Whateleys e Bishops ainda enviam os filhos mais velhos para Harvard e Miskatonic, embora estes raramente voltem para os gambréis mofados em que eles e seus ancestrais nasceram.

Ninguém, nem mesmo aqueles que conhecem os fatos relativos ao horror recente, sabe dizer o que há de errado em Dunwich, ainda que velhas lendas falem de ritos profanos e conclaves dos povos indígenas, em que eles invocavam formas proibidas de sombras naquelas serras arredondadas, e faziam orações orgíacas e selvagens, que eram respondidas com altos estrondos e tremores de terra. Em 1747, o reverendo Abijah Hoadley, recém-chegado à Igreja Congregacional da Aldeia de Dunwich, fez um memorável sermão sobre a presença próxima de Satanás e seus demônios, em que ele disse:

Deve ser admitido que essas Blasfêmias de um infernal Trem de Demônios são Assuntos de Conhecimento comum demais para serem negadas; as Vozes malditas de Azazel *e* Buzrael, *de* Belzebu *e* Belial, *tendo sido ouvidas debaixo da Terra por mais de uma Vintena de confiáveis Testemunhas vivas até hoje. Eu mesmo não faz nem uma Quinzena ouvi um claro Discurso das Forças malignas na Vertente atrás da minha Casa, no qual havia Chocalhos e Pancadas, Gemidos, Gritos e Cicios, tal como nenhuma Criatura desta Terra seria capaz de fazer, e que deve ter vindo daquelas Cavernas que só a Magia negra é capaz de descobrir, e só o Dito-Cujo destrancar.*

O sr. Hoadley desapareceu pouco depois de fazer esse sermão, mas o texto, impresso em Springfield, ainda existe. Sons naquelas encostas continuaram sendo relatados, ano após ano, e ainda constituem um enigma para geólogos e fisiógrafos.

Outras tradições falam em odores fétidos perto dos círculos de pilares de pedra no cume dos montes, e de velozes presenças aéreas ouvidas em determinadas horas, vindas de determinados pontos no fundo das grandes ravinas; enquanto outros tentam explicar a existência do Salto do Diabo – um trecho desolado da encosta onde nenhuma árvore, arbusto ou folha de relva cresce.

Também os nativos morrem de medo dos inúmeros bacuraus que começam seu vocal nas noites quentes. Juram que essas aves são psicopompos à espreita das almas dos moribundos, e que sincronizam seus gritos macabros em uníssono com a respiração pesada dos sofredores. Se conseguem capturar a alma que se esvai ao deixar o corpo, instantaneamente vão embora voando com sua gargalhada demoníaca; mas, se não conseguem, retornam aos poucos a um silêncio desapontado.

Essas histórias, é claro, são obsoletas e ridículas, porque descendem de tempos muito antigos. Dunwich é de fato ridiculamente antiga – muito mais antiga do que qualquer outra comunidade em um raio de cinquenta quilômetros. Ao sul da vila, pode-se ainda ver as paredes do porão e a lareira da antiga residência dos Bishops, construída antes de 1700, enquanto as ruínas do moinho na cascata, construído em 1806, formam a peça mais moderna de arquitetura que se avista. A indústria não floresceu aqui, e o movimento fabril do século XIX teve vida curta. De tudo os mais aintigos são os grandes círculos de colunas de pedras rústicas no alto das colinas, mas esses geralmente são atribuídos antes aos povos indígenas do que aos colonos. Depósitos de caveiras e ossos, encontrados dentro desses círculos e em volta da grande rocha plana em forma de mesa em Sentinel Hill, sustentam a crença popular de que esses locais foram outrora túmulos dos pocumtucks; mesmo assim, muitos etnólogos, desconsiderando a absurda improbabilidade de tal teoria, persistem acreditando serem resquícios caucasianos.

II.

Foi no município de Dunwich, em uma casa grande de fazenda parcialmente habitada, construída junto à encosta, a seis quilômetros da cidade e a mais de dois quilômetros de qualquer outra construção, que Wilbur Whateley nasceu, às cinco horas da manhã de um domingo, o segundo de fevereiro de 1913. A data ficou marcada por ser Candelária, que o povo de Dunwich curiosamente comemorava sob outro nome – e porque os ruídos nas encostas haviam começado, e todos os cães da região latiram sem parar, ao longo da noite. Menos digno de nota foi o fato de a mãe ser uma Whateley decadente, albina, um tanto deformada, pouco atraente, de 35 anos, que vivia com um pai idoso e um tanto insano, sobre quem se sussurravam as mais apavorantes histórias de feitiçaria durante a juventude. Lavinia Whateley não tinha marido que se soubesse, mas, seguindo o costume da região, não fez nenhuma tentativa de rejeitar a criança; em relação ao outro lado da ancestralidade, o povo da região podia – como de fato o fez – especular o quanto quisesse. Pelo contrário, ela parecia estranhamente orgulhosa do menino moreno, hircino, que formava tamanho contraste com seu albinismo doentio e de olhos rosados, e foi ouvida a murmurar curiosas profecias sobre seus poderes incomuns e seu tremendo futuro.

Lavinia era alguém capaz de murmurar essas coisas, pois era uma criatura solitária, dada a devaneios em meio a tempestades nas montanhas e a tentar ler grandes livros bolorentos que o pai herdara ao longo de dois séculos de Whateleys, e que rapidamente caíam aos pedaços de tão velhos e tantos furos de traças. Ela jamais frequentou escola, mas foi cevada com trechos desconexos de lendas antigas que o velho Whateley lhe ensinara. A erma casa de fazenda sempre fora temida devido à fama do velho Whateley de praticar magia negra, e a inexplicável e violenta morte da sra. Whateley quando Lavinia tinha doze anos não ajudara a tornar o local popular. Isolada entre influências estranhas, Lavinia pegou gosto pelos devaneios selvagens e grandiosos e por ocupações singulares; e seu tempo livre não era muito subtraído por cuidados com uma casa cujos padrões de ordem e limpeza haviam desaparecido muito tempo antes.

Ouviu-se um grito hediondo, que ecoou acima dos ruídos das encostas e dos latidos dos cachorros, na noite em que Wilbur nasceu, mas nenhum médico ou parteira esteve presente em seu parto. Os vizinhos só ficaram sabendo uma semana depois, quando o velho Whateley foi de trenó, através da neve, até a vila de Dunwich e fez um discurso incoerente a um grupo de fregueses no armazém do Osborn. Parecia ter havido uma transformação no velho – um novo elemento de furtividade em seu cérebro nebuloso, que sutilmente o transformou de um objeto assustador em um sujeito assustado –, embora ele não se demonstrasse perturbado pelo acontecimento familiar comum. Em meio àquilo tudo, exibiu sinais do mesmo orgulho observado na filha, e o que ele disse sobre a paternidade do menino seria lembrado por muitos ali presentes nos anos seguintes.

– Não me importa o que o povo ache. Se o filho da Lavinia parecesse com o pai, não seria nada do que vocês esperam. Não pensem que só tem a gente daqui. Lavinia leu muito, e viu coisas que a maioria de vocês só ouviu falar. Acho que o marido dela é tão bom quanto qualquer outro desse lado de Aylesbury, e, se vocês conhecessem essas serras como eu conheço, não iam querer casar mais na igreja daqui e nem em nenhuma outra. Deixe eu lhes dizer uma coisa: *um dia desses vocês vão ouvir o filho da Lavinia chamando o nome do pai no alto de Sentinel Hill!*

As únicas pessoas que viram Wilbur durante o seu primeiro mês de vida foram o velho Zechariah Whateley, do ramo dos Whateleys não decadentes, e a segunda esposa de Earl Sawyer, Mamie Bishop. A visita de Mamie foi por franca curiosidade, e as histórias que ela contou depois fizeram justiça a suas observações; mas Zechariah veio trazendo duas vacas Alderney que o velho Whateley comprara de seu filho Curtis. Isso marcou o início de uma série de compras de gado da parte da família do pequeno Wilbur que só se encerraria em 1928, quando o horror de Dunwich começou e passou. No entanto, durante todo esse tempo, nunca o velho celeiro dos Whateleys ficou cheio de gado.

Houve um momento em que as pessoas ficaram curiosas a ponto de invadirem a propriedade para contar as cabeças de gado que pastavam precariamente na encosta íngreme acima da velha casa de fazenda, e nunca conseguiram contar mais de dez ou doze espécimes anêmicos, de aparência exangue. Evidentemente alguma peste ou brucelose, talvez oriunda da pastagem estragada ou dos fungos e madeiras podres do celeiro asqueroso, causara uma alta mortalidade no gado dos Whateleys. Estranhas feridas ou úlceras, algumas com o aspecto de incisões, pareciam afligir a criação; e uma ou duas vezes nos primeiros meses certos visitantes imaginaram distinguir úlceras semelhantes nos pescoços do velho grisalho e barbudo e de sua desmazelada filha albina de cabelos crespos.

Na primavera seguinte ao nascimento de Wilbur, Lavinia retomou suas perambulações costumeiras pelas montanhas, levando em seus braços desproporcionais o menino moreno. O interesse público pelos Whateleys diminuiu depois que a maioria das pessoas da região viu o bebê, e ninguém se deu ao trabalho de comentar sobre o rápido desenvolvimento que o recém-chegado parecia exibir a cada dia. O crescimento de Wilbur era de fato fenomenal, pois com três meses ele atingira o tamanho e a força muscular geralmente encontrados em meninos de um ano completo. Seus movimentos e até os sons vocais mostravam um controle e uma decisão altamente peculiares em bebês, e ninguém de fato se surpreendeu quando, aos sete meses, ele começou a andar sozinho, com alguns tropeços que no mês seguinte já não ocorriam mais.

Foi pouco depois disso – no Dia das Bruxas – que um grande clarão foi visto à meia-noite no alto de Sentinel Hill, onde a velha rocha plana em formato de mesa se destaca em meio aos túmulos de ossos antigos. Muitas intrigas começaram quando Silas Bishop – do ramo não decadente dos Bishops – mencionou ter visto o menino subir correndo pesadamente a encosta na frente da mãe, cerca de uma hora antes do clarão ter sido notado. Silas estava cercando uma novilha desgarrada, mas quase esqueceu sua tarefa ao ver de relance as duas figuras na penumbra de sua lanterna. Eles passaram às pressas sem fazer ruído pela mata, e o perplexo observador diria que pareciam completamente sem roupas. Em seguida, ele não teve mais certeza sobre o menino, que podia estar usando uma espécie de cinto franjado e calções ou calças escuros. Depois disso, Wilbur nunca mais seria visto vivo e consciente sem traje completo e abotoado até o pescoço, e qualquer desarrumação ou ameaça de desarrumação em suas roupas parecia enchê-lo de raiva e sobressalto. O contraste com a mãe e o avô esquálidos e desmazelados foi considerado algo notável, até que o horror de 1928 sugerisse os motivos mais justificáveis de tanto asseio.

Os mexericos de janeiro seguinte não deram tanta atenção ao fato de "o filho maligno da Lavinia" ter começado a falar, e com apenas onze meses. Sua fala era um bocado característica, tanto por ser diferente do sotaque da região quanto por exibir uma ausência dos balbucios infantis comuns até em crianças de três ou quatro anos. O menino não era de falar muito, mas quando falava parecia refletir um elemento impreciso inteiramente alheio a Dunwich e seus moradores. A estranheza não residia no que ele dizia, nem mesmo nos simples idiomatismos que usava, mas parecia vagamente associada à sua entonação ou aos órgãos internos que produziam aqueles sons articulados. O aspecto facial também era notável por sua maturidade, pois, embora compartilhasse a ausência de queixo da mãe e do avô, o nariz firme e precocemente formado, unido à expressão de seus olhos grandes, escuros, quase latinos, dava-lhe um ar de quase adulto e de inteligência quase sobrenatural. Ele era, no entanto, excessivamente feio apesar do aparente brilhantismo, havendo algo quase hircino ou animalesco em seus lábios grossos, sua pele amarelada com poros muito abertos, seu cabelo crespo e duro e suas orelhas estranhamente longas. Logo antipatizaram com ele, ainda mais do que com a mãe e o avô, e todas as conjecturas a seu respeito eram temperadas com referências à magia pretérita do velho Whateley, e como as encostas tremeram no dia em que ele berrou o pavoroso nome de *Yog-Sothoth* no meio de um círculo de pedras com um grande livro aberto nos braços à sua frente. Os cães odiavam o menino, e ele era sempre obrigado a tomar medidas defensivas contra suas ameaças e latidos.

III.

Nesse ínterim, o velho Whateley continuou comprando gado sem aumentar sensivelmente o tamanho de seu rebanho. Ele também cortou lenha e consertou partes sem uso da casa – uma construção espaçosa, com telhados em gambrel e torreões, cujos fundos davam diretamente na encosta rochosa e cujos três cômodos menos arruinados do térreo sempre bastaram para ele e a filha.

Devia haver prodigiosas reservas de força no velho para permitir que realizasse trabalho tão árduo; e, embora continuasse resmungando como um demente às vezes, sua carpintaria parecia dar mostras de cálculos sensatos. Aquilo havia começado logo que Wilburn nasceu, quando um dos muitos barracões de ferramentas foi subitamente organizado, vedado com tábuas e equipado com um cadeado grosso e novo. Agora, no restauro do último andar abandonado, ele foi também um exímio artesão. Sua mania se manifestou apenas ao vedar com tábuas de madeira todas as janelas dessa parte da casa – embora muitos tenham declarado que era uma loucura fazer tal reforma. Menos inexplicável foi a construção de outro cômodo no térreo para o novo neto – um quarto que muitos visitantes viram, ainda que ninguém tivesse permissão de entrar no outro andar vedado com tábuas.

Esse cômodo, ele cobriu de prateleiras altas e firmes, nas quais começou aos poucos a organizar, com critério que parecia cuidadoso: todos os livros antigos que estavam se deteriorando e partes de livros que, no seu tempo, ele promiscuamente acumulou pelos cantos caóticos dos diversos aposentos.

– Eu li alguns deles – dizia ele enquanto restaurava uma página em letras góticas com uma pasta preparada no fogão enferrujado da cozinha –, mas o menino está apto para fazer melhor uso que eu. É melhor ele aprender o máximo que puder com esses livros, pois serão a única educação que ele vai receber.

Quando Wilbur tinha um ano e sete meses – em setembro de 1914 –, seu tamanho e realizações eram quase alarmantes. Estava grande como uma criança de quatro anos, e já falava com fluência e era incrivelmente inteligente. Corria solto pelos campos e encostas, e acompanhava a mãe em todas as suas perambulações. Em casa, observava diligentemente as estranhas gravuras e os diagramas dos livros do avô, enquanto o velho Whateley o instruía e catequizava em longas tardes atarefadas. Nessa época, a restauração da casa havia terminado, e aqueles que a acompanharam se perguntaram por que uma das janelas do último andar havia sido fechada com uma porta de madeira maciça. Era a última janela dos fundos da torre leste, que dava diretamente na encosta rochosa; e ninguém podia imaginar por que uma rampa estreita de madeira fora construída do chão até lá. Por volta dessa época do final da obra, as pessoas repararam que o velho barracão de ferramentas, fechado a cadeado e vedado com tábuas desde o nascimento de Wilbur, havia sido abandonado outra vez.

A porta estava aberta, e quando Earl Sawyer entrou um dia, depois de vir vender gado ao velho Whateley, ficou bastante incomodado com o odor singular que encontrou – um fedor, ele afirmaria, como nunca tinha sentido pior na vida, exceto perto dos círculos dos índios na montanha, e que não podia vir de nada sadio ou nascido desta terra. Mas, verdade seja dita, as casas e barracões do povo de Dunwich nunca tinham sido notáveis pela impecabilidade olfativa.

Os meses seguintes foram desprovidos de eventos visíveis, exceto pelo fato notado por todos de um lento porém constante aumento nos ruídos misteriosos nas encostas. Na Noite de Santa

Valburga de 1915, tremores foram sentidos pelo povo de Aylesbury, enquanto no Dia das Bruxas seguinte ouviram-se abalos subterrâneos sinistramente sincronizados com o surgimento de labaredas – "coisa daqueles Whateleys feiticeiros" – no cume de Sentinel Hill. Wilbur vinha crescendo bizarramente, de modo que parecia um menino de dez anos quando completou quatro. Ele já lia avidamente sozinho, mas passou a falar muito menos que antes. Um ar taciturno constante passou a absorvê-lo, e pela primeira vez as pessoas começaram a falar especificamente sobre uma expressão maligna em seu semblante hircino.

Ele às vezes murmurava um jargão desconhecido, e cantava em ritmos bizarros, que davam nos ouvintes calafrios de um inexplicável terror. A aversão demonstrada contra ele pelos cães havia agora se tornado uma questão notória, e ele era obrigado a portar uma pistola para atravessar os campos em segurança. O uso ocasional da arma não ajudou a melhorar sua popularidade entre os donos dos cães.

Os poucos visitantes da casa costumavam encontrar Lavinia sozinha no térreo, enquanto estranhos gritos e passos ressoavam no andar de cima, vedado com tábuas. Ela jamais contava o que seu pai e seu filho estavam fazendo lá, embora uma vez tivesse ficado pálida e demonstrado um grau anormal de medo quando um jocoso pescador tentou abrir a porta trancada que dava para a escada. Esse pescador contou às pessoas no armazém da vila de Dunwich que pensou ter ouvido cascos de cavalo no andar de cima. Os fregueses refletiram, pensando naquela porta e naquela rampa, e no gado que desaparecia tão rapidamente. Então estremeceram ao relembrar histórias da juventude do velho Whateley e das coisas estranhas que são evocadas de dentro da terra quando um bezerro é sacrificado na hora certa para determinados deuses pagãos. Havia sido notado que fazia algum tempo que os cães passaram a odiar e a temer toda a propriedade dos Whateleys tanto quanto odiavam e temiam o jovem Wilbur pessoalmente.

Em 1917, com a guerra, o advogado Sawyer Whateley, como presidente do comitê de alistamento local, teve muita dificuldade para arregimentar um pelotão de jovens de Dunwich sequer capazes de serem enviados a um campo de treinamento. O governo, alarmado com esses sinais de decadência regional generalizada, enviou diversos funcionários e médicos especialistas para investigar, conduzindo uma pesquisa de que os leitores de jornais da Nova Inglaterra talvez ainda se lembrem. Foi a publicidade decorrente dessa pesquisa que atraiu repórteres para a história dos Whateleys, e fez com que o *Boston Globe* e o *Arkham Advertiser* publicassem matérias sensacionalistas aos domingos sobre a precocidade do jovem Wilbur, a magia negra do velho Whateley, as prateleiras de livros estranhos, o segundo andar vedado da antiga casa de fazenda e a estranheza de toda a região e dos sons da montanha. Wilbur estava com quatro anos e meio, e parecia um rapaz de quinze. Seus lábios e faces eram felpudos com uma espécie de buço áspero e escuro, e sua voz começava a mudar.

Earl Sawyer foi até a casa dos Whateleys com ambos os grupos de repórteres e fotógrafos e chamou a atenção deles para o estranho fedor que agora parecia escorrer das áreas vedadas no andar de cima. Era exatamente igual, segundo ele, a um cheiro que encontrara no barracão de ferramentas abandonado, quando a casa enfim foi reformada, e como os odores passageiros que ele às vezes julgava sentir perto dos círculos de pedra nas montanhas. O povo de Dunwich leu essas matérias quando saíram e sorriu com ironia de seus equívocos evidentes. Estranharam também por que os jornalistas deram tanta importância ao fato de o velho Whateley sempre pagar pelo gado com moedas de ouro extremamente antigas. Os Whateleys haviam recebido aqueles visitantes com mal disfarçado desgosto, mas não quiseram atrair mais publicidade resistindo violentamente ou se recusando a falar.

IV.

Durante uma década os anais dos Whateleys mergulham indistintamente na vida geral de uma comunidade mórbida, habituada a seus costumes estranhos e empedernida contra suas orgias de Santa Valburga e do Dia das Bruxas. Duas vezes por ano eles acendiam fogueiras no cume de Sentinel Hill, ocasiões em que os sons na montanha iam ganhando violência cada vez maior; enquanto em todo o resto do ano acontecimentos estranhos e portentosos ocorriam na casa solitária da fazenda. Ao longo do tempo, os visitantes alegaram ouvir sons no isolado andar superior mesmo quando toda a família estava no térreo, e eles se perguntavam quão rápido ou quão demorado era o sacrifício de um boi ou um bezerro. Aventou-se uma reclamação à Sociedade Protetora dos Animais, mas isso nunca deu em nada, uma vez que o povo de Dunwich nunca se mostrou muito interessado em chamar a atenção do mundo externo para si mesmo.

Por volta de 1923, quando Wilbur era um menino de dez anos cujas inteligência, voz, estatura e barba davam a impressão de maturidade, um segundo grande serviço de carpintaria começou na velha casa. Tudo aconteceu dentro do andar superior vedado, e pelos restos de madeira descartada as pessoas concluíram que o menino e o avô teriam derrubado todas as divisórias e até removido o assoalho do sótão, deixando apenas um grande vazio aberto entre o térreo e os torreões do telhado. Eles derrubaram até a grande lareira central e acoplaram ao fogão enferrujado um frágil tubo exaustor de estanho.

Na primavera, depois desse acontecimento, o velho Whateley reparou no número crescente de bacuraus vindos do vale de Cold Spring para chilrear embaixo de sua janela à noite. Ele aparentemente atribuiu grande significado a essa circunstância, e contou aos fregueses do Osborn que achava que sua hora estava chegando.

– Eles estão cantando sincronizados com a minha respiração agora – disse –, e acho que estão se preparando para pegar a minha alma. Eles sabem que ela está para sair, e não querem deixá-la escapar. Vocês vão saber, rapazes, depois que eu morrer, se me pegaram ou não. Se me pegarem, vão ficar cantando e gargalhando até amanhecer. Se não pegarem, logo vão ficar quietos. Imagino que eles e as almas que pegam devam ter boas brigas às vezes.

Na noite de 1º de agosto, Dia de Lammas, de 1924, o dr. Houghton de Aylesbury foi chamado às pressas por Wilbur Whateley, que viera galopando em seu único cavalo no escuro e telefonara do armazém do Osborn na vila. Ele encontrara o velho Whateley em um estado muito grave, com arritmia cardíaca e respiração arquejante, que sugeriam um fim não muito distante. A filha albina disforme e o neto estranhamente barbado ficaram ao lado da cama, enquanto do abismo vazio sobre suas cabeças vinha uma inquietante sugestão de movimentos líquidos ritmados, como de ondas em uma praia plana. O médico, contudo, ficou especialmente incomodado com a cantoria das aves noturnas do lado de fora; uma legião, ao que parecia, sem fim de bacuraus que entoavam sua mensagem infinita em repetição diabolicamente sincronizada com os arquejos sibilantes do velho moribundo. Era sobrenatural e antinatural – exatamente, aliás, pensou o dr. Houghton, como a propriedade inteira onde entrara com relutância em resposta ao chamado urgente.

Perto de uma da manhã, o velho Whateley voltou à consciência e interrompeu seus arquejos para tartamudear algumas poucas palavras ao neto.

– Mais espaço, Willy, mais espaço logo. Você está crescendo, e a *coisa* cresce depressa. Logo estará pronto para te servir, menino. Abra os portões para Yog-Sothoth com o cântico longo que está na página 751 *da edição completa*, e *depois* lance um fósforo na prisão. O fogo da terra não consegue queimá-lo.

Ele estava obviamente deveras ensandecido. Após uma pausa, durante a qual o bando de bacuraus lá fora ajustou seu canto ao tempo alterado, enquanto alguns indícios de estranhos ruídos nas montanhas vieram de longe, ele acrescentou uma ou duas sentenças.

– Alimente-o regularmente, Willy, e lembre-se da quantidade, mas não deixe que cresça muito depressa para o lugar, pois, se ele quebrar as paredes e sair antes de você abrir para Yog-Sothoth, estará tudo acabado e de nada terá adiantado. Só aqueles que estão além são capazes de fazê-lo se multiplicar e agir... Só eles, os antigos, que querem voltar...

Mas a fala cedeu aos espasmos novamente, e Lavinia gritou diante do modo como os bacuraus acompanharam essa mudança. Isso continuou por mais de uma hora, quando o estertor final aconteceu. O dr. Houghton abaixou as pálpebras enrugadas sobre os olhos arregalados e cinzentos, enquanto o tumulto das aves imperceptivelmente retornou ao silêncio. Lavinia chorou e soluçou, mas Wilbur apenas riu, enquanto os ruídos nas encostas soavam ao longe.

– Não pegaram ele – murmurou em sua voz pesada de barítono.

Wilbur era, a essa altura, um acadêmico de erudição realmente tremenda, à sua maneira unilateral, e algumas pessoas sabiam que ele se correspondia com muitas bibliotecas em lugares distantes, onde antigos livros, raros e proibidos, eram conservados.

Ele se tornou cada vez mais odiado e temido na região de Dunwich devido ao desaparecimento de certos jovens, cuja suspeita levava vagamente à sua porta, mas sempre conseguia silenciar as investigações através do medo ou do uso daquele fundo de ouro antigo que ainda, como no tempo do avô, destinava regularmente e em quantias cada vez maiores à compra de gado. Agora ele tinha um aspecto tremendamente maduro, e sua altura, após atingir o limite adulto normal, parecia inclinada a ir além desse ponto. Em 1925, quando um correspondente acadêmico da Universidade Miskatonic visitou-o um dia e foi embora pálido e intrigado, o rapaz media mais de dois metros de altura.

Ao longo dos anos, Wilbur sempre tratou a mãe albina e deformada com um desprezo crescente, e finalmente a proibiu de ir às montanhas com ele na Noite de Santa Valburga e no Dia das Bruxas; e em 1926, a pobre criatura se queixou a Mamie Bishop de que estava com medo do filho.

– Sei coisas sobre ele que não posso te contar, Mamie – disse ela –, e agora tem coisas dele que nem eu sei. Juro por Deus que não sei o que ele quer nem o que está tentando fazer.

Naquele Dia das Bruxas, o som na montanha estava mais alto do que nunca, e as fogueiras foram acesas em Sentinel Hill como sempre, mas o povo prestou mais atenção aos gritos ritmados do vasto bando de bacuraus estranhamente atrasados que pareciam se reunir perto da sede da fazenda dos Whateleys, que estava às escuras. Depois da meia-noite, suas notas estridentes explodiram em uma espécie de casquinada pandemoníaca, que preencheu toda a região e só ao amanhecer finalmente se aquietou. Então, os bacuraus sumiram, voando às pressas para o sul, onde deviam ter chegado um mês antes. Do significado disso, só se teria certeza mais tarde. Ninguém do povo parecia ter morrido – mas a pobre Lavinia Whateley, a albina deformada, nunca mais foi vista.

No verão de 1927, Wilbur consertou dois barracões da fazenda e começou a levar seus livros e pertences para lá. Logo depois, Earl Sawyer contou aos fregueses do Osborn que havia mais obras de carpintaria sendo feitas na casa dos Whateleys. Wilbur estava fechando todas as portas e janelas do térreo, e parecia estar tirando as divisórias como ele e o avô haviam feito no andar de cima quatro anos antes. Estava morando em um dos barracões, e Sawyer achou que ele parecia anormalmente preocupado e trêmulo. As pessoas em geral desconfiavam que ele tivera algo a ver com o desaparecimento da mãe, e pouquíssimas chegavam perto de sua propriedade agora. Sua altura chegara a cerca de dois metros e quinze, e não dava sinais de interromper o desenvolvimento.

V.

O inverno seguinte trouxe um acontecimento não menos estranho do que a primeira viagem de Wilbur para fora da região de Dunwich. Suas correspondências com a Widener Library de Harvard, com a Bibliothèque Nationale em Paris, com o British Museum, com a Universidade de Buenos Aires e com a biblioteca da Universidade Miskatonic de Arkham não haviam lhe franqueado o empréstimo de um livro que ele desejava desesperadamente; de modo que, enfim, resolveu ir pessoalmente, desmazelado, sujo, barbudo e com seu dialeto rústico, consultar o exemplar em Miskatonic, que era o mais próximo. Com seus quase dois metros e meio de altura, e levando uma valise nova e barata, comprada no armazém do Osborn, aquela gárgula morena e hircina apareceu um dia em Arkham em busca do pavoroso volume mantido trancafiado na biblioteca da universidade – o odioso *Necronomicon*, do árabe louco Abdul Alhazred, em tradução latina de Olaus Wormius, tal como impresso na Espanha no século XVII. Ele nunca tinha visto uma cidade antes, mas não pensou em nada além de chegar o mais depressa possível à universidade, onde, de fato, passou impassível por um grande cão de guarda de dentes brancos, que latiu com fúria e animosidade incomuns e puxou freneticamente sua corrente grossa.

Wilbur levara consigo o exemplar inestimável porém imperfeito da versão inglesa do dr. Dee, que herdara do avô, e, ao receber acesso ao exemplar latino, começou imediatamente a cotejar os dois textos com o objetivo de descobrir certa passagem que viria na página 751 de seu volume truncado. Isso ele não podia deixar de explicar educadamente ao bibliotecário – o mesmo erudito Henry Armitage (formado na Miskatonic, doutor em Princeton, doutor em literatura na Johns Hopkins) que um dia o visitara na fazenda, e que agora lhe fazia perguntas gentis. Ele estava procurando, teve de admitir, uma espécie de fórmula ou encantamento que continha o temível nome de *Yog-Sothoth*, e ficara intrigado ao encontrar discrepâncias, duplicidades e ambiguidades que tornavam a determinação nada fácil. Enquanto Wilbur copiava a fórmula que enfim encontrara, o dr. Armitage olhou involuntariamente, por cima de seu ombro, para as páginas abertas; a da esquerda, na versão latina, continha ameaças monstruosas à paz e à sanidade do mundo. Dizia o texto que Armitage traduziu mentalmente:

Tampouco se deve pensar que o homem seja ou o mais antigo ou o último senhor da terra, ou que a grande massa de vida e substância caminhe sozinha. Houve os Grandes Antigos, há os Grandes Antigos e haverá os Grandes Antigos. Não nos espaços que conhecemos, mas entre *esses espaços, Eles caminham serenos e primordiais, não dimensionais e invisíveis para nós.* Yog-Sothoth *conhece o portal.* Yog-Sothoth *é o portal.* Yog-Sothoth *é a chave e o guardião do portal. Passado, presente, futuro, todos são um em* Yog-Sothoth. *Ele sabe onde os Grandes Antigos atravessaram antigamente, e onde Eles atravessarão outra vez. Ele sabe onde Eles trilham os campos da terra, e onde Eles ainda os estão trilhando, e por que ninguém é capaz de vê-Los enquanto trilham. Pelo Seu cheiro os homens às vezes sabem que Eles estão por perto, mas Sua aparência homem nenhum jamais soube,* exceto nos traços daqueles que Eles geraram na humanidade*; e desses há muitos tipos, diferindo em semelhança da imagem genuína do homem até aquela forma sem visão ou substância que são* Eles. *Eles caminham invisíveis e empesteiam lugares ermos onde as Palavras foram pronunciadas e os Ritos uivados ao longo das suas Estações. O vento balbucia com Suas vozes, e a terra murmura com Sua consciência. Eles dobram florestas e esmagam cidades, mas nem florestas nem cidades jamais contemplaram a mão que as destrói. Kadath na desolação gelada Os conheceu, e quem entre os homens conheceu Kadath? O deserto de gelo do Sul e as ilhas naufragadas do Oceano contêm rochas onde Seu selo está gravado, mas quem já viu a profunda cidade congelada ou a torre vedada há muito engrinaldada de algas e cracas? O Grande Cthulhu é Seu primo, no entanto ele só Os vê difusamente.* Iä!

Shub-Niggurath! *Como uma imundície Eles serão conhecidos de ti. Suas mãos estão na tua garganta, no entanto não Os vês; e Sua morada é a mesma do teu umbral guarnecido.* Yog-Sothoth *é a chave do portal, por meio do qual as esferas se encontram. Hoje reina o homem onde um dia Eles reinaram; Eles reinarão outra vez onde hoje reina o homem. Depois do verão vem o inverno, e depois do inverno, o verão. Eles aguardam pacientes e potentes, pois aqui Eles reinarão outra vez.*

O dr. Armitage, associando o que ele estava lendo com o que tinha ouvido sobre Dunwich e suas presenças soturnas, e sobre Wilbur Whateley e sua aura escura e hedionda, que se expandia desde um nascimento dúbio até uma nuvem de provável matricídio, sentiu um calafrio de pavor tão tangível quanto uma corrente de ar vinda da viscosidade fria de um túmulo. O gigante hircino e encurvado diante dele parecia um ser de outro planeta ou de outra dimensão, como algo apenas parcialmente humano, e associado a golfos obscuros da essência e da entidade que se expandem como fantasmas titânicos além de todas as esferas da força e da matéria, do espaço e do tempo. Então Wilbur ergueu a cabeça e começou a falar daquele seu jeito estranho, ressonante, que sugeria órgãos fonadores diferentes dos da humanidade.

– Sr. Armitage – disse ele –, creio que vou precisar levar o livro para casa. Há coisas nele que eu gostaria de experimentar sob determinadas circunstâncias de que não disponho aqui, e seria um pecado mortal que uma questão burocrática me impedisse. Deixe-me levar o livro emprestado, senhor, e prometo que ninguém vai notar a diferença. Nem preciso dizer que vou tomar cuidado. Não fui eu quem deixou esse exemplar de John Dee nesse estado...

Ele se deteve ao notar a negativa firme no rosto do bibliotecário, e seu semblante de traços hircinos se tornou astucioso. Armitage, disposto a dizer que ele podia fazer uma cópia de todas as partes de que precisasse, pensou subitamente nas possíveis consequências e mudou de ideia. Era muita responsabilidade dar àquela criatura a chave para esferas externas tão blasfemas. Whateley entendeu a situação, e tentou responder com leveza.

– Ora, está bem, se você pensa assim. Talvez Harvard não crie tanto caso quanto vocês.

E, sem dizer mais nada, ele se levantou e caminhou para fora do edifício, parando diante de cada porta. Armitage ouviu os latidos selvagens do grande cão de guarda e observou os saltos simiescos de Whateley ao atravessar o trecho do campus visível da janela. Lembrou-se das histórias fantásticas que tinha ouvido, e das velhas matérias de domingo do *Advertiser* de Arkham; disso e das lendas que ele havia recolhido dos moradores da vila e da zona rural de Dunwich durante sua única visita. Coisas nunca vistas e extraterrenas – ou no mínimo não da terra tridimensional – agitavam-se, fétidas e horrendas através dos vales da Nova Inglaterra, e assomavam obscenamente nos cumes de suas montanhas. Disso ele sempre tivera certeza. Agora parecia sentir a presença próxima de alguma porção terrível desse horror invasivo e vislumbrar um avanço infernal no domínio negro do antigo e outrora passivo pesadelo. Ele tornou a trancafiar o *Necronomicon* com um tremor de asco, mas a sala continuava empesteada de um fedor profano e indecifrável.

– Como uma imundície Eles serão conhecidos de ti – citou.

Sim, o odor era o mesmo que o enjoara na sede da fazenda Whateley menos de três anos antes. Ele pensou em Wilbur, hircino e soturno, outra vez, e riu zombeteiramente dos rumores da vila sobre sua ascendência.

– Endogamia? – Armitage murmurou consigo, mas audivelmente. – Santo Deus, que gente simplória! Se lessem o *Grande deus Pã* de Arthur Machen, diriam se tratar de um escândalo comum em Dunwich! Mas quem... que maldita influência informe dessa ou de outra terra tridimensional... seria o pai de Wilbur Whateley? Nascido na Candelária, nove meses depois da Noite de Santa Valburga em 1912, quando a história sobre os estranhos ruídos na terra chegaram até Arkham. O que teria caminhado nas montanhas naquela Noite de Santa Valburga? Que horror do Santo Dia da Cruz se amarrou ao mundo em carne e ossos semi-humanos?

Durante as semanas seguintes, o dr. Armitage passou a reunir todos os dados possíveis sobre Wilbur Whateley e as presenças amorfas na região de Dunwich. Ele entrou em contato com o dr. Houghton, de Aylesbury, que atendera o velho Whateley em sua doença final, e meditou profundamente a respeito das últimas palavras do avô citadas pelo médico. Uma visita à vila de Dunwich não serviu para revelar muita novidade; porém uma pesquisa atenta no *Necronomicon*, dos trechos que Wilbur buscara tão avidamente, parecia fornecer novas e terríveis pistas sobre a natureza, os métodos e os desejos do estranho mal que tão vagamente ameaçava o planeta. Conversas com diversos estudantes de lendas arcaicas em Boston, e cartas a muitos outros em outros lugares, só fizeram aumentar seu espanto, que foi aos poucos passando por graus variados de alarme até um estado real de medo espiritual agudo. Conforme o verão se aproximava, ele sentiu difusamente a necessidade de fazer alguma coisa a respeito dos terrores que espreitavam o alto vale das Miskatonics e da monstruosa criatura que se apresentava ao mundo dos homens como Wilbur Whateley.

VI.

O horror de Dunwich em si ocorreu entre Lammas e o equinócio de 1928, e o dr. Armitage esteve entre aqueles que testemunharam seu prólogo monstruoso. Ele tinha ouvido, nesse ínterim, sobre a grotesca viagem de Whateley a Cambridge e seus esforços frenéticos para levar emprestado ou copiar o exemplar do *Necronomicon* da Widener Library. Tais esforços foram em vão, pois Armitage enviara avisos, com a mais aguda intensidade, a todos os bibliotecários que dispunham do temível volume. Wilbur demonstrara um nervosismo chocante em Cambridge; angustiado pelo livro, mas quase igualmente angustiado para voltar logo para casa, como se temesse os resultados de sua ausência.

No início de agosto, o desfecho quase esperado aconteceu, e nas primeiras horas do dia 3 o dr. Armitage foi acordado subitamente pelos uivos selvagens e ferozes do cão de guarda do campus da faculdade. Graves e terríveis, os uivos, os rosnados e os latidos enlouquecidos continuaram, cada vez mais altos, mas com pausas hediondamente significativas. Então se ergueu um grito de uma garganta inteiramente diferente – um grito que acordou metade das pessoas em Arkham e assombrou seus sonhos desde então. Tal grito parecia saído de uma criatura não nascida na terra, não inteiramente.

Armitage, vestindo-se às pressas e correndo pela rua até o bloco de edifícios da faculdade, viu outros colegas à sua frente e ouviu ecos do alarme antifurto ainda soando na biblioteca. Uma janela aberta revelava o interior escuro e vazio ao luar. Quem havia entrado continuava ali dentro, pois os latidos e os gritos, agora reduzidos a um misto de rosnados graves e gemidos, provinham indiscutivelmente de lá. Algum instinto alertou Armitage de que o que estava acontecendo não era coisa para olhos despreparados, de modo que afastou a multidão com autoridade e destrancou ele mesmo a porta do vestíbulo. Entre os presentes, notou o professor Warren Rice e o dr. Francis Morgan, homens a quem havia confiado parte de suas conjecturas e apreensões; e a esses dois ele fez sinal para que o acompanhassem. O barulho lá de dentro, com exceção de um ganido atento, estridente, de cachorro, havia a essa altura quase parado, mas Armitage então percebeu sobressaltado um súbito coro alto de bacuraus vindo dos arbustos, com seus pios desgraçadamente ritmados, como em uníssono com os últimos estertores de um moribundo.

O prédio estava impregnado de um pavoroso fedor que o dr. Armitage conhecia bem, e os três homens correram até a pequena sala de leitura com os livros de genealogia, de onde vinham os ganidos. Durante um segundo, ninguém ousou acender a luz, então Armitage tomou coragem e ligou o interruptor. Um dos três – não se sabe ao certo qual – soltou um berro diante do que se espalhava diante deles em meio a mesas desordenadas e cadeiras viradas. O professor Rice declara ter perdido inteiramente a consciência por um instante, embora não tenha tropeçado ou caído.

A criatura, inclinada de lado em uma poça fétida de sânie amarelo-esverdeada e alcatroada viscosidade, tinha mais de dois metros e setenta de altura, e o cachorro havia arrancado toda a sua roupa e parte da pele. Não estava exatamente morta, mas se retorcia, silenciosa e espasmodicamente, enquanto seu peito arquejava em monstruoso uníssono com os pios enlouquecidos dos bacuraus expectantes lá fora. Pedaços de couro de sapato e fragmentos de peças de roupa estavam espalhados pelo cômodo, e, logo abaixo da janela, um saco vazio de lona jazia onde evidentemente havia sido atirado. Perto da escrivaninha central, um revólver havia caído, uma cápsula amassada, porém não disparada, mais tarde explicaria o porquê de não ter havido o tiro. A criatura em si, contudo, expulsava todas as outras imagens da cena. Seria banal e não de todo acurado dizer que nenhuma pena humana seria capaz de descrevê-la, mas seria adequado dizer que não seria vividamente visualizada por ninguém cujas ideias sobre aspecto e contorno fossem limitadas às formas comuns de vida deste planeta ou das três dimensões conhecidas. Era parte humana, sem dúvida, com mãos e cabeça muito semelhantes às nossas, e o rosto hircino, sem queixo, tinha a marca dos Whateleys estampada. Mas o torso e as partes inferiores do corpo eram teratologicamente fabulosas, de modo que apenas roupas muito folgadas permitiram que andasse pela terra sem ser questionado ou exterminado.

Acima da cintura, era semiantropomórfica, embora no peito, onde as patas do cão ainda pousavam atentamente, a pele fosse coriácea e reticulada, semelhante à do crocodilo ou do jacaré. O dorso era malhado de amarelo e preto, e sugeria discretamente a cobertura escamosa de certas serpentes. Abaixo da cintura, contudo, era muito pior, pois aqui terminava qualquer semelhança humana e começava a pura fantasia. A pele era espessa e coberta de um pelo negro áspero, e, desde o abdômen, vinte tentáculos compridos, cinza-esverdeados, com ventosas vermelhas, se projetavam frouxamente. A disposição era esquisita, e parecia seguir simetrias de alguma geometria cósmica desconhecida da terra ou do sistema solar. Cada quadril, afundado em uma espécie de órbita ciliada rosada, era o que parecia ser um olho rudimentar; ao passo que, no lugar da cauda, pendia uma espécie de tronco ou antena com anéis roxos, e com muitas evidências de ser uma boca ou garganta não muito desenvolvida. Os membros, com exceção do pelo negro, lembravam grosseiramente as pernas traseiras dos gigantescos sáurios da terra pré-histórica, e terminavam em patas com marcas de veias que não eram nem cascos nem garras. Quando a criatura respirava, sua cauda e seus tentáculos mudavam ritmicamente de cor, como se houvesse uma causa circulatória comum ao lado não humano de sua ancestralidade. Nos tentáculos, isso se observava na forma de um escurecimento do matiz esverdeado, enquanto na cauda se manifestava como uma aparição amarelada, que se alternava com um branco acinzentado e doentio, nos espaços entre os anéis roxos. Sangue genuíno não havia; apenas a sânie fétida amarelo-esverdeada que escorria pelo assoalho pintado, para além do raio da viscosidade, e deixava uma curiosa descoloração em seu rastro.

Como a presença dos três homens parecia despertar a criatura moribunda, ela começou a murmurar sem virar ou erguer a cabeça. O dr. Armitage não fez nenhum registro escrito de seus balbucios, mas afirma confiantemente que nada foi pronunciado em inglês. A princípio, as sílabas desafiavam qualquer correlação com alguma linguagem terrestre, mas perto do fim ouviram-se fragmentos desconexos evidentemente retirados do *Necronomicon*, monstruosa blasfêmia em busca da qual a criatura perecera. Esses fragmentos, tal como Armitage os recorda, diziam algo como *"N'gai, n'gha'ghaa, bugg-shoggog, y'hah; Yog-Sothoth, Yog-Sothoth..."*. Eles se reduziram a nada conforme os bacuraus chilreavam em crescendos ritmados de profana antecipação.

Então os arquejos cessaram, e o cão levantou a cabeça em um uivo longo e lúgubre. Uma mudança se deu no rosto amarelado e hircino da prostrada criatura, e os grandes olhos negros se fecharam aterradoramente. Do lado de fora da janela, a gritaria dos bacuraus cessou de repente, e acima dos murmúrios da multidão reunida ouviu-se um zumbido e uma revoada pânica. Contra a lua, vastas nuvens de observadores emplumados se ergueram e desapareceram, voando frenéticos atrás daquilo que seria sua presa.

No mesmo instante o cão se sobressaltou, latiu assustado e saltou nervosamente pela janela por onde havia entrado. Um grito se ergueu da multidão, e o dr. Armitage berrou para os homens lá fora que ninguém tinha permissão de entrar antes que a polícia ou um médico chegassem. Ele deu graças ao fato de as janelas serem altas demais para permitir que espiassem, e fechou as cortinas escuras cuidadosamente sobre cada uma. A essa altura, dois policiais haviam chegado; e o dr. Morgan, recebendo-os no vestíbulo, insistiu, pelo bem deles, que esperassem para entrar na sala de leitura impregnada de fedor até que o médico chegasse e a criatura prostrada fosse coberta.

Nesse ínterim, mudanças apavorantes ocorreram no térreo. Não é preciso descrever o *tipo* e a *velocidade* do encolhimento e da desintegração que ocorreram diante dos olhos do dr. Armitage e do professor Rice; mas é possível dizer que, além da aparência externa do rosto e das mãos, o elemento realmente humano em Wilbur Whateley devia ser muito pequeno. Quando o médico chegou, só havia uma massa viscosa e esbranquiçada sobre as tábuas pintadas do assoalho, e o odor monstruoso tinha quase desaparecido. Aparentemente, Whateley jamais tivera crânio ou esqueleto ósseo; ao menos, em nenhum sentido genuíno e constante. De certa forma, ele puxara o pai desconhecido.

VII.

No entanto, tudo isso foi apenas o prólogo do verdadeiro horror de Dunwich. Foram cumpridas as formalidades pelos oficiais perplexos, detalhes anormais foram devidamente encobertos do conhecimento da imprensa e do público, e homens foram enviados a Dunwich e Aylesbury para investigar a propriedade e notificar algum possível herdeiro do falecido Wilbur Whateley. Encontraram a zona rural em polvorosa, tanto por conta dos sons das montanhas coroadas quanto pelo fedor estranho e os sons crescentes, líquidos, que se ouviam cada vez mais altos, vindos da grande concha oca formada pela sede lacrada de ripas da fazenda Whateley. Earl Sawyer, que cuidara do cavalo e do gado na ausência de Wilbur, desenvolvera uma condição nervosa dolorosamente aguda. Os oficiais encontraram desculpas para não entrar no ruidoso recinto lacrado e se contentaram em confinar sua investigação aos aposentos do falecido, os barracões recém-consertados, numa única visita. Eles deram entrada em um longo relatório no tribunal de Aylesbury, e dizem que o litígio da herança ainda está em processo entre os inúmeros Whateleys, decadentes e não decadentes, do alto do vale das Miskatonics.

Um manuscrito quase interminável em caracteres estranhos, escrito em um imenso livro de registro, e considerado uma espécie de diário devido ao espaçamento e às variações de tintas e caligrafias, representou um intrigante enigma àqueles que o encontraram no velho gabinete que servia de escrivaninha a seu autor. Após uma semana de discussões, o livro foi enviado à Universidade Miskatonic, assim como a coleção de livros estranhos do falecido, para estudos e eventual tradução, mas os melhores linguistas logo viram que não era provável que fosse decifrado com facilidade.

Nenhum sinal do ouro antigo que Wilbur e o velho Whateley sempre usaram para pagar suas contas foi descoberto.

Foi quando escureceu, a 9 de setembro, que o horror começou. Os ruídos nas montanhas estavam muito intensos ao entardecer, e os cães latiram freneticamente a noite inteira. Os madrugadores do dia 10 notaram um fedor peculiar no ar. Por volta das sete da manhã, Luther Brown, o menino que trabalhava na fazenda de George Corey, entre o vale de Cold Spring e a vila, voltou agitado de sua ida matinal ao pasto de Ten-Acre Meadow com as vacas. Ele estava quase tendo uma convulsão de pavor quando entrou cambaleante na cozinha; e no quintal lá fora o gado, não menos assustado, pateava e mugia penosamente, tendo acompanhado o menino de volta, no mesmo pânico que ele. Entre pausas para tomar ar, Luther tentou tartamudear sua história à senhora Corey.

– Lá no alto da estrada depois do vale, dona Corey. Tem alguma coisa lá! Está com cheiro de tempestade, e todos os arbustos e arvorezinhas estão dobrados para fora da estrada como se tivesse passado uma casa por ali. E isso nem é o pior, que nada... As *pegadas* na estrada, dona Corey; umas pegadas redondas, grandes, do tamanho de um tonel, bem afundadas, como se um elefante tivesse pisado ali, *só que são demais para um bicho só de quatro patas fazer!* Eu olhei uma ou duas antes de começar a correr, e vi que são cheias de linhas que partem de um mesmo lugar, como leques grandes de folha de palmeira, só que duas ou três vezes maior, bem marcadas na estrada. E o cheiro era horrível, como aquele que tem perto da casa do velho bruxo Whateley...

Nesse ponto, ele hesitou, e pareceu estremecer novamente com o medo que sentira na volta apressada. A sra. Corey, incapaz de extrair mais informação dele, começou a telefonar para os vizinhos, dando assim início à abertura do pânico que prenunciava terrores maiores. Quando Sally Sawyer atendeu, a governanta da casa de Seth Bishop, a propriedade mais próxima da fazenda Whateley, foi sua vez de ouvir em vez de falar, pois o filho de Sally, o menino

Chauncey, que tinha o sono leve, tinha subido a encosta na direção dos Whateleys, e voltou correndo apavorado depois da dar uma espiada no lugar e no pasto onde as vacas do sr. Bishop tinham passado a noite.

– Sim, dona Corey – Veio a voz trêmula de Sally pelo fio. – O Chancey acabou de voltar e me contar isso, e quase não consegue falar de tão assustado! Disse que a casa do velho Whateley está toda derrubada, com as vigas espalhadas como se tivesse explodido dinamite lá dentro. Só o térreo não desabou, mas está todo coberto com uma espécie de alcatrão, que tem um cheiro horroroso e que fica escorrendo pelos cantos no chão onde as toras foram derrubadas. E diz que tem umas pegadas horríveis no quintal também, umas pisadas redondas, enormes, maiores que um barril, e tudo grudento de coisa, igual na casa destruída. O Chancey falou que as pegadas levam para o pasto, onde tem um rastro grande, maior que um celeiro, e todas as paredes de pedra foram derrubadas por onde a coisa passou.

"E ele contou, dona Corey, que foi ver as vacas do Seth, mesmo com medo, e as encontrou no pasto de cima perto do Salto do Diabo em um estado lastimável. Metade tinha sumido, e metade tinha tido o sangue quase todo sugado delas, com feridas parecidas com as do gado do Whateley depois que a Lavinia teve aquele menino maligno. O Seth agora saiu para procurar as vacas, mas acho que ele não vai ter coragem de ir muito perto da casa do bruxo Whateley! O Chancey não viu direito para onde o rastro gigante levava além do pasto, mas falou que acha que apontava para a estrada do vale até a vila.

"Vou te falar, dona Corey, tem coisa vindo aí que não devia ter saído de onde saiu, e eu cá comigo acho que aquele maligno do Wilbur Whateley, que teve o fim que merecia, está por trás da origem disso aí. Ele não era totalmente humano, eu sempre falei isso para todo mundo, e acho que ele e o velho Whateley devem ter invocado alguma coisa naquela casa com as tábuas pregadas que era ainda menos humana que ele. Sempre teve coisas que ninguém via em Dunwich, coisas vivas, que não são gente humana e não prestam para gente humana.

"O chão ficou falando a noite passada inteira, e até de manhã o Chancey ficou ouvindo bacurau cantar tão alto no vale de Col' Spring que ele nem conseguiu dormir. Aí ele achou que ouviu outro som fraco vindo da casa do bruxo Whateley, um tal de quebrar madeira, rachando, como se estivessem abrindo uma caixa grande de madeira. Com isso e aquilo, ele não dormiu mais até o sol nascer, e assim que nasceu ele foi até a casa do Whateley ver o que era. Ele viu o suficiente, vou te contar, dona Corey! Isso coisa boa não é, e eu acho que os homens tinham que formar um grupo e fazer alguma coisa a respeito. Tenho certeza de que vai acontecer alguma barbaridade, e tenho pressentimento de que vai ser logo, embora só Deus saiba o que é.

"O seu Luther reparou por acaso aonde o rastro levava? Não? Ora, dona Corey, se era na estrada do vale, deste lado do vale, e ainda não passou pela sua casa, acho que deve estar indo na direção do vale mesmo. Eu acho que é bem isso que ele faria. Sempre falei que o vale de Col' Spring não era sadio, é um lugar indecente. O tanto de bacurau e pirilampo que tem lá, não é como outras criaturas de Deus, e dizem que dá para ouvir coisas estranhas se mexendo e falando no ar, ali, se a pessoa parar no lugar certo, entre o despenhadeiro de pedra e Bear's Den."

Por volta do meio-dia, três quartos dos homens e meninos de Dunwich formaram uma tropa e partiram pelas estradas e campos até a recente ruína da propriedade dos Whateleys e o vale de Cold Spring, examinando horrorizados as pegadas imensas e monstruosas, o gado do Bishop dilacerado, a estranha e ruidosa desgraça da sede da fazenda, e a vegetação estraçalhada, amassada, dos campos e das margens da estrada. O que quer que tenha se desencadeado sobre o mundo seguramente havia descido pela grandiosa e sinistra ravina, pois todas as árvores das margens estavam dobradas e rachadas, e uma grande avenida se abriu na vegetação rasteira do precipício. Era como se uma casa, lançada por uma avalanche, houvesse deslizado através das plantas emaranhadas do declive quase vertical. Nenhum som vinha lá de baixo, mas apenas um fedor distante, indefinível; e não é de estranhar que os homens tenham preferido parar na borda e discutir, em vez de descer e enfrentar o horror ciclópico em seu antro. Três cachorros que estavam com o grupo haviam começado a latir furiosamente, mas depois, ao que parece, se acovardaram e se calaram relutantes nas imediações do vale. Alguém telefonou dando a notícia ao *Aylesbury Transcript*, porém o editor, acostumado a histórias fantásticas vindas de Dunwich, não fez mais que produzir um parágrafo bem-humorado a respeito; nota pouco depois reproduzida pela agência Associated Press.

Naquela noite, todo mundo voltou para casa, e cada casa e cada celeiro ergueu sua barricada o mais firmemente possível. Desnecessário dizer, nenhum gado passou a noite ao relento no pasto. Por volta das duas da manhã, um fedor pavoroso e os latidos selvagens dos cães acordaram as pessoas na casa de Elmer Frye, no limite leste do vale de Cold Spring, e todos concordaram ter ouvido um som líquido, de movimento abafado, de alguma coisa lá fora. A sra. Frye propôs telefonar para os vizinhos, e Elmer estava prestes a concordar quando o barulho de madeira sendo rachada se impôs sobre suas deliberações. Vinha, ao que tudo indicava, do celeiro, e foi rapidamente seguido por uma gritaria e um tropel hediondo do gado. Os cães salivaram e se agacharam junto aos pés da família anestesiada de medo. Frye acendeu uma lanterna por força do hábito, contudo sabia que seria fatal sair naquela escuridão. As crianças e as mulheres choramingaram, mas não gritaram, impedidas por algum vestígio obscuro de instinto de defesa que lhes dizia que suas vidas dependiam do silêncio. Enfim o barulho do gado se reduziu a gemidos dolentes, e seguiu-se um grande estouro, de rachaduras e estalidos. Os Fryes, amontoados na sala, não ousaram se mexer enquanto os últimos ecos não morreram ao longe no vale de Cold Spring. Então, em meio aos gemidos melancólicos vindos do estábulo e os pios demoníacos dos últimos bacuraus no vale, Selina Frye cambaleou até o telefone e difundiu o máximo que pôde a segunda fase do horror.

No dia seguinte, toda a zona rural estava em pânico; e, acovardados, grupos pouco comunicativos iam e vinham aos locais onde a criatura demoníaca havia aparecido. Dois rastros titânicos de destruição se estendiam do vale à fazenda dos Fryes, pegadas monstruosas cobriam os trechos batidos do terreno, e um dos lados do velho celeiro vermelho havia cedido completamente. Quanto ao gado, apenas um quarto das cabeças foram encontradas e identificadas. De algumas dessas cabeças, restavam apenas curiosos fragmentos, e todo o gado sobrevivente teve de ser abatido a tiros. Earl Sawyer sugeriu que pedissem ajuda em Aylesbury ou Arkham, mas outros insistiram que de nada adiantaria. O velho Zebulon Whateley, de um ramo que pairava entre a solidez e a decadência, fez sugestões obscuras e bizarras sobre rituais que deveriam ser praticados no cume dos montes. Ele vinha de uma linhagem de forte tradição, e suas lembranças de cânticos em grandes círculos de pedra não tinham qualquer relação com Wilbur e seu avô.

A escuridão se fez sobre a gente abalada da roça, passiva demais para se organizar em uma defesa concreta. Em poucos casos, famílias mais íntimas formaram um só bando e passaram a noite em vigília sob um mesmo teto, mas em geral houve apenas a repetição de barricadas da noite anterior, e um gesto inútil, ineficaz, de carregar mosquetes e deixar os forcados à mão. Nada, no entanto, ocorreu, exceto os sons da montanha; e quando o dia amanheceu muitos desejaram que o novo horror tivesse acabado tão rapidamente quanto começou. Algumas almas mais ousadas até propuseram uma expedição ofensiva até o vale, embora não chegassem a dar o exemplo efetivo à maioria ainda relutante.

Quando a noite voltou outra vez, as barricadas se repetiram, mas houve menos aglomeração de famílias. Pela manhã, as famílias de Frye e Seth Bishop relataram agitação entre os cães e vagos sons e remotos odores, enquanto os primeiros exploradores notaram com horror um novo conjunto de pegadas monstruosas na estrada para Sentinel Hill. Assim como antes, as margens da estrada mostravam escoriações indicativas de uma massa blasfemamente estupenda de horror; embora a conformação do rastro parecesse sugerir passagens em duas direções, como se a montanha semovente tivesse vindo do vale de Cold Spring e voltado pelo mesmo caminho. Na base da encosta, uma faixa de quase dez metros de arbustos esmagados levava para cima abruptamente, e os observadores engoliram em seco ao verem que até os lugares mais perpendiculares exibiam o rastro inexorável. O que quer que fosse o horror, era capaz de escalar um rochedo maciço quase totalmente vertical; e quando os investigadores subiram até o topo da encosta por caminhos mais seguros, viram que o rastro acabava – ou melhor, mudava de direção – ali.

Era ali que os Whateleys costumavam fazer suas fogueiras infernais e entoar seus rituais demoníacos sobre a pedra em formato de mesa na Noite de Santa Valburga e no Dia das Bruxas. Agora aquela mesma pedra formava o centro de um amplo espaço devastado pelo montanhoso horror, enquanto em sua superfície ligeiramente côncava havia um depósito espesso e fétido da mesma viscosidade alcatroada observada no assoalho da sede arruinada da fazenda dos Whateleys quando o horror escapou.

Os homens se entreolharam e murmuraram. Depois olharam morro abaixo. Aparentemente o horror havia descido por um caminho muito semelhante ao da subida. Era vão especular. A razão, a lógica e as ideias normais de motivação se confundiam. Apenas o velho Zebulon, que não estava com o grupo, seria capaz de fazer justiça à situação ou sugerir uma explicação plausível.

A noite de quinta-feira começou muito parecida com as outras, mas teve um final menos feliz. Os bacuraus no vale haviam gritado com persistência tão incomum que muitos moradores não conseguiram dormir, e por volta das três horas da manhã os telefones de todos do grupo tocaram tremulamente. Aqueles que atenderam ouviram uma voz enlouquecida pelo medo berrar "Socorro, oh, meu Deus!...", e alguns pensaram ouvir o som de algo sendo esmagado após a exclamação. Não houve mais nada. Ninguém ousou fazer coisa alguma, e ninguém ficou sabendo até o amanhecer de quem era aquela voz ao telefone. Então aqueles que a ouviram telefonaram para todos os outros, e descobriram que apenas os Fryes não atendiam. A verdade apareceu uma hora mais tarde, quando um grupo formado às pressas de homens armados foi até a casa dos Fryes na entrada do vale. Foi horrível, mas dificilmente uma surpresa. Havia mais faixas de rastros e pegadas monstruosas, mas não havia mais casa alguma. Ela havia implodido como uma casca de ovo, e em meio às ruínas nada vivo ou morto foi encontrado. Apenas um fedor e uma viscosidade alcatroada. A família de Elmer Frye havia sido apagada da face de Dunwich.

VIII.

Nesse ínterim, uma fase mais silenciosa e ainda mais espiritualmente pungente do horror vinha se desenrolando às escuras, por trás da porta fechada de uma sala cheia livros em Arkham. O curioso registro manuscrito ou diário de Wilbur Whateley, entregue à Universidade Miskatonic para ser traduzido, havia causado muita preocupação e perplexidade entre especialistas em línguas antigas e modernas; seu próprio alfabeto, não obstante uma semelhança geral com o arábico muito obscurecido usado na Mesopotâmia, era absolutamente desconhecido de todas as autoridades consultadas. A conclusão final dos linguistas foi de que o texto representava um alfabeto artificial, o que equivalia a uma criptografia, embora nenhum dos métodos usuais de solução criptográfica fornecesse qualquer pista, mesmo aplicados com base em todas as línguas concebíveis que o autor pudesse ter usado. Os livros antigos trazidos dos aposentos dos Whateleys, apesar de absorventemente interessantes e, em diversos casos, potencialmente inspiradores de novas e terríveis linhas de pesquisa entre filósofos e cientistas, não foram de nenhuma assistência nesse caso. Um deles, um volume pesado, com cadeado de ferro, era escrito em outro alfabeto desconhecido – este de aparência muito distinta, e lembrando o sânscrito mais do que qualquer outro. O velho livro de registro foi enfim entregue à inteira responsabilidade do dr. Armitage, tanto devido a seu interesse peculiar no caso dos Whateleys, quanto por seu amplo conhecimento linguístico e sua familiaridade com fórmulas místicas da Antiguidade à Idade Média.

Armitage cogitou que talvez fosse um alfabeto utilizado esotericamente por cultos proibidos, sobreviventes de tempos mais antigos, e que teriam herdado muitas formas e tradições dos feiticeiros do mundo sarraceno. Essa questão, no entanto, ele não considerou vital, uma vez que seria desnecessário conhecer a origem dos símbolos se, como ele suspeitava, eles estivessem sendo usados como cifra em uma língua moderna. Ele acreditava que, considerando a grande quantidade de texto envolvida, o autor dificilmente teria se dado ao trabalho de usar outra língua que não a sua, exceto talvez em certas fórmulas e encantamentos especiais. Sendo assim, abordou o manuscrito com a suposição preliminar de que a maior parte estava em inglês.

O dr. Armitage sabia, a partir dos repetidos fracassos de seus colegas, que o enigma era profundo e complexo, e que nenhum modo simples de solução merecia sequer ser tentado. Ao longo de todo o fim de agosto, ele se alimentou de abundante material sobre criptografia, recorrendo a todos os recursos de sua própria biblioteca, e percorrendo noite após noite os arcanos da *Poligrafia*, de Tritêmio; das *De Furtivis Literarum Notis*, de Giambattista Porta; do *Traité des Chiffres*, de De Vigenère; da *Cryptomenysis Patefacta*, de Falconer; dos tratados do século XVIII de Davys e Thicknesse;

e de autoridades mais modernas como Blair, Von Marten e Klüber, com sua *Kryptographik*. Ele alternou o estudo desses livros com abordagens do manuscrito em si, e com o tempo se convenceu de que precisaria lidar com um dos mais sutis e engenhosos criptogramas, no qual muitas listas separadas de letras correspondentes são arranjadas com uma tabuada de multiplicação, e a mensagem era construída a partir de palavras-chaves arbitrárias, conhecidas apenas pelos iniciados. As autoridades mais antigas se revelaram mais úteis do que as mais novas, e Armitage concluiu que o código do manuscrito era muito mais antigo, sem dúvida passado de mão em mão através de uma longa linhagem de místicos praticantes. Diversas vezes ele se viu próximo da luz, mas precisou recuar por algum imprevisto. Então, quando setembro se aproximou, as nuvens começaram a se abrir. Algumas letras, tal como usadas em certas partes do manuscrito, emergiram definitiva e inconfundivelmente; e ficou óbvio que o texto era mesmo em inglês.

Ao anoitecer do dia 2 de setembro, a última grande barreira foi transposta, e o dr. Armitage leu pela primeira vez uma passagem contínua dos anais de Wilbur Whateley. Era na verdade um diário, como todos pensavam, e vinha lavrado em um estilo que claramente mostrava a mescla de erudição ocultista e analfabetismo da estranha criatura que o escreveu. Praticamente logo a primeira passagem longa que Armitage decifrou, uma entrada de 26 de novembro de 1916, revelou-se altamente preocupante e inquietante. Escrita, ele se lembrou, por um menino de três anos e meio que parecia um rapaz de doze ou treze. Ela dizia:

Hoje aprendi como se diz Sabaoth em aklo, e não gostei, sendo o que se responde da montanha e não do ar. O que mora no andar de cima não é como eu tinha pensado que seria, e não deve ter muito cérebro na terra. Dei um tiro no collie do Elam Hutchins, o Jack, quando ele veio me morder, e o Elam falou que vai me matar se puder. Acho que ele não pode. O avô ficou me repetindo a fórmula Dho ontem à noite, e acho que vi a cidade interior nos 2 polos magnéticos. Irei a esses polos quando a terra for liberada, se eu conseguir me libertar com a fórmula Dho-Hna quando eu pronunciar. Os do ar me disseram no Sabbat que vai demorar anos para eu ir embora da terra, e acho que o avô já terá morrido, de modo que vou ter de aprender todos os ângulos dos planos e todas as fórmulas entre Yr e Nhhngr. Os de fora ajudarão, mas eles não ganham corpo sem sangue humano. O que mora no andar de cima parece que vai ficar como era para ser. Vejo às vezes quando faço o sinal Voorish ou quando sopro o pó de Ibn Ghazi lá, e está ficando parecido com eles na Noite de Santa Valburga na montanha. O outro rosto talvez esteja sumindo um pouco. Fico pensando como eu vou ficar quando a terra for liberada e não tiver mais nenhum ser terrestre aqui. Aquele que veio com o Sabaoth aklo falou que eu posso ser transfigurado, porque tem muito trabalho externo a ser feito.

A manhã encontrou o dr. Armitage suando frio de terror e em um frenesi de concentração atenta. Ele não largara o manuscrito a noite inteira, mas ficou sentado à sua mesa sob a luz elétrica, virando página após página, com mãos trêmulas, o mais depressa que podia decifrar aquele texto críptico. Havia telefonado nervosamente para a esposa avisando que não voltaria para casa, e quando ela levou de casa o desjejum ao marido, ele mal conseguiu tocar na comida. Aquele dia inteiro ele passou lendo, em alguns momentos enlouquecidamente exaltado, quando uma reaplicação da chave complexa se fazia necessária. O almoço e o jantar foram trazidos, entretanto ele comeu apenas uma mínima fração de cada um. Por volta do meio da noite seguinte, pegou no sono em sua cadeira, mas logo despertou de um emaranhado de pesadelos quase tão medonhos quanto as verdades e ameaças à existência humana que havia descoberto.

Na manhã de 4 de setembro, o professor Rice e o dr. Morgan insistiram em vê-lo brevemente, e foram embora trêmulos e com semblantes pálidos e acinzentados. Naquela noite, ele foi para a cama, mas teve um sono agitado e intermitente. Na quarta-feira – o dia seguinte –, voltou para o manuscrito e começou a fazer longas anotações, tanto das seções em que estava trabalhando quanto daquelas que já havia decifrado. Nas primeiras horas da madrugada, dormiu um pouco em uma espreguiçadeira de seu escritório, mas estava de volta ao manuscrito antes de raiar o dia. Pouco antes do meio-dia, seu médico, o dr. Hartwell, veio vê-lo e insistiu que ele interrompesse o trabalho. O dr. Armitage se recusou, alegando que era da mais vital importância que ele completasse a leitura do diário, e prometendo uma explicação no tempo devido.

Ao entardecer, assim que caiu o crepúsculo, ele terminou a terrível leitura e se deitou exausto. A esposa, ao trazer-lhe o jantar, encontrou-o em estado quase comatoso, mas ele estava consciente o bastante para alertá-la, com um grito brusco, ao notar que os olhos dela se encaminhavam para as anotações que ele fizera. Erguendo-se enfraquecido, ele juntou os papéis rabiscados e guardou-os em um grande envelope, que imediatamente pôs no bolso interno de seu paletó. Teve força suficiente para chegar em casa, mas precisava tão claramente de cuidados médicos que o dr. Hartwell foi chamado de imediato. Quando o médico se despediu dele à beira da cama, ele só resmungava incessantemente:

– *Mas o que, em nome de Deus, podemos fazer?*

O dr. Armitage adormeceu, mas no dia seguinte estava um tanto delirante. Não deu nenhuma explicação a Hartwell, mas em seus momentos mais calmos falou da necessidade imperativa de uma longa conversa com Rice e Morgan. Suas divagações extremadas foram realmente surpreendentes, incluindo apelos frenéticos para que algo na casa da fazenda fosse destruído, e referências fantásticas a certo plano para a extinção de toda a raça humana e toda a vida animal e vegetal da terra por uma terrível raça antiga de seres de outra dimensão. Ele berrava que o mundo estava em perigo, pois as Criaturas Antigas queriam devastá-lo e arrastá-lo para fora do sistema solar e do cosmos da matéria, para outro plano ou fase da entidade, da qual o mundo um dia havia decaído, vigintilhões de éons atrás. Outras vezes, ele pedia o temível *Necronomicon* e a *Daemonolatreia* de Remigius, em que parecia ter esperanças de encontrar alguma fórmula para impedir o perigo que ele havia conjurado.

– Detenham-nos, detenham-nos! – berrava ele. – Os Whateleys queriam deixá-los entrar, e o pior deles ainda está vivo! Digam ao Rice e ao Morgan que precisamos fazer alguma coisa; é um tiro no escuro, mas eu sei como fazer o pó... Ele não foi mais alimentado desde 2 de agosto, quando Wilbur veio para cá e morreu, e nesse ritmo...

Porém Armitage tinha uma boa saúde, apesar de seus 73 anos, e se recuperou de sua desordem com uma noite de sono, sem desenvolver nenhum tipo de febre. Acordou tarde na sexta-feira, com a cabeça leve, embora sóbrio por um medo torturante e uma tremenda noção de responsabilidade. No sábado à tarde, ele se sentiu em condições de ir até a biblioteca e chamar Rice e Morgan para conversar, e durante o resto daquele dia e ao anoitecer, os três homens atormentaram seus cérebros nas mais bizarras especulações e no debate mais desesperado. Livros estranhos e terríveis foram retirados em grande quantidade das prateleiras e dos locais seguros de conservação; e diagramas e fórmulas foram copiados com pressa fervorosa e em abundância espantosa. De ceticismo, não havia nada. Os três haviam visto o corpo de Wilbur Whateley no chão da sala naquele mesmo edifício, e depois disso nenhum deles se sentiu minimamente inclinado a acusar o conteúdo do diário de delírios de um louco.

As opiniões se dividiram quanto a notificar ou não a Polícia Estadual de Massachusetts, e a negativa acabou vencendo. Havia coisas envolvidas que simplesmente não eram críveis para quem nunca vira sequer uma amostra, como de fato ficaria claro ao longo das investigações subsequentes. Tarde da noite, o trio se dispersou sem ter definido um plano, mas o dia inteiro, durante o domingo, Armitage ficou ocupado comparando fórmulas e misturando substâncias químicas trazidas do laboratório da universidade. Quanto mais ele refletia sobre o diário infernal, mais se sentia inclinado a duvidar da eficácia de qualquer agente material em deter a entidade que Wilbur Whateley havia deixado para trás – a entidade ameaçadora do planeta que, sem que ele soubesse, estava prestes a aparecer dentro de algumas horas e se revelar o memorável horror de Dunwich.

Segunda-feira foi uma repetição do domingo para o dr. Armitage, pois a tarefa exigia uma infinidade de pesquisas e experimentos. Outras consultas do monstruoso diário levaram a diversas mudanças de plano, e ele sabia que mesmo ao final deveria restar um bocado de incerteza. Na terça-feira, ele tinha uma linha de ação toda mapeada, e planejou fazer uma viagem a Dunwich na semana seguinte. Então, na quarta-feira, o grande choque aconteceu. Espremida obscuramente em um canto de página do *Arkham Advertiser*, havia uma nota jocosa da agência Associated Press comentando um monstro insuperável que o uísque clandestino de Dunwich havia despertado. Armitage, atordoado, só conseguiu telefonar para Rice e Morgan. Ao longo da noite, eles discutiram, e o dia seguinte foi um turbilhão de preparativos da parte deles todos. Armitage sabia que entraria em contato com poderes terríveis, no entanto viu que não havia outro modo de anular o contato mais profundo e mais maligno que outros tiveram antes dele.

IX.

Na sexta-feira de manhã, Armitage, Rice e Morgan foram de automóvel até Dunwich, chegando na vila por volta de uma da tarde. O dia estava ameno, mas mesmo ao sol claro uma espécie de temor silencioso e portentoso parecia pairar sobre as montanhas estranhamente coroadas e profundas, sobre as ravinas sombrias da região acometida. De quando em quando, em algum cume, um círculo esquálido de pedras podia ser visto de relance contra o céu. Pelo clima de pavor contido no armazém do Osborn eles perceberam que alguma coisa medonha havia acontecido, e logo ficaram sabendo da aniquilação da casa e da família de Elmer Frye. Ao longo da tarde, percorreram a região de Dunwich, fazendo perguntas aos nativos sobre o ocorrido e vendo com os próprios olhos o horror das ruínas desoladas da casa dos Fryes, dos resquícios de viscosidade alcatroada, dos rastros blasfemos no quintal dos Fryes, do gado ferido de Seth Bishop e das enormes faixas de vegetação destroçada em vários lugares. A trilha que ia e vinha de Sentinel Hill pareceu a Armitage de importância quase cataclísmica, e ele examinou longamente a sinistra rocha em forma de altar no cume.

Enfim os visitantes, informados de que um grupo de policiais estaduais tinha vindo de Aylesbury naquela manhã em resposta aos primeiros relatos telefônicos sobre a tragédia dos Fryes, resolveram consultá-los e comparar suas observações da melhor forma possível. Isso, contudo, perceberiam que era algo mais fácil de planejar do que de fazer, pois não encontraram nem sinal do grupo em lugar algum. Haviam vindo cinco em um carro, mas agora o carro estava vazio perto das ruínas no quintal dos Fryes. Os nativos, que tinham todos falado com os policiais, pareceram a princípio tão perplexos quanto Armitage e seus companheiros. Então o velho Sam Hutchins teve uma ideia e ficou pálido, cutucando Fred Farr e apontando para o vale profundo e úmido que se abria logo adiante.

– Jesus – deixou escapar –, eu falei para eles não descerem pelo vale, e achei que ninguém ia querer fazer isso com aqueles rastros e aquele cheiro e os bacuraus gritando lá naquele escuro no meio da tarde...

Um calafrio percorreu nativos e visitantes, e seus ouvidos pareceram atingidos por uma espécie instintiva e inconsciente de sensibilidade. Armitage, agora que efetivamente se deparava com o horror e sua ação monstruosa, estremeceu diante da responsabilidade que sentia ser sua. Logo a noite ia cair, e seria então que a blasfêmia montanhosa irromperia em seu curso sobrenatural. *Negotium perambulans in tenebris*... O velho bibliotecário ensaiou as fórmulas que havia memorizado e segurou o papel contendo uma versão alternativa que ainda não havia memorizado. Verificou que sua lanterna elétrica estava funcionando. Rice, ao lado dele, tirou de uma valise um borrifador de metal do tipo usado para combater insetos, enquanto Morgan sacou um rifle de caça grosso em que confiava, apesar dos avisos do colega de que nenhuma arma material teria qualquer serventia.

Armitage, tendo lido o hediondo diário, sabia dolorosamente bem que tipo de manifestação esperar, mas não quis aumentar o pavor do povo de Dunwich com nenhuma sugestão ou pista. Ele contava que a situação poderia ser controlada sem revelar nada ao mundo sobre a criatura monstruosa que havia escapado. Conforme as sombras foram se adensando, os nativos começaram a se dispersar e a entrar, ansiosos para se entrincheirar dentro de casa apesar das evidências de que nenhuma tranca ou cadeado humano seria suficiente contra uma força capaz de dobrar árvores e esmagar casas quando bem entendesse. Eles balançaram as cabeças diante do plano dos visitantes de montar guarda nas ruínas dos Fryes perto do vale e, quando foram embora, deixaram-nos com pouca esperança de tornar a vê-los algum dia.

Ouviram-se ruídos na base da encosta aquela noite, e os bacuraus piaram ameaçadoramente. De quando em quando, um vento, subindo do vale de Cold Spring, trazia um bafio de fedor inefável ao pesado ar noturno; era um fedor que os três visitantes já tinham sentido antes, quando contemplaram uma criatura moribunda que por quinze anos e meio passara por um ser humano. Mas o esperado terror não apareceu. O que quer que estivesse lá embaixo no vale não parecia ter pressa, e Armitage disse aos colegas que seria suicídio tentar atacar no escuro.

A manhã chegou palidamente, e cessaram os sons noturnos. Era um dia cinzento, sombrio, com uma garoa ocasional, e nuvens cada vez mais pesadas pareciam se acumular além da serra a noroeste. Os homens de Arkham ficaram indecisos sobre o que fazer. Buscando abrigo da chuva que aumentava embaixo de um dos poucos telheiros intactos da fazenda dos Fryes, discutiram se era melhor terem a prudência de esperar ou adotar uma atitude agressiva e descer o vale em busca de sua monstruosa vítima sem nome. O aguaceiro ficou pesado, e trovões distantes estouravam em horizontes remotos. Nuvens relampejavam, e então um raio bifurcado iluminou bem perto deles, como se caísse no próprio vale maldito. O céu ficou bem escuro, e os observadores desejaram que a tempestade fosse breve e logo seguida por tempo aberto.

Estava uma escuridão macabra quando, cerca de uma hora depois, uma babel confusa de vozes soou na estrada. No momento seguinte, viu-se um grupo assustado de uma dúzia de homens correndo, gritando e até mesmo choramingando histericamente. Alguém à frente do grupo começou a balbuciar palavras, e os homens de Arkham tiveram um sobressalto violento quando as palavras adquiriram forma coerente.

– Oh, meu Deus, meu Deus! – exclamou a voz. – Está acontecendo de novo, *e dessa vez durante o dia!* Apareceu! Apareceu e está se mexendo nesse exato minuto, e Deus sabe quando vai passar por cima da gente!

O falante ofegou em silêncio, mas outro deu continuidade à sua mensagem.

– Não faz uma hora que Zeb Whateley aqui ouviu o telefone tocando, e era a dona Corey, a mulher do George, que mora no entroncamento. Ela falou que o menino que trabalha lá, Luther, estava levando as vacas ao abrigo da tormenta quando veio um raio imenso, quando ele viu as árvores se mexendo e uma montanha no meio do vale, do outro lado de onde ele estava, e sentiu o mesmo cheiro lazarento que sentiu quando encontrou aqueles rastros gigantescos segunda-feira de manhã. E ela falou que ele contou que fazia um som de água chocalhando, que não era das árvores e dos arbustos vergando, e de repente as árvores da beira da estrada começaram a ser empurradas para os lados, e se ouvia como que pisadas espalhando lama. Mas, veja você, Luther não conseguia enxergar nada disso, só as árvores e os matos se dobrando...

"Então bem adiante, onde o córrego dos Bishops passa embaixo da estrada, ele ouviu um rangido e uma rachadura na ponte, e disse que era o som da madeira começando a trincar e a rachar. E o tempo todo ele não viu nada da coisa, só as árvores e os arbustos dobrando. E, quando o som de água já estava bem longe – na estrada que vai para o bruxo Whateley e para Sentinel Hill –, Luther teve coragem de subir até onde ele tinha ouvido o barulho começar e olhou para o terreno. Era só lama e água, e o céu estava escuro, e a chuva caindo ia lavando todos os rastros o mais depressa possível, mas começando da boca do vale, onde as árvores tinham se mexido, ainda tinha um pouco daquelas pegadas horríveis, grandes feito barris, que ele tinha visto na segunda-feira."

Nesse ponto, o primeiro falante entusiasmado interveio.

– Mas o problema agora não é *esse*. Isso foi só o começo. Zeb começou a telefonar para as pessoas e todo mundo atendeu quando um telefonema do Seth Bishop cruzou a linha. A empregada da casa, Sally, tinha vindo correndo avisar desesperada. Ela tinha acabado de ver as árvores dobrando na beira da estrada, e falou que era um som de algo mole, como um elefante bufando e pisoteando o chão, indo na direção da casa. Daí ela se endireitou e falou de um cheiro súbito horroroso, e falou que o filho dela, Chancey, estava berrando que era igual ao que ele sentiu nas ruínas da fazenda Whateley segunda-feira de manhã. E os cachorros estavam todos latindo e ganindo que era uma coisa medonha.

"E então ela soltou um berro terrível, e falou que o barracão perto da estrada tinha cedido como se a tempestade tivesse desabado em cima, só que o vento não estava forte para tanto. Todo mundo ficou ouvindo, e muitos engasgaram na linha. De repente Sally berrou de novo, e falou que a cerca da frente tinha acabado de ser derrubada, mas não tinha nem sinal do motivo daquilo. Daí todo mundo que estava na linha ouviu Chancey e o velho Seth Bishop também gritando, e Sally berrando que alguma coisa pesada tinha batido na casa, não era raio nem nada, mas alguma coisa pesada bateu de novo na frente, e continuava se arremessando para a frente sem parar, mas não dava para ver o que era pelas janelas da frente. E então... e então..."

Rugas de medo se aprofundaram em todos os semblantes, e Armitage, abalado, mal teve ânimo para estimular o falante a prosseguir.

– E então... Sally berrou: "Socorro, a casa está desabando"... e na linha ouviu-se um estrondo tremendo, e uma gritaria desgraçada... como tinha acontecido quando a casa do Elmer Frye foi atacada, só que pior...

O homem fez uma pausa, e outro na multidão falou.

– Foi só isso. Nem mais um som nem guincho na linha depois disso. Só silêncio mesmo. Nós que estávamos na linha pegamos nossos Fords e nossas carroças e fomos no maior número de homens que deu até a casa dos Coreys, e depois viemos ver o que os senhores acham melhor fazer. Nem que seja o juízo de Deus pelos nossos pecados, porque isso nenhum mortal pode evitar.

Armitage viu que era hora de uma ação positiva, e falou decididamente com o grupo hesitante de camponeses assustados.

– Precisamos seguir a criatura, rapazes. – Ele usou a voz mais reconfortante possível. – Acredito que exista uma possibilidade de acabar com ela. Vocês sabem que aqueles Whateleys eram feiticeiros. Bem, essa criatura é resultado de um feitiço, e deve ser derrotada pelos mesmos meios. Eu vi o diário do Wilbur Whateley e li alguns dos livros estranhos que ele costumava ler, e acho que sei o tipo certo de feitiço que se deve recitar para fazer essa coisa desaparecer. Claro, não se pode ter certeza, mas sempre se pode tentar. Ela é invisível, eu sabia que seria, mas há um pó no borrifador de longa distância que pode mostrá-la por um segundo. Logo vamos tentar. É uma coisa pavorosa demais para vir à existência, mas não tão ruim quanto aquilo que Wilbur teria deixado vir se tivesse vivido mais. Vocês jamais saberão do que o mundo escapou. Agora só temos essa criatura para combater, e ela não pode se multiplicar. Ela é capaz, contudo, de fazer um grande estrago, de modo que não podemos hesitar em livrar a comunidade dessa coisa.

"Precisamos ir atrás dela, e o modo de começar é ir ao local que acabou de ser destruído. Alguém vá na frente mostrando o caminho. Não conheço muito bem as suas estradas, mas acho que pode haver um atalho atravessando as propriedades. Que tal?"

Os homens hesitaram por um momento, e então Earl Sawyer falou baixinho, apontando com um dedo encardido através da chuva que vinha constantemente amainando:

– Acho que o caminho mais rápido para chegar no Seth Bishop é cortando por esse campo aqui, atravessando o córrego, lá embaixo, e subindo pelo terreno do Carrier e o arvoredo que tem depois. Já sai no alto da estrada, bem pertinho do Seth, do outro lado.

Armitage, com Rice e Morgan, começaram a andar na direção indicada, e a maioria dos nativos foi atrás lentamente. O céu estava clareando, e havia sinais de que a tempestade tinha passado. Quando Armitage inadvertidamente tomou um caminho errado, Joe Osborn alertou-o e tomou a dianteira para mostrar o certo. A coragem e a confiança foram aumentando; embora o crepúsculo na colina quase perpendicular de mata densa que se fechava ao final do atalho, em meio a cujas fantásticas árvores eles precisariam subir como se fosse uma escada, submetesse ambas as virtudes a uma provação severa.

Enfim emergiram em uma estrada barrenta e encontraram o sol saindo. Estavam um pouco depois da fazenda, mas as árvores dobradas e os rastros inconfundíveis mostravam o que havia passado por ali. Apenas alguns momentos foram gastos examinando as ruínas do outro lado da cerca. Era uma repetição do ocorrido com os Fryes, e nenhum ser vivo ou morto foi encontrado nas construções derrubadas da casa e do celeiro dos Bishops. Ninguém quis permanecer em meio àquele fedor e àquela viscosidade alcatroada, mas todos se viraram instintivamente para a linha de horríveis pegadas levando em direção à maldita sede da fazenda dos Whateleys e aos cumes coroados e ao altar de Sentinel Hill.

Quando os homens passaram pelo local da casa de Wilbur Whateley, estremeceram nitidamente e mais uma vez pareceram misturar hesitação à sua diligência. Não era pouco perseguir algo grande como uma casa que ninguém conseguia enxergar, mas que tinha toda a malignidade cruel de um demônio. Do outro lado da base da colina, os rastros saíam da estrada, e havia visivelmente um trecho recém-dobrado e esmagado, junto da faixa larga que marcava o trajeto anterior do monstro indo e vindo do cume.

Armitage sacou um telescópio portátil de considerável alcance e esquadrinhou a encosta verdejante da montanha. Então passou o instrumento a Morgan, cuja visão era mais aguçada. Após contemplar por um momento, Morgan exclamou bruscamente, passando o telescópio para Earl Sawyer e indicando determinado ponto na colina com o dedo. Sawyer, desastrado como a maioria dos usuários esporádicos de aparelhos ópticos, teve alguma dificuldade; mas acabou conseguindo focar as lentes com a ajuda de Armitage. Quando ele conseguiu, seu grito foi menos contido que a exclamação de Morgan tinha sido.

– Santo Deus, o mato e os arbustos estão se mexendo! Está subindo... devagar... se arrastando até o cume neste exato momento, sabe Deus para quê!!

Então o germe do pânico se espalhou entre os observadores. Uma coisa era perseguir uma entidade sem nome, mas outra muito diferente era encontrá-la. Talvez o feitiço funcionasse – mas e se não funcionasse? Alguns começaram a questionar Armitage sobre o que ele sabia a respeito daquela criatura, e nenhuma resposta pareceu muito satisfatória. Todos pareciam se sentir em proximidade íntima com fases da Natureza e do ser completamente proibidas, e inteiramente externas ao limite de sanidade da experiência humana.

X.

No fim, os três homens de Arkham – o velho de barba branca, dr. Armitage; o atarracado e grisalho professor Rice; e o esguio e jovial dr. Morgan – subiram a montanha sozinhos. Depois de muitas instruções pacientes sobre o foco e o uso, eles deixaram o telescópio com o grupo assustado que ficou na estrada e, enquanto subiam, foram observados atentamente por aqueles que passavam o instrumento uns para os outros. Era uma subida árdua, e Armitage precisou ser ajudado mais de uma vez. Bem acima do grupo esforçado, a grande faixa de destruição estremecia conforme seu criador infernal passava com sua lentidão de lesma. Até que ficou óbvio que os perseguidores estavam na frente.

Curtis Whateley – do ramo não decadente – estava segurando o telescópio quando o grupo de Arkham se desviou radicalmente do rastro. Ele disse ao grupo que os homens estavam sem dúvida tentando chegar a outro cume que dava para o rastro em um ponto consideravelmente adiante de onde os arbustos estavam sendo dobrados agora. Isso, de fato, provou-se ser verdade; e o grupo foi visto ganhando a elevação vizinha, pouco depois que a blasfêmia invisível tinha passado.

Então Wesley Corey, que havia assumido o telescópio, exclamou que Armitage estava ajustando o borrifador que Rice segurava, e que alguma coisa devia estar prestes a acontecer. A multidão se agitou inquieta, lembrando que o borrifador deveria dar ao horror invisível um momento de visibilidade. Dois ou três homens fecharam os olhos, mas Curtis Whateley agarrou de volta o telescópio e forçou a visão ao máximo.

Ele viu que Rice, do ponto privilegiado onde estavam, acima e atrás da entidade, tinha uma excelente oportunidade de espalhar o pó de efeito maravilhoso. Aqueles que estavam sem o telescópio viram apenas um lampejo instantâneo de uma nuvem cinzenta – uma nuvem do tamanho de um edifício razoavelmente grande – perto do cume da montanha. Curtis, que ficara segurando o instrumento, deixou-o cair com um grito agudo na estrada coberta de lama até os tornozelos. Ele cambaleou, e teria desabado no chão se outros dois ou três não o tivessem segurado e equilibrado. A única coisa que ele conseguiu fazer foi gemer quase inaudivelmente:

– Oh, oh, santo Deus... *aquilo... aquilo...*

Houve um pandemônio de perguntas, e apenas Henry Wheeler lembrou de resgatar o telescópio caído e limpá-lo da lama. Curtis estava além de qualquer coerência, e mesmo respostas esparsas eram quase excessivas para ele.

– Maior que um celeiro... todo feito de cordas se contorcendo... em forma de ovo só que maior que tudo, com dezenas de pernas grossas como barris que fecham quando pisam o chão... não tem nada de sólido... totalmente gelatinoso, feito de cordas separadas se contorcendo, mas bem apertadas... muitos olhos grandes e saltados por toda parte... umas dez ou vinte bocas ou troncos projetados dos lados, grandes como tubos de exaustão, e ficam sacudindo e abrindo e fechando... todos cinzentos, com uns anéis azuis ou roxos... *e santo Deus, aquele meio-rosto em cima!...*

Essa última lembrança, fosse do que fosse, revelou-se excessiva para o pobre Curtis; e ele desmaiou antes de conseguir dizer mais alguma coisa. Fred Farr e Will Hutchins levaram-no para a beira da estrada e deitaram-no na grama úmida. Henry Wheeler, trêmulo, virou o telescópio resgatado para a montanha para ver o que podia encontrar. Através das lentes, havia três minúsculas figuras discerníveis, aparentemente correndo para o cume, o mais depressa que o íngreme aclive permitia. Apenas eles – e mais nada. Então todos repararam em um estranho ruído extemporâneo no vale profundo atrás, e mesmo na própria vegetação de Sentinel Hill. Eram os pios de inúmeros bacuraus, e em seu coro estridente parecia pairar uma nota de expectativa tensa e maligna.

Earl Sawyer então pegou o telescópio e relatou sobre as três figuras de pé na borda do cume, praticamente no mesmo nível do altar de pedra, mas a uma distância considerável dele. Uma das figuras, ele disse, parecia erguer as mãos acima da cabeça em intervalos ritmados, e quando Sawyer mencionou a circunstância a multidão começou a perceber um som difuso, quase musical, vindo de longe, como se um cântico em voz alta acompanhasse os gestos. A bizarra silhueta no cume remoto deve ter sido um espetáculo infinitamente grotesco e impressionante, mas nenhum observador estava disposto a qualquer apreciação estética.

– Acho que ele está pronunciando o feitiço – sussurrou Wheeler ao pegar de volta o telescópio.

Os bacuraus estavam piando de maneira desgovernada, e em um ritmo irregular, singularmente curioso, muito diferente do ritual visível.

De repente, a luz do sol pareceu diminuir sem a intervenção de nenhuma nuvem discernível. Foi um fenômeno peculiar, e sem dúvida percebido por todos. Um som estrondoso parecia fervilhar sob a montanha, mesclado estranhamente com um estrondo concordante que vinha claramente do céu. Um relâmpago clareou tudo, e a multidão espantada olhou em vão para os portentos da tempestade. O cântico dos homens de Arkham então se tornou inconfundível, e Wheeler viu pelo telescópio que estavam todos erguendo os braços em seu encantamento ritmado. De alguma casa de fazenda distante, vinham latidos frenéticos de cães.

A mudança de qualidade da luz do dia ficou mais intensa, e a multidão contemplou o horizonte embevecida. Uma escuridão arroxeada, nascida de um adensamento espectral do azul do céu, caiu sobre as montanhas ruidosas. O relâmpago clareou novamente, um pouco mais intenso que antes, e a multidão imaginou ter se revelado uma nebulosidade em torno da pedra do altar no cume distante. Ninguém, contudo, usou o telescópio nesse instante. Os bacuraus continuaram sua pulsação irregular, e os homens de Dunwich se prepararam tensamente contra uma ameaça imponderável de que a atmosfera parecia sobrecarregada.

Sem aviso, ergueram-se vozes graves, rachadas, roucas que nunca deixarão a memória do grupo apavorado que as ouviu. Não eram nascidas de gargantas humanas, pois os órgãos dos homens não poderiam produzir tamanhas perversões acústicas. Parecia que antes saíam do vale em si, não fosse sua origem inconfundivelmente a pedra do alto do cume. É quase errôneo chamá-las de *sons*, na verdade, pois boa parte de seu timbre soturno, infragrave, sugeria lugares obscuros da consciência e um terror muito mais sutil que nossos ouvidos; no entanto, era inevitável considerá-las assim, uma vez que sua forma era, indiscutível ainda que vagamente, a de *palavras* semiarticuladas. Eram altas – altas como os estrondos e o trovão acima dos quais elas ecoavam –, no entanto não vinham de nenhum ser visível. E, como a imaginação podia sugerir uma fonte conjectural no mundo dos seres não visíveis, a multidão reunida na base da montanha se apinhou ainda mais, e fechou os olhos como que na expectativa de um golpe.

– *Ygnaiih... ygnaiih... thflthkh'ngha... Yog-Sothoth...* – soou o coaxar hediondo surgido do espaço. – *Y'bthnk... h'ehye-n'grkdl'lh...*

O impulso da fala pareceu hesitar nesse ponto, como se ali se travasse uma pavorosa luta psíquica. Henry Wheeler olhou pelo telescópio, mas viu apenas as grotescas silhuetas das três figuras humanas no cume, movendo os braços furiosamente, em gestos estranhos, conforme o seu encantamento se aproximava do ápice. De que poços negros de medo ou sentimentos aquerônticos, de que golfos insondáveis de consciência extracósmica ou obscura, de que hereditariedade longamente latente vinham aqueles coaxos estrondosos semiarticulados? Agora começavam a ganhar força e coerência renovadas, alcançando um frenesi total, puro e definitivo.

– *Eh-ya-ya-ya-yahaah-e'yayayayaaaa... ngh'aaaa... ngh'aaaa...* h'yuh... h'yuh... SOCORRO! SOCORRO!... *pa-pa-pa-*PAI! PAI! YOG-SOTHOTH!...

Mas foi só isso. O grupo pálido na estrada, ainda cambaleando diante das poucas sílabas *indiscutivelmente reconhecidas* que se despejaram densa e estrondosamente do vazio frenético ao lado da chocante pedra do altar, jamais ouviria essas sílabas outra vez. Em vez disso, eles se sobressaltaram com o relato terrífico que a montanha parecia transmitir; o clangor ensurdecedoramente cataclísmico cuja origem, fossem as profundezas da terra ou do céu, nenhum ouvinte jamais conseguiu identificar. Um único raio disparou do zênite arroxeado até a pedra do altar, e uma grande vaga de força invisível e indescritível fedor varreu da montanha até o vale. Árvore, grama e arbusto, tudo foi açoitado em fúria, e a multidão apavorada na base da montanha, enfraquecida pelo fedor letal que parecia quase asfixiá-los, foi quase derrubada no chão. Cães uivaram ao longe, grama e folhagem murcharam diante daquele curioso e doentio cinza amarelado, e por campo e floresta se espalharam os corpos de bacuraus mortos.

O fedor passou depressa, mas a vegetação nunca mais voltou a ser a mesma. Até hoje há algo bizarro e profano sobre as plantas nas imediações daquela temível encosta. Curtis Whateley estava retomando a consciência quando os homens de Arkham desceram lentamente a montanha nos raios de um sol mais uma vez brilhante e intacto. Estavam graves e calados, e pareciam abalados por memórias e reflexões ainda mais terríveis que aquelas que reduziram o grupo de nativos a um estado de tremor acovardado. Em resposta a uma sucessão de perguntas, eles apenas balançaram as cabeças e reafirmaram um fato vital.

– A criatura se foi para sempre – disse Armitage. – Ela se dividiu naquilo de que era originalmente composta, e nunca mais poderá existir de novo. Era uma impossibilidade em um mundo normal. Apenas a menor fração dela era realmente matéria no sentido que nós conhecemos. Era como o pai, e a maior parte voltou para o pai em algum vago domínio ou dimensão externos ao nosso universo material, algum vago abismo de onde só os ritos mais amaldiçoados da blasfêmia humana poderiam tê-lo invocado por um momento naquela montanha.

Houve um breve silêncio, e nessa pausa os sentidos abalados do pobre Curtis Whateley começaram a voltar com uma espécie de continuidade, de modo que ele levou as mãos à cabeça com um gemido. A memória parecia ter sido retomada a partir do momento em que ele desmaiara, e o horror da visão que o fizera desfalecer se projetou novamente sobre ele.

– *Oh, oh, meu Deus, aquele meio rosto, aquele meio rosto em cima da coisa... aquele rosto de olhos vermelhos e cabelo albino crespo, e sem queixo, igual aos Whateleys... Era uma espécie de polvo, centopeia, aranha, mas com metade de um rosto de homem em cima, e parecia o do bruxo Whateley, só que era muitos e muitos metros maior...*

Ele fez uma pausa, exausto, e o grupo de nativos ficou olhando com uma expressão de perplexidade não exatamente cristalizada em um novo horror. Só o velho Zebulon Whateley, que furtivamente se lembrava de coisas antigas mas que até então ficara em silêncio, falou:

– Há quinze anos – divagou ele –, ouvi o velho Whateley dizer que um dia nós ouviríamos um filho da Lavinia chamar o pai no alto de Sentinel Hill...

Mas Joe Osborn interrompeu-o para perguntar aos homens de Arkham de novo:

– *Mas afinal o que era aquilo*, e como o jovem bruxo Whateley invocou aquilo que brotou do ar?

Armitage escolheu suas palavras muito cuidadosamente.

– Aquilo era... bem, era basicamente um tipo de força que não pertence à nossa parte do espaço, uma espécie de força que age e cresce e se molda segundo outras leis, diferentes daquelas do nosso tipo de Natureza. Não temos nada que invocar essas coisas de fora, e só gente muito má e cultos muito malignos já tentaram invocá-las. Havia algo dessa força no próprio Wilbur Whateley, o suficiente para transformá-lo em um demônio e em um monstro precoce, e para fazer de sua morte uma visão terrível. Vou queimar seu diário maldito, e se vocês forem prudentes vão dinamitar a pedra do altar lá em cima, e derrubar todos os círculos de pedras das outras montanhas. Foram coisas assim que trouxeram as criaturas de que os Whateleys tanto gostavam, os seres que eles estavam querendo deixar entrar na forma tangível para aniquilar a raça humana e levar a terra para um lugar sem nome por algum propósito sem nome.

"Mas, quanto à criatura que acabamos de mandar de volta, os Whateleys a criaram para desempenhar um papel terrível nos acontecimentos que viriam. A criatura cresceu depressa pelo mesmo motivo que Wilbur cresceu depressa, mas cresceu ainda mais que ele, pois continha uma porção de *estranheza* maior dentro de si. A pergunta não é como Wilbur invocou aquilo que brotou do ar. Ele não invocou nada. *Aquilo era seu irmão gêmeo, que saiu mais parecido com o pai.*"

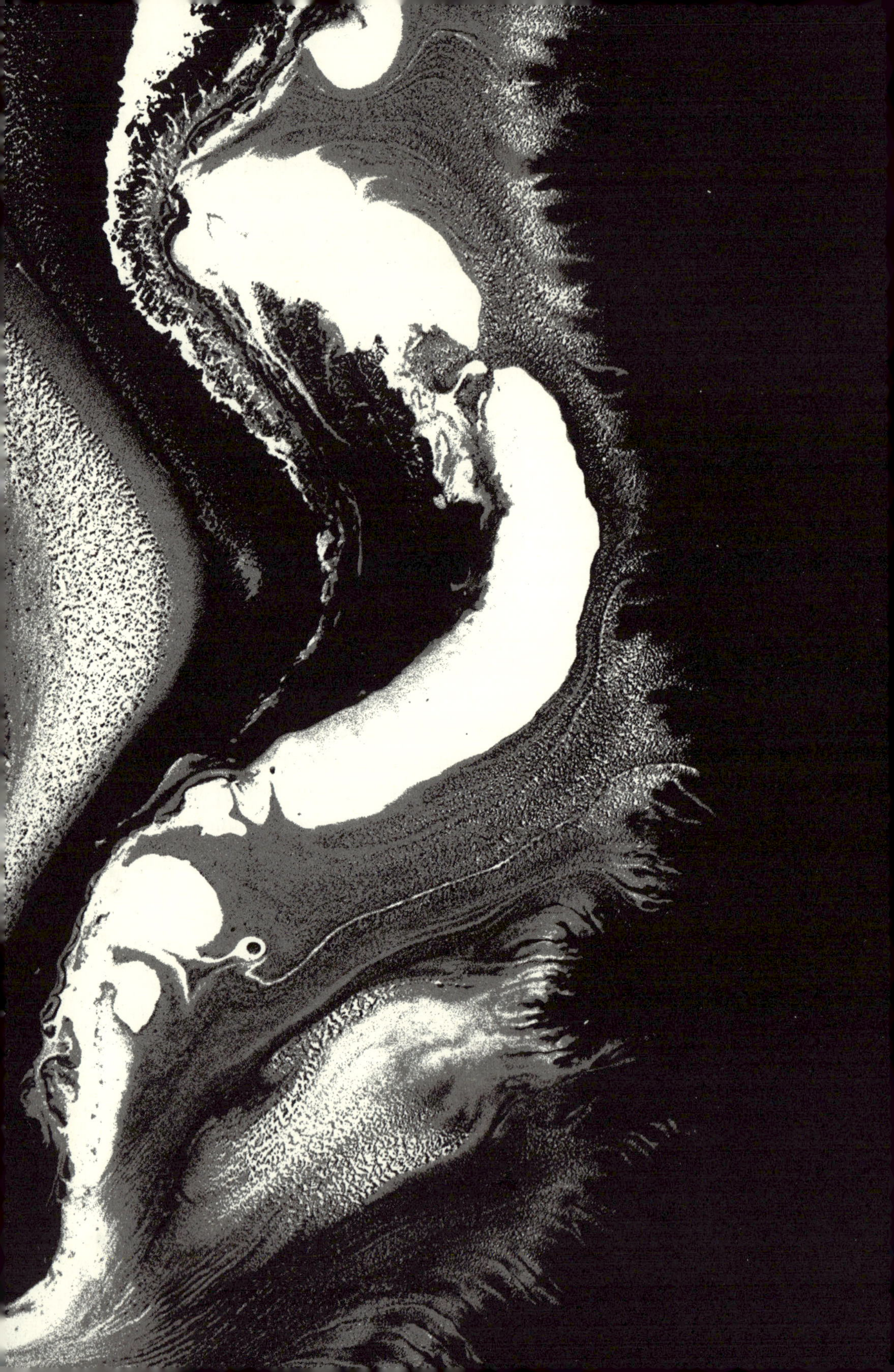

O SUSSURRO NAS TREVAS

I.

Tenha sempre em mente que não houve nenhum horror visual no fim. Dizer que um abalo mental foi a causa do que inferi – a última gota d'água que me fez fugir correndo da isolada fazenda Akeley e atravessar as selvagens montanhas coroadas de Vermont em um automóvel à noite – é ignorar os fatos mais simples da minha experiência final. Não obstante a quantidade enorme de informação e especulação de que eu dispunha sobre Henry Akeley, as coisas que vi e ouvi e a confessada nitidez da impressão produzida em mim por essas coisas, não posso provar nem agora se eu estava certo ou errado em minha hedionda inferência. Pois, afinal, o desaparecimento de Akeley não definiu nada. Não deram falta de nada em sua casa, apesar das marcas de balas por fora e por dentro. Era como se ele tivesse saído casualmente para passear na montanha e não tivesse voltado. Não havia nenhum sinal da presença de um convidado ali, ou de que aqueles cilindros e máquinas horríveis estivessem guardados no escritório. O fato de que ele morria de medo das montanhas cheias de gente e do interminável escorrer dos riachos entre os quais nascera e fora criado também não significava nada, pois milhares de pessoas estão sujeitas a esse tipo de medo mórbido. Além disso, a excentricidade explicaria melhor seus estranhos atos e apreensões perto do fim.

Tudo havia começado, até onde sei, com a enchente histórica e sem precedentes em Vermont no dia 3 de novembro de 1927. Eu era na época, como sou até hoje, professor de literatura na Universidade Miskatonic em Arkham, Massachusetts, e um estudante amador e entusiasta do folclore da Nova Inglaterra. Pouco depois da enchente, em meio a diversos relatos de dificuldades, sofrimentos e auxílios organizados que inundaram a imprensa, surgiram certas matérias curiosas sobre objetos encontrados boiando nas cheias, de modo que muitos amigos embarcaram em discussões peculiares e recorreram a mim para ver se eu podia lançar alguma luz sobre o assunto. Fiquei lisonjeado por levarem meus estudos de folclore tão a sério e fiz o que pude para desacreditar aquelas histórias estranhas e vagas que me pareciam nítidos resquícios de velhas superstições rústicas. Achei graça ao descobrir que diversas pessoas formadas insistiam que algum estrato de fatos obscuros e distorcidos podia estar por trás de tais rumores.

As histórias assim trazidas ao meu conhecimento vinham quase sempre de recortes de jornais, embora um dos fios da meada fosse uma fonte oral e tivesse sido repetida a um amigo meu em uma carta da mãe dele em Hardwick, Vermont. O tipo de coisa descrita era essencialmente o mesmo em todos os casos, ainda que parecesse haver três instâncias separadas envolvidas: uma associada ao rio Winooski, perto de Montpelier; outra ligada ao rio West, no condado de Windham, depois de Newfane; e uma terceira em torno de Passumpsic, no condado de Caledonia, acima de Lyndonville. Claro que muitos dos itens encontrados mencionavam outras ocorrências, mas sob análise todos pareciam se resumir a essas três. Em cada caso, o povo do interior relatou ter visto um ou mais objetos muito bizarros e perturbadores nas águas que se despejavam das montanhas pouco frequentadas, e havia uma tendência generalizada de associar essas visões a um ciclo primitivo, quase esquecido, de lendas sussurradas, que os mais velhos ressuscitavam para a ocasião.

O que as pessoas alegavam ter visto eram formas orgânicas diferentes de tudo o que já tinham visto antes. Naturalmente, muitos corpos humanos foram trazidos pelas torrentes naquele período trágico, mas aqueles que descreviam essas formas estranhas tinham certeza de que não eram humanas, apesar de algumas semelhanças superficiais em tamanho e contorno geral. Tampouco, diziam as testemunhas, poderia ter sido qualquer tipo de animal conhecido em Vermont. Eram coisas rosadas de um metro e meio de comprimento, com corpos de crustáceos, trazendo vastos pares de barbatanas dorsais ou asas membranosas e conjuntos numerosos de membros articulados, e com uma espécie de elipsoide convoluta, coberta com miríades de antenas muito curtas, onde normalmente ficaria uma cabeça. Era de fato notável como os relatos de fontes diferentes tendiam a coincidir rigorosamente, embora o espanto diminuísse pelo fato de que as velhas lendas, compartilhadas outrora em toda a região das montanhas, forneciam uma imagem morbidamente vívida que podia muito bem ter despertado a imaginação de todas as testemunhas envolvidas.

Minha conclusão foi que essas testemunhas – em todos os casos gente ingênua e simplória do interior – haviam visto de relance os corpos abatidos e inchados de seres humanos ou de animais de criação nas correntes rodopiantes e permitiram que o folclore quase esquecido investisse aqueles objetos lamentáveis de atributos fantásticos.

O antigo folclore, apesar de nebuloso, evasivo e em grande medida esquecido pela geração atual, tinha um caráter muito singular e obviamente refletia a influência de histórias indígenas ainda anteriores. Embora nunca tivesse ido a Vermont, eu conhecia bem o folclore, graças a uma monografia extremamente rara de Eli Davenport, que incluía um material oral obtido antes de 1839 com as pessoas mais velhas do estado. Esse material, além do mais, coincidia rigorosamente com histórias que eu mesmo tinha ouvido de camponeses idosos das montanhas de New Hampshire. Resumindo em poucas palavras, ele sugeria a existência de uma espécie oculta de seres monstruosos que espreitavam entre as montanhas mais remotas – nas matas densas dos cumes mais altos e nos vales escuros onde riachos escorriam de fontes desconhecidas. Esses seres raramente eram vislumbrados, mas provas de sua presença eram relatadas por aqueles que se aventuravam mais longe do que o costume pelas encostas de certas montanhas ou dentro de certas gargantas profundas, íngremes, que até os lobos evitavam.

Havia pegadas ou rastros de patas estranhas na lama das margens dos riachos e descampados, e curiosos círculos de pedras, com a grama desgastada ao redor, que não pareciam ter sido dispostos ou inteiramente moldados pela Natureza. Havia também certas cavernas de profundidade problemática nas encostas das montanhas, com bocas fechadas por rochas de um modo dificilmente acidental e mais do que a cota comum de pegadas estranhas indo e vindo dali – se de fato a orientação dessas pegadas pudesse ser estimada com precisão. Ainda pior, havia as coisas que as pessoas mais aventureiras tinham visto muito raramente no crepúsculo dos vales mais remotos e nos bosques densos e perpendiculares acima dos limites das escaladas corriqueiras.

Teria sido menos desconfortável se os relatos esporádicos dessas coisas não fossem tão concordantes. Na prática, quase todos os rumores tinham vários pontos em comum, atestando que as criaturas eram uma espécie de caranguejo imenso, vermelho-claro, com muitos pares de patas e duas grandes asas como de morcego no meio das costas. Às vezes andavam em todas as patas, e às vezes apenas no par traseiro, usando as outras para transportar grandes objetos de natureza indeterminada. Numa ocasião, foram avistados em número considerável, um destacamento deles vadeando um riacho raso no meio da floresta, em fileiras de três, em formação evidentemente disciplinada. Certa vez, um espécime fora visto voando – lançando-se do topo de uma montanha desmatada, erma, à noite, e sumindo no céu depois de suas grandes asas terem sido avistadas em silhueta por um instante contra a lua cheia.

Essas criaturas pareciam contentes, em geral, de deixar a humanidade em paz, embora fossem às vezes consideradas responsáveis pelo desaparecimento de indivíduos mais ousados – especialmente pessoas que construíam suas casas perto demais de certos vales ou alto demais em certas montanhas. Muitas localidades passaram a ser conhecidas como desaconselháveis para moradia, e essa sensação persistiu muito depois de o motivo ser esquecido. As pessoas olhavam para um precipício montanhoso vizinho com um estremecimento, mesmo que não se lembrassem de quantos moradores haviam desaparecido e de quantas casas haviam sido queimadas até virar cinzas, nos aclives mais baixos daquelas sombrias sentinelas verdes.

Embora, segundo as lendas mais antigas, as criaturas aparentemente só tivessem causado dano àqueles que ultrapassavam sua privacidade, relatos posteriores demonstrariam a curiosidade em relação às pessoas, e tentativas de estabelecer entrepostos secretos no mundo humano. Havia histórias de rastros de patas bizarros vistos nas imediações de janelas de casas de fazenda pela manhã, e de desaparecimentos ocasionais em regiões distantes das áreas obviamente assombradas. Histórias, também, de vozes sussurrantes imitando a fala humana, que faziam surpreendentes ofertas a viajantes solitários em estradas e caminhos de carroça em florestas profundas, e de crianças muito assustadas com coisas vistas ou ouvidas onde a floresta primitiva se aproximava de seus quintais. No estrato final das lendas – o estrato que precedia o declínio da superstição e o abandono do contato íntimo com os locais temidos – havia referências chocadas a eremitas e fazendeiros remotos que em determinado momento da vida pareciam passar por uma transformação mental repelente e que eram evitados e comentados aos sussurros, como mortais que teriam se vendido aos estranhos seres. Em um condado a nordeste, parecia ser costume por volta de 1800 acusar reclusos excêntricos e impopulares de serem aliados ou representantes das abomináveis criaturas.

Quanto ao que eram essas coisas... as explicações naturalmente variavam. O nome comum aplicado a elas era "aqueles lá", ou "os antigos", embora outros termos tivessem uso local e passageiro. Quase todos os colonos puritanos as consideravam simplesmente parentes do diabo, e fizeram delas uma base para temerosas especulações teológicas. Aqueles que tinham as lendas celtas no sangue – sobretudo o elemento escocês e irlandês de New Hampshire, e seus parentes que se estabeleceram em Vermont com as capitanias coloniais cedidas pelo governador Wentworth – associavam-nas vagamente às fadas malignas e ao "povo pequeno" dos pântanos e ruínas, e protegiam-se com trechos de encantamentos passados através de muitas gerações. As populações indígenas tinham as teorias mais fantásticas de todas. Embora houvesse diferentes lendas em cada povo, havia um nítido consenso na crença em certas particularidades vitais, sendo unanimemente acordado que as criaturas não eram nativas desta terra.

Os mitos pennacook, que eram os mais consistentes e pitorescos, ensinavam que os Alados vieram da Ursa Maior e tinham minas em nossas montanhas terrestres de onde extraíam uma espécie de pedra que não podiam obter em nenhum outro mundo. Eles não moravam aqui, diziam os mitos, mas meramente mantinham postos avançados e voavam de volta com vastos carregamentos de pedra para suas próprias estrelas no norte. Só causavam dano às pessoas terrestres que se aproximavam demais ou que os espionavam. Os animais evitavam-nos com um ódio instintivo, não porque estivessem sendo caçados. Eles não podiam comer coisas e animais da terra, mas traziam seu próprio alimento das estrelas. Era perigoso se aproximar deles, e às vezes jovens caçadores subiam aquelas montanhas e nunca mais voltavam. Não era bom tampouco ouvir o que eles sussurravam à noite na floresta com vozes como a das abelhas que tentavam ser como vozes de homem. Eles conheciam as falas de todos os tipos de homens – pennacooks, hurons, homens das Cinco Nações –, mas não pareciam ter ou precisar de nenhuma fala própria. Falavam com a cabeça, que mudava de cor de diferentes modos para significar coisas diferentes.

Todas as lendas, é claro, tanto brancas quanto indígenas, morreram durante o século XIX, exceto por alguns ressurgimentos atávicos ocasionais. Os costumes dos vermonteses se estabeleceram, e, assim que suas trilhas e moradas habituais se definiram de acordo com um determinado plano fixo, eles se lembrariam cada vez menos dos medos e recusas que haviam determinado esse plano, e até mesmo que tivessem existido medos e recusas. A maioria apenas sabia que havia certas regiões da montanha que eram consideradas altamente insalubres, imprestáveis e de modo geral azaradas de se viver, e que quanto mais distantes se mantivessem delas melhor costumava ser. Com o tempo, os sulcos do costume e do interesse econômico se tornaram tão profundamente gravados em locais aprovados que não havia mais motivo para ir além deles, e as montanhas assombradas foram deixadas desertas mais por acaso que por projeto. Com exceção de um ou outro temor esporádico na região, apenas avós dadas à fantasia e nonagenários nostálgicos sussurravam histórias sobre os seres que moravam naquelas montanhas; mesmo esses sussurros admitiam que não havia muito por que temê-las, agora que já estavam acostumadas à presença das casas e das propriedades e agora que os humanos tinham deixado o território favorito delas profundamente isolado.

Tudo isso eu ficara sabendo por leituras e certas histórias populares ouvidas em New Hampshire; assim, quando começaram a surgir rumores sobre a enchente, foi fácil adivinhar o contexto imaginativo que lhes dera origem. Foi muito difícil explicar isso aos meus amigos, e fiquei consequentemente espantado quando diversos indivíduos conscienciosos continuaram insistindo em um possível elemento de verdade naqueles relatos. Essas pessoas tentaram enfatizar que as primeiras lendas continham persistências e uniformidades significativas, e que a natureza praticamente inexplorada das montanhas de Vermont tornava imprudente ser dogmático a respeito do que podia ou não viver por lá; tampouco se calaram quando declarei que todos os mitos procediam de um conhecidíssimo padrão comum à maior parte da humanidade e eram determinados pelas primeiras fases da experiência imaginativa que sempre produziam o mesmo tipo de ilusão.

Não adiantou demonstrar a tais oponentes que os mitos de Vermont diferiam muito pouco em essência das lendas universais da personificação natural que encheram o mundo antigo de faunos, dríades e sátiros, sugeriram os *kallikantzaroi* da Grécia moderna e deram a Gales e à Irlanda selvagens suas obscuras alusões a espécies estranhas, pequenas e terríveis de trogloditas e cavernícolas. Tampouco adiantou destacar a crença ainda mais estranhamente semelhante dos povos das montanhas do Nepal nos temíveis *mi-go* ou "abomináveis homens das neves" que espreitam, sinistros, em meio ao gelo dos píncaros rochosos do alto do

Himalaia. Quando lhes mostrei essas evidências, meus oponentes tentaram voltá-las contra mim, alegando que isso devia implicar uma certa historicidade das lendas antigas e que isso argumentava a favor da existência concreta de alguma espécie terrestre bizarra e mais antiga, levada a se esconder após o advento e o domínio dos seres humanos, que muito provavelmente teria sobrevivido em número reduzido até tempos relativamente recentes – ou talvez até o presente.

Quanto mais eu ria dessas teorias, mais esses amigos obstinados faziam questão de afirmá-las, acrescentando que, mesmo sem o patrimônio das lendas, os relatos recentes eram claros, consistentes, detalhados e sensatamente prosaicos demais para serem ignorados por completo. Dois ou três fanáticos extremistas chegaram ao ponto de especular sobre possíveis significados das antigas histórias indígenas que atribuíam aos seres ocultos origem extraterrena, citando os extravagantes livros de Charles Fort, com suas alegações de que viajantes de outros mundos e do espaço sideral teriam visitado a terra com frequência. A maioria de meus adversários, contudo, eram meros românticos que insistiam em tentar transferir à vida real o folclore fantástico de um "povo pequeno" à espreita, tornado popular pela magnífica ficção de horror de Arthur Machen.

II.

Como era natural sob tais circunstâncias, esse debate mordaz finalmente ganhou a imprensa na forma de cartas ao *Arkham Advertiser*, algumas das quais seriam reproduzidas na imprensa daquelas regiões de Vermont de onde as histórias da enchente se originaram. O *Rutland Herald* publicou meia página de trechos de cartas de ambos os lados, enquanto o *Brattleboro Reformer* reproduziu na íntegra um dos meus longos resumos históricos e mitológicos, com comentários na cuidadosa coluna "The Pendrifter's", que apoiavam e aplaudiam minhas conclusões céticas. Na primavera de 1928, eu era uma figura quase famosa em Vermont, não obstante o fato de eu nunca ter posto os pés naquele estado. Até chegarem as desafiadoras cartas de Henry Akeley, que me impressionaram profundamente e me levaram pela primeira e última vez àquele fascinante domínio de precipícios verdes e florestas de riachos murmurantes.

Quase tudo o que sei hoje sobre Henry Wentworth Akeley foi apurado por correspondências com seus vizinhos e com seu único filho na Califórnia, após minha experiência em sua fazenda isolada. Ele era, descobri, o último representante em sua terra natal de uma longa linhagem, distinta na região, de juristas, administradores e senhores de terras. Nele, no entanto, a família havia se desviado mentalmente dos assuntos práticos para a erudição pura, de modo que ele se tornara um notável estudante de matemática, astronomia, biologia, antropologia e folclore na Universidade de Vermont. Eu nunca tinha ouvido falar nele, e ele não fornecia muitos detalhes autobiográficos em suas comunicações, mas, desde o início, vi que se tratava de um homem de caráter, educação e inteligência, apesar de ser um recluso com muito pouca sofisticação mundana.

A despeito da natureza incrível daquilo que ele alegava, não pude deixar de imediatamente levar Akeley mais a sério do que os outros adversários das minhas opiniões. Antes de mais nada, ele estava muito próximo dos fenômenos concretos – visíveis e tangíveis – sobre os quais especulava de forma tão grotesca; além disso, parecia incrivelmente disposto a deixar suas conclusões em aberto, como um verdadeiro cientista. Ele não tinha nenhuma preferência pessoal de antemão e era sempre guiado pelo que considerava uma prova sólida. Evidentemente, a princípio o considerei equivocado, mas lhe dei o crédito do equívoco informado, e em nenhum momento associei, como alguns de seus amigos, suas ideias e seu medo das solitárias montanhas verdes à insanidade. Era claro que ele podia dar uma grande contribuição ao caso, e eu sabia que o que ele relatava seguramente devia advir de alguma circunstância estranha, que merecia ser investigada, mesmo que desvinculada das causas fantásticas que ele lhe atribuía. Mais tarde, recebi dele provas materiais que colocariam o caso em um contexto um tanto diferente e desconcertantemente bizarro.

O melhor que posso fazer é transcrever na íntegra, na medida do possível, a longa carta em que Akeley se apresenta, e que constituiu um marco importante em minha própria história intelectual. Não tenho mais a carta, mas minha memória conservou quase todas as palavras de sua portentosa mensagem, e mais uma vez afirmo minha confiança na sanidade do homem que a escreveu. Eis o texto – um texto que chegou até mim na caligrafia miúda, arcaica, de alguém que obviamente não se misturava muito com o mundo em sua vida pacata de erudito.

Serviço de Correio Rural
Townshend, condado de Windham, Vermont
5 de maio de 1928

Sr. Albert N. Wilmarth,
r. Saltonstall, 118
Arkham, Massachusetts,

Prezado senhor:

Li com grande interesse sua carta republicada no Brattleboro Reformer *(23 de abril de 1928) sobre histórias recentes de corpos estranhos vistos flutuando em nossos rios inundados no outono passado, curiosamente abonadas pelo folclore. É simples compreender por que um forasteiro assumiria sua posição, e até mesmo por que o "Pendrifter" concorda consigo. É a atitude comum das pessoas educadas dentro e fora de Vermont, e era a minha atitude quando jovem (agora estou com 57), antes que meus estudos, em geral, e em particular da obra de Davenport, me levassem a explorar partes das regiões montanhosas pouco visitadas.*

Fui levado a tais estudos por lendas fantásticas que costumava ouvir de camponeses idosos do tipo mais ignorante, mas hoje minha vontade é que tivesse deixado o assunto de lado. Posso dizer, com a devida modéstia, que os campos da antropologia e do folclore são parte dos meus interesses. Estudei-os muito na faculdade e estou familiarizado com as autoridades reconhecidas como Tylor, Lubbock, Frazer, Quatrefages, Murray, Osborn, Keith, Boule, G. Elliot Smith, e assim por diante. Não é novidade para mim que lendas sobre raças ocultas são antigas como a humanidade. Li outras cartas suas e de seus adversários no Rutland Herald *e creio estar a par da controvérsia até o momento.*

O que desejo dizer agora é que receio que seus adversários estejam mais próximos da verdade que o senhor, muito embora toda a razão pareça estar do seu lado. Eles estão mais próximos da verdade do que eles mesmos sabem – pois evidentemente agem apenas pela teoria, e não poderiam saber o que eu sei. Se eu soubesse só o que eles sabem sobre o assunto, não me sentiria no direito de acreditar no que eles acreditam. Eu estaria inteiramente do seu lado.

O senhor pode notar que tenho dificuldade em chegar ao ponto, provavelmente porque muito me apavora chegar ao ponto; mas em suma é o seguinte: disponho de certas provas de que criaturas monstruosas de fato vivem em florestas das montanhas que ninguém visita. *Não vi nenhuma das coisas flutuando nos rios, como foi relatado,* mas vi coisas idênticas a elas *sob circunstâncias que tenho pavor de repetir. Vi pegadas, e recentemente as vi mais perto de minha casa (moro na velha propriedade Akeley ao sul da vila de Townshend, na encosta de Dark Mountain) do que ouso lhe contar. Tenho também ouvido vozes na floresta, em certos locais, que não posso nem começar a descrever no papel.*

Em determinado lugar, ouvi tantas vozes que levei um fonógrafo para lá – acoplado a um ditafone e uma matriz de cera em branco – e tomei providências para que o senhor possa escutar o disco que gravei. Reproduzi a gravação para alguns velhos da região e uma das vozes assustou-os a ponto de paralisá-los, devido à semelhança com uma certa voz (aquele zumbido na floresta que Davenport menciona) que suas avós haviam descrito e imitado para eles na infância. Sei o que a maioria pensa de um homem que diz que "ouve vozes" – mas, antes de tirar suas conclusões, escute o disco e pergunte a alguns velhos das florestas mais isoladas o que eles têm a dizer a respeito. Se o senhor conseguir explicá-la normalmente, muito bem; mas deve haver algo por trás dessa voz. Ex nihilo nihil fit, *o senhor sabe.*

Ora, meu objetivo ao escrever-lhe não é começar uma discussão, mas dar ao senhor informações que imagino que um homem com suas aptidões considerará profundamente interessantes. Não revele o seguinte: publicamente estou do seu lado, *pois certas circunstâncias me mostraram que não é bom que as pessoas saibam demais sobre esses assuntos. Meus estudos hoje em dia são inteiramente particulares, e eu não desejaria dizer nada que atraísse a atenção das pessoas e provocasse visitas aos lugares que explorei. É verdade – uma verdade terrível – que existem* criaturas não humanas nos vigiando o tempo todo, *com espiões entre nós reunindo informações. Foi a partir de um homem desgraçado que, se estava são (e acredito que estivesse),* tinha sido um desses espiões, *que obtive grande parte das pistas do caso. Ele suicidou-se mais tarde, mas tenho motivos para pensar que existem outros atualmente.*

As criaturas vêm de outro planeta, sendo capazes de viver no espaço entre as estrelas e voar através dele *com asas desconjuntadas mas poderosas que conseguem resistir ao éter, porém são fracas para lhes serem úteis na terra. Contarei mais a respeito depois, se o senhor não me julgar agora um louco. Elas vêm aqui obter metais das minas que chegam ao fundo das montanhas,* e acredito que sei de onde elas vêm. *Não nos farão mal se as deixarmos em paz, mas ninguém pode dizer o que vai acontecer se ficarmos curiosos demais a respeito delas. É evidente que um bom exército de homens conseguiria destruir sua colônia mineradora. É disso que elas têm medo. Mas, se isso ocorrer, virão mais* lá de fora – *quantas forem necessárias. Elas facilmente conquistariam a Terra, mas ainda não tentaram porque não foi preciso. Elas prefeririam deixar as coisas como estão para não se darem a esse trabalho.*

Creio que pretendem se livrar de mim pelo que descobri. Encontrei na floresta de Round Hill, a leste daqui, uma grande pedra preta com hieróglifos desconhecidos quase apagados; depois que a levei para casa, tudo mudou. Se elas acharem que desconfio demais, vão me matar ou me levar embora da terra para lá de onde vieram. *Elas gostam de levar embora homens eruditos de quando em quando, para se manterem informadas do estado de coisas no mundo humano.*

Isso me conduz ao meu segundo propósito ao me dirigir ao senhor — a saber, insistir para que o senhor silencie o atual debate, em vez de atrair mais publicidade. As pessoas devem manter distância dessas montanhas, *e para que isso aconteça, a curiosidade delas não deve ser despertada além do que já foi. O risco já é grande no momento, com comerciantes e corretores invadindo Vermont com hordas de veranistas para percorrer regiões selvagens e cobrir as montanhas de bangalôs baratos.*

Espero receber notícias suas, e tentarei enviar o disco fonográfico e a pedra preta (que está tão gasta que as fotografias não revelam muito) pelo correio, se o senhor estiver interessado. Digo "tentarei" porque creio que essas criaturas dispõem de meios de interferir no andamento das coisas por aqui. Há um sujeito sombrio e esquivo chamado Brown, em uma propriedade próxima à vila, que suspeito ser um espião das criaturas. Aos poucos, elas estão tentando me isolar do nosso mundo porque sei demais sobre o mundo delas.

Elas dispõem dos meios mais inacreditáveis de descobrir tudo o que faço. O senhor talvez nem receba esta carta. Creio que precisarei deixar esta parte do país e ir morar com meu filho em San Diego, Califórnia, se as coisas piorarem ainda mais, mas não é fácil abrir mão do lugar onde nasci, e onde viveram seis gerações da minha família. Além disso, eu dificilmente ousaria vender esta casa para alguém agora que as criaturas *repararam nela. Elas parecem estar tentando recuperar a pedra preta e destruir o disco fonográfico, mas farei o possível para impedir que isso aconteça. Meus grandes cães policiais sempre as fazem recuar, pois há muito poucas delas aqui ainda, e elas são desajeitadas para se movimentar por aí. Como eu disse, as asas das criaturas não têm grande serventia para voos curtos na Terra. Estou prestes a decifrar essa pedra – de modo muito terrível – e com o seu conhecimento de folclore o senhor conseguirá suprir os elos que faltam para me ajudar. Suponho que o senhor conheça os temíveis mitos anteriores à vinda do homem para a Terra – os ciclos de Yog-Sothoth e Cthulhu – que são sugeridos no* Necronomicon. *Tive acesso a um exemplar desse livro uma vez e fiquei sabendo que o senhor possui outro exemplar na biblioteca da sua universidade, trancado com cadeado.*

Para concluir, sr. Wilmarth, creio que com nossos respectivos estudos podemos ser de grande utilidade um ao outro. Não quero colocá-lo sob nenhum tipo de risco, e creio que devo avisá-lo de que a posse da pedra e do disco não será muito segura para o senhor; mas acredito que o senhor há de julgar que vale a pena correr esse risco pelo bem do conhecimento. Vou descer de automóvel até Newfane ou Brattleboro para enviar o que o senhor me autorizar que lhe envie, pois a mala expressa é mais confiável. Devo dizer que vivo muito isolado hoje em dia, uma vez que não consigo mais contratar empregados. Eles não ficam por causa das criaturas que tentam se aproximar à noite e fazem com que os cães fiquem latindo sem parar. Fico contente por não ter me aprofundado tanto assim no assunto enquanto minha esposa era viva, pois ela teria enlouquecido.

Na esperança de não incomodá-lo indevidamente, e de que senhor decida entrar em contato comigo em vez de jogar esta carta na lixeira como se fossem delírios de um louco, sigo

Às suas ordens
HENRY W. AKELEY

P.S. Estou providenciando outras cópias de certas fotografias feitas por mim, que imagino que possam ajudá-lo a provar uma série de pontos que abordei. Os velhos da região acham que são monstruosamente verídicas. Posso enviar as fotos muito em breve se o senhor se interessar. H.W.A.

Seria difícil descrever meus sentimentos ao ler esse estranho documento pela primeira vez. Por todas as regras comuns, eu deveria gargalhar ainda mais alto diante dessas extravagâncias do que das teorias mais amenas que anteriormente me levavam ao riso; no entanto, algo no tom da carta me fez considerá-la com uma seriedade paradoxal. Não que eu acreditasse por um momento na espécie oculta vinda das estrelas de que meu correspondente falava; mas, após algumas dúvidas preliminares graves, passei a me sentir estranhamente seguro de sua sanidade e sua sinceridade, e de seu confronto com algum fenômeno genuíno, ainda que singular e anormal, que ele não conseguia explicar, senão daquele modo imaginativo. Não podia ser como ele pensava, refleti; no entanto, era digno de investigação. O homem parecia indevidamente agitado e alarmado com alguma coisa, mas era difícil imaginar que não houvesse nenhuma causa por trás daquilo. Ele era tão específico e lógico sob certos aspectos – e, afinal, era perturbador o quanto o fio de sua história encaixava bem com alguns dos mitos antigos, até mesmo com as lendas indígenas mais delirantes.

Que ele tivesse de fato ouvido vozes perturbadoras nas montanhas, e de fato houvesse encontrado a pedra preta de que falara, era inteiramente possível, apesar das inferências insanas que ele fazia – inferências provavelmente sugeridas pelo homem que alegara ter sido espião das criaturas extraterrenas e que mais tarde se suicidara. Era fácil deduzir que esse outro já devia ter enlouquecido por completo, mas provavelmente tivera um lampejo perverso de lógica extrovertida que fizera o ingênuo Akeley – já preparado para esse tipo de coisas por seus estudos de folclore – acreditar em sua história. Quanto aos últimos desdobramentos – parecia, pela sua incapacidade de manter os empregados, que os vizinhos mais humildes de Akeley estavam tão convencidos quanto ele de que sua casa era assombrada por criaturas sobrenaturais à noite. Os cães, de fato, também tinham latido.

Por fim, havia a questão do disco fonográfico, que eu não podia acreditar que ele tivesse obtido da maneira que disse. Aquilo devia ser alguma outra coisa; talvez ruídos animais enganosamente semelhantes à fala humana, ou a fala de um ser humano escondido, saindo para caçar à noite, degradado a um estado não muito acima dos animais inferiores. Disso, meus pensamentos voltaram aos hieróglifos da pedra preta, e às especulações sobre seu significado. Além do mais, o que haveria naquelas fotografias que Akeley dizia que iria me enviar, e que os velhos da região haviam achado tão persuasivamente terríveis?

Conforme reli outras vezes sua caligrafia miúda, senti como nunca antes que meus crédulos oponentes talvez tivessem mais informações do que eu havia suposto. Afinal, devia haver casos de eremitas bizarros e talvez indivíduos com deformações congênitas isolados naquelas montanhas, mesmo que não fosse a tal espécie de monstros nascidos das estrelas que o folclore alegava. Se houvesse mesmo tais casos, então a presença de corpos estranhos nos rios inundados não seria inteiramente descabida. Seria muita presunção supor que tanto as lendas antigas quanto os relatos recentes contivessem esse tanto de realidade por trás? Mas, no exato momento em que eu admitia essas dúvidas, senti vergonha de uma peça tão bizarra quanto aquela carta delirante de Henry Akeley tê-las suscitado em mim.

Por fim, respondi à carta de Akeley, adotando um tom de interesse amistoso e solicitando mais detalhes. A resposta dele veio em seguida; continha, conforme o prometido, uma série de ampliações fotográficas de cenas e objetos que ilustravam o que ele tinha para contar. Observando essas imagens ao tirá-las do envelope, tive uma curiosa sensação de medo e proximidade de coisas proibidas, pois, apesar da ambiguidade da maioria, elas tinham um poder de sugestão terrível, intensificado pelo fato de serem fotografias genuínas – vínculos ópticos concretos com aquilo que retratavam, e produto de um processo de transmissão impessoal, isento de preconceito, falha ou mentira.

Quanto mais eu olhava para elas, mais via que minha opinião sobre a seriedade de Akeley e sua história não era injustificada. Decerto, aquelas imagens traziam evidências conclusivas de alguma coisa nas montanhas de Vermont que estava no mínimo muito além do raio de nossos conhecimentos e crenças comuns. O pior de tudo era a pegada – uma vista do ponto onde o sol iluminava uma poça de lama em um trecho plano e deserto do alto da montanha. Aquilo não era nenhuma falsificação barata, pude notar imediatamente, pois os seixos e as folhas da grama bem definidos no campo de visão eram claro índice da escala e não deixavam nenhuma possibilidade para uma enganosa dupla exposição. Chamei de "pegada", mas "marca de garras" seria uma expressão melhor. Mesmo agora mal sou capaz de descrevê-la, exceto dizendo que lembrava pavorosamente um rastro de crustáceo, e que parecia haver alguma ambiguidade quanto à direção de seu movimento. Não se tratava de uma pegada muito profunda ou recente, mas parecia ter o tamanho de um pé humano normal. A partir de um bloco central, pares de pinças serrilhadas se projetavam em direções opostas – o que tornava intrigante sua função, se é que o objeto como um todo fosse exclusivamente um órgão de locomoção.

Outra fotografia – evidentemente uma exposição prolongada feita em sombra densa – era da boca de uma caverna na floresta, com uma rocha arredondada e regular tampando a abertura. No terreno descampado em frente à rocha, podia-se discernir uma malha de rastros curiosos, apinhados, e quando analisei a imagem com uma lupa tive a estranha certeza de que aqueles rastros eram iguais aos da outra fotografia. Uma terceira imagem mostrava um círculo druídico de rochas erguidas no cume de uma montanha deserta. Em volta do círculo enigmático, a grama era muito batida e gasta, embora eu não pudesse detectar nenhuma pegada mesmo com a lupa. O ermo extremo do local era evidente pelo verdadeiro mar de montanhas despovoadas que formava o fundo e se estendia até um horizonte enevoado.

Mas, se a visão mais perturbadora foi a da pegada, a mais curiosamente sugestiva foi a da grande pedra preta encontrada nas florestas de Round Hill. Akeley fotografara a pedra no que evidentemente era a mesa de seu escritório, pois pude ver as fileiras de livros e um busto de Milton ao fundo. A pedra, como seria de esperar, estava verticalmente de frente para a câmera, com sua superfície curva e irregular de uns trinta por sessenta centímetros; mas dizer algo definido sobre essa superfície, ou sobre a forma geral da massa inteira, quase desafia o poder da linguagem. Que princípios geométricos estranhos orientaram seus entalhes – pois decerto era um corte artificial – eu nem poderia começar a supor; nunca tinha visto nada que me parecesse tão estranha e inconfundivelmente alienígena neste mundo. Dos hieróglifos na superfície, podia-se distinguir pouquíssimos, mas um ou dois que vi me deram calafrios. É evidente que podiam ser fraudulentos, pois outros além de mim também haviam lido o monstruoso e abominável *Necronomicon*, do árabe louco Abdul Alhazred – mesmo assim, estremeci ao reconhecer certos ideogramas cujo estudo me ensinou a associar aos sussurros mais arrepiantes e blasfemos de criaturas que tinham tido uma espécie de semiexistência insana antes que a Terra e os outros mundos internos do sistema solar fossem criados.

Das outras cinco fotografias, três eram cenas de pântano e montanha, que pareciam ter vestígios de um ocupante oculto e doentio. Outra era uma marca bizarra no chão, muito perto da casa de Akeley, que ele disse ter fotografado na manhã seguinte à noite em que os cães tinham latido com mais violência que de costume. Era bastante borrada, e de fato era impossível tirar conclusões certeiras a partir dela, mas se parecia diabolicamente com a outra pegada ou marca de garras fotografada no alto da montanha deserta. A última imagem era da propriedade Akeley em si, uma bela casa branca de dois andares e sótão, com seus 125 anos de idade, e um gramado bem cuidado com aleia cercada de pedras que levava a um portal georgiano entalhado de muito bom gosto. Havia diversos cães policiais imensos no gramado, agachados junto a um homem de semblante simpático, com uma barba grisalha bem aparada, que julguei ser o próprio Akeley – fotógrafo de si mesmo, podia-se inferir da lâmpada conectada a um tubo em sua mão direita.

Das imagens, passei à carta volumosa, escrita em letra miúda, e, nas três horas seguintes, mergulhei em um golfo de terror indizível. Naquilo de que Akeley fornecera antes apenas as linhas gerais, ele agora entrava nos mínimos detalhes, apresentando longas transcrições de palavras entreouvidas na floresta à noite, longos relatos sobre monstruosas formas rosadas avistadas em bosques da montanha ao crepúsculo, e uma narrativa cósmica terrível, derivada da aplicação de uma erudição profunda e variada, de intermináveis discursos esquecidos do autodenominado espião enlouquecido que se suicidara. Eu me vi diante de nomes e termos que já tinha ouvido antes nos contextos mais hediondos – Yuggoth, Grande Cthulhu, Tsathoggua, Yog-Sothoth, R'lyeh, Nyarlathotep, Azathoth, Hastur, Yian, Leng, o Lago de Hali, Bethmoora, o Sinal Amarelo, L'mur-Kathulos, Bran e o Magnum Innominandum – e fui atraído de volta através de éons inomináveis e dimensões inconcebíveis para os mundos da entidade antiga e extraterrena à qual o ensandecido autor do *Necronomicon* meramente aludia do modo mais vago. Aprendi sobre os abismos da vida primordial e as nascentes que haviam escoado desde lá, e, enfim, sobre os minúsculos riachos oriundos dessas nascentes, que haviam se emaranhado aos destinos da nossa própria Terra.

Meu cérebro ficou atordoado, e, embora antes tivesse tentado encontrar explicações para tudo, agora eu passava a acreditar nas mais anormais e incríveis maravilhas. O acúmulo de provas vitais era terrivelmente vasto e impressionante; e a atitude fria e científica de Akeley – o mais distante possível de uma postura demente, fanática e histérica, ou mesmo de uma atitude especulativa extravagante – teve um tremendo efeito sobre meu pensamento e meu juízo. Ao acabar de ler a carta, eu conseguia compreender os medos que ele passara a nutrir, e estava disposto a fazer qualquer coisa ao meu alcance para manter as pessoas distantes daquelas montanhas selvagens e assombradas. Mesmo agora, que o tempo amenizou a impressão e me fez questionar em parte minha própria experiência e minhas dúvidas horríveis, há trechos daquela carta de Akeley que eu não voltaria a citar, ou sequer formular em palavras no papel. Sinto-me quase satisfeito agora que a carta, o disco e as fotografias não existem mais – e gostaria, por motivos que em breve tornarei explícitos, que o novo planeta depois de Netuno não tivesse sido descoberto.

Com a leitura daquela carta, meu debate público sobre o horror em Vermont se encerrou definitivamente. Os argumentos de meus oponentes continuaram sem resposta ou postergados com promessas, e enfim a controvérsia definhou no esquecimento. No final de maio e em junho, mantive constante correspondência com Akeley, embora, de quando em quando, uma carta se extraviasse, de modo que precisamos retraçar a situação e realizar cópias consideravelmente trabalhosas. O que estávamos tentando fazer, em dupla, era comparar anotações sobre erudição mitológica obscura e chegar a uma correlação mais clara dos horrores de Vermont com o conjunto geral das lendas do mundo primitivo.

Antes de mais nada, praticamente decidimos que toda essa morbidez e os infernais *mi-go* do Himalaia eram um único e mesmo tipo de pesadelo. Houve ainda intrigantes conjecturas zoológicas, que eu teria levado ao professor Dexter de minha própria universidade não fosse a ordem imperativa de Akeley para não contar a ninguém sobre a questão que tínhamos diante de nós. Se aparentemente desobedeço agora essa ordem, é apenas porque penso que a esta altura um alerta sobre aquelas remotas montanhas de Vermont – e sobre os picos do Himalaia que exploradores ousados estão cada vez mais determinados em escalar – é mais coerente com a segurança pública do que o silêncio seria. Uma coisa específica que estávamos conduzindo era decifrar os hieróglifos daquela infame pedra preta – uma investigação que pode muito bem nos colocar em posse de segredos mais profundos e mais vertiginosos que quaisquer outros já conhecidos pela humanidade.

III.

Perto do final de junho, chegou o disco fonográfico – enviado de Brattleboro, uma vez que Akeley não estava disposto a confiar nos correios do ramal norte. Ele começara a se sentir cada vez mais espionado, o que foi agravado pelo extravio de algumas de nossas cartas, e falava muito sobre as atitudes insidiosas de certos homens que ele considerava instrumentos e agentes das criaturas ocultas. Mais do que de qualquer um, ele desconfiava do soturno fazendeiro Walter Brown, que vivia sozinho em uma propriedade abandonada na montanha, perto da mata fechada, e que era muitas vezes avistado à toa pelas esquinas em Brattleboro, Bellows Falls, Newfane e South Londonderry, da forma mais inexplicável e aparentemente injustificável. A voz de Brown, ele estava convencido, era uma das vozes que entreouvira certa vez em meio a uma conversa muito terrível; e ele havia encontrado uma pegada ou marca de garras próxima da casa de Brown que talvez tivesse a mais sinistra relevância. Estava curiosamente perto das pegadas do próprio Brown – posicionadas diante dela.

Assim, o disco foi enviado do correio de Brattleboro, para onde Akeley dirigiu seu Ford pelas ermas estradas de Vermont. Ele confessou em uma nota anexa que estava começando a sentir medo daquelas estradas e que agora só ia a Townshend comprar mantimentos em plena luz do dia. Não valia a pena, ele repetia incessantemente, saber demais, a não ser que se estivesse longe daquelas montanhas silenciosas e problemáticas. Ele iria muito em breve à Califórnia para morar com o filho, embora fosse difícil abandonar o lugar onde se centravam todas as suas memórias e sentimentos ancestrais.

Antes de tentar ouvir o disco no aparelho que pedi emprestado do edifício da administração da universidade, repassei cuidadosamente toda a matéria explicada nas várias cartas de Akeley. O registro, dissera ele, fora obtido por volta da uma da manhã de 1º de maio de 1915, perto da boca obstruída de uma caverna, na vertente oeste e coberta de floresta da Dark Mountain a partir de Lee's Swamp. O local sempre fora considerado anormalmente associado à presença de vozes estranhas, sendo esse o motivo de ele ter levado o fonógrafo, o ditafone e a matriz de cera, na expectativa de resultados. Experiências anteriores haviam sugerido que ele fosse na Noite de Santa Valburga – a hedionda noite do sabá da obscura lenda europeia –, pois seria provavelmente mais produtivo que qualquer outra data, e ele não se decepcionou. Vale notar que, no entanto, nunca mais ele ouviu vozes naquele local específico.

Ao contrário da maioria das vozes entreouvidas na floresta, o conteúdo da gravação era quase ritualístico e incluía uma voz distintamente humana que Akeley jamais conseguira identificar. Não era de Brown, mas parecia ser de um homem mais culto. A segunda voz, contudo, era o verdadeiro cerne da questão – pois era o maldito *zumbido* que não guardava nenhuma semelhança com a voz humana, apesar das palavras humanas que pronunciava de acordo com a melhor gramática inglesa e com sotaque acadêmico.

O fonógrafo de registro e o ditafone não funcionaram bem o tempo todo, e encontravam-se evidentemente em grande desvantagem devido ao isolamento e à natureza abafada do ritual entreouvido, de modo que a fala propriamente era muito fragmentada. Akeley deu-me uma transcrição do que ele acreditava serem as palavras proferidas, que reli outra vez antes de reproduzir o disco. O texto era soturno e misterioso em vez de abertamente horrendo, embora o conhecimento sobre sua origem e modo de registro agregasse todo o horror associativo que qualquer palavra poderia possuir. Apresentarei aqui a íntegra dessa gravação tal como a retive na memória – e tenho plena confiança de havê-la decorado corretamente, não apenas pela leitura da transcrição, mas por ter reproduzido o disco inúmeras vezes. Não é algo que se esquece facilmente!

(SONS IRRECONHECÍVEIS)

(VOZ DE HOMEM CULTO)

... é o Senhor da Floresta, mesmo para... e as oferendas dos homens de Leng... então dos poços da noite até os golfos do espaço, e dos golfos do espaço até os poços da noite, louvemos eternamente o Grande Cthulhu, e Tsathoggua, e Aquele Que Não Devemos Nomear. Louvemos eternamente a Eles, e a abundância para o Bode Preto da Floresta. Iä! Shub-Niggurath! *O Bode de Mil Crias!*

(ZUMBIDO IMITANDO FALA HUMANA)

Iä! Shub-Niggurath! O Bode Preto da Floresta com Mil Crias!

(VOZ HUMANA)

E veio a acontecer que o Senhor da Floresta, sendo... sete e nove, descendo os degraus de ônix... (tri)buta a Ele no Golfo, Azathot, Ele de Quem Tu nos ensinaste marav(ilhas)... nas asas da noite de além do espaço exterior, de além d... até Aquele De Quem Yuggoth é filho mais novo, girando solitário no éter negro no limite...

(ZUMBIDO COMO VOZ HUMANA)

... vai em meio aos homens e encontra os caminhos a partir daí, para que Ele no Golfo possa saber. Para Nyarlathotep, Poderoso Mensageiro, todas as coisas devem ser contadas. E Ele assumirá a semelhança dos homens, a máscara de cera e a túnica que ocultam, e virá do mundo dos Sete Sóis para zombar...

(VOZ HUMANA)

... (Nyarl)athotep, Grande Mensageiro, que traz estranho júbilo a Yuggoth através do vazio, Pai de um Milhão de Favoritos, O Que Espreita em meio...

(FALA INTERROMPIDA PELO FIM DO DISCO)

Tais eram as palavras que escutei quando reproduzi o disco. Foi com um misto de genuíno pavor e relutância que acionei o aparelho e ouvi o chiado preliminar da agulha de safira, e fiquei contente de que as primeiras palavras baixas, fragmentadas, fossem em voz humana – uma voz suave, educada, com um sotaque levemente bostoniano, e que sem dúvida não era de nenhum nativo das montanhas de Vermont. Enquanto eu ouvia a gravação intrigantemente baixa, pareceu-me que a fala era idêntica à transcrição preparada com todo o cuidado por Akeley. Naquele suave e cantado sotaque de Boston... "Iä! Shub-Niggurath! O Bode Preto com Mil Crias!..."

Então ouvi *a outra voz.* Até agora estremeço ao pensar no impacto daquilo, mesmo preparado como eu estava pelos relatos de Akeley. As pessoas para quem desde então descrevi esse disco alegaram não haver nisso nada além de uma impostura barata ou de loucura, mas, *se tivessem escutado a criatura maldita em si*, ou lido o principal da correspondência de Akeley (especialmente a enciclopédica segunda carta), sei que pensariam de outro modo. É, afinal, uma tremenda pena que eu não tenha desobedecido Akeley e reproduzido o disco para outros ouvintes – uma tremenda pena também que todas as suas cartas tenham se perdido. Para mim, com minha impressão em primeira mão dos sons reais, e com meu conhecimento do contexto e das circunstâncias do registro, aquela voz era uma coisa monstruosa. Ela se seguia prontamente à voz humana em resposta ritualística, mas na minha imaginação era um eco mórbido abrindo caminho através de abismos inimagináveis, vindo de inimagináveis infernos exteriores. Faz mais de dois anos desde que reproduzi o blasfemo cilindro de cera; mas neste momento, e a todo momento, ainda posso ouvir aquele zumbido fraco, demoníaco, como se fosse pela primeira vez.

"Iä! Shub-Niggurath! O Bode Preto da Floresta com Mil Crias!"

Ainda que aquela voz esteja sempre em meus ouvidos, não fui sequer capaz de analisá-la com suficiente detalhe descritivo. Era como o zumbido odioso de um inseto gigantesco, grotescamente moldado em uma fala articulada de um espécime alienígena, e tenho toda certeza de que os órgãos que a produziam não podiam ter nenhuma semelhança com os órgãos vocais humanos, nem mesmo com os de outros mamíferos. Havia singularidades de timbre, de extensão e de harmônicos que tiravam completamente esse fenômeno da esfera da humanidade e da vida terrena. Seu súbito advento daquela primeira vez quase me deu vertigem, e ouvi o resto do disco em uma espécie de torpor absorto. Quando chegou a hora da passagem mais longa de zumbidos, houve uma aguda intensificação daquela sensação de infinitude blasfema, que me impactara durante a passagem mais curta anterior. Enfim o disco terminou de forma abrupta, em meio a uma fala estranhamente clara da voz humana de Boston, mas continuei contemplando o vazio, como um idiota, muito depois que o aparelho se desligou automaticamente.

Eu nem precisaria dizer que repeti muitas outras vezes a reprodução daquele disco chocante e que fiz exaustivas tentativas de análise e comentário ao comparar minhas anotações com as de Akeley. Seria tanto inútil quanto perturbador repetir aqui tudo o que concluímos, mas eu ousaria dizer que concordamos na crença de ter encontrado uma pista para a origem de alguns dos costumes mais repulsivos e primordiais das religiões mais antigas e enigmáticas da humanidade. Também nos pareceu claro que havia alianças antigas e elaboradas entre as criaturas ocultas de outro mundo e certos membros da raça humana. Qual a extensão dessas alianças, e como sua situação atual podia se comparar com sua situação em eras anteriores, não tínhamos meios para supor; no entanto, na melhor das hipóteses, havia espaço para uma quantidade ilimitada de especulações horrorizadas. Parecia haver uma associação pavorosa, imemorial, em diversos estados definidos entre o homem e a infinidade inominada. As blasfêmias que apareceram na Terra, supusemos, vinham do planeta escuro Yuggoth, nos limites do sistema solar, mas o planeta era meramente um entreposto povoado de uma assustadora raça interestelar, cuja origem definitiva devia ficar fora até do *continuum* espaço-tempo einsteniano ou mesmo do mais vasto cosmo conhecido.

Nesse ínterim, continuamos a discutir a pedra preta e o melhor modo de levá-la a Arkham – uma vez que Akeley considerava desaconselhável que eu fosse visitá-lo no cenário de pesadelo de seus estudos aflitivos. Por um motivo ou outro, Akeley estava com medo de expôr o objeto a qualquer rota de transporte óbvia. Sua ideia final foi levá-la pelo interior até Bellows Falls e enviá-la pelo serviço postal de Boston e do Maine, através de Keene, Winchedon e Fitchburg, mesmo que para isso fosse necessário dirigir por estradas de montanha ainda mais isoladas que a estrada principal até Brattleboro. Ele disse ter reparado em um homem nas imediações da agência do correio em Brattleboro quando enviara o disco, cujas atitudes e expressões não foram nada tranquilizadoras. Esse sujeito parecia ansioso demais para conseguir falar com os funcionários, e acabara pegando o mesmo trem em que o disco fora enviado. Akeley confessou que não ficara exatamente sossegado enquanto não recebeu notícias minhas dizendo que recebera o disco em segurança.

Por volta dessa época – segunda semana de julho –, outra das minhas cartas se extraviou, como fiquei sabendo por uma comunicação aflita de Akeley. Depois disso, ele me pediu que não escrevesse mais para Townshend, mas que enviasse as cartas aos cuidados do Correio Central em Brattleboro, aonde ele ia frequentemente, de carro ou de ônibus, pois uma linha havia substituído o serviço de passageiros do trem sempre atrasado. Vi que ele estava ficando cada vez mais aflito, pois passara a entrar em detalhes sobre os latidos cada vez mais altos dos cães nas noites sem lua e sobre as marcas de garras que às vezes encontrava no barro do quintal pela manhã. Certa vez ele contou de um verdadeiro exército de pegadas formando uma fila diante de uma outra fila, igualmente larga e definida, de pegadas de cães, e enviou uma fotografia repugnante e perturbadora para comprovar o que dizia. A fotografia era da manhã seguinte à noite em que os cães se superaram de tanto latir e uivar.

Na manhã da quarta-feira, 18 de julho, recebi um telegrama de Bellows Falls, em que Akeley dizia que estava despachando a pedra preta pela B. & M. no trem número 5508, que saía de Bellows Falls às 12h15, horário local, com chegada na North Station em Boston às 16h12. Devia, calculei, chegar em Arkham no mínimo ao meio-dia do dia seguinte; por isso, fiquei esperando em casa a manhã inteira de quinta-feira. Mas o meio-dia veio e passou sem o correio passar e, quando telefonei para a agência, fui informado de que nenhuma encomenda para mim havia chegado. Meu ato seguinte, em meio a grande alarme, foi fazer uma ligação de longa distância para a agência da North Station em Boston, e não fiquei muito surpreso ao descobrir que minha encomenda não havia chegado. O trem número 5508 havia passado apenas 35 minutos atrasado no dia anterior, mas não trazia nenhuma caixa endereçada a mim. O funcionário prometeu, contudo, abrir um pedido de verificação. Ao final do dia, enviei uma carta a Akeley pelo correio noturno explicando a situação.

Com notável prontidão, recebi um relatório da agência de Boston na tarde seguinte, pois o funcionário me telefonou assim que apurou os fatos. Aparentemente, o funcionário do correio a bordo do trem número 5508 se lembrou de um incidente que podia ter muita relação com a minha perda – certa discussão com um homem com uma voz muito curiosa, magro, de cabelos claros e aparência rústica, quando o trem parou em Keene, New Hampshire, pouco depois da uma da tarde, horário local.

O homem, segundo ele, estava muito ansioso à espera de uma caixa pesada que alegara ser sua, mas que não estava nem no trem, nem registrada nos livros da companhia. Ele dera o nome de Stanley Adams e tinha uma voz tão estranhamente grave, como um zumbido, que deixara o funcionário anormalmente tonto e sonolento só de ouvi-lo. O funcionário não conseguia se lembrar com precisão de como a conversa terminou, mas se lembrava de ter despertado com um sobressalto assim que o trem voltou a se mover. O funcionário de Boston acrescentou que seu colega era um rapaz de inquestionável idoneidade e confiança, de conhecidos antecedentes e muito tempo de casa.

Naquela noite, fui a Boston conversar pessoalmente com esse funcionário, depois de obter seu nome e endereço na agência. Era um sujeito franco e simpático, mas vi que ele não podia acrescentar nada a seu próprio relato original. Estranhamente, ele não pareceu muito seguro de conseguir sequer reconhecer o homem que o abordara. Quando me dei conta de que ele não tinha mais nada para me dizer, voltei a Arkham e passei a noite inteira acordado escrevendo cartas para Akeley, para a companhia ferroviária, para a polícia e para o funcionário do correio em Keene. Eu sentia que o homem da voz estranha, que afetara o funcionário de um modo bizarro, devia ter um papel decisivo nesse caso sinistro, e esperava que os funcionários da estação em Keene e os registros dos telégrafos talvez pudessem dizer alguma coisa sobre ele e quando e onde teria ocorrido a solicitação da retirada da encomenda.

Devo admitir, no entanto, que todas as minhas investigações resultaram em nada. O homem da voz bizarra de fato havia sido visto perto da estação de Keene no início da tarde de 18 de julho, e um passante conseguiu associá-lo vagamente a uma caixa pesada; mas era um total desconhecido, e nunca tinha sido visto ali nem antes, nem depois. Ele não havia visitado a agência do telégrafo nem recebido nenhuma mensagem, pelo que pude apurar, tampouco chegara nenhuma mensagem que pudesse ser considerada um aviso da presença da pedra preta a bordo do trem número 5508 para ninguém da agência. Naturalmente, Akeley se juntou a mim nessas apurações, e chegou até a ir pessoalmente a Keene para interrogar pessoas do entorno da estação, mas sua atitude em relação ao assunto era mais fatalista que a minha. Ele parecia achar a perda da caixa uma consequência portentosa e ameaçadora de tendências inevitáveis, e não tinha nenhuma real esperança de recuperá-la. Ele falou dos indiscutíveis poderes telepáticos e hipnóticos das criaturas das montanhas e de seus agentes, e em uma carta sugeriu que não acreditava que a pedra estivesse mais na Terra àquela altura. Da minha parte, fiquei com razão enfurecido, pois supunha haver ao menos a oportunidade de aprender coisas profundas e impressionantes com aqueles velhos hieróglifos apagados. Eu teria ficado remoendo essa questão com rancor se as cartas imediatamente seguintes de Akeley não trouxessem uma nova fase do horrível problema das montanhas que logo captou toda a minha atenção.

IV.

As criaturas desconhecidas, Akeley escreveu em letra lamentavelmente cada vez mais trêmula, haviam começado a fechar o cerco sobre ele com um grau de determinação totalmente novo. Os latidos noturnos dos cães, sempre que a lua ficava fraca ou ausente, eram horríveis agora, e ele sofrera ataques nas estradas ermas que precisava percorrer durante o dia. No dia 2 de agosto, a caminho da vila em seu automóvel, ele encontrara um tronco de árvore atravessado em seu caminho em um trecho de densa floresta da estrada, enquanto os latidos selvagens dos dois cães grandes que ele levava consigo mostravam claramente que devia haver algo à espreita por perto. O que poderia ter acontecido se os cachorros não estivessem ali, ele não ousava imaginar, mas agora ele não saía de casa sem ao menos dois fiéis e fortes companheiros de sua matilha. Outras experiências na estrada ocorreriam nos dias 5 e 6 de agosto: um tiro que pegara de raspão em seu carro uma ocasião, e o latido dos cães indicando presenças profanas na mata na outra.

No dia 15 de agosto, recebi uma carta frenética que me perturbou bastante e me fez desejar que Akeley deixasse de lado sua reticência solitária e fosse pedir auxílio da lei. Houvera pavorosas ocorrências na noite de 12 para 13 do mesmo mês, tiros disparados do lado de fora da sede da fazenda, e três dos doze cães grandes foram encontrados mortos, baleados, pela manhã. Havia miríades de marcas de garras na estrada, com as pegadas humanas de Walter Brown entre elas. Akeley tentou telefonar para Brattleboro, para encomendar mais cães, mas a linha caiu antes que ele conseguisse dizer muita coisa. Mais tarde, ele foi a Brattleboro de carro e descobriu que os funcionários da ferrovia tinham encontrado o cabo telefônico principal cortado em um ponto em que atravessava as montanhas desertas ao norte de Newfane. Mas ele estava prestes a voltar para casa com quatro bons cães novos e diversas caixas de munição para seu rifle de caça. A carta foi escrita na agência dos correios em Brattleboro e chegou até mim sem nenhum atraso.

Minha atitude quanto ao caso àquela altura rapidamente passava de científica a desesperadamente pessoal. Eu receava pela vida de Akeley em sua casa remota, isolada, e por mim mesmo, devido à minha agora evidente conexão com o estranho problema naquelas montanhas. A coisa toda estava então *se expandindo*. Será que acabaria me sugando e engolindo? Ao responder à carta dele, insisti que fosse procurar ajuda e sugeri que eu mesmo poderia entrar em ação, caso ele não fosse. Falei que iria pessoalmente a Vermont, mesmo que ele não quisesse, para ajudá-lo a explicar a situação às autoridades. Em resposta, contudo, recebi apenas um telegrama de Bellows Falls que dizia o seguinte:

AGRADEÇO INTERESSE MAS NÃO HÁ NADA A FAZER PT NÃO AJA SOZINHO POIS PODE PREJUDICAR AMBOS PT AGUARDE EXPLICAÇÃO PT

HENRY AKELY

Contudo, o caso foi se aprofundando incessantemente. Depois da minha resposta ao telegrama, recebi um bilhete trêmulo de Akeley com a espantosa notícia de que não só ele não tinha enviado nenhum telegrama, como não havia recebido a minha carta que era uma óbvia resposta ao telegrama. Uma rápida investigação em Bellows Falls revelou-lhe que a mensagem fora depositada por um estranho homem de cabelos claros, com uma voz curiosamente grossa, como um zumbido, embora não tenha apurado nada além disso. O funcionário mostrou-lhe o texto original rascunhado a lápis pelo remetente, mas a caligrafia era inteiramente desconhecida. Saltava aos olhos que a assinatura estava escrita errado – A-K-E-L-Y, sem o segundo "E". Certas conjecturas foram inevitáveis, mas, em meio à óbvia crise, ele não parou para pensar muito nisso.

Ele mencionou a morte de mais cães e a compra de outros mais, e a troca de tiros que se tornara parte integrante de toda noite sem lua. As pegadas de Brown, e as pegadas de pelo menos uma ou duas figuras humanas calçadas, agora eram encontradas regularmente em meio às marcas de garras na estrada, e no quintal da sede. Era, como Akeley admitia, uma situação muito complicada, e logo era provável que ele fosse mesmo morar com o filho na Califórnia, mesmo que não conseguisse vender a velha propriedade. Mas não era fácil deixar para trás o único lugar que realmente podia considerar seu lar. Ele precisaria tentar suportar mais um pouco; talvez conseguisse espantar os invasores, sobretudo se parasse de uma vez de tentar penetrar seus segredos.

Escrevendo na mesma hora a Akeley, renovei minha oferta de ajuda e falei novamente em visitá-lo e ajudá-lo a convencer as autoridades de seu risco terrível. Em sua resposta, ele me pareceu menos contrário ao plano do que sua atitude anterior tinha me levado a prever, mas disse que gostaria de esperar mais um pouco – só o suficiente para pôr suas coisas em ordem e se reconciliar com a ideia de abandonar o lugar onde tinha nascido e pelo qual tinha uma adoração quase mórbida. As pessoas vinham consultá-lo por seus estudos e especulações, e seria melhor se afastar discretamente sem deixar o povo da região alvoroçado e disseminando dúvidas quanto à sua sanidade. Ele já suportara o bastante, admitia, mas queria fazer uma saída digna, se possível.

Essa carta chegou às minhas mãos no dia 28 de agosto, e redigi e enviei uma resposta o mais encorajadora que pude. Ao que parece, o encorajamento surtiu efeito, pois Akeley relatou menos terrores quando acusou recebimento da minha resposta. Contudo, ele não estava muito otimista e expressou a crença de que era apenas a lua cheia que estava mantendo as criaturas afastadas. Ele esperava que não houvesse muitas noites nubladas, e falou vagamente em se hospedar em Brattleboro quando a lua minguasse. Mais uma vez, escrevi-lhe para encorajá-lo, mas no dia 5 de setembro chegou um novo comunicado que obviamente havia cruzado a minha carta no correio; e a este comunicado não pude dar nenhuma resposta esperançosa. Diante de sua importância, acredito ser melhor transcrevê-lo na íntegra – da melhor forma que eu conseguir a partir da lembrança de sua escrita trêmula. Dizia em suma o seguinte:

Segunda-feira

Prezado Wilmarth

Um pós-escrito um tanto desencorajador à minha última carta. Ontem a noite foi muito nublada – embora não tenha chovido – e nenhum raio de luar atravessava as nuvens. As coisas se complicaram muito, e creio que o fim está próximo, apesar de tudo o que esperávamos poder fazer. Depois da meia-noite, alguma coisa pousou no telhado de casa, e os cachorros foram todos ver o que era. Ouvi mordidas e rasgos, e então um deles conseguiu subir no telhado pulando do beiral baixo. Houve uma luta terrível lá em cima, e ouvi um zumbido assustador que não vou esquecer nunca. E então senti um cheiro chocante. Quase ao mesmo tempo, os tiros entraram pela janela, e quase rasparam em mim. Acho que a linha principal das criaturas da montanha se aproximou da casa quando os cachorros se dividiram por causa da confusão no telhado. O que estava lá em cima, ainda não sei, mas receio que as criaturas estejam aprendendo a manobrar melhor com suas asas espaciais. Apaguei a luz e usei as janelas como observatórios, e percorri a casa inteira disparando o rifle apontado um pouco acima para não atingir os cachorros. Aquilo aparentemente encerrou o problema, mas pela manhã encontrei grandes poças de sangue no quintal, ao lado de poças de uma matéria verde e viscosa que tinha o pior odor que já senti na vida. Subi no telhado e encontrei mais dessa matéria grudenta lá em cima. Cinco cães tinham sido mortos – receio ter atingido um ao mirar baixo demais, pois ele recebera um tiro nas costas. Agora estou consertando os vidros que os tiros quebraram, e vou a Brattleboro buscar mais cães. Acho que os empregados dos canis me julgam louco. Mais tarde enviarei outro bilhete. Suponho que esteja pronto para partir dentro de uma ou duas semanas, embora isso me mate só de pensar.

Apressadamente,
AKELEY

Porém, essa não foi a única carta de Akeley a cruzar com a minha. Na manhã seguinte – 6 de setembro – chegou mais uma; dessa vez, rascunhada freneticamente, o que me desanimou e me deixou sem saber o que dizer ou fazer em seguida. Mais uma vez, o melhor a fazer é citar o texto o mais fielmente que minha memória me permitir.

Terça-feira

As nuvens não se dispersaram, de modo que não teremos lua outra vez – está minguante de todo modo. Eu mandaria puxar eletricidade e instalaria um holofote se não tivesse certeza de que eles cortariam os fios todas as vezes na mesma velocidade com que fossem consertados.

Creio que estou enlouquecendo. Talvez tudo o que escrevi ao senhor seja um sonho ou loucura. Foi muito ruim antes, mas desta vez é demais. Eles falaram comigo ontem à noite – *falaram naquela maldita voz de zumbido e me contaram coisas* que não *ouso repetir ao senhor. Ouvi claramente, acima dos latidos dos cachorros, e assim que as vozes diminuíram* uma voz humana as ajudou. *Fique fora disso, Wilmarth – é pior do que você e eu suspeitávamos.* Eles não *querem mais me deixar ir para a Califórnia – eles querem me levar embora com vida ou o que quer que vida signifique teórica e* mentalmente para eles – *não apenas até Yuggoth, mas além de lá – para fora da galáxia* e possivelmente além do último limite curvo do espaço. *Eu disse que não iria aonde eles queriam me levar,* ou da maneira terrível como eles propuseram me levar, *mas receio que não vá adiantar nada. Minha casa é tão isolada que eles devem vir a qualquer momento de noite ou de dia. Outros seis cachorros foram mortos, e senti presenças nos trechos de floresta da estrada quando fui de carro a Brattleboro hoje.*

Foi um erro da minha parte tentar enviar ao senhor aquele disco fonográfico e aquela pedra preta. Era melhor ter destruído o disco antes que fosse tarde demais. Amanhã enviarei mais notícias se ainda estiver aqui. Queria ter conseguido enviar meus livros e pertences a Brattleboro e ter me hospedado por lá. Eu fugiria sem levar nada se pudesse, mas algo dentro de mim me retém aqui. Posso tentar chegar a Brattleboro, onde talvez fique seguro, mas me sentiria um prisioneiro tanto lá como em casa. Pelo visto, sei que não conseguiria chegar muito longe nem que deixasse tudo aqui e tentasse fugir. É horrível – não se deixe envolver nisso.

Sinceramente,
AKELEY

Não consegui dormir a noite inteira depois de receber essa carta terrível, e estava profundamente intrigado com o que ainda restaria de sanidade em Akeley. O conteúdo do bilhete era totalmente insano, no entanto o modo de expressão – tendo em vista tudo que se passara antes – tinha um poder de convencimento sombrio e intenso. Sequer tentei responder, julgando ser melhor esperar que Akeley tivesse tempo de responder a meu último comunicado. Essa resposta, de fato, chegou no dia seguinte, mas a novidade que a carta continha ia além dos pontos levantados pela minha, a que supostamente respondia. Eis o que me lembro do texto, de seus garranchos borrados, fruto de sua composição evidentemente frenética e apressada.

Quarta-feira

W –

Sua carta chegou, mas não adianta discutir mais nada. Estou totalmente resignado. Pergunto-me se ainda teria força de vontade suficiente para lutar para mantê-los afastados daqui. Não conseguiria escapar nem que estivesse disposto a deixar tudo aqui e fugir correndo. Eles me pegariam.

Recebi uma carta deles ontem – *o carteiro trouxe enquanto eu estava em Brattleboro. Datilografada e com o carimbo de Bellows Falls. Diz o que eles querem fazer comigo – não posso repetir aqui. Cuide-se o senhor também! Destrua aquele disco. As noites continuam nubladas, e a lua está minguando cada vez mais. Quem dera eu ousasse pedir socorro – isso talvez recuperasse minha força de vontade –, mas as pessoas que ousassem vir me chamariam de louco se não houvesse alguma prova. Não posso pedir que venham sem motivo – perdi o contato com todo mundo e já faz muitos anos.*

Mas eu não contei o pior, Wilmarth. Prepare-se para o que vai ler, pois será chocante. Mesmo assim é verdade. É o seguinte: vi e toquei uma das criaturas, ou parte de uma das criaturas. *Por Deus, caro senhor, como é asquerosa! Estava morta, evidentemente. Um dos cachorros pegou-a, e encontrei-a perto do canil esta manhã. Tentei conservá-la no barracão para convencer as pessoas da história toda, mas a criatura evaporou em poucas horas. Não sobrou nada. O senhor sabe, todas aquelas coisas nos rios só foram avistadas na primeira manhã após a cheia. E aqui vem o pior. Tentei fotografá-la para mostrar ao senhor, mas quando revelei o filme* não havia nada visível com exceção do barracão. *Do que será feita essa criatura? Eu a vi e a senti, e elas todas deixam pegadas. Seguramente era feita de matéria – mas de que tipo de matéria? A forma é impossível de descrever. Tratava-se de um grande caranguejo com muitos anéis ou nós piramidais carnudos, de matéria semelhante a cordas, com antenas no lugar onde ficaria a cabeça de um homem. Aquela substância verde e viscosa é seu sangue ou seiva. E devem surgir novas criaturas dessas na Terra a qualquer minuto.*

Walter Brown está desaparecido – não foi visto à toa em nenhuma das esquinas de costume nos vilarejos da região. Talvez tenha sido atingido por um dos meus disparos, embora aparentemente as criaturas sempre tentem levar embora consigo seus mortos e feridos.

Fui à cidade hoje à tarde sem nenhum incidente, mas receio que as criaturas estejam começando a relaxar por já me considerarem condenado. Escrevo esta carta na agência do correio de Brattleboro. Talvez seja uma carta de despedida – caso seja, escreva para meu filho George Goodenough Akeley, r. Pleasant, 176, San Diego, Califórnia, mas não venha para cá. *Escreva para o meu filho se não tiver notícias minhas dentro de uma semana e fique atento às notícias nos jornais.*

Jogarei minhas duas últimas cartas agora – se eu ainda tiver força de vontade. Primeiro, vou tentar envenenar as criaturas com gás (tenho as substâncias químicas necessárias e separei máscaras para mim e para os cachorros) e aí, se isso não funcionar, vou chamar o xerife. Podem me levar para um hospício, se quiserem – seria melhor do que aquilo que as outras criaturas *fariam comigo. Talvez eu consiga convencê-los a prestar atenção nas pegadas em volta da casa – são fracas, mas eu as encontro todas as manhãs. Suponhamos, todavia, que a polícia alegue que eu as falsifiquei de alguma forma, pois todos me julgam um tipo bizarro.*

Devo tentar convencer um policial estadual a passar uma noite aqui para que veja com seus próprios olhos, mas bastaria que as criaturas soubessem disso para deixarem de vir justo essa noite. Elas cortam meus fios sempre que tento telefonar à noite – os funcionários da companhia devem achar muito estranho, e poderiam testemunhar a meu favor se não achassem que eu mesmo os estou cortando. Já faz uma semana que nem solicito mais que sejam consertados.

Eu poderia conseguir algum popular ignorante para testemunhar a meu favor sobre a realidade dos horrores, mas todo mundo ri do que o povo diz e, seja como for, todo mundo evita minhas terras há tanto tempo que nem sabem nada dos novos acontecimentos. Seria impossível convencer aqueles sitiantes decadentes a chegar sequer a um quilômetro da minha casa, nem por amor, nem por dinheiro. O carteiro ouve o que eles dizem e faz piadas comigo a esse respeito – Santo Deus! Se eu tivesse coragem de explicar ao carteiro o tanto que isso é real! Acho que vou tentar mostrar para ele as pegadas, mas ele passa à tarde e a essa hora geralmente as pegadas já sumiram. Se eu conservasse uma pegada cobrindo com uma caixa ou com uma panela, ele com certeza pensaria se tratar de uma falsificação ou de alguma piada.

Quem dera eu não tivesse me tornado um eremita, pois as pessoas não me visitam mais como antigamente. Jamais ousei mostrar a pedra preta ou as fotografias, ou reproduzir o disco, a qualquer pessoa além do povo mais ignorante da região. Os outros diriam que falsifiquei tudo e não fariam nada além de dar risada. Mesmo assim, talvez eu ainda tente mostrar as fotografias. Elas mostram claramente as marcas de garras, ainda que as criaturas que as produziram não possam ser fotografadas. Que pena que ninguém mais tenha visto aquela criatura *esta manhã antes de se reduzir a nada!*

Mas não me importo mais. Depois do que passei, um hospício parece um lugar tão bom quanto qualquer outro. Os médicos podem me ajudar a me convencer a ir embora desta casa, e isso é a única coisa que poderá me salvar.

Escreva para meu filho George se não tiver notícias minhas em breve. Adeus, destrua aquele disco, e não se deixe envolver mais nisso.

Sinceramente,

AKELEY

A carta me lançou francamente no mais sombrio terror. Eu não sabia o que dizer em resposta, mas rascunhei algumas palavras incoerentes de conselho e encorajamento e as enviei como carta registrada. Lembro que insisti com Akeley para se mudar de uma vez para Brattleboro, e se colocar sob proteção das autoridades, acrescentando que eu chegaria à cidade com o disco e ajudaria a convencer os tribunais de sua sanidade. Estava na hora também, creio que escrevi, de alertar a população em geral sobre essa criatura em sua região. Deve-se observar que, nesse momento de angústia, minha crença em tudo o que Akeley dissera e alegara era praticamente completa, embora eu tenha achado que seu fracasso em obter uma imagem do monstro morto se devesse não a alguma aberração da Natureza, mas a um lapso da parte dele mesmo.

V.

Então, aparentemente cruzando meu bilhete incoerente e chegando às minhas mãos na tarde de sábado, 8 de setembro, recebi uma carta curiosamente diferente e tranquilizadora, datilografada com todo o cuidado em uma máquina nova; uma estranha carta serena e convidativa, que marcou uma transição tão prodigiosa daquele pesadelo dramático naquelas montanhas solitárias. Mais uma vez citarei de memória – buscando por motivos especiais conservar o máximo do sabor do estilo que conseguir. Tinha o carimbo de Bellows Falls, e a assinatura e o corpo da carta eram datilografados – como é comum entre iniciantes da datilografia. O texto, no entanto, era maravilhosamente preciso para um trabalho de aprendiz; e concluí que Akeley devia ter usado uma máquina de escrever antes – talvez na faculdade. Seria justo dizer que a carta me trouxe alívio, embora por baixo do alívio houvesse um substrato de inquietude. Se Akeley estivera são em seu terror, estaria ainda são depois que o terror passara? E aquele "melhor relacionamento" mencionado... o que seria? Tudo aquilo implicava uma inversão total da atitude anterior de Akeley! Mas eis a substância do texto, cuidadosamente transcrito a partir de uma memória que me causa certo orgulho.

Ao sr. Albert N. Wilmarth,
Universidade Miskatonic,
Arkham, Mass.

Townshend, Vermont,
Quinta-feira, 6 de setembro de 1928

Meu caro Wilmarth:

É um grande prazer para mim ser capaz de tranquilizá-lo sobre todas as tolices que lhe tenho escrito. Digo "tolices", embora com isso eu queira me referir à minha atitude apavorada e não às minhas descrições de certos fenômenos. Esses fenômenos são reais e importantes o suficiente; meu erro foi adotar uma atitude anômala em relação a eles.

Creio ter mencionado que meus estranhos visitantes estavam começando a se comunicar comigo, e a tomar iniciativa nessas comunicações. Ontem à noite, essa troca de comunicações se tornou real. Em resposta a certos sinais, permiti que entrasse em casa um mensageiro dos seres exteriores – um ser humano, logo adianto. Ele me contou muitas coisas que nem você nem eu sequer tínhamos começado a intuir, e mostrou com clareza que havíamos julgado e interpretado de modo totalmente equivocado o propósito dos Seres Exteriores em manter sua colônia secreta neste planeta.

Ao que parece, as lendas malignas sobre o que eles ofereceram aos homens, e o que eles desejam em relação à Terra, são inteiramente resultado de uma concepção errônea e ignorante do discurso alegórico – discurso, é evidente, moldado pelo contexto cultural e por hábitos mentais imensamente diferentes de tudo o que sonhamos. Minhas conjecturas, admito abertamente, miravam muito longe do alvo, assim como as suposições dos sitiantes iletrados e dos indígenas selvagens. O que eu havia julgado mórbido e vergonhoso e ignominioso é na realidade magnífico, esclarecedor e até mesmo glorioso *– minha avaliação anterior sendo apenas uma fase da eterna tendência humana a odiar, temer e recuar diante do* inteiramente outro.

Agora lamento o mal que infligi a essas criaturas alienígenas e incríveis ao longo de nossas escaramuças noturnas. Se eu ao menos tivesse consentido em conversar pacífica e sensatamente com elas desde o início! Mas elas não guardam rancor contra mim, pois suas emoções são organizadas de modo muito diferente das nossas. Por azar, elas escolheram como agentes humanos em Vermont alguns espécimes evidentemente inferiores – o falecido Walter Brown, por exemplo. Ele me fez nutrir um enorme preconceito contra elas. Na verdade, elas nunca me causaram conscientemente nenhum mal, mas muitas vezes foram cruelmente injustiçadas e espionadas pela nossa espécie. Há todo um culto secreto de homens malignos (um homem com a sua erudição mística há de me compreender quando os associo com Hastur e o Sinal Amarelo) dedicados ao propósito de localizá-las e prejudicá-las em nome de poderes monstruosos de outras dimensões. É contra esses agressores – não contra a humanidade normal – que as drásticas precauções dos Seres Externos são direcionadas. Incidentalmente, descobri que muitas de nossas cartas extraviadas não foram roubadas pelos Deuses Externos, mas por emissários desse culto maligno.

A única coisa que os Seres Externos desejam do homem é paz, não agressão e uma relação intelectual cada vez mais forte. Esta última é absolutamente necessária agora que nossas invenções e aparelhos estão expandindo nosso conhecimento e nossos movimentos, e tornando cada vez mais impossível que os entrepostos necessários aos Seres Externos existam secretamente *neste planeta. Os seres alienígenas desejam conhecer a humanidade mais completamente e fazer com que alguns líderes filosóficos e científicos da humanidade saibam mais sobre eles. Com essa troca de conhecimentos, todos os riscos passarão e um* modus vivendi *satisfatório será estabelecido. A própria ideia de qualquer tentativa de* escravizar ou degradar *a humanidade é ridícula.*

Para dar início a esse melhor relacionamento, os Seres Externos naturalmente me escolheram – pois meu conhecimento sobre eles já é considerável – como seu primeiro intérprete na Terra. Muita coisa me foi dita ontem à noite – fatos da natureza mais estupenda e esclarecedora – e mais ainda me será comunicado em seguida, tanto oralmente quanto por escrito. Por ora, não serei chamado para viajar para fora, *embora provavelmente eu* venha a querer *fazê-lo depois – empregando meios especiais e transcendendo tudo o que até hoje nos acostumamos a compreender como experiência humana. Minha casa não será mais vigiada. Tudo voltou ao normal, e não haverá mais necessidade dos cachorros no futuro. Em vez de terror, ganhei um rico tesouro de conhecimento e aventura intelectual de que poucos mortais já puderam compartilhar.*

Os Seres Externos talvez sejam as criaturas orgânicas mais maravilhosas existentes no espaço e no tempo ou além de todo espaço e tempo – membros de uma espécie disseminada por todo o cosmos, da qual todas as outras formas de vida são meramente variantes degeneradas. São mais vegetais que animais, se é que esses termos se aplicam ao tipo de composição material desses seres, e têm uma estrutura semelhante à dos fungos; embora a presença de uma substância semelhante à clorofila e um sistema nutritivo muito singular os diferenciem por completo dos verdadeiros fungos cormófitos. Na verdade, o tipo é composto de uma matéria totalmente alheia à nossa região do espaço – com elétrons com uma taxa vibracional inteiramente diferente. É por isso que as criaturas não podem ser fotografadas por filmes e chapas de câmeras comuns *do nosso universo conhecido, mesmo que nossos olhos possam vê-las. Com o conhecimento apropriado, contudo, qualquer bom químico conseguiria fazer uma emulsão fotográfica capaz de registrar suas imagens.*

O gênero é único em sua capacidade de atravessar o vazio interestelar, sem calor e sem ar, em sua forma corporal plena, e algumas de suas variantes não são capazes de fazer isso sem auxílio mecânico ou curiosos procedimentos cirúrgicos. Apenas algumas poucas variantes têm as asas resistentes ao éter características do tipo encontrado em Vermont. Aquelas criaturas que habitam certos remotos picos do Velho Mundo foram trazidas à Terra de outras maneiras. Sua semelhança externa com a vida animal, e ao tipo de estrutura que entendemos como material, é antes uma questão de evolução paralela do que de parentesco íntimo. Sua capacidade cerebral extrapola a de qualquer outra forma de vida atualmente existente, embora os tipos alados de nossas montanhas estejam longe de ser os mais desenvolvidos. A telepatia é seu modo usual de comunicação, embora tenham órgãos vocais rudimentares que, após uma simples operação (pois a cirurgia é uma prática incrivelmente avançada e cotidiana entre eles), podem replicar de forma grosseira a fala desses tipos de organismo que ainda usam a fala.

Sua residência imediata *é o planeta ainda não descoberto e quase sem luz localizado no limite de nosso sistema solar — depois de Netuno, é o nono em distância do Sol. Trata-se, como nós havíamos inferido, do objeto misticamente referido como "Yuggoth" em certos escritos antigos e proibidos; e que logo será o cenário de uma estranha convergência de pensamentos direcionada ao nosso mundo em uma tentativa de facilitar o relacionamento mental. Eu não ficaria surpreso se os astrônomos começassem a se tornar suficientemente sensíveis a essas torrentes de pensamento a ponto de descobrir Yuggoth quando os Seres Externos quiserem que eles o encontrem. Porém Yuggoth, claro, é apenas uma passagem. O maior conjunto dessas criaturas habita em abismos estranhamente organizados que se localizam além do alcance da imaginação humana. O glóbulo de espaço-tempo que identificamos como a totalidade de toda a entidade cósmica é apenas um átomo na genuína infinitude que é a deles.* Toda essa infinitude que qualquer cérebro humano *é capaz de assimilar será enfim revelada para mim, tal como foi a não mais de cinquenta outros homens desde que a espécie* humana começou *a existir.*

À primeira vista, você provavelmente há de considerar isso um delírio, Wilmarth, mas com o tempo há de compreender a titânica oportunidade com que me deparei. Quero que compartilhe dessa oportunidade ao máximo possível, e nesse intuito devo lhe contar milhares de coisas que não poderão seguir por escrito. No passado, adverti-o para não vir me visitar. Agora que tudo está seguro, será um prazer retirar a advertência e convidá-lo para vir.

Você não pode vir para cá antes do início do período letivo da sua faculdade? Seria maravilhosamente delicioso se pudesse. Traga o disco fonográfico e todas as minhas cartas para que possamos usar como dados de consulta – precisaremos deles para reconstituir toda essa história tremenda. Se puder, traga também as fotografias, pois aparentemente descuidei dos negativos e das minhas próprias cópias durante essa excitação recente. Mas que riqueza de fatos tenho a acrescentar a todo esse material tateante e especulativo – e que instrumento estupendo tenho agora para complementar esses acréscimos!

Não hesite – não estou mais sendo espionado agora, e o senhor não há de deparar com nada de desnaturado ou perturbador. Simplesmente venha e deixe que eu vá buscá-lo de carro na estação de Brattleboro – prepare-se para passar o máximo de tempo que puder, e conte com muitas noites de discussão sobre coisas que estão além de toda conjectura humana. Não conte a ninguém a respeito de nada disso, é claro, pois esse assunto não deve chegar ao público vulgar.

O trem para Brattleboro não é nada mau – o senhor poderá consultar os horários em Boston. Tome o trem para Greenfield, e faça baldeação para o breve trecho que resta. Sugiro que o senhor tome o trem do horário mais conveniente, 16h10 – horário local –, que sai de Boston. Esse trem chegará às 19h35, e às 21h19 sai um trem que chega em Brattleboro às 22h01. Durante a semana. Avise-me o dia e irei buscá-lo de carro na estação.

Perdoe a carta datilografada, mas minha letra ultimamente ficou muito tremida, como o senhor sabe, e não me sinto disposto a longos trechos de escrita. Comprei ontem esta máquina Corona nova em Brattleboro – parece estar funcionando muito bem.

Aguardo uma palavra sua, e espero encontrá-lo em breve com o disco e todas as minhas cartas – e as fotografias.

Sinceramente,
Sigo às ordens,
HENRY W. AKELEY

A complexidade das minhas emoções ao ler, reler e ponderar sobre a estranha e inesperada carta vai além da descrição adequada. Disse que fiquei ao mesmo tempo aliviado e incomodado, mas isso expressa apenas de forma grosseira as sugestões de sentimentos diversos e amplamente subconscientes abarcados pelo alívio e pelo incômodo. Antes de mais nada, a carta representava uma variação antípoda de toda a sequência de horrores que a precederam – a mudança de humor do terror puro para a complacência despreocupada e até mesmo exultante, era inesperada, súbita e completa! Eu mal podia acreditar que um único dia fosse capaz de alterar tanto a perspectiva psicológica de alguém que escrevera aquele último boletim frenético na quarta-feira, por mais revelações tranquilizadoras que esse dia pudesse trazer. Em certos momentos, uma sensação de irrealidades conflitantes me fazia pensar se todo aquele drama remoto e relatado de forças fantásticas não seria uma espécie de sonho semi-ilusório, criado em grande parte dentro da minha própria cabeça. Então me lembrei do disco fonográfico e me deixei levar por uma perplexidade ainda maior.

A carta parecia muito diferente de tudo o que eu teria esperado receber! Ao analisar minha impressão, notei que ela consistia de duas camadas distintas. Primeiro, admitindo que Akeley estivesse são antes e ainda estivesse são, a mudança observada na situação em si era muito rápida e impensável. Segundo, a mudança de atitude e de linguagem de Akeley ia muito além do normal ou do previsível. A personalidade inteira do sujeito parecia ter passado por uma mutação insidiosa – uma mutação tão profunda que era quase impossível conciliar esses dois aspectos com a suposição de que ambos representassem a mesma sanidade nos dois momentos. A escolha de palavras, as construções – eram todas sutilmente diferentes. Com minha sensibilidade acadêmica para os estilos de prosa, pude notar profundas divergências em suas reações e respostas rítmicas mais comuns. Sem dúvida, o cataclisma emocional ou a revelação capaz de produzir reviravolta tão radical devia ser mesmo extrema! No entanto, sob outro aspecto, a carta parecia bastante característica de Akeley. A mesma velha paixão pelo infinito – a mesma velha curiosidade acadêmica. Nem por um momento – ou mais do que momentaneamente – eu poderia acreditar em uma intenção espúria ou de alguma substituição maligna. O próprio convite – o desejo expresso de que eu comprovasse pessoalmente a veracidade da carta – não provava sua autenticidade?

Não dormi na noite de sábado, mas fiquei acordado pensando nas sombras e prodígios por trás da carta que havia recebido. Meus pensamentos, doloridos da rápida sucessão de concepções monstruosas que foram obrigados a enfrentar nos últimos quatro meses, trabalharam sobre esse novo material surpreendente em um ciclo de dúvida e aceitação, que repetiu a maioria das etapas experimentadas diante das maravilhas anteriores. Até que, antes de amanhecer, um interesse e uma curiosidade ardentes começaram a substituir a tempestade original de perplexidade e inquietude. Louco ou são, metamorfoseado ou meramente aliviado, tudo indicava que Akeley de fato havia deparado com uma mudança estupenda de perspectiva em sua arriscada pesquisa; alguma mudança que ao mesmo tempo diminuía seus riscos – reais ou imaginados – e abria novas visões de conhecimento cósmico e além do humano. Meu próprio apreço pelo desconhecido se incendiou em contato com o dele, e me senti tocado pelo contágio da mórbida ruptura de barreiras. Livrar-se das enlouquecedoras e exaustivas limitações do tempo, do espaço e das leis naturais... associar-se ao vasto *exterior*... tomar contato com segredos noturnos e abismais do infinito e do definitivo... seguramente algo assim valia o risco da vida, da alma, da sanidade! E Akeley disse que não havia mais nenhum risco – ele me convidava a visitá-lo, em vez de me advertir para não me aproximar como fizera antes. Estremeci só de pensar no que ele teria para me dizer agora – havia um fascínio quase paralisante na ideia de estar naquela fazenda isolada e recentemente assediada com um homem que havia conversado com verdadeiros emissários do espaço sideral; estar ali com o disco terrível e a pilha de cartas em que Akeley havia resumido suas conclusões anteriores.

De modo que, ao final da manhã de domingo, telegrafei a Akeley dizendo que o encontraria em Brattleboro na quarta-feira seguinte – 12 de setembro –, se a data fosse conveniente para ele. Em apenas um aspecto deixei de seguir suas sugestões, e isso em relação à escolha do trem. Francamente, eu não gostaria de chegar àquela região assombrada de Vermont tarde da noite; de modo que, em vez de aceitar o trem que ele escolhera, telefonei para a estação e escolhi outra opção. Acordando cedo e tomando o trem das 8h07 (horário local) em Boston, eu conseguiria pegar o trem das 9h25 para Greenfield, chegando lá às 12h22 da tarde. Esse trem fazia conexão exata com outro que chegaria em Brattleboro às 13h08 – horário muito mais confortável que 22h01 para encontrar Akeley e viajar de carro com ele por aquelas montanhas densas e cheias de segredos.

Mencionei essa opção em meu telegrama, e fiquei contente ao descobrir, na resposta que chegou ao anoitecer, que o horário contava com o apoio de meu futuro anfitrião. Seu telegrama dizia o seguinte:

OPÇÃO SATISFATÓRIA. ENCONTRO TREM 13H08 QUARTA PT NÃO ESQUEÇA DISCO E CARTAS E FOTOS PT NÃO REVELE DESTINO PT AGUARDE GRANDES REVELAÇÕES PT

AKELEY

A chegada dessa mensagem em resposta direta à que eu enviara a Akeley – e que necessariamente havia sido entregue em sua casa a partir da estação de Townshend, por carteiro oficial ou pelo serviço telefônico restaurado – afastou qualquer dúvida subconsciente que eu ainda tivesse sobre a autoria da espantosa carta. Meu alívio foi notável – de fato, foi maior do que eu me dei conta na ocasião; uma vez que eram dúvidas profundamente arraigadas em mim. Dormi bem e por longas horas naquela noite e fiquei ansioso e ocupado com os preparativos durante os dois dias seguintes.

VI.

Na quarta-feira, parti, como combinado, levando comigo uma valise com artigos de uso pessoal e dados científicos, incluindo o hediondo disco fonográfico, as fotografias e todo o arquivo das correspondências da Akeley. Tal como me fora solicitado, não contei a ninguém aonde estava indo, pois eu podia ver que o assunto exigia a máxima privacidade, mesmo admitindo que tudo corresse da forma mais favorável. A ideia de um contato mental efetivo com entidades alienígenas, siderais, era estupefaciente o bastante para minha mente treinada e um tanto preparada; e, sendo assim, o que se poderia pensar de seu efeito sobre as vastas massas de leigos desinformados? Não sei se a expectativa de pavor ou de aventura era maior em mim ao trocar de trem em Boston e iniciar o longo trecho rumo a oeste, para fora das regiões familiares, na direção de outras que definitivamente eu menos conhecia. Waltham... Concord... Ayer... Fitchburg... Gardner... Athol...

Meu trem chegou a Greenfield com sete minutos de atraso, mas a conexão expressa que seguiria para o norte estava esperando. Fazendo a transferência às pressas, senti uma curiosa euforia quando os vagões estrondearam, através da luz do início da tarde, penetrando territórios sobre os quais eu sempre lera, mas nunca visitara antes. Eu sabia estar adentrando uma Nova Inglaterra inteiramente antiquada e mais primitiva do que as áreas mecanizadas e urbanizadas do litoral e do sul onde passara a vida inteira até então; uma Nova Inglaterra intacta, ancestral, sem os forasteiros e a fumaça de fábrica, os anúncios ou estradas de cimento dos setores tocados pela modernidade. Haveria estranhas sobrevivências daquela vida nativa contínua cujas profundas raízes fazem delas os frutos autênticos da paisagem – a vida nativa contínua que mantém viva estranhas memórias antigas e fertiliza o solo para crenças sombrias, maravilhosas e raramente mencionadas.

De quando em quando, vi o azul do rio Connecticut reluzindo ao sol e, depois de sair de Northfield, atravessamos sobre suas águas. Lá adiante, pairavam montanhas verdes e crípticas; quando veio o condutor, fiquei sabendo que estava enfim em Vermont. Ele me disse que atrasasse meu relógio em uma hora, uma vez que a região das montanhas do norte não tinha nada a ver com essas novidades de horário de verão. Ao fazê-lo, pareceu-me que eu estava atrasando todo o calendário em um século.

O trem seguia ao longo do rio e, ao atravessar New Hampshire, pude ver a vertente da íngreme Wantastiquet se aproximando, montanha em torno da qual convergem singulares lendas antigas. Então apareceram ruas à minha esquerda, e uma ilha verde se mostrou no rio à minha direita. As pessoas se levantaram e se amontoaram à porta, e fui atrás delas. O vagão parou, e desembarquei na longa plataforma da estação de Brattleboro.

Observando a fila de carros estacionados, hesitei por um momento para adivinhar qual poderia ser o Ford de Akeley, mas minha identidade foi descoberta antes que eu pudesse tomar a iniciativa. No entanto, claramente não era Akeley em pessoa quem veio me abordar com a mão estendida e perguntando com um fraseado delicadamente elaborado se eu era mesmo o sr. Albert N. Wilmarth de Arkham. Esse homem não tinha nenhuma semelhança com o Akeley barbudo e grisalho da fotografia; era um homem mais jovem e mais urbano, elegantemente vestido, e usando apenas um pequeno bigode escuro. Sua voz cultivada tinha uma vaga familiaridade, estranha e quase perturbadora, embora eu não a conseguisse identificar com precisão em minha memória.

Ao conversar com ele, ouvi sua explicação de que era um amigo de meu futuro anfitrião, que viera de Townshend em vez do próprio. Akeley, disse ele, sofrera um súbito ataque de asma, e não estava disposto para sair de casa e viajar. Não era nada grave, no entanto, e não havia motivo para nenhuma mudança de planos com relação à minha visita. Não pude descobrir o quanto aquele sr. Noyes – como ele se apresentou – sabia das pesquisas e descobertas de Akeley, embora seus modos casuais sugerissem classificá-lo como relativamente leigo. Lembrando-me do eremita que Akeley havia se tornado, fiquei um tanto surpreso com a solícita disponibilidade daquele amigo, mas não deixei minha desconfiança me impedir de entrar no carro que o rapaz me mostrou. Não era o pequeno carro antigo que eu esperava pelas descrições de Akeley, mas um novo modelo, grande e imaculado – aparentemente do próprio Noyes, e com placa de Massachusetts, incluindo o divertido "bacalhau sagrado" das licenças daquele ano. Meu guia, concluí, devia ser um veranista na região de Townshend.

Noyes entrou no carro ao meu lado e deu logo a partida. Fiquei contente por ele não conversar demais, pois uma certa tensão na atmosfera me deixou indisposto para falar. A cidade parecia muito bonita à luz da tarde, quando começamos a subir um aclive e viramos à direita na rua principal. Parecia adormecida, como as velhas cidades da Nova Inglaterra de que as pessoas se lembram da infância, e algo na posição dos telhados, torres, chaminés e muros de tijolos formava contornos que tocavam cordas profundas de uma emoção ancestral. Eu podia ver que estava no umbral de uma região semiassombrada, através da sobreposição de acúmulos temporais ininterruptos; uma região onde coisas antigas e estranhas tiveram oportunidade de crescer e permanecer porque nunca foram lá perturbá-las.

Assim que saímos de Brattleboro, minha sensação de opressão e agouro aumentou, pois uma vaga qualidade do interior montanhoso, com suas vertentes verdes e graníticas gigantescas, ameaçadoras, muito próximas, sugeria segredos obscuros e sobrevivências imemoriais que podiam ser ou não hostis à humanidade.

Durante algum tempo, nosso trajeto acompanhou um rio largo e raso que descia das montanhas do norte, e estremeci quando meu companheiro me contou que aquele era o rio West. Havia sido naquele rio, lembrei-me dos recortes de jornal, que uma das mórbidas criaturas em forma de caranguejo tinha sido vista boiando depois das cheias.

Aos poucos, a região foi se tornando mais selvagem e mais deserta. Pontes cobertas arcaicas pairavam temerosamente, vindas do passado, em bolsões montanhosos, e a linha férrea quase abandonada em paralelo ao rio parecia emanar um ar de desolação nebulosamente visível. Havia vastas extensões de vales verdejantes de onde se erguiam grandes rochedos, o granito virgem da Nova Inglaterra, mostrando-se cinzento e austero, através da vegetação das escarpas escamadas. Havia gargantas onde rios caudalosos saltavam, levando rio abaixo segredos inimaginados de mil cumes jamais trilhados. Ramificando-se aqui e ali, onde estradas estreitas e escondidas atravessavam sólidas e luxuriantes massas de florestas, entre cujas árvores antigas, hostes inteiras de espíritos elementais bem podiam espreitar. Ao ver tudo isso, lembrei-me de que Akeley havia sido incomodado por agentes invisíveis em seus percursos por aquela mesma estrada, e não me espantei de que tais coisas pudessem existir.

A exótica e encantadora aldeia de Newfane, que alcançamos em menos de uma hora, foi nosso último elo com aquele mundo que o homem podia chamar de seu por mérito da conquista e da completa ocupação. Depois disso, abandonamos toda relação com coisas imediatas, tangíveis e tocadas pelo tempo, e entramos em um mundo fantástico de irrealidade acelerada, no qual a estrada estreita, serpenteante, erguia-se e descia e se curvava com um capricho quase consciente e deliberado, em meio aos picos verdes sem casas e vales quase desertos. Exceto pelo som do motor, e a discreta movimentação dos poucos sítios ermos por que passamos a intervalos infrequentes, a única coisa que chegava aos meus ouvidos era o gorgolejar insidioso de águas estranhas, de inúmeras fontes ocultas nas sombras da floresta.

A proximidade e a intimidade com as montanhas que víramos minúsculas ao longe, cobertas de neve, agora se tornava realmente de tirar o fôlego. Íngremes e abruptas, eram ainda mais grandiosas do que eu havia imaginado por descrições, e não sugeria nada em comum com o prosaico mundo objetivo que conhecemos. As florestas densas, intactas naquelas vertentes inacessíveis, pareciam abrigar criaturas alienígenas e incríveis, e senti que a própria silhueta das serras continha algum significado estranho e esquecido éons atrás, como se fossem vastos hieróglifos deixados por uma raça titânica, da qual restaram só rumores, cujas glórias viviam ainda apenas em raros sonhos profundos. Todas as lendas do passado, e todas as estupefacientes imputações das cartas e provas de Henry Akeley, voltaram na minha memória, acentuando a atmosfera de tensão e crescente ameaça. O propósito da minha visita, e as pavorosas anormalidades postuladas, ficaram evidentes subitamente para mim, com a sensação de um calafrio que quase supera o meu ardor por investigações estranhas.

Meu guia deve ter reparado em minha atitude perturbada, pois, conforme a estrada ficava mais selvagem e mais irregular, e nosso movimento mais lento ou mais sacudido, seus comentários simpáticos expandiam-se em um fluxo de conversa mais constante. Ele falou da beleza e da estranheza da região, e revelou certo conhecimento dos estudos de folclore de meu futuro anfitrião. Pelas suas perguntas educadas, ficou óbvio que ele sabia que eu vinha com propósito científico e trazia dados importantes, mas ele não deu nenhum sinal de avaliar a profundidade e o horror dos conhecimentos que Akeley finalmente alcançara.

Seus modos eram tão animados, comuns e urbanos que seus comentários deveriam ter me acalmado e tranquilizado, mas, por estranho que pareça, só me senti mais perturbado conforme subíamos e descíamos, aos trancos, em direção àquela paisagem desconhecida de montanhas e florestas. Às vezes, parecia que ele estava me testando para ver o que eu sabia sobre os segredos monstruosos do lugar, e a cada novo comentário aquela vaga, provocante e intrigante *familiaridade* em sua voz foi aumentando. Não era uma familiaridade comum ou sadia, apesar da natureza inteiramente saudável e cultivada de sua voz. De alguma forma, associei aquela voz a pesadelos esquecidos e senti que podia enlouquecer se a reconhecesse e identificasse. Se eu conseguisse encontrar uma boa desculpa, creio que teria voltado e desistido da visita. No entanto, não pude fazê-lo – e me ocorreu que uma conversa serena, científica com o próprio Akeley, assim que eu chegasse, ajudaria muito a me recompor.

Além disso, havia um elemento de beleza cósmica estranhamente tranquilizadora na paisagem hipnótica através da qual escalávamos e mergulhávamos fantasticamente. O tempo ali se perdia nos labirintos que deixávamos para trás, e à nossa volta se estendiam apenas ondas florescentes da beleza feérica e recapturada dos séculos perdidos – venerandos arvoredos, pastagens intactas bordejadas de alegres flores outonais, e a vastos intervalos nas pequenas casas marrons de fazendas aninhadas entre imensas árvores na base de precipícios verticais de urzes e relvas perfumadas. Até a luz do sol assumia um fascínio superior, como se uma atmosfera ou uma emanação especial cobrisse toda a região. Nunca tinha visto nada parecido, exceto nas visões mágicas que às vezes formam os cenários dos primitivos italianos. Sodoma e Leonardo conceberam essas paisagens, mas entrevistas apenas a distância, e através das abóbadas das arcadas renascentistas. Agora estávamos atravessando fisicamente aquele quadro, e eu parecia encontrar em sua necromancia algo que eu conhecia inata ou hereditariamente, algo que eu passara a vida procurando em vão.

De repente, após contornar um ângulo obtuso no alto de uma subida difícil, o carro parou. À minha esquerda, do outro lado de um gramado bem cuidado, que se estendia até a estrada e exibia uma borda de pedras caiadas, erguia-se uma casa branca de dois andares de tamanho e elegância incomuns para a região, com uma série de celeiros, barracões e moinho, contíguos ou interligados por arcadas, atrás e à direita. Reconheci imediatamente pela fotografia que eu havia recebido, e não fiquei surpreso ao ver o nome de Henry Akeley na caixa de correio de ferro galvanizado junto à estrada. Mais adiante dos fundos da casa, estendia-se um trecho plano de brejo com árvores esparsas, depois do qual se erguia a encosta íngreme e de mata densa que terminava em uma montanha verde e irregular. Esta última, eu sabia, era o pico de Dark Mountain, que já devíamos ter escalado até a metade.

Desembarcando do carro e levando minha valise, Noyes me pediu que esperasse um pouco enquanto ele ia avisar Akeley da minha chegada. Ele mesmo, acrescentou, tinha coisas importantes para fazer em outro lugar, e não poderia ficar mais do que alguns minutos. Enquanto ele subia bruscamente o caminho até a casa, desci do carro, querendo esticar um pouco as pernas antes de iniciar uma conversa sedentária. Minha sensação de nervosismo e tensão então chegou ao máximo outra vez, agora que eu via o cenário real do assédio mórbido descrito de forma tão assombrosa nas cartas de Akeley, e sinceramente tive medo de que as discussões que ocorreriam em seguida me associassem com aqueles mundos alienígenas e proibidos.

O contato íntimo com o inteiramente bizarro é muitas vezes mais aterrorizante que inspirador, e não me entusiasmou pensar que aquele exato trecho de estrada de terra era o local onde aquelas monstruosas pegadas e aquela fétida sânie verde havia sido encontrada depois de noites sem lua de medo e morte. Sem me dar conta, vi que nenhum dos cães de Akeley parecia estar por lá. Teria ele vendido os cães tão logo os Seres Externos fizeram as pazes consigo? Por mais que eu tentasse, não conseguia ter a mesma confiança na profundidade e na sinceridade daquela paz que aparecia na última carta de Akeley, estranhamente diferente.

Afinal, ele era um homem de grande simplicidade e pouca experiência mundana. Não haveria talvez alguma corrente profunda e sinistra por baixo da superfície da nova aliança?

Levado por meus próprios pensamentos, meu olhar se virou para a superfície poeirenta da estrada que fora cenário daqueles hediondos testemunhos. Os últimos dias tinham sido secos, e marcas de todos os tipos se espalhavam pela pista sulcada e irregular apesar da natureza pouco frequentada daquele distrito. Com uma vaga curiosidade, comecei a delinear as linhas gerais de algumas impressões heterogêneas, tentando com isso frear os surtos de fantasia macabra que o lugar e suas memórias sugeriam. Havia algo ameaçador e incômodo naquela quietude funérea, no murmúrio abafado e sutil de riachos distantes, e nos densos picos verdes e precipícios negros que sufocavam o horizonte estreito.

E então se formou em minha consciência uma imagem que fez essas ameaças vagas e surtos de fantasia parecerem brandos e insignificantes. Eu disse que estava repassando diversas marcas na estrada com uma espécie de curiosidade ociosa, mas logo essa curiosidade foi extinta por uma súbita e paralisante lufada de terror ativo. Pois, embora as marcas na terra fossem em geral confusas e sobrepostas, e dificilmente atrairiam um olhar casual, meus olhos incansáveis captaram certos detalhes perto do local onde o caminho para a casa encontrava a estrada; e entendi, sem sombra de dúvida ou de esperança, o significado pavoroso daqueles detalhes. Não foi à toa, infelizmente, que passei horas observando aquelas fotografias das marcas de garras dos Seres Exteriores que Akeley me enviara. Eu conhecia bem os rastros daquelas pinças odiosas, e a mesma ambiguidade de direção que classificava aqueles horrores como criaturas que não eram deste planeta. Não havia a possibilidade piedosa de nenhum equívoco. Ali, na verdade, de forma objetiva, diante dos meus próprios olhos, e seguramente feitas poucas horas antes, havia pelo menos três marcas que se destacavam de modo blasfemo da surpreendente pletora de pegadas borradas que iam e vinham da casa de Akeley. *Eram os rastros infernais dos fungos vivos de Yuggoth.*

Recuperei-me do susto a tempo de conter um grito. Afinal, o que mais eu esperava encontrar ali, supondo que eu realmente acreditasse nas cartas de Akeley? Ele falara em fazer as pazes com as criaturas. Ora, então, o que haveria de estranho se algumas delas o visitassem em sua casa? Mas o terror foi mais forte do que esse argumento. Um homem poderia permanecer impassível diante do primeiro encontro com marcas de garras de seres animados das profundezas do espaço sideral? Nesse instante, vi Noyes saindo pela porta e se aproximando a passos bruscos. Eu precisava, refleti, manter o controle, pois era provável que aquele simpático amigo não soubesse nada sobre as sondagens mais profundas e estupendas de Akeley em território proibido.

Akeley, Noyes logo me informou, estava contente e pronto para me ver, embora o súbito ataque de asma o impedisse de ser um bom anfitrião por um ou dois dias. Os ataques atingiam-no com força quando começavam, e eram sempre acompanhados por uma febre debilitante e uma fraqueza geral. Ele ficava indisposto para tudo durante esses ataques – precisava falar sussurrando e se deslocava de modo desajeitado e fraco. Seus pés e tornozelos incharam também, de modo que ele precisava enfaixá-los como um velho guarda inglês gotoso. Hoje ele estava péssimo, de modo que eu precisaria fazer quase tudo sozinho para me instalar, mas ele estava ávido para conversar comigo mesmo assim. Eu o encontraria no escritório à esquerda da entrada da casa – onde as cortinas ficavam fechadas. Ele precisava evitar que a luz do sol entrasse durante os ataques, pois seus olhos ficavam muito sensíveis.

Quando Noyes se despediu e partiu em seu carro para o norte, comecei a caminhar lentamente em direção à casa. A porta estava entreaberta para mim, mas, antes de me aproximar e entrar, olhei de relance para o lugar, tentando decidir o que me parecia tão intangivelmente bizarro ali. Os celeiros e barracões pareciam cuidados e prosaicos, e reparei no Ford velho de Akeley em sua garagem ampla e descoberta. Então entendi o segredo da estranheza. Era o silêncio total. Uma fazenda costuma ter ao menos o murmúrio moderado de seus diversos tipos de criação, mas ali todos os sinais de vida eram ausentes. E as galinhas e porcos? As vacas, que Akeley dissera possuir várias, poderiam plausivelmente estar no pasto, e os cães talvez tivessem sido vendidos – mas a ausência de qualquer vestígio de cacarejo ou grunhido era genuinamente singular.

Não fiquei por muito tempo parado no caminho, mas entrei decidido pela porta aberta e a fechei atrás de mim. Aquilo me custou um esforço psicológico peculiar e, no momento em que eu estava dentro da casa, tive uma vontade súbita de ir embora precipitadamente. Não que a casa fosse sinistra em termos de sugestão visual; pelo contrário, achei a graciosa sala colonial de muito bom gosto e asseio, e admirei a evidente educação do homem que a mobiliara. O que me fez ter vontade de fugir foi algo muito tênue e indefinido. Talvez fosse um certo odor estranho que pensei ter notado – embora eu soubesse que odores rançosos são comuns mesmo nas melhores casas de fazendas antigas.

VII.

Recusando-me a deixar que essas sensações nebulosas me dominassem, lembrei-me das instruções de Noyes e abri a porta branca de seis folhas e maçaneta de latão à minha esquerda. A sala atrás da porta estava às escuras, como eu já sabia; e, ao entrar, reparei que o odor bizarro era mais forte ali dentro. Parecia haver também um ritmo ou vibração fraca, quase imaginária, no ar. Por um momento, as cortinas fechadas não me permitiram enxergar muita coisa, mas então uma espécie de tosse pungente ou som sussurrado chamou minha atenção para uma grande espreguiçadeira no canto oposto e mais escuro da sala. Dentro daquelas sombras profundas, vi a mancha branca do rosto e das mãos de um homem; e no momento seguinte fui cumprimentar a pessoa que tentava falar comigo. Mesmo naquela penumbra, percebi que aquele era de fato meu anfitrião. Eu havia observado muitas vezes a fotografia, e não havia nenhuma dúvida quanto àquele rosto firme, marcado pelas intempéries, com a barba grisalha bem aparada.

Mas, quando olhei novamente, meu reconhecimento se mesclou à tristeza e à angústia, pois sem dúvida aquele era o rosto de um homem muito doente. Senti que devia haver algo além da asma por trás daquela expressão sofrida, rígida e imóvel e daquele olhar vítreo e impassível, e me dei conta do esforço terrível que suas experiências deviam ter lhe custado. Se teriam sido avassaladoras para qualquer ser humano – até para um jovem –, o que dirá para aquele intrépido frequentador do proibido? O sinistro e súbito alívio, receei, teria vindo tarde demais para salvá-lo de algo semelhante a um esgotamento generalizado. Havia algo penoso no modo frouxo, sem vida, como suas mãos magras repousavam em seu colo. Ele usava uma camisola larga, estava com a cabeça e o pescoço enfaixados com um chamativo cachecol ou capuz amarelo.

Vi então que ele estava tentando falar com aquela mesma tosse sussurrada com que havia me saudado. Eram sussurros difíceis de captar a princípio, uma vez que seu bigode grisalho escondia todo o movimento dos lábios, e alguma coisa em seu timbre me perturbou enormemente, mas, concentrando minha atenção, logo consegui decifrar surpreendentemente bem suas intenções. Seu sotaque estava longe de ser rústico, e o linguajar era ainda mais polido do que a correspondência me levara a esperar.

– Sr. Wilmarth, eu presumo? O senhor deve me perdoar por não me levantar. Estou muito doente, como o sr. Noyes deve ter lhe dito, mas eu quis que o senhor viesse mesmo assim. O senhor sabe o que eu disse na última carta... e tenho muita coisa para lhe contar amanhã, quando espero estar me sentindo melhor. Nem sei dizer o quanto estou feliz de vê-lo pessoalmente depois de tantas cartas. O senhor trouxe o arquivo, não é? E as fotografias e o disco? O sr. Noyes deixou sua valise na sala, imagino que o senhor tenha visto. Esta noite receio que o senhor tenha de passar praticamente sozinho. O seu quarto fica no andar de cima, logo acima deste aqui, e o senhor verá a porta do banheiro aberta no alto da escada. Há uma refeição servida na sala de jantar, depois dessa porta à sua direita, que o senhor poderá fazer quando quiser. Amanhã serei um anfitrião melhor, mas neste momento a fraqueza me deixa incapaz de qualquer outro compromisso.

"Sinta-se em casa. O senhor pode deixar as cartas, as fotografias e o disco na mesa aqui antes de subir com sua bagagem. Falaremos sobre isso aqui... o senhor pode ver meu fonógrafo ali no móvel do canto.

"Não, obrigado, não há nada que o senhor possa fazer. Tenho esses ataques há muitos anos. Volte daqui a pouco para uma visita breve antes de anoitecer, e depois o senhor pode subir para dormir quando quiser. Vou ficar aqui mesmo descansando... talvez durma aqui a noite inteira, como costumo fazer. Pela manhã, estarei muito melhor para tratarmos dos assuntos de que precisamos tratar. O senhor, é claro, se dá conta da natureza totalmente extraordinária da questão diante de nós. Para nós, como apenas alguns homens neste mundo, estarão abertos golfos do tempo e do espaço e conhecimentos além de toda concepção da ciência e da filosofia humana.

"O senhor sabia que Einstein está errado, e que certos objetos e forças *podem* se mover com velocidade maior que a da luz? Com o devido auxílio, espero conseguir voltar e avançar no tempo, e efetivamente *ver* e *sentir* a Terra de épocas remotas no passado e no futuro. O senhor nem imagina o grau em que esses seres desenvolveram a ciência. Não há nada que eles não possam fazer com a mente e o corpo dos organismos vivos. Espero visitar outros planetas, e até mesmo outras estrelas e galáxias. A primeira viagem será para Yuggoth, o planeta mais próximo inteiramente povoado por essas criaturas. Trata-se de um estranho astro obscuro no limite de nosso sistema solar, ainda desconhecido de astrônomos terrestres. Mas creio que já deva ter escrito sobre isso. No tempo devido, os seres direcionarão torrentes de pensamento em nossa direção e farão com que o planeta seja descoberto, ou talvez deixem um de seus aliados humanos fornecerem uma pista aos cientistas.

"Há grandes cidades em Yuggoth, imensas fileiras de torres escalonadas construídas em pedra preta como a da amostra que lhe enviei. Essa pedra veio de Yuggoth. Lá o Sol brilha fraco como uma estrela, mas os seres não precisam de luz. Eles têm outros sentidos mais sutis, e não constroem janelas em suas casas e templos gigantescos. A luz chega a feri-los e os deixa embaraçados e confusos, pois não existe no cosmo escuro fora do tempo e do espaço de onde eles vieram originalmente. Visitar Yuggoth seria enlouquecedor para um homem fraco... no entanto, vou para lá. Os rios negros de piche que correm sob aquelas misteriosas e ciclópicas pontes, construídas por alguma raça antiga extinta e esquecida antes que as criaturas chegassem a Yuggoth vindas dos abismos definitivos, deviam ser o bastante para fazer de alguém um Dante ou um Poe, se conseguisse se manter são por tempo suficiente para contar o que viu.

"Mas lembre-se: esse mundo obscuro de jardins de fungos e cidades sem janelas não é na verdade terrível. Apenas pareceria aos nossos olhos. Provavelmente este nosso mundo pareceu terrível para eles quando vieram pela primeira vez explorá-lo em eras primordiais. O senhor sabe que eles estiveram aqui muito antes do fim da época fabulosa de Cthulhu, e se lembra das histórias da submersa R'lyeh quando se erguia acima das águas. Eles também estiveram dentro da Terra... há aberturas desconhecidas dos seres humanos, algumas delas nestas mesmas montanhas de Vermont, e grandes mundos de vida desconhecida lá embaixo: K'n-yan, iluminada de azul, Yoth, iluminada de vermelho, e N'kai, preta e sem luz. É de N'kai que vem o assustador Tsathoggua...

o senhor sabe, o deus-criatura amorfo e semelhante a um sapo mencionado nos Manuscritos Pnakóticos, no *Necronomicon* e no ciclo de mitos de Commoriom preservados pelo sumo sacerdote atlante Klarkash-Ton.

"Mas conversaremos sobre tudo isso daqui a pouco. Já devem ser quatro ou cinco da tarde. Melhor trazer o material da sua mala, comer alguma coisa, e depois voltar para falarmos à vontade."

Muito lentamente me virei e comecei a obedecer meu anfitrião: busquei minha valise, extraí e depositei os itens desejados, e por fim subi para o quarto a mim designado. Com a lembrança da marca de garra na beira da estrada ainda fresca na cabeça, os relatos sussurrados de Akeley me afetaram bizarramente; e as sugestões de familiaridade com aquele mundo desconhecido de vida fúngica – o proibido Yuggoth – fizeram minha pele arrepiar mais do que eu gostaria de admitir. Senti tremendamente pela doença de Akeley, mas precisei admitir que seus sussurros roucos tinham uma qualidade ao mesmo tempo odiosa e lamentável. Se ao menos ele não tivesse *se gabado* a respeito de Yuggoth e seus segredos obscuros!

Meu quarto se revelou agradável e bem mobiliado, igualmente isento de odores embolorados como de qualquer vibração perturbadora; depois de deixar a valise no quarto, desci para conversar com Akeley e comer a refeição que ele deixara servida. A sala de jantar ficava ao lado do escritório, e vi que uma cozinha em L se abria mais adiante na mesma direção. Na mesa de jantar, uma ampla variedade de sanduíches, bolos e queijos esperava por mim, e uma garrafa térmica ao lado de uma xícara e um pires atestavam que o café quente não havia sido esquecido. Após a reforçada refeição, servi-me uma boa xícara de café, mas descobri que o padrão culinário sofrera um lapso em um único detalhe. A primeira colherada revelou um gosto picante desagradável, de modo que não me servi de mais. Ao longo do repasto, pensei em Akeley sentado em silêncio na grande espreguiçadeira do quarto escuro ao lado. A certa altura, fui pedir que ele comesse comigo, mas ele sussurrou que ainda não estava conseguindo engolir nada. Mais tarde, antes de dormir, ele beberia leite maltado – a única coisa que ele havia ingerido o dia inteiro.

Depois de comer, insisti em lavar a louça na pia da cozinha, discretamente esvaziando o café que eu não pudera apreciar. Ao voltar ao escritório, aproximei uma cadeira do canto onde estava meu anfitrião e me preparei para conversar sobre o que ele quisesse falar. As cartas, fotografias e o disco ainda estavam na grande mesa de centro, mas, por ora, não precisávamos recorrer a eles. Logo me esqueci até do cheiro bizarro e da curiosa sensação de uma vibração no ar.

Afirmei que havia coisas nas cartas de Akeley – especialmente na segunda e mais volumosa – que eu não ousaria citar ou mesmo passar para o papel por escrito. A hesitação cresceria ainda mais com as coisas que me foram sussurradas aquela noite naquele escritório escuro em meio àquelas montanhas ermas e assombradas. Não posso avaliar a extensão dos horrores cósmicos revelados por aquela voz rouca. Ele já sabia de coisas hediondas antes, mas o que havia aprendido desde que fizera o pacto com as Criaturas Exteriores era quase demais para uma mente sã suportar. Até hoje me recuso a acreditar no que ele sugeria sobre a constituição do infinito definitivo, a justaposição de dimensões, e a pavorosa posição de nosso cosmo conhecido de espaço e tempo na corrente infinita de átomos-cosmos que constitui o supercosmos imediato das curvas, ângulos e organização eletrônica material e semimaterial.

Jamais um homem são esteve tão perigosamente perto dos arcanos da entidade básica – jamais um cérebro orgânico chegou tão próximo da aniquilação total no caos que transcende forma, força e simetria. Aprendi de onde Cthulhu veio *primeiro*, e por que metade das grandes estrelas temporárias da história emitiram seus últimos raios. Adivinhei – pelas sugestões com que interrompia meu tímido informante – o segredo por trás das Nuvens de Magalhães e das nebulosas globulares, e da verdade negra velada pela alegoria imemorial do Tao. A natureza dos Doels foi simplesmente revelada, e fiquei sabendo a essência (embora não a origem) dos Cães de Tíndalos. A lenda do Yig, Pai das Serpentes, deixou de ser figurativa, e comecei a sentir repugnância quando ele contou do monstruoso caos nuclear além do espaço angulado que o *Necronomicon* piedosamente encobria sob o nome de Azathoth. Foi chocante ver os pesadelos mais imundos dos mitos secretos sendo limpos e esclarecidos em termos concretos, cuja hediondez total e mórbida ia além das elucubrações mais ousadas dos místicos antigos e medievais. Inelutavelmente, fui levado a acreditar que os primeiros a sussurrarem aquelas histórias malditas deviam ter tido contato com os Seres Exteriores de Akeley, e talvez tivessem visitado domínios cósmicos externos, tal como Akeley agora se propunha a fazer indo visitá-los.

Ele me contou sobre a Pedra Preta e o que ela significava, e fiquei contente por ela não ter chegado às minhas mãos. Minhas hipóteses sobre os hieróglifos estavam certíssimas! No entanto, Akeley agora parecia reconciliado com todo o sistema demoníaco com que havia deparado; reconciliado e ávido por penetrar mais fundo no monstruoso abismo. Perguntei-me o que as criaturas teriam falado com ele desde a última carta para mim, e se muitas tinham sido tão humanas quanto o primeiro emissário que ele mencionara. A tensão na minha cabeça foi ficando insuportável, e construí todo tipo de teorias mirabolantes sobre o odor bizarro e persistente e aquela insidiosa sensação de vibração na penumbra do escritório.

A noite estava caindo e, ao me lembrar do que Akeley me escrevera sobre as noites anteriores, estremeci de pensar que logo não haveria mais lua. Também não gostei do modo como a casa se aninhava na base da vertente colossal e coberta de floresta que levava ao cume quase inexplorado de Dark Mountain. Com a permissão de Akeley, acendi um pequeno lampião a óleo, ajustei a chama baixa, e o deixei na prateleira de livros distante, ao lado do fantasmagórico busto de Milton, mas em seguida lamentei, pois a luz fez o rosto imóvel e exaurido de meu anfitrião, assim como suas mãos inertes, parecerem desgraçadamente anormais e cadavéricos. Ele parecia quase incapaz de se mover, embora eu visse seus meneios rígidos de quando em quando com a cabeça.

Depois do que ele me contou, eu mal podia imaginar que segredos mais profundos ele estaria guardando para o dia seguinte, mas enfim se revelou que sua viagem para Yuggoth e além – *e minha possível participação nela* – seria o tópico de amanhã. Ele deve ter achado graça no sobressalto de horror que tive ao receber a proposta de uma viagem cósmica, pois sua cabeça sacudiu violentamente quando demonstrei meu medo. Em seguida, falou com muita delicadeza que os seres humanos poderiam realizar – e diversas vezes realizaram – a viagem aparentemente impossível através do vazio interestelar. Pelo visto *não eram corpos humanos inteiros que faziam a viagem*, mas a capacidade cirúrgica, biológica, química e mecânica dos Seres Exteriores havia descoberto um modo de transportar cérebros humanos sem a concomitante estrutura física.

Havia um modo inofensivo de extrair um cérebro, e um modo de manter o resíduo orgânico vivo durante sua ausência. A matéria cerebral pura, compacta, era então mergulhada em um líquido que, de quando em quando, era reposto, dentro de um cilindro hermeticamente fechado, feito de um metal minerado em Yuggoth, com eletrodos conectados, controlados por elaborados instrumentos capazes de replicar as três faculdades vitais da visão, da audição e da fala. Para as criaturas fungoides aladas, levar os cilindros cerebrais intactos através do espaço era uma questão simples. Então, em cada planeta abarcado pela civilização delas, elas encontrariam outra série de instrumentos ajustáveis correspondentes a cada faculdade e conectariam com os cérebros encapsulados; de modo que, após alguns ajustes, essas inteligências em trânsito recebiam vida sensorial e articulada plena – apesar da ausência da vida corporal e mecânica – a cada etapa de sua jornada através e além do *continuum* espaço-tempo. Era simples como levar um disco fonográfico e reproduzi-lo onde quer que houvesse um fonógrafo correspondente. Quanto ao sucesso da viagem, não havia nenhuma dúvida. Akeley não estava com medo. Não haviam feito brilhantemente a mesma viagem tantas vezes antes?

Pela primeira vez, uma das mãos inertes, exauridas, ergueu-se e apontou para uma prateleira do outro lado do escritório. Ali, em uma fileira organizada, havia mais de uma dúzia de cilindros feitos de um metal que eu nunca tinha visto antes – cilindros de cerca de trinta centímetros de altura e um pouco menos de diâmetro, com três curiosos soquetes acoplados a um triângulo isósceles na frente da superfície convexa de cada cilindro. Um deles estava ligado por dois dos soquetes a um par de máquinas de aparência singular que ficava mais atrás. Sobre sua finalidade, ninguém precisou me dizer nada, e estremeci febrilmente. Então vi que a mão apontava para um canto muito mais próximo, onde intrincados instrumentos com fios e tomadas acoplados, diversos deles muito semelhantes aos dois aparelhos da prateleira atrás dos cilindros, estavam perfilados.

– Aqui há quatro tipos de instrumentos, Wilmarth – sussurrou a voz. – Quatro tipos, três faculdades em cada, formando doze peças no total. Pode ver que há quatro tipos de seres apresentados naqueles cilindros ali em cima. Três humanos, seis criaturas fungoides que não podem navegar fisicamente no espaço, dois seres de Netuno (Santo Deus! Se você visse o corpo que esse tipo tem em seu próprio planeta!), e os outros são entidades das cavernas centrais de uma estrela apagada especialmente interessante, de além da galáxia. No entreposto principal no interior de Round Hill, você encontrará, de quando em quando, mais cilindros e máquinas, cilindros de cérebros extracósmicos com sentidos diferentes dos que conhecemos, aliados e exploradores do Exterior mais extremo, e máquinas especiais para lhes transmitir impressões e expressões em diversos modos apropriados ao mesmo tempo para eles e para a compreensão de diferentes tipos de ouvintes. Round Hill, como a maioria dos entrepostos importantes das criaturas, espalhados por todos os vários universos, é um lugar bastante cosmopolita! É claro, apenas os tipos mais comuns foram emprestados para o meu experimento.

"Agora, pegue as três máquinas que estou mostrando e deixe-as sobre a mesa. A máquina mais alta, com as duas lentes de aumento na frente, depois a caixa com os tubos de vácuo e a caixa de ressonância, e então a outra com o disco de metal em cima. Depois traga o cilindro com a etiqueta 'B-67'. Suba nessa cadeira Windsor para alcançar a prateleira. Muito pesado? Não faz mal! Verifique se é mesmo o número B-67. Deixe esse cilindro novo e brilhante conectado aos dois instrumentos, esse com o meu nome escrito. Coloque o B-67 na mesa perto de onde o senhor deixou as máquinas e posicione o seletor das três máquinas ao máximo para a esquerda.

"Agora ligue o cabo da máquina das lentes ao soquete de cima do cilindro... pronto! Conecte agora a máquina dos tubos ao soquete de baixo à esquerda, e o aparato do disco ao soquete externo. Agora posicione todos os seletores das máquinas o máximo para a direita, primeiro o das lentes, depois o do disco, e depois o dos tubos. Muito bem. Eu posso lhe dizer que isto é um ser humano, tal como nós dois. Vou lhe mostrar alguns outros amanhã."

Até hoje não sei por que fui tão submisso ao obedecer àqueles sussurros ou se pensei que Akeley estivesse louco ou são. Depois de tudo o que tinha acontecido, eu devia estar preparado para qualquer coisa, mas aquela mímica mecânica parecia muito os estereótipos de caprichos de inventores e cientistas enlouquecidos e despertou uma dúvida que nem mesmo seu discurso anterior havia despertado. O que os sussurros de meu anfitrião implicavam ia além de qualquer crença humana – mas as outras coisas não iam ainda mais longe, e seriam menos absurdas apenas por estarem longe de qualquer prova concreta e tangível?

Enquanto minha mente cambaleava em meio a esse caos, tomei consciência de um som misto de raspagem e zumbido vindo das três máquinas recém-conectadas ao cilindro – raspão e zumbido que logo se atenuaram em um silêncio quase total. O que estaria prestes a acontecer? Terei ouvido uma voz? Se ouvi, que prova eu teria de que não era apenas de uma espécie de rádio engenhosamente construído, que transmitia a voz de um locutor escondido mas que nos observava de perto? Até hoje não me sinto capaz de jurar que ouvi o que ouvi, ou que fenômeno se deu diante de mim. Mas decerto alguma coisa parecia estar acontecendo.

Para ser breve e sucinto, a máquina com os tubos e a caixa de ressonância começaram a falar, e com uma precisão e uma inteligência que não deixavam dúvidas de que o falante estivesse de fato presente e nos observando. A voz era alta, metálica, sem ênfase, e claramente mecânica em todos os aspectos de sua produção. Era incapaz de qualquer inflexão ou expressividade, mas se articulava aos trancos e solavancos com uma precisão e uma deliberação obstinada.

– Sr. Wilmarth – disse a voz –, espero não assustá-lo. Sou um ser humano como o senhor, embora meu corpo agora esteja repousando em segurança e recebendo um tratamento vitalizante apropriado no interior de Round Hill, cerca de dois quilômetros a leste daqui. Eu mesmo estou aqui com o senhor. Meu cérebro está naquele cilindro e posso ver, ouvir e falar através desses vibradores eletrônicos. Dentro de uma semana, atravessarei o vazio como fiz muitas vezes antes, e espero ter o prazer da companhia do sr. Akeley. Quem dera eu pudesse ter a sua companhia também, pois conheço o senhor de vista e por reputação, e tenho acompanhado de perto sua correspondência com nosso amigo. Sou, evidentemente, um daqueles homens que se tornaram aliados dos seres exteriores em visita ao nosso planeta. Encontrei-os pela primeira vez no Himalaia, e ajudei-os de diversas maneiras. Em troca, eles me propiciaram experiências que poucos homens jamais tiveram.

"O senhor se dá conta do que significa quando digo que estive em 37 corpos celestes diferentes, entre planetas, estrelas mortas e objetos menos definíveis, incluindo oito fora de nossa galáxia e dois fora do cosmo curvo do espaço e do tempo? Nada disso me causou qualquer mal. Meu cérebro foi removido do meu corpo por fissões tão bem feitas que seria grosseiro chamá-las de cirúrgicas. Os seres visitantes têm métodos que tornam essas extrações simples e quase rotineiras, e o corpo nunca mais envelhece quando o cérebro está fora dele. O cérebro, devo acrescentar, é praticamente imortal com suas faculdades mecânicas e nutrição controladas e fornecidas por mudanças ocasionais do líquido onde está preservado.

"Em suma, espero sinceramente que o senhor decida vir com o sr. Akeley e comigo. Os visitantes estão interessados em serem apresentados a homens de conhecimento como o senhor, e em mostrar-lhes os grandes abismos com que a maioria de nós apenas sonha em total ignorância fantasiosa. Pode parecer estranho a princípio conhecê-los, mas sei que o senhor está acima de se importar com isso. Creio que o sr. Noyes também vá junto... o homem que sem dúvida deve tê-lo trazido aqui de carro. Há anos que ele é um dos nossos. Imagino que o senhor tenha reconhecido a voz dele como uma das vozes no disco que o sr. Akeley lhe enviou."

Diante do meu violento sobressalto, o falante fez uma pausa antes de concluir.

– Sendo assim, sr. Wilmarth, deixo a questão para o senhor decidir, acrescentando apenas que um homem como o senhor, com seu amor pelo desconhecido e pelo folclore, não deveria perder uma oportunidade como esta. Não há nada a temer. Todas as transições são indolores, e há muito o que desfrutar em um estado de sensação totalmente mecanizado. Quando os eletrodos são desconectados, apenas mergulhamos em um sono de sonhos especialmente vívidos e fantásticos.

"E agora, se o senhor não se importa, podemos encerrar nossa sessão e retomamos amanhã. Boa noite. Basta pôr os seletores de volta para a esquerda; não importa a ordem exata, mas pode deixar a máquina de lentes por último. Boa noite, sr. Akeley. Cuide bem do nosso hóspede! O senhor pode desligar os interruptores?"

E foi só isso. Obedeci mecanicamente e desliguei os três interruptores, embora estivesse confuso com as dúvidas sobre tudo o que tinha ocorrido. Minha cabeça ainda estava dando voltas quando ouvi a voz sussurrada de Akeley me dizendo para deixar todos os equipamentos na mesa onde estavam. Ele não tentou fazer nenhum comentário sobre o que tinha acontecido e, de fato, nenhum comentário poderia acrescentar muito às minhas faculdades sobrecarregadas. Eu o ouvi me dizer que podia levar o lampião para o meu quarto, e deduzi que ele queria descansar sozinho no escuro. Estava, de fato, na hora de meu anfitrião descansar, pois seu discurso à tarde e ao anoitecer fora exaustivo até para um homem vigoroso. Ainda tonto, dei boa-noite ao meu anfitrião e subi com o lampião, embora eu tivesse uma excelente lanterna de bolso comigo.

Fiquei contente de sair daquele escritório do térreo com aquele odor bizarro e aquela vaga sugestão de vibração no ar, no entanto, evidentemente, eu não poderia escapar de uma hedionda sensação de pavor e perigo e anormalidade cósmica enquanto pensava no lugar onde eu estava e nas forças que tinha encontrado. A região selvagem, erma, a vertente negra coberta de floresta erguendo-se tão perto atrás da casa, as pegadas na estrada, o sussurrante doente e imóvel no escuro, os infernais cilindros e máquinas e, acima de tudo, os convites para estranhas cirurgias e viagens ainda mais estranhas – todas essas coisas, tão novas e em tão súbita sucessão, precipitaram-se sobre mim com uma força cumulativa que esgotou minha força de vontade e quase minou minha capacidade física.

Descobrir que meu guia, Noyes, era o celebrante humano daquele monstruoso sabá antigo no disco fonográfico foi particularmente chocante, embora mais cedo eu tivesse notado uma familiaridade difusa e repelente em sua voz. Outro choque peculiar veio da minha própria atitude com relação ao meu anfitrião sempre que eu parava para analisá-la, pois, apesar de instintivamente ter gostado de Akeley por meio de suas cartas, agora eu descobria que ele me enchia de uma repulsa indisfarçável. Sua doença podia ter despertado minha compaixão, mas, em vez disso, agora me fazia estremecer. Ele estava tão rígido e inerte, semelhante a um cadáver – e aquele sussurro incessante era tão odioso e desumano!

Ocorreu-me que seus sussurros eram diferentes de tudo o que eu já tinha ouvido, que, apesar dos lábios cobertos pelo bigode curiosamente imóveis, eram potencialmente fortes e persuasivos de um modo notável para arquejos de um asmático. Eu tinha conseguido entender sua voz do outro lado do escritório, e uma ou duas vezes me pareceu que os sons fracos porém penetrantes representavam não tanto fraqueza, mas uma contenção deliberada – embora não pudesse atinar com o motivo. Desde o início, eu havia notado a perturbadora qualidade daquele timbre. Agora, quando tentava ponderar sobre a questão, pensei ser capaz de identificar essa impressão com uma espécie de familiaridade subconsciente como a que tornava a voz de Noyes tão difusamente sinistra. Mas quando ou onde eu encontrara aquilo que sua voz sugeria era mais do que eu saberia dizer.

Uma coisa era certa: eu não passaria nem mais uma noite ali. Meu interesse científico havia desaparecido em meio ao medo e à repugnância, e eu sentia apenas vontade de escapar daquela rede de morbidez e revelações desnaturadas. Eu já sabia o suficiente. Devia mesmo ser verdade a existência daqueles vínculos cósmicos, mas seguramente não eram coisas para seres humanos normais lidarem.

Influências blasfemas me cercavam e me apertavam até sufocar meus sentidos. Dormir, decidi, estaria fora de questão; de modo que me limitei a apagar o lampião e me deitar na cama vestido. Sem dúvida aquilo era absurdo, mas me preparei para qualquer emergência desconhecida, segurando na mão direita o revólver que trouxera comigo, e a lanterna de bolso na mão esquerda. Não vinha nenhum som lá de baixo, e eu podia imaginar como meu anfitrião devia estar sentado com sua rigidez cadavérica no escuro.

Algures ouvi um relógio tiquetaquear, e fiquei até contente pela normalidade do som. Aquilo me lembrou, no entanto, de outra coisa sobre a região que me deixara perturbado: a ausência total de vida animal. Certamente não havia nenhum animal na fazenda, e então me dei conta de que ali não havia nem mesmo os sons noturnos costumeiros dos animais selvagens. Com exceção do sinistro gotejar distante de águas ocultas, aquela quietude era anômala – extraterrena – e me perguntei que maldição estelar intangível poderia pairar sobre a região. Lembrei-me das velhas lendas de que os cães e outros animais sempre odiaram os Seres Exteriores, e pensei no que poderiam significar aquelas marcas na estrada.

VIII.

Não me pergunte quanto tempo durou meu inesperado cochilo, ou quanto do que se seguiu foi puro sonho. Se eu lhe contar que despertei a certa altura, e ouvi e vi certas coisas, você apenas há de dizer que então não despertei, e que tudo foi um sonho até o momento em que saí correndo da casa, cheguei cambaleando ao barracão onde tinha visto o velho Ford e segui naquele veículo antigo em uma corrida enlouquecida e desgovernada por aquelas montanhas assombradas, que enfim me deixou – depois de horas de solavancos e curvas por labirintos cercados de florestas – em um vilarejo que se revelou ser Townshend.

Você também decerto vai desconsiderar todo o resto do meu relato, e há de declarar que todas as fotografias, sons gravados, sons de cilindros e máquinas, e provas encontradas eram apenas artigos de puro ilusionismo exercido sobre mim pelo desaparecido Henry Akeley. Chegará até a supor que ele conspirou com outros excêntricos para aplicar um golpe tolo e elaborado – que ele mesmo teria retirado a encomenda em Keene e que mandara Noyes gravar aquele terrível disco de cera. Mas o estranho seria o fato de que Noyes não tivesse sido identificado, de que ele era desconhecido em todos os vilarejos vizinhos da propriedade de

Akeley, mesmo tendo sido um frequentador da região. Quem dera eu tivesse conseguido memorizar a placa de seu carro – ou talvez tenha sido melhor que eu não tenha conseguido. Pois, apesar de tudo o que você possa dizer, e apesar do que eu mesmo tento às vezes me dizer, eu sei que influências externas odiosas devem estar espreitando naquelas montanhas quase desconhecidas, e que aquelas influências possuem espiões e emissários no mundo dos homens. Manter-me o mais distante possível de tais influências e de tais emissários é tudo o que peço da vida no futuro.

Quando minha história frenética levou alguns policiais à casa da fazenda, Akeley tinha desaparecido sem deixar traços. Sua camisola folgada, seu cachecol amarelo, e as bandagens dos pés estavam no chão do escritório perto da espreguiçadeira de canto, e não conseguiram apurar se o restante de seus aparelhos havia sumido também. Os cães e os animais da fazenda haviam desaparecido de fato, e havia curiosos buracos de balas na fachada da casa e em algumas paredes internas, mas, afora isso, não se detectou nada de incomum. Nenhum dos cilindros ou máquinas, nenhuma das evidências que eu havia levado para lá em minha valise, nenhum odor bizarro ou sensação vibrátil, nenhuma pegada na estrada, e nenhuma das coisas problemáticas que eu presenciara ao final de minha estada.

Fiquei uma semana em Brattleboro depois de fugir, fazendo perguntas a todo tipo de pessoas que tinham conhecido Akeley, e os resultados me convenceram de que o caso não havia sido produto de um sonho ou ilusão. As compras bizarras de cães, munição e produtos químicos e os cortes dos cabos telefônicos de Akeley estavam todos registrados; e todos que o conheceram, inclusive seu filho na Califórnia, admitiram que seus comentários ocasionais sobre estudos estranhos tinham uma certa consistência. Alguns cidadãos respeitáveis achavam que ele tinha enlouquecido, e sem hesitar declararam que todas as provas relatadas eram meros golpes planejados com astúcia insana e talvez aplicados por cúmplices excêntricos, mas a gente mais pobre do interior sustentava cada detalhe das coisas que ele dizia. Ele tinha mostrado a alguns camponeses suas fotografias e a pedra preta, e tinha reproduzido o odioso disco para eles; e todos disseram que as pegadas e a voz zumbida eram idênticas às descritas nas lendas ancestrais.

Eles disseram também que as visões e sons suspeitos haviam se tornado cada vez mais comuns em volta da casa de Akeley depois que ele encontrara a pedra preta, e que o lugar era agora evitado por todo mundo, com exceção do carteiro e uma ou outra pessoa mais obstinada. A Dark Mountain e a Round Hill eram ambos locais sabidamente assombrados, e não consegui encontrar ninguém que jamais tivesse explorado mais intimamente qualquer uma dessas montanhas. Os desaparecimentos ocasionais de nativos ao longo da história do distrito eram bem documentados, e esses agora incluíam o quase vagabundo Walter Brown, que as cartas de Akeley haviam mencionado. Cheguei até a conhecer um sitiante que dizia ter visto pessoalmente um dos corpos estranhos na cheia do West River, mas sua história era muito confusa para ser de fato aproveitável.

Quando saí de Brattleboro, decidi nunca mais voltar a Vermont, e ainda me sinto seguro de que manterei minha decisão. Aquelas montanhas selvagens são certamente o entreposto de uma pavorosa espécie cósmica – algo de que duvido cada vez menos desde que li sobre um nono planeta avistado além de Netuno, tal como aquelas influências disseram que seria. Astrônomos, com sinistra propriedade de que mal desconfiam, nomearam esse corpo celeste "Plutão". Sinto, sem dúvida, que não é outro senão o noturno Yuggoth – e estremeço ao pensar no verdadeiro motivo *por que* seus monstruosos habitantes quiseram que se tornasse conhecido assim neste momento específico. Tento em vão me convencer de que essas criaturas demoníacas não estão aos poucos conduzindo uma nova política prejudicial à Terra e seus habitantes normais.

Mas ainda preciso contar sobre o final daquela noite terrível na sede da fazenda. Como eu disse, por fim acabei caindo em um sono perturbado, um sono povoado de pedaços de sonho, que envolviam monstruosas paisagens vislumbradas. Exatamente o que me despertou ainda não sei dizer, mas tenho absoluta certeza do que fiz quando acordei nesse dado momento. Minha primeira impressão confusa foi de tábuas de assoalho rangendo furtivamente no corredor do lado de fora da porta do meu quarto, e de tentativas desajeitadas e abafadas de girar a maçaneta. Isso, no entanto, parou quase na mesma hora, de modo que minhas impressões realmente claras começaram com as vozes vindas do escritório no térreo. Pareciam ser vários falantes, e calculei que estivessem envolvidos em uma controvérsia.

Depois de alguns segundos ouvindo, eu já estava plenamente desperto, pois a natureza daquelas vozes tornava ridícula a ideia de dormir mais. Os tons eram curiosamente variados, e ninguém que tivesse ouvido o maldito disco fonográfico poderia ter qualquer dúvida sobre a origem de pelo menos duas vozes. Por mais hedionda que a ideia parecesse, eu sabia que estava sob o mesmo teto que criaturas inominadas do espaço abismal, pois aquelas duas vozes eram indiscutivelmente os zumbidos blasfemos que os Seres Exteriores usavam em suas comunicações com os homens. Eram individualmente distintas – em altura, sotaque e ritmo –, mas eram ambas da mesma espécie maldita.

Uma terceira voz era inconfundivelmente a da máquina mecânica de fala conectada a um dos cérebros extraídos conservados nos cilindros. Assim como em relação aos zumbidos, havia pouca dúvida quanto a ela, pois a voz alta, metálica, sem vida, da noite anterior, com sua ausência de inflexão, de expressão, aos trancos e solavancos, e sua precisão e deliberação impessoal, fora absolutamente inesquecível. Durante algum tempo não questionei se a inteligência por trás daquela voz seria idêntica àquela que conversara comigo, mas pouco depois refleti que *qualquer* cérebro emitiria sons vocais da mesma qualidade se estivesse ligado ao mesmo aparelho mecânico de produção sonora, e as únicas diferenças possíveis seriam de língua, ritmo, velocidade e pronúncia. Para completar o macabro colóquio, havia duas vozes de fato humanas

– uma fala tosca de um homem desconhecido e evidentemente rústico, e a outra a entonação suave, com sotaque de Boston, do mesmo Noyes que me levara até lá.

Enquanto eu tentava entender as palavras que o assoalho sólido confusamente interceptava, tomei também consciência de movimentos, arranhões e arrastamentos no andar de baixo; de modo que não pude evitar a impressão de que o escritório estivesse cheio de seres vivos – muito mais indivíduos do que os poucos cujas falas eu conseguia identificar. A exata natureza desses movimentos é extremamente difícil de descrever, pois existem pouquíssimas bases de comparação. De quando em quando, era como se objetos estivessem se deslocando pelo escritório como entidades conscientes; o som de seus passos se parecia ora com um tamborilar frouxo de superfícies duras, ora com o contato de superfícies irregulares de chifres ou borracha dura. Era, para usar uma comparação mais concreta porém menos precisa, como se pessoas com sapatos de madeira mole e quebradiça estivessem se arrastando e se sacudindo sobre o assoalho de madeira encerado. Sobre a natureza e a aparência dos responsáveis pelos sons, não ousei especular.

Logo vi que seria impossível distinguir os discursos com algum nexo. Palavras isoladas – incluindo os nomes de Akeley e o meu – de quando em quando se destacavam, especialmente quando pronunciadas pelo alto-falante mecânico, mas o significado real se perdia por falta de um contexto contínuo. Hoje me recuso a formar qualquer dedução definitiva a partir delas, e mesmo o efeito assustador que tiveram sobre mim foi antes de uma *sugestão* que de uma *revelação*. Um conclave terrível e anormal, tive certeza, reunia-se no andar de baixo, mas para que deliberações chocantes eu não saberia dizer. Era curioso como essa sensação incontestada do maligno e do blasfemo me invadia apesar das garantias de Akeley quanto à amabilidade dos Exteriores.

Ouvindo pacientemente, comecei a distinguir com clareza as vozes, muito embora não conseguisse absorver boa parte do que diziam. Ao que parecia consegui captar certas emoções típicas por trás de alguns falantes. Uma das vozes zumbidas, por exemplo, tinha um tom inconfundível de autoridade; enquanto a voz mecânica, não obstante seu volume e sua regularidade artificial, parecia em posição subordinada e suplicante. O tom de Noyes emanava uma espécie de atmosfera conciliatória. Quanto às outras, nem sequer tentei interpretá-las. Não escutei o sussurro familiar de Akeley, mas eu bem sabia que aquele som jamais conseguiria atravessar o assoalho maciço do meu quarto.

Tentarei estabelecer algumas das palavras desconexas e outros sons que captei, rotulando os falantes da melhor forma que puder. Foi do alto-falante que distingui as primeiras frases reconhecíveis.

(ALTO-FALANTE)

"... eu mesmo trouxe... enviei de volta as cartas e o disco... acabar com isso... aceito... ver e ouvir... maldito seja... força impessoal, afinal... cilindro novo e brilhante... santo Deus..."

(PRIMEIRA VOZ ZUMBIDA)

"... hora que paramos... pequeno e humano... Akeley... cérebro... dizendo..."

(SEGUNDA VOZ ZUMBIDA)

"... Nyarlathotep... Wilmarth... registros e cartas... impostura barata..."

(NOYES)

"... (uma palavra ou nome impronunciável, possivelmente N'gah--Kthun*)... inofensivo... paz... duas semanas... teatral... já disse isso antes..."*

(PRIMEIRA VOZ ZUMBIDA)

"... nenhum motivo... plano original... efeitos... Noyes pode vigiar... Round Hill... cilindro novo... carro de Noyes..."

(NOYES)

"... bem... todo seu... aqui embaixo... descansar... lugar..."

(DIVERSAS VOZES AO MESMO TEMPO EM FALATÓRIO INDISTINGUÍVEL)

(MUITOS PASSOS, INCLUSIVE A AGITAÇÃO OU TAMBORILAR PECULIAR E FROUXO)

(UMA CURIOSA ESPÉCIE DE FARFALHAR DE ASAS)

(O SOM DE UM AUTOMÓVEL DANDO A PARTIDA E SE AFASTANDO)

(SILÊNCIO)

Essa é a substância do que meus ouvidos puderam captar enquanto eu fiquei deitado, rígido, naquele estranho quarto do andar de cima da sede assombrada daquela fazenda das montanhas demoníacas – ali deitado e vestido, segurando um revólver na mão direita e uma lanterna portátil na esquerda. Eu estava, como eu disse, plenamente desperto, mas uma espécie obscura de paralisia, não obstante, manteve-me inerte por muito tempo até que o último eco daqueles sons desaparecesse. Ouvi o tiquetaquear amadeirado e obstinado do antigo relógio de Connecticut algures lá embaixo, e enfim notei o ronco irregular de alguém dormindo. Akeley devia ter caído no sono após a estranha sessão, e eu achei que ele devia mesmo precisar dormir um pouco.

O que pensar ou fazer exatamente era mais do que eu conseguiria decidir. Afinal, *o que* eu tinha ouvido além das coisas que as informações prévias poderiam me levar a esperar? Eu não ficara sabendo que os Exteriores inominados eram agora livremente admitidos na sede da fazenda? Sem dúvida, Akeley fora pego de surpresa por uma visita inesperada da parte deles. No entanto, algo naquele discurso fragmentário me dava imensos calafrios, despertava as mais grotescas e horríveis dúvidas, e me fazia desejar ardentemente despertar e descobrir que tinha sido tudo um sonho. Creio que minha mente subconsciente deve ter captado algo que minha consciência ainda não havia identificado. Mas e quanto a Akeley? Ele não era afinal meu amigo, e não teria protestado se quisessem me fazer algum mal? O ronco pacífico lá embaixo parecia tornar ridículos todos os meus medos subitamente intensificados. Seria possível que Akeley tivesse sido sujeitado e usado como chamariz para me atrair para aquelas montanhas com suas cartas e fotografias e aquele disco fonográfico? Será que aqueles seres pretendiam nos envolver em uma destruição comum porque ficáramos sabendo demais? Mais uma vez pensei na mudança abrupta e estranha de situação que devia ter ocorrido entre a penúltima e a última carta de Akeley. Alguma coisa, meu instinto me dizia, estava terrivelmente errada. Nem tudo era o que parecia. O café apimentado que me recusei a beber – não teria sido uma tentativa de alguma entidade oculta e desconhecida de me drogar? Precisava falar logo com Akeley, e recuperar seu senso de proporção. Eles deviam tê-lo hipnotizado com promessas de revelações cósmicas, mas agora ele precisava dar ouvidos à razão. Precisamos escapar disso tudo antes que seja tarde demais. Se lhe faltasse a força de vontade para se libertar, eu lhe forneceria. Ou, caso não conseguisse persuadi-lo, pelo menos eu me libertaria. Decerto ele me emprestaria seu Ford e eu o deixaria em uma garagem de Brattleboro. Eu havia reparado no carro no barracão – a porta estava destrancada e aberta agora que o perigo parecia ter passado – e acredito que havia grande probabilidade de que estivesse pronto para ser usado. Aquela antipatia momentânea que sentira em relação a Akeley, durante e depois da conversa da noite, agora tinha passado. Ele estava em posição muito semelhante à minha, e precisávamos continuar juntos. Sabendo de sua condição indisposta, abominei a ideia de acordá-lo naquele momento, mas eu sabia que era preciso. Eu não poderia continuar ali até amanhecer naquela situação.

Enfim me senti capaz de agir, e me espreguicei vigorosamente para retomar o comando dos meus músculos. Erguendo-me com cuidado, mais impulsivo que deliberado, encontrei e peguei meu chapéu, minha valise, e desci a escada com auxílio da minha lanterna de bolso. No meu nervosismo, continuei com o revólver na mão direita, conseguindo levar a valise e a lanterna na esquerda. Por que tomei tais precauções realmente não sei, uma vez que, para todos os efeitos, àquela altura, eu estava indo acordar o outro único ocupante da casa.

Enquanto eu descia na ponta dos pés os degraus que rangiam até o térreo, pude ouvir mais claramente os roncos do meu anfitrião, e reparei que ele devia estar no cômodo à minha esquerda – a sala de estar onde eu não tinha entrado. À minha direita, estava a escuridão escancarada do escritório onde eu havia ouvido as vozes. Abrindo a porta sem maçaneta da sala de estar, fiz um caminho com a lanterna até a origem dos roncos, e por fim apontei o facho para o rosto do sonhador. Mas, no segundo seguinte, logo afastei o facho e comecei a recuar agachado para o corredor, precaução dessa vez racionalmente fundamentada, além de instintiva. Pois quem estava dormindo no sofá não era Akeley, mas o mesmo Noyes que me servira de guia.

A situação real, não consegui apreender, mas o bom senso me aconselhou que a coisa mais segura era apurar o máximo de elementos antes de acordar os outros. De volta ao corredor, puxei e fechei silenciosamente a porta da sala de estar, diminuindo assim as chances de despertar Noyes. Com cuidado, entrei então no escritório às escuras, onde esperava encontrar Akeley, dormindo ou acordado, na grande espreguiçadeira no canto que era evidentemente seu local favorito para repousar. Enquanto avançava, o facho da minha lanterna mostrou a grande mesa de centro, revelando um dos cilindros infernais acoplado às máquinas de visão e audição, ao lado de um alto-falante, pronto para ser conectado a qualquer momento. Aquele, refleti, devia ser o cérebro encapsulado que eu ouvira falando durante a pavorosa conferência; e, por um segundo, senti o impulso perverso de acoplar o alto falante e ouvir o que ele teria a dizer.

O cérebro, pensei, devia ser consciente da minha presença naquele momento, uma vez que os aparelhos de visão e audição deviam ter captado os raios da minha lanterna e os rangidos discretos do assoalho sob meus pés. Mas enfim não arrisquei me imiscuir com aquele ser. Involuntariamente, vi que era o cilindro novo e brilhante com o nome de Akeley escrito, em que eu havia reparado na prateleira na noite anterior e que meu anfitrião dissera para deixar onde estava. Olhando em retrospectiva para aquele momento, só posso lamentar minha timidez e desejar que eu tivesse ousado e ligado o aparelho para falar. Só Deus sabe que mistérios, dúvidas horríveis e questões de identidade poderiam ter sido dirimidas! Mas, novamente, talvez tenha sido melhor que eu tenha deixado para lá.

Da mesa, virei o facho da lanterna para o canto onde eu pensava que Akeley estivesse, mas descobri, para minha perplexidade, que a grande espreguiçadeira estava vazia de qualquer ocupante humano dormindo ou acordado. Do assento até o chão, a familiar camisola velha se estendia, e ao lado dela jazia o cachecol amarelo e as imensas bandagens dos pés que eu julgara tão estranhas. Enquanto hesitava, tentando conjecturar onde Akeley poderia estar, e por que teria descartado de repente seu traje imprescindível de doente, notei que o odor bizarro e a sensação de vibração já haviam passado. Quais seriam os motivos? Curiosamente, ocorreu-me que eu havia notado aquilo apenas na presença de Akeley. Eram mais fortes onde ele ficava, e inteiramente ausentes com exceção do escritório ou das imediações da porta do escritório. Fiz uma pausa, deixando a lanterna percorrer o ambiente escuro e acumulando em meu cérebro explicações para a guinada dos acontecimentos.

Quem dera eu tivesse saído dali antes que a luz pousasse outra vez na espreguiçadeira vazia. Na verdade, não consegui me manter calado, mas emiti um grito abafado que deve ter perturbado, embora não tenha acordado, o sentinela adormecido do outro lado do corredor. Esse grito, e o ronco impassível de Noyes, foram os últimos sons que ouvi naquela casa esmagada pela morbidez, sob o cume escuro de florestas de uma montanha maldita – aquele foco de horror transcósmico em meio às ermas vertentes verdes e riachos murmurantes de maldições de uma terra rústica e espectral.

É espantoso que eu não tenha deixado cair a lanterna, a valise e o revólver em minha fuga ensandecida, mas, de algum modo, não soltei nenhuma dessas coisas. Na verdade, consegui sair daquele ambiente e daquela casa sem fazer mais nenhum ruído, arrastei-me com meus pertences para a segurança do velho Ford no barracão, e consegui fazer o arcaico veículo funcionar e me levar até algum lugar desconhecido mas seguro naquela noite negra e sem luar. A viagem que se seguiu foi uma peça delirante de um Poe ou de um Rimbaud, ou de um desenho de Doré, mas enfim cheguei a Townshend. E foi só isso. Se minha sanidade permaneceu inabalada, foi sorte minha. Às vezes receio o que os anos trarão, sobretudo desde que o novo planeta, Plutão, foi curiosamente descoberto.

Como eu ia dizendo, deixei minha lanterna iluminar a espreguiçadeira vazia depois de percorrer o ambiente. Então reparei pela primeira vez na presença de certos objetos no assento, que se revelaram pelas dobras folgadas da camisola vazia. Foram objetos, três deles, que os investigadores não encontraram quando chegaram mais tarde. Como eu dissera no início, não havia nenhum horror visual efetivo naqueles três objetos. O problema estava no que eles permitiam que se inferisse. Até hoje tenho meus momentos de dúvida – momentos em que aceito o ceticismo daqueles que atribuem minha experiência ao sonho e aos nervos e à ilusão.

Os três objetos eram artefatos de uma sofisticação maldita, dotados de engenhosos grampos de metal para prendê-los a tecidos orgânicos sobre os quais não arrisco qualquer conjectura. Espero – devotadamente espero – que fossem produtos de cera de um grande artista, apesar do que meus medos mais profundos me sugerem. Santo Deus! Aquele que sussurrava nas trevas com seu odor mórbido e suas vibrações! Feiticeiro, emissário, abduzido, eremita... aquele hediondo zumbido reprimido... e o tempo todo dentro daquele cilindro novo, brilhante na prateleira... pobre diabo... "capacidade cirúrgica, biológica, química e mecânica prodigiosa"...

Pois os objetos na espreguiçadeira, perfeitos em todos os detalhes sutis de uma semelhança microscópica – ou identidade – eram o rosto e as mãos de Henry Wentworth Akeley.

Direção editorial
Daniele Cajueiro

Editora responsável
Ana Carla Sousa

Produção editorial
Adriana Torres
Carolina Leocadio

Preparação de texto
Luisa Suassuna
Sofia Soter

Revisão
Mariana Oliveira

Capa, ilustração e
projeto gráfico de miolo
Rafael Nobre

Diagramação
Filigrana

Este livro foi impresso em 2019
para a Nova Fronteira.

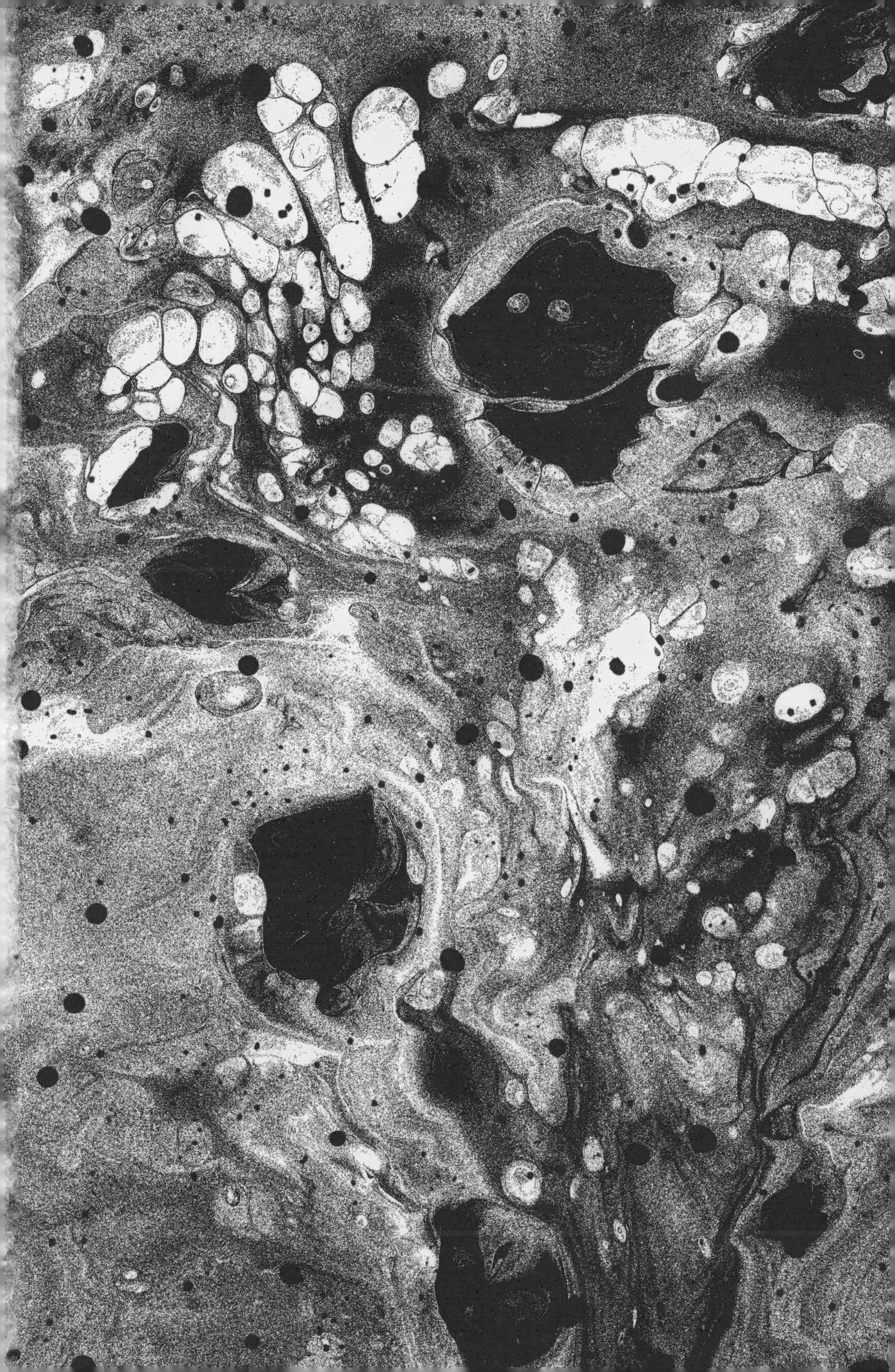

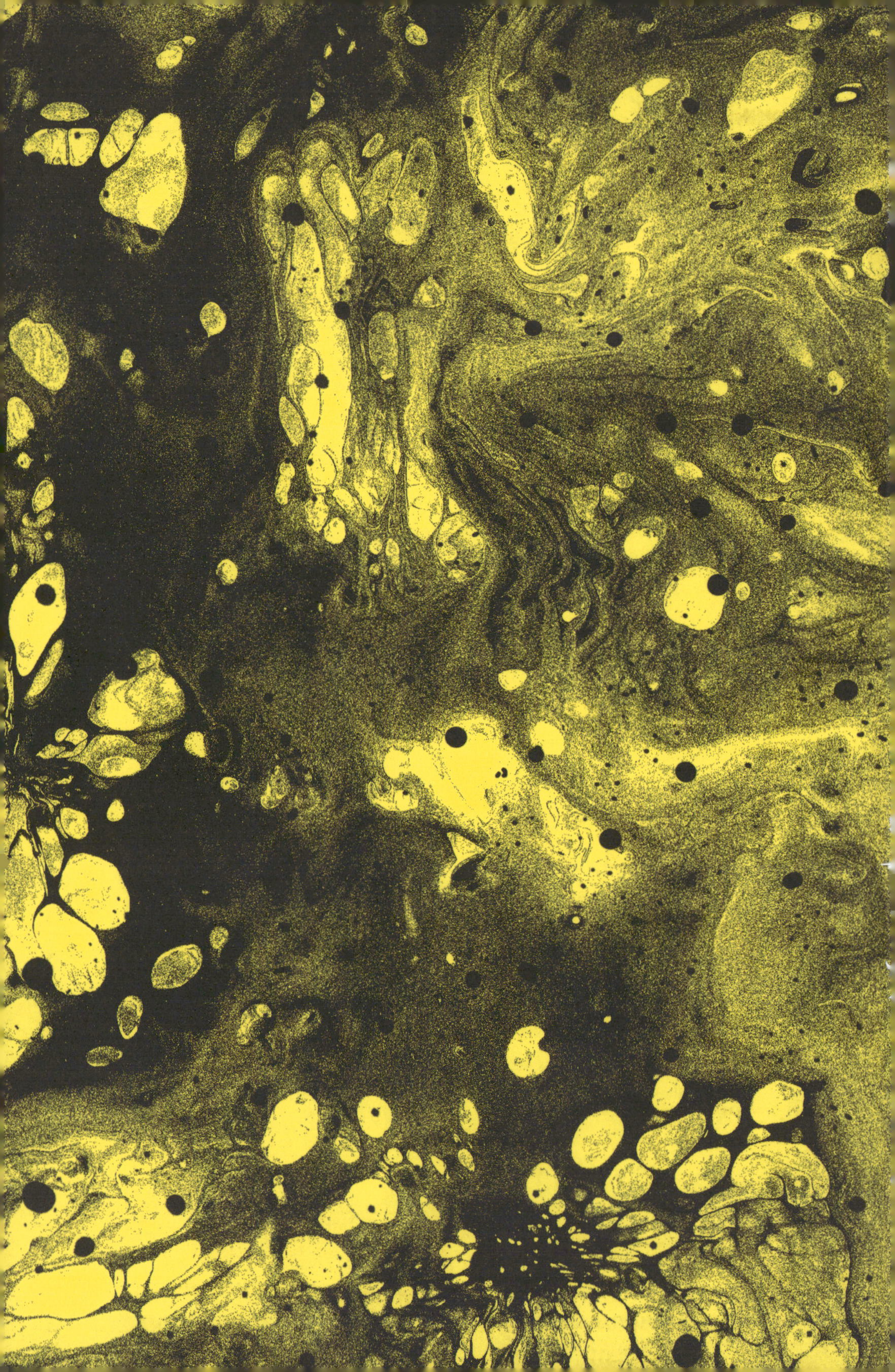